Perry Rhodan

Planet der letzten Hoffnung

Im Jahr 2328 hat die Menschheit unter Perry Rhodans Führung bereits Hunderte von Planeten besiedelt. Der lange Krieg gegen die fremdartigen Blues ist vorüber; die Terraner hoffen nun auf Frieden und einen wirtschaftlichen Aufschwung.
Doch zwischen den Sternen der Milchstraße machen sich neue Feinde breit. Sie bedrohen das Vereinte Imperium von Terranern und Arkoniden von innen, indem sie Unruhen schüren und eigene Sternenreiche gründen. Einer dieser Gegner zielt genau auf das Herz des Imperiums – er lässt Perry Rhodan und seine engsten Gefährten gefangen nehmen.
Als Drahtzieher dieses Geschehens erweist sich Iratio Hondro. Er ist der Herrscher des von terranischen Siedlern bewohnten Planeten Plophos, auf dem er eine Diktatur errichtet hat. Als Obmann von Plophos will er nicht nur die Unabhängigkeit seiner Welt, sondern auch die Vorherrschaft über die von Menschen bewohnten Teile der Galaxis.
Doch Iratio Hondro unterschätzt seine Gefangenen: Rhodan und seinen Gefährten gelingt die Flucht. Sie machen sich daran, die von Plophos ausgehende Gefahr auszuschalten – ohne zu ahnen, das sich an anderer Stelle der Galaxis ein Sturm zusammenbraut, der dem Vereinten Imperium den Todesstoß versetzen wird ...

Perry Rhodan

Planet der letzten Hoffnung

Pabel-Moewig Verlag KG, Rastatt

www.moewig.de
Redaktion: Klaus N. Frick
Titelillustration: Dirk Schulz
Druck und Bindung: GGP Media GmbH, Pößneck
Printed in Germany 2006
www.perry-rhodan.net
ISBN 10: 3-8118-5553-0
ISBN 13: 978-3-8118-5553-3

Prolog

Die Milchstraße im Jahr 2328. Der Krieg gegen die Blues liegt ein Jahr zurück, er forderte Millionen Opfer und konnte nur durch den Einsatz aller Kräfte gewonnen werden. Arkoniden und Terraner sowie die Kolonialvölker, die zum Vereinten Imperium gehören, hoffen nun wieder auf ein Leben in Sicherheit.

Während die Bürger auf zahlreichen Planeten zur Tagesordnung übergehen, arbeitet Perry Rhodan daran, den eben errungenen Frieden zu verteidigen. Das Imperium ist jetzt vor allem von inneren Konflikten bedroht – einige Regionen der Milchstraße versinken in bürgerkriegsähnlichen Wirren. Tyran-nen ergreifen die Macht auf abgelegenen Planeten, neue Sternensysteme entstehen und spalten sich vom Imperium ab. Es droht ein Chaos in weiten Teilen der Milchstraße.

Die ausufernde Gewalt erreicht einen neuen Höhepunkt, als ein Anschlag auf Perry Rhodan und sein Flaggschiff, die CREST, nur knapp scheitert.

Drahtzieher des Anschlags ist Iratio Hondro, der Obmann von Plophos, einer von Menschen besiedelten Welt. Hondro, der die Plophoser mit seiner brutalen Diktatur beherrscht, will die Position Rhodans um jeden Preis brechen, Plophos zur einflussreichsten Welt des Imperiums und sich selbst zum mächtigsten Mann der Milchstraße machen.

Es gelingt Hondros Soldaten, Perry Rhodan und dessen engsten Gefährten zu entführen. Doch der Obmann hat nicht mit dem Mut und der Intelligenz seiner Gefangenen gerechnet. Ihnen gelingt die Flucht. Verzweifelt schlagen sich Rhodan und seine Freunde von Welt zu Welt durch, während die terranische Flotte nach ihnen sucht.

Nach der Rettung durch einen Schlachtkreuzer des Solaren Imperiums macht sich Rhodan daran, Iratio Hondros Terror-Regime zu beseitigen. Doch das Vereinte Imperium, für dessen Bestand der Terraner sein Leben riskiert hat, existiert nur noch auf dem Papier. Sogar die stolzen Arkoniden haben sich losgesagt. Diese Entscheidung erweist sich als ein verhängnisvoller Entschluss ...

1.

Kel Bassa schloß die Tür hinter sich und überflog den kleinen Raum vor sich mit einem raschen Blick. Im gleichen Augenblick wußte er, daß er in eine Falle gegangen war.

Nicht, daß er eine Ahnung gehabt hätte, wer ihm eine Falle stellen könnte oder warum man seiner habhaft werden wollte. Nur kannte er den Raum, unter dessen Tür er jetzt stand, und wußte, wie er normalerweise aussah. Und er kannte auch die Methoden, die aus einem Zimmer ein solches Ding machten, wie er es jetzt vor sich sah.

In diesem Raum hatte Kel Bassa zwei Jahre lang seine dienstfreien Nächte und die meisten Stunden seiner Freizeit verbracht. Nur Offiziere hatten das Recht, in solchen Zimmern zu wohnen. Rechts in der Wand war ein mittelgroßes Fenster, von dem man aus dem zwanzigsten Stock des Appartementhauses den westlichen Teil der Stadt übersah. Vor dem Fenster stand ein kleiner Rauchtisch, dazu gehörten zwei Sessel, die Kel so angeordnet hatte, wie er es für praktisch und elegant hielt. Die hintere rechte Ecke nahm eine gewinkelte Sitzbank ein, und vor der Bank stand ein breiter Eßtisch. Links von der Bank war eine zweite Tür, die zu Küche und Bad führte. Wiederum links von der Tür stand die Couch, die nachtsüber als Bett diente. Der Kreis schloß sich in der Nähe des Eingangs, wo Kel aus seinen eigenen Mitteln eine Garderobe angefertigt hatte. Auf einer kleinen Kommode stand das Visifon, dessen luminös umrahmter Bildschirm darauf hinwies, daß es sich um ein Dienstgerät handelte.

Vom Eingang bis zur Küchentür waren es unter normalen Umständen rund sechs Meter. Jetzt jedoch schätzte Kel die Entfernung auf wenigstens dreimal soviel. Das Zimmer verlor ständig an Breite und gewann dafür an Länge. Es kam Kel vor, als blickte er in einen hell erleuchteten Gummischlauch, an dessen Ende jemand mit voller Kraft zog.

Sein Kopf brummte. Apathie umnebelte das Gehirn. Kel war bereit, sich fangen zu lassen, von wem und zu welchem Zweck die Falle auch immer aufgestellt worden sein mochte. In der nächsten Sekunde gab er sich einen Ruck. Er durfte sich nicht fangen lassen. Wenn er morgen nacht nicht auf seinem Posten erschien, war er verloren. Und der Himmel mochte wissen, welche Pläne der Unbekannte mit ihm hatte.

Mit aller Kraft stemmte sich Kel gegen den hypnotischen Einfluß der Falle. Er drehte die rechte Hand und griff nach hinten. Wenn es ihm gelang, die Tür zu erreichen, brauchte er sich nur auf den Gang hinausfallen zu lassen, dann war er gerettet.

Aber eine mörderische, unbesiegbare Kraft stemmte sich gegen die Hand und bremste ihre Bewegung. Kel schloß die Augen und konzentrierte sich ganz auf seine Aufgabe. Er spannte die Muskeln und schob, bis ihm der Schweiß in Bächen übers Gesicht rann. Aber er unterlag. Die hypnotische Kraft, die gegen ihn ankämpfte, war unvergleichbar stärker.

Kel gab auf. Ohne die Augen zu öffnen, versuchte er, sich zu entspannen. Er durfte sich jetzt nicht ablenken lassen. Da war immer noch das Visifon. Er brauchte nur den Auslöser zu drücken und lange genug ins Mikrofon zu sprechen, dann würde die automatische Warnanlage irgendwo Alarm schlagen.

Es war so einfach, daß er sich wunderte, warum er noch nicht früher darauf gekommen war. Er drehte sich ein wenig zur Seite, und ohne die Augen zu öffnen, versuchte er sich auszurechnen, wie er sich fallen lassen müßte, um genau das Visifon zu treffen.

Er stieß sich nach vorn ab. Als wäre er plötzlich in den Sog eines künstlichen Schwerefeldes geraten, fiel er jedoch nicht vornüber, sondern brach dort, wo er gestanden hatte, zusammen. Der Sturz schien ihm so schwer, daß er einen Augenblick lang das Bewußtsein verlor.

Als er wieder zu sich kam, wußte er nicht mehr, warum er sich eigentlich gegen die fremden Befehle gestemmt hatte. Es war nutzlos, und woher wollte er außerdem wissen, daß die Falle nicht zu seinem Vorteil aufgestellt worden war? Die Stimme, die plötzlich zu ihm sprach, nahm er als selbstverständlich hin. Er war sogar froh, daß ihm jemand sagte, was er zu tun hatte.

»Kel Bassa, Sie werden das Haus sofort verlassen«, befahl die Stimme. »Gehen Sie die Straße zwei Blocks in westlicher Richtung. In der Nähe der Seitenstraße zwischen dem zweiten und dem dritten Block wird ein Gleitwagen Ihnen entgegenkommen und am Randstein halten. Ein Luk wird sich öffnen, und jemand wird Ihnen zurufen: Hierher nach Fuller City. Sie werden in den Wagen steigen, und von da an lassen Sie alles unsere Sorge sein. Wenn Sie verstanden haben, wiederholen Sie die Anweisungen!«

Kel tat das. Dann kam der Befehl »Gehen Sie jetzt!«

Kel tat, wie ihm geheißen war. Die Uhr neben der Tür zeigte 19.31 Uhr.

Von 19.31 Uhr an diesem Abend an fehlte dem plophosischen Geheimdienst, der Blauen Garde, vorerst jeglicher Hinweis auf den Verbleib seines Leutnants Kel Bassa. Es sei denn, man hätte das Feuer, das gegen 20 Uhr in Kel Bassas Appartement ausbrach und sämtliche Einrichtungsgegenstände bis zur Unkenntlichkeit zerschmolz oder verbrannte, als einen Hinweis ausgelegt.

Kels Vorgesetzter konnte sich auf sein Verschwinden keinen Reim machen. Kel war in der folgenden Nacht zur Injektion fällig, und niemand, es sei denn, er wäre übergeschnappt, versäumte den Injektionstermin.

Isit Huran haßte diesen kalten, glattwandigen Gang mit der grellen Beleuchtung. Aber selbst jetzt, da er sicher war, daß niemand ihn beobachtete, gab er sich Mühe, an etwas Angenehmes zu denken und den nichtssagenden Gesichtsausdruck zu bewahren, für den er bekannt war.

Vom Ausgang des Antigravschachts bis zu der grauen Tür am anderen Ende, die Isit Huran die Schicksalstür nannte, waren es zehn Meter. Zehn Meter glatten Bodens, glatter Wände und glatter Decke, zweihundert Meter tief unter der Erde und von derart anheimelnder Atmosphäre erfüllt, daß man Platzangst bekam.

Vor der grauen Tür blieb Isit stehen. Eine halbe Minute lang rührte er sich überhaupt nicht. Das gab dem Individualspürer über der Tür Gelegenheit, das Muster seiner Gehirnschwingungen aufzuzeichnen und mit dem Muster desjenigen zu vergleichen, der um diese Zeit hier erscheinen sollte. Der Vergleich fiel zur Zufriedenheit des Tasters aus. Über der Tür leuchtete ein Teil der Wand jetzt grün.

»Isit Huran bittet um die Gunst, die vorgeschriebene Dosis empfangen zu dürfen«, sagte Isit.

Wenigstens das hätte er uns ersparen können, dachte er dabei. *Wir wissen, daß wir von seiner Gnade abhängig sind, er braucht uns nicht alle vier Wochen noch zusätzlich daran zu erinnern.*

Die Tür glitt jetzt beiseite, nachdem ein anderes Gerät auch das Modulationsmuster abgetastet und mit einer Schablone verglichen hatte. Isit trat in den kleinen Raum, der als einzige Einrichtungsgegenstände eine Art Zahnarztstuhl und einen Bildschirm enthielt. Auf dem Bildschirm, so das Gerücht, erschien das Gesicht des Obmanns, wenn er einem seiner Leute verkündete, er sei des Empfangs der Injektion für unwürdig befunden worden und werde keine Spritze mehr erhalten. Jedesmal, wenn er den kleinen Raum betrat, warf Isit einen ängstlichen Blick auf den Schirm, bevor er sich in den Stuhl setzte.

Er tat es auch diesmal, aber ebensowenig wie in all den vergangenen Jahren gab es heute eine Komplikation. Eine Serie klauenartiger Gebilde drang aus der rechten Lehne des Stuhls und drückte Isits Arm gegen das Polster. Er spürte einen Stich im Oberarm, dann ließ der Druck der Klauen nach, und Isit konnte wieder aufstehen.

Er atmete auf, als sich die Schicksalstür hinter ihm schloß. Für vier Wochen war er jetzt sicher. Vier Wochen lang hatte er Gelegenheit, sich den Unwillen des Obmanns zuzuziehen, so daß er ihm die nächste Injektion verweigerte und ihn jämmerlich zugrunde gehen ließ.

Nein, Isit Huran war ein kluger Mann und hatte nicht die Gewohnheit, an feststehenden Tatsachen herumzudeuteln. Seine und die Geschicke der Regierung von Plophos waren unlösbar miteinander verknüpft. Wenn er leben wollte, mußte er tun, was dem Obmann nützte.

Auch wenn er den Obmann gerade deshalb haßte wie sonst nichts auf dieser Welt.

Der Fall Kel Bassa erfüllte die Öffentlichkeit mit gelindem Erstaunen, die betroffenen Dienststellen jedoch mit höchster Erregung. In der Öffentlichkeit gab es seit langem Gerüchte, wonach der Obmann, Iratio Hondro, sämtliche Offiziere seines Geheimdienstes und andere wichtige Personen durch eine Art Nervengift an sich gekettet hatte. Nur der Obmann selbst besaß das gefährliche Gift, und wer nicht dem Wahnsinn verfallen wollte, der hatte keine andere Möglichkeit, als jedem Befehl des Obmanns aufs Wort zu gehorchen. Niemand wußte, wieviel Wahrheit sich hinter dem Gerücht verbarg. Manche Leute glaubten, der Obmann sei zwar ein Schurke, aber doch wiederum kein solcher, daß er seinen Mitarbeitern gegenüber so grausam sein könne. Jedermann war überzeugt davon, daß Leutnant Bassa sich aus freien Stücken aus dem Dienst entfernt habe. Ein fremder Eingriff war undenkbar, dazu hielt Iratio Hondro die Zügel zu straff gespannt.

Weil man sich aber über den Wahrheitsgehalt des Nervengift-Gerüchts nicht im klaren war, war man auch nicht sicher, ob Kel Bassa als Held angesehen werden müsse oder als einer, der, weil er die Nase voll hatte, einfach davongelaufen war. Plophos, obwohl seit dreihundert Jahren besiedelt, war immer noch eine wilde, menschenleere Welt. Kel hatte tausend Möglichkeiten, sich in der Wildnis zu verbergen, wenn er für den Rest seines Lebens einsam bleiben wollte.

Das war die Meinung der Öffentlichkeit, geteilt und unsicher.

Einmütigkeit herrschte jedoch in den Dienststellen der Blauen Garde, die mit der Untersuchung des Falles beauftragt waren. Hier wurde der schurkische Charakter des Obmanns nicht in Zweifel gezogen, denn jedes

Mitglied der Garde erhielt in vierwöchigen Intervallen das lebenspendende Gegengift, das das Virus in seinem Blut für eine Weile betäubte. Die Mitglieder der Garde waren außer dem Obmann und ein paar seiner engsten zivilen Mitarbeiter die einzigen, die die Öffentlichkeit hätten darüber aufklären können, daß die Verweigerung des Gegengifts nicht Wahnsinn, sondern Tod bedeutete – einen Tod, der durch allmähliche Zersetzung wichtiger Körperorgane hervorgerufen wurde. Aber was für eine Rolle spielte das schon?

Den Dienststellen war von vornherein klar, daß Kel Bassa nicht aus eigenem Entschluß untergetaucht sein konnte. Nach zentraler Zeitrechnung schrieb man am Tag seines Verschwindens den 27. Juni 2329. Am frühen Morgen des 29. Juni war Kel zur Injektion fällig. Wenn er die Injektion nicht erhielt, war er am Abend des 30. Juni, spätestens am Morgen des 1. Juli ein toter Mann.

Für eine gewaltsame Entführung des Leutnants Kel Bassa gab es jedoch keinerlei Anhaltspunkte. Hätte in seinem Appartement ein Kampf stattgefunden, hätte die Alarmanlage angesprochen. Wäre die Tür des Appartements mit Gewalt geöffnet worden, wäre ebenfalls eine Warnung erfolgt. Außer mit dem dazugehörigen elektronischen Kodegeber konnte das Türschloß jedoch nicht geöffnet werden – es sei denn unter Zuhilfenahme von Geräten, die nicht einmal der Geheimdienst besaß. Natürlich existierte ein Doppelschlüssel, aber der war, wie die Untersuchung ergab, von seinem Aufbewahrungsort in einem Safe der Geheimdienstzentrale nicht entfernt worden.

Es blieb also noch die Möglichkeit, daß Kel Bassa zu irgendeinem Zeitpunkt der Vergangenheit einem Fremden, vielleicht jemandem, den er für einen Freund hielt, Zutritt zu seiner Wohnung gestattet hatte und daß dieser Fremde während seiner Abwesenheit einen Mechanismus installierte, der, als er zu einem bestimmten Zeitpunkt durch Fernbedienung ausgelöst wurde, Kel Bassa zum Fortlaufen zwang. Was sie sich unter einem solchen Mechanismus vorstellten, darüber vermochten die Beamten keinerlei überzeugende Erklärung zu geben. Das beste, was man sagen konnte, war, in einem Fall wie diesem seien der Phantasie keine Grenzen gesetzt. Der hypothetische Fremde mußte übrigens außer dem Mechanismus noch eine Brandbombe in das Appartement gebracht haben, denn der Brand, der Bassas Wohnung schließlich vernichtete, war mehr eine Explosion gewesen – heiß genug, um alles innerhalb der vier Wände restlos zu zerstören, und viel zu rasch vorbei, als daß er sich für die Nachbarappartements zu einer Gefahr hätte entwickeln können. Das war logisch. Der Fremde wollte natürlich nicht, daß bei der unvermeidlichen

Untersuchung des Falles sein Mechanismus gefunden würde, der unter Umständen seine Identität enthüllt hätte.

Der automatische Pförtner am Haupteingang des Gebäudes verzeichnete, daß Kel Bassa das Haus um 19:31:58 verlassen habe. Wie üblich, hatte er eine Aufnahme angefertigt. Das Bild zeigte Kel Bassa mit nachdenklichem Gesicht. Er war allein gewesen.

Die Inhaber der beiden benachbarten Appartements, Leutnant Lem Chandler und Captain Wynn Ralston, waren zur fraglichen Zeit im Dienst gewesen. Ebenso im Dienst befand sich Oberleutnant Killam Feep, der die Wohnung über Kel Bassa innehatte. Der Bewohner des Appartements darunter, Leutnant Henny Opal, hatte zwar dienstfrei gehabt, war jedoch nicht zu Hause gewesen. Er entschuldigte sich mit einem verlegenen Lächeln und dem Hinweis, daß er in der Stadt eine Freundin habe.

Mit anderen Worten, Isit Huran und sein Geheimdienst tappten im dunkeln. Von Kel Bassa fehlte nach wie vor jede Spur. Es gab keinen Hinweis darauf, wie und warum er verschwunden war. Isit Huran verwunderte es nicht, daß er unter diesen Umständen zu einer sofortigen Berichterstattung zum Obmann bestellt wurde.

Iratio Hondro, der Obmann, saß reglos in seinem Sessel hinter dem mächtigen Arbeitstisch. Man hätte ihn für eine Statue halten können. Natürlich nicht Isit Huran. Der kannte Hondro seit der Zeit, da sie im Alter von zehn Jahren zusammen in dieselbe Schulklasse gesteckt worden waren. Hondro hatte von frühestem Kindesalter kein anderes Ziel gehabt als das, ein mächtiger Mann zu werden. Genauer konnte er sich damals nicht ausdrücken, aber er hatte sein Ziel erreicht. Und eines der Zeichen geistiger Überlegenheit, das hatte er damals schon seinem Schulfreund erklärt, war die Fähigkeit, anderen Menschen gegenüber völlig kalt und gefühllos zu erscheinen.

Isit unterdrückte das Lächeln, das die Erinnerung hervorrufen wollte, und verneigte sich tief. »Gruß dem Obmann!« sagte er laut.

Hondro bewegte sich plötzlich. Knarrend schwang der Sessel eine Vierteldrehung herum.

»Hör auf mit dem Quatsch, Isit!« knurrte Hondro. »Setz dich hin und hör zu!«

Isit gehorchte. Hondros Arbeitszimmer war nicht kleinlich ausgestattet. Im Halbkreis um den mächtigen Tisch herum standen sechs schwere, mit Leder überzogene Sessel. Das Leder war von den Häuten einheimischer Tiere gewonnen, und wenn der Obmann fremde Diplomaten in diesem Raum empfing, pflegte er voller Stolz darauf hinzuweisen.

Hondro war keinesfalls ein beeindruckender Mann. Seine Körpergröße lag ein paar Zentimeter unter dem Durchschnitt, und er versuchte, durch Umfang wettzumachen, was ihm an Länge fehlte. Er hatte schwere Tränensäcke unter den Augen, und sein Gesicht wirkte schwammig. Eines Tages, dachte Isit Huran jedesmal von neuem, wird ihn der Schlag treffen. Und was wird dann aus uns?

»Es dreht sich um den Fall Bassa«, begann Hondro mit harter Stimme. »Wie stehen die Ermittlungen?«

Isit lehnte sich in seinem Sessel zurück und faltete die Hände. »Wir sind keinen Schritt weitergekommen, Sir.«

Hondro schien nicht überrascht. »Ich habe die Sache durchrechnen lassen«, sagte er. »Du weißt, es haben sich in der letzten Zeit eine Menge merkwürdiger Dinge abgespielt. Die Notlandung der zwölf Springer mit der MALTZO, die Explosion des Robotschiffes und jetzt die Entführung eines Offiziers der Garde. Ich dachte, wir hätten vielleicht genug Informationen, um die zentrale Positronik damit zu füttern.«

Er machte eine Pause und fing an, auf der Platte seines Schreibtischs imaginären Staub zu wischen, als wäre die Sache viel zu unwichtig, um darüber noch ein Wort zu verlieren.

»Ja, Sir?« fragte Isit unterwürfig.

»Das Ergebnis ist nicht besonders beeindruckend«, fuhr der Obmann fort. »Die einzige Aussage, die die Maschine machen kann, trägt nur sechzig Prozent Wahrscheinlichkeit – und in meinen Augen ist sie pure Idiotie.«

Isit sah ihn erwartungsvoll an.

»Die Positronik behauptet, es müßte auf Plophos eine Schar terranischer Agenten geben«, schloß Hondro.

Isit schnappte nach Luft. Nicht, daß ihm der Gedanke nicht schon selbst gekommen wäre. Fast in jeder Nacht tauchte er wieder auf, wie ein Alptraum, der sich nicht abschütteln läßt. Bei Tageslicht jedoch schob Isit die Idee beiseite. Das Sicherheitsnetz über Plophos war so engmaschig, daß kein Agent des Solaren Imperiums unbemerkt hindurchschlüpfen konnte. Isit Huran selbst hatte das System aufgebaut, und er wußte, daß er sich darauf verlassen konnte.

Nein, was ihn so maßlos überraschte, war die Tatsache, daß die logische Maschine zum selben Schluß gekommen war wie sein unlogischer Alptraum.

»Oder ...«, sagte Hondro plötzlich, und seine Stimme schien aus weiter Ferne zu kommen, »... haben wir doch ein paar Terraner an Bord?«

Isit schrak auf. »Sie beziehen sich auf einen speziellen Verdacht, Sir?«

Hondro gab keine direkte Antwort. »Was ist mit den neun Springern, die uns Molkex liefern wollen?«

Isit nickte zögernd. »Ich habe daran gedacht, Sir«, gab er zu. »Ich bin sicher, daß sie irgendwo einen Fleck auf der Weste haben. Nur wo, das habe ich bis jetzt nicht herausfinden können. Allerdings ...« er sah auf, »... muß ich sagen, daß ihre Identität als Angehörige der Springer-Rasse außer Frage steht. Es müßte also sein, daß das Solare Imperium Andersrassige als Agenten angeworben hat.«

Hondro lächelte verächtlich und schlug mit der Hand klatschend auf den Tisch. »So! Und warum sollten sie das nicht tun?« fragte er zynisch.

Isit verstand das Zeichen und erhob sich. »Ich werde mich sofort darum kümmern, Sir«, sagte er diensteifrig.

Der Obmann entließ ihn mit einer Handbewegung. Isit biß die Zähne zusammen. Jedesmal, wenn er so entlassen wurde, erinnerte er sich an die Zeit, als er Hondro bei den Mathematikaufgaben geholfen hatte.

Kel Bassa lag in der Dunkelheit. Um ihn herum war es wohlig warm, und aus der Finsternis drangen dunkle Stimmen. Kel Bassa wußte nicht, wo er war, und jedesmal, wenn er die Erinnerung zu packen versuchte, entschwand sie ihm wieder.

Nur eines war ihm plötzlich klar: Er durfte keine Zeit verlieren! Er mußte zur Injektion erscheinen, sonst war er verloren! Wie lange lag er schon hier? Wieviel Zeit blieb ihm noch?

Er versuchte, sich aufzurichten, aber etwas auf seiner Schulter ließ ihn nicht in die Höhe. Er wollte schreien, aber alles, was er hervorbrachte, war ein mattes Gurgeln. Die Kinnlade fühlte sich an, als gehörte sie nicht ihm, und die Stimmbänder wollten nicht mehr so, wie er wollte.

Jemand in der Dunkelheit sagte die Worte: »Gesichtssinn ausgeschaltet, das ist das erste Symptom!«

Und eine zweite Stimme antwortete: »Kehlkopfmuskulatur erschlafft zusehends.«

Von irgendwoher kam zustimmendes Gemurmel. Kel Bassa dachte über die Worte nach. Gesichtssinn ...? Kehlkopf...? Es lag wohl daran, daß auch sein Gehirn nicht mehr richtig arbeitete, sonst wäre er früher darauf gekommen, daß sie über ihn sprachen. Sein Gesichtssinn war ausgeschaltet, seine Kehlkopfmuskulatur erschlaffte. Und das Symptom, von dem sie sprachen, war das Symptom der Vergiftung, die jeden Körper überflutete, der nicht rechtzeitig das Gegengift erhielt.

Kel bäumte sich auf, aber es war mehr ein Aufbäumen der Seele. In seinen Muskeln war keine Kraft mehr. Was hatten sie mit ihm vor? Hatten sie sich ihn als Versuchsobjekt ausgesucht, an dem sie in aller Ruhe den fortschreitenden Zerfall studieren konnten? Warum gerade ihn? Warum war er ihnen gefolgt? Wie kam er überhaupt hierher?

In der Dunkelheit des beginnenden Todes kämpfte Kel Bassas Vernunft ihren letzten Kampf. Der Verstand sträubte sich gegen die Vorstellung, hilflos dem Untergang verdammt zu sein, und je länger er sich sträubte, desto enger wurde die würgende Umklammerung, desto geringer wurde der Spielraum, auf dem die tobenden Gedanken sich bewegten.

Merkwürdiges ging in Kels Gehirn vor. Wohltätige Ohnmacht wollte es beruhigen, aber die Erkenntnis, daß die Ohnmacht den Tod bedeutete, trieb es beinahe zum Wahnsinn.

Nur ein einziges Mal, drei oder vier Sekunden lang, war Kel noch mit Bewußtsein Herr seiner Gedanken. Das war, als jemand dicht neben ihm sagte: »Es ist soweit!«

Einen Augenblick später spürte Kel stechenden Schmerz. Er wußte nicht, was ihn verursachte. Er begriff nur, daß er den Tod bedeutete. Eine Woge der Verzweiflung spülte den letzten Rest Bewußtsein hinweg.

Der Funke erlosch, und die Finsternis war vollkommen.

In seinem Arbeitszimmer saß Isit Huran und grübelte über das Problem nach, das sich so plötzlich vor ihm aufgetan hatte.

Schön – er hatte selbst schon erwogen, die neuen Springer bei Gelegenheit erneut zu überprüfen. Vieles an ihrer Geschichte klang merkwürdig, und er war ziemlich sicher, daß sich hinter den neun exotischen Gestalten mehr verbarg, als sie wahrhaben wollten. Aber er brauchte Zeit dazu. Er konnte nicht mit der Tür ins Haus fallen. War sein Verdacht nicht gerechtfertigt, dann konnte ein voreiliger Schritt Milliardenverluste für Plophos bedeuten.

Der Teufel sollte den Obmann und seine logische Maschine holen. Die Positronik hatte entschieden, daß es auf Plophos wahrscheinlich terranische Agenten gäbe. Die einzigen, auf die Hondro seinen Verdacht konzentrieren konnte, waren die Springer. Also schob er Isit den Ball zu, damit er ihn weiterspiele. Er wollte Resultate sehen, und zwar rasch. Zögerte Isit, dann war Hondro ungnädig, zögerte er nicht und brachte durch zu kompromittierende Maßnahmen das Molkex-Geschäft zum Scheitern, dann war er ebenfalls ungnädig.

Ganz deutlich sah Isit das schmale Band vor sich, auf dem er sich bewegte. Links und rechts gähnte der Abgrund. Er brauchte nur einen einzigen Fehltritt zu tun, dann stieß man ihn hinunter. Es bedurfte dazu nicht viel. Eigentlich nur zweier Worte, aus dem richtigen Mund gesprochen: »Injektion verweigert.«

Isit fragte sich, wieviel er dafür gäbe, genug von dem Gegengift zu besitzen, daß es zu einem Leben von insgesamt siebzig Jahren langte. Alles, entschied er noch im selben Atemzug. Seinen Besitz, sein Ansehen, seinen Rang, seine Würde. Er nähme sich bei Nacht und Nebel ein kleines Raumschiff und ließe Plophos weit hinter sich. Auf irgendeiner anderen Welt, vielleicht sogar auf der Erde, würde er in Ruhe und Frieden sein Leben beschließen.

Er sah auf und schlug sich mit der Faust gegen die Stirn. Das Grübeln war nutzlos. Niemand wußte, woher der Obmann Gift und Gegengift bezog. Wahrscheinlich wurden beide von unbestechlichen Maschinen zubereitet. Es hatte in der Vergangenheit Versuche gegeben, die Natur des Giftes zu analysieren und ein Gegenmittel zu finden. Isit Hurans Leute hatten die Übeltäter festgenommen. Keiner der Versuche hatte Erfolg gehabt. Iratio Hondros geheime Medizin entzog sich dem Zugriff selbst der modernsten Analysemethoden.

Isit stand auf und sah zum Fenster hinaus. Sein Amtszimmer lag im ersten Stock der weitläufigen, aber nicht sonderlich hoch gebauten Zentrale des Sicherheitsdienstes. Das Fenster führte hinaus auf eine Art Park, dessen wuchtige, alte Bäume den Ausblick auf die zweihundert Meter entfernte Straße verwehrten. Über die Bäume hinweg jedoch ragten die modernen Hochhäuser der Innenstadt.

Isits Gedanken kehrten zurück zu den neun Springern. Sie waren zu zwölft gewesen, als sie vor knapp drei Monaten auf Sicos, einem der äußeren Planeten des Systems, notlandeten. Eine Kreuzerpatrouille des Imperiums hatte sie aufbringen wollen. Der Patriarch des Schiffes, ein Mann namens Maltzo, hatte sich gewehrt. Die Patrouille hatte das Schiff fast entzweigeschossen, trotzdem hatte es sich noch bis Sicos geschleppt. Maltzo und elf seiner Leute waren dem Inferno entgangen. Der Rest der Besatzung, fünfzig an der Zahl, war umgekommen.

Isit selbst hatte die Untersuchung des Falles geleitet. In einem Versteck des Schiffes wurden mehr als vierzig Tonnen Molkex gefunden, jene rätselhafte Substanz, der die Blues ihre Vormachtstellung in der Osthälfte der Milchstraße verdankten. Die Aussagen der überlebenden Springer hatten allen Untersuchungen standgehalten. Isit war schließlich selbst dafür eingetreten, daß Maltzo und seine Leute nach Plophos gebracht würden. Man stellte ihnen ein weitläufiges Wohnhaus zur Verfügung und kaufte ihnen die Molkex-Ladung zu einem angemessenen Preis ab. Mit Maltzo wurde ein Vertrag geschlossen, wonach er sich verpflichtete, der Regierung von Plophos während eines angemessenen Zeitraums weiteres Molkex zu beschaffen.

Maltzo unterzeichnete den Vertrag, dann geriet er mit seinen Leuten irgendwo in einer üblen Spelunke in eine Schlägerei und wurde erschossen. Mit ihm starben zwei seiner Männer. Ein anderer Springer übernahm Maltzos Stelle, ein kleiner schwarzhaariger Mann namens Kural. Er versprach, den Vertrag einzuhalten und setzte seine Unterschrift neben die des verstorbenen Maltzo. Kural war offensichtlich dabei, die erste Expedition zur Beschaffung von Molkex vorzubereiten. Molkex war kriegswichtig im Sinne der augenblicklichen plophosischen Politik.

Wenn Isit die Springer vor den Kopf stieß, konnte Kural einen Winkelzug finden, der den Vertrag außer Kraft setzte. Plophos mußte das Molkex dann durch Mittelsmänner auf den Welten des Imperiums zu einem wesentlich höherem Preis einkaufen.

Nein, das konnte sich Plophos nicht leisten. Isit fragte sich, wie, zum Donnerwetter, der Obmann sich seine Aktion gegen die neun Springer vorgestellt hatte.

Er entschloß sich, den Fremden einen Besuch abzustatten.

Kel Bassa schlug die Augen auf. Sein erster Gedanke war, daß es eigentlich gar keine Augen zum Aufmachen mehr geben dürfte. Jemand hatte ihn gefangen und irgendwo festgebunden. Er war aber zur Injektion des Gegengifts fällig gewesen, und da er die Injektion nicht erhalten hatte, müßte er jetzt eigentlich tot sein.

Verblüfft sah er sich um. Er lag in einem Bett, mit einer Hose bekleidet, den Oberkörper jedoch nackt, und mit einer leichten Decke zugedeckt. Um ihn herum war ein mittelgroßer, in hellen Farben gehaltener Raum. Ein Fenster gab es nicht, aber die leuchtende Decke verbreitete sonnenähnliches Licht. Außer dem Bett entdeckte Kel noch eine Sitzecke mit rundem Tisch und zwei Sesseln, eine Badenische mit verschlossener Milchglastür und einen Wandschrank. Zwei Meter seitlich des Wandschranks gab es eine Tür. Das alles, fand Kel, sah nach Krankenhaus aus.

Er hob den linken Arm und stellte fest, daß man ihm die Uhr gelassen hatte. Es war eine Dienstuhr. Neben dem Ortsdatum zeigte sie auf einem kleinen, weißen Blättchen das Datum gemäß zentraler Zeitrechnung an. Kel las den l. Juli 2329, zehn Uhr zweiundvierzig.

Der Eindruck, daß hier etwas nicht mit rechten Dingen zugehe, wurde übermächtig in Kel ... gerade als die Tür sich öffnete und ein Riese von einem Mann den Raum betrat.

Er sah Kel wach und lachte ihn an. Sein Lachen hatte einen sympathischen Klang, fand Kel. Als der Riese ihm die Hand hinstreckte, ergriff er sie und schüttelte sie.

»Also wieder ganz da, wie?« fragte der Hüne mit tiefer Stimme.

»Noch nicht ganz«, antwortete Kel ermattet. »Wo bin ich eigentlich?«

»Hm«, machte der Fremde nachdenklich, »damit wollen wir vielleicht noch ein bißchen warten. Auf jeden Fall bin ich Guri Tetrona, und ich hoffe, Sie fühlen sich wohl.«

»O ja«, versicherte Kel, und ein wenig schüchtern fügte er hinzu: »Bis auf die quälende Frage, ob ich eigentlich noch am Leben bin.«

Guri lachte dröhnend. Ihm gegenüber kam sich Kel wie ein hilfloses Kind vor, obwohl er nicht gerade der Kleinste war. »Sie meinen, wegen der Injektion?« fragte Guri.

Kel nickte.

»Da machen Sie sich mal keine Sorgen«, riet ihm Guri. »Wir haben dafür gesorgt, daß Sie am Leben bleiben!«

Für Kel war es, als hätte er einen elektrischen Schlag bekommen. Kerzengerade fuhr er in die Höhe und sah den Riesen aus weiten, ungläubigen Augen an. »Sie haben ... Sie besitzen ...«, Kels Stimme überschlug sich, »... ein Gegenmittel?«

Guri bestätigte das ruhig.

»Mann Gottes!« schrie Kel voller Begeisterung. »Wissen Sie nicht, daß Sie damit ein ganzes Sternenreich in den Händen halten?«

Guri zeigte sich unbeeindruckt. Verwirrung stieg plötzlich in Kel auf. Wer war der Mann, der des Obmanns größtes Geheimnis enträtselt hatte, ohne dabei mit der Wimper zu zucken?

Kel sank in die Kissen zurück. »Wer sind Sie in Wirklichkeit?« fragte er schwach.

Der Riese machte eine spöttische Verbeugung. »Wie gesagt ... Guri Tetrona, Major der Raumflotte des Solaren Imperiums.«

Kel Bassa schloß die Augen. »Ja, dann allerdings ...«, murmelte er verstört.

Eine Viertelstunde später saß Guri Tetrona, der ehemalige Springer-Patriarch Maltzo, mit zweien seiner Offiziere in seinem eigenen Wohnraum beisammen. Die beiden Offiziere waren Wilbro Hudson und Fann Perrigan. Sie waren die Männer, die während des Streits in der Kneipe angeblich mit Maltzo zusammen getötet worden waren.

Guris Wohnraum befand sich – wie übrigens alle anderen Wohnräume und auch das Krankenzimmer, in dem Kel Bassa sich soeben von seinem Schreck erholte – im Innern des Bergstützpunkts, der unweit von New Taylor, der Hauptstadt von Plophos, vor geraumer Zeit von einem terranischen Geheimdienstmann namens Arthur Konstantin angelegt worden war. Der Stützpunkt war eine kleine Stadt für sich. Er enthielt Lagerräume mit Lebensmittelvorräten und Instrumenten, eine Garage mit Gleitfahrzeugen und überhaupt alle möglichen Dinge, die ein terranisches Einsatzkommando für ein Unternehmen auf einer feindlichen Welt gebrauchen konnte.

Guris Wohnraum konnte keinen Anspruch darauf erheben, schön eingerichtet zu sein. Ein Bett war mit mehr Hast als Sinn für Symmetrie in eine Ecke geschoben worden. Der runde Tisch stand in der Mitte des Zimmers, wo er jedem im Weg war – nur weil Guri fest daran glaubte, daß ein Tisch in die Mitte des Zimmers gehörte. Auf einem der beiden Sessel lag schmutzige Wäsche und sonstiger Krimskrams, so daß Wilbro sich hatte auf die Tischkante setzen müssen. Die Glastür zur Badenische stand offen, und eine Dose Seifenspray war bis zur Schwelle gerollt.

Guri Tetrona saß auf dem Bett, und seine Stimme dröhnte: »Wir schlagen sofort los! Und zwar fangen wir gleich ganz oben an.«

Wilbro und Fann sahen ihn erstaunt an. Fanns Erstaunen schlug jedoch rasch in Begeisterung um. Er ließ die Hand klatschend auf den Tisch fallen und rief: »Vorzügliche Idee, Chef! Wir fangen ganz oben an.«

Guri verzog das Gesicht und schaute Wilbro auffordernd an. »Was hältst du davon?«

Wilbro war ein Mann, der mit seinem mürrischen Gesicht und dem dünnen grauen Haar zehn Jahre älter aussah, als er in Wirklichkeit war. »Ich weiß überhaupt nicht, wovon ihr redet«, behauptete er.

Guri wies mit dem Daumen auf Fann. »Laß dir's von ihm erklären.«

Fann räusperte sich. Er war ein hochgeschossener junger Mann, der gern viel redete, meistens nervös war und im großen und ganzen auf den ersten Blick einen fast lächerlichen Eindruck machte.

»Naja ...«, begann er zögernd, »wie gesagt, wir fangen ganz oben an.«

Guri schüttelte den Kopf. »Warum hältst du nicht den Mund, wenn du nicht weißt, worum's geht«, knurrte er. »Also ... nach den Ermittlungen, die wir bisher angestellt haben, reicht die heimliche Feindschaft gegen den Obmann bis in die höchsten Spitzen der Beamtenhierarchie hinauf. Wir haben zwei Monate lang Daten gesammelt und ausgewertet. Ihr erinnert euch, daß wir ursprünglich beabsichtigten, den Apparat des Geheimdienstes von unten her aufzurollen. Wir wollten erst die geringeren Leute schnappen, ihnen das Gegengift geben, sie heilen und womöglich wieder entlassen. Dieses Vorgehen hätte uns eine Menge Zeit gekostet. Wir wissen jetzt von einem wichtigen Mann, daß er ein erbitterter Gegner des Obmanns sein muß, obwohl er nach außen hin davon nichts merken läßt. Unsere Psychologen haben das aufgestöbert und sich ihre Ermittlungen von der Positronik bestätigen lassen. Wenn nicht die ganze Wissenschaft der Psychologie von falschen Voraussetzungen ausgeht, bedarf es bei diesem Mann nur eines schwachen Anstoßes, um ihn auf unsere Seite zu bringen.«

Fann rutschte in seinem Sessel hin und her. Wilbro sah Guri reglos an, nur seine Augen hatten ein wenig zu leuchten angefangen.

»Wer ist das, Chef?« fragte Fann, der seine Neugier nicht mehr länger zügeln konnte.

»Isit Huran, der Chef des Geheimdienstes.«

Fann gab ein glucksendes Geräusch von sich.

»Du spinnst«, sagte Wilbro aus vollem Herzen.

2.

Aus irgendeinem Grund waren Isit Huran die Springer sympathisch. Er hatte darüber nachgedacht, was dieses Empfinden verursachen mochte. Aber das einzige, was er finden konnte, war die Unabhängigkeit dieser neun Leute vom politischen Protokoll auf Plophos und ihre völlige Verständnislosigkeit für den Personenkult, den Iratio Hondro trieb. Vielleicht war es das, was ihn mit ihnen verband. Bislang hatte er es allerdings verstanden, seine Sympathie zu verbergen. Die Springer hatten die ganze Skala der Methoden kennengelernt, mit denen sich Plophos gegen unerwünschte Eindringlinge wehrte. Kein einziges Mal hatte Isit sein Mitgefühl durchblicken lassen.

Er hatte es auch heute nicht vor, obwohl er sich mit ungewöhnlich schwacher Bedeckung zum Haus der Fremden begab. Außer dem Chauffeur seines Gleitwagens hatte er nur noch einen jungen Captain bei sich, der sich in der Gegenwart des mächtigen Geheimdienstchefs offenbar alles andere als wohl fühlte. Allerdings trug Isit ein kleines Alarmgerät, mit dem er jederzeit die Zentrale darauf aufmerksam machen konnte, daß er sich in Gefahr befände.

Der Wagen hielt vor dem Haupteingang des großen Hauses. Vor Isit her schritt der junge Offizier durch ein Gartentor, ging eine Reihe altmodischer Stufen hinauf und betätigte den Summerknopf, der zur rechten Hand des schweren Portals angebracht war.

Ein Flügel des Portals öffnete sich. Ein wenig unsicher schaute Isits Eskorte in das Halbdunkel der Eingangshalle.

»Gehen Sie nur«, riet ihm Isit. »Es gehört nicht zu den Gewohnheiten dieser Leute, Besucher an der Tür zu empfangen.«

Der Offizier betrat die Halle. Isit folgte ihm in gebührendem Abstand. Es belustigte ihn, zu sehen, wie der junge Mann die rechte Hand ständig in der Nähe der Waffentasche hielt. Die Sache war ihm ganz offensichtlich nicht geheuer.

Vom Hintergrund der Halle aus führten zwei mächtige, geschwungene Rolltreppen links und rechts zur ersten Etage hinauf. In der Rückwand gab es ein zweites Portal, kaum kleiner als das, durch das Isit hereingekommen war. Dahinter lagen die Korridore und Wohnräume des Erdgeschosses, wie er wußte.

Jemand kam in weiten Sprüngen die linke Rolltreppe herunter. Isit erkannte den kleinen, schwarzhaarigen Springer, der jetzt die Gruppe leitete. Kural seinerseits erkannte den Chef des Geheimdienstes und blieb am Fuß der Treppe stehen.

»Was für Sorgen hat der Obmann jetzt schon wieder?« fragte er grob.

Isit beobachtete, wie sein Begleiter zusammenzuckte. Er fing an zu lachen. »Keine«, antwortete er heiter. »Ich komme nur, um einen privaten Besuch abzustatten.«

Kural grinste so, daß die weißen Zähne zu sehen waren. »Wer glaubt Ihnen das?«

Der junge Offizier wandte sich an Isit. »Sir ...«, schnappte er, »wenn Sie wünschen ...«

Isit winkte ab. »Ich wünsche nicht«, unterbrach er. »Ich hielte es für am besten, Captain, wenn Sie sich hier irgendwo niederließen und auf meine Rückkehr warteten. Ich bin sicher«, er machte eine leichte, spöttische Verneigung zu Kural hin, »daß unser Gastgeber einen bequemeren Raum finden wird, in dem er sich inzwischen mit mir unterhalten kann.«

Kural machte keineswegs den Eindruck, als sei er von der Idee begeistert. Aber schließlich öffnete er die große Tür in der Rückwand der Halle und ließ Isit eintreten. Der junge Captain blieb in der Halle zurück, verwirrt und mit dem Gefühl, er sei unversehens in eine Zirkusvorstellung geraten. Wie konnte der Springer es wagen, den Chef des Geheimdienstes auf diese Weise zu behandeln? Wie war es möglich, daß Isit Huran sich die Behandlung gefallen ließ?

Des jungen Mannes Erregung ebbte allmählich ab. Er hatte noch nie in seinem Leben Kontakt mit Fremden gehabt, und er redete sich ein, daß im Umgang mit ihnen andere Regeln gälten. Er sah sich um und fand unter den vielen merkwürdigen Möbelstücken, die die Halle zierten, eines, das halbwegs bequem aussah. Er ließ sich darauf nieder und versuchte, sich zu entspannen.

Die Hand allerdings hielt er immer noch in der Nähe der Waffentasche.

Auf dem kleinen Bildschirm war Guri Tetronas grobgeschnittenes, breitflächiges Gesicht zu sehen. Guri sprach über die Reste des Mikrokom-Verteilernetzes, die aus Arthur Konstantins Tagen in die Gegenwart herübergerettet worden waren.

»Hast du das alles verstanden, Terry?« fragte Guri.

Terry Simmons, ein braunhaariges Geschöpf, dessen vollendete Gestalt noch nicht einmal die formlose Springer-Toga etwas anhaben konnte, schüttelte den Kopf und blitzte Guri zornig an.

»Nein«, fauchte sie. »Und ich behaupte immer noch, ihr seid entweder übergeschnappt in eurer Felsenwüste da draußen, oder bei der Positronik sind ein paar Schrauben locker.«

Guri blieb gelassen. »Also gut«, knurrte er, »dann machen wir's eben anders. Hör gut zu: Du oder eine der andern nimmt das übermittelte Material an sich und leitet es Isit Huran zu. Diese Zuleitung hat so zu erfolgen, daß Isit Huran im Augenblick der Einsichtnahme mit den vereinbarten Methoden überwacht werden kann. Die Sache eilt, und ich erwarte die Vollzugsmeldung in kürzester Zeit. Curd wird inzwischen weitere Anweisungen erhalten. Ist das klar?«

Terry hielt sich die Hände gegen die Ohren. »Das hast du schon mal gesagt«, protestierte sie.

»Ja, aber diesmal ist es ein Befehl!« schrie Guri zornig und unterbrach die Verbindung.

Verblüfft schaute Terry eine Zeitlang den stummen Empfänger an, dann schaltete sie ihn aus. Sie ging zum Fenster des geräumigen Zimmers und sah hinaus.

Es wird also ernst, dachte sie. Nicht so nach und nach, wie wir es zuerst vorhatten, sondern auf einmal, mit einem Schlag. Sie wollen gleich bei dem zweiten Mann auf Plophos anfangen.

Links neben dem Fenster stand ein kleiner Tisch. Auf dem Tisch lag das

Paket, das heute morgen von einem Boten gebracht worden war. Terry kannte den Inhalt des Pakets. Es war das Material, das Isit Huran zugestellt werden sollte.

Isit Huran war unten im Erdgeschoß und unterhielt sich mit Curd. Die Vorbereitungen für die Überwachung ließen sich in wenigen Sekunden treffen. Curd brauchte nicht einmal davon zu erfahren. Alles war so vorbereitet, daß die Situation sich selbst steuerte. Außerdem war Curd ein intelligenter Mann. Er würde wissen, was er zu sagen hatte. Seine Informationen konnte er später einholen.

Terry Simmons, Spezialistin der Terranischen Abwehr, der Plophosischen Polizei dagegen unter dem Namen Malita und als Angehörige der Sippe des Springers Maltzo bekannt, machte sich daran, den ersten großen Schritt zur Beseitigung der Diktatur auf Plophos vorzubereiten.

»Sie haben jetzt genug von meinem Kaffee getrunken«, bemerkte Kural ungnädig. »Wollen Sie mir nicht endlich sagen, weswegen Sie hier sind?«

Der Raum, in dem die Unterhaltung stattfand, wäre behaglich gewesen, wenn die Springer ihn nicht nach ihrem eigenen, exotischen Geschmack eingerichtet hätten. Die schweren Vorhänge ließen nur Spalten der großen Fenster offen, und die hochlehnigen, steilen Sessel und Chaiselongues vermittelten den Eindruck eines Museums. Der Raum lag auf gleichem Niveau mit dem Garten hinter dem Haus, und die blühenden Spitzen der Büsche lugten durch die Fensterspalte herein.

»Schön haben Sie es hier«, sagte Isit nachdenklich.

»Ja, das verdanken wir Ihrem Obmann«, knurrte Kural. »Was weiter?«

Isit lächelte und wandte seine Aufmerksamkeit voll dem kleinen Springer zu. »Was machen Ihre Vorbereitungen zur ersten Molkex-Expedition?« fragte er.

Kural winkte ab. »Nein, das ist es auch nicht«, entgegnete er ärgerlich. »Dazu brauchen Sie nur auf den Raumhafen zu gehen und sich zu erkundigen. Sie wissen so gut wie ich, daß wir in etwa vier Wochen startbereit sein werden.«

Isit nickte. Kural lag eine weitere Frage auf der Zunge, aber bevor er sie aussprechen konnte, öffnete sich die Tür. Eine junge Frau trat ein. Isit kannte sie. Es war Malita, eine der drei Frauen, die zur Gruppe der Springer gehörten. Malita war ein wenig größer als Kural. Sie sah aus, als hätte sie gerade ihren siebzehnten Geburtstag gefeiert. Aber ihr Blick wirkte reifer, und im übrigen kannte man sich bei den Springern nie so richtig aus. Auf jeden Fall war sie schön, daran bestand kein Zweifel.

Malita hielt ein kleines Paket in der Hand und ging damit geradewegs auf Kural zu. Sie sprach zu ihm in einer Sprache, die Isit nicht kannte. Mißtrauen regte sich in ihm. Aber er besaß weder ein Gerät, mit dem er die Unterhaltung hätte aufzeichnen können, noch konnte er den Springern verbieten, sich einer der vielen fremden Sprachen zu bedienen, die sie beherrschten.

Es erschien ihm, als wäre Kural von dem, was Malita ihm zu sagen hatte, aufs höchste überrascht. Die Springerin fügte daraufhin noch drei oder vier Worte hinzu, da zuckte Kural mit den Schultern und gab sich offenbar geschlagen. Er nahm das Paket an sich. Malita sah Isit unfreundlich an und ging wieder hinaus.

Stille herrschte in dem geräumigen Zimmer. Kural betrachtete das Paket, das er im Schoß hielt. Schließlich hob er den Blick, und Isit war überrascht, ein kleines, spöttisches Lächeln zu sehen, das ohne Zweifel für ihn gedacht war.

Der kleine Springer stand auf. »Hier ist etwas für Sie«, sagte er und warf Isit das Paket zu.

Er kehrte zu seinem Sessel zurück, langte zu dem Tisch hinüber, der neben dem Sessel stand, und drückte auf einer Schaltleiste ein paar Knöpfe. Auf einem Säulentisch in der Mitte des Raumes öffnete sich eine Klappe, und ein quaderförmiges Gerät kam zum Vorschein. Isit ließ sich davon nicht beirren. Er öffnete das Paket, wobei er sorgfältig registrierte, daß es schon einmal geöffnet worden war, und musterte den Inhalt. Es handelte sich um nichts weiter als eine kleine Bildbandspule. Isit besah sie von allen Seiten und überzeugte sich, daß sie einen unverdächtigen Eindruck machte.

»Das Gerät dort ist auf Terra eingestellt«, sagte Kural. »Sie können es selbst bedienen.«

Isit stand auf und ging zu dem Tisch hinüber. Die Bedienungsweise des Bildbandgerätes war ihm bekannt. Er legte die kleine Spule ein und drückte den Startknopf. Der Bildschirm auf der Deckplatte des Instruments leuchtete auf.

Eine Stimme begann zu sprechen: »Erster Juli zweitausenddreihundertneunundzwanzig, elf Uhr dreißig nach zentraler Zeitrechnung. Über New Taylor hat vor etwa zehn Minuten ein für die Jahreszeit völlig ungewöhnlicher Regenfall eingesetzt.« Isit horchte auf. Das war gestern gewesen. Der Regen hatte alle Wetterprognosen umgeworfen. In diesen Monaten hatte es über New Taylor einfach nicht zu regnen. Isit verstand, was der Mann auf dem Bildband wollte. Er wollte den Zeitpunkt festlegen, zu dem das Band besprochen worden war. Allerdings zog er nur eine untere Grenze. Das Band konnte nicht früher als bei Beginn des Regenfalls besprochen worden sein.

»In ein paar Sekunden«, fuhr die Stimme fort, »wird auf dem Schirm mein Bild erscheinen. Es ist das Bild, das in meinem Ausweis zu finden ist. Ausweisnummer und andere wichtige Informationen sind auf dem unteren Rand vermerkt. Ich weise darauf hin, daß meine Identität mit Hilfe dieses Bandes anhand meines im Archiv hinterlegten Modulationsmusters einwandfrei nachgewiesen werden kann.«

Die Stimme schwieg. In Isits Schädel vollführten die Gedanken einen wilden Tanz, als das Bild erschien. Es war das Bild einer Ausweiskarte des Geheimdiensts. Dienstnummer, Ausstelldatum und Truppenteil waren unter dem Bild vermerkt. Natürlich auch der Name des Ausweisträgers. Isit las ihn, und der Verstand sträubte sich zu glauben, was die Augen sahen.

KEL BASSA!

»Ich lebe also noch!« sagte die Stimme.

Isit wurde schwindlig. Es gibt Augenblicke, in dem Freude und das Gefühl des Triumphs das Bewußtsein so überschwemmen, daß es zeitweise die Kontrolle über den Körper und seine Reaktionen verliert. Isit taumelte, stolperte und wäre um ein Haar zu Boden gestürzt.

Es war Kural, der ihm zu Hilfe kam und ihn vor dem Sturz bewahrte. Isit wurde plötzlich wieder nüchtern. Als er Kurals Blick sah, wußte er, daß er wie ein Anfänger in eine primitive Falle getappt war.

Plophos war die Last, die der Regierung des Solaren Imperiums am schwersten auf der Seele lag. Plophos war die große Zentrale des Widerstands gegen die Macht des Imperiums. Plophos war Anfang und Ende der Bemühungen, die Kolonialwelten vom Imperium zu lösen und sie zu autarken Staatsgebilden zu machen. Fiel Plophos, dann war die größte Gefahr beseitigt.

Die Regierung des Imperiums besaß genügend Beweismaterial für ungesetzliche Handlungen des Obmanns und seiner Mitarbeiter, so unter anderem für die Entführung Perry Rhodans und weiterer Leute durch die Blaue Garde von Plophos. Nach den Vorschriften der Verfassung wäre es ohne weiteres möglich gewesen, den Obmann und seine Leute vor Gericht zu stellen, ihn abzuurteilen und an seiner Stelle einen Militärgouverneur einzusetzen. Damit wäre das Problem erledigt gewesen, denn es bestand kein Zweifel daran, daß Iratio Hondro, der Obmann, die treibende Kraft hinter den Selbständigkeitsbestrebungen der Kolonien war.

Obwohl die Dinge derart einfach lagen, entschied sich Perry Rhodan jedoch zu einem erheblich komplizierteren Vorgehen. Es bedurfte mehr als eines Gerichtsurteils, um Hondro zur Aufgabe seines Postens zu zwingen. Das Imperium hätte um die Durchführung des Urteils zu erzwingen, Plophos mit seiner Raumflotte angreifen müssen. Die übrigen Siedlerwelten, die ohnehin nicht genau wußten, auf wen sie lieber hören wollten, hätten sich wenigstens zum Teil auf Hondros Seite geschlagen, und schließlich wäre gerade das erzielt worden, was man hatte vermeiden wollen.

Iratio Hondro mußte von innen heraus zu Fall gebracht werden. Auf Plophos mußte eine Revolution stattfinden, die Hondro und seine Schergen beiseite fegte. Ausführliche Untersuchungen, aus großer Entfernung und hauptsächlich auf theoretischer Basis durchgeführt, hatten gezeigt, daß das Revolutionspotential der Siedlerwelt Plophos ausreichend groß war, mit anderen Worten: Es gab dort genug unzufriedene Leute. Der Plan hatte also Aussicht auf Erfolg.

Ohne daß die Plophosische Abwehr davon erfuhr, wurde ein unterirdischer Stützpunkt auf der Eiswelt Sicos, dem sechsten Planeten des Plophosischen Systems, angelegt. Zwölf Abwehrspezialisten unter Führung von Major Guri Tetrona gelangten an Bord eines Plophosischen Kriegsschiffes ganz offiziell nach Plophos, vierzig weitere Agenten folgten auf geheimem Weg. Der Grundstein war gelegt. Es galt jetzt nur noch, den Stein ins Rollen zu bringen.

Das allerdings war ein umfangreiches Problem. Wie konnten Amateur-Revolutionäre über einen gut geschulten, mit den modernsten Mitteln ausgerüsteten Geheimdienst triumphieren, dessen Mitglieder ihrem Obmann auf Gedeih und Verderb ergeben waren – ergeben sein mußten, weil sie sonst das Gegengift nicht erhielten und jämmerlich zugrunde gingen?

Auch auf diese Frage gab es eine einfache Antwort: Terra mußte das Gegengift finden.

Untersuchungen zu diesem Problem waren schon seit geraumer Zeit im Gange. Die Regierung des Imperiums beschäftigte eine Reihe von Ara-Medizinern, denn wenn jemand in dieser Sache Erfolg haben würde, dann konnte es nur ein Ara sein. Lange Zeit sah es zwar so aus, als wäre diese Nuß selbst für die Aras zu schwer zu knacken. Dann allerdings erschien Sima-Orth auf der Bühne. Sima-Orth war ein Ara-Toxikologe, der von einem für die Regierung des Imperiums arbeitenden Ara-Arzt um Rat gebeten worden war. Sima-Orth untersuchte zunächst Blutproben des Großadministrators und der Männer, die damals mit ihm in die Hände der Plophoser gefallen waren und die Giftinjektion erhalten hatten. Die

Zellaktivatoren, die sie trugen, hatten die Wirkung des Gifts neutralisiert, aber Spuren des fremden Stoffes sollten noch in den Blutproben zu finden sein.

Sima-Orth fand sie. Er entdeckte Viren im Zustand der kristallisierten Starre. Sima-Orth fand auch das Enzym, das die Starre erzeugte. Die Zellaktivatoren produzierten es in reichlichem Maße, sozusagen als Abfallprodukt. Der normale, unvergiftete Körper wußte mit ihm nichts anzufangen und schied es wieder aus.

Des betäubenden Enzyms beraubt, erwachten die Viren rasch und begannen mit ihrer zerstörerischen Tätigkeit. Ein Versuchstier, mit dem Serum geimpft, verendete nach einiger Zeit, wobei der Körper sichtbare Verfallsmerkmale aufwies.

Sima-Orth setzte die Versuche fort, bis er seiner Sache sicher war. Das Enzym war das sogenannte Gegengift, das der Obmann seinen Getreuen alle vier Wochen verabreichte. Alles, was es jetzt noch zu tun gab, war, das Gegenmittel in ausreichenden Mengen herzustellen, denn Sima-Orth hatte ebenfalls ermittelt, daß eine Variation des Enzyms, ein nur um die Anordnung zweier Atome verschiedener Stoff, das Virus endgültig abtötete, anstatt es nur in den kristallinen, inaktiven Zustand zu versenken.

Der Ara nannte sein Heilmittel Bio-Kompentin. Das erste menschliche Versuchsobjekt war Perry Rhodan selbst. Er erhielt eine Injektion Bio-Kompentin, und in einer zwei Stunden später entnommenen Blutprobe waren keine Spuren der Viren mehr festzustellen. Sie hatten sich aufgelöst.

Von da an lief die Produktion auf vollen Touren. Um das Medikament nach Plophos zu bringen, führte der Großadministrator ein Scheinmanöver durch. Mit einem kleinen Verband von acht Kriegsschiffen erschien er am 25. Juni 2329 vor dem System der Sonne Eugaul, zu deren Planeten auch Plophos gehörte. Rund einen Lichttag von der äußersten Planetenbahn des Systems entfernt, richtete er per Hyperfunk an den Obmann die Aufforderung, die normalen diplomatischen Beziehungen zur Mutterwelt des Imperiums wiederherzustellen und seine Zustimmung zur Restitution der terranischen Botschaft zu geben.

Iratio Hondro hielt es nicht einmal für nötig zu antworten. Perry Rhodan hatte mit einer Antwort auch nicht gerechnet. Für ihn zählte nur, daß Leutnant Ali el Hagar mit einer Konturhülle inzwischen das Flaggschiff verlassen hatte und sich auf dem Weg nach Plophos befand. Die Konturhülle war eine der neueren Errungenschaften der Technik, im Grunde genommen ein lenk- und beschleunigbarer Feldschirm, in dessen Innerem ein Passagier durch den Weltraum reisen konnte. Der Feldschirm besaß den Vorzug minimaler Streustrahlung und war deswegen so gut wie nicht zu orten. An Bord der Hülle, mit der Ali el Hagar reiste, befanden sich fünftausend Ampullen Bio-Kompentin. Das war mehr als genug, um die wichtigsten Leute des Geheimdienstes dem Einfluß des Obmanns zu entziehen.

Als feststand, daß Iratio Hondro die Aufforderung nicht beantworten würde, zogen sich die acht Schiffe aus der Orterreichweite der Plophosischen Wachpatrouillen zurück. Inzwischen glitt Leutnant Ali el Hagar mit beachtlicher Geschwindigkeit in das Eugaul-System hinein. Er machte Zwischenstation auf Sicos, der Eiswelt mit dem unterirdischen Stützpunkt, und fand dort alles in bester Ordnung. Nach einer kurzen Ruhepause setzte er seinen Weg fort und landete schließlich unbemerkt auf Plophos, wo er von Guri Tetrona, nachdem er diesem den Zweck seines Hierseins erläutert hatte, mit offenen Armen empfangen wurde.

Außer den fünftausend Ampullen Bio-Kompentin hatte Ali el Hagar allerdings noch einen Befehl mitgebracht, der von Perry Rhodan selbst stammte. Der Befehl hieß: Höchste Eile ist geboten!

Und Guri Tetrona hatte sich danach gerichtet.

Isit Huran hatte es in den langen Jahren seiner Dienstzeit gelernt, die Fassung rasch wiederzugewinnen. Er befreite sich aus Kurals stützendem Griff und wich zwei Schritte weit zurück.

»Sie haben einen Fehler gemacht«, sagte er ernst. »Sie hätten mir das nicht geben dürfen.«

Er deutete auf das Bildbandgerät, auf dem sich die abgelaufene Spule wie ein Miniaturkarussell drehte.

»Und warum nicht?« fragte Kural mit beißendem Spott.

»Kel Bassa ist entführt worden«, antwortete Isit. »Sie wissen über seinen Verbleib Bescheid, also sind Sie wahrscheinlich mitschuldig an der Entführung. Und selbst wenn nicht, besitzen Sie immer noch genügend Informationen, um ein strenges Verhör zu rechtfertigen.«

Isit wußte im Grunde genommen, daß er den kleinen Springer nicht bluffen konnte. Schließlich hatte Kural selbst wahrscheinlich die Falle aufgebaut. Aber es gab immer noch eine winzige Chance, daß alles auf einer verrückten Verkettung von Zufällen beruhte, und Isit Huran war nicht der Mann, der in einer Lage wie dieser auch nur die kleinste Chance ausließ.

Kural schmunzelte. Man sah ihm an, daß er die Lage genoß.

»Das alles werden Sie nicht tun«, sagte er ruhig. »Sie halten uns auch keineswegs in Wirklichkeit für so dumm, wie Sie vorgeben. Sie wissen genau, daß die sogenannten Spitzenaktionen eines jeden Gehirns selbst mit relativ einfachen Geräten und über beachtliche Entfernungen hinweg wahrgenommen werden können. Eine Spitzenaktion ist die Tätigkeit, die das Gehirn im Augenblick des Schocks entfaltet. Für jede Art von Spitzenaktion hat die Ausstrahlung ein charakteristisches Muster. Man kann Freude von Schreck deutlich unterscheiden. Irgendwo in diesem Haus gibt es nun also eine Aufzeichnung, die beweist, daß Sie auf die Nachricht von Kel Bassas Überleben freudig reagierten. Hätten Sie anders reagiert, wären Bildband und Gerät sofort verschwunden. Was, meinen Sie, würde sich der Obmann denken, wenn wir ihm Aufnahmen der Szene vorlegten, in der Sie das Band abhörten, und gleichzeitig einen unanfechtbaren Beweis für die Art Ihrer Reaktion?«

Isit trocknete sich die schweißnasse Stirn ab. Es konnte sein, daß der Mann, dessen Stimme er gehört hatte, gar nicht Kel Bassa war. Ausweisbilder ließen sich zwar nicht sonderlich leicht fälschen, aber die Organisation, für die Kural sprach, schien eine hervorragende Ausrüstung zu besitzen. War Kel Bassa nicht mehr am Leben, dann hatte er sich umsonst gefreut. Dann befand er sich jetzt in der Hand des Springers.

Er schob die Hand in die Tasche. Seine Verwirrung legte sich rasch. Mit kräftigen Fingern packte er das kleine Alarmgerät. Was auch immer werden würde ... er duldete nicht, daß jemand einen Narren aus ihm machte. Kural brauchte nur die falsche Antwort zu geben, dann war er geliefert. Isit Huran allerdings auch.

»Sagen Sie«, begann er mit erzwungener Ruhe, »das war nicht in Wirklichkeit Kel Bassa, den ich da sprechen hörte?«

»Sie haben sein Gesicht gesehen«, sagte Kural ausweichend.

»Auf dem Bildschirm, ja«, gab Isit zu. »Aber nie zuvor in Wirklichkeit. Kel Bassa war Leutnant. Erwarten Sie etwa, daß ich alle meine Leutnants kenne?«

Kural schüttelte den Kopf. »Nein, Sie brauchen keine Angst zu haben«, sagte er ernst. »Der Mann auf dem Bildband war Kel Bassa.«

»Ich verlange Beweise«, forderte Isit hart.

Aus Kural war plötzlich ein anderer geworden. Er wirkte jetzt wie ein Mann, den man nicht unterschätzen durfte.

»Sie befinden sich nicht in der Lage, in der Sie Forderungen stellen können«, bemerkte er ruhig. »Es gehört jedoch zu unserem Plan, Ihnen Kel Bassa vorzuführen und zu beweisen, daß der Obmann kein Monopol auf das Gegengift besitzt.«

Die Erkenntnis, daß die Springer über die Gift- und Gegengift-Praxis des Obmanns Bescheid wußten, berührte Isit schon kaum mehr. »Wer ist wir?« wollte er wissen.

Ein paar Sekunden lang zeigte Kural noch einmal das gleiche, jungenhafte Lächeln, mit dem er Isit Minuten zuvor auf die Nerven gegangen war.

»Überlassen Sie bitte uns«, antwortete er, »wann wir die notwendigen Eröffnungen machen.«

Er kehrte zu seinem Sessel zurück und forderte Isit mit einer Handbewegung auf, sich ebenfalls zu setzen.

»Unterhalten wir uns lieber darüber«, schlug er vor, »wie und wann wir Ihnen Kel Bassa vorführen können.«

Jerk Hansom hatte keinen offiziellen Titel. Man nannte ihn bisweilen den Konsultanten des Obmanns, aber die Bezeichnung Konsultant war in keiner Dienstliste aufgeführt. Jerk Hansom hatte wöchentlich einmal eine Besprechung mit Iratio Hondro. Die allgemeine Meinung war, daß Jerk den Obmann über Fragen der nationalen Wirtschaft beriet. Diese Meinung wurde weitestgehend von Jerks Aussehen beeinflußt. Er war einen Meter fünfundsiebzig groß, ein wenig korpulent und etwa fünfzig Jahre alt. Er hatte eine Dreiviertelglatze, die er für gewöhnlich mit einem steifen Hut bedeckte. Er trug ausgewählte Kleidung, bediente sich einer gebildeten Sprache und wirkte ganz und gar wie der Herrscher über ein mächtiges Industriesystem. Es gab zwar auf Plophos keine mächtigen Industriesysteme, und auch die weniger mächtigen beherrschte auf diesem Planeten kein Privatmann, denn sie waren alle verstaatlicht. Aber der Eindruck, den Jerk machte, hatte sich in den Vorstellungen der Leute festgefressen. Er war der Industriekapitän, und das einzige, was der Obmann logischerweise von ihm wollen konnte, waren seine Ansichten über Entwicklung und Entwicklungsmöglichkeiten der plophosischen Wirtschaft.

An diesem Abend des 2. Juli 2329 vollzog sich Jerk Hansoms Eintritt wie immer: Mit ernstem Gesicht, einer Ledermappe unter dem Arm, betrat er das Palais des Obmanns. Eine Wache geleitete ihn in den ersten Stock. Der Offizier im Vorzimmer versuchte wie üblich, dem Obmann von der Anwesenheit des Konsultanten Meldung zu machen, aber der Obmann kam, wie ebenso üblich, dem Diensthabenden zuvor, indem er durch den Lautsprecher verkündete: »Lassen Sie Mister Hansom ein, Captain!«

Jerk Hansom verneigte sich in Richtung des Lautsprechers und zeigte ein wohleinstudiertes Lächeln. Die Tür öffnete sich, und Jerk entschwand den Blicken der Umwelt.

Als er die Tür hinter sich klickend in die Verriegelung fallen hörte, nahm Jerk die Mappe, die er bisher unter dem Arm getragen hatte, zwischen zwei spitze Finger und ließ sie dort, wo er stand, auf den Boden fallen. Er trat vor den Sessel an der Seite des mächtigen Arbeitstisches und warf sich, wobei Iratio Hondro ihn amüsiert beobachtete, seufzend hinein. Das tat er mit solch nachdrücklicher Wucht, daß das Möbelstück ächzte und sich ein Stück rückwärts bewegte.

Ohne bisher noch ein Wort gesagt zu haben, entnahm Jerk einem metallenen Etui eine Zigarette, entzündete sie, indem er kräftig an ihr sog, und stieß den blauen Rauch in dichten Wolken von sich. Erst dann war er zum Sprechen bereit. Er nahm die Zigarette wieder in die Hand, betrachtete sie angelegentlich und erklärte schließlich: »In deinem Laden stinkt es gewaltig, mein lieber Obmann.«

Hondro lachte amüsiert. »Was bringt dich zu der Ansicht?« wollte er wissen.

»Verschiedenes.«

Jerk stand auf, holte die Mappe, die er vorhin hatte fallen lassen, und entnahm ihr ein Blatt Schreibfolie.

»Ich habe über den Fall Bassa ein Detailprogramm für die Positronik ausgearbeitet und es der Maschine vorgelegt. Das Programm geht weitaus deutlicher auf die einzelnen Untersuchungsergebnisse ein, als es beim ersten Versuch möglich war.«

»Und ...?«

Jerk gab einen prustenden Laut von sich. »Nach den Ermittlungen der Maschine«, antwortete er, »gibt es nur zwei Möglichkeiten. Entweder ist ein Wunder geschehen, oder ...«

»Oder ...?«

»Oder Perry Rhodan hat die Hand im Spiel.«

Hondro lehnte sich zurück und fuhr mit der Hand übers Kinn. »Also doch«, sagte er bedrückt.

»Ja«, bestätigte Jerk, ohne sich von Hondros Bestürzung auch nur im geringsten beeindrucken zu lassen. »Es steht jetzt außer Zweifel, daß das Appartement mit Hilfe eines Nachschlüssels geöffnet wurde. Der Unbekannte hatte keine andere Möglichkeit, seinen Mechanismus zu installieren. Du kennst die Elektronikschlösser. Um den richtigen Schlüssel zu bauen, muß man eine unter rund neunzig Milliarden verschiedenen Kombinationsmöglichkeiten kennen. Sie läßt sich nur am Schloß selbst erkennen. Da aber das Schloß an Bassas Tür nachweislich niemals ausgebaut wurde, gibt es nur die Möglichkeit, daß der Unbekannte die eine unter zehn hoch zehn Möglichkeiten an Ort und Stelle ermittelt hat. Das bedeutet weiterhin, daß er ein Gerät besitzt, das unseren Spezialisten unbekannt ist.«

Iratio Hondro räusperte sich. »Kannst du das näher erklären?« fragte er zweifelnd.

»Ja, natürlich.« Jerk sah auf und bedachte den Obmann mit einem nachsichtigen Lächeln. »Ich weiß allerdings nicht, ob du das alles verstehen wirst. Also, jede elektronische Verriegelung basiert auf vierzehn Impulsserien. Diese vierzehn Impulsserien können auf nahezu neunzig Milliarden verschiedene Arten zueinander angeordnet werden. Ein Instrument, das den Kode einer solchen Verriegelung ermitteln soll, muß also zunächst in der Lage sein, jeden einzelnen der vierzehn Impulse auszustrahlen. Das allein ist nicht so schwierig. Die Impulsformen sind jedermann bekannt. Danach aber kommt das Problem. Das Instrument muß alle neunzig Milliarden Impulskombinationen ausstrahlen, um festzustellen, auf welche die Verriegelung positiv reagiert. Und nicht nur das. Die ganze Sache muß sich innerhalb von zwei Minuten abwickeln, denn macht sich jemand länger als zwei Minuten am Schloß zu schaffen, bekommt die Zentrale automatisch Alarm.« Jerk schob die Papiere wieder in die Mappe. »Kannst du dir jetzt vorstellen, was das für ein Gerät sein muß?«

Hondro sah vor sich hin auf die Tischplatte.

»Die zentrale Positronik auf Plophos«, fuhr Jerk unbarmherzig fort, »brächte so etwas natürlich mit Leichtigkeit fertig. Aber soweit wir wissen, hat niemand die Positronik abmontiert und in Bassas Appartementhaus geschleppt. Es wurde dort überhaupt niemand registriert, der irgend etwas verdächtig Großes eingeschleppt hätte. Das Instrument, das das Schloß abtastete, muß also so klein gewesen sein, daß es in eine Hosentasche paßte.«

Jerk setzte die Mappe behutsam auf den Boden und klatschte sich theatralisch auf die Schenkel. »Und das, mein Freund, ist etwas, was nur die Terraner mit Hilfe der siganesischen Mikrotechnik fertigbringen.«

Der Obmann schwieg. In dem geräumigen Zimmer brannte kein Licht. Die Abenddämmerung kam, und Jerk sah Hondro nur noch als schwarzen Schatten gegen das graue Viereck des Fensters.

»Das ist deine neue Aufgabe«, sagte der Obmann schließlich. Der Bericht hatte Eindruck auf ihn gemacht, das merkte Jerk an seiner Stimme. »Herauszufinden, wer Rhodans Agenten sind und wo sie sich aufhalten. Die Sache drängt, das weißt du. Je länger sie auf Plophos ihr Unwesen treiben, desto größer ist der Schaden, den sie anrichten können.«

»Mhm«, machte Jerk. »Das ist klar.« Im übrigen blieb er reglos in seinem Sessel sitzen.

»Du hast nicht vielleicht noch so eine Hiobsbotschaft?« fragte Hondro mit einem leichten Anflug von Panik in der Stimme.

Jerk lachte halblaut. »Nichts so Schlimmes mehr«, beruhigte er sein Gegenüber. »Nur eine interessante Beobachtung.«

Hondro seufzte. »Laß hören!«

Jerk Hansom setzte sich zurecht, als bereitete er sich auf eine längere Erzählung vor.

»Wie du weißt«, fing er an, »hat jeder normale Mensch eine normale Anzahl von Bekannten, mit denen er pro Monat eine normale Anzahl von Visifongesprächen führt. Die Zahlen sind recht gut bekannt. Jeder Bekannte eines normalen Menschen hat von diesem pro Monat etwa drei Anrufe zu erwarten. Bitte, rede mir nicht drein. Das ist Statistik, und die Statistik mittelt zwischen guten und weniger guten Bekannten.«

Hondro hatte tatsächlich einen Einwurf auf der Zunge gehabt, aber jetzt schwieg er.

»Wie du weißt«, fuhr Jerk fort, »überwache ich regelmäßig die Anschlüsse der höchsten Beamten dieses Landes. Ich habe keine Vollmacht, die Gespräche abzuhören, und wahrscheinlich würde mir das ohnehin nicht viel einbringen. Aber ich kann feststellen, wann und mit wem gesprochen wird. Das habe ich getan, und dabei ist mir etwas Merkwürdiges aufgefallen.« Er machte eine kleine Pause und zündete sich wieder eine Zigarette an. »Es gibt da drei Leute, die mit zweien aus dem Kreise ihrer Bekannten eine außerordentlich hohe Zahl von Gesprächen führen. Natürlich kommt so etwas öfter vor. Mancher hat einen besonders guten Freund und wird seines Lebens nicht froh, wenn er sich täglich nicht mindestens einmal mit ihm unterhält. Aber hier verhält sich die Sache anders. Die Leute, von denen ich rede, sind Will Heeph, Arnt Kesenby und Sono Aront.«

Iratio Hondro war völlig durcheinander. Jerk schmunzelte. Hondros Schreck war zu begreifen. Arnt Kesenby war Großadmiral der Plophosischen Raumflotte, Will Heeph bekleidete das Amt des Ministers für Innere Angelegenheiten, und Sono Aront war der Chef der staatswissenschaftlichen Forschung.

»Ich möchte, daß du dich auch um diese Sache kümmerst«, sagte der Obmann.

»Mhm«, machte Jerk, »das dachte ich mir.«

»Ich möchte so rasch wie möglich Bescheid wissen!«

Jerk stand auf. »Immer mit der Ruhe, mein Freund«, warnte er. »Es besteht die Möglichkeit, daß die Sache völlig harmlos ist, und wir möchten niemand vor den Kopf stoßen, nicht wahr?«

Der Obmann gab keine Antwort. Jerk nahm seine Mappe auf und verließ den Raum. Zurück ließ er einen Mann, der tiefsinnig über die unerfreuliche Entwicklung der Dinge im allgemeinen und über seine merkwürdigen Beziehungen zu Jerk Hansom im besonderen nachdachte.

3.

Kazmer Tureck kam sich vor wie die Katze, die sich in den eigenen Schwanz beißt. Als Guri Tetronas Fachmann für Verfahrensfragen hatte er den Plan zur Kontaktaufnahme mit den Neutralisten auf Plophos selbst entworfen und war überzeugt davon, daß es keine bessere Methode gab. Auf diese Überzeugung bauend, hatte Guri Kazmer damit beauftragt, seinen eigenen Plan auszuführen. Nun war der Plan zwar, wie Kazmer glaubte, von allen denkbaren der beste, aber im großen und ganzen war er immer noch miserabel. Es bedurfte nur einer einzigen falschen Reaktion von seiten des Mannes, den Tureck aufzusuchen im Begriff stand, und er war geliefert.

Kazmer Tureck trug die Uniform eines plophosischen Flottenoffiziers. Den grobgeschnittenen Schädel bedeckte eine dunkelblaue Tuchmütze mit den Rangabzeichen eines Captains. Der Gleiter, in dem Tureck fuhr, hatte allerdings private Kennzeichen. Tureck hatte sich aus Gründen des Risikos dazu entschlossen, obwohl ein amtliches Nummernschild der Raumflotte an seinem Wagen ihn noch echter hätte aussehen lassen.

Tureck parkte auf dem langgestreckten Platz vor dem weitläufigen Komplex der Flottenverwaltung. Beim Aussteigen warf er dem schnittigen Wagen einen traurigen Blick zu und fragte sich, ob er ihn jemals wiedersehen würde. Schon im nächsten Augenblick beanspruchte ihn die Konzentration auf seine Aufgabe voll und ganz. Auf dem Parkplatz herrschte reger Verkehr. Hunderte von Uniformierten bewegten sich zwischen den Fahrzeugen und auf den breiten Rollbändern, die vom Südende des Platzes quer durch eine wohlgepflegte Rasenlandschaft auf das wuchtige Portal des Gebäudekomplexes zuglitten.

Vielleicht, dachte Kazmer, *war meine Idee doch nicht so besonders gut. Es muß endlos lange dauern, bis man vorgelassen wird.*

Das Band entlud ihn und seine Mitpassagiere in eine mächtige Halle mit lichtdurchfluteter Kuppeldecke. Ringsum in den Wänden leuchteten die rotumrandeten Schachtmündungen der Antigravlifts. In der Mitte der Halle stand ein Kreis von Auskunftsschaltern. Kazmer Tureck wandte sich dorthin und erfuhr von einem primitiven Kastenrobot, daß die Büros der obersten Flottenverwaltung sich im fünfzehnten Stockwerk befanden. Kazmer durchquerte das Gewühl der Riesenhalle und nahm einen der Expreßlifts, die zur fünfzehnten Etage hinaufführten. Er landete auf einem weiten, hellerleuchteten Gang mit Türen rechts und links, kleinen Wartebänken an den Wänden und erstaunlich wenig Publikumsverkehr. Er wartete, bis sich eine der Türen öffnete und ein Sergeant mit einem Stapel Mappen unter dem Arm auf den Gang trat. Kazmer fragte nach dem Büro für Anmeldungen und erhielt genaue Auskunft. Das Büro lag fünfzig Meter weiter unten im Gang. Kazmer trat ein und fand sich in einem kleinen, quadratischen Raum, in dem ein junger Leutnant und ein älterer Captain der weiblichen Hilfsgarde ihre Zeit mit privaten Gesprächen totschlugen. Kazmer war ein wenig stürmisch eingetreten und hatte den beiden keine Zeit gelassen, ihre Nachlässigkeit zu tarnen. Der Leutnant sprang auf und grüßte ein wenig zu stramm. Der Captain, eine rundliche Frau von etwa fünfunddreißig Jahren, bedachte Kazmer mit einem verlegenen Lächeln.

»Kazmer Tureck vom Außenposten«, sagte Kazmer knapp. »Ich komme aus eigenem Antrieb, jedoch in einer wichtigen dienstlichen Angelegenheit. Ich stelle Antrag auf eine Unterredung mit dem Kommandierenden Admiral.«

Der Leutnant stand immer noch hinter seinem Schreibtisch. Als er Kazmers Anliegen hörte, lächelte er verlegen.

»Es steht mir nicht zu, Sir, Ihnen Ratschläge zu erteilen«, begann er voller Unbehagen, »aber in diesem Falle ...«

»Ja, Leutnant?«

»Der Chef empfängt niemand, der einfach hier hereingeschneit kommt. Der Antrag muß den üblichen Weg gehen, Sie verstehen? Sie füllen ein Formular aus und senden es ein. Dann wird Ihr Gesuch nach Wichtigkeit klassifiziert und ...«

»... und mittlerweile ist der ganze Außenposten zum Teufel gegangen«, unterbrach ihn Kazmer grob. »Nein, das ist nicht, was ich vorhatte. Unterbreiten Sie dem Chef mein Gesuch.« Er suchte in der Tasche und brachte eine Faltbörse zum Vorschein, der er ein kleines, rechteckiges Stück Plastik entnahm. »Hier, legen Sie meine Identifikation vor. Mehr als nein kann der Chef nicht sagen, und wenn er das tut, wird er sich irgendwann die Folgen selbst zuschreiben müssen.«

Der Leutnant versuchte es mit einem letzten Einwand. »Könnten Sie Ihr Anliegen nicht schriftlich vortragen, Sir?« fragte er.

»Nein!« schrie Kazmer zornig. »Und jetzt nehmen Sie die Beine unter den Arm, oder ich sorge dafür, daß Sie ab morgen auf einem Kriegsschiff Dienst tun!«

Sekunden später hatte der Leutnant den Raum verlassen. Kazmer zog sich einen Stuhl heran und plazierte ihn vor den Schreibtisch des Captains. Gemächlich ließ er sich nieder, stützte den Ellbogen auf die Tischplatte und lächelte die Frau an.

»Sagen Sie, was ist Arnt Kesenby eigentlich für ein Mann?« wollte er wissen.

Arnt Kesenby hatte nicht die geringste Absicht, einen derart unverschämten Besucher zu empfangen. Während er jedoch das kleine Plastikviereck der Identifikation in der Hand drehte, kam ihm der Verdacht, daß der Mann etwas wirklich Wichtiges auf dem Herzen haben könnte. Der Außenposten garantierte die Sicherheit von Plophos und achtete darauf, daß kein Fremder die allgemeine Einreisesperre durchbrechen konnte. Vielleicht wäre es unklug, den Mann abzuweisen.

Arnt Kesenby war ein mittelgroßer, untersetzter Mann mit einem mächtigen Schädel, den eine spiegelnde Glatze krönte. Wer Arnt Kesenby sah, der spürte einen Hauch der Härte und Entschlußkraft, die Arnt auf den Posten des Oberkommandierenden der Raumflotte gebracht hatten. Er gehörte zu jenen seltenen Menschen, die wichtige Entscheidungen rasch und richtig treffen.

Das Plastikviereck glitt in einen Schlitz am rechten unteren Ende der Schreibtischplatte. Arnt Kesenby hatte sich entschlossen, den unverschämten Captain zu empfangen, aber zuvor wollte er mehr über ihn wissen. Im Kellergeschoß des Gebäudekomplexes stand die Speicherpositronik und hielt Informationen über jeden Angehörigen der Raumflotte auf Abruf bereit. Die Ausweiskarte war der Schlüssel, der die Maschine zum Auswurf der Informationen über einen bestimmten Angehörigen veranlaßte. Arnt Kesenby schaute auf den Auswurfschlitz und trommelte ungeduldig auf die Platte des Tischs.

Mit kratzendem Geräusch glitt eine Karte aus dem Schlitz und rutschte ein Stück weit über die glatte Tischplatte. Arnt nahm die Karte auf und betrachtete sie. Es stand nur wenig Text darauf, aber selbst die paar Worte reichten aus, um dem Admiral den Atem zu nehmen.

ÜBER CAPTAIN KAZMER TURECK LIEGEN KEINE INFORMATIONEN VOR.

Ein paar Sekunden lang saß Arnt Kesenby wie betäubt. Dann erwachte er mit einem Ruck zu plötzlicher Aktivität. Wenn die Maschine erklärte, sie hätte keinerlei Informationen über Kazmer Tureck, dann gab es in der Raumflotte keinen Kazmer Tureck. Der Ausweis, der dicht hinter der Karte ebenfalls aus dem Schlitz geworfen wurde, war gefälscht. Obwohl Arnt dessen völlig sicher war, beschloß er doch, die Ansicht der Maschine zu hören. Er beförderte das Plastikstück also ein zweites Mal hinunter und befahl der Positronik, die Echtheit des Ausweises zu prüfen. Er war des Ergebnisses so sicher, daß er, anstatt auf die Antwort zu warten, sich anschickte, Vorkehrungen zu treffen, die in einem solchen Fall erforderlich waren.

Dann flog die Antwortkarte auf den Tisch, und dicht hinter der Karte kam der Ausweis. Auf der Karte stand: AUSWEIS GENÜGT DEN ECHTHEITSKRITERIEN.

Und als Arnt Kesenby das gelesen hatte, mußte er seine Tätigkeit unterbrechen und sich tief in seinen Sessel zurücklehnen, um den Schock zu überwinden.

Es gab in der Raumflotte keinen Captain Kazmer Tureck, aber der Ausweis, den der Mann dieses Namens vorlegte, war echt. Also, schloß der Admiral, gab es zwei Möglichkeiten. Entweder waren die Informationen der Maschine über die Angehörigen der Raumflotte nicht vollständig, oder der Ausweis war so geschickt gefälscht, daß die Positronik die Fälschung nicht erkennen konnte. Die erste Möglichkeit schied Arnt nach kurzem Überlegen aus. Die Registration der Raumflottenangehörigen war voll automatisiert. Es gab keinen Weg, der Positronik die Existenz auch nur eines einzigen Mannes zu verheimlichen.

Also war der Ausweis gefälscht. Um eine Ausweiskarte so zu fälschen, daß die Speicheranlage die Fälschung nicht erkannte, bedurfte es einer Reihe von Geräten, die der Positronik im Kellergeschoß überlegen waren. Bei der Positronik im Keller aber handelte es sich um eine der leistungsstärksten Maschinen, die es auf Plophos gab.

Arnt Kesenby lächelte plötzlich. Er mußte den Mann sehen, der einen solchen Ausweis mit sich herumtrug. Allerdings wollte er zuvor seine Sicherheitsvorkehrungen treffen. Er beorderte einen Offizier mit fünf Mann in das Büro auf der anderen Seite des Ganges und trug ihm auf, Captain Kazmer Tureck festzunehmen, sobald das Zeichen dazu gegeben wurde.

Dann empfing er Kazmer Tureck.

Kazmer grüßte stramm, als er den Raum betrat. An Arnt Kesenbys undurchdringlichem Gesicht und an der Zerfahrenheit, mit der er seinen Gruß beantwortete, erkannte er deutlich, daß sein Plan gewirkt hatte. Der Admiral war dabei, sich den Kopf zu zerbrechen. Der Ausweis hatte ihn so neugierig gemacht, daß er den Träger empfangen mußte, wie sehr diese Prozedur der Gepflogenheit auch immer widersprechen mochte.

»Captain Tureck?« fragte Arnt.

»Jawohl, Sir.«

»Ihr Anliegen?«

Tureck lächelte und nickte mit dem Kopf zur Tür hin. »Lassen Sie die Wachen wieder abziehen«, schlug er vor.

Arnt Kesenby fuhr ein paar Zentimeter weit in die Höhe. »Wie ...?«

»Sie brauchen sie nicht«, fuhr Kazmer fort. »Sie werden mich nicht verhaften lassen. Im Gegenteil, Sie werden mir dafür dankbar sein, daß ich Sie dazu brachte, alle möglichen Zeugen unserer Unterhaltung rechtzeitig zu entfernen.«

Der Admiral stand auf, verschränkte die Arme auf dem Rücken und schritt um den Schreibtisch herum auf Tureck zu. Den massigen, kahlen Schädel hatte er nach vorn gereckt, und die kalten, harten Augen starrten, als wollte ihr Blick Kazmer Tureck durchbohren.

»Sie werden jetzt Ihr Anliegen erklären«, schnarrte Arnt Kesenby, »oder, so wahr ich hier stehe, Sie finden sich in fünf Minuten im Kerker wieder.«

Tureck griff in die Tasche. »Wie Sie wollen«, brummte er.

Er brachte ein kleines Päckchen zum Vorschein und reichte es dem Admiral.

»Es enthält ein Bildband«, erklärte er. »Nur ein kurzes Stück ... Legen Sie es auf und spielen Sie es ab!«

Der Admiral nahm das Päckchen mit spitzen Fingern und sah Tureck an.

»Ich nehme von untergeordneten Dienstgraden keine Befehle entgegen«, bemerkte er kalt.

Ungerührt deutete Tureck auf das Päckchen. »Spielen Sie das ab, und dann sagen Sie's noch mal«, empfahl er.

Seine stoische Ruhe überzeugte Arnt Kesenby schließlich. Er kehrte zu seinem Schreibtisch zurück und legte die kleine Bandspule auf das Bildbandgerät. Er schaltete das Instrument ein und sah auf den Bildschirm.

Als das Bild erschien, zuckte er zusammen. Es war das Bild einer rothaarigen, jungen Frau, das ihn ernst ansah. Aus dem Lautsprecher klangen die Worte: »An alle Gefolgsleute Kositch Abros. Hier spricht

Mory Abro, Tochter und Stellvertreterin des Lords. Der Überbringer dieses Bildbandes ist mein Vertrauter. Er hat Ihnen eine detaillierte Botschaft zu übermitteln. Seine Anweisungen sind für Sie bindend. Der Augenblick ist gekommen. Wir schlagen zu.«

Das Band war zu Ende. Der Bildschirm erlosch. Arnt Kesenby sah Tureck über den Schreibtisch hinweg an. Sein Blick flackerte.

»Was ... wie ...«, stammelte er.

»Schicken Sie die Wachen fort, dann wollen wir uns unterhalten«, sagte Tureck.

Arnt Kesenby gehorchte ihm aufs Wort.

Es kostete nicht viel Mühe, Isit Huran davon zu überzeugen, daß das Gegengift tatsächlich vorhanden war. Er bekam Kel Bassa zu sehen, allerdings aus geraumer Entfernung, so daß er ihn wohl erkennen, nicht aber mit ihm sprechen konnte. Inzwischen wußte er längst, daß das Ausweisbild den wahren Bassa darstellte und daß das Sprachmuster des Bildbandes mit den Aufzeichnungen übereinstimmte, die der Geheimdienst von Leutnant Bassa hatte anfertigen lassen.

Die Gegenüberstellung fand in einem leerstehenden Haus an der Peripherie von New Taylor statt. Isit Huran wurde von Kural dort hingebracht. Wie Kel Bassa an Ort und Stelle gelangt war, blieb unklar. Er befand sich scheinbar völlig allein in dem Haus. Er war dort, bevor Isit Huran und Kural ankamen, und er blieb, als sie das Haus wieder verließen.

»Wozu diese Heimlichtuerei?« wollte Isit wissen, als er wieder neben Kural in dessen Wagen saß.

Kural bugsierte das Fahrzeug auf die Fahrbahn, wählte die Heimadresse und überließ die Steuerautomatik sich selbst. Draußen sank die Sonne. Dunkelheit wollte sich über die Stadt senken, aber die Lichter flammten auf und leuchteten.

»Jeder hat seine Geheimnisse«, sagte Kural leichthin.

»Nicht vor mir«, erklärte Isit und schmunzelte.

»So ...?« antwortete Kural.

»Warum durfte Bassa nicht mit mir reden?« fragte Isit und gab sich gleich darauf selbst die Antwort: »Weil er mir etwas über die Organisation hätte verraten können, die hinter all dem steht. Natürlich kennt er die Leute, die ihm das Gegengift verabreicht haben. Er weiß zum Beispiel ...«

Er zögerte, und Kural sah ihn von der Seite her an. »Was?«

»Nun ... daß diese Leute keine Springer sind.«

»Aha.«

Isit entschloß sich zu einem raschen Vorstoß.

»Da Sie aber mit jenen Unbekannten im Bund stehen und Springer sich nachweislich nur selten mit Andersartigen verbünden, liegt der Schluß auf der Hand, daß Sie ebenfalls kein Springer sind.«

Kural schwieg. Es bedrückte Isit, daß seine Eröffnung so wenig Reaktion hervorrief.

»Sie sind ein ganz normaler Mensch«, schloß er. »Entweder Sie selbst oder Ihre Vorfahren stammen von Terra. Und es ist die Regierung des Imperiums, die an der Einführung des Gegengifts und an der Beseitigung der Regierung des Obmanns interessiert ist, nicht irgendeine Handvoll dahergelaufener, gestrandeter Springer.«

»Sie sind Ihrer Sache ziemlich sicher«, sagte Kural gelassen.

Isit nickte. »Sie haben Ihre Rolle vollendet gespielt. Ich nehme an, daß man Sie konditioniert hat. Sie besitzen die Erinnerungen eines Springers. Trotzdem sind Sie nicht der, der Sie zu sein behaupten.«

Kural lachte. »Woher wissen Sie das?«

»Ein winziger Fehler«, antwortete Isit. »Bei der Konditionierung, die man Ihnen offenbar gegeben hat, wundert es mich, wie er zustande kommen konnte. Erinnern Sie sich an unsere Unterhaltung heute vormittag? Wir saßen in Ihrem Eckzimmer, und Sie wollten mir nicht glauben, daß ich nur zu einem Anstandsbesuch gekommen wäre.«

»Natürlich«, antwortete Kural.

»Diese junge Frau kam herein und sprach mit Ihnen in einer fremden Sprache. Sie sagte irgend etwas, was Sie nicht glauben wollten. So sah es wenigstens aus. Sie erklärte Ihnen die Sache. Sie waren nicht überzeugt, aber Sie gaben nach. In einer solchen Situation gibt es eine typische Geste. Sie zuckten mit den Achseln.« Isit schmunzelte vor sich hin, und die Lichter des Armaturenbretts beleuchteten sein vergnügtes Gesicht. »Ihr Pech, daß die Geste terranisch ist.«

Kural nickte. »Sie haben recht«, gab er zu. »Das war ein Fehler. Wahrscheinlich läßt die Konditionierung nach.«

Isit musterte ihn überrascht. »Sie geben zu, daß Sie Terraner sind?«

»Ja, natürlich.«

»Sie heißen nicht Kural?«

»Nein. Ich bin Curd Djanikadze, Leutnant der Flotte des Solaren Imperiums, zur Zeit im Sondereinsatz.«

Isit Huran hatte sich den Augenblick, in dem die Schleier fielen, ein wenig dramatischer vorgestellt. Aber Curds Gelassenheit war mitreißend.

»Der Sondereinsatz hat die Beseitigung des Obmanns zum Ziel?« vergewisserte er sich.

»Sie sind schlau«, entgegnete Curd lächelnd.

»Was gewinnt man dadurch?«

»Die Einigkeit des Imperiums. Iratio Hondro ist die Seele der Bestrebungen, die Kolonialwelten von der Erde zu lösen. Was er übersieht, ist die Lage außerhalb des Reiches. Allein auf sich gestellt, wären die Kolonien ein Opfer für jeden Angreifer. Und natürlich befände sich auch Terra in einer ungünstigen Position.«

Isit schwieg. Der Wagen glitt rasch über die von dichtem Verkehr erfüllte Straße. Isit erinnerte sich an die Vorstellung, die er von der Entwicklung dieser Welt gehabt hatte – damals, vor vielen Jahren, als der Obmann noch keine diktatorische Gewalt besessen hatte. Plophos war die älteste der Kolonien, und bis zur Verhängung der Einreisesperre hatte sie jährlich Tausende von Einwanderern angelockt. Es hätte nicht mehr lange gedauert, dann wäre Plophos eine blühende, dicht besiedelte Welt gewesen, der keiner mehr ansehen konnte, daß die Besiedlung erst vor ein paar hundert Jahren begonnen hatte.

Iratio Hondro hatte andere Pläne. Ihm ging es ums Prinzip. Ums Prinzip der Unabhängigkeit von Terra, und hinter dem Prinzip versteckte er das persönliche Bedürfnis nach Einfluß und Macht. Erreichte er sein Ziel, dann würde er versuchen, Einfluß über die anderen Kolonialwelten zu gewinnen. Er wollte ein neues Reich bauen und sich selbst zum Herrscher machen. Die anderen Welten würden sich das nicht gefallen lassen. Es würde zum Krieg kommen, und die plophosische Wirtschaft müßte für den Krieg arbeiten anstatt für das Wohlergehen der Plophoser.

»Nein«, sagte Isit laut. »Das ist nicht, was wir vorhatten.«

Curd Djanikadze sah ihn an. Isit lächelte verlegen.

»Ich habe nachgedacht«, entschuldigte er sich. »Mir liegt diese Welt sehr am Herzen.«

Curd nickte. »Uns auch«, sagte er schlicht.

Isit sah geradeaus durch die Windschutzscheibe.

»Wenn es endgültig losgeht«, erklärte er mit fester Stimme, »dürfen Sie mit mir rechnen!«

Schon am nächsten Tag traf Guri Tetrona mit den zukünftigen Revolutionsführern zusammen. Will Heeph, ein kleiner, dürrer Mann, und Sono Aront, nicht allzu groß, dafür aber beleibt und durch einen schwarzen Vollbart würdig wirkend, waren auf ähnliche Weise gewonnen worden wie

Arnt Kesenby. Alle drei Männer waren Gefolgsleute von Lord Kositch Abro, dem umgekommenen Führer der Neutralisten, die auf Greendor Perry Rhodan und seine Begleiter der Gewalt des Obmannes entrissen hatten. Die Neutralisten waren auf Plophos sowie auf den plophosischen Schutzwelten die bisher einzige Untergrundbewegung. Ihnen fehlten die Mittel, gegen Iratio Hondro wirksam vorzugehen, aber für Guri Tetronas Projekt waren sie die idealen Verbündeten. Der vierte Mann im Bunde war Isit Huran, der Chef des Geheimdienstes. Isit war von der Einsicht, daß es mit den Neutralisten all die Jahre über einen starken Geheimbund auf Plophos gegeben hatte, dem er niemals auf die Spur gekommen war, stark beeindruckt. Er hatte keinerlei Einwände dagegen, mit den Neutralisten zusammenzuarbeiten.

Will Heeph, Arnt Kesenby und Sono Aront dagegen hatten sich mit Nachdruck gegen Isits Teilnahme am Komplott gestemmt. Es erschien ihnen unglaublich, daß der Geheimdienstchef sich aus innerer Überzeugung an einer Aktion beteiligen könne, die auf den Sturz des Obmanns zielte. Tatsächlich wäre das Unternehmen am Mißtrauen der Neutralisten Isit Huran gegenüber um ein Haar gescheitert. Es bedurfte Guri Tetronas ganzer Überzeugungskraft, um die drei Männer zur Teilnahme an der Besprechung zu bewegen.

Die Zusammenkunft fand wiederum in einem leerstehenden Haus am Rand von New Taylor statt. Es war ein anderes Gebäude als das, in dem Isit Huran der wiederhergestellte Kel Bassa vorgeführt worden war. Es gab solcher Örtlichkeiten erschreckend viele, fand Isit Huran. Mancher Siedler hatte Plophos wieder verlassen, als offenbar wurde, welche Politik der Obmann verfolgte, und die Einreisesperre hatte allen Zufluß von außen wirkungsvoll abgehalten.

Guri Tetrona war schon anwesend, als die Teilnehmer an der geheimen Konferenz einer nach dem andern eintrafen. Arnt Kesenby kam als letzter, und er hatte kaum den leeren Raum betreten, in dem die Zusammenkunft stattfand, da begann Guri mit seinen Erklärungen. Auf dem staubigen Boden lag eine Handlampe, deren gelber Lichtkegel matte Helligkeit verbreitete. Das Zimmer lag im Innern des Hauses und hatte keine Fenster. Niemand, der draußen vorbeikam, würde bemerken, daß das leere Gebäude unerwartete Besucher hatte.

»Jeder von Ihnen«, begann Guri mit seiner lauten, tiefen Stimme, »ist in die grundlegenden Ideen schon eingeweiht. Es geht um die Beseitigung des Obmanns und seines Regimes. Daran sind wir, das heißt das Solare Imperium, ebensosehr interessiert wie Sie, die Bürger von Plophos. Wir stellen das Mittel zur Verfügung, das eine solche Aktion überhaupt erst möglich macht: Bio-Kompentin, das Gegengift, das bisher der Obmann allein besaß. Das ist unser Beitrag zur Revolution auf Plophos, und ich denke, daß er nicht unbedeutend ist. Damit wir uns also nicht falsch verstehen: Die Revolution machen Sie! Wir werden uns dabei im Hintergrund halten. Sie entwerfen die Pläne, Sie bringen die Vergifteten zu den Sammelstellen, die ihnen das Kompentin verabreichen. Sie werden den Obmann stürzen. Über die Teilnahme des Solaren Imperiums an diesem Komplott darf kein Wort verlauten, sonst entstehen diplomatische Verwicklungen. Ist das klar?«

Die vier Männer gaben ihre Zustimmung.

»Allerdings«, schloß Guri die Besprechung, »wäre ich Ihnen dankbar, wenn Sie mich über die Entwicklung der Dinge auf dem laufenden hielten. Wenden Sie sich an Kural, den Springer. Er verfügt sozusagen über einen direkten Draht zu mir.«

Arnt Kesenby fragte: »Auf welche Weise erhalten wir das Bio-Kompentin?«

»Machen Sie bekannt, daß Sie den Wirkstoff besitzen. Sobald sich die ersten Leute wegen einer Injektion an Sie wenden, geben Sie Kural Bescheid. Kural wird Ihnen ausreichende Mengen des Serums beschaffen.«

Arnt war zufrieden.

»Ich wünsche Ihnen alles Gute, meine Herren«, verabschiedete sich Guri. »Ihre Aufgabe ist nicht leicht, aber sie dient einem guten Zweck.«

Hoffnung und Zuversicht leuchtete in den Augen der Männer, als er sich von ihnen abwandte, um den Raum zu verlassen. Er wußte, daß er sich an die Richtigen gewandt hatte. Sie würden keine Zeit vergeuden, und sie saßen auf den Posten, von denen aus die Revolution mit dem stärksten Nachdruck in die Wege geleitet werden konnte.

Guri Tetrona fiel eine Last von der Seele. Er und seine Leute hatten ihren Teil für die Demokratisierung von Plophos getan. Es blieb ihnen nicht viel anderes mehr übrig, als im Hintergrund zu warten und den Revolutionären Hilfe zu leisten, wenn sie in Schwierigkeiten gerieten.

Er griff nach dem staubigen Türknopf, drehte ihn und zog die Tür auf. Die Lampe auf dem Boden warf seinen Schatten riesengroß in den leeren Hausflur hinaus. Aber rechts aus dem Schatten ragte der schimmernde Lauf eines Strahlers. Eine ruhige Stimme sagte: »Treten Sie zurück, mein Freund. Die Besprechung ist noch nicht beendet.«

Die Falle war zu perfekt. Guri hatte keine Möglichkeit, sich zu wehren. Schritt für Schritt wich er vor dem drohenden Lauf zurück und hielt die Arme angewinkelt, so daß die Hände weit vom Körper entfernt waren.

Der Mann, der die Waffe hielt, kam langsam hinter ihm drein. Er war mittelgroß und ein wenig beleibt. Er hatte eine Halbglatze und trug erstklassige Kleidung. Auf merkwürdige Art und Weise wirkte er so vornehm, daß der Strahler in seiner Hand völlig fehl am Platz schien.

Der Vornehme überflog die Szene mit einem raschen Blick und lächelte.

»Sehr nett, Sie alle hier beisammen zu haben, meine Herren«, sagte er. »Ich bin Jerk Hansom, Konsultant Seiner Exzellenz, des Obmanns, und als solcher sehr an den Dingen interessiert, die die ranghöchsten Beamten unseres Staates zu so später Abendstunde tun.«

Guri musterte ihn eingehend. Er war sich darüber klar, daß er von den vier Plophosern keine Hilfe erwarten durfte. Sie besaßen keine Erfahrung in solchen Situationen. Er selbst war der einzige, der eine Chance hatte. Er hielt den Fremden für gefährlich. Er war sicher, daß er sich nicht allein in das verlassene Gebäude gewagt hatte. Irgendwo in der Dunkelheit hatte er seine Leute stehen.

Als hätte Jerk die Gedanken seines Gegenübers gelesen, wandte er sich ihm zu.

»Keine Dummheit«, warnte er, und alle Freundlichkeit war plötzlich aus seiner Stimme verschwunden. »Halten Sie die Hände, wo sie sind!«

Ohne den Blick zu wenden, rief er: »Alles bereit! Macht sie unschädlich!«

Guri straffte sich, als er drei Männer durch die Tür treten sah. Sie trugen Zivilkleidung, aber auf ihren Gesichtern lag fanatische Härte. Zwei von ihnen wandten sich den vier Plophosern zu, der dritte, ein schmaler, hochgewachsener Mann mit einem Jungengesicht, das in groteskem Gegensatz zu dem kalten Blick seiner Augen stand, kam um Jerk Hansom herum und baute sich vor Guri auf. Er streckte die Hand aus und Guri sah zwischen den Fingern eine metallene Nadel blitzen.

Er erkannte die Gefahr und wollte sich zur Seite werfen. Aber der Mann war schneller als er. Guri spürte den spitzen Stich der Nadel im Unterarm, dann stürzte er zu Boden. Er verlor das Bewußtsein nicht, aber er spürte den Körper nicht mehr.

Guri kannte das Gift, das man ihm beigebracht hatte. Es lähmte das Nervensystem des Betroffenen, ohne jedoch das Bewußtsein auszuschalten. Guri schaute in die Höhe und sah im schwachen Schein der Lampe ein Stück der gemaserten Decke. Er konnte den Kopf nicht bewegen. Er nahm an, daß die vier Plophoser auf die gleiche Art ausgeschaltet worden waren wie er. Und er fragte sich, was jetzt geschehen würde. Wenn Jerk sie dem Obmann übergab, war alles verloren. Sie hatten nur dann noch eine Chance, wenn es gelang, innerhalb der nächsten Minuten dem Bergstützpunkt eine Meldung zukommen zu lassen. Kazmer Tureck führte dort in Guris Abwesenheit das Kommando. Wenn Kazmer richtig reagierte und Jerk Hansom mitsamt seinen drei Leibgardisten ausschaltete, noch bevor sie das Haus verließen, dann konnte die Katastrophe vermieden werden.

Guri versuchte, die Finger der rechten Hand zu bewegen. Es gelang ihm nicht, wenigstens nicht, so weit er feststellen konnte, aber prickelnder Schmerz raste den Arm hinauf und bewies, daß das Nervensystem sich bereits auf dem Weg der Besserung befand.

Guri hätte gegrinst, wenn er noch Herr über seine Gesichtsmuskeln gewesen wäre. Er hatte Jerk Hansom eines voraus: Er wußte, wie lange das Gift seinen Körper lähmen würde.

Ein Schatten erschien plötzlich in seinem Gesichtsfeld.

»Während meine Leute die Vorbereitungen für den Abtransport treffen«, sagte Jerk Hansom mit seiner ruhigen, unbeteiligten Stimme, »will ich Ihnen die Situation erklären. Eine Reihe von Verdachtsgründen führte dazu, daß Will Heeph, Arnt Kesenby und Sono Aront seit geraumer Zeit überwacht wurden. Man folgte ihnen, als sie sich heute abend hierher begaben. Man machte mir davon Mitteilung, und ich hielt die Sache für wichtig genug, um sie mir selbst anzusehen.«

Jerk machte eine Pause, und Guri unternahm einen neuen Versuch, die Finger der rechten Hand zu bewegen. Der Schmerz, den die Muskelanstrengung hervorrief, war mörderisch. Aber Guri spürte, wie die Finger reagierten. Er brauchte jetzt noch sieben oder acht Minuten, dann war er wenigstens so weit wieder hergestellt, daß er handeln konnte.

»Isit Hurans Anwesenheit an diesem Platz kam allerdings auch für mich als vollendete Überraschung. Ich bin überzeugt, daß auch der Obmann sich sehr dafür interessieren wird. Leider kam ich zu spät, um Ihre Unterhaltung mit anzuhören. Ich kann mir jedoch denken, daß die Zusammenkunft keineswegs den Zielen der staatlichen Sicherheit diente. Ich weiß nicht, wie Sie sich ausgerechnet haben, das Druckmittel auszuschalten, das der Obmann gegen Sie in Händen hat. Vielleicht sind Sie närrisch genug, eine Empörung gegen die derzeitige Regierung mit der Bereitschaft zum Selbstmord zu wagen. Vielleicht ist auch dieser fünfte Mann, den ich nicht kenne, der Schlüssel zu allem. Auf jeden Fall wird man Sie einem Verhör unterziehen, und Sie werden nichts verheimlichen können.«

Der liebe Gott erhalte deine Selbstgefälligkeit, flehte Guri. Wie eine Welle dumpfen Schmerzes kehrte jetzt das Leben in den Körper zurück. Er fing an zu spüren, daß er nicht nur aus Gedanken bestand. Er war ein schwerfälliges, noch immer fast gefühlloses Ding, das sich in wenigen Minuten rasch bewegen mußte, wenn es gegen Jerk Hansom eine Chance haben wollte.

»Sie wundern sich vielleicht über meine Rolle in diesem Spiel«, fuhr Jerk fort. »Ich befinde mich erst seit ein paar Jahren auf Plophos. Ich besaß Erfahrungen als Privatagent auf eigene Rechnung und stellte mich dem Obmann zur Verfügung. Er nahm meine Dienste an, und natürlich wollte er sich meiner Treue auf die gleiche Weise verpflichten, wie er das bei Ihnen tat. Ich konnte ihm jedoch beweisen, daß ich mich vor dem Tod nicht fürchtete. Ich machte ihm klar, daß er entweder einen treuen Gefolgsmann ohne Gift oder, wenigstens für vier Wochen, einen erbitterten Gegner mit Gift gewinnen könne. Iratio Hondro entschied sich für die erstere Möglichkeit, und wie der heutige Abend beweist, hat er es nicht zu bereuen.«

Jerks Eröffnung hatte Guris Aufmerksamkeit ein paar Augenblicke lang abgelenkt. Für alles, was folgte, war es gut zu wissen, daß der Obmann einen höchst gefährlichen Trumpf im Ärmel versteckt hielt. Nicht einmal Isit Huran schien von der Existenz Jerk Hansoms gewußt zu haben. Die Tatsache, daß er nicht unter dem Druck des Giftes, sondern aus freien Stücken Iratio Hondro ergeben war, machte ihn neben dem Obmann zum Feind Nummer eins.

Guri spürte, wie Jerk an ihm vorbeiging. Er wagte es, sich auf die Seite zu drehen. Die drei Männer waren, wie Jerk gesagt hatte, mit den Vorbereitungen zum Abtransport beschäftigt. Wahrscheinlich suchten sie nach den Fahrzeugen, mit denen die Teilnehmer an der geheimen Konferenz gekommen waren.

Aus der Froschperspektive sah Guri Jerk Hansoms Stiefel in den Hintergrund des Raums entschwinden. Er sah auch die Umrisse der vier reglosen Körper, die das Lähmungsgift immer noch in seinem Bann hielt. Und er entdeckte schließlich die Lampe, die nur zwei Meter von ihm entfernt lag.

Er hörte Jerks Schritte langsamer werden und rollte in seine ursprüngliche Lage zurück. Jerk kam zurück. Er begann wieder zu sprechen.

»Sie werden meine Beweggründe nicht verstehen. Ich bin der Feind der Erde. Ich bin ein Gegner des Solaren Imperiums, das da glaubt ...«

Guri hörte nicht mehr zu. Der Augenblick war gekommen. Jerk hatte den Endpunkt seines Weges erreicht und kehrte wieder um. Sein Schatten fiel auf Guris Gesicht, als er dicht vor der Lampe vorüberschritt.

Guri wälzte sich auf die Seite. Eine Sekunde brauchte er, um sich über die Lage der Türen zu orientieren. Dann zog er die Beine an und schnellte sich auf die Lampe zu.

Jerk hörte das Geräusch und reagierte blitzschnell. Guri hielt das kühle Metall der Lampe in der Hand und sah ihn herumwirbeln. Der Lauf des Strahlers blitzte in seiner Hand. Guri warf sich zur Seite und schleuderte die Lampe gegen die Wand. Ein kompakter, blendendheller Strahl aus Hitze und Licht fuhr fauchend vor ihm in den Boden. Das Glas der Lampe zerschellte an der Wand, und die Birne erlosch. Guri war auf den Beinen. Die Helligkeit des Strahlschusses hatte ihn geblendet. Bunte Ringe tanzten ihm vor den Augen, aber er erinnerte sich noch, wo die Türen lagen.

Ein zweiter Schuß verfehlte Guri um ein paar Zentimeter. Er spürte den Schwall heißer Luft, den die geballte Energie aufwirbelte. Die Tür lag vor ihm. Er warf sich mit voller Wucht dagegen. Altes, brüchiges Plastikmaterial splitterte und brach. Guri stürzte in einen finsteren, muffig riechenden Gang, aber im nächsten Augenblick war er wieder auf den Beinen und lief um sein Leben. Jerk Hansom, der Mann mit der ungeheuren Reaktionsgeschwindigkeit, war ihm auf einmal unheimlich. Jerk schoß noch ein drittes Mal hinter ihm her. Diesmal spürte Guri, wie der Energiestrahl ihn streifte und ihm die Schulter verbrannte. Er schrie vor Schmerz, aber gleichzeitig zeigte ihm die Helligkeit des Schusses das breite, hohe Fenster, an dem der Gang endete.

Guri blieb keine Wahl. Zwei Schritte vor dem Fenster setzte er zum Sprung an. Er stieß sich ab und schoß im Hechtsprung auf die Glaswand zu. Die Hände hatte er über dem Schädel gefaltet. Es krachte und klirrte, durch die Hände zuckte ein scharfer Schmerz. Eine bange Sekunde lang verlor Guri jeden Überblick über die Lage.

Dann prallte er auf. Dreck spritzte ihm ins Gesicht und knirschte zwischen den Zähnen. Der Geruch von Gras stieg ihm in die Nase. Er hatte es geschafft! Er war draußen.

Noch benommen vom Sturz, raffte er sich auf und taumelte davon. In der Dunkelheit hinter sich hörte er Jerk Hansoms Stimme, jetzt gar nicht mehr so ruhig und freundlich, sondern schneidend und hart. Guri konnte nicht verstehen, was Jerk da schrie, aber wahrscheinlich rief er nach seinen Männern.

Guri lief hundert Meter weit, darin kam er an einen alten, halb zerfallenen Zaun. Er stieß ein Stück davon um und rannte weiter. Er überquerte eine Art Feldweg und fand sich plötzlich in einem Wäldchen, auf dessen anderer Seite die Lichter von Gleitern vorbeihuschten.

Im Schutz eines Gebüsches ließ er sich nieder. Er zog den kleinen Kasten des Minikoms aus der Tasche und rief den Stützpunkt an. Kazmer Tureck meldete sich sofort, und Guri setzte ihm auseinander, was getan werden mußte.

4.

Langsam und vorsichtig kehrte Guri zum Haus zurück. Kazmer Tureck brauchte etwa eine Viertelstunde, um die Szene zu erreichen. So lange mußte Jerk Hansom beschäftigt werden. Auf keinen Fall durfte er seine vier Gefangenen abtransportieren und in die Stadt zurückkehren.

Guri stieg durch den Zaun, preßte sich flach gegen den Boden und lauschte. Vor ihm war das Geräusch von Schritten. Jerks Leute durchsuchten den Garten. Es war merkwürdig, wie schweigsam sie dabei vorgingen. Guri sah eine Lampe aufblitzen. Nur eine halbe Sekunde lang brach der grelle Lichtkegel durch die Dunkelheit, dann verschwand er wieder.

Guri griff nach der kleinen Waffe, die er in der Tasche trug. Er hatte keine Gelegenheit gehabt, sie gegen Jerk einzusetzen. Jerk war zu schnell.

Jetzt lag eine veränderte Situation vor. Die Leute wußten nicht, wo er, Guri, war. Er hatte das Moment der Überraschung auf seiner Seite. Es wäre ihm ein leichtes gewesen, den Mann mit der Lampe dort vorne auszuschalten. Das war jedoch nicht, was er vorhatte. Jerk Hansom und seine Leute mußten mit einem Gleiter gekommen sein. Wahrscheinlich hatten sie ihn irgendwo versteckt, genauso, wie auch Guri und die vier Plophoser ihre Fahrzeuge sorgfältig verborgen hatten. Es war möglich, daß es in dem Wagen ein Sendegerät gab, und Jerk entschloß sich vielleicht dazu, dem Obmann Bericht zu erstatten. Das mußte verhindert werden. Iratio Hondro durfte nichts von den jüngsten Entwicklungen erfahren.

Guri wandte sich zur Seite und umging die Männer, die nach ihm suchten, in weitem Bogen. Es war keine schwierige Aufgabe. Das raschelnde Geräusch ihrer Schritte verriet ihren Standort, und alles, was Guri zu tun hatte, war, außerhalb des Lichtkegels der Lampen zu bleiben.

Rechts neben ihm wuchs der finstere Klotz des alten Hauses auf.

Guri blieb eine Zeitlang liegen und horchte. Von weiter vorne kam das

Geräusch der Straße. In seiner Nähe rührte sich nichts. Er fragte sich, ob Jerk Hansom noch drinnen bei den Gefangenen war. Wenn ja, dann mußte er herausgelockt werden, bevor Kazmer Tureck mit seinen Leuten eingriff. Guri zweifelte nicht daran, daß Jerk die Gefangenen im selben Augenblick töten würde, in dem er erkannte, daß er eingeschlossen war.

Guris Augen hatten sich längst an die Finsternis gewöhnt. Irgendwo in der Nähe mußte Jerks Gleiter stehen. Jerk hatte es eilig gehabt. Um ein Haar wäre er zu spät gekommen. Er konnte sich nicht viel Zeit genommen haben, den Wagen zu verbergen.

Guri wandte sich nach links. Ein Dickicht von Zierbüschen erregte sein Interesse. Hier hatte es seit ein paar Monaten keine gärtnerische Pflege mehr gegeben, und die Büsche bildeten eine fast undurchdringliche Wand.

Der Geruch von Ozon lag in der Luft. Guri atmete auf. Ozon entstand in der unmittelbaren Umgebung eines Fahrzeugtriebwerks. Die radioaktive Strahlung, die die Abschirmung des Fusionsmeilers durchdrang, erzeugte die dreiatomige Sauerstoffversion in leicht nachweisbaren Mengen. Guri richtete sich auf und zwängte sich durch das Gewirr der Zweige. Er brauchte sich nicht lange anzustrengen, da tauchte vor ihm der dunkle Schatten des Gleiters auf, den Jerk anscheinend von oben her mitten in die Büsche gesetzt hatte.

Guri blieb stehen und spitzte die Ohren. Das Fahrzeug lag verlassen. Niemand befand sich in der Nähe. Guri trat auf den Wagen zu und öffnete das Fahrerluk. Ein Licht flammte auf und beleuchtete das Armaturenbrett. Es war, wie Guri vermutet hatte. Zu den Instrumenten, mit denen der Wagen ausgestattet war, gehörte ein Ultrakurzwellensender. Die Bedienungsknöpfe lagen rechts vom Fahrer, und das Mikrofon hing zwischen zwei Klammern unter der Steuersäule. Guri kniete auf den Fahrersitz und langte nach unten, um das Mikrofon aus der Halterung zu lösen.

Das war der Augenblick, in dem ihn unerwartet der Schlag auf den Schädel traf.

Es dröhnte ihm in den Ohren, und alle Kraft schien seine Muskeln verlassen zu haben. Es gelang ihm jedoch, der Tatsache bewußt zu werden, daß er sich in Gefahr befand.

Das war alles, was er brauchte. Als jemand mit hartem Griff seine Füße packte und ihn aus dem Wagen herausziehen wollte, zog er die Knie an und stieß sich ab. Der Unbekannte schrie auf, Guri rollte vom Sitz herunter und fiel in die Knienische des Beifahrers. Er fand den kleinen Strahler, der ihm aus der Hand gefallen war. Hastig schob er den linken Arm in die Höhe und griff nach dem Öffnungshebel des Luks. Das Luk schwang auf. Guri stieß sich ein zweites Mal ab und fiel nach draußen.

Auf der anderen Seite des Wagens waren strampelnde Geräusche zu hören. Guri lief um die Motorhaube herum. Ein greller Strahlschuß zischte auf und fuhr dicht vor ihm durch die Luft. Der Gegner lag auf dem Boden und brachte erneut die Waffe in Anschlag. Guri erkannte den Mann mit dem Kindergesicht, der ihm das Lähmungsgift beigebracht hatte. Er hob den Strahler und schoß. Sein Schuß traf voll.

Drüben beim Haus klapperten Schritte. »Mannin ...?« schrie eine harte Stimme.

Das war Jerk Hansom. Guri atmete auf.

»Hier!« rief er und hielt sich dabei die Hand vor den Mund. »Er ist mir durch die Lappen gegangen!«

Mit voller Wucht warf er sich gegen die federnde Wand der Büsche und brach hindurch. Jerk kam vom Haus hergelaufen. Guris verstellte Stimme hatte ihn getäuscht. Wenigstens glaubte Guri das. Er befand sich jetzt auf einer kleinen Lichtung, nicht mehr als zwei Meter im Durchmesser und auf allen Seiten von dschungelartigem Gebüsch umrahmt. Er verhielt sich ruhig, um Jerk keinen Hinweis zu geben. Aber es stellte sich heraus, daß Jerk keine Hinweise brauchte.

Das Geräusch seiner Schritte erlosch plötzlich. Blendende Helligkeit flammte auf, und im nächsten Augenblick fing das Gebüsch an zu brennen. Guri schrie vor Schreck. Jerk war auf seinen Trick nicht hereingefallen. Die Büsche waren zundertrocken. Ein einziger Strahlschuß genügte, um sie in Brand zu setzen.

Guri zögerte nicht lange. Er mußte aus dem Gebüsch heraus, ganz gleich, was draußen auf ihn wartete. Hier drinnen war ihm der Tod sicher. Von der Seite her, wo das Haus stand, griffen die Flammen schon nach dem Rand der Lichtung. Guri warf sich nach rechts. Qualm und Hitze nahmen ihm den Atem, aber der Busch brach unter dem wütenden Anprall seines Körpers. Mit der Kraft, die die Todesangst ihm verlieh, riß Guri eine breite Gasse durch das Gewirr der Zweige.

Schließlich taumelte er ins Freie. Augenblicklich ließ er sich zu Boden fallen. Jerk vermutete wahrscheinlich, daß er das Gebüsch auf der dem Haus abgewandten Seite verließ. Er mußte irgendwo in der Nähe sein und wartete darauf, daß er einen Treffer anbringen konnte.

Hinter Guri schossen die Flammen in die Höhe. Das trockene Holz verbreitete sengende Hitze. Guri kroch ein Stück weiter. Vorsichtig sah er sich um.

Da entdeckte er das matt schimmernde Ding, das schräg über ihm in der Luft schwebte und sich langsam auf den Boden herabsenkte.

Guri sprang auf. Kazmer Tureck und seine Leute waren da. Ringsum landeten die schimmernden Blasen der Konturhüllen, erloschen, sobald sie den Boden berührten, und spien Männer aus.

Strahlfeuer flammte auf. Durch den Lärm hindurch hörte Guri Turecks mächtige Stimme, wie sie Befehle schrie. Der Kampf war in vollem Gange.

Guri dachte an Jerk. Er lief um das brennende Gebüsch herum und stolperte auf das Haus zu. Rechts irgendwo stand Kazmer, erkannte ihn und rief ihm etwas zu, was er nicht verstand. Ein hochgewachsener Mann taumelte an Guri vorbei. Guri schenkte ihm keine Beachtung.

Er lief ins Haus hinein. Den Strahler schußbereit in der Hand, rannte er auf den Raum zu, in dem die Besprechung stattgefunden hatte. Es war finster. Guri fand die Tür, riß sie auf und lief in die Dunkelheit hinein. Er war darauf gefaßt, daß sich irgendwo in der Finsternis die schmerzende Helligkeit eines Strahlerschusses auftat und der Anprall geballter Energie ihn von den Beinen riß.

Aber nichts dergleichen geschah. Statt dessen stolperte Guri über einen reglosen Körper und stürzte zu Boden. Er verlor den kleinen Strahler und tastete mit den Händen den Boden ab. Dabei berührte er zwei andere Körper. Er fuhr mit der Hand an einem davon entlang, fand den Kopf und hielt die Hand über den Mund. Ein paar Sekunden lang wartete er voller Spannung und Furcht. Dann spürte er den sanften Hauch des Atems zwischen den Fingern, und die Beklemmung wich mit einem Ruck.

Guri ließ sich auf die Seite fallen. Jerk Hansom war irgendwo dort draußen, und Kazmer Turecks Leute würden darauf achten, daß er ihnen nicht entkam. Es gab keinen Grund zu Befürchtungen mehr. Die Situation war gerettet. Die Revolution auf Plophos würde ihren Lauf nehmen. Guri entspannte sich.

Licht fiel ihm plötzlich ins Gesicht. Der Lichtkegel einer Lampe wanderte ziellos durch den dunklen Raum.

»Hierher!« schrie Guri. »Hier sind vier Bewußtlose, die so schnell wie möglich wieder zu sich gebracht werden müssen.«

Zwei andere Lampen flammten auf, und plötzlich lag der staubige, leere Raum in gleißender Helligkeit.

Guri richtete sich auf. Er fühlte sich zerschlagen und schlapp, aber jetzt war nicht der Augenblick, der Müdigkeit nachzugeben.

Kazmer Tureck kam auf ihn zu. »Wir haben zwei Mann, Sir«, sagte er.

Guri horchte auf. Der Mann mit dem Kindergesicht war tot. Somit blieben noch zwei von Jerk Hansoms Leuten übrig. Tureck hätte insgesamt drei Männer fassen müssen.

»Zeig mir die beiden!« verlangte Guri.

Kazmer Tureck drehte sich um und winkte. Durch die dunkle Öffnung der Tür, zu deren Seiten sich zwei von Turecks Leuten mit Lampen postiert hatten, schoben sich zwei Männer mit erhobenen Armen. Hinter ihnen kam ein Posten mit angelegter Waffe.

Guri brauchte nur einmal hinzusehen. Beide Männer gehörten zu Jerks Eskorte. Jerk selbst war Turecks Leuten entkommen.

»Ihr habt das ganze Grundstück abgesucht?« fragte er Kazmer.

»Ja, und zwar gründlich«, war die Antwort.

Guri zögerte eine Sekunde lang. »Wo ist Wilbro Hudson?« wollte er dann wissen.

»Kommt!« drang eine mürrische Stimme von der Tür her.

Wilbro betrat den Raum, eine große Tasche unter dem Arm.

»Wird Zeit, daß du dich sehen läßt«, sagte Guri ärgerlich. Dann deutete er auf die vier Reglosen. »Diese Leute haben Nervengift bekommen, wahrscheinlich ganz gewöhnliches Polizeigift. Bring sie so rasch wie möglich wieder zu sich. Wir haben heute nacht noch eine Menge vor.«

Wilbro kniete neben Isit Huran nieder und öffnete seine Tasche.

Guri wandte sich ab. »Kazmer, haben wir Verluste?« klang seine dröhnende Stimme.

Tureck schüttelte den Kopf. »Wir kamen so überraschend über sie, daß sie gar keine Chance mehr hatten.«

Ein Gedanke schoß Guri durch den Kopf. »Nicht einmal eine Verwundung?« fragte er verwundert.

»Nichts. Niemand wurde getroffen. Nicht einmal«, Tureck wies auf Jerks Eskorte, »diese beiden hier.«

»Ruf deine Leute herein«, befahl er Tureck.

Man sah Tureck an, daß er sich über den Befehl wunderte. Trotzdem gehorchte er. Er lief durch den dunklen Gang bis zur Tür und rief seine Leute. Sie kamen rasch. Der Raum füllte sich, der Trupp bestand aus zwanzig Mann. Guri musterte jedes einzelne Gesicht, dann wußte er, daß er richtig vermutet hatte.

Unter Turecks Leuten waren ein paar, die ebenso groß waren wie der Mann, der ihn draußen beinahe über den Haufen gerannt hatte, als er auf das Haus zulief. Aber der Mann hatte ein blutverschmiertes Gesicht gehabt, und von Turecks Leuten war kein einziger verwundet.

Guri hatte keine Ahnung, wie Jerk Hansom sich so rasch von einem mittelgroßen in einen hochgewachsenen Mann verwandeln konnte, aber das änderte seine Überzeugung nicht. Jerk war an ihm vorbeigelaufen, und er hatte ihn nicht aufgehalten. Wahrscheinlich stand er jetzt irgendwo am Rand der Straße und versuchte, einen Gleiter anzuhalten.

Sein nächster Weg führte natürlich zu Iratio Hondro. Guri wußte nicht, wie Jerk und der Obmann miteinander standen und wie lange Jerk brauchen würde, um eine Audienz zu erlangen. Er nahm das Schlimmste an und rechnete damit, daß Jerk sofort vorgelassen würde. Dann blieben ihm selbst, alle Eventualitäten eingerechnet, noch rund zehn Minuten, um den Palast des Obmanns abzuriegeln und Jerk Hansom zu fassen, sobald er dort auftauchte.

Er fuhr herum.

»Wilbro, wie weit bist du?«

Wilbro sah nicht auf. »Isit kommt gerade zu sich«, brummte er. »Der kleine Dürre hier wird in ein paar Augenblicken wieder da sein, die anderen beiden brauchen noch zwei oder drei Minuten.«

Guri kniete nieder. Er rüttelte Isit Huran an den Schultern. Isit schlug die Augen auf und starrte ihn verwundert an.

»Wo ... was ...?«

»Keine Zeit«, winkte Guri ab. »Jerk Hansom ... Sie erinnern sich an Jerk Hansom?«

Isit fuhr sich mit der Hand über die Stirn, dann nickte er.

»Er ist uns entkommen«, rief Guri erregt. »Wahrscheinlich hat er den halben Weg zum Palast des Obmanns jetzt schon hinter sich. Wir müssen ihn schnappen, bevor er Hondro aufklären kann!«

Isit Huran bewies, daß er ein harter Mann war. Er stemmte sich vom Boden ab und stand auf.

»Kommen Sie«, sagte er einfach. »Wir nehmen meinen Wagen!«

Guri drehte sich um. Will Heeph war gerade dabei, sich auf die Ellbogen aufzurichten. Guri griff ihm unter die Arme und zog ihn in die Höhe. Der kleine Mann gab ein erstauntes Grunzen von sich.

»Mitkommen!« befahl Guri hart. »Kazmer, du folgst uns mit deinen Leuten und postierst dich in der Nähe des Palasts. Wir handeln aus dem Stegreif. Du mußt selber sehen, was nötig ist. Gib Porro Mallin im Stützpunkt Bescheid und sag ihm, er solle sich bereithalten.«

Tureck nickte, aber das sah Guri schon nicht mehr. Hinter Isit Huran her, den immer noch benommenen Will Heeph halb auf den Armen tragend, lief er in den finsteren Gang hinaus. Es ging um Sekunden.

Die Fahrt durch die Stadt war ein Alptraum. Isit Huran saß am Steuer seines eigenen Wagens, und von den zweihundert Paragraphen, die die plophosische Verkehrsordnung umfaßte, blieb kaum ein einziger unverletzt. Immerhin wurde Will Heeph dabei vollends wach und protestierte lautstark gegen Isits Fahrweise.

Guri schnitt ihm das Wort ab und erklärte in kurzen, hastigen Sätzen die neue Lage. Er machte ihm klar, daß die Revolution verloren war, wenn Iratio Hondro Zeit hatte, Gegenmaßnahmen zu treffen.

Will Heeph schwieg bestürzt. Isit Huran riß den Gleiter um eine letzte Kurve und brachte ihn an der Einfahrt zum Palais des Obmanns zum Stehen. Aus einem Wachhäuschen an der Seite trat ein Posten hervor und streckte den Kopf durch das offene Fenster.

»Sie erkennen mich?« fragte Isit knapp.

Der Posten salutierte.

»Ich bringe den Minister für Innere Angelegenheiten und einen wichtigen Gefangenen«, erklärte Isit. »Im Interesse der Staatssicherheit muß ich auf dem schnellsten Weg mit dem Obmann sprechen. Melden Sie mich an!«

Der Posten trat zurück. Der Gleiter bewegte sich schon, da wandte Isit sich noch einmal zur Seite: »Wieviel Wagen haben im Lauf der letzten Viertelstunde die Einfahrt passiert?« fragte er laut.

»Keiner, Sir«, antwortete der Posten.

Isit atmete auf. Der Gleiter schoß die breite Rampe hinauf, die vor dem Haupteingang des Palastes lag. Die drei Männer stiegen aus. Das hohe Glasportal öffnete sich vor ihnen. In der Empfangshalle trat ein Offizier in Paradeuniform ihnen entgegen. Isit Huran besorgte das Sprechen. Will Heeph stand hinter Guri und hielt ihm den Lauf seines Strahlers gegen den Rücken. Guri hatte die Augen halb geschlossen und versuchte, hilflos und zornig auszusehen. Es fiel ihm nicht sonderlich schwer. Der Streifschuß, den Jerk Hansom ihm übergebrannt hatte, schmerzte teuflisch, und Guri hätte tausendmal lieber in einem weichen Bett gelegen, als bei Nacht und Nebel die plophosische Revolution in Gang zu bringen.

Isit Hurans Name öffnete alle Türen. Der Offizier in Paradeuniform hatte inzwischen von dem Posten an der Einfahrt erfahren, worum es ging. Ohne Verzögerung brachte er den Chef des Geheimdienstes und seine Begleiter zum Liftschacht und glitt mit ihnen hinauf in die erste Etage. Der breite Hauptgang war leer. Nur vor dem Eingang zum Vorzimmer des Raumes, in dem Iratio Hondro seine Arbeitsstunden verbrachte, standen zwei Posten. Der Offizier übernahm die Führung und veranlaßte die

Posten, zur Seite zu treten. Im Vorzimmer war ein ältlicher Major damit beschäftigt, Akten zu sortieren. Er riß überrascht die Augen auf, als Isit Huran eintrat. Die Eskorte trat auf einen der Schreibtische zu und wollte nach dem Mikrofon greifen, um den Obmann vom Eintreffen der Angemeldeten in Kenntnis zu setzen. Das Gerät war jedoch noch nicht eingeschaltet, da meldete sich der Lautsprecher über der inneren Tür zu Wort.

»Treten Sie ein!« sagte eine unfreundliche Stimme.

Die Tür schwang im gleichen Augenblick zur Seite. Isit Huran nickte der Eskorte dankend zu. Dann betrat er an der Spitze der Gruppe das Arbeitszimmer des Obmanns.

Iratio Hondro saß hinter seinem Schreibtisch wie immer. Guri blickte sich rasch um. Das Zimmer war übersichtlich, und außer Hondro schien niemand dazu sein. Natürlich wußte niemand, wieviel verborgene Ein- und Ausgänge es gab. Guri nahm sich vor, die Augen offenzuhalten. Er sah den Obmann zum erstenmal, und er zweifelte nicht daran, daß er hier einen der gefährlichsten Männer vor sich hatte, mit denen er je zusammengeraten war.

Isit Huran begann, nachdem er sich gemessen verbeugt hatte, mit seiner Erklärung für den überraschenden Besuch zu so später Stunde. Die allgemeine Linie seiner Ausführungen hatten Guri und Isit während der Fahrt festgelegt. Es ging darum, den Obmann eine Zeitlang hinzuhalten und ihm nach Möglichkeit eine Äußerung darüber zu entlocken, ob Jerk Hansom schon wieder aufgetaucht war. Guri Tetrona übernahm inzwischen die Rolle des stummen Beobachters. Niemand wußte bislang, ob Jerk dem Obmann von seinem Verdacht Will Heeph gegenüber Mitteilung gemacht hatte. Iratio Hondro hatte keinerlei verdächtige Reaktion gezeigt, als Will Heeph den Raum betrat. Allerdings erlaubte diese Beobachtung keine weiteren Schlüsse. Will Heeph war vom Hauptportal aus angemeldet worden, und der Obmann hatte ausreichend Zeit gehabt, sich auf sein Erscheinen vorzubereiten.

Isit entledigte sich seiner Rolle wirkungsvoll und elegant. Weit ausholend und mit kaum zu überbietender Umständlichkeit schilderte er die Aufbringung des Gefangenen, ohne über die Hintergründe der Affäre wirklich etwas zu sagen. Iratio Hondro unterbrach ihn mit keinem Wort. Er hatte die Augen fast geschlossen, und wo er unter den Lidern hervor hinschaute, war schwer zu sagen. Guri ließ sich davon nicht beeindrucken.

Isit schwieg schließlich. Aufrecht und mit verbindlichem Lächeln wartete er auf die Antwort des Obmanns – jeder Zoll ein Mann, der eine schwere Aufgabe vollbracht hatte und ein Lob erwartete.

Hondro nickte ihm zu. »Sehr gut gemacht, Isit«, erkannte er an. Er faßte Guri schärfer ins Auge. »Erinnere ich mich etwa an den Mann? Es scheint mir, als hätte ich ihn wenigstens schon einmal auf Bildern gesehen.«

Isit geriet keine Sekunden lang in Verlegenheit. »Er hat eine frappante Ähnlichkeit mit dem Springer Maltzo, der angeblich in einer Kneipe erschossen wurde«, gab er zu. »Ob er mit dem Mann identisch ist, werden wir noch feststellen.«

Hondro neigte den Kopf. »Siehst du, ich habe von Anfang an gewußt, daß mit den Springern etwas nicht in Ordnung ist«, bemerkte er spöttisch.

Guri spürte, wie die Unterhaltung eine fatale Wendung nahm. Der kleine, stämmige Mann mit dem feisten, verlebten Gesicht nahm die Szene nicht so ernst, wie sie erwartet hatten. Es kam Guri so vor, als wüßte er ganz genau, daß ihm Theater vorgespielt wurde. Fieberhaft suchte Guri nach einem Hinweis, daß Jerk Hansom sich irgendwo versteckt hielte. Er mußte Isit das Stichwort zum Handeln geben, und das Stichwort war fällig, sobald er wußte, daß Jerk vor ihnen hiergewesen war.

»Hast du in dieser Richtung übrigens schon etwas unternommen?« fragte der Obmann.

Isit erklärte, daß er die Springer am Tag zuvor aufgesucht und keine weiteren Verdachtsgründe entdeckt habe. Er erklärte langatmig, was Kural über die Vorbereitung der Molkex-Expedition angeblich gesagt hatte.

Guris Augen wanderten. Die Vorhänge des breiten, hohen Fensters waren beiseite gezogen. Niemand konnte sich hinter ihnen verstecken. Die Wände waren glatt und ohne Nischen.

»Das genügt uns nicht«, erklärte Iratio Hondro. »Notfalls können wir sie dazu zwingen, das Molkex zu beschaffen. Das weißt du so gut wie ich, Isit.«

Wenn Jerk irgendwo hinter einer verborgenen Tür steckte, dann konnte er nicht hören, was hier im Raum vor sich ging. Guri war aber sicher, daß der Obmann sein Trumpfas zum geeigneten Zeitpunkt auf der Szene erscheinen lassen wollte – und sei es nur, um die Reaktion seiner Besucher zu beobachten.

Sein Blick wanderte zum Schreibtisch. Die Tischplatte war ein wenig geneigt, und zwar zum Fenster hin. Ein normalgewachsener Mann hätte aus Guris Position nichts darauf erkennen können, was nicht wenigstens dreißig Zentimeter über die Platte aufragte. Aber Guri war mehr als zwei Meter groß. Er entdeckte die Schaltleiste mit rund drei Dutzend Knöpfen und Kontrollampen. Eine der Lampen brannte rot.

Isit gab eine belanglose Antwort, aber Guri hörte nicht mehr hin. Eine Handspanne neben der roten Kontrollampe entdeckte er das Mikrofon des Interkoms. Es war aus der Halterung genommen und lag so, daß es das Gitter dem Raum zuwandte.

Jemand hörte die Unterhaltung mit!

Guri wußte, daß er nicht länger zögern durfte. Sie befanden sich in der Höhle des Löwen, und jede Sekunde, die Iratio Hondro an Vorsprung gewann, konnte für sie das Ende bedeuten.

Er stellte sich hoch auf die Zehenspitzen, so daß sein mächtiger Schädel fast die Decke berührte, und sagte mit lauter Stimme: »Komm raus, Jerk! Wir wissen, daß du da bist!«

Mit einem Satz wich Isit Huran zur Seite. Guri beobachtete den Obmann. Hondro hatte keine Überraschung aus dieser Richtung erwartet. Mit einem Ruck fuhr er herum und der Ausdruck ungläubigen Entsetzens in seinen Augen war für Guri Tetrona gerade soviel Beweis, wie er brauchte.

»Mach Schluß, Isit!«

Das war das Stichwort. Der Druck des Strahlerlaufs schwand aus Guris Rücken. Hinter ihm wich Will Heeph zur Seite, um den Rückzug zu decken. Isit Huran reagierte blitzschnell. Rascher, als der Blick folgen konnte, zog er die Waffe und legte auf den Obmann an.

Es schien, als zögerte er den Bruchteil einer Sekunde lang. Guri sah, wie ihm brennende Röte ins Gesicht stieg. Dann verhüllte die blendende Helligkeit des Schusses die Szene. Fauchend löste sich die Strahlsalve und erfüllte den Raum mit sengender Hitze.

Guri trat den Rückzug an. Ohne sich umzudrehen, bewegte er sich auf die Tür zu. Seine Gedanken waren schon draußen bei den Wachtposten und Offizieren der Wache, die in wenigen Sekunden das Gebäude abriegeln und die Flucht der Attentäter zu verhindern suchen würden. Er spürte die harte Füllung der Tür im Rücken, wie sie sich zu bewegen begann und zur Seite schwang.

Dann erst wurde er gewahr, daß vor ihm die Dinge ganz anders lagen, als er es erwartet hatte. Isit hatte seine Waffe längst gesenkt, aber das unnatürliche Leuchten war geblieben. Es erfüllte den Raum mit solcher Helligkeit, daß Guri die Augen fast geschlossen hatte, um nicht geblendet zu werden. Es ging von der Mitte des Zimmers aus, und als Guri die Augen anstrengte, sah er die Umrisse einer menschlichen Gestalt, in glühendes Feuer getaucht, dicht vor dem Schreibtisch stehen.

Die Erkenntnis traf ihn wie ein Schock.

Eines hatten sie übersehen! Das strahlende Licht erlosch plötzlich, und vor dem Tisch stand unversehrt Iratio Hondro.

»Mit einem persönlichen Schutzschirm hatte keiner von euch gerechnet, wie?« fragte er zynisch.

Guri handelte sofort. »Raus hier!« schrie er, und unter der Macht seiner Stimme dröhnten die Wände.

Die Tür war offen. Guri griff hinter sich und versetzte Will Heeph einen kräftigen Stoß, so daß er hinaustaumelte. Isit folgte ihm. Guri hielt mittlerweile die Waffe in der Hand. Es schien ihm, als sähe er in der Ecke neben dem Fenster einen Spalt in der Wand sich öffnen. Er hob den Strahler und feuerte eine kurze Salve ab. Die Wand glühte auf. Zischend schmolzen die Kunststoffsteine und liefen in grauen, trägen Bahnen an der Wand herunter. Qualm stieg auf.

Guri wich zurück. Das Vorzimmer war leer. Isit und Will hatten sich schon auf den Gang hinaus geflüchtet. Der ältliche Major versteckte sich wahrscheinlich hinter einem der Schreibtische. Vom Gang draußen klang lautes Schreien. Ein einzelner Schuß fiel. Guri stürzte hinaus. Einer der beiden Posten, die Hondros Suite bewachten, lag verwundet am Boden. Der andere war im Hintergrund des Ganges zu sehen, wie er um sein Leben rannte. Zehn Meter weiter vorne, am Ausstieg des Lifts, warteten Isit Huran und Will Heeph.

Guri war noch ein paar Schritte von ihnen entfernt, da fing ein Lautsprecher an zu dröhnen. Es war Iratio Hondros Stimme, und sie verkündete, daß der Chef des Geheimdienstes, Isit Huran, der Minister für Innere Angelegenheiten, Will Heeph, und der Unbekannte, der sich in ihrer Begleitung befand, auf der Stelle zu erschießen seien.

Guri hatte nicht gewartet, bis der Obmann seine Rede beendete. Er stieß die beiden Plophoser in den Antigravschacht und schwang sich selbst hinein. Viel zu langsam für seine Ungeduld brachte sie das gepolte Kraftfeld ins Erdgeschoß hinunter. Guri hieß Isit beiseitezutreten und sprang als erster in die weite Empfangshalle hinaus.

Schweigend und halbdunkel dehnte sich der große Raum. Nur noch eine einzige Lampe brannte. Guri nahm sich keine Zeit, jeden der vielen Schatten zu sondieren. Er lief auf die Tür zu. Isit und Will folgten ihm. Das Portal war geschlossen. Guri drückte die Knöpfe des Öffnungsmechanismus, aber die schweren Flügel rührten sich nicht.

Der Lautsprecher meldete sich wieder. »Die Verräter sind jetzt am Hauptausgang. Das Portal ist verriegelt. Sie können nicht hinaus!«

Guri trat zurück. Im selben Augenblick, als er den Strahler auf die Verriegelung richtete und den Auslöser drückte, wurde es im Haus lebendig. Polternd näherten sich Schritte von allen Seiten.

»Haltet sie nur ein paar Sekunden lang auf«, knirschte Guri, »dann sind wir draußen.«

Er kümmerte sich nicht um den Kampf, der sich hinter ihm entwickelte.

Die Augen halb geschlossen, beobachtete er den gelblichweißen Strahl des Strahlers, der gegen das schwere Plastikmetall des Portals züngelte. Zischend begann das Material zu schmelzen und tropfte herab. Guri hielt eine Handspanne weiter nach rechts und fing an, den Kasten freizulegen, der die Verriegelung enthielt.

Hinter ihm durchzuckten Blitze die halbdunkle Halle. Es roch nach Brand, und die Hitze wuchs von Sekunde zu Sekunde. Guri biß sich voll Ungeduld auf die Lippen. Unendlich langsam fraß sich der Strahl des Strahlers in die Verriegelung hinein und löste sie auf.

Ein schriller Schrei ließ Guri zusammenfahren. Etwas Hartes schlug ihm gegen die Schulter und warf ihn einen Schritt weit nach vorne.

»Das ist Will!« keuchte ihm Isit Huran ins Ohr. »Es hat ihn erwischt. Bist du noch nicht ...«

Als hätte der Riegel den Ruf gehört, begann er sich ein letztes Mal zu bewegen. Durch den anhaltenden Beschuß in seinen Funktionen gestört, schnappte er mit plötzlichem Ruck auf und warf den rechten Torflügel nach innen. Guri hatte gerade noch Zeit, zur Seite zu treten, sonst hätte ihn die wuchtige Masse über den Haufen geworfen.

Stetig feuernd, zog Isit sich auf den Ausgang zurück. Guri ließ sich auf die Knie fallen und griff nach Will Heephs schlaffen Körper. Er warf sich herum und stieß sich mit den Füßen ab. Will mit sich schleifend, schoß er durch das halboffene Portal und rutschte auf dem Bauch die paar Stufen hinunter, die von der Ausfahrt heraufführten.

Isit stand in der Deckung eines Wagens. Er teilte seine Aufmerksamkeit zwischen dem Wachhäuschen an der Parkausfahrt und dem Portal hinter ihm. Guri nahm den Verwundeten auf die Arme, überquerte die Auffahrt und schob Will Heeph eilig durch das Wagenluk, das Isit inzwischen geöffnet hatte. Isit schwang sich hinterher. Guri rannte um den Wagen herum, feuerte einen blinden Schuß gegen das Portal ab und warf sich in den Fahrersitz. Als das Triebwerk ansprang, erschienen die ersten Verfolger im Ausgang. Mittlerweile hatte Isit das rechte Seitenfenster geöffnet und hielt sie in Schach. Heulend schoß der Gleiter die Rampe hinunter und schwang auf die Ausfahrt zu. Guri atmete auf. Nur noch ein Hindernis lag im Weg – das Wachhäuschen. Er nahm an, daß der Obmann dort inzwischen einen Großteil seiner Garde postiert hatte.

Von der Rampe her schwang sich die Ausfahrt in weitem Bogen durch den Park, um dann, der Rampenmitte gegenüber, auf die Straße zu münden. Rechts und links bildeten Bäume und Büsche ein undurchsichtiges Dickicht. Am rechten Ende der Ausfahrt erhob sich das Wachhäuschen, und im übrigen war die Krümmung der Ausfahrt zu stark, als daß Guri den Wagen auf das nötige Tempo hätte bringen können.

Guri war fast schon entschlossen, nach einem anderen Fluchtweg zu suchen, da erkannte er, daß er sich verrechnet hatte. Eine wichtige Einzelheit war ihm im Durcheinander des Kampfes nicht bewußt geworden. Jetzt plötzlich kehrte ihm die Erinnerung zurück.

Aus der Dunkelheit weit vorne schoß ein Blitz. Er mußte von jenseits der Schleife kommen, die die Straße vor dem Palast des Obmanns beschrieb. Guri duckte sich unwillkürlich. Er kannte die grellen Mündungsfeuer der schweren Strahlautomatiken. Der Schuß war auf den Palast gezielt. Ringsum in der Finsternis sprangen weitere Salven auf. Blitz folgte auf Blitz, und die Nacht versank in wildem Feuer.

Kazmer Tureck war da! Kazmer Tureck griff den Palast des Obmanns an.

Guri wollte den Gleiter nach vorne schießen lassen. Jetzt war die Aufmerksamkeit der Wachtposten abgelenkt. Jetzt war der Zeitpunkt, den Durchbruch zu wagen.

Dann sah er es.

Das Strahlerfeuer erreichte den Palast nicht. Es brach sich an einer Wand, die schimmernd jenseits des Wachhäuschens aus dem Boden wuchs und nach rechts und links sich weiter streckte, als Guri sehen konnte. Jedesmal, wenn ein Strahlschuß die Wand traf, leuchtete die getroffene Stelle in hellem Glanz.

Guri Tetrona kannte sich mit Schirmfeldern aus. Das da vorne war eines der wirksamsten, das er je gesehen hatte.

5.

Er hielt den Wagen an und sah sich nach Isit Huran um. »Das wär's«, brummte er. »Wir können nicht hinaus.«

Isit hob die Hand. »Warte!« rief er. Die vertrauliche Anrede war im Eifer des Kampfes wie von selbst gekommen. »Da, sieh dir das an!«

Er deutete durch die Windschutzscheibe. Guri sah zwei Wachtposten, die sich mitten in der Einfahrt aufgestellt hatten. Sie hatten nichts zu befürchten. Der Schirm deckte sie gegen alle Gefahr. Guri beobachtete sie, wie sie ein kleines Strahlgeschütz in Stellung brachten und damit in die Dunkelheit hinauszielten. Sie wandten die Gesichter ab, als sich das

Geschütz entlud. Ein schenkeldicker Glutstrahl brach aus dem gedrungenen Lauf und schoß in die Finsternis. Wie ein Stück aus einem abgerissenen Film sah Guri ein hohes Gebäude weit im Hintergrund hell aufleuchten und auseinanderbrechen, als die volle Wucht der Salve gegen die Mauern prallte.

»Das ...«, sagte Isit mit merkwürdiger Betonung.

Guri nickte grimmig. »Das Feld ist einseitig transparent, nicht wahr?« fragte er.

Isit Huran bestätigte das. Guri wandte sich zur Seite und sah hinaus. Jenseits der Auffahrt stand das Portal immer noch halboffen. Niemand zeigte sich dort. Iratio Hondros Garde riskierte es nicht, unter Feuer genommen zu werden, sobald sie durch die Öffnung drang. Wahrscheinlich benutzten die Leute Seitenausgänge. Im Dickicht des Buschwerks konnten sie leicht an den Wagen herankommen. Vielleicht legte in diesem Augenblick schon einer von ihnen auf den Gleiter an.

»Wir müssen es versuchen«, sagte Guri vor sich hin.

Die beiden Posten machten ihr Geschütz mittlerweile zur zweiten Salve bereit. Das Feuer von draußen hielt unvermittelt an, jedoch konzentrierte es sich jetzt auf die Mündung der Auffahrt. Kazmer Tureck hatte erkannt, daß er den Feldschirm nicht durchbrechen konnte. Aber das Blitzen der abgefangenen Salven nahm den beiden Posten die Sicht und verschaffte Turecks Leuten zusätzliche Deckung.

Der Gleiter ruckte an. Außer den beiden Männern vor dem Wachhäuschen war niemand zu sehen. Guri nahm die letzte Kurve weit außen, dann ließ er den Wagen mit Höchstgeschwindigkeit auf das offene Tor zuschießen.

Die Posten bemerkten die Gefahr erst, als es schon zu spät war. Guri zog das Fahrzeug sanft an. Es warf die beiden Männer zur Seite und schrammte mit der Bodenplatte den Lauf des Geschützes. Der Gleiter schoß mit einem kräftigen Ruck steiler in die Höhe. Das Geschütz wurde durch das Tor hinausgeschleudert und kippte um.

Guri warf das Fahrzeug zur Seite. Zwanzig Meter von der Stelle entfernt, auf die Kazmer Turecks Feuer sich konzentrierte, brach er durch das Schirmfeld. Er fuhr noch hundert Meter weit in die Dunkelheit hinein und brachte ein kleines, abseits stehendes Gebäude als Deckung zwischen sich und den Palast des Obmanns. Dann hielt er an.

Isit war inzwischen nach hinten geklettert und kümmerte sich um den bewußtlosen Will Heeph. Guri ließ ihn gewähren. Er sah zu den Seitenfenstern hinaus und bemerkte, daß mittlerweile beide Parteien das Feuer eingestellt hatten. Weit hinten lag der matte Lichtschimmer der Stadt, ein

Signal aus einer anderen Welt, die nicht wußte, daß hier um Leben und Tod eines ganzen Planeten gekämpft wurde.

Ein Schatten glitt aus der Dunkelheit auf den Wagen zu. Guri öffnete das Luk und stieg aus. Der Schatten entpuppte sich als eines von Kazmer Turecks Fahrzeugen. Kazmer selbst stieg aus. Er kam auf Guri zu und schüttelte ihm die Hand. Guri ließ sich die Geste gefallen, aber in Gedanken war er woanders. Als Kazmer wissen wollte, was geschehen war, gab er eine abgerissene und unzusammenhängende Schilderung.

Tureck grinste ihn an. »Warum denkst du dein Problem nicht erst fertig?« fragte er spöttisch. »Du kannst mir nachher immer noch erzählen ...«

»Zum Donnerwetter, da stimmt etwas nicht!« knurrte Guri wütend. »Warum hat keiner von den Leuten versucht uns aufzuhalten? Wir sind aus der Falle so leicht herausgekommen, als wären wir nur auf einen Besuch dagewesen.«

Tureck zuckte die Achseln und gab zu verstehen, daß er darüber nicht Bescheid wüßte.

»Was sagt Porro?« fragte Guri plötzlich.

»Alles in Ordnung. Im Stützpunkt ist alles ruhig.«

»Und Curd ...?«

Guri hatte den Namen kaum ausgesprochen, da fiel es ihm wie Schuppen von den Augen. Das Gespräch zwischen dem Obmann und seinem Geheimdienstchef! Iratio Hondro hatte die neun Springer schon seit langem im Verdacht. Er würde sich einfach der gesamten Sippe bemächtigen. Er konnte es sich leisten, ihn, den angeblichen Maltzo, laufenzulassen, wenn es noch neun andere Springer gab.

Guri lief zu seinem Wagen zurück. Kazmer folgte ihm.

»Komisch, daß du davon anfangen solltest ...« stieß er hervor.

Guri blieb stehen. »Wovon?«

»Curd und seine Leute haben sich nicht gemeldet, als Porro sie anrief. Er wollte sie über die Lage informieren. Er hielt die Sache nicht für bedenklich. Es kommt öfter vor, daß Curd und seine Leute ausgehen und das Haus allein lassen.«

»Aber nicht ausgerechnet heute nacht! Sag deinen Leuten, sie sollen auf dem schnellsten Weg zu dem Haus fahren. Ruf Porro an, und laß ihn mit noch drei Fahrzeugen ausrücken. Der Stützpunkt braucht nicht mehr als zwei Mann Bewachung. Zwei von Porros Wagen sollen den Palast bewachen. Mit dem dritten kommt er selbst zu Curds Haus – und er soll Kel Bassa mitbringen, verstanden?«

Kazmer hob die Hand, wandte sich um und lief zu seinem Fahrzeug zurück. Sekunden später schwebten beide Wagen einen halben Meter über der Straße und nahmen rasch Fahrt auf.

Halt aus, Curd, dachte Guri verbissen.

Es war kurz vor Mitternacht, als die Alarmanlage das ganze Haus mit schrillem Klingeln erfüllte. Nur Curd und Terry Simmons waren um diese Zeit noch wach. Die anderen hatten sich längst schlafen gelegt.

Die Alarmanlage war ein Kleincomputer, der die Anzeigen verschiedener Meßinstrumente ablas und überprüfte. Wies eine der Anzeigen auf etwas Ungewöhnliches hin, gab das Gerät eine Warnung. Bestand der Verdacht einer unmittelbaren Gefahr für das Haus und seine Bewohner, wurde Alarm gegeben.

Die Schalttafel, von der aus das Rechengerät bedient wurde, befand sich in Curds Arbeitszimmer. Curd brauchte sich nur umzudrehen und ein paar Knöpfe zu drücken, dann schoß aus einem Auswurfschlitz ein Stück Druckfolie und erläuterte ihm den Grund des Alarms.

Vor wenigen Minuten hatte sich der Verkehr auf der Straße vor dem Haus auf eine für diese Stunde und diese Straße ungewöhnliche Art verdichtet. Das gleiche registrierten die Instrumente auf der Straße, die jenseits des Parks hinter dem Haus vorbeiführte. Die Fahrzeuge, die den plötzlichen Anstieg der Verkehrsdichte verursachten, hatten die Straßen nicht wieder verlassen. Sie hatten auf den dem Hauseingang und dem westlichen Parkrand gegenüberliegenden Straßenseiten geparkt.

Ein paar Männer waren ausgestiegen und auf die Nachbarhäuser zugegangen. Aus den Nachbarhäusern ergoß sich kurz darauf ein Schwarm von Menschen mit schwerem Gepäck beladen.

Daraufhin hatte das Gerät Alarm gegeben.

In Curds Zimmer brannte nur eine schwache Lampe. Terry saß weit hinten im Schatten, und das einzige, was Curd von ihr sehen konnte, war das Funkeln des Glases, das sie in der Hand hielt.

»Ärger?« fragte sie ruhig.

»Nicht zu knapp«, antwortete Curd. »Das Haus ist umzingelt, und wer immer es auch umzingelt hat, ist gerade dabei, die Nachbarhäuser zu evakuieren.«

Die Tür flog auf. Die Leute, die das Schrillen des Alarms aus dem Schlaf geweckt hatte, stürmten herein. Einer schaltete die Deckenbeleuchtung an. Blinzelnd sahen die Überraschten in die unerwartete Helligkeit.

»Waffen sofort aufnehmen!« knarrte Curds Stimme. »Wir werden angegriffen.«

Curd wartete nicht, bis sie den Raum wieder verlassen hatten. Er ließ sich hinter seinem Tisch nieder und hob das Mikrofon des Bildsprechgerätes ab. Guri mußte über diesen Vorfall informiert werden. Die Nachrichtenübermittlung zwischen den terranischen Agenten auf Plophos arbeitete immer noch nach dem Schema, das Arthur Konstantin einst entworfen hatte. Im Hauptverteilernetz der Stadt saß ein Minikom, der durch bestimmte Kodezeichen zum Ansprechen gebracht werden konnte. Derjenige, der die Kodezeichen kannte, brauchte nur eine bestimmte Nummer zu wählen. Anstatt von der Bildsprechleitung wurde sein Gespräch dann von dem Minikom übertragen. Auf diese Weise war eine Ermittlung der Gesprächspartner durch die Behörden von Plophos unmöglich.

Curd wählte die Kodenummer, aber das Gerät blieb stumm. Der Bildschirm leuchtete in eintönigem Weiß. Die Verbindung war unterbrochen. Die Leute, die sich da draußen zu schaffen machten, vergaßen nichts.

Terry hatte Curds erfolglosen Versuch beobachtet. Mit raschen Schritten durchquerte sie den Raum und öffnete einen der Wandschränke. Als Curd sich umwandte, reichte sie ihm ein kleines Funkgerät. Curd nickte ihr zu und schaltete den Sender ein. Ein Kontrollicht leuchtete auf. Curd drückte den Empfängerknopf. Aus dem Lautsprecher drang helles Knattern und Pfeifen. Curd horchte eine Weile, dann resignierte er und legte das Gerät auf den Tisch. Die Leute dort draußen hatten nicht nur die Bildsprechleitung durchtrennt, sie erzeugten mit einem kräftigen Sender außerdem so überaus heftige Störgeräusche, daß Curds schwaches Instrument nicht die geringste Aussicht hatte, bis zum Stützpunkt durchzudringen.

Es gab kein hybrides Sendegerät im Haus. Man hatte es nicht für erforderlich gehalten, da doch stets der Minikom im zentralen Bildsprechverteiler zur Verfügung stand.

Curd begann einzusehen, daß die Lage ernster war, als er geglaubt hatte.

Er verteilte seine Leute. Er machte ihnen nichts vor und sagte ihnen, daß sie von allen Verbindungen abgeschnitten seien und daß sie wahrscheinlich die Sonne am nächsten Morgen nicht mehr aufgehen sähen, wenn sie sich den Gegner nicht wirkungsvoll vom Leib hielten. Die Männer und Frauen trugen seine Enthüllung mit Gelassenheit. Sie postierten sich so, daß jeder Punkt vor, hinter und seitlich des Hauses von ihren Waffen gedeckt war.

Dann begann der Angriff.

Der Leiter der Einsatzgruppe, die das Haus umzingelt hielt, versuchte nicht erst, an der Tür zu läuten und den Gegner zu überrumpeln, sobald er öffnete. Er fuhr einen Lautsprecherwagen auf und verkündete lautstark, die Blaue Garde habe das Haus umstellt und er fordere die Kapitulation der Hausbewohner innerhalb der nächsten zehn Minuten. Ansonsten werde er das Haus angreifen.

Die Springer rührten sich nicht. Die zehn Minuten waren gewonnene Zeit. Curd überlegte sogar, ob er durch ein teilweises Eingehen auf die Forderungen des Gegners nicht noch mehr Zeit gewinnen könne. Aber er hatte sich in dem Leiter des Kommandos getäuscht. Als die letzte Sekunde der zehn Minuten verstrich, flammte ein schweres Strahlgeschütz auf, und eine Explosion erschütterte das Haus.

Curds Leute erwiderten das Feuer. Ohne sich von den Treffern beeindrucken zu lassen, nahmen sie die Geschützmannschaft aufs Korn und schalteten sie aus. Das Geschütz schwieg daraufhin eine Zeitlang. Man brachte es in eine andere Position, dann begann der Beschuß erneut. Da sich bislang weder auf der Rückseite, noch an den Seiten des Hauses etwas ereignete, zog Curd die fünf dort postierten Leute bis auf einen ab und ließ sie an der Straßenfront mithelfen. Das erwies sich recht bald als ein Fehler. Infolge dieser Maßnahme gelang es dem Gegner, ein kleines Geschütz durch den Park bis in unmittelbare Nähe des Hauses zu bringen. Als in den Vorderräumen Curd und seine Leute über die Abwehr eines Vorstoßes in Triumphgeschrei ausbrachen, entlud sich in der Rückseite des Hauses die erste Salve des neuen Geschützes. Die massive Rückwand wurde in einer Breite von zwei Metern vom Dach bis zum Boden hinunter aufgerissen. Das Gestein glühte an den Rändern, und in den freigelegten Zimmern begann es zu brennen.

Curd begriff, daß sie sich nicht mehr lange würden halten können. Es gab nur zwei Möglichkeiten. Entweder er und seine Leute ergaben sich, oder sie starben. Im Ernstfall, daran bestand kein Zweifel, würde Curd sich für die erste Möglichkeit entscheiden. Es hatte keinen Sinn, Menschenleben zu opfern, wenn die Revolution vielleicht schon morgen losbrach und alle Gefangenen der Regierung aus den Gefängnissen befreite.

Von Sekunde zu Sekunde wurde die Lage unerträglicher. Der Brand, den das fortwährende Geschützfeuer entfacht hatte, breitete sich im Haus aus. Niemand hatte Zeit, diesen zu löschen. Die Luft war heiß und rauchgeschwängert. Den neun Pseudospringern rannen die Tränen in Bächen über die Gesichter. Zwei Mann waren leicht verwundet.

Curd trug Terry auf, den Lautsprecher bereitzustellen. Der Augenblick war gekommen, in dem man dem Gegner die Übergabe anbieten mußte. Terry installierte das Gerät unter einem halbzerschmolzenen Fenster und reichte Curd das Mikrofon.

Der lodernde Brand war weithin zu sehen. Menschen drängten sich auf den Straßen und schauten auf die glutrote Lohe. Der fauchende Lärm schwerer Strahlgeschütze erfüllte die Luft.

Guri war voll verbissener Wut. Es war ihm zwar gelungen, den Sender des Gleiters in Betrieb zu setzen und mit Kazmer Tureck in Kontakt zu treten. Aber irgendwo in der Nähe war ein kräftiges Störgerät in Betrieb, und je näher sie dem Brandherd kamen, desto miserabler wurde die Verständigung. Guri wies Tureck schließlich an, nach eigenem Ermessen zu handeln und schaltete den Sender ab.

Zweihundert Meter unterhalb des brennenden Hauses war die Straße durch einen Kordon von Fahrzeugen abgesperrt. Guri hob den Gleiter an und brauste um Haaresbreite über die Dächer der Wagen hinweg. Ein paar Strahlschüsse fauchten hinter ihm her, aber sie waren schlecht gezielt. Zu einer Verfolgung kam es nicht. Die Ereignisse auf der Straße waren zu turbulent, als daß jemand Zeit gehabt hätte, sich um einen so unbedeutenden Zwischenfall zu kümmern.

Guri drückte das Fahrzeug rechts an den Straßenrand und setzte es ab. Er war jetzt nur noch fünfzig Meter von dem Haus entfernt und weniger als dreißig von einem der Geschütze, das Iratio Hondros Leute in einer Hausnische aufgebaut hatten. Guri wies Isit an, sich weiter um den Bewußtlosen zu kümmern, dann stieg er aus und warf sich sofort an den deckenden Schatten der Hauswand.

Er nahm sich nur wenige Sekunden Zeit, die Szene zu beobachten. Das Haus war nahe am Zusammenbruch. Die Salven der Strahlgeschütze hatten riesige Brocken aus den Wänden gerissen, und lodernde Flammen schlugen fast aus allen Fenstern. In spätestens zwei Minuten würde Curd versuchen müssen, seine Leute ins Freie zu bringen, sonst war es zu spät.

Die Erkenntnis, daß der Gegner es offenbar nicht darauf abgesehen hatte, die vermeintlichen Springer lebendig in die Hand zu bekommen, beunruhigte Guri aufs höchste. Es kam jetzt darauf an, daß er rechtzeitig in den Kampf eingriff und verhinderte, daß Curd mit seinen Leuten unter Feuer genommen wurde, wenn sie das Haus verließen.

Guri beobachtete die Straße. Zehn Meter weiter vorne stand ein Gleiter mit aufgebautem Lautsprecher.

Durch den Lautsprecher war Curd wahrscheinlich aufgefordert worden, sich zu ergeben. Guri nahm sich keine Zeit, seine Chancen abzuwägen. Vielleicht hatte er gar keine. Wenigstens aber würde er den Gegner in Verwirrung bringen, und dadurch gelang es Tureck vielleicht, seine Gleiter an günstigen Stellen zu postieren.

Niemand achtete auf Guri, als er auf den Wagen zulief. Er öffnete das

Luk und schwang sich hinein. Das Fahrzeug war leer. Kein einziges Kontrollicht brannte auf dem Schaltbrett. Aber Guri hatte inzwischen gelernt, die plophosischen Polizeifahrzeuge zu bedienen. Er schaltete das Triebwerk auf Leerlauf, so daß es den Lautsprecher mit Leistung versorgte. Er nahm das Mikrofon von der Gabel und hielt es vor den Mund. Ein paar Sekunden zögerte er und legte sich die Worte zurecht, die er sagen wollte. Schon der erste Satz mußte wirken. Die Leute mußten aufhorchen und zuhören. Er wollte ihnen klarmachen, daß der Obmann sie alle betrog und daß sie nur zu wollen brauchten, um die Freiheit zu erlangen.

Als er schließlich wußte, was er sagen wollte, zerplatzte neben ihm das Seitenfenster. Ein Schwall glühendheißer Luft fegte über ihn hinweg. Guri ließ sich fallen, und im Fallen betätigte er den Hebel des rechten Luks. Das Luk schwang auf, und von seinem eigenen Schwung getrieben, rollte Guri hinaus auf die Straße. Er kroch nach vorn und sah um den Bug der Motorhaube herum. Drüben, am anderen Rand der Straße, kauerte ein Mann mit angeschlagenem Strahler. Mit eiskalter Ruhe legte Guri auf ihn an. Der Mann behielt den Gleiter scharf im Auge. Er schien zu wissen, daß der, auf den er geschossen hatte, sich nicht mehr im Innern des Wagens befand. Er entdeckte Guri, als der ihn gerade im Visier hatte.

Die Salve zog eine glühende Spur quer über die Straße. Mit einem Fluch fuhr Guri auf. Der Mann hatte sich zur Seite geworfen, und der Schuß war an ihm vorbeigefahren.

Guri sah, wie der Fremde sich blitzschnell aufrichtete. Er war jetzt im Nachteil. Das Ausweichmanöver hatte ihn um eine oder zwei Sekunden zurückgeworfen. Guri erwartete mit Sicherheit, daß er sich in die Dekkung des Gebüschs retten würde, das dicht hinter ihm aufragte.

Aber er hatte den Mann unterschätzt. Mit einem federnden Sprung setzte er sich in Bewegung und lief auf Guri zu. Im Laufen hob er den Arm mit der Waffe und legte auf Guri an. Guri war so verblüfft, daß er kaum zu reagieren vermochte. Erst im letzten Augenblick wurde er sich der drohenden Gefahr bewußt und warf sich hinter den Wagen. Er richtete den Strahler auf die Stelle, an der der Fremde erscheinen mußte, wenn er hinter der Deckung der Motorhaube hervorkam. Er schätzte die Geschwindigkeit ab, mit der der Mann sich bewegte, und fing an zu feuern, als es soweit war.

Hoch über der Motorhaube erschien ein huschender Schatten. Verblüfft ließ Guri die Waffe sinken und sah dem Fremden nach, der in unwahrscheinlich hohem Bogen über das Hindernis hinweggesprungen war. Mit offenem Mund beobachtete er ihn, wie er auf die Häuserwand am Rand der Straße zulief und in einer Nische verschwand. Zerfahren setzte er ihm einen letzten Schuß nach. Die Strahlsalve fuhr weit hinter dem Fremden in die Straße und brachte den Asphalt zum Kochen. Noch ein einziges Mal kam der merkwürdige Gegner zum Vorschein, als er sich in eine bessere Deckung zurückzog. In diesem Augenblick erkannte ihn Guri.

Es war Jerk Hansom, Iratio Hondros geheimer Berater.

Sekundenlang saß Guri wie gelähmt. Dann erinnerte er sich an die Pflicht, die er zu erfüllen hatte. Jerk war davongelaufen. Er hatte nichts mehr von ihm zu befürchten.

Ein zweites Mal kletterte er in den Gleiter, und als er diesmal das Mikrofon zur Hand nahm und zu sprechen begann, da war niemand da, der ihn hinderte. Klar und deutlich, den Lärm der Geschütze übertönend, klang seine Stimme durch die Straße:

»Hier spricht Maltzo, der Springer. Ihr erinnert euch an mich. Ich bin der Mann, der sich dem Zugriff des Obmanns nur dadurch entziehen konnte, daß er vorgab, es hätte ihn jemand erschossen. Ihr kämpft einen nutzlosen Kampf, Männer! Ihr mordet auf Befehl des Obmanns. Aber des Obmanns Tage sind gezählt, und die Nachwelt wird euch die Treue gegenüber Iratio Hondro nicht zu lohnen wissen.

Ich weiß, ihr gehorcht unter Druck. Jeder einzelne von euch hat ein tödliches Gift in den Adern, das den Körper in ein paar Tagen oder ein paar Wochen zu zersetzen beginnen wird, wenn man die Wirkung nicht durch ein Gegengift neutralisiert. Ihr glaubt, ihr müßtet dem Obmann gehorchen, weil er der einzige ist, der das Gegengift besitzt.

Das ist nicht wahr. Auch ich kenne das Gegengift. Ich habe ausreichende Mengen davon zur Verfügung und bin bereit, jedem davon zu geben, der mich darum bittet. Ja, noch mehr! Mein Gegengift desaktiviert den Giftstoff in euren Körpern nicht nur für vier Wochen. Es beseitigt ihn für immer!«

Als er aufhörte zu sprechen, war der Geschützlärm entlang der Straße erstorben. Guri schaute rasch zu dem Haus hinüber und bemerkte, wie Curd und seine Leute durch das zerschossene Portal kamen und hinter den Büschen des Parks in Deckung gingen. Ein Stein fiel ihm vom Herzen. Wenn er weiter nichts erreicht hatte ... wenigstens waren neun seiner Leute dem Feuertod entgangen.

Die Männer hinter den Geschützen und auf der anderen Seite der Straße verhielten sich ruhig. Guri stieg aus dem Gleiter und stellte sich mitten auf die Straße, so daß jedermann ihn sehen konnte. Den Blick hielt er dorthin gerichtet, wo Jerk Hansom verschwunden war. Es war noch lange nicht gewiß, daß Jerk Hansom seine Sache endgültig aufgegeben hatte. Von weiter oben her meldete sich eine andere Stimme über Lautsprecher zu Wort. »Beweise uns das, Springer! Zeige uns, daß du das Gegengift besitzt!«

Guri kehrte zu dem Gleiter zurück und nahm das Mikrofon ein drittes Mal zur Hand.

»Glaubt ihm nicht!« dröhnte es plötzlich von der Seite her. »Er will euch nur täuschen. Natürlich ... es sind seine Leute, denen er helfen möchte. Und ihr Narren laßt euch ablenken!«

Guri sah weder den Sprecher noch das Gerät, dessen er sich bediente. Die Stimme schien aus einem der Häuser an der rechten Straßenseite zu kommen. Das Gerät war übersteuert, aber Jerk Hansoms Stimme ließ sich eindeutig erkennen.

»Halt den Mund, wer auch immer du bist«, schrie der zweite Lautsprecher. »Laß den Springer erklären!«

»Ich werde euch Kel Bassa vorführen!« schrie Guri. »Ihr wißt, daß Kel Bassa seit ein paar Tagen verschwunden ist und daß er nicht mehr am Leben sein kann, wenn ihm nicht jemand das Gegengift gegeben hätte.«

Ein paar Sekunden lang schwieg die Gegenseite. Dann kam die Antwort: »Das würde uns überzeugen, Springer. Wir warten ...«

Guri zuckte zusammen. Über ihm krachte und donnerte es. Im Dach des Wagens gähnte plötzlich ein weites, glühendrot gezacktes Loch. Etwas Schweres, Heißes prallte Guri auf die Schultern und brach ihm fast das Rückgrat. Beißender Gestank nahm ihm den Atem.

Jerk Hansom hatte schließlich seine letzte Chance erkannt. Das Ding, unter dem Guri hastig hervorkroch, war der Lautsprecher, den Jerk zerstört hatte. Der Gestank kam von den Plastiksitzen, auf die vom Dach herunter glühendes Metall tropfte.

Guri warf sich nach draußen. Der Schmerz im Rücken nahm ihm fast das Bewußtsein. Vor sich, in der Mitte der Straße, sah er Jerk Hansom stehen. In der Hand hielt er ein Mikrofon, und auf dem Boden neben ihm stand der tragbare Lautsprecher.

»Alles Lüge!« dröhnte seine Stimme. »Hört auf mich, Männer! Niemand verrät den Obmann, ohne dafür bestraft zu werden.«

Guri konnte nicht umhin, den Mann zu bewundern. Er stand ohne jegliche Deckung. Er hatte sich nicht einmal die Mühe gemacht, sich zu vergewissern, ob sein Gegner wirklich ausgeschaltet war. Er wandte Guri den Rücken zu und sprach zu den Polizisten weiter oben auf der Straße.

Jerk Hansom hatte nicht gelogen, als er sagte, er hätte dem Obmann beweisen können, daß er sich vor dem Tod nicht fürchtete. Guri glaubte es ihm aufs Wort.

»Kel Bassa ist tot!« fuhr Jerk fort. »Er verunglückte bei einem Ausflug in die Berge. Die Polizei hat seine Leiche vor wenigen Stunden gefunden. Es gibt kein Gegengift außer dem, das der Obmann besitzt.«

Guri richtete sich langsam auf. Jerk war ein geschickter Redner. Wenn er seine Leute erst einmal an ihre Posten zurückbrachte, dann war es ohne Bedeutung, ob er ihnen später Kel Bassas Leiche vorführen konnte oder nicht.

»Macht weiter, Leute«, schloß Jerk. »Wenn ihr tut, was ich sage, wird niemand von dem Zwischenfall erfahren!«

Lügner, dachte Guri zornig. *Deine Stimme dringt wenigstens zweihundert Meter weit, und mindestens fünftausend Neugierige haben sie gehört.*

Jerk Hansom wartete auf den Erfolg seiner Worte. Im hellen Licht des Brandes sah Guri die Leute sich unschlüssig und zögernd bewegen. Es dauerte eine knappe Minute, da hatten sie ihren Entschluß gefaßt. Sie kehrten zu ihren früheren Standorten zurück und nahmen Kampfformation ein. Jerk Hansom hatte gesiegt.

Guri wälzte sich zur Seite, und der Schmerz durchfuhr ihn wie mit einem glühenden Eisen. Noch stand Jerk Hansom reglos mitten auf der Straße. Warum konnte er den Arm nicht mehr bewegen? Warum saß der Strahler so weit hinten im Gürtel? Wenn Jerk nur noch eine Weile so stehenblieb ...!

Die Welt fing an, sich um Guri zu drehen. Er spürte, wie das Bewußtsein wich. Der Schädel dröhnte wie eine Pauke, auf der jemand unablässig herumdrosch, und die Perspektive verengte sich, als sähe Guri durch ein langes, enges Rohr.

Durch das Rohr hindurch sah er, wie Jerk Hansom sich umwandte. Er schien nicht überrascht, als er seinen Gegner am Boden liegen sah. Mit einer ruhigen Bewegung vertauschte er das Mikrofon in seiner Hand gegen den Strahler und legte auf Guri an.

Guri gab auf. Er wartete darauf, daß durch das Rohr ein Strahl von Energie zu ihm hereinschoß und ihn von aller Last befreite. Er konnte nicht mehr. Der Arm wollte sich nicht mehr bewegen, und die Finger konnten nicht mehr zupacken.

Schieß, Jerk ... schieß doch!

Das Ende für Jerk Hansom kam so unerwartet, daß Guri eine Zeitlang brauchte, um das Wunder zu begreifen. Am Rand seines Blickfeldes erschien eine silbrige Silhouette. Sie bewegte sich ein paar Meter hoch über dem Boden und mit erstaunlicher Geschwindigkeit. Aus der Silhouette hervor brach ein grelles Energiebündel und prallte dort auf die Straße, wo Jerk Hansom stand.

Guri sah dem Schatten ungläubig nach und beobachtete, wie er fünf Meter vor ihm landete. Es war ein Gleiter. Ein Luk schwang auf, und ein Mann sprang auf die Straße. Von oben her donnerte ein Lautsprecher: »Alle Waffen bleiben ruhig! Ihr seid umstellt, Männer! Das alte Angebot gilt noch. Kel Bassa wird euch vorgeführt werden. Wartet und fällt dann eure Entscheidung!«

Guri erkannte den Mann, als er sich zu ihm herabbeugte. Es war Kazmer Tureck.

»Na dann ...«, flüsterte Guri und fiel endgültig in Ohnmacht.

Als er wieder zu sich kam, lag er lang ausgestreckt auf dem Rücksitz eines Gleiters. Er richtete sich vorsichtig auf und sah sich um. Vor ihm saßen Kazmer und Leutnant Ali el Hagar, der Mann, der das Gegengift nach Plophos gebracht hatte. Der Gleiter bewegte sich in einem starken Verkehrsstrom die Zentralstraße von New Taylor entlang. Es war immer noch Nacht, aber der Verkehr war dichter, als Guri ihn am Tage jemals erlebt hatte.

»Was ist da los?« fragte Guri.

Beim Klang seiner krächzenden Stimme fuhren Kazmer und Ali herum.

»Du bist auch schon wieder da?« spottete Tureck.

Guri knurrte etwas Unfreundliches, dann wiederholte er die Frage.

»Die Revolution ist in vollem Gang«, antwortete Kazmer. »Der Obmann hat sich in seinem Palast verschanzt, aber außerhalb des Palasts ist alles in vollem Schwung.«

Guri war davon überzeugt. Er brauchte nur zum Fenster hinauszusehen. »Wie spät haben wir?«

»Drei Uhr morgens.«

»Und wie kam die Revolution in Gang?«

»Von zwei verschiedenen Seiten. Erstens erschien Porro Mallin mit Kel Bassa vor Curds Haus und machte dem Kampf ein Ende. Curd und seine Leute sind in Sicherheit, wenn auch ein bißchen angekratzt. Auf jeden Fall hatten die Polizisten nichts anderes zu tun, als den Platz zu räumen und die Neuigkeit so schnell wie möglich zu verbreiten Sie hatten nämlich zuvor schon den Funk abgehört und wußten, daß sich etwas zusammenbraute.«

»Funk ...?«

»Ja. Sono Aront und Arnt Kesenby waren inzwischen aktiv geworden Vom Hauptquartier der Flotte aus verkündeten sie über Funk, daß der Obmann abgesetzt sei und jeder, der Gift in den Adern trug, sich im Hauptquartier zum Empfang des Gegengifts melden solle. Im Nu sammelte sich eine Menschenmenge vor dem Hauptquartier. Nachdem Porro Kel Bassa vor dem Quartier der Springer herumgezeigt hatte, fuhr er zu Kesenby und ließ Bassa auch dort sehen. Inzwischen wurde ein Zubringerdienst eingerichtet, der den Impfstoff vom Stützpunkt zum Hauptquartier bringt. Porro hat die Leitung übernommen. Er traut dem Frieden noch nicht recht. Jeder Transport ist dreifach abgesichert, damit wir nichts von dem Zeug verlieren.« Guri atmete auf.

»Das ist noch nicht alles«, fuhr Kazmer fort. »Isit Huran und Will Heeph, dem es mittlerweile wieder recht gut geht, sind zu Aront und Kesenby gestoßen. Gemeinsam erklärten sie sich zur Übergangsregierung von Plophos.« Er schwieg.

»Na und?« fragte Guri drängend.

»Sie sind jetzt das offizielle Organ der Bevölkerung von Plophos. Und in dieser Rolle haben sie die Regierung des Solaren Imperiums gebeten, ihnen bei der Konsolidierung der Verhältnisse auf Plophos Hilfe zu leisten. Ein Geschwader von Kreuzern ist auf dem Weg und wird spätestens am Mittag landen.«

Erst da war Guri wirklich erleichtert. Sein Auftrag war erfüllt. Plophos war so gut wie frei.

6.

Als die Sonne aufging, hatte die Revolution schon ganz Plophos erfaßt. Arnt Kesenby und seine Männer vom Provisorischen Konsortium hatten es nicht mehr nötig, ihre Botschaft über ein armseliges Kurzwellengerät auszustrahlen. Die Trivideo-Sender des Landes waren in den Händen der Regierung, und auf ihren Bildschirmen bestaunten die Menschen Kel Bassa, der schon längst hätte tot sein müssen.

Mit diplomatischem Geschick verstand es Arnt Kesenby, die plötzliche Verfügbarkeit des Gegengifts als eine Art Selbstverständlichkeit hinzustellen. Er ging mit keinem Wort darauf ein, woher das Medikament gekommen war und warum es gegenüber dem Mittel, das der Obmann besaß, den Vorzug hatte, die Giftstoffe im Körper für alle Zeiten zu zerstören. Wer Arnt Kesenby zuhörte, der fragte sich verwundert, warum es denn, wenn es doch so unerhört einfach war, das Gegengift nicht schon längst gegeben hatte.

Die Revolution verlief so unblutig wie selten eine vor ihr.

Während man sich auf Plophos allenthalben dem Freudentaumel über die neuerlangte Freiheit hingab und mit Begeisterung auf die Ankunft des Terranischen Kreuzergeschwaders wartete, gingen Guri Tetrona und seine Leute im Stützpunkt weiter ihrer Beschäftigung nach. Das Problem Plophos war nicht gelöst, solange sich der Obmann, wenn auch auf beschränktem Raume, noch frei bewegte. Der Feldschirm um den Palast herum wurde mit unverminderter Intensität aufrechterhalten. Ein Kordon von Gleitern, mit Männern des Stützpunkts und plophosischen Polizisten bemannt, achtete darauf, daß niemand ungesehen das Grundstück verließ. Eine grobe Schätzung ergab, daß sich innerhalb des Palastes außer Iratio Hondro wenigstens noch zwanzig Gardisten aufhielten.

Drei Stunden vor Mittag hielt Guri Tetrona mit einigen seiner Offiziere eine Besprechung zur Lage ab. An der Konferenz nahmen teil: Porro Mallin, stellvertretender Chef der Einsatzgruppe, Fann Perrigan, Spezialist für Hybridfunk und verwandte Probleme, und allgegenwärtig und stets auf dem Posten, Kazmer Tureck mit der Gestalt, dem Gesicht und dem Benehmen eines Lohnkutschers, Fachmann für Verfahrensfragen. Die Besprechung fand in Guri Tetronas Privatraum statt, der sich in einem Zustand unerwarteter Ordnung befand, weil Guri ihn seit geraumer Zeit nicht mehr benutzt hatte.

»Fann, du hast den Feldschirm untersucht«, begann Guri. »Was ist deine Meinung?«

»Es handelt sich nicht um ein Schirmfeld gängiger Art«, antwortete Fann. »Zwar wird es von einem mechanischen Projektor ausgestrahlt, aber eine Reihe von Anzeichen deutet darauf hin, daß mentale Kräfte es unterstützen.«

Er hatte noch mehr auf der Zunge, aber Guri unterbrach ihn mit einer knappen Handbewegung.

»Wir kennen das«, erklärte er knapp. »Es gibt in der Galaxis eine gewisse Art von Leuten, die über besondere geistige Begabung verfügen und beispielsweise Schutzschirme durch ihre Psi-Kräfte verstärken können.«

»Die Antis!« rief Porro.

»Genau. Es hat schon seit einiger Zeit Gerüchte gegeben, wonach Iratio Hondro Diener des Baalol-Kults in seinem Dienst haben sollte. Aber bisher hat niemand einen von ihnen gesehen. Fanns Messungen beweisen, daß es diese Leute wirklich gibt. Die Frage ist: Was tun wir gegen sie?«

»Nach meiner Ansicht gibt es nur eines«, erklärte Kazmer Tureck. »Wir belasten den Schirm an einer bestimmten Stelle so stark, daß er dort zusammenbricht. Ein paar Sekunden genügen uns, dann haben wir so viele Leute innerhalb des Schirms, daß der Palast in ein paar Minuten erobert ist.«

Guri sah ihn an.

»Eines mag ich an dir, Kazmer«, sagte er nachdenklich. »Du bist geradeheraus, und meistens hast du gute Ideen.«

Sie fuhren die drei Gleiter dicht an das Schirmfeld heran und bauten ihrerseits einen einseitig durchlässigen Schutzschirm auf, denn vom Palast her eröffnete man das Feuer, sobald die Fahrzeuge in die Reichweite der Strahlgeschütze gerieten. In jedem der Fahrzeuge saßen acht Mann. Zwanzig davon waren dazu bestimmt, in den Palast einzudringen, falls es gelang, den Feldschirm in einer begrenzten Zone zu neutralisieren. Zu den vier übrigen gehörten Guri Tetrona, Fann Perrigan und Porro Mallin. Kazmer Tureck befand sich unter den zwanzig Mann der Einsatzgruppe. Er wollte bei seinen Leuten sein, wenn es um Kopf und Kragen ging.

Im Schutz des eigenen Schirms stiegen Guri, Fann und ein paar der Leute aus, um die mitgebrachten Projektoren zu installieren. Die Projektoren waren weiter nichts als leistungsfähige Strahler. Ihre Aufgabe war, den Schirm des Gegners an einer Stelle so zu belasten, daß die kombinierte metallische und mentale Kraft des Feindes nicht mehr ausreichte, den Schutz aufrechtzuerhalten.

Fann ging von einem der Geräte zum andern und überprüfte ihre Fokussierung. Nervös redete er fortwährend vor sich hin und machte heftige Gesten. Schließlich richtete er sich auf und sah Guri durchdringend an.

»Fertig?«

»Fertig«, antwortete Fann, und es war eines der wenigen Male, in denen er es fertigbrachte, eine Antwort mit einem einzigen Wort zu geben.

Guri kletterte in den Gleiter zurück und nahm das Mikrofon auf. »Wilbro, komm rein!«

Wilbro meldete sich. »Auf Posten. Seid ihr soweit?«

»Ja. Halt die Augen offen!«

»Du kannst dich darauf verlassen«, versicherte Wilbro.

Wilbro stand jenseits der Straßenschleife vor dem Haupteingang des Palasts. Das Fahrzeug, mit dem er auf der Lauer lag, war ein Girowagen. Er besaß bessere Flugfähigkeiten als ein Gleiter. Wilbros Aufgabe war, die Verfolgung aufzunehmen, wenn jemand mit irgendeiner Art von Flugapparat versuchen sollte, den Palast zu verlassen. Weitere Girowagen standen auf Abruf in geringer Entfernung bereit. Guri wollte kein Risiko eingehen. Der Obmann durfte nicht entkommen.

Er stieg aus und nickte Fann Perrigan zu. Fann hockte auf dem Boden vor einem kleinen, kastenförmigen Gerät mit einer Reihe von Schaltern und Meßskalen. Er drückte zwei der Schalter, und die Projektoren begannen zu arbeiten. Blendende, sonnenheiße Strahlenbündel prallten gegen den feindlichen Schutzschirm an und brachten ihn weithin zum Aufleuchten. Fann hatte eine Schutzbrille vor die Augen gezogen und beobachtete die Meßinstrumente.

Guri zählte die Sekunden. Eine Menge Dinge gingen ihm durch den Kopf. Waren zwanzig Mann genug, um die Besatzung des Palastes niederzukämpfen? Wieviel Baalol-Leute hatte der Obmann in seinem Dienst? War Jerk Hansom ein Anti gewesen?

Ohne daß er es wahrhaben wollte, hatten Jerk Hansoms Figur und die eigenartige Rolle, die er in den Auseinandersetzungen spielte, in den vergangenen Stunden seine Gedanken unaufhörlich beschäftigt. Wer war Hansom? Woher kam er, und was veranlaßte ihn, einen Menschen mit hervorragenden Fähigkeiten, sich in den Dienst eines Diktators zu stellen?

Guri beschloß, daß Iratio Hondro ihm diese Fragen beantworten sollte. Wahrscheinlich war er der einzige Mann auf Plophos, der über Jerk Hansom Bescheid wußte.

Fann Perrigans triumphierender Schrei schreckte Guri aus dem Nachdenken auf.

»Er bricht . . .!«

Guri fuhr herum. In weitem Umkreis um den Fleck, den die Projektoren bearbeiteten, hatte das Schirmfeld eine merkwürdig gelblichtrübe Färbung angenommen. Es sah aus, als hätte es zu lange in der Sonne gestanden und finge an zu vergilben. Guri kannte das Zeichen gut. So sahen Feldschirme kurz vor dem Zusammenbruch aus. Sie verloren die Transparenz, wurden undurchsichtig . . . und verschwanden schließlich.

Kazmer Tureck und seine Männer standen einsatzbereit. Guri klopfte Kazmer auf die Schulter.

»Behalte den Kopf oben, mein Junge!«

Kazmer hatte kaum noch Zeit, mit dem Kopf zu nicken, dann war die weite Fläche schmutzigen Gelbs auf einmal verschwunden. An den fauchenden Energiebündeln vorbei hasteten sie durch die Schirmlücke. Kazmers Schlachtordnung bewährte sich. Die vordere Kette seiner Gruppe bewegte sich rennend auf den Palast zu, während die nachfolgende, die Front des Gebäudes mit ständigem Feuer belegend, langsamer vorrückte. Vom Palast her fiel kein Schuß. Ein Stück der Wand löste sich unter dem kräftigen Feuer und stürzte krachend und glühend in den Park. Das dürre Buschwerk stand sofort in Flammen. Durch eine dichte Rauchwand hindurch drangen Kazmer Turecks Männer gegen den letzten Stützpunkt des Gegners vor.

Guri Tetrona wartete. Es gab keine Funkverbindung mit Tureck. Der Feldschirm war nur für ein schmales Band des elektromagnetischen Spektrums durchlässig. Dazu gehörte sichtbares Licht, aber nicht Radiostrahlung. Zudem hatte Fann seine Projektoren abgeschaltet. Die Lücke im Schirm schloß sich sofort wieder.

Die Minuten verstrichen. Ab und zu ließ Guri den Blick rings um den Palast wandern, um zu sehen, ob irgendwo jemand einen Ausbruchsversuch wagte. Aber nichts geschah. Ruhig und stumm lag das kolossale Gebäude im Schein der Morgensonne. Der Buschbrand war auf feuchte Nahrung gestoßen und erzeugte nur noch dicken, weißlichgrauen Qualm.

Von Zeit zu Zeit meldete sich Wilbro Hudson und erklärte, daß er bis jetzt noch niemand habe den Palast verlassen sehen. Guri riß schließlich die Geduld. Er erklärte Wilbro, er selbst hätte den Palast viel besser im Blick, und er sollte ihn gefälligst in Ruhe lassen. Daraufhin schwieg Wilbro und wurde bis lange nach Beendigung des Unternehmens nicht mehr gehört.

Guris Nervosität wuchs. Kazmer und seine Leute mußten längst auf die Verteidiger des Palasts gestoßen sein. Warum war von dem Gefecht nichts zu bemerken?

Nach einer Viertelstunde befahl Guri, Fann solle die Projektoren wieder einschalten. Porro Mallin hielt sich mit einem kleinen Funkgerät bereit, ins Innere des Schirms einzudringen und die Verbindung mit Kazmer herzustellen. Der vierte Mann im Bund, Ali el Hagar, lehnte an der Triebwerkshaube eines Gleiters und verfolgte die Vorbereitungen mit arabischer Gelassenheit.

Die Projektoren fingen wieder an zu fauchen, und schillernde Farben stiegen an dem mächtigen Schirmfeld in die Höhe. Guri verfolgte sie gebannt, als hätte er nie zuvor dergleichen gesehen. Er biß sich auf die Lippen und heftete den Blick auf das wirbelnde Farbenspiel. Er wollte an nichts anderes denken. Zum Beispiel nicht daran, daß Kazmer mit seinen Leuten dort drinnen in eine Falle gerannt sein könnte.

Das Rezept wirkte nicht. Plötzlich waren die Farben verschwunden. Guri stutzte. Fann Perrigans Projektoren fauchten und glühten nach wie vor, aber die Farben waren nicht mehr da. Der Schirm war dort, wo ihn die Projektoren bearbeiteten, wieder völlig durchsichtig geworden, als sei er total unbelastet.

Dann sah Guri fünfzig Meter weiter vorne den Asphalt kochen und dampfen. Und plötzlich wußte er, warum alles farblos und transparent wirkte.

Es gab keinen Schirm mehr.

Aus Porro Mallins Funkgerät meldete sich Kazmer Turecks harte Stimme: »Tureck an Chef! Ich habe eine Überraschung für dich!«

Guri riß Porro das Gerät aus der Hand. »Red schon!« rief er ungeduldig.

»Der Palast ist leer«, sagte Tureck. »Weit und breit keine Menschenseele.«

Hundert Gedanken schossen Guri durch den Kopf. Der hartnäckigste darunter war: Konnte Tureck in eine Falle gegangen sein und unter hypnotischem Zwang handeln? Die Möglichkeit schien auf der Hand zu liegen. Dem Obmann standen alle Mittel der modernen Kriegsführung zur Verfügung, warum nicht auch dieses?

Guri kam zu dem Schluß, daß er die Wahrheit nicht erfahren würde, wenn er hier stehenblieb. Er mußte Tureck sehen. Er mußte in den Palast hinein. Er reichte Porro das Funkgerät zurück und befahl ihm, auf dem Posten zu bleiben. Dann lief er auf den Palast zu. Hustend und keuchend rannte er durch die Rauchwand, die der schwelende Brand erzeugte, und hastete die geschwungene Rampe hinauf. Die eine Hälfte des hohen Portals stand immer noch offen, wie er es aus der vergangenen Nacht in Erinnerung hatte. Die Eingangshalle war leer, aber aus den Gängen ringsum hörte Guri die schallenden Stimmen von Kazmer Turecks Männern.

Er atmete auf. Das hörte sich an wie eine Schar von Leuten, die ein Haus durchschauten, nicht wie eine Gruppe von Hypnotisierten. Er stemmte die Arme in die Seite und schrie nach Tureck – und wenn Guri schrie, dann konnte man es eine halbe Meile weit hören.

Kazmer Tureck stürzte aus einem der Gänge hervor. »Meine Güte«, keuchte er, »du brauchst nicht so zu brüllen! Was ist los?«

Guri musterte ihn, und der letzte Rest Sorge fiel von ihm ab. Das war Kazmer Tureck, wie er leibte und lebte, ganz er selbst.

»Was geht hier vor?« wollte er wissen.

»Das weiß der Teufel«, antwortete Tureck. »Das ganze Riesending ist leer.«

»Wieso ist der Schirm zusammengebrochen?«

Tureck grinste. »Wir haben ihn abgeschaltet. Unten im Keller ist die Schaltanlage.«

Guri nickte und sah sich um. »Die Sache ist klar, fürchte ich«, meinte er. »Es gibt einen gut getarnten Ausgang. Er liegt unterirdisch und kommt erst weiß der Himmel wo wieder ans Tageslicht.« Er streckte die Hand aus. »Gib mir deinen Funkkasten.«

Tureck trug das kleine Gerät an einem Riemen um die Schulter. Er zog es ab und reichte es Guri. Guri rief Porro an und trug ihm auf, fünf seiner Gleiter zur Überwachung des Geländes rings um die Stadt abzustellen. Er erklärte Porro, was er vermutete.

»Ich nehme an«, fügte er hinzu, »daß der Obmann wenigstens eine verborgene Antenne außerhalb des Feldschirms hatte. Er wußte also, was außerhalb des Palastes vorgeht. Er weiß, daß wir ein Geschwader der Raumflotte erwarten und daß seine Rolle endgültig ausgespielt ist, sobald die Schiffe gelandet sind. Ich halte es für sehr wahrscheinlich, daß er irgendwo ein Raumschiff verborgen hat, mit dem er sich in Sicherheit bringen will. Wer kommandiert übrigens das Geschwader?«

Porro wußte es nicht.

»Egal, wer es ist«, fuhr Guri hastig fort. »Gib ihm Bescheid und sag ihm, er soll den Raum um Plophos genau abtasten lassen. Wenn wir den Obmann hier nicht schnappen ... vielleicht können die's dort draußen.«

Porro bestätigte den Befehl. Guri schaltete das Gerät ab und reichte es Tureck zurück. Tureck hängte es sich wieder um die Schulter. Dabei sah er so nachdenklich drein, daß Guri ihn fragte, ob er etwas auf dem Herzen hätte.

»Ich überlege gerade, Chef«, gab Tureck zu. »Wenn der Obmann irgendwo ein Raumschiff versteckt hat, warum ...«

Er wurde unterbrochen. Dumpfes Rollen und Rumpeln drang aus der Tiefe und brachte den Boden zum Zittern. Kazmer Tureck fuhr herum, als hätte hinter ihm der Blitz eingeschlagen. Dröhnend schallte seine Stimme durch die weite Halle: »Alle Mann raus auf die Straße, und zwar so schnell wie möglich!«

Stiefel klapperten. Einer nach dem anderen kamen die Männer aus den Räumen, die sie gerade durchsuchten, und rannten durch die Halle auf das Portal zu. Das Zittern im Boden wurde stärker. Guri begriff nicht, was um ihn herum vorging. Er wollte eine Erklärung von Tureck, aber Tureck hatte das Funkgerät vor dem Mund und schrie Porro Mallin an: »Laß alle Mannschaften so rasch wie möglich abrücken. In zwei Minuten darf es im Umkreis von fünfhundert Metern keinen Menschen mehr geben! Ende!«

Er ließ das Gerät einfach fallen und kam auf Guri zu. Er packte ihn an der Schulter und wirbelte ihn herum.

»Komm, schnell!« keuchte er.

Sie liefen hinaus. Draußen hatte der Qualm sich verdichtet. Guri wollte etwas fragen, aber der Rauch und die Anstrengung des Laufens nahmen ihm den Atem. Er begann zu ahnen, wovor Tureck sich fürchtete. Es schien ungeheuerlich, aber schließlich hatten sie es mit Iratio Hondro zu tun.

Sie rannten durch das Parktor und überquerten mit Riesenschritten die Straßenschleife. Guri wollte geradeaus laufen, aber Tureck zog ihn am Arm und zerrte ihn nach links hinüber.

»Nicht genug Platz da drüben«, sagte er.

Das Rumpeln und Dröhnen war auch im Freien deutlich zu spüren. Es war, als erschütterte ein Erdbeben die Stadt. Guri warf einen Blick zurück. Es sah so aus, als kämen sie trotz aller Anstrengung nicht vom Fleck. Nahe und drohend ragten die Mauern des Palasts hinter ihnen auf. Die Dekkung der Gebäude am Hals der Straßenschleife aber schien kilometerweit entfernt.

Sie schafften es trotzdem. Weiter vorne in der Straße liefen Turecks Männer. Guri stolperte, als er kaum die erste Wand erreicht hatte, und ließ sich fallen. Lautes Donnern erfüllte die Luft.

Guri wandte sich um und lugte hinter der Wand hervor. Tureck lag dicht neben ihm.

»Was ich sagen wollte«, brachte er keuchend hervor, »war ... warum sollte der Obmann das Schiff nicht unter dem eigenen Haus versteckt haben?«

Krachend und donnernd vollzog sich das Schauspiel. Der Palast brach plötzlich auseinander. Es sah aus, als hätte der Mörtel plötzlich seine Kraft verloren und als wollten die Mauersteine nicht mehr zusammenhalten. In einer gewaltigen, gelben Wolke aus Staub und Schutt verschwand die stolze Residenz des Diktators von Plophos.

Helles Licht zuckte plötzlich auf. Es stieß durch den Staubvorhang und blendete die Augenzeugen des Dramas. Das Donnern und Krachen schwoll zu einem betäubenden Höhepunkt an, als das Raumschiff des Obmanns sich auf einem gleißenden Feuerstrahl über Dunst und Staub erhob.

Guri schaute zwischen den Fingern hindurch. Er sah eine schlanke

Walze, etwa achtzig Meter lang, mit leicht gewölbten Wänden und an der dicksten Stelle zwanzig Meter durchmessend. Aus dem Heck des Schiffs stießen lange, weite Stabilisatorflossen.

Das merkwürdige Fahrzeug schien über dem Trümmerhaufen des Palasts einige Sekunden zu zögern. Dann ruckte es an und stieg mit rasch zunehmender Geschwindigkeit in den blauen Himmel. Der Lärm des Triebwerks verebbte allmählich, aber davon hatte Guri Tetrona nichts mehr. Der fortwährende Krach hatte seine Trommelfelle über die Grenzen belastet.

Er stand auf und schaute dem flimmernden Stern zornig nach.

»Schließlich ist er uns doch noch durch die Lappen gegangen!« rief er wütend.

Knapp drei Stunden später landete das Kreuzergeschwader. Der Kommandant war Oberst Konz Hoenneman. Guri Tetrona fuhr zum Landefeld, um ihn zu empfangen. Hoenneman bestätigte, man habe beobachtet, wie ein Raumfahrzeug Plophos verließ und in den interstellaren Raum vorstieß. Ein paar Einheiten des Geschwaders hatten die Verfolgung aufgenommen, aber es erwies sich, daß das fremde Schiff ein Beschleunigungsvermögen besaß, das dem der terranischen Fahrzeuge weit überlegen war. Die Verfolgung wurde abgebrochen, als jedermann sehen konnte, daß sie keinen Erfolg bringen würde.

An Bord eines der terranischen Kreuzer befand sich Mory Abro, die Tochter des Neutralistenführers Lord Kositch Abro. Die Neutralisten auf Plophos bereiteten ihr einen begeisterten Empfang. Mory Abro nach Plophos zu schicken, erwies sich wiederum als ein geschickter politischer Schachzug. Mory beschlagnahmte zwei Stunden des plophosischen Fernsehprogramms und begeisterte die männlichen Zuschauer durch ihre Erscheinung, die weiblichen durch ihre eindringliche Schilderung der Ziele der Neutralistenbewegung und der Annehmlichkeit des Lebens auf Plophos – jetzt, da die Revolution den Sieg errungen hatte.

In aller Eile erhielten alle, die unter dem Einfluß des heimtückischen Gifts gestanden hatten, die Gegeninjektionen. Erst als diese Aktion abgeschlossen war, ging das Provisorische Konsortium daran, die Verhältnisse auf Plophos zu normalisieren, so daß jetzt der Planet zum üblichen Tagesablauf zurückkehren konnte. Es gab Vorschläge, Mory Abro zum neuen Regierungschef zu machen und sie solange im Amt zu belassen, bis Wahlen abgehalten werden konnten.

Die Aktion Maulwurf, wie Guri Tetronas Unternehmen im internen

Sprachgebrauch von Mercants Galaktischer Abwehr hieß, war bis auf eine Kleinigkeit ein voller Erfolg gewesen.

Plophos war wieder ein Mitglied des Imperiums, und die Menschen auf Plophos waren frei.

Iratio Hondro allerdings war nicht unschädlich gemacht, wie der Aktionsplan es vorgesehen hatte. Er war nur vertrieben worden. Er blieb weiterhin eine Bedrohung. Plophos besaß eine Reihe von Satellitenwelten. Auf jeder von ihnen konnte der Obmann landen und sich mit einer neuen Gefolgschaft umgeben. Niemand wußte, wohin er sich wenden und wann man wieder etwas von ihm hören würde.

Die Überreste des Palastes wurden untersucht. Unter den Trümmern fand sich ein hundertfünfzig Meter tiefer, fünfundvierzig Meter weiter Schacht. Am Boden des Schachtes wurde eine Schaltanlage entdeckt, deren Aufgabe es gewesen war, das Gebäude in seine Bestandteile zu zerlegen und damit die Schachtmündung freizugeben, sobald das versteckte Raumschiff startbereit war.

Allan D. Mercant und seine Leute in Terrania legten Plophos noch nicht zu den Akten. Sie schoben den Fall nur ein wenig beiseite.

Zwei Tage nach der Landung des Geschwaders begannen die Aufräumungsarbeiten in der Umgebung des Hauses, in dem Curd Djanikadze in der Rolle eines Springers mit seinen Leuten gewohnt hatte. Die Straße wurde von den Überresten des Kampfes restlos geräumt. Die Trümmer des völlig niedergebrannten Hauses wurden beseitigt und der Boden planiert.

Währenddessen machte Guri Tetrona seine Gruppe zur Heimfahrt bereit. Sie hatten auf Plophos jetzt nichts mehr verloren. Ihre Aufgabe war nun endlich getan.

Umständlich holte Tureck einen Zettel aus der Tasche und begann zu lesen.

»Analyse von Metallresten, gefunden am 5. Juli 2329 Zentralzeit, auf der Straße ... na, egal. Auf jeden Fall: Achtundneunzig Prozent Eisen, eins Komma eins Prozent Edelmetall, null Komma zwei Prozent Molybdän, null Komma ...«

»Hör auf!« forderte Guri. Seine Stimme klang ruhig, aber gerade das brachte Tureck augenblicklich zum Schweigen.

»Das sind die Überreste von Jerk Hansom, wie?« fragte Guri.

Tureck nickte. »Ja. Es sei denn, jemand hat sie inzwischen beiseite geschafft und statt dessen eine Lache Metall auf die Straße geschüttet.«

Guri warf den Schreibstift auf den Tisch, daß er abprallte und auf den Boden fiel.

»Ich hätte es mir gleich denken sollen«, sagte er und ging ein paar Schritte in Richtung der Tür. »Ein Mann, der so schnell reagierte wie Jerk Hansom und keine Angst vor dem Tod hat.«

Mit gesenktem Kopf blieb er eine Zeitlang stehen. Dann fuhr er plötzlich herum und blitzte Kazmer Tureck an.

»Jetzt fragt sich nur noch«, meinte er, »wer solche Roboter herstellt und sie an Diktatoren verteilt.«

7.

Shelo Bontlyn, stellvertretender Chef der Funk- und Ortungszentrale von Last Hope, horchte auf.

Das Summen des Antigravschachts war nicht zu überhören. Es übertönte das Knistern und Prasseln der kosmischen Statik und erzeugte in Shelo Bontlyn ein Gefühl des Unbehagens.

Shelo schwenkte die zurückgeklappte Lehne seines Kontrollsessels wieder nach vorn. Eine bequeme Haltung während des Dienstes galt nicht als strafbar, aber sie wurde nicht gerne gesehen.

Zwei metallisch glänzende QB-Roboter erschienen in der Öffnung des Anitgravliftes. Ihre Füße stampften dröhnend über den Boden. Zwei Schritte brachten sie in den großen halbrunden Saal der Funk- und Ortungszentrale hinein.

Shelo Bontlyn rührte sich nicht. Angestrengter als zuvor überblickte er die Kontrollen. Die Betriebsanzeige des Hypersenders stand auf Rot. Es war bei Todesstrafe verboten, ohne Erlaubnis des Zellenbefehlshabers eine Nachricht abzusetzen.

Bontlyn schaute unwillkürlich zum Senderaum hinüber. Er wurde von einem blauleuchtenden Energiefeld abgesichert. Niemand außer Konta Hognar, dem Chef der Geheimstation auf Last Hope, konnte die Sperrschaltung betätigen.

Einer der Bildschirme war abgeschaltet. Ein Teil des Saales spiegelte sich darin. Bontlyn konnte unauffällig die Öffnung des Liftschachtes beobachten.

Zwei Füße wurden erkennbar. Lange, dünne Beine folgten. Augenblicke später sprang ein hochgewachsener Mann aus dem Antischwerefeld. Die beiden QB-Roboter warteten. Ihre vier Waffenarme waren angewinkelt.

Shelo Bontlyn atmete etwas schneller. Von beginnender Furcht gepeinigt, rekonstruierte er seine Handlungen während der letzten Tage. Es war nichts geschehen, was das unverhoffte Auftauchen des Zellenleiters und Abwehrchefs Konta Hognar erforderlich gemacht hätte.

Shelo drückte gedankenlos auf den Schalter des vollautomatischen Frequenztasters. Blaue und grüne Lichter huschten über die Skalen. Das Gerät suchte die ungewöhnlichen Bänder ab – pro Sekunde achtundneunzig Millionen Randfrequenzen.

Der Funkverkehr von etwa vierzig Raumschiffen kam durch. Die Sprüche waren grundsätzlich verschlüsselt. Shelo achtete nicht darauf. Die hundertachtzig Hauptfrequenzen wurden ohnehin ständig überwacht. Dafür gab es andere Geräte mit synchron geschalteten Aufnahmebändern.

Schritte näherten sich. Sie klangen wie das Pochen ferner Trommeln. Der Zellenbefehlshaber blieb stehen. Das Geräusch verstummte.

»Hondro ist groß, Techniker Bontlyn«, grüßte der hochgewachsene Mann. Shelo fühlte einen Atemzug in seinem Nacken.

»Hondro ist groß, Sir«, dankte Bontlyn mit der gleichen, eigentümlichen Redewendung. Er wendete nicht den Kopf. Es war seine Aufgabe, ununterbrochen die Kontrollen zu überprüfen.

»Sie sind für die Dauer meiner Anwesenheit von Ihren Pflichten entbunden«, klang die Stimme erneut auf.

Shelo erhob sich, drehte sich um und nahm Haltung an. Konta Hognar trug die blaue Kombiuniform der Leibgarde des Obmanns. Das rote V auf der linken Brustseite leuchtete.

Bontlyn sah zum Gesicht des Befehlshabers von Last Hope hinauf. Konta Hognar blickte seinerseits nachdenklich auf den untersetzten, mittelgroßen Techniker hinunter, dessen rote Haarborsten im Licht der Bildschirme grünliche Reflexe erzeugten. Die Roboter verhielten sich ruhig. Ihre Waffenarme standen immer noch in Anschlagstellung.

Es dauerte nur eine Sekunde, bis Shelo Bontlyn erkannt hatte, daß der mächtige und zugleich verhaßte Mann nicht mit der Absicht gekommen war, ihn zum letzten Gang aufzufordern. Außerdem hätte er zur Erfüllung einer solchen Aufgabe sich nicht persönlich bemüht.

Shelo atmete innerlich auf. Seine angespannte Haltung lockerte sich. Hognar, normalerweise ein scharfer Beobachter, übersah die Erleichterung des Funktechnikers.

Immer noch geistesabwesend wirkend, erkundigte sich der Zellenbefehlshaber: »Von der Heimatwelt sind wohl keine neuen Nachrichten durchgekommen?« Es war mehr eine Feststellung als eine Frage gewesen.

»Nein, Sir, keinerlei Nachrichten«, bestätigte Bontlyn. Gleichzeitig erinnerte er sich daran, daß die Anrede »Sir« zu den wenigen terranischen Begriffen gehörte, die im plophosischen Sprachgebrauch noch angewendet wurden. Konta Hognar verschränkte die Hände auf dem Rücken und ging zu einem Bildschirm hinüber.

Er zeigte einen Teil der Oberfläche von Last Hope. Der Befehlshaber dieses plophosischen Stützpunktplaneten schien den Schirm nicht bewußt anzusehen. Shelo Bontlyn wurde noch aufmerksamer. So kannte er den hageren Mann nicht.

»Ich halte Sie für einen verläßlichen Untergebenen des Obmanns, Techniker Bontlyn. Ihre Station ist personell unterbesetzt, nicht wahr?«

»Wir schaffen es schon, Sir«, entgegnete Shelo vorsichtig.

»Ich hatte keine andere Antwort erwartet. Sie wissen, wie nötig wir jeden fähigen Mann brauchen, um die Vorherrschaft des Imperiums unter dem Schurken Perry Rhodan zu brechen.«

Shelo bestätigte die Ansicht seines Vorgesetzten; allerdings mit Vorbehalten, die Konta Hognar nicht bewußt wurden.

Bontlyn hielt von der derzeitigen politischen und militärischen Zustandsform des Vereinten Imperiums nicht viel. Damit hatte er nicht einmal unrecht. Das plötzliche Wiederauftauchen jenes sagenhaften Mannes, den man Perry Rhodan nannte, konnte den begonnenen Zerfall des Vereinten Imperiums nicht mehr verhindern. Die fremden Völker fielen ab, die Galaktische Allianz zersplitterte.

Dennoch war Shelo Bontlyn nicht bereit, Perry Rhodan für einen Schurken zu halten.

Konta Hognar drehte sich um. Er schien einen Entschluß gefaßt zu haben. Shelo erkannte den jähen Stimmungswechsel und nahm wieder Haltung an.

»Danke, mehr wollte ich nicht wissen. Benachrichtigen Sie mich sofort, sobald neue Nachrichten eintreffen.«

Der hagere Mann grüßte reserviert und ging auf den Lift zu. Zwei Minuten später war er mit seinen Begleitrobotern verschwunden.

Bontlyn trocknete sich die schweißnasse Stirn ab. Bedächtig nahm er in seinem Kontrollsessel Platz und sah zu den halbkreisförmig angeordneten Bildschirmen hinauf.

Was hatte Konta Hognar eigentlich gewollt? Er war sicherlich nicht deshalb während der zweiten Ruheperiode gekommen, um zu erklären, daß er Bontlyn für einen verläßlichen Untergebenen des Obmanns hielt und daß die Funkstation unterbesetzt war.

Shelo dachte lange über den eigentümlichen Zwischenfall nach, bis er zu dem Schluß kam, der Zellenbefehlshaber müsse von einer inneren Unruhe in die Unterwelt der Funk- und Ortungszentrale getrieben worden sein.

Weshalb war Hognar unruhig? War Rhodans plötzliche Rückkehr dafür verantwortlich?

Techniker Bontlyn lächelte grimmig. Ein Funke des Hasses glomm in seinen hellen Augen auf. Als er sich seiner gefährlichen Reaktion bewußt wurde, sah er sich vorsichtig um und bemühte sich, gelassen zu bleiben.

Auf der Nordpolstation des Höllenplaneten Last Hope, 21.513 Lichtjahre von Terra entfernt, hatte man nicht zu lächeln, wenn man infolge indirekter Zusammenhänge an den Obmann des plophosischen Reiches dachte.

Shelo Bontlyn hatte sich aber an den verhaßten Diktator erinnert, als ihm der Name *Perry Rhodan* in den Sinn gekommen war.

Mitte März 2329, also vor etwa vier Monaten gültiger Standardzeit, war die Besatzung von Last Hope über die Rückkehr des solaren Großadministrators benachrichtigt worden. Seitdem herrschte auf der Glutwelt Alarmzustand. Shelo Bontlyn gehörte auf Grund seiner Position zu den wenigen Männern, die ausführlicher über die Hintergründe der Ereignisse informiert waren.

Es war den Technikern zwar verboten worden, den Funkverkehr zwischen den Verwaltungsstellen des Imperiums abzuhören; aber hier und da lauschte man doch einmal.

Besonders Shelo Bontlyn konnte es infolge seines Grolls gegen den Obmann nicht unterlassen, sein Leben aufs Spiel zu setzen, nur um zu erfahren, was im Großraum der Galaxis geschah.

Die letzte Geheimnachricht von Plophos hatte zu beunruhigend geklungen. Das Eugaulsystem war zum Sperrgebiet erklärt worden, in das kein fremdes Raumschiff ohne Sondererlaubnis einfliegen durfte. Auch keine Terraschiffe!

Shelo Bontlyn und andere Männer der wissenschaftlichen Besatzung von Last Hope hatten heimlich darüber diskutiert, wie lange die Terraner die politischen Seitensprünge des Obmanns Iratio Hondro noch dulden würden. Die Blockade über dem Eugaulsystem mußte zu schwerwiegenden militärischen und auch wirtschaftlichen Verwicklungen führen.

Die innere Unruhe des Zellenbefehlshabers Konta Hognar wurde verständlich, wenn man sich vor Augen hielt, daß die plötzliche Rückkehr des längst totgesagten Perry Rhodan einen Schock in der Galaxis verursacht hatte.

Die Regierungschefs der von Terra beherrschten Sonnensysteme hatten übergangslos vor dem Mann gestanden, dem die Menschheit ihren Aufstieg zur kosmischen Großmacht zu verdanken hatte.

Shelo Bontlyn konnte sich vorstellen, wie verzweifelt die von dem Obmann angeführten Separatistenführer nach einem Ausweg gesucht hatten, um die bereits angelaufenen innenpolitischen Maßnahmen zu einem positiven Abschluß zu bringen. Bisher hatte man aber noch nichts von einer Revolte im Gebiet des Solaren Imperiums gehört. Ganz im Gegenteil: Der Funkverkehr, der in letzter Zeit hektisch geworden war, hatte wieder normale Formen angenommen.

Shelo Bontlyn hatte sich darauf seinen Reim gemacht. Für ihn stand es fest, daß Rhodan mit harter Hand und bewährter Genialität Ruhe und Ordnung geschaffen hatte.

Schon aus diesem Grund war der Techniker Bontlyn nicht damit einverstanden, wenn ein Mann, der erwiesenermaßen ein Schurke war, einen anderen Mann einen Schurken nannte.

Bontlyn begann wieder zu lächeln. Sinnend überschaute er die Schaltbild-Kontrollen der Funk- und Ortungszentrale.

Er erinnerte sich an den Tag seiner Verbannung. Es war drei Jahre her. Er hatte den Fehler begangen, sich der sachlich unrichtigen Anweisung eines Geheimdienstoffiziers zu widersetzen. Schon vier Stunden später war Shelo Bontlyn auf Lebenszeit verbannt worden. Seine nächste Station war der einzige Planet der roten Riesensonne Bolo gewesen. Last Hope, letzte Hoffnung, nannte man diese Welt, auf deren Nordpolkuppel ein wissenschaftliches Spezialkommando des Obmanns ein Forschungsinstitut errichtet hatte.

Erst etliche Monate nach seiner Ankunft hatte der verbitterte und an der Gerechtigkeit zweifelnde Techniker erfahren, daß man ihn ganz bewußt zu einer Befehlsverweigerung verführt hatte.

Iratio Hondro, Herrscher über das Eugaulsystem, brauchte fähige Wissenschaftler und Techniker für Last Hope. Auf dieser Welt sollte versucht werden, das Geheimnis der terranischen Transformkanone zu enträtseln. Die bisherigen Forschungsergebnisse sahen vielversprechend aus.

Trotzdem konnte sich Shelo Bontlyn nicht mit der Sachlage anfreunden. Auf Last Hope gab es achthundertundelf Menschen, sechshundertdreiundfünfzig Männer und hundertachtundfünfzig Frauen. Sie arbeiteten an dem Transformprogramm.

Etwa zweihundert Mitglieder der männlichen Besatzung waren Giftträger. Sie waren vor dem Abflug mit jenem teuflischen Toxikum behandelt worden, mit dem der Obmann alle bedeutenden und einflußreichen Persönlichkeiten zu Toten auf Abruf gemacht hatte.

Konta Hognar war ebenfalls ein Giftträger. Von diesem Standpunkt aus betrachtet, war seine Nervosität nicht verwunderlich. Das letzte Versorgungsschiff war vor acht Wochen abgeflogen. Seitdem hatte man von Plophos nichts mehr gehört. Die täglich eingehenden Routinemeldungen waren unwesentlich. Sie trafen nicht den Kern der Sache.

Als sich Shelo Bontlyn in seinem Sessel zurücklehnte, empfand er intensiver als früher seinen Haß gegen Iratio Hondro. Ein Mann, der durch eine indirekte Versklavung seiner Untergebenen die eigene Position zu festigen versuchte, konnte keine Freunde haben. Hondro hatte den Weg der Skrupellosigkeit und Gewalt eingeschlagen. Er mußte auf dieser vorgezeichneten Straße bleiben, oder er ging unter. Ein Zurück zur Loyalität gab es für ihn nicht mehr.

Shelo schaltete die vier Oberflächenkameras des Tagessektors ein. Blendende Helligkeit überflutete die Bildschirme.

Shelo kniff die Augen zusammen. Der Nordpol von Last Hope lag im Bereich einer wechselhaften Librationszone. Hier herrschte ein ständiges Zwielicht zwischen der Sonnenglut der jeweiligen Tageshalbkugel und der eisigen Nacht der zweiten Planetenhälfte.

Last Hope rotierte in einem Zeitraum von 64,3 Stunden einmal um seine Achse. Infolge seiner großen Sonnennähe entstanden auf der Tagesseite Temperaturen, die kein normales Lebewesen ertragen konnte.

Die Abkühlung der in den Nachtschatten eintauchenden Landmassen erfolgte sehr rasch. Die gespeicherte Tageshitze wurde innerhalb weniger Stunden in den Raum abgestrahlt. Die Atmosphäre des Planeten bestand nur aus geringfügigen Gasresten, mit denen eine Regulierung der klimatischen Verhältnisse nicht erzielt werden konnte.

Trotzdem reichten diese atmosphärischen Restgase noch aus, um in der Zwielichtzone grauenhafte Wirbelstürme zu erzeugen. Last Hope war eine ungemütliche Welt, auf der Menschen eigentlich nichts verloren hatten. Dennoch waren die Nachkommen ehemaliger Terrakolonisten hier – auf Befehl eines machtbesessenen Demagogen und Usurpators, der durch Gewaltmittel an die Macht gekommen war, und der mit der Gewalt seine Position zu halten und zu festigen versuchte.

Shelo schaute lange auf die flammenden Bildschirme. Die rote Sonne Bolo stand tief im Süden. Über dem Horizont erschienen nur hin und wieder leuchtende Gaszungen, die von dem Sternriesen in hohem Bogen ausgespien wurden.

Wenn eine kosmische Energiewolke dieser Art in den Raum schoß, sich aufblähte und langsam verglühte, dann erhellte sich das Zwielichtgebiet des Nordpols, und in den eingeschalteten Empfängern begann es zu prasseln.

Shelo Bontlyn hätte längst eine Flucht versucht, wenn es auf dieser Welt ein erstrebenswertes Ziel gegeben hätte.

Die Abwehrsoldaten der Blauen Garde wußten noch besser als die Verbannten, wie selbstmörderisch es war, die große Station mit ihren bequemen Quartieren, Klimaanlagen und Versorgungslagern zu verlassen. Niemand konnte draußen leben; weder auf der Tages- noch auf der Nachtseite.

Aus diesem Grund gab es an den Eingängen nur kleine Kontrollstationen, die oftmals nicht besetzt waren. Niemand war verrückt genug, freiwillig in die Hölle Nummer eins zu gehen, wenn es in der Hölle Nummer zwei noch einigermaßen erträglich war.

Bontlyn grinste vor sich hin. Der Vergleich mit den beiden Höllen war ihm gerade in den Sinn gekommen. Er gefiel ihm. Dann begann er erneut darüber nachzudenken, welche Chancen der Obmann noch hatte, Rhodans Macht zu brechen.

Gewiß – es gab einen im Universum berühmten Ausspruch. Danach zu urteilen, konnte die menschliche Rasse nur vom Menschen selbst besiegt werden. Plophoser waren aber Menschen! Sogar hervorragend ausgebildete Menschen mit erstklassigen geistigen und körperlichen Fähigkeiten. Ihre Vorfahren hatten zur Elite der irdischen Völker gehört, oder sie hätten nicht auswandern können. Nur starken Persönlichkeiten war damals, zu Beginn des Expansionszeitalters, die Ausreise genehmigt worden.

Darauf fußte Hondros Politik. Er wußte, auf welche Reserven er zurückgreifen konnte. Allerdings – Perry Rhodan hatte noch bessere Reserven!

Shelo Bontlyn seufzte leise und resigniert, wie er es immer tat, wenn er mit seinen Überlegungen an diesem Punkt angekommen war.

Das Ende des dritten Wachzyklus näherte sich. In einer Stunde würde er abgelöst werden.

Der untersetzte Techniker gähnte und verstellte erneut die Sessellehne. Etwa zu diesem Zeitpunkt betrat ein hochgewachsener Mann in der Uniform des Solaren Imperiums die große Hyperfunkstation auf dem Planeten Plophos. Die Rangabzeichen auf seinen Schultern waren einmalig. Eine zweite Ausführung gab es davon nicht. Der Mann war Perry Rhodan, Großadministrator des Vereinten Imperiums, Regierungschef des Solaren Imperiums.

In seiner Begleitung befanden sich einige Personen, darunter der bisherige Geheimdienstchef von Plophos, Isit Huran, und der Neutralist Großadmiral Arnt Kesenby.

Eine junge Frau mit rotblonden Haaren betrat neben Rhodan die Zentrale. Offiziere salutierten. Man schrieb den 3. Juli 2329 Standardzeit.

Shelo Bontlyn schreckte aus seinem Halbschlaf auf. Der SHF-Hypertronempfänger hatte angesprochen. Auf dem Bildschirm des überlichtschnell arbeitenden Gerätes flackerten grauweiße Linien. Sie entwirrten sich, nahmen Formen an und bildeten die geometrische Figur des Anrufezeichens.

Die amtliche Hyperkomfrequenz des Planeten Plophos war mit 1124,37589 Gigatront festgelegt worden. Die Leistung der Großfunkstation von Plophos betrug zweiundachtzig Millionen Kilowatt.

Shelos Finger huschten über die Tasten seiner Steuerautomatik. Kontrollschirme leuchteten auf.

Jawohl – die mit dem Rufzeichen angekündigte Sendung kam von Plophos. Der Frequenzpeiler stand genau auf 1124,37589 Gigatront. Die vollautomatischen Richtstrahltaster zeigten den Einfall der Sendeimpulse aus dem Eugaulsektor mit einer Genauigkeit von Plus-Minus 0,003 Lichtstunden an.

Die von den Spezialantennen aufgenommene Impulsenergie entsprach bis auf umweltbedingte Störeinflüsse von höchstens 3,96 Kilowatt genau der Sendeleistung von Plophos. Unter Berücksichtigung der aufgewendeten Energie, der von den Impulsen zurückgelegten Entfernung, des natürlichen Leistungsschwundes und der Streuverzerrung im Kraftfeld der Sonne Bolo wurde von den automatisch angelaufenen Positronik-Rechnern mit hundertprozentiger Sicherheit festgestellt, daß niemand versuchte, die Großfunkstation von Plophos nachzuahmen. Es war technisch unmöglich, es sei denn, es wäre jemandem gelungen, auf einem der anderen Eugaulplaneten eine genau gleichartige Funkstation aufzubauen.

Shelo atmete schneller. Er beendete die vorgeschriebenen Überprüfungen und schaltete dann Bild- und Tonteil des Hyperkomempfängers ein. Fast unbewußt, jedenfalls aber nicht direkt gewollt, drückte er auf den Schalter der Ontrex-Aufnahme. Die einlaufende Sendung würde in Bild und Ton festgehalten werden.

Nebenan begannen die Dekodier-Computer zu summen. Natürlich würde Plophos einen hochwertig chiffrierten und gerafften Spruch absetzen. Der Kode wurde täglich geändert.

Eine Kleinigkeit wurde von dem diensthabenden Subfrequenz-Techniker Shelo Bontlyn jedoch übersehen. Er konnte später nicht mehr genau sagen, warum er nicht sofort nach dem ersten Anrufzeichen auf den Rufknopf gedrückt hatte, um den Befehlshaber des Stützpunktes zu alarmieren.

Die Unterlassung war deshalb besonders erstaunlich, weil Konta Hognar erst eine Stunde zuvor persönlich erschienen war und sich nach neuen Nachrichten erkundigt hatte.

Shelo vergaß seine Umwelt. Atemlos beobachtete er den großen Bildschirm, der für Direktsendungen aus dem Eugaulsystem bestimmt war.

Ein großer Mann war vor die Aufnahme getreten. In dem schmalen, harten Gesicht schienen nur die grauen Augen zu leben.

Shelo Bontlyn achtete nicht darauf. Das Fernbild war farbig und dreidimensional. Aus diesem Grund war der Farbton der Uniform eindeutig zu erkennen. Das war nicht das Blau der plophosischen Garde, sondern das zarte Grün der Solaren Flotte.

»Perry Rhodan ...!« flüsterte Shelo fassungslos vor sich hin. »Rhodan ...!«

Bontlyn preßte die Fäuste gegen die Sessellehnen und erhob sich halbwegs. Als Rhodan zu sprechen begann, ließ sich der Techniker zurücksinken. Mit einem schnellen Griff reduzierte er die Lautstärke. Niemand außer ihm konnte hören, was der Terraner zu sagen hatte.

Shelo wäre über einen normalen Anruf keineswegs bestürzt gewesen. Was ihn so aufrüttelte, war die Tatsache, daß Rhodan über den Großsender von Plophos sprach! Ein Irrtum war nicht möglich.

»Hier spricht der Großadministrator«, klang eine fremde Stimme auf. »Ich rufe alle von Menschen besiedelten Planeten an, besonders aber die geheimen Stützpunktwelten, die von dem flüchtigen Verbrecher Iratio Hondro ausgerüstet wurden.«

Shelo Bontlyn atmete erregt. Verwirrt sah er sich um. Wenn das jemand gehört hatte! Iratio Hondro – ein flüchtiger Verbrecher ...!

»Sie werden mittlerweile festgestellt haben, daß ich mich im großen Sendesaal von Hypervideo Plophos aufhalte«, sagte Rhodan ebenso ruhig wie zuvor. »Iratio Hondro, bekannt als Obmann des Eugaulsystems, ist nach einem plophosischen Volksentscheid gestürzt, seiner Macht enthoben und von der plophosischen Gerichtsbarkeit in Abwesenheit zum Tod verurteilt worden. Ich bin in meiner Eigenschaft als Chef des Solaren Imperiums damit beauftragt worden, eine vorläufige Militärregierung zu bilden. Wenn sich die mit der Revolution verbundenen Wirren gelegt haben, werden umgehend freie Wahlen abgehalten. Ich fordere alle Stützpunktkommandanten des plophosischen Reiches auf, die Positionen der Geheimplaneten bekanntzugeben. Es wird ihnen untersagt, dem Obmann Unterstützung zu gewähren.

Da mir bekannt ist, daß die führenden Persönlichkeiten aus Politik, Flotte und Wissenschaft gegen ihren Willen mit einem Giftstoff geimpft wurden, der bei dem Ausbleiben der vierwöchentlichen Absorberdosis seine tödlichen Kräfte entwickelt, gebe ich folgende Erklärung ab: Es ist der terranischen Biomedizin unter Mitwirkung eines Araforschers gelungen, die Natur des Giftes zu enträtseln. Es handelt sich nicht – wie bisher angenommen – um ein Toxikum, sondern um eine radiologisch mutierte Virusgruppe. Die Erreger sind unschädlich, solange sie in einem kristallinen Starrschlaf gehalten werden. Diese Starre wird von dem sogenannten Kompensationsmittel des Obmanns hervorgerufen. Es ist uns gelungen, einen Drüsenwirkstoff mit der Bezeichnung Bio-Kompentin zu erzeugen. Das Medikament tötet alle Giftviren ab. Alle ehemaligen Giftträger auf Plophos, unter ihnen der bisherige Geheimdienstchef Isit Huran, der Ihnen bekannt sein dürfte, und Großadmiral Arnt Kesenby, sind geheilt worden. Alle Menschen, die bisher der begründeten und dem Selbsterhaltungstrieb entspringenden Auffassung waren, dem gestürzten Obmann Gehorsam schulden zu müssen, werden von dieser Pflicht in zweifacher Hinsicht entbunden. Eine Heilung kann sofort erfolgen. Ihr Diensteid ist nicht mehr gültig. Hören Sie dazu Isit Huran.«

Shelo Bontlyn wußte, daß er blaß geworden war. Er fühlte es an der plötzlichen Blutleere in seinem Gehirn und an den roten Schleiern, die vor seinen Augen wallten.

Seine Überlegungen überstürzten sich. Wußte Rhodan genau, was er mit seinem Hinweis auf das Bio-Kompentin gesagt hatte? Konnte dieser Terraner in vollster Konsequenz erfassen, was es für die lebenden Toten bedeutete, so unvermittelt vor der Erlösung zu stehen?

Keine Erklärung über Obmann Iratio Hondro, selbst die Verkündung seines Todes nicht, hätte einen derart durchschlagenden und überzeugenden Erfolg bringen können. Die verseuchten Sklaven konnten endlich aufbegehren. Niemand brauchte mehr schaudernd an den Ablauf der bewußten vier Wochen zu denken. Kein Mensch hatte es mehr nötig, auf Gedeih und Verderb dem Obmann zu gehorchen, nur um fristgemäß eine Ampulle mit dem Kompensationsstoff zu erhalten.

»Isit Huran spricht«, klang eine andere Stimme auf. Sie war so eigentümlich tonlos, daß Shelo Bontlyn nicht genauer auf den Bildschirm zu sehen brauchte. Im Eugaulsystem gab es nur einen Mann mit einer solchen Stimme.

Dann erhob der Techniker doch den Kopf. Haßerfüllt blickte er zu dem dürren, hageren Mann hinauf, dessen Kahlkopf wie eine leuchtende Kugel aus dem Grau des Hintergrundes hervorschimmerte.

Isit Huran war der gefürchtetste Mann von Plophos gewesen. Dazu hatte er noch als engster Vertrauter des Obmanns gegolten, obwohl gemunkelt wurde, niemand würde Iratio Hondro so hassen, wie gerade Isit Huran. Er war jedoch ein Giftträger gewesen. Der Obmann hatte es sich leisten können, über den Haß des dürren Mannes zu lächeln. Mehr noch – Huran war nicht des Amtes enthoben worden, obwohl Hondro über die wahren Gefühle seines Geheimdienstchefs informiert gewesen war.

»Die Angaben des Großadministrators können bestätigt werden. Ich habe meine letzte Absorberdosis vor sechs Wochen erhalten, und ich lebe immer noch. Das neue Bio-Kompentin heilt jeden Giftträger. Ich fordere die Kommandanten der geheimen Stützpunktwelten ebenfalls auf, augenblicklich ihre Positionen bekanntzugeben, damit wir einen schnellen Kreuzer mit dem Heilmittel auf den Weg bringen können. Der ehemalige Obmann ist geflohen. Die von ihm aufgebaute Versorgungsorganisation ist zusammengebrochen. Auf Plophos konnte keine einzige Ampulle mit dem bekannten Gegenmittel gefunden werden. Sie können demnach nicht mehr mit einer fristgerechten Belieferung rechnen. Rufen Sie Plophos an, ehe Ihre Zeit abgelaufen ist. Über die politischen Verhältnisse werden Sie später informiert.«

Nach dem Geheimdienstchef meldete sich der Oberbefehlshaber der plophosischen Flotte, Großadmiral Arnt Kesenby. Jedermann wußte, daß er ebenfalls ein Giftträger war – oder gewesen war. Männer in seiner Stellung waren grundsätzlich verseucht worden.

Kesenby erhärtete die Angaben der beiden Sprecher. Ja – jedermann konnte ohne Komplikationen geheilt werden.

Mory Abro, die Tochter des erschossenen Neutralistenführers und Untergrundkämpfers Lord Kositch Abro, trat zuletzt vor die Kamera. Sie berichtete nüchtern und ohne Pathos über den Verlauf der Revolution. Sie machte kein Geheimnis daraus, daß Terra entscheidend eingegriffen hatte.

»Natürlich!« flüsterte Shelo Bontlyn vor sich hin. »Natürlich Terra! Wer sonst!«

Shelo wartete, bis die letzte Durchsage erfolgt war. Dann schaltete er ab, überlegte einen Augenblick und nahm das bespielte Ontrex-Band aus der Maschine. Er handelte wie unter einem inneren Zwang. Jeder Handgriff hätte ausgereicht, um ihn zum Tode zu verurteilen.

Shelo löschte die Automat-Aufzeichnungen der Registratur. Er riß die Anrufnummern aus den Schlüsselgeräten, schaltete die Kühlgebläse der

Hypertronröhren auf volle Leistung und tat sonst noch alles, um den Eingang einer Bildfunknachricht zu verheimlichen.

Zehn Minuten später konnte niemand mehr feststellen, daß sich Plophos gemeldet hatte.

Shelos letzte Handlung war die gefährlichste. Er rannte in einen Nebenraum, in dem die Verstärkeranlage der Rundrufstation untergebracht war. Das Ontrex-Band verschwand im Wiedergabegerät. Es gab sogar eine Zeitschaltuhr. Sie wurde dann benutzt, wenn Propagandasendungen in bestimmten Abständen abgespielt werden sollten.

Als Shelo in den Sendesaal zurückschritt, summte der Antigravlift. Die Ablösung kam.

Shelo pfiff ein Liedchen vor sich hin. Schritte näherten sich. Shelo pfiff immer noch.

»Ich möchte wissen, woher Sie Ihre gute Laune beziehen«, sagte ein älterer Mann mürrisch. »War etwas los?«

Shelo erhob sich und schüttelte gähnend den Kopf. »Nichts. Was soll hier schon los sein. Oder doch – Konta Hognar ist vor etwa zwei Stunden erschienen.«

Der alte Mann verfärbte sich. »Hognar? Sie meinen – er war hier im Funkraum?«

»Höchstpersönlich. Informieren Sie ihn sofort, sobald eine Nachricht von Plophos einläuft. Geben Sie am besten Vollalarm für alle Funker, damit wir nichts versäumen. Ich hatte mich auch dazu entschlossen. Hognar scheint bestimmte Nachrichten zu erwarten.«

Shelo ging auf den Lift zu. Die Quartiere lagen fünf Etagen höher. Zwischen ihnen und der Funkstation waren die Labors und Lagerhallen eingebaut worden. Der Stützpunkt von Last Hope lag in den Flanken des nordpolaren Gebirgszuges, den man den »Sitzenden Drachen« nannte. Ein zufällig vorbeikommendes Raumschiff hätte das riesige Institut niemals entdecken können.

Der ältere Techniker nahm bestürzt Platz. Shelo ahnte, daß dieser Mann kein Schläfchen riskieren würde.

»Hondro ist groß«, sagte Shelo, ehe er in das Feld des Liftes sprang. Die Erwiderung vernahm er nicht mehr.

Er stieß sich kräftig ab und glitt schwerelos nach oben. Die beiden Sicherheitsschleusen wurden von Kampfrobotern kontrolliert. Sie ließen den Techniker ungehindert passieren.

Als Shelo die Wohnetage erreichte – sie lag nur noch zwanzig Meter unter dem Boden –, läuteten die Wecker. Die Schlafperiode war vorüber. Der eintönige Alltag begann.

In der Zwielichtzone des Planeten Last Hope gab es keine Tag- und Nachtgleiche, nach der man den Lebensrhythmus hätte einteilen können.

So war ein Zwanzigstunden-Zyklus gewählt worden. Auf vierzehn Arbeitsstunden folgten sechs Ruhestunden, die beliebig zur Freizeitgestaltung oder zum Schlaf verwendet werden konnten. Die Machthaber hatten bei dieser Regelung bewußt übersehen, daß ein Mensch, dem nur sechs Stunden Erholung zur Verfügung standen, kaum noch zur »Freizeitgestaltung« fähig war.

Die psychologische Kalkulation des Obmanns war aufgegangen. Es gab nur wenige Männer und Frauen, die von den Ruhestunden noch etwas Zeit opferten, um die Geselligkeit zu pflegen oder einem Hobby nachzugehen.

Die Blaue Garde unter dem direkten Befehl von Konta Hognar wachte außerdem darüber, daß man sich nicht zu eingehend unterhielt; besonders nicht über Dinge, die das Reich, den absoluten Gehorsam, die Giftinjektionen und die Gründe zur Verbannung auf Last Hope berührten.

Shelo Bontlyn schlenderte durch die langen Gänge. In ihm herrschte eine eigentümliche Ruhe. Es war die Ruhe eines Mannes, der nach jahrelanger Untätigkeit endlich etwas getan hatte, was ihm sein Gerechtigkeitsempfinden, sein Stolz und sein Hang zur Ordnung vom ersten Tag an empfohlen hatten.

Shelo wich einigen Gardisten der Wachpolizei aus und schwenkte in den stillen Seitengang Nr. 14a ein. Dort lagen die Wohnungen der führenden Wissenschaftler und Techniker, zu denen Shelo Bontlyn nicht gehörte, obwohl er offiziell als stellvertretender Chef der Funk- und Ortungszentrale geführt wurde. Stellvertreter hatten aber kein Appartement zu beanspruchen; vor allem nicht im Sektor 14a.

Shelo hatte ein bestimmtes Ziel. Er hatte getan, wozu ihn sein Gewissen und sein Instinkt in einer momentanen Aufwallung gezwungen hatten. Jetzt war Bontlyn am Ende seiner Künste angelangt.

Die Zeitschaltuhr lief. Er konnte sie nicht mehr abstellen.

Shelo zögerte. Schließlich begann er zu schwitzen. Ihm wurde jetzt erst bewußt, was er getan hatte. Eben noch hatte er sich über seine Ausgeglichenheit gewundert. Nun wurde er nervös.

Er schaute sich vorsichtig um und klopfte gegen eine weißlackierte Stahlschiebetür mit der Nummer 183. Dann wartete er.

8.

Miles Traut, 35 Jahre alt, 1,87 Meter groß, stellte die Dusche ab, blickte auf den Verbrauchszähler, der schon wieder eine zu hohe Entnahme anzeigte, und betrat die Heißluftkabine.

Mit einem Handtuch fuhr er über seine kurzgeschorenen Blondhaare, tastete mit den Fingerspitzen über den Bart und beschloß, mit dem Auftragen der Entfernungscreme bis zum nächsten Wachzyklus zu warten.

Miles Traut war Abteilungsleiter und Chef des Forschungslabors TU-13, dem von höchster Stelle entscheidende Bedeutung beigemessen wurde. Weshalb Traut, einer der fähigsten Ultrawaffen-Ingenieure des plophosischen Reiches, einer Giftbehandlung entgangen war, wußten außer ihm nur wenige Leute. Und diese wußten es nicht sehr genau!

Traut war vorsichtiger gewesen als andere Leute. Vor allem hatte er viel schneller reagiert als beispielsweise Shelo Bontlyn.

Als Traut bemerkt hatte, daß man im Begriff war, ihn zu einer landesverräterischen Äußerung und einer Befehlsverweigerung zu treiben, hatte er die nötigen Maßnahmen eingeleitet. Er erkannte, daß es keinen Zweck mehr hatte, sich gegen den Beschluß des Obmanns aufzulehnen.

Also hatte Traut den Regierungspalast aufgesucht und sich freiwillig zum Einsatz auf einem Geheimstützpunkt gemeldet; alles unter dem glaubhaft hervorgebrachten Vorwand, er habe es satt, unter plophosischen Verhältnissen zu arbeiten, da man dort jederzeit gewärtig sein müsse, von terranischen Einsatzmutanten ausspioniert zu werden.

Man war beeindruckt gewesen. Miles Traut war nach Last Hope geflogen worden, ohne eine Giftinjektion zu erhalten.

Infolge dieser Umstände gehörte Traut zu den wenigen Könnern, die es wagen durften, intensiver als andere Leute gegen den Obmann zu arbeiten. Traut brauchte nicht um eine Kompensationsampulle zu bangen. Dennoch mußte er vorsichtig sein.

Miles befand sich seit zwei Jahren auf der Höllenwelt Last Hope, die für ihn nicht die letzte Hoffnung bedeutete. Miles arbeitete an einem Plan, der es ihm eines Tages ermöglichen sollte, diesen Planeten zu verlassen. Natürlich mit Eve Narkol, der zierlichen, dunkelhaarigen Positronik-Programmiererin, die ebenfalls zwangsweise auf die Stützpunktwelt gekommen war.

Als Miles an Eve dachte, lächelte er. Niemand wußte von der heimlichen Verbindung zwischen den beiden Menschen. Es wäre gefährlich gewesen. Bei einem Fehlschlag seiner Pläne hätte man sowohl auf ihn als auch auf Eve Narkol einen gewissen Druck ausüben können. Auf Plophos war Sippenhaftung kein unbekannter Begriff.

Miles dachte nicht daran, sich über Eve erpressen zu lassen. Es war besser, wenn die Verlobung geheimgehalten wurde. Es gab nur einen Mann, der darüber informiert war, doch er verstand zu schweigen. Sein Name war Shelo Bontlyn.

Miles ging in sein Wohnzimmer hinüber. Nebenan, im kleinen Schlafraum, arbeitete ein Roboter des Reinigungskommandos. Miles achtete nicht auf die Spezialmaschine.

Er streifte eine saubere Kunstfaserkombination über, schloß den Kragen und drückte auf den Knopf der Versorgungsanlage. Sekunden später glitt sein Frühstück aus dem Rohrschacht.

Er aß langsam und überdachte dabei das bevorstehende Experiment. Miles arbeitete zur Zeit an der Hypertronschaltung eines Wandelgenerators, mit dem materiell stabile Körper entstofflicht werden sollten.

Die Entmaterialisierung war kein Problem. Sie erfolgte in jedem gewöhnlichen Transmitter. Schwierig war nur das Bündeln und Festhalten der überdimensionalen Energieeinheit. Aber das ließ sich auch noch erreichen. Nahezu unmöglich erschien die Abstrahlung des Kugelfeldes in der gewünschten Richtung, seine Konzentrationsballung während des überlichtschnellen Fluges und die Rematerialisierung im Zielgebiet, wo es keine transmitterähnliche Empfangsstation gab.

Miles Traut glaubte, eine erfolgversprechende Lösung gefunden zu haben. Die Entstofflichung mußte schalttechnisch anders geregelt werden. Hier schien das Geheimnis der terranischen Transformkanone zu liegen. Die Wiederverstofflichung war erwiesenermaßen weder ein Produkt des Zufalls noch eine Folgeerscheinung einer Empfangsstation, mit deren Hilfe die Rematerialisierung überhaupt nicht problematisch gewesen wäre.

Es schien darauf anzukommen, den Auflösungseffekt mit einer stufenlos regulierbaren Zeitschaltung zu beherrschen. Das bedingte eine Berechnung der hyperschnellen Flugzeit, nach deren Ablauf infolge eines fünfdimensionalen Katalysators eine zwangsläufige Rematerialisierung erfolgen mußte – natürlich ohne den Einsatz einer Empfangsstation.

Miles Traut ahnte, daß er den richtigen Weg eingeschlagen hatte. Viel größeres Kopfzerbrechen bereitete ihm die Frage, wie er seine Entdeckung verschleiern sollte und wie er sie für seine Pläne einzusetzen hatte. Miles dachte nicht daran, dem Obmann die Transformkanone zu liefern.

Als er mit seinen Überlegungen so weit gekommen war, wurde er durch ein Klopfen gestört. Er horchte. Sein Körper spannte sich. Es klopfte erneut, diesmal etwas lauter.

Miles wischte sich mit dem Handrücken über den Mund und sah auf die Uhr. Noch zweiunddreißig Minuten bis zum Arbeitsbeginn. Er mußte pünktlich sein, den Eifrigen heucheln, der es nicht erwarten konnte, wieder in seinem Labor zu stehen.

Es klopfte ein drittes Mal. Noch lauter. Miles erhob sich. Er verzichtete darauf, den automatischen Öffner zu betätigen.

Sekunden später schlüpfte Shelo Bontlyn durch den Türspalt. Miles sah rasch den Gang entlang. Es war niemand zu sehen. Kein Mensch dachte daran, früher als unbedingt nötig die Wohnung zu verlassen.

Miles schloß die Tür und sicherte den Riegel. Dann lehnte er sich mit dem Rücken gegen das glatte Metall, verschränkte die Hände über der Brust und sah auf den schweratmenden Freund hinunter.

Shelo blickte beunruhigt zu dem Arbeitsroboter hinüber.

»Der ist ungefährlich«, sagte Miles ruhig. »Außerdem besitzt er nicht den Ehrgeiz, den Grund deines Kommens zu erfahren. Hast du schon etwas gegessen?«

Shelo wollte zu einer hastigen Erklärung ansetzen. Miles Traut winkte ab und schritt zum Wohnzimmer hinüber. Er wies auf einen Sessel.

»Die Abhöranlage ist nicht in Betrieb«, erklärte er mit einem bezeichnenden Lächeln. »Nimm Platz und bediene dich. Techniker erster Klasse erhalten eine ausgezeichnete Verpflegung. Nun setze dich schon.«

Shelo nahm wortlos Platz. Er transpirierte immer noch.

»Ich traue dir genug Verstand und Selbstbeherrschung zu, um zu wissen, ob du zu einer so ungewöhnlichen Zeit kommen mußt oder nicht. Man trifft sich normalerweise – und wenn überhaupt – nach der Arbeitsschicht. Also ...?«

Shelo legte das geröstete Weißbrot zur Seite. Die Verpflegung war wirklich hervorragend. Der Obmann gab sich alle Mühe, seine besten Leute wenigstens in der Hinsicht zufriedenzustellen.

»Ich weiß es«, erklärte Shelo mit wiederkehrender Ruhe. In Miles Gegenwart fühlte er sich sicherer. Traut strömte ein Vertrauen erweckendes Fluidum aus. Er gehörte zu den wenigen Männern, in deren Nähe man das Gefühl hatte, es könne nichts mißlingen.

Shelo begann übergangslos: »Beim Abendessen, also in etwa vierzehn Stunden, wird das Film- und Tonstudio zu arbeiten beginnen, weil ein Narr namens Shelo Bontlyn vor dreißig Minuten ein Ontrex-Band einlegte und die Zeitschaltuhr entsprechend justierte. Sämtliche Mitarbeiter werden in den Speisesälen versammelt sein. Jeder wird sehen und hören können, was auf dem Band gespeichert ist. Ehe die Blaue Garde abschalten kann, wozu man bekanntlich in die Funkstation gehen muß, werden die unfreiwilligen Zuhörer alles gesehen und vernommen haben, was ich auf dem Band gespeichert habe. Wenn der diensthabende Funker über Interkom den Befehl erhalten sollte, das Wiedergabegerät abzuschalten, wird er einen elektrischen Schlag erhalten. Die Anlage steht seit dreißig Minuten unter Spannung. Enker Holt, meine Ablösung, ist ein alter, schwerfälliger Mann. Es wird lange dauern, bis er auf die Idee kommt, den Hauptstromschalter im Nebenraum umzulegen. Vorher wird er wenigstens dreimal probieren, die Ursache des Fehlers zu entdecken. Vielleicht wird er sogar beim ersten Elektroschock bewußtlos. Aus dem Programm geht hervor, daß heute keine Propagandasendungen ablaufen sollen. Es wird also in den nächsten vierzehn Stunden niemand versuchen, das Studio zu betreten. Wenn doch, habe ich Pech gehabt. Es gab keine andere Möglichkeit, die bedeutungsvollste Nachricht der letzten Jahrzehnte allen Verbannten zugänglich zu machen. Einen mündlichen Bericht hätte mir kein Mensch geglaubt. Außerdem wäre ich schon nach der erste Flüsterparole verhaftet worden. Durch meine Maßnahmen wird jedermann in der gleichen Sekunde erfahren, was auf Plophos geschehen ist – in Wort und Bild. Eine größere Beweiskraft kann es nicht mehr geben.«

Shelo schwieg und biß in das schon erkaltete Brot. Miles Traut sah ihn ausdruckslos und unbewegt an. Er war etwas blaß geworden.

Shelo brauchte nicht eingehender zu erklären, was er mit seiner Handlung eingeleitet hatte. Miles überlegte einige Augenblicke. Dann fragte er: »Und was ist auf Plophos geschehen? Ich nehme an, du hast eine Nachricht erhalten.«

»Erhalten und unterschlagen bis zum Abendessen. Der Obmann ist gestürzt worden. Er befindet sich auf der Flucht. Mory Abro, die Neutralistenführerin, ist von Perry Rhodan als vorläufige Regierungschefin eingesetzt worden. Bis zu den angekündigten Wahlen! Die Giftträger können geheilt werden. Die Terraner haben Hondros Geheimnis entdeckt. Isit Huran und Großadmiral Arnt Kesenby haben alles bestätigt.«

Shelo berichtete exakt. Er übersah auch nicht die Einzelheiten. Dann schwieg er und blickte Miles an, der immer noch reglos in seinem Sessel saß. Nur seine hellen Augen schienen zu glühen.

»Ich – ich hielt es für ratsam, unseren Leuten die Nachricht in vollem Wortlaut zu übermitteln«, fügte Bontlyn zögernd hinzu. »Ich gehe jede Wette ein, daß sie von Konta Hognar unterschlagen worden wäre.«

»Obwohl er ein Giftträger ist und eine Heilung in Aussicht steht?«

»Er ist kein gewöhnlicher Giftträger, sondern ein fünfhundertprozentiger Fanatiker, der sich durch die Injektion nicht erpreßt fühlt. Er hält Plophos, uns und vor allem den Obmann für unschlagbar. Er würde lieber sterben, ehe er die Position von Last Hope über Hyperfunk bekanntgäbe. Wenn ich in den Senderaum hätte gelangen können, wäre der Hilferuf längst abgestrahlt worden. So blieb mir aber keine andere Wahl als das zu tun, was ich getan habe.«

Miles Traut stand auf. Sinnend schaute er auf den Freund hinunter.

»Weltbewegende Nachrichten, Shelo! Man wird also hören und sehen können, was der Großadministrator zu sagen hat. Und die Folgen?«

Miles musterte den rothaarigen Techniker spöttisch. »Die soll ich wohl ausbügeln, nicht wahr?«

Shelo schwieg. Traut schritt zum Schlafraum hinüber und entließ den Arbeitsroboter. Als die Maschine durch die Tür rollte, sagte Traut: »Hognar wird sich ausrechnen können, wer das Band in das Studio brachte. Der alte Enker Holt ist dazu niemals fähig. Man wird dich zehn Minuten nach der Durchsage verhaften und erschießen. Bist du dir darüber im klaren?«

Shelo antwortete nicht. Er war noch blasser geworden. Miles lachte. Seine Augen schienen immer noch in einem inneren Feuer zu glühen.

»Nun gut, man wird dich nicht erschießen, weil man dich nicht mehr finden wird. Ich stelle dir meine geheime Ausrüstung zur Verfügung. Ich habe eine Schildkröte programmiert. Du kennst die Gleiskettenfahrzeuge der Scout-Klasse, mit denen wir gelegentlich auf Erkundungsfahrt gehen. Eine Waffe, allerdings in primitiver Ausführung, kann ich dir auch mitgeben. Ich habe sie selbst angefertigt. Du mußt versuchen, etwa drei Tage lang am Leben zu bleiben. Ich werde innerhalb der Station eine Revolte einleiten. Hier gibt es mehr als zweihundert Giftträger. Unter ihnen befinden sich die wichtigsten Personen. Konta Hognar allein ist nicht entscheidend; wenigstens nicht mehr unter diesen Umständen. Er wird noch etwa zwei Tage lang die Kontrolle ausüben können, doch dann dürfte sein Widerstand unter dem zunehmenden Druck der Verbannten zusammenbrechen. Bis dahin mußt du durchhalten. Hat jemand gesehen, daß du zu mir gekommen bist?«

»Niemand.«

»Hoffentlich«, gab Traut zu bedenken. »Ich werde ohnehin einen schwierigen Stand haben. Man weiß, daß wir befreundet sind. Du gehst jetzt in dein Quartier und schläfst. Während der Mittagspause kommst du in Speiseraum drei. Dort erhältst du von Eve nähere Anweisungen. Wird Enker Holt vierzehn Stunden lang in der Funkzentrale bleiben?«

»Ja, das ist sein Zyklus. Nach ihm kommt Manchun an die Reihe. Ich kann jetzt sechs Stunden ausruhen. Anschließend muß ich die Oberflächenkameras überprüfen. Ich habe keine Gelegenheit mehr, die Zeituhr abzuschalten. Die Wachroboter ließen mich nicht nach unten.«

Miles winkte ab. In ihm tobte ein Gefühlssturm. Shelo Bontlyn hatte zu impulsiv gehandelt und ihn übergangslos vor die nackten Tatsachen gestellt. Es wäre von Shelo geschickter gewesen, die Aufzeichnungen in Sicherheit zu bringen, die Flucht vorzubereiten und erst dann die Abspielung einzuleiten. Die Ereignisse begannen sich zu überstürzen, nachdem jahrelang nichts geschehen war.

»Hondro auf der Flucht!« sagte Miles vor sich hin. »Der Schurke ist endlich geschlagen worden. Ich für meine Person bin nicht vermessen genug, die plophosische Bevölkerung für ein Elitevolk der Menschheit zu halten. Die Terraner haben uns gezeigt, in wessen Händen die Macht liegt. Mit Rhodan kann man keine schmutzigen Spiele spielen, wenigstens nicht lange genug, um sie zu dem erwünschten Ende zu bringen. Mory Abro – ich habe sie einmal gesehen. Später floh sie mit ihrem Vater auf eine unbekannte Welt. Eine bezaubernde, aber auch gefährliche Frau mit ausgeprägtem Gerechtigkeitsempfinden und einem enormen Stolz. Rhodan, dieser absolut logisch denkende Mann, wird wissen, warum er sie als Regierungschefin einsetzte. Natürlich wird sie aus den Wahlen siegreich hervorgehen. Schön, mir soll es recht sein. Hondro ist nicht mein Freund. Außerdem halte ich es für gut, wenn wir uns mit dem Solaren Imperium einigen. Schließlich sind wir Menschen. Ehe die vierzehn Stunden vorüber sind, dürfte auch Konta Hognar wissen, was auf der Heimatwelt geschehen ist. Rhodan wird seine Nachrichten von nun an in kurzen Abständen wiederholen lassen. Das Originalgespräch ist bestimmt gespeichert worden.«

»Todsicher. Er wird größten Wert darauf legen, die Neuigkeit bekanntzumachen«, bestätigte Shelo. Seine Gesichtsfarbe hatte sich wieder normalisiert. Er hatte geahnt, daß Miles einen Ausweg finden würde.

»Wir können also in Ruhe abwarten«, vermutete Miles Traut. »Wenn unser Zellenbefehlshaber wirklich seine Gesinnung ändern und sein Leben erhalten will, hat er Zeit genug, sich dementsprechend zu verhalten. Unter Umständen hat dein Kollege Enker Holt jetzt schon die Wiederholung der Sendung empfangen. Er wird sofort die Wache alarmieren. Danach können wir uns richten. Wenn Hognar schweigt, wissen wir, daß du gehen mußt. Du hast mir verdammt wenig Zeit für meine Vorbereitungen gelassen, Rotschopf.«

»Es tut mir leid«, gestand Shelo zerknirscht. »Ich habe zu spät daran gedacht, daß ich das Band hätte mitnehmen können. Es ist nichts mehr zu ändern.«

Miles sah auf die Uhr. Es wurde Zeit. Als er Shelo einen Wink gab, wurde der Türsummer betätigt. Shelo fuhr zusammen. Wie gehetzt sah er sich nach einem Versteck um. Miles lauschte.

»Besuch? So früh?« sagte er verdutzt. »Verhalte dich ruhig, Shelo. Heute ist der Teufel los.«

Miles öffnete die Tür. Er beherrschte sich meisterhaft. Mit dem Abwehrchef hatte er nicht gerechnet.

Konta Hognars Augen waren so ausdruckslos wie immer. Er spähte an Miles vorbei.

»Sie haben Besuch? Störe ich?«

»Hondro ist groß, Sir«, entgegnete Miles lächelnd. »Ich freue mich, Sie in meiner Wohnung begrüßen zu dürfen. Wollen Sie nicht nähertreten, Sir? Shelo Bontlyn ist für einen Sprung vorbeigekommen. Ich gestehe, daß ich seinem ewigen Heißhunger nach frischem Toast schlecht widerstehen kann.«

Konta Hognar entschloß sich zu einem höflichen Lächeln. Miles öffnete die Tür noch weiter. Als der Zellenbefehlshaber das Wohnzimmer betrat, kaute Shelo mit vollem Mund.

»Hondro ist groß, Sir«, sagte er undeutlich. »Ich bitte um Entschuldigung, Sir. Ich wollte gerade gehen.«

Konta Hognar sah sich unauffällig um. Miles bot ihm einen Platz an.

»Nein, danke, Techniker Traut. Ihre Zeit ist knapp bemessen.«

Miles sah erneut auf die Uhr. Den indirekten Verweis konnte er nicht überhören. Die Dienstzeit hatte vor einer Minute begonnen. Hognar war klug genug, um nicht deutlicher auf die Verspätung einzugehen.

Shelo stand immer noch in strammer Haltung neben dem Frühstückstisch. Miles wartete.

Hognar verschränkte die Hände auf dem Rücken. Es war seine typische Haltung.

»Ich bin gekommen, um mich mit Ihnen unter vier Augen über den Fortgang Ihrer Arbeit zu unterhalten. Ich nehme an, das dritte Augenpaar wird meine Anwesenheit übersehen.«

Er musterte Shelo, der stumm nickte.

»Schön. Wie weit sind Sie, Techniker Traut? Ich habe soeben bestimmte Nachrichten erhalten, die eine Forcierung Ihrer Tätigkeit unerläßlich machen. Wir brauchen die Transformkanone. Sagen Sie mir, was Sie benötigen, und Sie werden es erhalten. Ich kann Ihnen sämtliche Fachwissenschaftler und Ingenieure ab sofort unterstellen. Traut – ich spaße nicht! Die Sache eilt.«

Miles wußte, warum der Abschluß seiner Arbeiten plötzlich so eilig war. Hognar mußte die Wiederholung der Sendung gehört haben.

»Ich werde alles tun, was in meiner Macht steht, Sir.«

»Das genügt nicht. Ich verlange konkrete Angaben«, entgegnete der Abwehrchef von Last Hope etwas schärfer.

»Ich muß den heutigen Versuch abwarten, Sir. Bis zur Mittagspause weiß ich mehr.«

»Sie werden Ihr Essen im Labor einnehmen. Es tut mir leid, aber das Schicksal unserer gemeinsamen Heimatwelt ist wichtiger als die Bequemlichkeit der vielen unzuverlässigen Elemente, die sich unter meiner Obhut befinden. Sie sind damit nicht gemeint, Traut. Ich weiß, daß Sie sich freiwillig gemeldet haben. Ich bin – sagen wir – als Freund gekommen. Enttäuschen Sie mich nicht. Wann bekomme ich einen versuchsreifen Prototyp? Die plophosische Transformkanone kann das Schicksal der galaktischen Völker wenden.«

Jetzt wußte Miles Traut ganz sicher, daß Hognar über die Amtsenthebung des Obmanns informiert war. Er mußte auch erfahren haben, daß die Giftträger geheilt werden konnten. Trotzdem dachte er nicht daran, die Position von Last Hope über Funk bekanntzugeben.

Miles änderte seine Pläne von Sekunde zu Sekunde.

»In vier bis fünf Tagen, Sir«, behauptete er gelassen. »Sie sollten mir gestatten, heute noch mit einem größeren Wagen hinauszufahren. Ich muß außerhalb der Station eine zweite Versuchsanlage aufbauen.«

»Zu welchem Zweck?«

»Ich brauche bis zum Abschluß der Arbeiten einen Fünf-D-Materiewandler auf der Oberfläche. Die Wiederverstofflichung bereitet noch Schwierigkeiten. Ich benötige Vergleichsdaten für die Intervalljustierung.«

»Genehmigt. Ich lasse eine Schildkröte ausrüsten. Wir sehen uns später. Techniker Bontlyn – Sie haben über meine Unterhaltung mit Traut strengstes Stillschweigen zu bewahren.«

»Selbstverständlich, Sir.«

»Hondro ist groß!« Hognar tippte an den Funkhelm und ging. Als sich die Tür hinter ihm geschlossen hatte, sahen sich die Freunde bezeichnend an. Miles brach das Schweigen mit den Worten: »Rotschopf, nun werde ich mit dir gehen müssen. Hognar ist fünf Minuten zu früh gekommen. Wenn deine Sendung anläuft und du bist nicht mehr hier, werde ich kurz darauf unter dem Gehirndetektor sitzen. Wenn dann außerdem meine Lügen über die Fertigungsfrist der Kanone bekanntwerden, wird man mich erschießen. Ich brauche natürlich viel länger als vier bis fünf Tage.«

»Es tut mir leid«, beteuerte Bontlyn nochmals. »Ich bin sicher, daß Hognar die Durchsage gehört hat. Er ist innerlich verzweifelt. Er will dein

Programm nur deshalb mit allen Mitteln vorantreiben, weil er hofft, dem Obmann mit der neuen Vernichtungswaffe dienen zu können. Hognar ist verrückt.«

»Ja, aber auf eine gefährliche Art. Ich habe selten einen so scharfsinnigen Mann kennengelernt. Jedenfalls werden wir einen voll ausgerüsteten Wagen erhalten. Ich brauche nicht auf mein Fahrzeug zurückzugreifen. Unter den jetzigen Umständen wäre es auch schwierig gewesen, den Wagen unbemerkt aus dem Hangar zu bringen.«

»Mir wird klar, weshalb du den Oberflächenbefehl gefordert hast.«

»Sicher. Auf diese Art befördere ich auch die gehorteten Lebensmittel nach draußen. Sie sind in verschiedenen Geräteverkleidungen verborgen. Du solltest jetzt gehen. Man hätte dich nicht bei mir antreffen dürfen. Los, verschwinde endlich.«

Shelo ging. Draußen begegneten ihm zwei Wächter. Als er sie passierte, hielt er den Atem an. Die in blaue Kombinationen gekleideten Männer trugen plötzlich gepolsterte Einsatzhelme mit eingebauten Funksprechanlagen. Ihre Waffen waren ebenfalls ausgetauscht worden. Das, was sie in den Armbeugen hielten, waren thermische Energiestrahler und keine Narkosestrahler.

Miles, der kurz darauf seine Wohnung verließ, bemerkte es ebenfalls. Es wurde Zeit, der Forschungsstation von Last Hope den Rücken zu kehren.

Sieben Uhr Standardzeit. Die auf den Zwanzigstunden-Zyklus ausgerichteten Spezialchronometer von Last Hope zeigten die Mittagspause an.

Um Null Uhr ertönten grundsätzlich die Wecksirenen, um sieben Uhr wurde die Hauptmahlzeit eingenommen, bis vierzehn Uhr hatte man zu arbeiten, und anschließend wurde die Ruhepause von sechs Stunden gewährt. Sie dauerte bis zwanzig Uhr. Dann erklangen schon wieder die Wecksirenen. Es war ein ewig gleicher Rhythmus in der Zwielichtzone von Last Hope.

Eve Narkol führte gedankenlos den Löffel zum Mund. Es gab heute ein Eintopfgericht. Mit ihr am gleichen Tisch saß der Physiker Kelo Kontemer, ein kleiner, weißhaariger Mann mit faltigen Gesichtszügen und durchdringend blickenden Augen.

Miles Traut und der Hyperfrequenztechniker Shelo Bontlyn arbeiteten am Transformprogramm. Beide hatten sie Speiseraum III nicht aufsuchen dürfen. Bontlyn war zwei Stunden nach Arbeitsbeginn von Traut als Hilfskraft angefordert worden. Angeblich benötigte der Ultrawaffen-Ingenieur einen Fachmann für die Überprüfung der Ultronmatic-Schaltkreise im fünfdimensionalen Sendeteil des Transformwandlers.

Als Folge dieser Anforderung hatte auch Shelo Bontlyn den Befehl erhalten, sein Essen in aller Eile während der Arbeit einzunehmen.

Eve Narkol sah sich unauffällig um. Unter den etwa hundert Personen, die sich in Speiseraum III eingefunden hatten, befanden sich wenigstens dreißig Giftträger. Professor Kelo Kontemer gehörte ebenfalls zu den lebenden Toten.

Eves dunkle Augen richteten sich prüfend auf den kleinen Mann, der automatisch und lustlos die dicke Fleischsuppe löffelte.

Es war still in dem großen Raum. Die Wissenschaftler und Techniker verzichteten auf Gespräche. Nur das Klappern der Geschirre war zu vernehmen; ab und zu klang ein hingeworfenes Wort von völliger Bedeutungslosigkeit auf. Man sprach nicht über persönliche Sorgen, es sei denn, man war wirklich allein.

Seit etwa drei Stunden schien über der Forschungsstation von Last Hope der Schleier eines Geheimnisses zu liegen – aber eines bedrückenden, undurchsichtigen Geheimnisses, das niemand außer einigen Personen zu deuten wußte.

Die plötzliche Umrüstung in der Bewaffnung der Wachen war aufgefallen. Die Einsatzhelme gaben weitere Rätsel auf. Konta Hognar strich wie ein nervöser Wolf durch die langen Gänge und Etagen, stellte Fragen, erteilte Rügen und sprach mit deutlicher Geistesabwesenheit unmotivierte Belobigungen aus.

Viele Verbannte hatten einen sicheren Instinkt für ungewöhnliche Dinge entwickelt. Besonders Professor Kelo Kontemer, der erbittertste Gegner des Obmanns und fanatischer Verfechter der persönlichen Freiheit, hatte sofort bemerkt, wie angespannt die Lage kurz nach Beginn der Arbeitsschicht geworden war. Es mußte etwas geschehen sein, was anscheinend nur der Zellenchef näher erklären konnte.

Die hektische Aktivität in den Labors der Entwicklungsabteilung hatte Kontemer noch mehr zu denken gegeben. Miles Traut, überall bekannt und beliebt, war nicht im Speiseraum erschienen.

Es war von einer Verhaftung gemunkelt worden. Das Gerücht hatte sich von selbst widerlegt, als mehrere Männer den Ultrawaffen-Ingenieur bei einem Versuch gesehen hatten.

Kelo Kontemer wartete auf etwas, was er nur gefühlsmäßig definieren konnte. Hier und da hob er den Kopf und schaute zu Eve Narkol hinüber. Die Positronik-Programmiererin hatte noch niemals an Kontemers Tisch Platz genommen. Kontemer galt als Revolutionär, der schon mehr als einmal nur deshalb der Hinrichtung entgangen war, weil man glaubte, ihn nicht entbehren zu können.

Er sagte oftmals Dinge, die andere Männer sofort in die Auflösungskammer gebracht hätten. Konta Hognar hatte sich dazu entschlossen, den ewig aufbegehrenden Wissenschaftler als krankhaften Nörgler hinzustellen.

Die anderen Verbannten hatten erkannt, daß diese Aussage nur als Schutzbehauptung zu bewerten war, die Hognar zur Beseitigung seiner eigenen Gewissenskonflikte gebrauchte. Er wollte nicht auf Kontemer verzichten. Also mußte er zum Psychopathen erklärt werden.

Die Folgeerscheinung bestand darin, daß man sich hütete, mit Kontemer Kontakt zu pflegen. Der Wissenschaftler war der einsamste Mann von Last Hope.

Um so verwunderlicher war es, daß sich Eve Narkol ausgerechnet an diesem Tag zu ihm gesetzt hatte. Kontemer hatte bemerkt, daß sie bei seinem Anblick gezögert hatte.

Alle anderen Tische waren schon besetzt gewesen. Eve hatte mit deutlichen Anzeichen des Unbehagens gegenüber von Kontemer Platz genommen. Konta Hognar, der die Speiseräume wie üblich während der Essenszeit inspizierte, hatte nur die Stirn gerunzelt. Eve war es gleichgültig gewesen. Sie hatte einen bestimmten Auftrag zu erfüllen.

Sie legte den Löffel zur Seite, strich die dunklen Haare aus der Stirn und griff in die Außentasche der Kombination. Ehe sie das Taschentuch zum Mund führte, überblickte sie nochmals die Umgebung. Niemand achtete auf sie. Die beiden Wächter standen an der Tür.

»Professor ...!«

Kontemer löffelte ruhig weiter. Sein Gesicht blieb unbewegt. Nur die Falten zwischen Nase und Mund hatten sich etwas vertieft.

»Ich höre, Eve«, flüsterte er, ohne dabei die Lippen zu bewegen.

Eve erkannte, daß der Wissenschaftler längst auf einen Anruf gewartet hatte. Kontemer war ein kluger Mann. Sein kleiner Körper konnte mehr Widerstandskraft und Energie entwickeln, als es der Abwehr lieb war.

»Miles Traut wird Sie nach dem Essen anfordern. Geheimprogramm. Wundern Sie sich über nichts, spielen Sie mit. Der Obmann ist gestürzt worden. Perry Rhodan hat das Eugaulsystem besetzen lassen.«

Kontemers Hand zitterte für einen Augenblick. Der Löffel schlug gegen den Kunststoffteller und verursachte ein klapperndes Geräusch. Dann hatte sich der Wissenschaftler wieder in der Gewalt. Er beugte sich noch tiefer über seinen Teller und raunte: »Ist das sicher?«

»Bontlyn hat die erste Durchsage empfangen. Er hat darüber geschwiegen. Die Terraner können die Giftträger heilen. Wir verlassen gegen zwölf Uhr die Station. Vorsicht ...!«

Eve wischte sich über die Lippen und schob ihren Teller zurück. Ein Wächter der Blauen Garde näherte sich. Er blieb vor dem Tisch stehen sah Kontemer prüfend an und wendete sich an Eve: »Suchen Sie sofort das Waffenlabor auf. Techniker Bontlyn benötigt Ihre Hilfe bei einer schwierigen Programmierung. Beeilen Sie sich.«

Eve erhob sich. Ihr schmales Gesicht glich im Licht der Kunstbeleuchtung einem blassen Fleck.

»Natürlich, sofort.«

Sie ging, ohne noch einen Blick auf den Physiker zu werfen. Kontemer leerte seinen Teller, schabte mit dem Löffel die letzten Speisereste aus dem vertieften Rand und hob erst dann den Kopf.

Sein Blick war teilnahmslos. Den Wächter übersah er. Als der Uniformierte jedoch bezeichnend auf die Uhr blickte, erklärte Kontemer überraschend: »Sie können von einem Geisteskranken doch nicht erwarten, daß er die Uhr kennt. Ist es schon wieder Zeit?«

»Noch drei Minuten«, erklärte der Gardist erbost. »Ich würde Ihnen raten, Ihre scharfe Zunge ...!«

»Aber mein Lieber – für Ratschläge sind Sie doch nicht kompetent genug. Drei Minuten, sagten Sie?«

Kontemer sah dem davonschreitenden Posten nach. Dann erhob sich der weißhaarige Mann. Als er den Gürtel seiner Arbeitskombination fester zog, betrat der Abwehrchef den Saal. Konta Hognar verlor keine Zeit.

Er durchschritt in seiner typisch steifen Haltung die Tischreihen, blieb vor Kontemer stehen und sagte laut: »Professor, Sie begeben sich sofort zum Labortrakt TU-13. Melden Sie sich bei Techniker Traut. Ich nehme an, Ihre geistige Verwirrung wird sich etwas legen, sobald Sie mit einer Aufgabe betraut werden, die Ihrem Fachgebiet entspricht. Bitte ...!«

Hognar trat zur Seite und wies auf die Tür. Kontemer schaute sich verwundert um und entgegnete lächelnd: »Wie Sie mich kennen, Sir! Seit heute früh werden plötzlich sehr viele Fachleute von ihren Stationen abgezogen. Techniker Traut scheint dabei eine gewisse Rolle zu spielen. Hat er etwas entdeckt, oder brennt es im Reich des Obmanns?«

»Es ist besser, wenn Sie schweigen«, warnte der Abwehrchef. »Gehen Sie!«

Als der Wissenschaftler den Saal verließ, bemerkte er zu seiner Zufriedenheit, daß auch noch die letzten Gespräche verstummt waren. Es herrschte eine bedrückende Stille.

Kontemer wußte noch nicht genau, in welcher Form Miles Traut die Nachricht vom Sturz des Obmanns auswerten wollte, aber etwas schien schon angelaufen zu sein. Außerdem war Techniker Traut ein Mann, den Kelo Kontemer längst analysiert zu haben glaubte.

Kontemer war wohl der einzige Verbannte auf Last Hope, der Trauts freiwillige Dienstverpflichtung durchschaut hatte. Kontemer stufte den jungen Kollegen als wagemutigen, hochintelligenten Mann ein, der sich im entscheidenden Augenblick geschickter verhalten hatte als andere Leute. Das war Trauts Stärke.

Kontemer verzichtete darauf, noch mehr Andeutungen fallen zu lassen. Er durfte die Situation nicht unnötig zuspitzen. Außerdem kannte der Wissenschaftler seine Impulsivität. Jetzt galt es zu schweigen.

Als Kelo Kontemer verschwunden war, erhoben sich auch die anderen Techniker und Wissenschaftler. Ein Teil der geistigen Elite auf Plophos schritt auf die Türen zu – so wie jeden Tag.

Konta Hognar beherrschte sich mustergültig. Hier und da grüßte er Personen, die er für besonders zuverlässig und linientreu hielt. Die Grüße wurden entweder reserviert oder mit unechter Herzlichkeit erwidert. Konta Hognar war ein intelligenter Mann, der nur eine Schwäche besaß. Er konnte sich niemals recht vorstellen, daß es gebürtige Plophoser geben sollte, die nicht hundertprozentig von den Zielen des Obmanns begeistert waren.

Für Konta Hognar war der Gedanke daran identisch mit einem Hochverrat. Deshalb scheute er sich auch unbewußt, überhaupt daran zu denken.

Zwölf Uhr Standardzeit. Vor fünf Minuten waren die letzten Apparaturen von Arbeitsrobotern verladen worden.

Auf der langen Ladepritsche der Schildkröte standen die Geräte, die Traut angeblich für den Außenversuch benötigte. Ein Teil der Aggregate bestand lediglich aus abmontierten Kunststoffumhüllungen, deren ehemaliger Inhalt durch gehortete und organisierte Lebensmittelrationen, Medikamente, Werkzeuge und Wasserkanister ersetzt worden war.

Lediglich ein Kleintransmitter und der dazugehörige Stromreaktor waren echt. Miles war nicht so unvorsichtig gewesen, den Spezialwagen nur mit Attrappen beladen zu lassen.

Das Fahrzeug war fast neun Meter lang. Es lief auf normalen Raupenketten. Die extremen Verhältnisse auf Last Hope hatten die Verwendung von Prallfeldgleitern nicht ratsam erscheinen lassen. Besonders auf der glühenden Tagesseite war es immer wieder zu Störungen in den Prallfeldern gekommen.

Die Ketten wurden von vier E-Motoren angetrieben. Sie erhielten ihre Energie von einem Mikromeiler mit angeschlossener Wandelbank.

Die halbkugelige Thermo-Druckkabine glich durch die aufgesetzten Scheinwerfer und Ortungsantennen einem halbierten Insektenkopf. Schildkröten waren häßliche Fahrzeuge – aber sie hatten noch nie versagt.

Konta Hognar hatte den Ladevorgang überwacht. Miles hatte überraschend viel Wasser angefordert, angeblich deshalb, um die neue Ultronmatic-Schaltung kühlen zu können.

Konta hatte keinen Verdacht geschöpft, obwohl Traut darauf bestanden hatte, den Transformversuch auf der sonnenbeschienenen Tageshalbkugel vorzunehmen. Vielleicht hätte Hognar unter anderen Umständen darüber nachgedacht, daß es zwischen Trauts Versuchsgelände und der enormen Wasser-Anforderung einen Zusammenhang geben könnte. Jetzt hatte der Abwehrchef andere Sorgen.

Er blickte immer wieder auf die Uhr. Die beiden Wächter, die Traut begleiten sollten, saßen bereits in der Kabine.

Eve Narkol und Shelo Bontlyn waren vor einer Viertelstunde in der Fahrzeughalle erschienen. Professor Kontemer saß im Hintergrund auf einer Werkzeugkiste und beobachtete die Vorgänge. Miles war noch nicht anwesend.

»Überprüfen Sie Ihre Schutzanzüge«, ordnete Hognar an. Er schien in seiner steigenden Nervosität nicht zu bemerken, daß er diese Aufforderung bereits viermal ausgesprochen hatte.

Er schritt um den Wagen herum zerrte hier und da an den verankerten Geräten und schaute dann wieder auf die Uhr.

Augenblicke später kam Miles Traut. Er trug bereits einen silbern glitzernden Schutzanzug, wie sie speziell zur Abwehr hoher Außentemperaturen entwickelt worden waren.

Die Thermoplan-Kombinationen besaßen ihre eigene Energieversorgung. Der Strombedarf der Klimaanlagen war hoch. Die glühenden Spurengase der Tagesseite erlaubten keine Luftverdichtung für den Atmungsvorgang. Also mußte die Atemluft mitgeführt und ständig regeneriert werden. Die ausgeatmeten Giftgase wurden in einem atomaren Regenerator aufgefangen und wieder in reinen, atembaren Sauerstoff verwandelt. Der ständige Kreislauf erforderte nur ganz geringfügige Auffüllungszusätze.

Durch die aufwendige technische Ausstattung waren die Isolationskombis schwer und unhandlich geworden. Immerhin konnten sie Außentemperaturen bis zu achthundert Grad Celsius absorbieren.

»Ah, da sind Sie ja endlich«, stellte Hognar überflüssigerweise fest. Rasch schritt er auf Miles zu und zog ihn zur Seite.

»Techniker Traut – ich verlasse mich auf Ihr Können und auf Ihre sprichwörtliche Zuverlässigkeit. Die beiden Wächter haben sich Ihren Anweisungen zu fügen. Sie kommen erst dann zurück, wenn der Versuch gelungen ist. Machen Sie notfalls fünf oder zehn Experimente. Ich verlange brauchbare Ergebnisse. Ihr Bildsprechgerät ist in Ordnung. Passen Sie auf, daß Sie nicht der mörderischen Hitze unterliegen oder in einen Bleisumpf stürzen.«

»Ich kenne die Gefahren der Oberfläche, Sir«, beruhigte Miles den nervösen Mann.

»Schön, schön, passen Sie trotzdem auf. Die Schildkröte ist erstklassig ausgerüstet. Wenn Ihnen übel werden sollte, suchen Sie sofort die Kabine auf. Das ist ein Befehl.«

»Verstanden, Sir. Ich riskiere nichts, was Leben und Gesundheit betrifft. Bei dem Experiment werde ich jedoch alles auf eine Karte setzen. Sie haben mir nicht viel Zeit gelassen, Sir.«

Hognar lachte. Für einen Augenblick entspannte sich sein Gesicht. Fast war Miles, als würde der hochgewachsene Offizier wie ein Kind strahlen. Hognar war immer freudig erregt, wenn er glaubte, eine hervorragend linientreue Bemerkung vernommen zu haben.

»Sehr gut, Techniker Traut. Eventuelle Schäden an den Geräten und sonstigen Apparaturen spielen keine Rolle. Sie können Milliarden verbrauchen, aber liefern Sie mir eine verwendungsreife Transformkanone. Terra wird übermütig, verstehen Sie!«

Miles runzelte die Stirn. »Wir werden den Herrschaften auf die Finger klopfen, Sir. Hondro ist groß.«

»Hondro ist groß«, bestätigte der Zellenchef beinahe inbrünstig. »Ich bin sehr glücklich, einen Mann von Ihrer Gesinnung unter meiner Obhut zu wissen.«

Es tut mir leid, dachte Miles flüchtig.

Hognar beugte sich vertraulich nach vorn. »Sagen Sie – halten Sie es für unbedingt erforderlich, Professor Kontemer mitzunehmen? Sie kennen seine unglaubliche Einstellung.«

Miles schaute betont kühl zu dem weißhaarigen Wissenschaftler hinüber. Miles verstand es sogar, seinem Gesicht einen zynischen Ausdruck zu geben.

»Sir, ich weiß, was ich tue. Natürlich kenne ich Kontemer. Eve Narkol und Shelo Bontlyn sind politisch zuverlässig und außerdem hervorragende Fachkräfte. Kontemer ist ebenfalls ein erstklassiger Wissenschaftler. Das ist einer der beiden Gründe, weshalb ich ihn mitnehmen will.«

»Und der zweite Grund?« fragte Hognar gedehnt.

»Der Anlaufzyklus des neuen Wandlers ist gefährlich. Kontemer wird ihn bedienen. Ich werde weit abseits stehen. Wenn ich einen anderen Physiker über Funk anfordern sollte, stellen Sie bitte keine Fragen.«

Der Abwehrchef lächelte. Er hatte vollkommen verstanden – das heißt, er glaubte verstanden zu haben.

»Ich werde keine Fragen stellen«, betonte er. »Sie sind noch tüchtiger, als ich bisher angenommen habe. Ich werde Ihnen bei nächster Gelegenheit die Gunst erweisen, Sie dem Obmann persönlich vorzustellen.«

»Ich weiß diese Ehre zu schätzen Sir. Ehe der Obmann hier ankommt, werde ich aber erst meine Aufgabe erledigen.«

Hognars Gesicht verschloß sich. Für einen Moment blickten seine Augen so scharf und klar, wie man es von ihm gewohnt war. Lauernd erkundigte er sich: »Wie kommen Sie auf die Idee, Iratio Hondro könnte demnächst auf Last Hope erscheinen? Antworten Sie, Techniker Traut.«

Miles sah den Abwehrchef verwundert an.

»Aber Sir – Sie sagten doch soeben selbst, Sie wollten mich dem Obmann vorstellen. Da ich nicht annehme, unehrenhaft entlassen und nach Plophos zurückgeschickt zu werden, ist der Gedanke naheliegend, der Obmann könnte hier er ...!«

»Oh, das haben Sie so aufgefaßt? Verzeihen Sie bitte. Natürlich – Ihre Mutmaßung ist nicht abwegig. Im Vertrauen, Techniker Traut – der Obmann wird tatsächlich in einigen Tagen hier ankommen. Ich habe eine diesbezügliche Nachricht erhalten.«

Miles ging innerlich aufgewühlt zu dem Wagen hinüber. Er begrüßte Eve mit einem oberflächlichen Nicken. Kontemer wurde von Traut herablassend und gelegentlich im Befehlston angesprochen.

Kontemer ließ einige spitze Bemerkungen hören, die Miles anscheinend überhörte. Es war alles in bester Ordnung – bis auf die beiden Wachsoldaten der Blauen Garde. Einer fuhr den Wagen, der zweite Mann saß auf der hinteren Bank und kontrollierte die Ortungs- und Funkgeräte.

Miles unterdrückte eine Verwünschung, als er feststellte, daß keiner der Wächter mit einer tödlich wirkenden Waffe ausgerüstet war. Sie trugen die üblichen Narkosestrahler.

Konta Hognar glaubte wahrscheinlich, diplomatisch gehandelt zu haben, als er den Wächtern untersagte, Impulsstrahler mitzunehmen. Das war ein besonderer Vertrauensbeweis, den Traut in der derzeitigen Situation überhaupt nicht schätzte. Eine gute und weitreichende Waffe wäre ihm willkommener gewesen. Es war jedoch unmöglich, eine sinnentsprechende Bemerkung zu machen. Hognar wäre sofort argwöhnisch geworden.

Die vier Personen stiegen ein. Professor Kelo Kontemer folgte als letzter Mann. Er wußte, auf welches Risiko er sich eingelassen hatte.

Die Bedienung des Wandlers war natürlich nicht gefährlich; aber dafür gab es genügend andere Gefahrenpunkte in Trauts Plan.

Kontemer mußte in die Station zurückkehren, um dort das zu tun, was Traut nicht mehr persönlich erledigen konnte. Der Wissenschaftler hatte nach der Durchsage der bestürzenden Nachricht die Revolte zu schüren. Dazu gab es keinen besseren Mann als Kelo Kontemer.

Die Schildkröte fuhr mit summenden E-Motoren in die große Materialschleuse hinein. Der Fahrzeughangar lag auf der Höhe der Oberfläche. Jenseits der Außentore begann die Hölle von Last Hope.

Das Telekomgerät wurde überprüft. Die Verbindung mit der Zentrale der Abwehr war einwandfrei.

Turbopumpen saugten die atembare Luft aus der Schleuse. Als die Druckmesser auf Null standen, glitten die Außenschotts auf.

Die rote Sonne schickte wieder glühende Protuberanzen in die Schwärze des Alls. Die Feuerzungen stießen als scharf umrissene Fanale über den Horizont empor und verrieten dadurch, daß man nur wenige Kilometer zu fahren hatte, um die Tagesseite zu erreichen.

»Traut an Zentrale, bei mir ist alles in Ordnung. Kabinendruck bleibt konstant. Klimaanlage und Regenerator zeigen Grünwerte. Temperatur 22 Grad Celsius, Luftfeuchtigkeit 60 Prozent. Reaktor arbeitet einwandfrei. Erbitte Fahrerlaubnis.«

Einer der Wächter nickte anerkennend. Techniker Traut verhielt sich korrekt.

»Ausfahrt genehmigt. Viel Glück, Techniker Traut«, erklang Hognars Stimme.

Miles dachte daran, wie oft er sich die Schwierigkeiten und Gefahren einer eventuellen Flucht ausgemalt hatte.

Nun war alles ganz anders gekommen. Man ließ ihn freiwillig gehen und stellte ihm außerdem noch einen erstklassig ausgerüsteten Spezialwagen zur Verfügung.

Shelo Bontlyn dachte an ähnliche Dinge. Noch zwei Stunden, und die Nachmittagsschicht würde beendet sein. Kurz nach vierzehn Uhr des Zwanzigstunden-Zyklus würden sich sämtliche Mitarbeiter in den Speiseräumen einfinden. Minuten später würde die Zeitschaltuhr das Ontrex-Band ablaufen lassen.

Von da an mußte es in der Forschungsstation von Last Hope zu gären beginnen.

Eve Narkol dachte weniger an die Zukunft als an die Gegenwart. Miles hatte alles sehr gut geplant. Die augenblicklich am meisten gefährdete Person in diesem verwegenen Spiel war Professor Kontemer – aus verschiedenen Gründen!

Die Schildkröte summte durch die Außentore. Als die Kettenglieder das lockere Felsgeröll der Ebene erfaßten, steigerte sich das Fahrgeräusch zu einem unangenehmen Poltern und Dröhnen. Auf den Frontbildschirmen leuchtete die bizarr gezackte Grenzlinie der Zwielichtzone. Dort begann die eigentliche Tageshalbseite mit ihren Seen aus geschmolzenem Blei und Zinn. Dort begann die Hölle von Last Hope.

9.

Die rote Sonne Bolo war als schmale Sichel über dem Horizont aufgestiegen. Mit ihr war die Hitze gekommen – und die Orkane, die an der Grenzlinie ihren ewigen Kampf zwischen heiß und kalt austrugen.

Die Schildkröte hatte die Zone mit relativ hoher Fahrt durchstoßen. Als die nordpolaren Berge hinter der Planetenrundung verschwunden waren, hatte der Sturm nachgelassen. Es war still geworden – unheimlich still.

Die nordpolare Geröllwüste erstreckte sich weit nach Süden. Zwei Stunden später hatte Miles Traut die Umrisse der Konusberge gesichtet. Sie umzogen den nördlichen Pol des Planeten gleich einem gigantischen, etwa dreihundert Kilometer durchmessenden Ring. Die meisten Gipfel dieser Gebirgskette waren konisch geformt. Daher auch der Name.

Miles hatte angegeben, den ersten Versuch jenseits des Gebirges vornehmen zu wollen, da er dafür eine materiell stabile Abschirmung benötigte. Diese Aussage war ebenso unsinnig gewesen wie viele andere. Es gab kein Zurück mehr.

Wenige Minuten vor 14 Uhr hatte die Schildkröte zirka hundertvierzig Kilometer zurückgelegt. Die ersten Ausläufer des Gebirges begannen die schnelle Fahrt zu hemmen.

Zu diesem Zeitpunkt geschahen fast gleichzeitig zwei Dinge.

Jenseits des Horizontes verkündeten die Sirenen das Ende der Arbeitszeit. Müde Menschen, die von der langen Schicht und der ständigen

Nervenbelastung körperlich und geistig zermürbt waren, schritten interesselos auf die Speiseräume zu.

Die Wächter der Blauen Garde schienen allgegenwärtig zu sein. Sie trugen immer noch die Funkhelme, unter denen die Gesichter düster und drohend hervorsahen.

Konta Hognar hatte sich während der beiden letzten Stunden fast ausschließlich im Funkraum aufgehalten. Nachdem Trauts Wagen die Grenze der Zwielichtzone überfahren hatte und in die hitzeflimmernde Wüste eingedrungen war, hatten sich die typischen Magnetstürme der nahen Sonne bemerkbar gemacht.

Die Bildverbindung war sehr schlecht geworden. Ultrakurze Wellen konnten nicht mehr verwendet werden. Langwellen, die der Oberflächenkrümmung folgen konnten, wurden so heftig gestört, daß der Kontakt fast völlig abriß.

Traut hatte laut Kommando auf den Hyperkomsender umgeschaltet. Diese übergeordneten Impulse konnten weder von den auftreffenden Sonnenenergien, noch von der vierdimensionalen Masse des Planeten beeinflußt werden.

Allerdings besaßen sie einen sehr hohen Streueffekt. Ein zufällig vorbeikommendes Raumschiff hätte Last Hope ohne weiteres anpeilen können. Der Ortungsspielraum lag je nach der Qualität der Empfänger zwischen zwei und achtunddreißig Lichtjahren.

Konta Hognar hatte sich dazu entschlossen, das Risiko einer zufälligen Einpeilung auf sich zu nehmen. Er wollte nicht darauf verzichten, Miles Traut jederzeit erreichen zu können.

Das zweite Ereignis bestand aus einem kurzen Satz. Miles Traut sprach ihn aus: »Halten Sie an!«

Der Fahrer drückte auf die Knöpfe der hydraulisch gesteuerten Kettenkupplung und trat auf die Bremse. Die Schildkröten von Last Hope waren nur deshalb so zuverlässig, weil man auf den Einbau von technischen Raffinessen verzichtet hatte. Das wäre zwar bequemer und moderner gewesen, aber längst nicht so narrensicher.

Der Wagen blieb kurz vor einem schmalen Grat stehen, der unvermittelt aus der Ebene hervorwuchs und sich als gezackter Buckel bis zu dem Gebirgsmassiv hinüberzog.

Traut drehte sich um. Er saß auf der vorderen Bank neben dem Fahrer. Eve Narkol und Professor Kontemer hatten auf der Mittelbank Platz genommen.

Shelo Bontlyn hatte sich ganz hinten neben dem Funker niedergelassen. Die dritte Bank war wesentlich kürzer als die anderen Sitzgelegenheiten. Der freigewordene kleine Raum enthielt die kleine Spezialkabine mit den Ortungs- und Funkgeräten.

»Techniker Bontlyn, übernehmen Sie jetzt die Hyperkomstation«, ordnete Miles an.

Der Wächter mit dem roten V auf der linken Brustseite des Schutzanzuges sah verwundert auf. Er fand es ungewöhnlich, von einem Verbannten Anweisungen zu erhalten.

»Machen Sie schon Platz«, sprach der Fahrer seinen Kollegen an. »Techniker Traut ist in jeder Beziehung zu unterstützen.«

Der Abwehrfunker stand auf und zwängte sich an Bontlyn vorbei. Shelo wischte sich über die Stirn. Sein Handrücken fühlte sich feucht an. Es war fünf Minuten nach vierzehn Uhr.

Miles erkannte den Gefühlssturm, der in dem Freund ausgebrochen war. Wenn die Zeituhr versagte, oder wenn sie durch irgendwelche Umstände abgeschaltet worden war, dann konnte man nichts weiter unternehmen, als umzukehren.

Shelo wagte nicht, an die Folgen zu denken. Ohne die beweiskräftigen Informationen konnte Professor Kontemer keine Revolte entfachen.

Miles hatte bewußt darauf verzichtet, ein solches Versagen bei seiner Planung zu berücksichtigen. Alles war darauf ausgerichtet worden, die Station zu verlassen, den Erfolg der Nachrichten über Hondros Flucht abzuwarten und dann zurückzukehren.

Augenblicklich kam es nur darauf an, festzustellen, ob das Ontrex-Band programmgemäß ablief oder nicht.

Shelo ließ sich vor den Geräten nieder. Miles wußte, daß er eine Er klärung für den Stellungswechsel schuldig war. Die beiden Wächter tauschten bereits argwöhnische Blicke aus.

»Nehmen Sie Direktverbindung mit meinem Labor auf«, wies Miles den Freund an. »Techniker Moret Unbulk soll die Fernbildkamera auf den Wandler richten und die Anlaufschaltung vornehmen. Ich möchte von nun an jederzeit kontrollieren können, was im Labor geschieht.«

Shelo nickte. Diese Anweisung gehörte zum Plan. Unbulk war völlig ahnungslos. Er würde die Kamera der Abteilung TU-13 auf den Wandler einrichten und dabei mit ihrem Weitwinkelobjektiv auch den Bildschirm der Rundrufanlage erfassen.

Der Abwehrfunker war ahnungslos. Er nickte dem Fahrer zu und lehnte sich im Sitz zurück.

Miles drehte sich noch weiter um. Er legte den linken Arm über die Rücklehne. Dadurch näherte sich seine Rechte wie zufällig dem Waffenhalfter des Fahrers.

Shelo rief die Abwehrzentrale von Last Hope an. Konta Hognar war nicht mehr anwesend. Die Bildumblendung wurde genehmigt.

Sekunden später erschien Techniker Unbulk auf dem Schirm des Hyperkomempfängers. Shelo gab die Anweisungen weiter, die er von Miles erhalten hatte.

Zehn Minuten nach vierzehn Uhr lief der Transformumwandler an. Das Heulen des Gerätes wurde einwandfrei empfangen.

Miles stellte Fragen, die exakt beantwortet wurden. Shelo sah erneut auf die Uhr.

Die Zeitschaltung würde um 14:12 Uhr das Band ablaufen lassen. Zu diesem Zeitpunkt mußte sich der diensthabende Hyperfrequenz-Techniker noch in der großen Station befinden. Sie war mit der separaten Funkabteilung der Abwehr nicht identisch. Techniker Enker Holt hatte mit der Bildsprechverbindung zu der Schildkröte nichts zu tun. Seine Aufgabe bestand darin, den kosmischen Großraum zu überwachen.

Miles Traut verlor keine Sekunde lang den Überblick. Es dauerte erfahrungsgemäß zehn bis vierzehn Minuten, bis sich die Verbannten nach Beendigung der Schicht in den Speisesälen eingefunden hatten. Jetzt mußten schon die meisten Männer und Frauen an den Tischen Platz genommen haben.

»Kühlwert fünfzehn«, gab Techniker Unbulk durch. »Gerät läuft einwandfrei.«

»Schalten Sie die Kamera auf den größten Weitwinkelwert um«, ordnete Traut an. »Ich möchte die Kontrollen überblicken können.«

Das Bild wurde sofort weiträumiger. Der links von dem Wandler angebrachte Schirm der Rundrufanlage wurde erkennbar.

Punkt 14:12 geschah etwas, womit nur einige Leute gerechnet hatten. Techniker Unbulk und Zellenchef Konta Hognar gehörten nicht dazu.

Das monotone Summen des Wandlers wurde plötzlich von einer dröhnenden Lautsprecherstimme übertönt. Miles sah, daß sich Unbulk umdrehte und erstaunt zu dem Wandschirm hinüberblickte.

»Hier spricht der Großadministrator«, sagte ein Uniformierter. Rhodans Gesicht war deutlich zu sehen. »Ich rufe alle von Menschen besiedelten Planeten an, besonders aber die geheimen Stützpunktwelten, die von dem flüchtigen Verbrecher Iratio Hondro ausgerüstet wurden. Sie werden mittlerweile festgestellt haben, daß ich mich im großen Sendesaal der plophosischen Hypervideo-Anstalt aufhalte. Iratio Hondro, bekannt als Obmann des Eugaulsystems, ist nach einem plophosischen Volksentscheid gestürzt, seiner Macht enthoben und von der plophosischen Gerichtsbarkeit in Abwesenheit zum Tode verurteilt worden. Ich bin in meiner Eigenschaft als Chef des Solaren Imperiums damit beauftragt worden ...!«

Ein Energieschuß dröhnte auf. Miles sah in die fassungslos aufgerissenen Augen des Fahrers, der zu spät erkannte, daß ihm jemand die Mündung seiner eigenen Narkosewaffe gegen den Körper preßte.

Der Wächter wurde sofort besinnungslos. Shelo reduzierte mit einem schnellen Griff die Lautstärke der Übertragung. Rhodans Stimme war nur noch schwach zu vernehmen.

Der zweite Gardist sah in die Mündung der Waffe seines Kollegen. Hinter dem plumpen Lauf zeichneten sich die Umrisse von Miles Gesicht ab.

»Es tut mir leid, aber Sie werden mir gehorchen müssen«, erklärte Traut. »Nehmen Sie die Hände hoch und verhalten Sie sich ruhig. Ich möchte die Durchsage in vollem Umfang hören.«

Der Gardist blieb reglos sitzen. Er dachte nicht daran, die Hände zu erheben.

»Ich werde um die Ehre bitten, Sie persönlich hinrichten zu dürfen!« sagte er kalt. »Sie bilden sich doch wohl nicht ein, Techniker Traut, die Blaue Garde von Last Hope übertölpeln zu können.«

Die Szene wurde unwirklich. Miles wußte, daß die Männer der Blauen Garde eine besondere Schulung genossen hatten. Sie gehörten fast alle zu jenen Wahnsinnigen, die lachend in den Tod schreiten konnten, nur weil sie der Auffassung waren, einer guten Sache zu dienen.

Shelo zog dem Wächter mit einem schnellen Griff die Waffe aus dem Gürtelhalfter.

»Oh, Sie gehören auch dazu. Interessant, Techniker Bontlyn. Mir wird allmählich klar, wer für die verbotene Durchsage verantwortlich ist.«

»Was soll das bedeuten?« schrie Kontemer aufgeregt. Er erhob sich halb von seinem Sitz, sank aber sofort zurück, als Miles den Strahler auf ihn richtete.

»Sie steigen zusammen mit den Polizisten aus, Professor.«

»Sind Sie verrückt geworden? Draußen herrschen jetzt schon dreihundertfünfzig Grad Hitze. Ich verbitte mir ...!«

»Sie steigen aus«, wiederholte Miles, ohne die Stimme zu erheben. »Sie sind unzuverlässig, Professor. Ich lege keinen Wert auf einen Mann, der weder seine Zunge noch sein Temperament zügeln kann. Schließen Sie Ihren Schutzanzug. Armbandfunkgeräte ablegen.«

Kontemer drehte sich hilfesuchend nach dem Gardisten um.

»So unternehmen Sie doch etwas«, schrie der kleine Mann weiter. »Er wird uns umbringen. Wir werden sterben, ehe man uns gefunden hat. Ich ...!«

Ein zweiter Schuß dröhnte auf. Der Wächter, der Eve Narkol an sich reißen und sie als Deckung benutzen wollte, sank ächzend in sich zusammen. Miles legte die Waffe zur Seite. Im Hyperkomempfänger war jetzt die Stimme des plophosischen Abwehrchefs Isit Huran zu vernehmen. Er erklärte, die Giftträger könnten durch das neue terranische Medikament geheilt werden.

Shelo stieß einen tiefen Seufzer aus. Professor Kontemer war plötzlich wieder sehr ruhig. Mit einem ironischen Lächeln betastete er die beiden Besinnungslosen.

»Gut geschauspielert, Professor«, lobte Traut. »Der Wächter wird bestätigen können, daß Sie sich gegen mich stellten. Sind Sie fertig?«

»Lassen Sie mich die Nachrichten hören«, bat Kontemer. »Sie sind in der Tat weltbewegend.«

Shelo lachte gekünstelt. »Weltbewegend schon, aber auch gefährlich. Können Sie sich vorstellen, was jetzt in den Speisesälen geschieht? Ich habe doch gewußt, daß der alte Enker Holt nicht schnell genug handeln würde. Jetzt kann er meinetwegen das Band abstellen.«

Eine Minute später wurde die Trivideo-Übertragung unterbrochen. Mory Abros Stimme erstarb mitten im Wort. Der Bildschirm blieb dunkel. Die Abwehrzentrale meldete sich ebenfalls nicht.

Shelo schaltete den Sender ab. Nur der Empfangsteil lief weiter. Kontemer erhob sich und klappte den Druckhelm über den Kopf. Als er sprach, klang seine Stimme dumpf.

»Fertig, Miles. Ich will nicht wissen, was Sie von nun an unternehmen werden. Sehen Sie zu, daß Sie einige Tage überleben können. Die beiden Wächter und ich dürften im Zeitraum von zwei Stunden gefunden werden. Sobald sich die Erregung in der Station gelegt hat, wird sich Konta Hognar an Sie erinnern. Bis dahin sollten Sie weit weg sein. Ich werde versuchen, den Harmlosen zu schauspielern. Wenn ich nur etwas Glück habe, verzichtet Hognar auf ein Detektorverhör. Die Abwehr wird Sie jagen. Denken Sie daran, daß die Energiestation der Schildkröte geortet werden kann. Sie sollten den Wagen aufgeben und versuchen, ein gutes Versteck zu finden. Wenn Sie etwa dreißig Meter Felsgestein über sich haben, können die schwachen Stromaggregate Ihrer Schutzanzüge nicht mehr ausgemacht werden. Versuchen Sie also eine Höhle zu finden. Mehr kann ich Ihnen nicht raten.«

Es gab nicht mehr viel zu sagen. Die Männer überprüften in höchster Eile die Schutzanzüge der besinnungslosen Gardisten, schnallten ihnen die Armbandfunkgeräte ab und öffneten die Schleusenschotte.

Traut und Shelo trugen die brettsteifen Körper ins Freie und legten sie im Schatten eines Felsüberhanges ab.

Über ihnen lohte die blutrote Sichel der Sonne Bolo. Man befand sich noch weit jenseits des nördlichen Polarkreises. Trotzdem herrschte eine Außentemperatur von etwa dreihundertfünfzig Grad Celsius. Das Gestein speicherte die einfallende Sonnenstrahlung in solchem Maße, daß es nicht ratsam war, auf den Felsen Platz zu nehmen.

Kontemer blieb stehen. Er nahm sich vor, die Körper der Bewußtlosen in regelmäßigen Abständen umzudrehen, damit die Schutzanzüge nicht einseitig von der Hitze belastet wurden.

Miles steckte die Kontakte seines Helmfunks in die Buchsen von Kontemers Anzug. Die kabelgebundene Funksprechverbindung konnte nicht abgehört werden.

»Man wird Sie eingehend verhören, Professor. Geben Sie vor, das Leben der beiden Wächter gerettet zu haben. Lassen Sie ferner eine Bemerkung fallen, aus der hervorgeht, ich wäre ein Agent der Akonen.«

»Der Akonen?« fragte Kelo Kontemer verblüfft zurück.

»Genau das. Sagen Sie, Sie hätten es aus einigen Bemerkungen zwischen mir und Bontlyn entnommen. Durch diese Aussage können Sie sich besser abdecken. Behaupten Sie, der Zwangswirtschaft von Last Hope nach wie vor nicht gut gesonnen zu sein, aber erklären Sie anschließend, der Obmann wäre Ihnen immer noch angenehmer als eine akonische Machtgruppe, die nicht zur Menschheit gehört.«

»Sie sind ein gefährlicher Mann, Miles Traut!«

»Das mag sein, ich weiß es nicht. Lassen Sie schließlich und mit allergrößter Zurückhaltung durchblicken, Sie würden vermuten, mir stünde irgendwo ein startklares Raumschiff zur Verfügung.«

»Die logische Begründung?«

Miles sah sich nervös um. Shelo und Eve warteten in der Schildkröte. Die Funksprechverbindung zur Zentrale war noch immer erloschen.

»Sagen Sie aus, ein Mann von meiner Intelligenz würde Ihrer Meinung nach nicht planlos in die Glutwüste hinausfahren. Ich müßte ein bestimmtes Ziel haben – ein Raumschiff zum Beispiel. Konta Hognar wird in Panik geraten. Er selbst besitzt kein Raumschiff. Niemand kann den Planeten verlassen. Unterstützen Sie mit dem Hinweis meine Flucht, stiften Sie Verwirrung und vergessen Sie nicht Ihre eigentliche Aufgabe! Die Verbannten wissen nun bestimmt, was auf Plophos geschehen ist. Schüren Sie Unzufriedenheit und Haß. Sie brauchen nicht mehr zu tun, als den großen Senderaum zu erobern und einen Notruf an Perry Rhodan abzusetzen. Innerhalb kürzester Zeit kann ein Schlachtgeschwader des Imperiums hier sein. Rhodan wartet nur auf Positionsangaben.«

Ehe Traut die Kontakte aus Kontemers Gerät zog, erklärte er zögernd: »Es ist wahrscheinlich, daß der Obmann demnächst auf Last Hope landet. Hognar machte eine entsprechende Andeutung. Vielleicht versuchte er, mich nur zu täuschen oder auch anzuspornen. Ich weiß es nicht genau. Wenn jedoch ein Raumschiff landen sollte, werden Sie es erfahren.«

»Anzunehmen«, entgegnete Kontemer spöttisch. »Mein junger Freund – Sie muten einigen hundert verzweifelten und innerlich zermürbten Menschen allerhand zu! Wenn Iratio Hondro hier ankommt, wird er seine Garde mitbringen. Glauben Sie ernsthaft, dann würde noch jemand eine Revolte versuchen?«

»Nein. So verrückt bin ich nicht. Sie müssen schon vorher die entscheidenden Schritte eingeleitet haben. Außerdem schätzen Sie den Lebenswillen der Verbannten falsch ein. Was glauben Sie wohl, was der Mensch alles erreichen kann, wenn er nur einen Hoffnungsfunken sieht! Bauen Sie darauf und rechnen Sie damit, daß sogar einige Männer der Blauen Garde unsicher werden. Die Burschen sind nicht so kaltschnäuzig und todesmutig wie dieser Funker.«

Er deutete auf die stille Gestalt des Wächters. Dann ging Miles Traut.

Schwerfällig kletterte er in die Schleuse hinein, schloß die Außentore und stellte den Druckausgleich her. Augenblicke später heulten die E-Motoren der Schildkröte auf.

Kontemer konnte das Geräusch infolge der dünnen Luftreste kaum vernehmen. Das Gleiskettenfahrzeug nahm Fahrt auf und verschwand in der Einfahrt zum Paß. Miles war sich darüber klar, daß er nicht mehr viel Zeit hatte.

In etwa einer Stunde würden sich die Verhältnisse in der Station einigermaßen normalisiert haben. Sobald der Abwehrchef sicher war, die Gewaltherrschaft weiterhin ausüben zu können, würde er sich erneut um Miles Traut kümmern.

Die Abwehr verfügte über einige schnelle Luftgleiter. Normalerweise hütet man sich, die Maschinen über der Tageshalbseite einzusetzen. Wenn es jedoch darum ging, flüchtige Verräter zu fassen, würde Konta Hognar nicht lange zögern.

Daran dachte Miles Traut, als er den geländegängigen Wagen in halsbrecherischer Fahrt den Paß hinunterjagte.

Die Kette der Konusberge war schmal. Man konnte sie mit einem guten Fahrzeug in einer halben Stunde durchqueren. Dahinter begann eine Gesteinswüste, die immer wieder von flachen Höhenzügen unterbrochen wurde. Miles Traut dachte nicht daran, noch innerhalb der Konusberge ein Versteck zu suchen.

Eve Narkol saß auf dem Beifahrersitz. Ab und zu lächelte sie aufmunternd zu Traut hinüber. Er bemühte sich, seine steigende Unruhe zu verbergen.

»Es mußte sein, Miles«, bemerkte Eve ruhig. »Einmal hatte es so kommen müssen. Wenn Kontemer geschickt ist, können wir bald zurückkehren.«

»Wenn ...!« warf Bontlyn vom Rücksitz her ein. »Ich stelle fest, daß es in der Diskussion der letzten halben Stunde eine ganze Menge ›Wenn‹ gegeben hat. Darf man fragen, wohin es nun gehen soll? Last Hope ist groß.«

»Ich suche etwas.«

Shelo drehte sich um. Sein Empfänger schwieg immer noch.

»Du suchst etwas? Doch wohl nicht einen Kreuzer des Solaren Imperiums?«

Miles antwortete etwas später. »Es gibt hier ausgedehnte Erzlager mit stark reflektierenden Schichten. Wir müssen in einer Hügelgruppe jenseits der Konusberge einen natürlichen Hohlraum finden, der von möglichst dicken Felswänden überlagert wird. Sämtliche Energieaggregate der Schildkröte müssen abgestellt werden.«

»Du willst eine Energieortung verhindern? Und die Reststrahlung?«

»Schirmen wir zusätzlich ab. Ich habe Folienmaterial im Laderaum. Wir sollten den Wagen verlassen und in der Nähe einen Unterschlupf suchen.«

Eve erblaßte. Sie ahnte, was Miles mit diesen Worten gesagt hatte. Er sah sie von der Seite her an und legte seine Hand auf ihren Arm.

»Nur dann, wenn es unbedingt sein muß«, fügte Miles hinzu. »Nur wenn eine direkte Ortungsgefahr besteht, verstehst du?«

»Ich verstehe«, flüsterte sie.

Shelo Bontlyn sagte nichts mehr. Er als Fachmann wußte noch besser, wie groß die Ortungsgefahr war. Der Reaktor mußte schnellstens abgeschaltet werden. Den Abschirmfolien traute Shelo nicht viel zu; aber noch günstiger stufte er die extremen Energieeinflüsse der nahen Sonne ein. Sie hatte bisher noch jedes Gerät empfindlich gestört.

10.

Zellenchef Konta Hognar bemühte sich stets, höflich und zuvorkommend zu sein. Er war ein Mann, der Greueltaten vom Grund seines Wesens aus verabscheute – vorausgesetzt, seine Ehrauffassung und ideologische Gesinnung schrieben ihm nicht vor, trotz seines Widerwillens gegen die Gewalt doch gewaltsam zu handeln.

Das Zwiespältige in dem Charakter des hochgewachsenen Mannes hatte sich kurz nach der Durchsage nach einer Seite hin ausgerichtet. Konta Hognar war schon nach den ersten Worten des verhaßten Großadministrators zu einem gefühllosen Unhold geworden, der – und das war ein bemerkenswerter Punkt seiner geistigen Verwirrung! – fest daran glaubte, Recht und Ordnung zu dienen.

Trotzdem war es Hognar nicht gelungen, die Nachrichtensendung noch rechtzeitig zu unterbrechen. Er hatte sofort den diensthabenden Funktechniker angerufen und ihm den Befehl erteilt, das Bandgerät abzuschalten.

Da Hognar angenommen hatte, Holt würde mit größter Schnelligkeit reagieren, hatte er wertvolle Minuten vergeudet.

Enker Holt hatte aber reichlich lange gebraucht, bis er die Sachlage erfaßt hatte. Als er in den kleinen Senderaum gerannt war, um das Bandgerät stillzulegen, hatte er einen elektrischen Schlag erhalten.

Von Angst getrieben, hatte Holt versucht, die Ursache der Störung zu finden. Als es ihm nicht sofort gelungen war, hatte er in seiner Unsicherheit die Abwehrzentrale angerufen und um nähere Anweisungen gebeten.

Erst als Hognar wie ein Wahnsinniger getobt hatte, war dem Funktechniker klargeworden, daß es hier ausnahmsweise einmal darauf ankam, nach eigener Initiative zu handeln. Enker Holt hatte begriffen, daß die Sendung unterbrochen werden mußte, gleichgültig auf welche Art.

Mittlerweile hatte Hognar ein Kommando der Blauen Garde in Marsch gesetzt. Als die Männer in der Hauptzentrale angekommen waren, hatte Enker Holt soeben den Entschluß gefaßt, die Energiezufuhr zu unterbrechen.

Wertvolle Minuten waren verlorengegangen; Minuten, in denen die Verbannten von Last Hope wie erstarrt auf die Bildschirme der Übertragungsanlage geblickt hatten.

Hognar wußte instinktiv, daß er im entscheidenden Augenblick versagt hatte. Holt hätte nicht ohne Bewachung im Funkraum bleiben dürfen.

Nach der abrupten Unterbrechung der Nachrichtensendung war Hognar vor die Mikrofone getreten. Schwerbewaffnete Wachkommandos waren vor den Speisesälen aufgezogen. Die flimmernden Abstrahlfelder vor den Waffenmündungen hatten warnende Worte überflüssig gemacht. Die Verbannten hatten sich zu rückgehalten. Trotzdem war das plötzliche Aufleuchten in vielen Augen nicht mehr zu übersehen gewesen. Selbst die apathischsten unter den Männern hatten aufgehorcht. Bezeichnende Blicke waren gewechselt worden. Es war, als hätte ein Unsichtbarer neuen Lebenswillen ausgestreut.

Hognars zweiter Fehler war noch schwerwiegender gewesen als sein erster. Er hatte eine halbe Stunde lang versucht, den Sturz des Obmanns zu leugnen, die Nachrichten darüber als Trick der terranischen Abwehr zu bagatellisieren und die Hinweise von Geheimdienstchef Isit Huran sowie Großadmiral Arnt Kesenby als landesverräterische Äußerungen hinzustellen.

Je länger Hognar gesprochen hatte, um so fahriger war er geworden. Er hatte erst dann seine Ansprache unterbrochen, als ihm ein Offizier der Blauen Garde beschwörend zugewinkt hatte.

Hognar hatte sich anschließend nicht besser zu helfen gewußt, als die Wissenschaftler und Techniker von Last Hope in ihre Quartiere zu schikken. Es war den Verbannten bei schweren Strafen verboten worden, ihre Zimmer ohne besondere Genehmigung zu verlassen.

Das war Hognars dritter Fehler gewesen.

Viele der Verbannten hatten anfänglich gezweifelt. Besonders die Giftträger hatten mit sich gerungen, ob sie den Wortlaut der Nachrichten glauben sollten oder nicht.

Als Hognar jedoch in seinem Dementi erklärt hatte, ein verbrecherischer Funker hätte die Mitteilung gefälscht und sie zum Zwecke der Unruhestiftung ablaufen lassen, waren auch die letzten Zweifler hellhörig geworden.

Die Männer und Frauen von Last Hope besaßen geschulte Gehirne. Sie konnten sich vorstellen, auf welche Art die Durchsage entstanden war.

Auch wenn Hognar im entscheidenden Augenblick einige Fehler gemacht hatte – er beherrschte schon wieder die Situation. Seine Männer hatten die Schlüsselpunkte der Station besetzt.

Hundertfünfzig Angehörige der Blauen Garde, unter ihnen vierunddreißig Giftträger, waren entschlossen, jeden Widerstand im Keim zu ersticken.

Eine Stunde nach den Geschehnissen, es war kurz nach fünfzehn Uhr Stationszeit, bäumte sich der Subfrequenz-Techniker Enker Holt unter den schmerzhaften Impulsen des Verhörgerätes auf.

Holt hatte seine Unschuld hundertfach beteuert. Nun sollte er sie unter dem Lügendetektor bestätigen. Holts Augen schlossen sich unter dem bewußtseinsüberlappenden Parastrom des Geräts. Seine Schmerzempfindung verging. Er wurde ganz ruhig.

Der Verhörraum lag im Zentraleblock der Abwehr. Zwei Offiziere und ein Arzt waren zugegen.

»Fertig, Sir«, erklärte der Mediziner. Er gehörte zur Blauen Garde »Das Willenszentrum ist abgeriegelt.«

Konta Hognar hatte sich wieder beruhigt. Ihm war klargeworden, daß seine überhastete Ansprache das Gegenteil von dem bewirkt hatte, was seine ursprüngliche Absicht gewesen war. Von nun an begann er wieder exakt und wohlüberlegt zu planen. Es war noch nicht alles verloren. Er hatte die Verbannten in seiner Gewalt.

Hognar beugte sich nach vorn. Holts Gesicht, kaum erkennbar unter der Detektorhaube, glich einer wächsernen Maske.

»Techniker Holt – wann haben Sie den ersten Hyperkomspruch von Plophos empfangen?«

»Zehn Minuten nach Schichtbeginn.«

»Was haben Sie anschließend getan?«

»Ich habe den Zellenbefehlshaber benachrichtigt.«

»Haben Sie den Rundruf auf Ontrex-Band gespeichert?«

»Ja.«

»Haben Sie eine Kopie angefertigt?«

»Nein.«

Hognar wurde blaß. Scharf sah er den Mediziner an. »Stimmt die Einstellung Ihres Gerätes?«

»Absolut zuverlässig, Sir. Der Techniker spricht unter allen Umständen die Wahrheit.«

Hognar fuhr mit dem Verhör fort. Sein Verdacht verdichtete sich zur Gewißheit.

»Haben Sie die Originalaufnahme, die Sie nach Dienstanweisung anfertigen mußten, eigenmächtig in den Senderaum für interne Rundrufe gebracht, das Band in den Geber gelegt und die Zeitschaltuhr eingestellt?«

»Nein.«

»Sie haben also nichts anderes getan, als weisungsgemäß den Zellenchef anzurufen?«

»Ja.«

Konta Hognar unterbrach das Verhör – gerade noch rechtzeitig genug, um Holts empfindliche Gehirnzellen vor einer schweren Schädigung zu bewahren.

Der Arzt schaltete den Detektor ab. Zögernd sah er seinen Kommandeur an. Hognar sagte bedrückt: »Unternehmen Sie alles, um diesen Mann vor geistigen Schäden zu bewahren. Ich habe mich geirrt.«

Konta Hognar verließ den Verhörraum. Er ging hochaufgerichtet und in steifer Haltung. Eine um fünfzehn Stunden zurückliegende Szene beschäftigte ihn. Er erinnerte sich fast an jedes Wort, das Miles Traut gesprochen hatte.

Die Anwesenheit des Funkers Shelo Bontlyn war plausibel erklärt worden. Der Techniker liebte frischen Toast. Anschließend war Bontlyn von Traut für das Transformprogramm angefordert worden. Und nun befanden sich die Männer seit zwölf Stunden auf der Fahrt nach Süden.

Hognar beschleunigte seine Schritte. Er blickte auf die Uhr. Als er die kleine Funkzentrale der Abwehr erreichte, wußte er, daß nur Shelo Bontlyn das verräterische Ontrex-Band in das Wiedergabegerät gelegt haben konnte.

Für Hognar warf sich jetzt die Frage auf, ob Miles Traut an dem Komplott beteiligt war, oder ob er Bontlyn rein zufällig als Hilfskraft angefordert hatte.

»Nehmen Sie Bildfunkverbindung mit Techniker Traut auf«, wies Hognar den Diensthabenden an.

Hognar ahnte noch nicht, daß Traut die Sendung durch einen kleinen Trick mitgehört hatte. Zusätzlich zu den Ereignissen war noch etwas geschehen, was selbst Miles Traut nicht berücksichtigt hatte: Techniker Moret Unbulk sagte kein Wort darüber aus, daß er wenige Sekunden vor dem Aufleuchten der Rundrufbildschirme die Laborkamera auf Weitwinkelerfassung umgeschaltet hatte.

Nur Unbulk wußte vorerst, daß die Besatzung der Schildkröte über die Ereignisse informiert war.

Hognar dagegen hielt es noch für unwahrscheinlich, daß man in dem Fahrzeug eine interne Verlautbarung vernommen haben sollte. Der diensthabende Gardist konnte nur aussagen, er hätte eine Umblendung ins Entwicklungslabor genehmigt. Als er gefragt wurde, was die dort erfolgte Aufnahme ergeben hätte, erklärte der Mann wahrheitsgemäß, Traut hätte den Wandler beobachten wollen. Daß die Kamera in der entscheidenden Phase auch einen Bildschirm der Rundrufanlage erfaßt hatte, war von dem Funker bei seiner verständlichen Erregung übersehen worden. Zum Zeitpunkt der Sendung hatte er sich mit anderen Dingen als mit der Beobachtung seiner Kontrollgeräte beschäftigt.

Hognar entschloß sich zu bluffen. Wenn Traut unschuldig war, würde er umkehren. Außerdem befanden sich in der Schildkröte zwei zuverlässige Männer der Blauen Garde. Auf Grund dieser hoffnungsvollen Überlegungen vergeudete Hognar noch mehr Zeit.

Er wartete, bis der Hyperkomsender warmgelaufen war. Dann rief er die Schildkröte an – zweimal – fünfmal – zehnmal. Das kostete wieder Zeit, die Traut zugute kam.

Miles Traut meldete sich nicht. Das von Hognar beabsichtigte Täuschungsmanöver war gescheitert, ehe ein Wort gesprochen worden war.

Hognar sah sich im Kreise seiner Offiziere um. Er war auffallend ruhig.

»Nun gut, wir haben uns von einem geschickten Verräter an der Nase herumführen lassen. Major Hafgo – Sie sind für den Fahrzeugpark zuständig. Lassen Sie drei Luftgleiter starten und machen Sie zusätzlich drei Schildkröten klar. Wenn eine Luftortung infolge der Sonnenstörungen nicht möglich sein sollte, nehmen Sie mit den Spürgeräten der Wagen die Fährte auf. Und wenn Sie sie bis ans Ende dieser Welt verfolgen müßten – bringen Sie mir Traut, Bontlyn und die anderen Personen. Falls ein Beschuß des Wagens erforderlich sein sollte, so halten Sie sich vor Augen, daß die beiden Begleitwächter nicht mehr leben. Sonst wäre Traut niemals so weit gekommen. Noch Fragen?«

Major Hafgo salutierte. Er war ein Giftträger. Nein, er hatte keine Fragen mehr. Die Sache war klar. Es war 15.30 Uhr.

Fast genau eine Stunde später, es war 16.29 Uhr, entdeckte ein Luftgleiter drei Gestalten, deren Thermoplan-Schutzanzüge das Sonnenlicht wie Spiegel reflektierten.

Die Personen wankten nach Norden. Anscheinend versuchten sie, die Station zu erreichen.

Die Maschine landete. Fünf Gardisten stiegen aus und gingen mit angeschlagenen Waffen auf die offenbar völlig Erschöpften zu.

Professor Kontemer wurde von den beiden jungen, durchtrainierten Soldaten der Blauen Garde im Sinne des Wortes mitgeschleift.

Als Kontemer in die Maschine gehoben wurde, war er fast besinnungslos. Er brachte aber noch die Energie auf, dem Offizier zuzukrächzen: »Ich – ich bin unschuldig. Traut zwang mich zum Aussteigen. Vorsicht, er ist ein Agent der Akonen. Ich habe es gehört.«

»Ein Agent der was?« schrie ihn der Pilot an. »Reden Sie, Kontemer.«

»Miles – Miles und Bontlyn dachten, ich wäre halb verrückt vor Angst. Sie waren unvorsichtig. Er ist ein akonischer Agent. Finden Sie ihn.«

Zwanzig Minuten später lag Kontemer in einem Bett der Stationsklinik. Er hatte sich schon wieder erholt.

Konta Hognar betrat mit den Majoren Hafgo und Eson Muting den Krankenraum. Kontemers aufgesprungene Lippen bebten. Er versuchte, sich in seinem Bett aufzurichten.

»Bleiben Sie liegen«, warnte der Arzt.

»Nein, nicht jetzt«, stöhnte der weißhaarige Wissenschaftler. Sein faltiges Gesicht verzerrte sich unter der Anstrengung. Fast beschwörend sah er Hognar an.

»Sir, ich weiß wohl, was Sie von mir halten. Lassen Sie mich aber bemerken, daß ich mich niemals dazu hergeben werde, mein Volk zu verraten. Ich bin ein Mensch, verstehen Sie! Wenn Miles im Auftrag der Terraner handeln würde, hätte ich jetzt vielleicht geschwiegen. So aber steht er in Diensten der Akonen.«

»Beruhigen Sie sich«, sagte Hognar reserviert. »Berichten Sie der Reihe nach. Sie brauchen nicht vor Furcht zu zittern. Ich habe schon erfahren, daß Sie von Traut bedroht wurden. Wahrscheinlich haben Sie zwei wertvollen Mitarbeitern der Blauen Garde das Leben gerettet. Fassen Sie sich und erzählen Sie mir, was sich ereignete. Sind Sie ebenfalls narkotisiert worden?«

»Nein, natürlich nicht«, behauptete Kontemer mit einem bitteren Auflachen. »Was hätte ich diesem jungen und kräftigen Mann schon antun können. Bontlyn ist sein Komplize.«

»Das wissen wir. Wie verhielt sich Eve Narkol?«

»Sie muß Miles' Freundin sein.«

»Interessant! Das wußten wir nicht. Haben Sie feststellen können, aus welchem Grund Miles Traut dieses wahnwitzige Unternehmen einleitete? Was beabsichtigt er mit seiner Flucht? Er sollte doch wissen, wie zwecklos sie ist.«

Kontemer zögerte. Ängstlich sah er sich um. Dabei überlegte er fieberhaft. Hognar schien seinen Worten zu glauben.

»Ich – ich nehme an, Sir, Traut ging hauptsächlich deshalb, weil Bontlyn die Bandaufnahme unterschlug. Ich hörte, daß Traut seinem Freund heftige Vorwürfe machte, in seine Wohnung gekommen zu sein. Sie sind dort von Ihnen überrascht worden, Sir.«

»Sie haben erstaunlich viel gehört, Professor!« fiel Major Hafgo ein.

Kontemer wurde vorsichtiger. »Sir, man sprach wirklich darüber. Die Helmfunkgeräte waren eingeschaltet. Als man die beiden Gardisten nach draußen brachte, entwickelte sich ein Streitgespräch. Ich habe auf dem Boden gelegen und auf einen Narkoseschuß gewartet. Sie kümmerten sich aber nicht um mich.«

»Glaubhaft«, entschied Hognar. »Professor – nun überlegen Sie einmal logisch. Natürlich ist mir klar, daß Miles einen indirekten Anlaß zur Flucht hatte. Ich hätte Bontlyn selbstverständlich verhören lassen. Die neuen Nachrichten von Plophos trafen aber so überraschend ein, daß ich nicht daran glauben kann, die Unterschlagung des Bandes wäre von Bontlyn und Miles in verschwörerischer Absicht geplant worden. Es steht fest, daß Techniker Bontlyn nach eigenem Ermessen handelte. Er kann seinen Freund erst später informiert haben. Dies hätte sich bei einem Detektorverhör herausgestellt. Ich hätte Traut nicht hinrichten lassen, weil ich ihn dringend benötige. Das muß er ebenfalls wissen. Es bleibt also nur zu vermuten, daß Traut unter keinen Umständen ein Detektorverhör über sich ergehen lassen konnte – nicht wegen Bontlyns Verbrechen, sondern wegen anderer Dinge. Darüber möchte ich informiert werden. Besinnen Sie sich! Jedes Wort ist wichtig.«

Kontemer atmete innerlich auf. Hognar befand sich auf der falschen Spur, auf der sie ihn haben wollten.

»Sicherlich fürchtete er, Sie könnten ihn als akonischen Spion durchschauen!«

»Selbstverständlich fürchtete er das«, brauste Hognar auf. »Deshalb hätte ich ihn beim gegenwärtigen Stand der Transformforschungen aber auch nicht hinrichten lassen. Traut ist ein Mann, der es versteht, sich seine Chancen auszurechnen. Weshalb ist er tatsächlich geflohen?«

Kontemer fühlte, daß er nun einen Hinweis auf das angebliche Raumschiff geben konnte.

»Sir, ich habe nicht mehr gehört, als ich bereits berichtet habe. Traut schien über den Wortlaut der Nachrichten verärgert zu sein. Unter Umständen glaubte er, ohne terranische Einmischung für seine Auftraggeber mehr erreichen zu können. Ich kann nicht mehr aussagen, Sir. Ich weiß nur, daß Sie diesen Schurken fassen müssen.«

»Das wissen wir auch, Professor«, meldete sich Major Hafgo erneut. Er war ein untersetzter Mann mit groben Gesichtszügen und tiefliegenden Augen.

»Haben Sie nicht etwas vermutet? Das war doch immer Ihre Stärke.«

Kontemer fuhr sich mit dem Handrücken über die Lippen. Langsam ließ er sich in die Kissen zurücksinken.

»Es ist aber wirklich nur eine Vermutung, Sir!« warnte der Wissenschaftler. »Traut schien sehr zielstrebig zu sein. Er warf mich aus dem Wagen, trug zusammen mit Bontlyn die beiden Wächter hinaus und fuhr dann mit hoher Geschwindigkeit davon – eben wie ein Mann, der ein bestimmtes Ziel erreichen will. Ich vermute, daß es auf Last Hope ein Raumschiff gibt. Den Akonen traue ich alles zu.«

Hognar wechselte mit seinen Offizieren vielsagende Blicke. Dann ging er wortlos hinaus.

Kontemer blieb allein zurück. Er ahnte, daß Hognar nur auf einen solchen Hinweis gewartet hatte. Er schien ihn innerlich befriedigt zu haben.

Der Abwehrchef beging den Fehler, seinen Gegner zu überschätzen. Trauts Motive waren völlig alltäglich gewesen, aber das konnte sich ein Fanatiker wie Konta Hognar nicht vorstellen.

Er suchte nach anderen Motiven, um die Flucht plausibel zu finden. Daß ein Mann wie Miles Traut sein Leben riskieren würde, nur um der Gewaltherrschaft zu entkommen, war für Hognar unbegreiflich.

Kontemer lachte in sich hinein. Der Plan lief immer noch programmgemäß.

Die Funkanrufe der Abwehr waren von Shelo Bontlyn kurz vor 17 Uhr empfangen worden. Zugleich registrierten die Ortungsgeräte der Schildkröte drei Flugkörper, die mit geringer Geschwindigkeit über den Konusbergen kreuzten und das Gelände absuchten.

Traut hatte eine Beantwortung der Anrufe untersagt. Die Maschinen waren schon so nahe, daß eine Anpeilung trotz der störenden Sonneneinflüsse sicher gewesen wäre.

Traut hatte ursprünglich mit dem Gedanken gespielt, den Unwissenden zu heucheln und sich über die Funkstörung zu »wundern«. Das war nun nicht mehr möglich. Hognar hatte erstaunlicherweise sehr viel Zeit verloren, bis er mit einer planvollen Suche begonnen hatte. Die näheren Umstände, die dazu geführt hatten, waren Miles unbekannt, aber er konnte sich ungefähr vorstellen, was in der Forschungsstation von Last Hope geschehen war.

Jetzt mußte Konta Hognar durch die Aussagen von Kontemer und den Wächtern wissen, daß man Rhodans Aufruf auch in der Schildkröte gehört hatte.

»Ich gebe dir noch eine Frist von fünfzehn Minuten, eher weniger«, bemerkte Shelo Bontlyn mit anomaler Gelassenheit. Sie stand im Gegensatz zu seinem blassen Gesicht, auf dem sich sein Gefühlsleben spiegelte.

Miles antwortete nicht. Die Mikrowellentaster der Schildkröte liefen seit einer Stunde, aber bisher waren noch keine radar-reflektierenden Erzlager gefunden worden.

»Fertigmachen zum Aussteigen«, sagte er, ohne den Kopf zu drehen. Er wagte es nicht mehr, Eve Narkol anzublicken.

Sie saß verkrampft neben ihm. Ihre Hände umklammerten die Haltegriffe der Sitzlehne. Der Wagen raste mit hoher Fahrt über das zerklüftete Gelände der Glutwüste hinweg. Je weiter südlich man kam, um so erdrückender wurde die Hitze. Die Kühlaggregate der Elektromotoren liefen mit voller Leistung. Die Außenthermometer zeigten etwas über vierhundert Grad Celsius an. Die dünnen, kaum noch meßbaren Atmosphärenreste des Planeten hatten sich unter der Wärme ausgedehnt. Hier und da bildeten sich irrlichternde Schleier, deren Wogen und Flirren falsches Leben vorgaukelte.

Miles fuhr nach rein optischer Sicht. Die Ortungsgeräte arbeiteten ungenau. Die Sonne Bolo schien wieder einmal in eine Periode gewaltiger Gasausbrüche verfallen zu sein. Die Folge davon waren heftige Magnetstürme. Nur die auf überlichtschneller Basis laufenden Geräte funktionierten noch einwandfrei. Miles wagte es wegen des Streueffektes nicht, sie einzusetzen. Es wäre nur eine Frage von Minuten gewesen, bis sie von den 5-D-Tastern der Suchgleiter eingepeilt worden wären.

Die Konusberge waren hinter dem Horizont verschwunden. Die trostlose Steinwüste wurde weiter südlich von schroffen Bodenerhebungen begrenzt. Dort begann die Zone der Seen und Meere aus geschmolzenem Blei; dort begann die tödliche Landschaft eruptiver Vulkane und brüchiger Bodenformationen, die schon mehr als ein Forschungsteam verschlungen hatten.

Miles wußte, daß er es nicht wagen durfte, noch weiter nach Süden vorzustoßen. Jenseits des nördlichen Wendekreises lagen die Temperaturen bei sechshundert Grad Celsius.

»Wir hätten vielleicht doch die Nachtseite wählen sollen«, gab Eve zu bedenken. Sie äußerte es, um überhaupt etwas zu sagen. Die Stille in der Druckkabine wurde erdrückend. Die Kühlschlangen an den thermisch isolierten Wandungen waren bereits dick vereist.

»Dann hätte man uns jetzt schon geortet und eingefangen«, wehrte Miles ihren Einwand ab. »In der Dunkelzone arbeiten die Geräte vorzüglich. Unsere einzige Chance lag hier – im Gebiet der Magnetstürme und der kosmischen Strahlungsschauer. Shelo – haben sie uns schon entdeckt?«

»Noch nicht. Ich empfange keine Auftreffimpulse. Sie scheuen sich noch, in dieses Gebiet vorzudringen. Mit den Luftgleitern ist es noch gefährlicher. Die Antigrav-Geräte werden hier unzuverlässig. Man wird uns aber einige Schildkröten mit Elitebesatzungen nachgeschickt haben. Die Herren verstehen ihr Handwerk. Außerdem wissen sie, daß wir kaum in die Vulkanzone vorstoßen werden. Oder doch ...?«

Eve hielt erschreckt den Atem an. Ihre dunklen Haare waren schweißverklebt. Sie umrahmten ihre bleiche Stirn wie ein feuchter Trauerschleier.

Miles steuerte auf eine schroff aufsteigende Felsformation zu, umfuhr sie und blieb auf der Südseite im Ortungsschutz stehen. Das Heulen der Motoren verstummte. Das Arbeitsgeräusch der Klimaanlage mäßigte sich. In den Verdampfern gurgelte es. Ab und zu glitten leuchtende Gasschwaden an den winzigen Sichtluken aus Thermoglas vorbei.

Weit voraus lohte die Sichel der Sonne. Sie stand immer noch zum größten Teil hinter dem Horizont.

Miles drehte sich zu Shelo um.

»Meine selbstgefertigte Waffe ist in einer Gerätehülle versteckt. Es handelt sich um eine primitive Kipplauf-Büchse, wie sie früher auf der Erde benutzt wurde. Die beiden Läufe sind sogar gezogen. Die Waffe ist weitreichend und überraschend genau. Die Patronen bestehen aus Plastikhülsen mit aufgesetzten Vollkupfergeschossen, Kaliber zwölf Millimeter. Die Auftreffenergie dürfte nach meinen Berechnungen bei tausend Meter pro Kilogramm liegen. Das ist beachtlich. Über die Durchschlagskraft kann ich nicht viel sagen. Ich habe nur einmal damit geschossen, um das Visier zu justieren. Man muß über Kimme und Korn zielen. Die Doppelbüchse wurde nach alten Unterlagen und Zeichnungen, die ich in der Bibliothek entdeckt habe, gebaut. Es war ein gefährliches Spiel. Auf alle Fälle ist die Waffe wesentlich wirkungsvoller und weittragender als die beiden Narkosestrahler. Unter Umständen können wir damit einen Gleiter abschießen. Übernimm das Steuer, Shelo. Ich hole die Büchse.«

Bontlyn schaute aufmerksam auf die Kontrollschirme der Impulstaster. Hier und da kam eine Suchwelle durch. Die Luftgleiter versuchten zur Zeit, die Schildkröte mit Reflektorschwingungen auszumachen. Anscheinend war die Aufnahme der Eigenstrahlung nicht gelungen.

Miles klappte seinen Thermalhelm über den Kopf und ließ die Klimaanlage des Schutzanzuges anlaufen. Als er auf die Innenschotts der Schleuse zuging, sagte Bontlyn tonlos: »Eine Doppelbüchse mit Patronen und Kupfergeschossen! Große Sonne Eugaul! Und das im vierundzwanzigsten Jahrhundert, dem Zeitalter der energetischen Impulswaffen. Auf eine bessere Idee bist du wohl nicht gekommen?« Er sah auf und winkte sogleich entschuldigend ab. »Vergiß meine Worte. Sie waren ungerecht. Ich weiß, wie schwierig es ist, unbemerkt ein gewöhnliches Werkzeug zu benutzen. Du hast viel geleistet.«

Miles zwang sich zu einem Lächeln. Als er die Hand nach dem Schottverschluß ausstreckte, begann Eve Narkol zu schreien.

»Miles – Miles, hörst du es? Miles . . .!«

Der Ultrawaffeningenieur fuhr herum.

»Miles . . .!« wimmerte Eve. »Dieses Geräusch . . .!«

Das rhythmische Trommeln war trotz der dünnen Atmosphäre nicht zu überhören. Es näherte sich rasch. Es klang, als schlüge ein Riese in regelmäßigen Abständen mit mächtigen Schmiedehämmern auf den Felsboden.

Nach einigen Augenblicken begann die Schildkröte zu schwingen. Das Trommeln steigerte sich zu einem Dröhnen.

Die Erschütterungen wurden von den Gesteinsschichten weitergeleitet und auf die Schildkröte übertragen. Die Zelle erbebte noch stärker. Miles hielt sich krampfhaft an den Schottgriffen fest.

Shelos Ortungsgeräte versagten vollkommen. Die Energietaster schlugen über die roten Marken aus.

Die Leuchtzacken der Leistungsschreiber wölbten sich zu Kurven auf, aus denen immer wieder Lichtblitze hervorzuckten.

»Ein Marschiere-Viel«, ächzte Bontlyn. »Der hat uns noch gefehlt! Er wird uns überwalzen, plattdrücken, zertrampeln und gleichzeitig mit seinem organischen Energieempfänger eine mittlere Kernexplosion verursachen.«

Miles klappte den Helm zurück und zwängte sich in den Fahrersitz. Die Umformerbank des Stromreaktors heulte auf.

»Was hast du vor?« fragte Shelo nervös. »Miles – mach keinen Blödsinn! Du kannst nicht im Ortungsschutz eines Marschiere-Viel fahren! Das geht nicht lange gut. Er wird uns vernichten, ohne es zu bemerken.«

Der Wagen ruckte an. Traut hatte nicht geantwortet. In seinem Hirn reifte ein tollkühner Plan. Als die Schildkröte um den Hügel herumglitt und der Blick auf die weite Ebene frei wurde, erfaßten die Linsen der Außenoptik das Ungeheuer.

Der Körper bildete ein gleichschenkliges Dreieck, mit einer Seitenlänge von durchschnittlich 520 Metern. Die Körperhöhe betrug etwa 90 Meter.

Dieses Monstrum, das einem ins Gigantische vergrößerten terranischen Rochen glich, bewegte sich mit der Spitze des Dreiecks voran. Es lief auf 36 relativ kurzen, säulendicken Beinen; rechts und links je achtzehn Stück.

Am bemerkenswertesten war aber der 50 Meter dicke Schweif, der in seiner gesamten Länge von zirka 640 Metern steil emporragte und an seiner Spitze in ultrablauer Glut erstrahlte.

Das war die organische Empfangsantenne eines Marschiere-Viel, mit der er die Sonnenenergie abzapfte, um sie seinem Metabolismus zu zuführen.

Das mit einer Geschwindigkeit von etwa achtzig Kilometer pro Stunde näher kommende Ungeheuer schien blind und taub zu sein. Seine achtzehn Beinpaare hoben und senkten sich in einem maschinellen Rhythmus. Die Krallenfüße dröhnten auf den Boden, hoben sich empor und fielen erneut nach unten. Die mit unvorstellbarer Wucht aufschlagenden Laufbeine erzeugten das typische Trommeln.

Miles schwenkte nach links ab, hielt den Wagen in Kopfhöhe des monströsen Lebewesens an und drehte dann die Schildkröte um hundertachtzig Grad.

Die Raupenketten mahlten tiefe Furchen in den Boden. Zerpulverte Geröllmassen staubten hinter ihnen auf.

Shelo rief unverständliche Worte. Eve Narkol schrie. Ihr Körper schien vor Furcht erstarrt zu sein. Nur ihre Lippen bewegten sich.

Miles fuhr jetzt mit gleicher Geschwindigkeit neben dem Marschiere-Viel her. Er steuerte den Wagen immer näher an das Ungeheuer heran und hütete sich dabei, dem vernichtenden energetischen Streufeld des Schweifs zu nahe zu kommen.

»Bist du verrückt geworden! Miles!«

Shelo rüttelte den Freund an den Schultern. Traut reagierte nicht darauf. Er war bereit, etwas zu wagen, was vor ihm noch niemand versucht hatte.

Ein Marschiere-Viel besaß keine meßbare Intelligenz, sondern nur seinen zweckbestimmten Instinkt, der das Lebewesen zwang, ununterbrochen zu laufen – sein Leben lang zu laufen.

Ein Nichtmenschlicher, der zur Zeit der ersten Raumschiffslandungen auf Last Hope angekommen war, hatte die Monster der Höllenwelt Marschiere-Viel genannt. Die plophosische Stationsbesatzung hatte die ungewöhnliche, aber treffende Bezeichnung übernommen.

Später hatte man interessehalber versucht, die Lebensgewohnheiten der Tiere – waren es überhaupt Tiere? – zu erforschen. Über den unglaublichen Organismus hatte man kaum etwas ermitteln können. Man wußte nur, daß ein Marschiere-Viel niemals Nahrung zu sich nahm. Er lebte von reiner Sonnenenergie, die er mit seinem Empfänger-Schweif direkt von dem Stern abzapfte.

Das schien auch der Grund zu sein, warum die Ungeheuer von Last Hope ihr Leben lang bemüht waren, niemals mit der kalten, sonnenlosen Nachthalbseite in Berührung zu kommen.

Um dies zu verhindern, marschierten sie ununterbrochen nach Westen, um die planetarische Rotation auszugleichen.

Sie liefen schnell; aber längst nicht schnell genug, um die Drehgeschwindigkeit der Glutwelt tatsächlich aufheben zu können. So gelangten die Marschiere-Viel früher oder später doch in die kalte Nachtzone, in der sie schon nach wenigen Minuten erstarrten.

Wenn sie jedoch im Verlauf der Rotationsbewegung erneut in das Sonnenlicht eintauchten, erwachten sie wie aus einem Winterschlaf und begannen sofort wieder mit ihrem Marsch nach Westen.

Ein Marschiere-Viel schien keine andere Aufgabe zu kennen. Sein Instinkt trieb ihn davon, ließ ihn über Wüsten und Gebirge dröhnen und dabei immer den gleichen Kurs einhalten.

Es kam niemals vor, daß sich ein Monstrum dieser Art in seiner Kreisbahn irrte. Nie begegnete es einem Artgenossen, denn dessen Route lag wenigstens einige hundert Kilometer weit entfernt.

Die Sonne Bolo stand im Zenit. Es war Mittag. Der gesichtete Marschiere-Viel beanspruchte die nördlichste aller Umlaufbahnen. Taub und besessen, alles überwälzend und völlig empfindungslos, lief er mit einer Durchschnittsgeschwindigkeit von etwa zwanzig Kilometern pro Stunde nach Westen. Nie würde er begreifen, daß er mit der wandernden Sonne nicht Schritt halten konnte. Er rannte und rannte.

»Miles!« schrie Shelo von Panik erfüllt. Entsetzt schaute er zu dem näher kommenden Ungeheuer hinüber, dessen Körper er nicht mehr in voller Länge überblicken konnte.

Das gigantische Dreieck war auf seiner Oberfläche zerklüftet und hügelig wie eine erstarrte Kraterlandschaft. Auf dem Rücken hatten sich kleine Gebirge, Schluchten und steil aufragende Zacken gebildet. Niemand wußte, woraus diese unkontrolliert wuchernde Panzerschale bestand. Dagegen hatte man ermitteln können, daß ein Marschiere-Viel die Energie einer Atombombe aufsaugte, wie eine Laderbank den Fluß elektrischen Stroms. Niemand hatte jemals ein Ungeheuer dieser Art töten können.

Miles hörte nicht auf die Warnrufe. Seine Aufmerksamkeit konzentrierte sich auf einen dicht hinter der Kopfspitze herabhängenden Auswuchs. Diese harte Schale ragte wie ein gigantischer Hautlappen bis zum Boden herab. Sie pflügte das Gelände auf und hinterließ tiefe Furchen, in die zerbröckelte Gesteinsmassen hineinrutschten. Das Ungeheuer schien nicht zu bemerken, daß es sich durch eine Schalenwucherung in einen lebenden Bagger verwandelt hatte. Wahrscheinlich würde die herabhängende Schale eines Tages abfallen oder so abgeschliffen sein, daß sie das Gelände nicht mehr berührte.

Daran dachte Miles Traut aber nicht. Er bemerkte nur die Rampe, die sich als brauchbare Auffahrt anbot und Schutz und Sicherheit verhieß.

Shelo wollte den Freund zurückreißen. Er kam nicht mehr dazu. Die Schildkröte schwenkte plötzlich scharf ab und raste mit Höchstgeschwindigkeit auf die Rampe zu.

Die Kettenglieder krachten in das stahlharte Material hinein, krallten sich fest, schleuderten Materiebrocken nach hinten und fanden dann den nötigen Reibungswiderstand.

Ein fürchterliches Rucken schleuderte Bontlyn auf die hintere Sitzbank zurück. Das Tosen und Trommeln der vielen Laufbeine vermischte sich mit dem Heulen der E-Motoren. Langsam glitt die Schildkröte den zerklüfteten Abhang hinauf.

Miles hielt erst an, als er sicher war, die Rampe hinter sich zu wissen. Der Wagen stand nun auf dem stabilen Rücken des Marschiere-Viel, der weder den ungebetenen Gast, noch die aus seiner Panzerhülle herausgebrochenen Bruchstücke bemerkt hatte.

Er folgte seiner Bestimmung, er lief nach Westen!

Miles schaltete das Triebwerk ab. An den Sichtluken glitt die Landschaft von Last Hope vorbei. Außer dem Dröhnen der Laufbeine war nichts zu hören.

Die Schildkröte stand knapp fünfzig Meter hinter der richtungsweisenden Dreiecks-Spitze, in der wahrscheinlich das winzige Gehirn dieses Ungeheuers untergebracht war. Vielleicht besaß es auch gar kein zentrales Nervensystem, sondern richtete sich nach dem schwachen Impulsstrom unbegreiflicher Zellkolonien.

Es scherte sich nicht um den Fremdkörper, den es nun zusätzlich zu schleppen hatte.

Shelos Gehör hatte sich bereits an das Trommeln gewöhnt. Die Klimaanlage arbeitete nicht mehr so laut wie vorher. Sie verbrauchte auch nur noch knapp 68 Kilowattstunden.

Miles räusperte sich. Bis auf den Hyperkomsender waren die Ortungsgeräte endgültig ausgefallen. Sogar die Elektronik der optischen Bildübermittlung versagte. Die direkte Sicht war jedoch einwandfrei.

Weit über ihnen lohte und flammte die Empfangsantenne des Schweifes. Hier und da kamen magnetische Schauer durch. Sonst geschah nichts.

11.

Major Merl Hafgo, stellvertretender Zellenbefehlshaber und Chef der Nachschubverbindungen zu Plophos, lachte selten. Jetzt lachte er.

»Feuer ...!« befahl er. Gleichzeitig glitt seine Rechte mit dem Narkosestrahler nach oben.

Er schoß zuerst. Fast gleichzeitig mit ihm zogen vierzig Mann der Blauen Garde die Abzüge ihrer Waffen.

Flimmernde Energiebahnen schlugen in die Menge der revoltierenden Wissenschaftler ein. Die Gardisten erzeugten mit ihren Betäubungspistolen einen flirrenden Vorhang, in dem die Körper erregter Menschen zusammensanken.

Zehn Sekunden später war Major Hafgo Herr der Lage. Speisesaal III, der neuerdings zum Ausgangspunkt der Unruhen geworden war, glich einem Schlachtfeld. Die Verzweifelten von Last Hope, in erster Linie aber die Giftträger, deren Inkubationsepoche abgelaufen war, hatten den Versuch unternommen, sich gegen die Wächter der Station aufzulehnen.

Etwa fünfzig Menschen, die nicht von den Narkoseschüssen getroffen worden waren, standen mit erhobenen Händen an den Wänden des Speiseraumes. Stumpf, wie von einer jählings aufbrandenden Welle geistiger Umnachtung überfallen, schauten sie auf die verkrümmten Körper der Besinnungslosen, die wenigstens eine halbe Stunde lang kein Glied würden rühren können.

Major Hafgo lachte jetzt nicht mehr. Sein breites, kantiges Gesicht wirkte wie ein Symbol der Erbarmungslosigkeit. Diesen Eindruck hatte wenigstens Professor Kontemer, der dem Feuerüberfall der Wachen noch rechtzeitig ausgewichen war.

Zwei Schritte von Hafgo entfernt lagen drei Männer der Blauen Garde auf dem Boden. Zwei waren narkotisiert worden. Die dritte Person war Konta Hognar. Er war bei Bewußtsein.

Er richtete sich stöhnend auf, rieb seinen schmerzenden Rücken und suchte unbewußt nach jenem Gegenstand, den ihm ein Unbekannter über den Kopf geschlagen hatte.

Hafgo trat zu seinem Chef und half ihm auf die Beine. »Es tut mir leid, Sir. Fehlt Ihnen etwas?«

Hognar sah den breitschultrigen Offizier einen Augenblick wie ein Traumwandler an. Dann klärten sich seine Augen.

»Kaum, Major Hafgo, kaum!« entgegnete er lallend. Zornesröte überzog sein Gesicht. Mit einer heftigen Bewegung drehte er sich um.

Weiter hinten stand Professor Kontemer. Er hatte die Hände leicht erhoben, obwohl die Strahler der Gardisten auch auf ihn gerichtet waren.

Hafgos tiefliegende Augen bemerkten jede Einzelheit.

»Sie da – legen Sie den Betäubten bequemer hin«, wies er einen Gardisten an. Zu den schweigenden Menschen entlang der Mauer sagte er ironisch: »Sie werden mein Vorgehen entschuldigen. Was haben Sie sich davon versprochen, zwei Wächter und den Zellenbefehlshaber niederzuschlagen? Das ist doch dilettantisch, meine Damen und Herren! Oder hatten Sie gar die Absicht gehabt, dem Zellenchef das Schlüsselgerät für den Senderaum abzunehmen und die Position des Planeten Last Hope der Imperiumsflotte bekanntzugeben?«

Konta Hognar war wütend. Hastig öffnete er seine Uniformkombination und betastete den flachen Kodegeber, den er stets an einem Kunststoffband um den Hals trug.

Man hatte von Hognar noch nie ein Schimpfwort gehört. Diesmal gebrauchte er einen wenig salonfähigen Ausdruck. Zugleich griff er sich mit einem Wehlaut an den Kopf und nahm auf einem Stuhl Platz.

Zwei Ärzte kümmerten sich um ihn und die Besinnungslosen. Major Hafgo wartete geduldig, bis die betäubten Menschen einigermaßen bequem auf dem Boden lagen. Erst dann ergriff er wieder das Wort. Hognar sprach nichts. Für ihn war eine Welt zusammengebrochen. Der Überfall hatte seine optimistischen Vorstellungen über die Linientreue der Verbannten beseitigt.

Hafgo schritt vorsichtig zwischen den Bewußtlosen hindurch und blieb in einiger Entfernung vor Kelo Kontemer stehen.

Die Blicke der beiden Männer trafen sich.

»Wunderschön haben Sie das gemacht, Herr Major«, sagte Kontemer mit erstaunlicher Ruhe. »Mein Kompliment! Macht es Ihnen Spaß, auf Wehrlose zu schießen? Das gehört wohl zum Ausbildungsprogramm der Blauen Garde von Plophos, wie?«

Hafgo blieb gelassen. Er schob seine Waffe in das Gürtelhalfter zurück. Als er sprach, erweckte es den Eindruck, als wäre er noch gefährlicher als Konta Hognar.

Beide Männer besaßen etwa den gleichen Intelligenzgrad. Hafgo war jedoch härter und weniger von idealistischen Vorstellungen belastet als der Zellenbefehlshaber.

»Aber Professor – Sie verkennen die Situation! Hätten wir nicht geschossen, wären diese Leute jetzt tot. Durch meine Schutzmaßnahme werden sie in einer halben Stunde wieder erwachen und den Vorfall hoffentlich vergessen.«

»Oh, behaupten Sie nur nicht, Sie hätten meinen Kollegen eine Wohltat erwiesen. Sozusagen einen heilsamen Tiefschlaf«, brauste Kontemer auf.

Major Merl Hafgo lächelte wieder.

»Sie haben mir das Wort aus dem Mund genommen! Früher oder später werden Sie erkennen, daß ich Ihren Mitarbeitern tatsächlich eine Wohltat erwiesen habe. Meine Männer hätten ja auch mit thermischen Energiestrahlern feuern können, nicht wahr? Warum, denken Sie wohl, habe ich den Befehl erteilt, die tödlichen Waffen gegen Narkosepistolen auszutauschen?«

»Sie haben eigenmächtig gehandelt«, rief Hognar mit wiederkehrender Energie aus. »Ich kann mich nicht erinnern, einen entsprechenden Befehl erteilt zu haben. Wie kamen Sie dazu, Ihre Kommandogruppe umzurüsten?«

Hognar stand auf. Er schien aufgeregt zu sein. Kontemer erkannte in plötzlich aufwallender Panik, daß Hognar soeben zu einem gnadenlosen Fanatiker geworden war.

Major Hafgo drehte sich um und nahm Haltung an.

»Hondro ist groß, Sir«, entgegnete er, ohne die Stimme zu erheben. »Ich hielt es im Interesse des plophosischen Reiches für vorteilhaft, unsere führenden Wissenschaftler nicht zu erschießen. Wir brauchen die Transformkanone, Sir.«

Kontemer schaute von Hafgo zum Befehlshaber. Hognar stützte sich mit beiden Händen auf eine Tischkante. Es war Essenszeit. Die Speisen standen unangetastet auf den Tischen. Die Revolte war spontan ausgebrochen. Jemand hatte plötzlich auf die diensthabenden Wächter eingeschlagen. Andere hatten sich mitreißen lassen. Kontemer verurteilte diese Handlung, die nicht mit seinen Plänen zu vereinbaren war.

Hognars Augen schienen zu glühen.

»Major Hafgo – ich wünsche, daß Ihre Kommandogruppe sofort mit wirkungsvollen Energiewaffen ausgerüstet wird. Unzuverlässige Elemente werden ab sofort erschossen. Rundruf vorbereiten. Haben wir uns verstanden?«

»Und das Transformprogramm?« fiel Kontemer ein.

»Schweigen Sie gefälligst!« schrie Hognar außer sich. »Ich dulde keine Insubordination.«

»Sie sind ein Mörder!« sagte eine ältere Frau. Sie stand neben Kontemer und sah zu dem Abwehrchef hinüber. »Ein Mörder sind Sie! Ich kenne etwa dreißig Menschen, die im Lauf der nächsten sechs Tage ihre Absorberinjektion erhalten müssen. Haben Sie den Wirkstoff hier? Nein,

Sie besitzen keine einzige Ampulle mit dem Gegenmittel. Das bedeutet, daß sämtliche Giftträger elend sterben müssen. Einige Herren von der Blauen Garde nebenbei auch.«

Die Frau lachte hysterisch. Verzweiflung zeichnete ihr Gesicht. Hognar ließ seine Waffe, die er instinktiv hochgerissen hatte, wieder sinken. Er beherrschte sich mit erstaunlicher Gewalt. Jetzt war er wieder der Taktiker, der sich völlig darüber im klaren war, daß er diesen Einwand nicht niederschreien konnte.

Major Hafgo schritt zu seinen Soldaten zurück. Dort angekommen, machte er eine Kehrtwendung. Hognar blickte ihn beunruhigt an. Hafgo erklärte überraschend: »Sehr richtig, Madam, wir besitzen das Kompensationsmittel noch nicht. Das Versorgungsschiff wird jedoch rechtzeitig eintreffen.«

Kontemer meldete sich.

»Sie müssen verrückt sein; Sie und die anderen Narren, die einem entmachteten Diktator die Treue halten wollen. Das Raumschiff wird nicht kommen! Wenn Sie noch etwas Anstand und menschliches Gefühl besitzen, dann rufen Sie augenblicklich die terranische Funkzentrale von Plophos an und bitten Sie um die Entsendung eines schnellen Imperiumskreuzers mit dem Heilmittel. Ich ...!«

Hognars Schuß ließ Kontemer besinnungslos zusammenbrechen. Das Dröhnen verhallte.

Hognar sprach in die Stille hinein: »Es ist unsere Pflicht, bis zum letzten Atemzug durchzuhalten. Hondro ist groß! Spätestens morgen wird sein Spezialkommando mit dem Absorbermittel eintreffen. Ich darf Sie darüber aufklären, daß meine Inkubationsfrist in fünfundzwanzig Stunden abgelaufen ist. Wenn hier gestorben wird, so werde ich Ihnen mit gutem Beispiel vorangehen. Last Hope darf dem Imperium nicht zum Opfer fallen.«

»Nicht, so lange wir leben«, fügte Major Hafgo hinzu. »Dafür sorge ich! Meine Frist läuft erst in vierzehn Tagen Standardzeit ab. Nach mir werden aufrechte Männer kommen, die nicht durch eine Schutzimpfung in ihrem Handeln beeinflußt werden. Die Transformkanone muß entwickelt werden. Opfer sind zu bringen. Das ist Ihre Pflicht und Schuldigkeit. Hondro ist groß!«

Die ältere Frau ließ sich neben Kontemer auf die Knie nieder und bettete den Kopf des Wissenschaftlers in ihre Arme.

»Gehen Sie, Sie Unmensch«, sagte Arin Montan, die fähigste Mathematikerin von Plophos. »Gehen Sie, ehe mir durch Ihre Anwesenheit übel wird. Zweihundert Menschen werden sterben müssen.«

»Ich gehe ihnen voran!« schrie Hognar.

»Meinetwegen rennen Sie voran, Sie Psychopath. Sie wissen nicht mehr, was Sie sagen. Ich verzeihe Ihnen.«

Hognar taumelte aus dem Speisesaal. Die Männer der Blauen Garde regten sich nicht. Major Hafgo ließ sich nicht beeindrucken.

Fast freundlich meinte er: »Madam, Sie hätten ihn nicht so heftig angreifen sollen. Konta Hognar ist ein bewundernswerter Mann. Ich werde jetzt seinen Befehl befolgen und meine Kommandoeinheit mit Impulswaffen ausrüsten. Ich darf Sie dringend bitten, unüberlegte Handlungen zu unterlassen. Sie sind doch Mathematikerin, nicht wahr? Nun schön, dann sollten Sie sich ausrechnen können, daß nach dem Hinscheiden der zweihundert Geimpften immer noch genügend Fachkräfte zur Verfügung stehen, um die Transformkanone vollenden zu können. Rein sachlich betrachtet, ist die Bekanntgabe der planetarischen Position nicht erforderlich. Wenn von den achthundertundelf Wissenschaftlern dieser Station siebenhundert geimpft wären, würde ich mich sofort für einen Funkspruch entscheiden, denn in diesem Fall wäre eine Fortsetzung unseres lebenswichtigen Programms nicht mehr möglich. So aber kann es immer noch durchgeführt werden. Hondro ist groß!«

Major Merl Hafgo tippte grüßend an den Funkhelm und ging. Kommandos klangen auf. Die Wächter der Blauen Garde zogen ab. Es wurden keine Verhaftungen vorgenommen.

Arin Montan weinte. Draußen traf Hafgo auf seinen Vorgesetzten. Konta Hognar lehnte mit dem Rücken an der Stahlwand eines Sicherheitsschotts und schaute den langen Gang hinunter.

»Haben Sie gehört, wie sie mich titulierte, Major Hafgo?« erkundigte er sich mit brüchiger Stimme. »Haben Sie es gehört? Ich bin kein Psychopath. Ich versuche, nach bestem Wissen und Gewissen meine Pflicht zu tun. Notfalls müssen wir abschreckende Maßnahmen einleiten. Hafgo – kann ich mich auf Sie verlassen?«

»Sie haben gehört, Sir, was ich zu der Dame gesagt habe.«

Hognar nickte. Auf seinen Wangen brannten rote Flecken.

»Ausgezeichnet, jawohl – ganz ausgezeichnet. Ich ernenne Sie hiermit zu meinem Nachfolger. Major Muting, haben Sie meinen Befehl vernommen?«

Muting trat näher und salutierte. Er war ein schlanker, großer Mann mit strohblonden Haaren.

»Verstanden, Sir.«

»Sie sind ebenfalls geimpft, nicht wahr?«

»Jawohl. Meine Zeit läuft noch vor Hafgos Frist ab. Er wird sich nach einem zuverlässigen Kommandeur umsehen müssen. Notfalls hat ein untergeordneter Dienstgrad die Station zu übernehmen. Wichtig sind nur seine Loyalität und seine Gesundheit.«

Hognar glättete sein Haar, richtete sich zu einer typisch steifen Haltung auf und blickte sich um. Das Flackern in seinen Augen war fast erloschen.

»Last Hope kann gehalten werden. Hafgo – beginnen Sie sofort mit der Umrüstung Ihrer Truppe. Ich ziehe meine Rüge zurück. Es war richtig, den ersten Putschversuch nicht sofort mit Thermowaffen niederzuschlagen. Sie haben besonnen gehandelt. Nun aber ist es an der Zeit, den Verrätern unter uns härter entgegenzutreten. Major Muting – Ihre Männer sind schon umgerüstet?«

»Seit Trauts Flucht, Sir.«

»Ah – Traut! Sind seine sterblichen Überreste noch immer nicht gefunden worden?«

»Meine Maschinen suchen seit über sechzig Stunden die Oberfläche ab, Sir«, erklärte Hafgo. »Die Schildkröte ist spurlos verschwunden. Unsere Raupenwagen haben ebenfalls nichts entdecken können. Die Kettenspuren von Trauts Fahrzeug enden haargenau auf der Umlaufroute eines Marschiere-Viel. Trauts Wagen muß von dem Ungeheuer erst zermalmt und anschließend in Energie aufgelöst worden sein. Die Filmaufnahmen der Piloten zeigen einwandfrei einen Marschiere-Viel, der Trauts Kurs gekreuzt hat. Sämtliche Wahrscheinlichkeitsberechnungen weisen mit hundertprozentiger Sicherheit aus, daß Traut in dem Augenblick hinter einer sichthindernden Felsformation hervorgekommen sein muß, als das Ungeheuer heranraste. Traut hat wahrscheinlich nicht mehr ausweichen können. Er ist vom Schicksal geschlagen worden, Sir. Traut, Shelo Bontlyn und Eve Narkol sind tot.«

»Sind tot«, wiederholte Hognar automatenhaft. »Ich werde mich etwas hinlegen. Sorgen Sie für Ruhe und Ordnung, meine Herren.«

Die beiden Offiziere salutierten. Eson Muting flüsterte seinem Kollegen zu: »Sie kennen meine Gesinnung, Hafgo. Ich habe nie an Plophos Größe gezweifelt. Jetzt aber scheint mir, als wäre es vernünftiger, eine ehrenvolle Übergabe zu erwägen.«

Hafgos Gesicht verhärtete sich. Mit weit geöffneten Augen blickte er an Major Muting vorbei. »Haben Sie etwas gesagt?«

Muting wurde nervös. Wie gehetzt sah er sich um. »Sie mißverstehen mich! Ich sagte, man könnte eine ehrenvolle Übergabe erwägen!«

»Oh, erwägen. Eine vorsichtige Formulierung, Muting, und doch schon beinahe Hochverrat. Ich will wegen der angespannten Situation so großzügig sein, Ihre Worte zu vergessen. Sie haben doch noch etwa acht Tage Zeit, nicht wahr?«

Muting preßte die Lippen zusammen. Die in der Nähe stehenden Gardisten bewahrten eiserne Disziplin. Niemand machte eine Bemerkung; aber es war auch niemand da, der die Gedanken dieser Männer hätte lesen können. Außer Hafgo, Muting und Zellenchef Hognar gab es in der Blauen Garde von Last Hope noch einunddreißig andere Giftträger.

Major Hafgo musterte seine Leute. In frostigem Ton bemerkte er: »Sie haben wohl nichts zu tun, wie? Suchen Sie gefälligst die Rüstkammer auf und tauschen Sie Ihre Narkosestrahler gegen Impulswaffen um.«

Der Leutnant der Einsatzstreife schrie Befehle. Die jungen Männer marschierten im Gleichschritt davon.

»Sie haben mich noch nicht ganz überzeugt, Hafgo«, sagte Muting unterdrückt. »Ich weiß nicht, ob das Transformprogramm tatsächlich noch durchführbar ist, wenn die zweihundert Spitzenkräfte unter unseren Wissenschaftlern gestorben sind.«

»Gefallen, Major Muting! Gefallen für Plophos! Bemerken Sie den feinen Unterschied zwischen Ihrer und meiner Auffassung?«

Jemand lachte schrill. Zellenbefehlshaber Konta Hognar tauchte unvermittelt aus einem Seitengang auf. Sein Gesicht war verzerrt. Er hatte die Diskussion belauscht.

»Hafgo, ich fühle mich unpäßlich«, gestand er keuchend. »Sie übernehmen ab sofort das Oberkommando. Und Sie, Muting, erinnern sich gefälligst an Ihren Eid. Ich will Ihre Entgleisung überhört haben. Man hat mich einen Psychopathen genannt; man hat mich gekränkt! Ich will nur deshalb tolerant und duldsam sein, weil ich weiß, daß ich kein Irrer bin. Ich bin groß – nein, Hondro ist groß!«

Hognar taumelte davon. Zwei Medoroboter stützten ihn. Die beiden Offiziere sahen ihm schweigend nach.

»Er ist fertig«, flüsterte Hafgo. »Es tut mir leid, Muting, aber ich habe eine längere Dienstzeit als Sie, Sie werden sich meinen Anordnungen fügen müssen. Kann ich mich auf Sie verlassen? Hondro wird einen Weg finden, um die Absorberspritzen nach Last Hope zu bringen. Er weiß, daß unser Forschungsprogramm auch für ihn lebenswichtig ist. Wollen Sie die Logik meiner Erklärung akzeptieren?«

Muting nickte.

»Gut. Mir ist es augenblicklich gleichgültig, wie Sie innerlich eingestellt sind. Ich bin überzeugt, niemand unter uns zum Tod zu verurteilen, wenn ich den Notruf nicht senden lasse! Hondro wird ein Raumschiff mit dem Medikament auf den Weg gebracht haben. Last Hope ist seine wichtigste Station.«

»Das denken Sie.«

»Wie – meinen Sie etwa, es gäbe noch andere Geheimplaneten, auf denen bedeutende Projekte laufen?«

»Genau das, Sir.«

Hafgo ging davon. Ohne den Kopf zu wenden, sagte er so laut, daß ihn Muting noch verstehen konnte: »Denken Sie, was Sie wollen. Last Hope wird gehalten. So oder so! Ich würde Ihnen raten, Ihre Äußerungen zu vergessen. Haben wir uns verstanden, Major Muting?«

Der diensthabende Hyperfrequenz-Techniker hieß Carle Manchun. Er gehörte nicht zu den Giftträgern von Last Hope. Trotzdem war Manchun von der Notwendigkeit eines Notrufs überzeugt. Wahrscheinlich hätte Carle Manchun die galaktische Position des Planeten bekanntgegeben, wenn er den Senderaum hätte betreten können.

Shelo Bontlyn hatte mit der Revolte begonnen. Miles Traut hatte sie durch seine Maßnahmen forciert, und Männer wie Kelo Kontemer riskierten ihr Leben, um das Begonnene zu vollenden.

Techniker Manchun dachte seit Stunden darüber nach, wie er die führenden Offiziere der Blauen Garde davon überzeugen könnte, wie wichtig ein Hyperkomspruch an Perry Rhodan wäre.

Um 13.11 Uhr gab er es auf, stichhaltige Argumente zu finden. Nur eine Minute später sprachen die Empfänger an. Das Symbol des Obmanns erschien auf den Bildschirmen. Es war nur für zwei Sekunden sichtbar. Der Sender war sehr schwach.

Nochmals eine Minute später empfing Carle Manchun einen verschlüsselten Spruch, der außerdem noch so hochwertig gerafft war, daß er nur eine Zehntelsekunde lang hörbar war.

Manchun schaltete den Entraffer ein. Gleichzeitig rief er die Zentrale der Abwehr an. Major Hafgo erschien zuerst in der großen Funkstation. Nach ihm kamen Major Muting und zwei Leutnants an.

Um 13.30 Uhr lag der Klartext vor. Die positronischen Dechiffriergeräte liefen aus. Hafgo ergriff den Nachrichtenstreifen. In seinem Gesicht regte sich kein Muskel. Nachdem er die Mitteilung gelesen hatte, ging er ohne nähere Erklärungen zum Senderaum der internen Rundrufanlage hinüber. Manchun mußte die Verstärkeranlage einschalten, das Mikrofon vor Hafgos Lippen ziehen und den Hauptschalter der überall angebrachten Lautsprechergruppen nach unten kippen.

Der Stellvertreter des erkrankten Zellenbefehlshabers begann zu sprechen: »Major Merl Hafgo an alle: Eine soeben eingelaufene Hyperkomnachricht kündigt die Landung Iratio Hondros an. Der Obmann teilt mit, es befänden sich genügend Kompensationsspritzen an Bord seines Raumschiffes, um die Besatzung von Last Hope auf Jahre hinaus versorgen zu können. Ihre Ängste waren unbegründet. Der Obmann wird in zehn Stunden auf Last Hope eintreffen. Ich wiederhole ...«

Als Major Hafgo den Klartext an Muting weitergab, sprach er immer noch. Muting las. Dann nahm er Haltung an.

»Ich stehe voll und ganz zu Ihrer Verfügung, Sir«, erklärte er, nachdem Hafgo seine zweite Durchsage beendet hatte.

»Na also! Sie sollten nicht die Aussage von Männern anzweifeln, die den Obmann seit Jahren kennen.«

Professor Kelo Kontemer war blaß geworden. Niemand hatte die neuen Nachrichten überhört. Kontemer dachte an seinen Plan. Die nicht einmal richtig angelaufene Revolte war so gut wie beendet. Wenn Hondro persönlich erschien und die Kompensationsspritzen tatsächlich freigebig austeilte, war der direkte Anlaß zum Widerstand beseitigt.

Kontemer sah sich nach den anderen Männern und Frauen um, die gleich ihm vor einer knappen Stunde aus der Narkose erwacht waren. Die Menschen senkten den Blick.

Kelo Kontemer lachte bitter auf. Man befand sich immer noch im Speisesaal III.

»Iratio Hondro ist der schlaueste Teufel der Galaxis. Er ahnte, was hier geschah, oder was noch geschehen sollte. Sie sind nun vollkommen beruhigt, was? Ihr kostbares Leben scheint vorerst gerettet zu sein. Ich gebe Ihnen trotzdem einen guten Rat: Warten Sie erst einmal ab, ob er tatsächlich das Gegenmittel an Bord hat! Wenn Hondro so überstürzt geflüchtet ist, wie es Perry Rhodan und der Geheimdienstchef von Plophos mitgeteilt haben, so hatte er keine Zeit mehr, speziell für die Last-Hope-Besatzung das Gegengift an Bord zu nehmen. Sie können sich darauf verlassen, daß Hondro in diesen Augenblicken andere Sorgen hatte! Andererseits ist er intelligent und erfahren genug, um zu wissen, was auf dieser Welt geschieht. Wenn wir nicht zuschlagen, ehe er mit seiner Elitetruppe landet, sind wir verloren! Ich gehe jede Wette ein, daß er keine einzige Spritze an Bord hat. Der Funkspruch ist ein Trick.«

Kontemer hatte beschwörend gesprochen. Er achtete nicht auf die drei Wächter, die mit schußbereiten Impulswaffen unter der Tür standen. Die Männer beobachteten nur. Revolutionäre Reden wurden von Major Hafgo nicht mehr wichtig genommen. Ihm kam es auf die Tatsachen an.

»Geben Sie es auf, alter Freund, geben Sie auf«, bat die Mathematikerin Arin Montan müde. »Sie reden gegen eine Mauer. Wir sind Wissenschaftler, die nicht daran gewöhnt sind, todesmutig ins Feuer zu rennen.«

Die drei Gardisten grinsten.

»Ihr Essen wird kalt«, mahnte ein Sergeant. »Wie oft sollen wir es noch aufwärmen lassen?«

Kontemer ahnte, daß er verloren hatte. Verbittert nahm er neben Arin Montan Platz.

Major Merl Hafgo hatte versucht, von dem erkrankten Zellenbefehlshaber den Impulsschlüssel für den großen Senderaum zu erhalten. Hognar hatte sich geweigert, obwohl der Major überzeugend darauf hingewiesen hatte, wie wichtig es wäre, den Obmann noch vor der Landung über die Verhältnisse auf Last Hope zu informieren.

Hognar hatte schließlich seine Waffe gezogen und Merl Hafgo bedroht. Der Major war gegangen. Ein Arzt bestätigte ihm, der Zellenchef würde sich einer psychischen Krise nähern.

Als Kontemer im Speiseraum III seine Ansprache hielt, betrat Hafgo die kleine Funkstation der Abwehr. Diensthabender Offizier war Leutnant Batengo. Er stand auf und nahm Haltung an.

»Rufen Sie sofort die Piloten und Fahrer unserer Suchkommandos an«, befahl Hafgo knapp. »Die Luftgleiter und Schildkröten haben augenblicklich in die Station zurückzukehren. Wir können es uns nicht mehr leisten, eine kampfkräftige Truppe nach den Überresten von drei Toten suchen zu lassen. Teilen Sie den Streifenführern über Hyperkomfunk mit, der Obmann würde in etwa zehn Stunden auf Last Hope landen. Die Fahrer sollen versuchen, noch vorher hier einzutreffen.«

Major Hafgo wartete, bis der Befehl von den einzelnen Kommandeuren bestätigt worden war.

Die Luftgleiter kamen schon nach einer halben Stunde zurück. Die Besatzungen waren erschöpft und mürrisch. Die drei Schildkröten rasten mit Höchstfahrt nach Norden. Die Streifenführer waren glücklich, der Hölle von Last Hope entrinnen zu können.

12.

Er war gerannt und gerannt. Seine Titanenschritte hatten ihn Meile auf Meile zurücklegen lassen, und doch hatte er seinem Schicksal nicht entgehen können.

Die planetarische Rotation hatte ihn immer weiter nach Osten getragen, bis die rote Sonne Bolo am westlichen Horizont versunken war. Er hatte noch eine halbe Stunde gegen Dunkelheit und Sturm angekämpft und dabei den Rest seiner thermischen Energie in das Vakuum der Nachtseite abgestrahlt. Dann war er erstarrt.

Zwischen den nackten Felsen, die nur hier und da kristalline Niederschläge aufwiesen, lag der leblose Körper des Marschiere-Viel. Sein gigantischer Schweif ragte wie anklagend zum sternfunkelnden Himmel empor; eine Säule aus stahlfestem Panzermaterial, das noch kein Mensch analysiert hatte.

Die Menschen, die sich auf dem zerklüfteten Rücken des Ungeheuers aufhielten, hatten auch kein Interesse an wissenschaftlichen Versuchen. Wenigstens nicht zu dieser Zeit.

Die elektrischen Störfelder waren verschwunden. Sämtliche Geräte arbeiteten zufriedenstellend. Auf der Nachtseite des Planeten Last Hope herrschten Temperaturen von minus hundertachtzig Grad Celsius. Hier mußte jedes Lebewesen erstarren, vorausgesetzt, es wurde nicht durch technische Mittel vor der Natur geschützt.

Vor zehn Minuten hatte Shelo Bontlyn den Hyperkomfunkspruch des stellvertretenden Stationskommandanten empfangen. Aus dem Wortlaut war hervorgegangen, daß man Trauts Schildkröte für vernichtet und die Besatzung für tot hielt. Desgleichen hatte man erfahren, daß der Obmann in etwa zehn Stunden auf Last Hope ankommen sollte.

Miles Traut hatte keine Zeit mehr verloren. Er konnte sich vorstellen, was die Landeankündigung für die Verzweifelten der Forschungsstation bedeutete. Wahrscheinlich hatte Hondro in einem Rafferspruch erklärt, er könnte die Vergifteten retten, Miles rechnete mit einer solchen Versicherung. Er kannte Iratio Hondro.

Die Motoren der Schildkröte begannen wieder zu summen. Miles drehte den großen Wagen auf der Stelle. Die Kettenglieder fraßen sich in den Rücken des Marschiere-Viel hinein, faßten und zogen das Fahrzeug herum. Die unwirklichen Gipfel und Zacken der Panzerschale wanderten aus dem Blickfeld. Auf dem Frontschirm der Fernbildaufnahme erschienen die Konturen der Landschaft. Die Polstation lag etwa dreihundert Kilometer entfernt. Der Marschiere-Viel hatte sich genau an seine vorgezeichnete Umlaufbahn gehalten. So hatte sich die tatsächliche Entfernung zur Niederlassung nicht vergrößert. Man hatte nur den Standort gewechselt.

Die Schildkröte polterte über den Panzerrücken des Marschiere-Viel hinweg, erreichte den rampenförmigen Auswuchs und glitt darauf dem Boden zu. Die letzten zwanzig Meter fielen im Winkel von etwa fünfundvierzig Grad ab.

Mit einem harten Aufprall schlugen die vorderen Getrieberäder gegen eine Felsbrüstung und zogen den Wagen endgültig von dem Ungeheuer herunter.

Die beiden Männer und die junge Frau schwiegen, bis Miles sein Fahrzeug nach einigen Minuten anhielt. Auf den Heckbildschirmen leuchteten die Konturen des unwahrscheinlichsten Lebewesens, das man jemals gesehen hatte.

»Vielen Dank, alter Bursche – vielen Dank!« sagte Traut vor sich hin. Dann lächelte er. »Vielleicht können wir auch mal etwas für dich tun.«

Er sah Eve an. Sie war schmal geworden. Die Anstrengungen der letzten sechzig Stunden waren in ihrem Gesicht abzulesen.

Shelo dachte praktischer als sein Freund. Er seufzte, lehnte sich in seinem Sitz zurück und sagte: »Deine Gefühle für unseren Lebensretter in allen Ehren – aber wie soll es nun weitergehen? Deine prächtige Doppelbüchse wird wohl kaum leistungsstark genug sein, um mit ihr ein Raumschiff abschießen zu können, oder?«

Miles antwortete nicht. Er nahm Fahrt auf. Augenblicke später raste die Schildkröte im rechten Winkel zur deutlich erkennbaren Marschroute des Marschiere-Viel davon.

Miles fuhr wieder mit kaum zu verantwortender Geschwindigkeit. Der Kurs führte genau nach Norden. Ein Irrtum war nicht möglich. Es kam nur darauf an, die Kette der Konusberge möglichst schnell zu überwinden. Hinter ihr begann die relativ flache Geröllwüste, die noch höhere Geschwindigkeiten erlaubte.

Shelo beherrschte sich, bis die ersten Gipfel am Horizont auftauchten. Das nahe Milchstraßenzentrum mit seinen Milliarden Sternen spendete genügend Licht, um die Bodenunebenheiten erkennen lassen zu können. Es war nicht erforderlich, die ortungsempfindlichen Infrarotscheinwerfer einzuschalten.

Zwei Stunden nach der Abfahrt erreichte Miles die Abhänge des Ringgebirges. Er hielt an und suchte nach der passenden Positionskarte. Jede Schildkröte war damit ausgerüstet.

»Wir müssen den Raupenpaß nehmen«, sagte er vor sich hin. »Das ist hier.« Er tippte mit dem Zeigefinger auf die Karte. »Er schlängelt sich zwischen den Gipfeln hindurch und ist als gut befahrbar markiert. Es fragt sich nur, ob man nicht doch einen Wachtposten zurückgelassen hat.«

»Es waren drei Suchfahrzeuge unterwegs«, erklärte Shelo. »Die Luftgleiter dürften in der Basis gelandet sein. Die Schildkröten der Blauen Garde werden höchstwahrscheinlich die Tageszone nicht verlassen haben. Aus den zahlreichen Funksprüchen ging hervor, daß die Kommandos den Befehl erhalten hatten, nach unseren Überresten zu suchen. Du kannst unangefochten den Paß überqueren.«

»Hoffentlich«, meinte Eve. »Mir reicht es allmählich. Das Abenteuer mit dem Marschiere-Viel werde ich mein Leben lang nicht vergessen.«

»Darf man wenigstens fragen, wie es jetzt weitergehen soll?« sprach Shelo den Waffentechniker an. »Wie ich dich kenne, hast du bereits einen Plan. Also ...?«

Miles drückte die Knöpfe der Kettenkupplung nach unten. Der Wagen rollte auf den Paß zu.

»Nein, ich habe keinen Plan«, antwortete er nach einer Weile. »Ausnahmsweise einmal nicht! Wir sind hier draußen abgeschnitten. Wenn Kontemer nicht die entsprechenden Schritte eingeleitet hat, können wir zu unserem Marschiere-Viel zurückkehren und hoffen, daß er noch nicht erwacht ist.«

»Keinen Plan?« wiederholte Bontlyn erstaunt. Bestürzt richtete er sich auf und beugte sich nach vorn. »Das geht doch nicht. Hondro wird in acht Stunden landen.«

»Soll ich etwa mit einer primitiven Feuerwaffe und zwei Narkosestrahlern ein Raumschiff angreifen? Oder vor den Toren anhalten und Major Hafgo fragen, wie weit Kontemers Vorhaben gediehen ist? Warte ab! Ich bin überzeugt, daß sich ein günstiger Augenblick ergeben wird. Wenn Hondro nicht genügend Kompensationsampullen mitbringt, sieht die Sache innerhalb von wenigen Sekunden ganz anders aus.«

Shelo schwieg. Er machte sich seine eigenen Gedanken über die Fähigkeiten des Obmanns. Die Schildkröte kletterte die Paßstraße hinauf. Die Ortungsgeräte sprachen nicht an. Die Nachtzone des Planeten war tot und leer.

Sie benötigten fast zwei Stunden, um die Konusberge zu überwinden. Dann begann die weite Ebene.

Nochmals drei Stunden später zeichnete sich am Horizont das erste Flimmern ab. Dort begann die Zwielichtzone mit ihren Stürmen. Miles fragte sich erneut, wieso es auf einer Welt mit so geringen Atmosphäreresten zu derartigen Turbulenzen kommen konnte.

Traut verlangsamte die Fahrt. Sie waren zu früh am Ziel angelangt.

»Das ist der Sitzende Drache«, sagte Shelo plötzlich. Er deutete auf den Frontbildschirm. »Die Konturen sind unverkennbar. Und jetzt?«

Miles hielt für einen Augenblick an und stellte den Stromreaktor ab. Nur die Heizungsgebläse liefen weiter. Er schaute auf die Uhr.

»Hondro wird pünktlich sein. Das entspricht seiner Art. Wir haben noch knapp drei Stunden Zeit. Essen wir etwas?«

»Essen? Jetzt?« fragte Shelo in gelinder Verzweiflung. »Ich bringe keinen Bissen herunter.«

»Das dürfte dein Schaden sein. Ich kenne östlich der Station eine schluchtartige Senke, in der wir vor jeder Ortung sicher sind. Im übrigen wird man dort drüben jetzt andere Sorgen haben, als die lebensfeindliche Umwelt zu beobachten. Von der Schlucht aus können wir das Landefeld überblicken. Außerdem ist es nicht weit bis zum Osteingang. Warten wir ab.«

Miles verließ den Fahrersitz und reckte sich. Eve bemerkte, daß seine Züge sich verhärteten. Der Ultrawaffen-Ingenieur Miles Traut war dazu entschlossen, alles auf eine Karte zu setzen.

Eve drückte auf die Erwärmungsschalter von drei Automatkonserven. Miles griff nach seiner Büchse.

Die beiden nebeneinanderliegenden Läufe bestanden aus Leichtstahl von hoher Druck- und Zugfestigkeit. Der Vorderschaft war nur sehr kurz und kaum dazu geeignet, der Linken einen Halt zu bieten.

Der Pistolengriff des Anschlagkolbens war dagegen gut aus einer Plastikmasse herausgearbeitet worden. Die beiden Hähne, die mit Hilfe einer einfachen Schlagbolzenkonstruktion die Patronen zu zünden hatten, mußten vor dem Schuß gespannt werden. Miles hatte darauf verzichtet, die beiden Kippläufe mittels einer Mechanik mit der Schloßspannung zu verbinden. Er hatte überhaupt alles unterlassen, was die Waffe kompliziert hätte. Wichtig war die Feuerbereitschaft – und dafür garantierte Traut.

Da er nicht die Möglichkeit besessen hatte, die Läufe genau zu justieren, um ein einheitliches Schußbild zu erlangen, hatte er jeden Lauf mit Kimme und Korn versehen. Die wahrscheinlich vorhandenen Ungenauigkeiten in der Laufverbindung spielten daher keine Rolle. Sie hätten sich katastrophal auswirken können, wenn nur eine Ziellinie gewählt worden wäre.

Das Gewicht der 12-Millimeter-Vollkupfergeschosse betrug 34,2 Gramm. Miles hatte sich nach historischen Angaben gerichtet und – praktisch betrachtet – eine Elefantenbüchse gebaut.

Er kippte die Läufe nach unten und schob zwei lange Patronen in die Kammern ein. Shelo beobachtete ihn mit einer gewissen Atemlosigkeit. Bontlyn, der fähige Hyperfrequenz-Techniker, war von dem Nachbau einer uralten Waffe fasziniert.

»Es ist erstaunlich, daß unsere Vorfahren so etwas herstellen konnten«, meinte er sinnend. »Sie waren nicht dumm, wie?«

Miles lachte ihn an.

»Bestimmt nicht, oder wir wären nicht hier. Noch eine Frage: Du bist doch wohl auch davon überzeugt, daß Kupfer nicht zu den magnetisch beeinflußbaren Metallen gehört?«

Shelo kniff die Augen zusammen. Eve vergaß, die erwärmte Konserve zu leeren.

»Sicher! Warum?«

Traut klappte die Läufe zurück. Es klickte metallisch laut. Als er die beiden Hähne zurückzog, klickte es nochmals.

»Nur so, Freund, nur so!«

Eine Stunde später rollte die Schildkröte weiter. Die Motoren liefen fast lautlos. Miles umfuhr die östlichen Hänge des »Sitzenden Drachen« und tauchte in die Bodenrisse ein. Die Waffe lag auf der mittleren Sitzbank.

Major Merl Hafgo stand in strammer Haltung vor der Aufnahmeoptik der kleinen Funkstation. Auf dem Bildschirm war das Gesicht eines breitschultrigen, untersetzten Mannes zu sehen. Iratio Hondro hatte sich fast auf die Minute genau gemeldet. Vorher war die Annäherung eines kleinen Raumschiffes geortet worden. Es umkreiste Last Hope in einer engen Kreisbahn.

Der gestürzte Obmann des plophosischen Reiches war in direktem Linearflug bis ins System der Sonne Bolo vorgestoßen. Nach dem Eintauchmanöver hatte er die Station angerufen.

Hafgo betrachtete das kantige Gesicht, als stünde er vor einem übermächtigen Wesen. Hondros krause Haare waren in den letzten Tagen stark ergraut. Trotzdem strömte er immer noch ein Fluidum von Macht und unbeugsamer Tatkraft aus.

»Schicken Sie Ihre Untergebenen aus dem Funkraum, Herr Major!« klang seine Stimme aus den Lautsprechern.

»Schon geschehen, Sir«, meldete Hafgo. Er gab seine stramme Haltung nicht auf. Der Obmann lächelte.

»Tüchtig, Hafgo. Sie scheinen gewisse Gründe zu haben. Berichten Sie ohne Umschweife. Hat man auf Last Hope die Rundfunknachrichten von Plophos gehört?«

»Jawohl, Sir. Es kam zu Unruhen, die ich jedoch niederschlagen konnte. Zellenbefehlshaber Konta Hognar ist erkrankt.«

Anschließend schilderte Hafgo die Vorfälle der letzten siebzig Stunden. Er vergaß nichts. Er schloß mit den Worten: »Ihr Funkspruch brachte eine gewisse Entspannung, Sir. Die Blaue Garde von Last Hope beherrscht die Lage. Wenn ich mir noch eine vertrauliche Bemerkung erlauben dürfte, Sir ...?«

Hondros Gesicht glich einer Maske. Merl Hafgo ahnte, daß sein Raumschiff mit feuerklaren Geschützen den Planeten umkreiste.

»Bitte, fragen Sie. Die Situation duldet keine Ausflüchte mehr.«

»Wieviel Kompensationsampullen haben Sie tatsächlich an Bord, Sir? Oder ...« Hafgo zögerte, »haben Sie überhaupt keine mitnehmen können?«

»Sie sind ein fähiger Offizier, Herr Major«, entgegnete der Obmann bedächtig. »Haben Sie erfahren, daß ich überhastet starten mußte? Ja. Nun, dann werden Sie sich vorstellen können, daß ich keine Zeit mehr hatte, mein geheimes Depot aufzusuchen. Ich bin auf die Reserven angewiesen, die sich schon immer an Bord meines Schiffes befanden. Major Hafgo – ich kann bestenfalls fünfzig Absorberinjektionen entbehren. Ich gestehe Ihnen offen, daß der Hinweis auf unbegrenzte Mengen ein taktisches Manöver war. Ich konnte mir vorstellen, welche verzweifelte Stimmung auf Last Hope herrschte. Immerhin sehen Sie, daß ich meine Getreuen auf dieser Welt nicht gänzlich vergessen habe. Fünfzig Spritzen können über die augenblicklichen Schwierigkeiten hinweghelfen. Zwei Spezialschiffe sind unterwegs, um weitere Vorräte zu besorgen. Ich bin noch längst nicht machtlos.«

»Davon bin ich überzeugt, Sir«, erklärte der Major fast inbrünstig. Sein Gesicht verklärte sich. »Sir – ich habe Last Hope nur deshalb gehalten, weil die Entwicklung der Transformkanone vor ihrem Abschluß steht. In vierzehn Tagen Standardzeit kann ich Ihnen die ersten frontreifen Geschütze liefern.«

Hondros Gesicht vergrößerte sich. Er hatte sich nach vorn gebeugt.

»Ich wollte gerade danach fragen. Welche Vorschläge haben Sie mir zu unterbreiten? Wann läuft Ihre Inkubationsfrist ab?«

»Erst in dreizehn Tagen, Sir. Ich bitte darum, dieses Datum zu vergessen. Mein Leben ist nicht wichtig. Nur die Sache zählt. Ich möchte Sie bitten, ausschließlich unsere Wissenschaftler mit dem Medikament zu versorgen. Ich habe eine Liste über jene Personen zusammengestellt, deren Frist in wenigen Stunden abläuft. Es erscheint mir vorteilhaft, zuerst jene Menschen zu versorgen, die infolge der direkten Todesdrohung zu Panikhandlungen neigen. Der Funke des Widerstandes kann damit erstickt werden. Wenigstens vorerst! Die schutzgeimpften Mitglieder der Blauen Garde werden unauffällig von zuverlässigen Männern beobachtet. Im Interesse unserer Heimat, die auf die Transformkanone angewiesen ist, schlage ich vor, keinen Angehörigen der Wachtruppe zu berücksichtigen. Die Wissenschaftler gehen vor.«

Iratio Hondro schwieg einige Zeit. Er schaltete den Ton ab und unterhielt sich mit jemand, den Hafgo nicht sehen konnte. Dann knackte es wieder in den Lautsprechern.

»Herr Major – Ihre aufrechte und treue Haltung beeindruckt mich zutiefst. Sie werden der einzige Offizier sein, der vorbeugend eine Ampulle erhält. Nein, betrachten Sie das als besondere Gunst. Ich ernenne Sie hiermit zum Oberst der Blauen Garde und Befehlshaber von Last Hope. Rufen Sie Ihre Leute in den Funkraum.«

Hafgo gehorchte. Major Muting, Leutnant Batengo und zwei andere Offiziere traten ein. Hondro sprach sie im Befehlston an.

»Ich danke für Ihren aufopfernden Einsatz. Die Injektionen werden sofort nach meiner Landung verabreicht. Major Hafgo wird zum Befehlshaber der Station befördert. Der erkrankte Zellenchef Konta Hognar ist in sicheren Gewahrsam zu bringen. Oberst Hafgo – nehmen Sie den Impulsschlüssel an sich, ehe der Geisteskranke doch noch Dummheiten macht.«

Hondro grüßte und schaltete ab. Muting gratulierte dem neuen Kommandeur. Hafgo nickte nur.

Zehn Minuten später betrat er mit einem Offizierskommando Hognars Quartier. Ehe der Mann die Lage erfaßt hatte, wurde er ergriffen und auf sein Lager niedergedrückt.

Hafgo öffnete Hognars Uniform und nahm das Schlüsselgerät an sich.

»Es tut mir leid, Sir. Ich bin auf höchsten Befehl zum Chef der Station ernannt worden. Der Obmann setzt soeben zur Landung an.«

Hognar sank schluchzend in die Kissen zurück. Ein Arzt gab ihm eine Beruhigungsspritze.

Anschließend hielt Oberst Hafgo eine Ansprache an die Wissenschaftler. Er las die Namen von fünfzig Personen vor, die zuerst das neutralisierende Mittel erhalten mußten. Professor Kontemer und Arin Montan gehörten dazu.

»Begeben Sie sich geschlossen in den Speiseraum III. Sie werden sofort behandelt. Sie sehen, wie unbegründet Ihre Ängste waren. Alle anderen

Schutzgeimpften werden im Laufe der nächsten Tage fristgemäß ihre Gegeninjektion erhalten.«

Hafgo schaltete ab. Als ein schlankes Raumschiff aus der Schwärze des Alls niederstieß und mit flammenden Triebwerken zur Landung ansetzte, stand Oberst Hafgo in der großen Luftschleuse. Er trug seine beste Uniform.

Vorher hatte er die zweiunddreißig Giftträger der Blauen Garde zu sich befohlen. Er und Konta Hognar waren Nummer dreiunddreißig und vierunddreißig.

Als das Tosen der Triebwerke verhallte und die Bodenschwingungen aufhörten, sagte Hafgo wie unbeteiligt: »Meine Herren – wir kommen nach den Wissenschaftlern an die Reihe. Ich fordere Disziplin. Meine Befehle sind augenblicklich zu befolgen.«

Hafgo musterte die Männer der Reihe nach. Unter den zum Tode Verurteilten befanden sich sämtliche Offiziere und höheren Mannschaftsdienstgrade. Niemand antwortete. Mutings wächsernes Gesicht war jedoch nicht zu übersehen. Hafgo beeilte sich, noch einige Worte hinzuzufügen: »Sergeant Falbert – Ihre Frist läuft zuerst ab, nicht wahr?«

»In elf Stunden, Sir.«

»Schön, Sie kommen sofort an die Reihe. Ich werde Ihnen persönlich eine Ampulle übergeben. Major Muting, lassen Sie die Männer antreten. Empfangskommando einsteigen.«

Drei Schildkröten verließen die östliche Schleuse. Das sorgfältig planierte Landefeld war nur wenige hundert Meter entfernt.

Hafgo betrachtete das seltsame Raumschiff, mit dem der Obmann angekommen war. Es besaß nicht die übliche Kugelform, sondern ragte hoch und schmal zum sternfunkelnden Himmel empor. Es maß achtzig mal zwanzig Meter. Hinter den gewaltigen Heckflossen schien ein enorm leistungsfähiges Triebwerk untergebracht zu sein. Hafgo ahnte, daß Iratio Hondro nur deshalb dem Zugriff der Imperiumsflotte entgangen war, weil er rechtzeitig für den Bau dieses überschnellen Spezialraumers gesorgt hatte.

Hafgo lächelte achtungsvoll. Der Obmann von Plophos hatte noch nie etwas übersehen.

Die drei Wagen hielten vor dem schlanken Schiff. Es war sofort nach dem Aufsetzen in einen Energieschirm gehüllt worden.

Zwanzig Männer stiegen aus. Sie trugen leichte Raumanzüge. Iratio Hondro war die einundzwanzigste Person. Seine Begleiter waren alle hohe Offiziere der Blauen Garde – und sie waren schwer bewaffnet.

»Man scheint uns nicht ganz zu trauen«, sagte Muting vor sich hin.

»Halten Sie den Mund!« forderte Hafgo scharf. »Die Schutzmaßnahme ist nach den Vorkommnissen der letzten Zeit selbstverständlich. Wachkommando aussteigen. Ich bitte mir eine vorbildliche Haltung aus.«

Zehn Männer, darunter sieben Offiziere, warteten, bis sich in dem Energiefeld ein Konturspalt bildete. Hafgo trat vor und salutierte. Sein Helmfunk war eingeschaltet.

»Willkommen auf Last Hope, Sir«, begrüßte er sein Idol. »Wir sind glücklich, Sie wohlbehalten begrüßen zu dürfen.«

Der Obmann lächelte etwas abwesend, sprach einige anerkennende Worte und schüttelte den Männern der Reihe nach die Hand. Major Muting bemerkte beunruhigt, daß der Obmann von zwei Antis begleitet wurde. Sie wichen nicht von seiner Seite. Ihre Individualschirme flimmerten in einem grünlichen Farbton.

Man stieg in die Wagen ein. Niemand bemerkte die beiden Männer, die knapp fünfhundert Meter entfernt in der Deckung eines Bodenrisses lagen und die Begegnung beobachteten.

»Der Fuchs hat lange gezögert, bis er sich zur Landung entschloß«, sagte Miles Traut. »Natürlich wollte er erst die Lage sondieren. Hondro ist äußerst vorsichtig geworden. Jetzt bin ich neugierig, was er mit den fünfzig Ampullen anfängt, die er in dem Funkgespräch zusagte. Hafgo ist ein skrupelloser Fanatiker, noch besessener als Konta Hognar. Er hat seinen ehemaligen Vorgesetzten elegant kaltgestellt. Selbstverständlich wird Hafgo Mittel und Wege finden, um einige Ampullen für seinen Bedarf zu reservieren. Seine Ablehnung war psychologisch geschickt gemacht. Darauf ist sogar Hondro hereingefallen.«

»Oder auch nicht!« behauptete Shelo. »Unterschätze ihn nicht. Gehen wir? Wenn wir jetzt nicht die Notschleuse erreichen, kommen wir nie mehr hin. Die Ortung dürfte zur Zeit äußerst unaufmerksam sein.«

Als die drei Schildkröten hinter den getarnten Toren in der Felswand verschwanden, rannten Miles Traut und Shelo Bontlyn los.

Traut wußte genau, wo der winzige Notausgang zu finden war. Er hatte ihn bereits zweimal inspiziert.

Iratio Hondro hatte eine Ansprache gehalten, in der die beinahe hypnotische Ausstrahlung seiner Persönlichkeit wieder einmal voll zur Geltung gekommen war. Die beiden Antis schirmten ihn ab. Die Impulswaffen der restlichen achtzehn Offiziere drohten.

Hondro hatte behauptet, die Lage auf Plophos würde sich bald zu seinen Gunsten wenden. Die Gegenrevolution liefe schon. Acht andere Völkergruppen, die dem Imperium ebenfalls nicht gut gesonnen seien, stünden bereits mit einer riesigen Flotte im Raum. Man wartete nur noch auf die Lieferung der Transformkanone.

Fünfzig Wissenschaftler waren geimpft worden. In Hafgos Uniformtasche steckte die Ampulle, die ihm der Obmann persönlich überreicht hatte. Hondro hatte somit einundfünfzig Spritzen zur Verfügung gestellt.

Die größte Gefahr war gebannt. Wertvolle Arbeitssklaven waren in letzter Sekunde gerettet worden. Muting und die anderen Giftträger der Blauen Garde standen im Hintergrund des riesigen Labors, in dem man sich versammelt hatte.

Die geimpften Wissenschaftler streiften wieder die Ärmel ihrer Arbeitskombinationen herab. Hafgo entfernte sich unauffällig. Hondro begann mit einer zweiten Ansprache, in der er beteuerte, jedermann würde fristgerecht versorgt werden.

Hafgo ging auf den Ausgang zu. Die beiden dort postierten Wachen schickte er mit dem Auftrag weg, nachzusehen, wie sich Konta Hognar verhielte. Bei ihm mußte das Gift bereits zu wirken begonnen haben. Er war kaum noch zu retten.

Hafgo blickte in das Labor zurück und schritt dann einige Meter den langen Gang hinunter. Vor einer Seitentür blieb er stehen. Langsam zog er sie auf. Er blickte in einen düsteren Stollen.

Laut und deutlich sagte er: »Techniker Traut – Sie sollten mir jetzt vorführen, ob Ihre Doppelbüchse etwas taugt oder nicht. Nehmen Sie die beiden Antis unter Feuer. Ich kümmere mich um Hondro und seine achtzehn Leibknechte. Nun los schon, worauf warten Sie noch? Warum, denken Sie wohl, habe ich die Suchkommandos zurückgerufen und in dem Funkspruch angegeben, wann Hondro auf Last Hope landet?«

Ein Mann tauchte aus dem Schatten auf. Oberst Hafgo blickte in die daumendicken Mündungen der Doppelbüchse. Er lächelte.

»Na also! Ich wußte doch, daß sich ein Mann von Ihren Qualitäten nicht von einem Marschiere-Viel überwalzen läßt. Sie haben mich wohl für einen ganz üblen Burschen gehalten, was? Mir blieb keine andere Wahl, als Hondro zur Landung zu verführen. Oder glauben Sie etwa, Rhodan hätte noch rechtzeitig genug hier eintreffen können, um die am meisten gefährdeten Wissenschaftler zu retten? Ich mußte Hondros Ankunft abwarten. Jetzt können Sie unsere Position bekanntgeben. Der Impulsschlüssel ist in meinem Besitz.«

Miles war fassungslos. Shelo ließ seine Narkosewaffe sinken.

»Woher wußten Sie, daß ich die Notschleuse benutzen würde? Wieso öffnen Sie gerade diese Tür?«

»Ich habe Sie vor Wochen beobachtet, als Sie den Schließmechanismus überprüften. Ich habe auch bemerkt, daß Sie heimlich eine Waffe bauten. Durchschießen Sie also mit Ihren antimagnetischen Geschossen die Schutzschirme der Antis. Die Baalol-Priester werden nicht darauf vorbereitet sein. Kommen Sie. Für Fragen haben wir jetzt keine Zeit mehr.«

Miles folgte dem Offizier. Er war benommen vor Überraschung. Unter der Labortür angekommen, zog er, ohne zu zögern, seine Waffe an die Schulter. Zwei Detonationen erfolgten. Der Rückstoß schleuderte den Techniker zurück, aber weiter vorn sanken zwei Wesen leblos zu Boden.

»Hondro hat nur fünfzig Ampullen dabei«, schrie Hafgo. »Es kann niemand mehr eine Injektion erhalten. Wir sind betrogen worden. Muting – Feuer.«

Die zweiunddreißig Giftträger erfaßten die Lage im Bruchteil einer Sekunde. Ehe Miles seine Büchse erneut laden konnte, riß Muting seine Waffe hoch. Einunddreißig vor Zorn und Verzweiflung enthemmte Männer folgten seiner Maßnahme. Sie waren ungeheuer reaktionsschnell. Das bedeutete für Hondros Leibwache die zweite Überraschung. Ehe die achtzehn ins Ziel gehen konnten, schlug ihnen ein vernichtendes Thermofeuer entgegen.

Unversöhnlicher Haß leuchtete in Hafgos Augen. Die Zeit des vorsichtigen Herantastens an die Schlüsselposition von Last Hope war vorbei. Nun hatte er den galaktischen Verbrecher vor der Mündung, der ihn zum lebenden Toten gemacht hatte. Nie hatte Hondro erfahren, welch einen unversöhnlichen Feind er in Merl Hafgo gewonnen hatte. Niemand hatte es je bemerken können, denn dazu war der Major zu geschickt gewesen.

Während er gezielt schoß, gab er über Helmfunk seine Befehle durch. Nur die Wächter im Versammlungsraum hatten bisher erkannt, was geschehen war.

Die Wissenschaftler flüchteten aus den Nebeneingängen. Kontemer blieb zurück, um das Ende des Mannes namens Iratio Hondro zu beobachten.

Hafgo gab seinen fünften Schuß auf den Diktator ab, aber auch diese Glutbahn wurde von einem hochwertigen Körper-Energieschirm abgewehrt. Hondro hatte längst erkannt, daß er sich von einem klugen Offizier, der dazu noch ein guter Psychologe und Schauspieler war, hatte bluffen lassen. Hondro sah klar! Hafgo hatte lediglich eine schnelle Versorgung der am meisten gefährdeten Verbannten erreichen wollen. Wahrscheinlich hatte er vor Hondros Ankunft nicht den Impulsschlüssel für das mächtige Abschirmfeld des Senderaumes erlangen können, oder er hätte schon längst den Hilferuf an Rhodan abgestrahlt.

Hondro sah, wie seine letzten Getreuen im Feuerorkan der Last-Hope-Gardisten vergingen. Da rannte er in Hafgos Salven hinein.

Sein von den Antis gebauter Feldschirmprojektor wehrte auch diese Energieflut ab. Im nächsten Augenblick sank Merl Hafgo unter Hondros Strahlschuß zu Boden und fiel in den Gang zurück. Hondro stürzte davon. Miles war hinter der nächsten Biegung in Deckung gegangen.

Der Obmann erreichte einige Männer der Garde, die über die tatsächlichen Vorkommnisse noch nicht informiert waren. Sie glaubten, die Wissenschaftler hätten losgeschlagen. Sie gaben dem Diktator Feuerschutz gegen die nachdrängenden Revolutionäre und schlugen sie zurück.

Hondro hätte die Station von Last Hope immer noch einnehmen können, wenn es nicht einen Mann namens Miles Traut gegeben hätte.

Er lag auf dem Boden hinter der Gangecke. Die schweren Läufe der Büchse hatte er auf die Schulter des verwundeten Merl Hafgo gelegt. Als Hondro in seiner Visierlinie auftauchte, zog Miles durch.

Wieder klang das fürchterliche Krachen auf. Hondros Energieschirm wurde von dem primitiven Geschoß glatt durchdrungen. Der Diktator wurde von der enormen Aufschlagswucht um seine Körperachse gewirbelt und gegen die Wand geschleudert. Miles sah, daß er nur die rechte Schulter getroffen hatte. Sein zweiter Schuß verfehlte sein Ziel. Das Geschoß heulte als Querschläger durch den Gang.

Minuten später hatten die Gardisten ihren Oberbefehlshaber in die Luftschleuse gebracht. Hondro war besinnungslos. Man wollte ihn an Bord seines Schiffes bringen.

Als er vor dem Schutzschirm des Raumers von den Männern der Besatzung in Empfang genommen und sofort eingeladen wurde, erreichte Shelo Bontlyn die große Funkzentrale.

Er betäubte den Diensthabenden mit einem Narkoseschuß und schaltete mit dem Impulsgerät den Feldschirm ab. Shelos Finger huschten über Tasten und Knöpfe.

Nebenan begannen die Konverter des Kraftwerks zu heulen. Im Helmfunk waren Hafgos Anweisungen zu vernehmen. Die Besatzung gehorchte nur widerwillig – aber sie gehorchte.

Ein Beben erschütterte die Station. Draußen startete Hondros Spezialraumschiff. Zur gleichen Zeit baute Major Muting die starken Schutzschirme des Stützpunktes auf. Als das von Hafgo erwartete Feuer aus den Schiffsgeschützen auf den »Sitzenden Drachen« niederpeitschte und den Fels zum Aufglühen brachte, wurden die Energien schon absorbiert.

Shelo Bontlyn störte sich nicht an den Geschehnissen. Er bemerkte auch nicht, daß Eve Narkol mit der Schildkröte näher kam und von den Gardisten in Empfang genommen wurde.

Oberst Merl Hafgo hatte einen Oberschenkel-Durchschuß. Er spürte keine Schmerzen mehr. Seine Augen hatten sich unter der Wirkung des Betäubungsmittels verschleiert.

Professor Kontemer, Miles Traut, Eve Narkol und Major Muting standen vor seinem Krankenlager. Zwei Ärzte sprühten Bioplast auf die Wunde. Im Operationssaal wurden alle Vorbereitungen für eine Amputation getroffen.

»Muting, in meiner linken Brusttasche finden Sie eine Kompensationsampulle«, sagte Hafgo. »Sergeant Falbert soll sich sofort die Injektion machen. Hondro, dieser Schurke, wollte mich ködern. Ich bin überzeugt daß er uns alle hätte untergehen lassen. Haben Sie unsere Männer unter Kontrolle?«

»Jetzt ja, Sir. Der Funkspruch ist draußen. Sie sind vernünftig genug, keinen Widerstand zu leisten.«

»Gut. Sie möchten viele Fragen stellen, nicht wahr? Verschonen Sie mich jetzt damit. Ich darf Ihnen nur versichern, daß ich seit meiner Ankunft auf Last Hope nach einem Weg gesucht habe, dieser Hölle zu entrinnen. Es war so gut wie unmöglich, denn ich durfte die hier anwesenden Menschen nicht in Gefahr bringen. Ich habe geschauspielert. Verzeihen Sie mir meine manchmal so unmenschlich klingenden Worte. Ich mußte sie aussprechen.«

»Sie müssen ruhen, Sir«, bat Miles beeindruckt.

Hafgo lachte stoßartig. »Noch nicht. Ich habe Sie lange beobachtet, Traut – und Sie auch, Kontemer. Es gelang mir, Konta Hognar davon zu überzeugen, daß wir Sie dringend brauchten. Das war Ihr Glück, Professor. Sie waren verdammt unvorsichtig. Ihr Putschversuch konnte gar nicht ungelegener kommen.«

»Danke, Sir, vielen Dank«, sagte der Wissenschaftler beschämt.

»Ah, lassen Sie das. Ohne Sie, Traut und Bontlyn, hätte ich nicht eingreifen können. Sie haben die Lawine ins Rollen gebracht. Hognar brach geistig zusammen, und ich konnte endlich den Funkschlüssel erhalten. Trauts Flucht war ein unbekannter Faktor in meiner Planung. Ich ahnte aber, daß er nicht umgekommen war. So habe ich gestern die Innenriegel des kleinen Mannschotts geöffnet. Und siehe da – unser Ausreißer kam auf Grund meines Rückzugsbefehls an die Suchkommandos so prompt zurück, wie ich es erhofft hatte. Traut – wenn Sie nicht die beiden Antis erschossen hätten, würden wir jetzt nicht mehr leben. Wo bleibt denn die Bestätigung von Plophos? Ist unser Notruf eingefangen worden?«

Shelo Bontlyn betrat den Raum, ehe Hafgo das letzte Wort ausgesprochen hatte. Seine Augen leuchteten.

»Perry Rhodan persönlich hat bestätigt, Sir. Ein Patrouillenkreuzer des Solaren Imperiums steht nur viertausend Lichtjahre von Last Hope entfernt. Er gehört zu der Bereitschaftsstaffel, die mit dem Heilmittel ausgerüstet wurde. Das Schiff kann in wenigen Stunden hier sein. Rhodan startet sofort mit dem terranischen Flottenflaggschiff. Hier braucht niemand zu sterben, Sir. Ich glaube, das haben wir Ihnen zu verdanken.«

Hafgo winkte ab. Dann wurde er besinnungslos.

Die Versorgung der Giftträger war beendet. Der terranische Kreuzer war früher als erwartet eingetroffen.

Zwei Tage später war die Besatzung von Last Hope vollzählig angetreten. Es fehlten nur der verstorbene Konta Hognar und sechs Gardisten, die bei dem Feuergefecht mit Hondros Leibwache gefallen waren.

Hafgo lebte. Er hatte die Amputation gut überstanden.

Vor einer Stunde war das terranische Flottenflaggschiff THORA auf Last Hope gelandet. Perry Rhodan und Atlan, Regierender Lordadmiral und Chef der USO, hatten die Anlagen der Station besichtigt.

Jetzt unterhielten sie sich mit den Männern. Rhodan ließ keine Verhaftungen vornehmen. Die Gardisten waren verblendet gewesen. Sie bemerkten jetzt erst, welchem Ungeheuer sie jahrelang die Treue gehalten hatten.

Traut, Perry Rhodan und Atlan zogen sich etwas von den erregt diskutierenden Menschen zurück. Miles blickte in die grauen Augen des großen terranischen Staatsmannes.

»Sie werden sich fragen, Sir, wohin sich Hondro gewendet hat«, begann Traut nachdenklich. »Ich kann Ihnen vielleicht einen Hinweis geben. Wenn Hondro meinen Schuß überlebt, stellt er nach wie vor eine Gefahr dar.«

Atlan, der Arkonide, setzte sich auf die Kante eines Labortischs. Sein weißblondes Haar flimmerte im Kunstlicht.

»Einen Hinweis? Wissen Sie etwa, wo der Obmann zu finden ist?«

»Nicht genau, Sir. Ich kannte jedoch einen alten Physiker, der vor einem Jahr verstorben ist. Wir waren befreundet. Er war vorher auf einem geheimnisvollen Planeten gewesen, den er Opposite nannte. Er muß im galaktischen Zentrum zu finden sein. Der Physiker berichtete, er wäre nach Last Hope versetzt worden, da der Geheimdienst annahm, seine Fähigkeiten könnten hier besser genutzt werden. Auf Opposite sollen äußerst gefährliche Experimente mit Molkex unternommen werden. Der alte Mann sprach von einer furchtbaren Vernichtungswaffe, die dort im

Entstehen sei. Mehr kann ich Ihnen nicht sagen, Sir. Suchen Sie nach einer Welt, die man Opposite nennt.«

Perry Rhodan seufzte. Fast anklagend schaute er den Ultrawaffeningenieur an.

»Ein Name ist besser als gar nichts. Wissen Sie, wie groß die Zentrumsballung der Milchstraße ist? Immerhin danke ich für Ihre Auskünfte. Sie haben sich vorbildlich verhalten, Mr. Traut. Würden Sie mir später Ihre sagenhafte Doppelbüchse zeigen?«

Miles lachte. Als die beiden führenden Männer des Imperiums von anderen Wissenschaftlern angesprochen wurden, zogen sich Miles und Eve Narkol zurück. Die entwaffneten Gardisten sahen ihnen mit gemischten Gefühlen nach. Schließlich begannen einige zu lachen.

»Wie sind Sie auf den Trick mit dem Marschiere-Viel gekommen?« erkundigte sich Leutnant Batengo neugierig. »Eine tolle Idee! Damit hätten wir nie gerechnet.«

»Deshalb fuhr ich ja auf seinen Rücken hinauf«, erklärte Miles grinsend.

Batengo sah den blonden Techniker nachdenklich an, ehe er meinte: »Seien Sie froh, daß Sie hier einen geheimen Verbündeten hatten. Hafgo hat allerlei für Sie getan. Wenn Hognar nicht krank geworden wäre, dann sähe es jetzt anders aus.«

»Stimmt«, bestätigte Miles. »Vor allem hätten wir schon wenigstens fünfzig Tote zu beklagen. Sie wären auch darunter, Leutnant. Das terranische Bio-Kompentin scheint doch etwas besser zu sein als Hondros Absorberspritzen. Wie fühlt man sich als auferstandener Toter?«

Miles schritt davon. Fast eintausend Menschen, darunter achthundertundelf Wissenschaftler und Techniker, betraten die Speisesäle. Diesmal unterhielten sie sich lebhaft und ohne Furcht. Ein Alptraum war von ihnen gewichen. Last Hope wirkte auf sie plötzlich nicht mehr so höllisch wie wenige Stunden zuvor.

13.

Die LION – die neue LION – wurde von acht riesigen Scheinwerfern angestrahlt, die ringsum aufgestellt waren. Der Regen lief in silbrigen Fäden an ihrer stählernen Außenhülle herunter. Die anderen Schiffe auf dem Landefeld lagen in der Dunkelheit.

Der einsame Beobachter, der mit hochgeschlagenem Mantelkragen am Rand des Landefeldes stand, kämpfte gegen die Gefühle an, die in ihm aufstiegen. Er war gekommen, um Abschied zu nehmen, aber jetzt spürte er die Lockung, die von diesem Schiff ausging. Ein Mann konnte nicht sieben Jahre seines Lebens einfach vergessen.

Sieben Jahre – so lange war Dan Picot Erster Offizier an Bord der alten LION gewesen, bis man den Schlachtkreuzer im Simban-Sektor hatte aufgeben müssen. Das war im Februar gewesen. Jetzt war Mai.

Picot fragte sich, ob Nome Tschato, der dunkelhäutige Kommandant, schon an Bord gegangen war. Unwillkürlich nickte Picot. Tschato war kein Mann, dem man ein Privatleben zutraute.

Dan Picot fühlte ein Ziehen in der Magengegend. Die Ärzte hatten behauptet, sein Magen sei völlig in Ordnung. Picot grinste, während ihm der Regen über das faltige Gesicht lief. Was wußten die Ärzte von Nome Tschato? Was wußten sie von Einsätzen, in denen das Leben eines Mannes nur von Sekunde zu Sekunde gezählt werden konnte – bis die entscheidende Sekunde kam: die letzte.

Dan Picot hatte entschieden, daß er diese letzte Sekunde nicht im Raum erleben würde. Er hatte einen Antrag auf Versetzung zum Bodenpersonal gestellt. Picot war jetzt dreiundvierzig Jahre alt, aber er sah aus wie ein Fünfzigjähriger.

Picot wandte sich ab, aber der Schatten der LION schien vor ihm hinwegzueilen, huschte als unwiderstehliche Verlockung über den vor Nässe glänzenden Boden. Doch Picot ging langsam weiter, bis er die kleine Kantine neben dem Landefeld erreichte. Licht fiel durch die Fenster. Picot spürte, daß es ihn fröstelte. Er schob sich durch die niedrige Schwingtür in den Innenraum der Kantine. Seine Augen richteten sich auf die Ehrenplaketten über der Theke, er studierte sie intensiv, um seine Gedanken von der LION loszureißen.

Picot nahm Platz. Auf der Tischplatte leuchtete die Speise- und Getränkekarte auf. Picot drückte einen Kaffee ohne Milch und Zucker. Eine Minute später klappte seitlich unter dem Tisch ein Schlitz auf, und ein dampfender Becher wurde auf die Platte geschoben. Geistesabwesend schaute Picot auf den Kaffee. Im Hintergrund sah er drei Mechaniker Karten spielen.

Picot ertappte sich dabei, daß er versuchte, aus dem Fenster auf den Landeplatz zu sehen. Die Vorhänge verhinderten jedoch, daß er irgend etwas erkennen konnte.

Hinter ihm entstand plötzlich eine Bewegung. Picot bemerkte dies mißmutig, denn er suchte keine Unterhaltung. Doch als er sich umwandte, sah er Oberstleutnant Nome Tschato neben dem Tisch stehen. Tschato sagte nichts. Mit ausdruckslosem Gesicht blickte er auf Dan Picot herunter. Wie immer machte er den Eindruck vollkommener Zufriedenheit. Es schien nichts zu geben, was diesen großen Mann, der den Gang einer Raubkatze besaß, erschüttern konnte.

»Sind Sie Hellseher, Sir?« erkundigte sich Picot, als Tschatos Blick ihn allmählich nervös machte.

Tschato lächelte unbekümmert. »Wenn es darauf ankommt, eine Stelle zu finden, wo man einen Kaffee bekommt: ja!« erwiderte er. Lässig zog er einen Stuhl zu sich heran und ließ sich nieder. Als er seine Beine ausstreckte, ragten sie auf der anderen Seite unter dem Tisch hervor. Er bestellte einen Kaffee, dann fuhr er über sein Haar.

»Ich starte nicht gern bei Regen«, sagte er. »Das ist ein schlechtes Omen. Aber selbstverständlich werden die Burschen von der meteorologischen Station nicht wegen der LION ihren Fahrplan umwerfen.«

»Sicher nicht, Sir«, knurrte Picot mürrisch. Fiel dem Löwen jetzt nichts anderes ein, als von einem bevorstehenden Start der LION zu reden?

Tschato erhielt sein Getränk.

»Ziemlich spät noch auf den Beinen – was, Dan?« fragte er dann.

»Hin und wieder«, sagte Picot gedehnt.

Tschato machte sich an seiner Uniformjacke zu schaffen. Nach einer Weile brachte er ein Bündel Papiere zum Vorschein. Er suchte eines davon heraus und breitete es auf dem Tisch aus. »Kennen Sie das, Dan?«

»Natürlich«, bestätigte Picot. »Ich habe es schließlich persönlich geschrieben. Es ist ein Antragsformular, mit dem ich meine Versetzung zum Bodenpersonal begründete.« Picot fühlte, wie sein Ärger heftiger wurde. Wie kam Tschato in den Besitz dieses Antrages? Als Kommandant hatte er zwar das Recht, über die Schritte seiner Offiziere informiert zu werden, aber es war schließlich Picots Angelegenheit, wo er seinen Dienst tun wollte.

»Haben Sie die LION gesehen?« erkundigte sich Tschato und schob das Formular auf dem Tisch hin und her.

Picot nickte widerwillig. Ja, zum Teufel, er hatte sie gesehen. Was war schon dabei? Ein Mann konnte sich schließlich am Tag hundert Raumschiffe betrachten, ohne daß man ihn dafür schief ansah.

»Schönes Schiff«, bemerkte Tschato. »Besser als sein Vorgänger.«

»Wie schön für Sie, Sir«, sagte Picot sarkastisch.

Behutsam faltete Tschato Picots Antrag zusammen. Seine großen Hände arbeiteten so ruhig, daß es fast beängstigend wirkte.

»Ich bin ein alter Mann, Sir«, sagte Dan Picot.

»Dreiundvierzig, Dan«, stellte Tschato fest. Er riß das gefaltete Formular in zwei Hälften. Diese legte er aufeinander und teilte sie nochmals. Als Picot nach seinem Becher griff, zitterte er so stark, daß er ihn wieder absetzen mußte.

»Das glänzende Ding da draußen im Regen ist nichts als eine Hülle aus Stahl«, sagte Tschato. »Ein toter Metallkörper, wie tausend andere. Sie sagten einmal, daß Sie und ich die LION wären, Dan.« Er stand auf und schritt schnell zum Fenster. Ohne sich um die Kartenspieler zu kümmern zog er den Vorhang auf. Sein langer Arm hob sich und zeigte hinaus auf das Landefeld.

»Wollen Sie, daß eine halbe LION startet, Dan?«

Dan Picot schob den Stuhl zurück, erhob sich und ging ebenfalls zum Fenster. Mit seinen krummen Beinen sah er wie ein alter, müder Jockey aus. Und das war er wohl auch: alt und müde.

Aber als er neben Tschato am Fenster stand, und das Licht der Scheinwerfer in sein Gesicht fiel, in ein Gesicht wie gegerbtes Leder, da begannen seine Augen zu glänzen.

»Wir sollen uns an der Suche nach dem verschwundenen Neo-Molkex beteiligen«, sagte Nome Tschato. »Die Forschungsschiffe, die der davongeflogenen Substanz nachspüren, hatten bisher keinen Erfolg.«

»Wann starten wir?« erkundigte sich Dan Picot, der Erste Offizier der alten und der neuen LION.

Die Mannschaft der LION hatte sich in zwei Gruppen geteilt, von denen jede ihre eigenen Ansichten über den Verlauf der Suche entwickelte. Die Raumfahrer betrachteten die Jagd nach Neo-Molkex als eine langweilige Angelegenheit, die wahrscheinlich nie zum gewünschten Erfolg führen würde. Die Wissenschaftler hingegen, die zusätzlich an Bord gekommen waren, zeigten noch immer die gleiche Nervosität wie am ersten Tag. Sie benahmen sich so, als erwarteten sie jeden Augenblick, daß die LION einen aus Neo-Molkex bestehenden Planeten entdecken würde. Sie fielen den Raumfahrern mit den unmöglichsten Prognosen auf die Nerven. Ihre einzige menschliche Regung schien zu sein, daß sie sich bei Dan Picot darüber beschwerten, Mulligans Essen sei zu fetthaltig. Versorgungsoffizier Mulligan entlockten solche Behauptungen jedoch nur ein müdes Grinsen, und er fuhr fort, die Ernährung der Besatzung in gewohnter Weise herzustellen.

Wie viele andere Schiffe suchte die LION nach dem Verbleib des Molkex, das sich nach dem Beschuß durch mit B-Hormon angereichertem Wasserstoffsuperoxyd in sogenanntes Neo-Molkex verwandelt hatte und mit unheimlicher Geschwindigkeit dem Zentrum der Galaxis entgegengerast war. Dieser Drive-Effekt hatte sich in allen Fällen gezeigt, so daß es den terranischen Wissenschaftlern unmöglich war, Experimente mit Neo-Molkex anzustellen. Unmittelbar nach seiner Rückkehr zur Erde hatte Perry Rhodan Suchschiffe ausgeschickt, die nach dem Neo-Molkex Ausschau halten sollten. Sämtliche Berechnungen deuteten darauf hin, daß das Molkex nur irgendwo in den Randzonenballungen des Milchstraßenzentrums verschwunden sein konnte.

Dieses gigantische Gebiet konnte jedoch niemals gründlich untersucht werden, selbst wenn Milliarden von Raumschiffen zur Verfügung gestanden hätten. Rhodan hoffte, daß der Zufall helfen und einem der Schiffe die Spur der auf so rätselhafte Weise verschwundenen Materie zeigen würde.

Auch die LION, die seit dem 23. Mai des Jahres 2329 auf der Suche war, hatte bisher keinen Erfolg zu verzeichnen, obwohl Tschato das Schiff durch Dunkelnebel und dichteste Sternenballungen manövrierte.

Die Jagd nach Neo-Molkex schien die ungefährlichste und ruhigste Aufgabe zu sein, die innerhalb der Flotte zu vergeben war.

Mit Beginn des 18. Juli des Jahres 2329 mußte die Besatzung des Schlachtkreuzers LION jedoch erfahren, daß jede noch so langweilige Suche unverhofft zu einem Unternehmen von höchster Gefährlichkeit werden konnte. In einem solchen Fall war es sogar möglich, daß Jäger zu Gejagten wurden.

Dawson, der Funker der LION, stand hinter Captain Vertrigg, der Nome Tschato vor einer Stunde abgelöst hatte. Außer den Routinemeldungen hatte Dawson keine Arbeit. Vor drei Wochen waren sie einem anderen Suchschiff begegnet. Das war für den Funker das aufregendste Ereignis seit zwei Monaten.

Vertrigg hatte den Autopiloten eingeschaltet. Ab und zu blickte er auf die Kontrollen.

»Wenn das so weitergeht, werden wir alle Speck ansetzen«, sagte Dawson. »Selbst der Erste hat schon einige glatte Stellen im Gesicht.«

»Mir gefällt es so, Sparks«, gestand Vertrigg. »Zusammen mit der alten LION scheint uns auch das Pech verlassen zu haben, das uns immer in die schlimmsten Sachen verwickelte. Solange Tschato ruhig bleibt, kann uns dieser Zustand gleichgültig sein.«

»Ich glaube nicht, daß wir jemals diese Substanz entdecken werden«, sagte Dawson. »Entweder ist das Zeug explodiert, oder es hat sich verflüchtigt. Auf jeden Fall existiert es nicht mehr.«

»Das wäre bedauerlich«, erwiderte Captain Vertrigg. »Schließlich soll das Neo-Molkex der Wissenschaft neue Möglichkeiten für ...«

Die Strukturtaster schlugen so stark aus, daß Vertrigg vergaß, seinen Satz zu vollenden. Mit leuchtenden Augen sah er auf die Ortungsgeräte für Hyperimpulse. Er benötigte mehrere Sekunden, um zu begreifen, daß irgend etwas geschah, was die Eintönigkeit des Fluges unterbrechen würde.

Dawson reagierte etwas schneller. Bevor Captain Vertrigg zu handeln begann, hastete der Funker zu seinen Geräten hinüber und schaltete den Hyperkom ein. Inzwischen waren alle Männer innerhalb der Zentrale auf den außergewöhnlich starken Ausschlag aufmerksam geworden. Dr. Gaylord, der Sprecher der Wissenschaftler, der sich ebenfalls im Kommandoraum aufhielt, kam langsam auf die Kontrollen zu.

Vertrigg schaltete den Interkom ein.

»Hier spricht Captain Vertrigg«, sagte er. »Soeben haben unsere Strukturtaster ausgeschlagen. Die Impulse waren so stark, daß sie nicht von einem transistierenden Schiff verursacht werden konnten.«

Drei Minuten später erschien Oberstleutnant Tschato in der Zentrale. Dicht hinter ihm folgten Dan Picot und Duprene, der Cheflogiker der LION.

Vertrigg räumte den Kommandosessel für Tschato, während Duprene sofort mit den Berechnungen begann. Die Werte, die die Strukturtaster anzeigten, genügten, um mit Hilfe der Positroniken den ungefähren Standort der Strukturerschütterung festzustellen.

Chefingenieur Bactas kam in die Zentrale. Seine kleine bewegliche Gestalt schien Unruhe zu verbreiten. Dawson arbeitete wie ein Verrückter an den Funkgeräten.

»Zweifellos handelte es sich nicht um eine Transition«, sagte Tschato. Picot, der neben ihm Platz nahm, beobachtete die Bildschirme. Nichts deutete darauf hin, daß fremde Schiffe in unmittelbarer Nähe der LION waren. Außer dem geheimnisvollen Vorgang war nichts geschehen. Irgendwo jedoch mußte die Kontinuität des Raum-Zeit-Gefüges erheblich gestört worden sein.

»Vielleicht sprang ein Schiff in den Hyperraum und ist dabei explodiert, Sir«, meinte Captain Walt Heintman.

»Ja«, sagte Tschato bedächtig. »Das ist eine von unzähligen Möglichkeiten.«

»Sir!« rief Dawson in diesem Augenblick. »Signale auf Hyperkomwelle.«

Wie auf einen geheimen Befehl hin richteten sich die Gesichter der Männer zu dem Funker hinüber. Dawson machte sich am Hyperkom zu schaffen.

»Die Impulse sind nur schwach, aber es handelt sich offensichtlich um einen Hilferuf. Ich glaube nicht, daß die Signale von einem terranischen Schiff kommen. Sie wiederholen sich regelmäßig. Es wird nicht gesprochen. Der Sender morst.«

Dawsons Worte genügten, um die Spannung der Männer zu erhöhen. Picot beobachtete, wie Dr. Gaylord die Lippen zusammenkniff. Er wünschte, die Wissenschaftler wären nicht an Bord gewesen. Irgendwie schienen sie die Zusammenarbeit zu beeinträchtigen. Gaylord war ein großer grauhaariger Mann und sah genauso aus, wie Picot erwartete, daß ein Wissenschaftler aussehen sollte.

Wieder liefen die Positroniken an. Tschato befahl, den mysteriösen Sender anzupeilen.

»Was halten Sie davon, Dan?« fragte Tschato.

Picot wußte genau, daß dies eine rein rhetorische Frage war. Wahrscheinlich hörte Tschato überhaupt nicht zu, wenn er eine Antwort erhielt.

»Vielleicht ist es ein Trick«, sagte Picot. »Wir sollten aufpassen, daß wir in keine Falle geraten.«

Tschatos Lachen zeigte, was er von einer Falle hielt, und was er mit jenen anstellen würde, die es wagten, ihn auf diese Art zu belästigen. Der Kommandant, daran versuchte Picot sich seit Jahren vergeblich zu gewöhnen, setzte sich mit aufreizender Lässigkeit über alles hinweg, was ihm Schwierigkeiten zu bereiten drohte. Daß er trotz dieser eigenwilligen Haltung mit Erfolg operierte, würde Picot nie verstehen.

»Wir befinden uns innerhalb einer dichten Sternenballung, Sir«, erinnerte Picot gereizt. »Wo Sonnen sind, da gibt es Planeten. Dieser Raumsektor ist geradezu für einen Hinterhalt geschaffen.«

»Hm«, machte Tschato – ein Kommentar, den Picot als Ablehnung oder Zustimmung auffassen konnte.

Wenige Augenblicke später brachte Duprene den aus den Peilversuchen errechneten Standort des Senders zum Kommandostand. Tschato betrachtete das Ergebnis. Dann veranlaßte er die LION, ihre bisherige Flugrichtung zu ändern. Mit Unbehagen registrierte Picot, daß sie immer tiefer in die Sonnenballung eindrangen. Die Energien, die von den Sternen ausgingen, störten die Ortungsversuche erheblich. Die LION benötigte fast vierzig Minuten, um den Sender zu finden.

Auf den Bildschirmen der Raumortung zeichneten sich die Umrisse eines Kugelschiffes mit abgeplatteten Polen ab. Als Picot das fremde Schiff sah, wurde er noch unruhiger.

»Ein akonisches Schiff, Sir«, bemerkte er. »Denken Sie an das Simban-System.«

Tschato überflog die Kontrollen. »Es bewegt sich im freien Fall durch den Raum«, stellte er fest. »Nichts deutet darauf hin, daß noch weitere Schiffe in der Nähe sind.«

Als die LION näher kam, stellten die Männer in der Zentrale fest, daß das Schiff stellenweise stark beschädigt war. In der unteren Kugelhälfte glühte es in hellem Rot. Noch immer morste der akonische Sender. Dawson hatte inzwischen die Vermutung geäußert, daß es sich um einen Dauerimpuls handelte, der ununterbrochen abgestrahlt wurde. Picot schloß daraus, daß überhaupt niemand an Bord des Akonenschiffes war. Hätte es eine Besatzung gegeben, sie hätte auf die Annäherung des terranischen Schiffes bestimmt mit einer Änderung der Funksignale reagiert.

Tschato gab Dawson den Befehl, einen Funkspruch an das unbekannte Schiff abzustrahlen. Fünf Minuten wartete die Besatzung der LION vergeblich auf eine Antwort, obwohl Dawson den Anruf ständig wiederholte.

»Ob sie alle tot sind, Sir?« meinte Captain Walt Heintman.

»Auf jeden Fall mehr tot als lebendig«, erwiderte Tschato. »Es sieht ganz so aus, als könnten wir die Wahrheit nur erfahren, wenn wir nachsehen, was passiert ist.«

»Nachsehen?« rief Picot ächzend aus. »Sir, Sie wollen doch nicht etwa auf dieses Höllenschiff umsteigen?«

Tschato hob den Daumen der rechten Hand und deutete mit dem linken Zeigefinger dagegen. »Erstens haben wir eine Strukturerschütterung angemessen, die unmöglich unter normalen Umständen von einem einzigen Schiff erzeugt werden konnte. Zweitens«, seine beiden Zeigefinger berührten sich. »haben wir ein Wrack vor uns, an dessen Bord vielleicht Schiffbrüchige sind, die unserer Hilfe bedürfen. Und drittens werden Sie mich auf meinem Ausflug begleiten, Dan.«

Picot fühlte, wie sein Magen zu rumoren begann. Zwei Monate vollkommene Ruhe schienen vorbei zu sein. Der Löwe war erwacht. Seine allen bekannte Witterung für Gefahr würde die LION wahrscheinlich wieder in ein Abenteuer stürzen, das zu überleben Picot wenig Aussichten hatte, denn er war der Mann an Tschatos Seite. Und wo Tschato war, da war auch die Gefahr. Dort pflegte sie sich zu vernichtender Intensität zusammenzuballen. Aber während Tschato beinahe gleichgültig den schrecklichsten Geschehnissen standhielt, glaubte Picot mit Sicherheit festgestellt zu haben, daß er immer mehr persönliche Substanz verlor.

Ich bin nur noch der Schatten dieses schwarzen Riesen, dachte er grimmig. *Und weil ihm die Sonne immer von oben auf den Kopf zu scheinen pflegt, bin ich ein verdammt kümmerlicher Schatten.*

Picot schob sich von seinem Platz, als habe er Bleigewichte an den Füßen. Er spürte, wie ein kaltes Gefühl seine Wirbelsäule aufwärts stieg.

Tschato bestimmte zehn weitere Männer, die mit zu dem akonischen Schiff übersetzen sollten. Dann ließ er sich mit dem Hangar verbinden und befahl, daß ein Beiboot startklar gemacht wurde. Mit scheinbarer Langsamkeit verließ er die Zentrale, aber Picot, der diesen schleichenden Katzengang richtig einzuschätzen wußte, beschleunigte sein Tempo und erreichte den Antigravschacht, der zum Hangar hinaufführte, fast gleichzeitig mit dem Kommandanten.

»Wir sollten wenigstens Waffen mitnehmen, Sir«, sagte er, während sie nach oben schwebten. »Ich bin nicht gern wehrlos, wenn ich angegriffen werde.«

»Die Geschütztürme der LION in unserem Rücken müßten genügen, um eventuelle Überlebende an Bord des fremden Schiffes von unüberlegten Handlungen zurückzuhalten«, meinte Tschato. »Selbstverständlich können Sie eine Handfeuerwaffe mitnehmen.«

Eine Handfeuerwaffe! Das war typisch für Tschato. Er hätte ebenso gut versuchen können, mit einem Eimer Wasser gegen einen Atombrand vorzugehen. Im Hangar angekommen, legten sie ihre flugfähigen Kampfanzüge an. Picot vergewisserte sich, daß ein Desintegrator im Gürtel steckte. Als alle Männer eingetroffen waren, gab Tschato das Zeichen zum Aufbruch. Die Hangarschleuse schwang auf und gab den Blick in den Weltraum frei. Picot schaute durch die Kanzel direkt ins Zentrum der Galaxis hinein. Die Sterne standen dort so dicht beieinander, daß sie stellenweise wie Leuchtbänder aussahen.

Die Jet schoß aus ihrem Mutterschiff in den freien Raum hinaus. Der Kommandant hatte die Pilotenarbeit übernommen. Das akonische Schiff war noch zwanzig Kilometer von der LION entfernt. Tschato steuerte direkt darauf zu. Je näher sie kamen, desto deutlicher konnten sie die Spuren einer fürchterlichen Zerstörung erkennen. Picot begann allmählich daran zu zweifeln, daß es sich um eine Falle handelte. Warum sollten die Akonen eines ihrer Schiffe zerstören, um die Terraner anzulocken?

Als die Jet das Wrack erreichte, kreiste Tschato einmal um die Äquatorlinie, bis er ein Leck entdeckte, das groß genug war, um die Jet einzulassen. Ruhig, als handelte es sich um einen Routineauftrag, schaltete der Oberstleutnant den großen Scheinwerfer ein. Um das Leck herum wurde es so hell, so daß Picot jede Einzelheit erkennen konnte. Scharfgezackte und ausgeglühte Ränder wiesen darauf hin, daß hier Explosionen unter extremen Temperaturen erfolgt waren.

Tschato lenkte die Jet durch die gewaltsam geschaffene Öffnung ins

Innere des Wracks. Picot hob die flache Hand vor die Augen, um besser sehen zu können. Die Jet schaltete auf Antigravantrieb um. Ihre Geschwindigkeit senkte sich bis auf eine kaum spürbare Vorwärtsbewegung. Vor sich sah Picot einen Gang oder eine Halle. Was es tatsächlich war, konnte er jetzt noch nicht feststellen.

Tschato ließ den Scheinwerfer kreisen, bis er die Innenwand beleuchtete. Der Lichteffekt ließ Picot glauben, eine Parabel vor sich zu sehen, die scheinbar ins Unendliche führte. Der Lichtstrahl sackte nach unten, wanderte über verbogene Metallstreben und blieb schließlich auf dem Boden haften. Der Plastiküberzug unter der Jet zeigte wellenförmige Vertiefungen. Die Kunststoffmasse hatte unter extremer Hitze gekocht und sich deformiert.

Die Space-Jet sank schwerelos tiefer, bis ihre Landestützen den Boden berührten. Picot blickte auf den Stabilisationskreisel. Die Unebenheiten des Untergrundes wurden von den teleskopartigen Landestützen ausgeglichen.

Tschato ließ die Schleuse der Jet aufgleiten. Die Lampe seines Anzuges flammte auf.

»Na also«, sagte er, an Picot gewandt. »Keine schießwütigen Burschen, die über uns herfallen.«

Picot warf den Kopf in den Nacken. Durch die Sichtscheibe seines Helms wirkten die unzähligen Falten seines Gesichts gespenstisch verzerrt. Er schwang seine krummen Beine aus der Schleuse und sprang noch vor dem Kommandanten in die fremde Umgebung hinaus. Er ertappte sich dabei, wie er seine Hand über den Abzugshebel des Desintegrators tasten ließ. Irgendwo aus der Finsternis schien ein Echo zu kommen. Plötzlich war Licht an seiner Seite und Tschato, der mit unnachahmlicher Lässigkeit an ihm vorbei in die Dunkelheit schritt.

Die Lampen der Männer wippten bei jedem Schritt auf und nieder, zauberten groteske Schatten an die teilweise zerstörten Wände des Ganges. Zehn Meter weiter fanden sie die ersten Leichen. Picot blieb unwillkürlich stehen, als im Schein seiner Lampe ein bleiches Gesicht auftauchte, das von blauen Äderchen durchzogen war. Es dauerte einige Sekunden, bis er begriff, daß der Mann vor ihm tot war, an Luftmangel gestorben. Und hinter diesem Mann lagen sieben weitere Tote. Offensichtlich hatten sie ein bestimmtes Ziel zu erreichen versucht. Vielleicht den Hangar, um sich mit einem Beiboot in Sicherheit zu bringen.

Picot fühlte, daß ihm der Anblick der Toten Übelkeit bereitete. Er war es gewohnt, dem Tod in allen Arten zu begegnen, doch diese Akonen, die in stiller Hilflosigkeit vor ihnen im Gang lagen, schienen eher Dämonen einer fürchterlichen Unterwelt als tote Humanoiden zu sein.

»Kommen Sie, Dan. Weitergehen«, sagte Tschato. »Sicher gibt es irgendwo noch Überlebende der Katastrophe.«

Picot löste seine Blicke von den Akonen. Eine Frage bedrängte ihn immer stärker: Wie war es zu diesem Unglück gekommen? Hatte ein anderes Schiff diesen akonischen Raumer angegriffen?

Sie mußten über die Toten hinwegklettern, um tiefer ins Schiff zu gelangen. Tschato übernahm die Spitze. Sie stießen auf einen Antigravschacht, der jedoch ausgefallen war. Nach kurzem Suchen fanden sie die Leiter, die sie in die gleiche Richtung bringen konnte. Vor dem Ausschnitt im Boden blieb Tschato stehen. Picot trat neben den zwei Meter großen Kommandanten und sah, daß Licht von unten durch den Schacht drang. Dann sah er einen Akonen, der offenbar versucht hatte, die Leiter hinaufzuklettern. Im gleichen Augenblick, da er nach den Sprossen gegriffen hatte, um sich hochzuziehen, hatte der Tod zugeschlagen. Verkrümmt lag der Tote direkt neben der Leiter.

Tschato packte die Seitenstreben der Leiter mit eisernem Griff. Mit gleichmäßigen Bewegungen stieg er in die Tiefe. Picot sah, wie der Oberstleutnant unten ankam und die Leiche einige Meter zur Seite schleppte.

»In Ordnung, Dan!« klang seine Stimme im Helmfunk auf. »Kommen Sie jetzt mit den anderen herunter.«

Picot schluckte krampfhaft. Die Sache wurde ihm immer unheimlicher. Doch es gab kein Zurück. Tschato trieb sie an. Er würde sie zwingen, mit ihm durch jede Hölle zu gehen, wenn er es für nötig halten sollte, einen solchen Gang zu wagen.

Picot folgte dem Kommandanten in die Tiefe, dann schlossen sich die übrigen Männer an. Als Picot neben Tschato ankam, sah er weitere tote Akonen. Er versuchte nicht, sie zu zählen, aber alles deutete darauf hin, daß es innerhalb des Ganges, in den sie jetzt eindrangen, zu einer Panik gekommen war. Die Akonen hatten darum gekämpft, wer zuerst die Leiter benutzen durfte, nachdem der Antigravschacht ausgefallen war. Sie mußten sich in einem Zustand fürchterlichen Entsetzens befunden haben.

Die Notbeleuchtung funktionierte und verbreitete fahles Licht. Obwohl die Toten bewiesen, daß das Wrack keine Falle war, steigerte sich Picots Unbehagen. Er wußte, daß akonische Raumfahrer über strenge Disziplin verfügten. Wenn es unter ihnen zu einer Panik gekommen war, dann nicht ohne besonderen Grund.

Tschato führte sie durch den Gang, in dem die Hälfte der akonischen

Besatzung zu liegen schien. Ein Techniker der LION entdeckte in einer Nische einen Roboter. Die Maschine war vollkommen in Ordnung, hatte sich aber zurückgezogen, als sie feststellen mußte, daß es für sie nichts mehr zu tun gab.

Als Tschato neben den Techniker trat, rollte der Roboter aus der Nische. Er besaß nur ein einziges Bein, war jedoch beweglicher, als Picot angenommen hatte. Seine Waffenarme schnellten hoch. Sie zielten auf Tschato und den Mann, der neben ihm stand.

Picot handelte ohne zu überlegen. Er riß den Desintegrator heraus. Der Roboter war sich offenbar noch nicht ganz darüber im klaren, ob er Freunde oder Feinde vor sich hatte. Picot wartete nicht darauf, daß sich die Maschine für irgend etwas entschied. Er feuerte einen konzentrierten Strahl auf sie ab. Unmittelbar vor Tschato fiel sie in sich zusammen. Ein Zischen wurde laut, dann stieg eine Rauchwolke aus dem Metallkörper.

»Vorsicht jetzt!« mahnte Tschato. »Es kann sein, daß wir noch anderen Robotern begegnen.«

Sie setzten ihren Vormarsch fort. Nach einer Weile stießen sie auf die Zentrale. Der Eingang war rauchgeschwärzt, aber wenn es hier gebrannt hatte, dann war der Brand inzwischen erloschen.

Sie betraten den Kommandoraum des Wracks. Er glich einem Trümmerhaufen. Alle frei im Raum stehenden Geräte waren umgestürzt. Sämtliche Bildschirme waren zersprungen. Die Kontrollen boten ein Bild völliger Verwüstung. Überall mußte es zu kleineren Explosionen gekommen sein. Picot schloß daraus, daß der Angriff nicht allein vom Raum aus erfolgt sein konnte. Hatten sich die Akonen gegenseitig bekämpft? Oder hatten äußere Einflüsse solche Energien entwickelt, daß die Geräte explodieren mußten?

Picot ahnte, daß keiner der Toten, die in der Zentrale lagen, ihm Auskunft darüber geben konnte.

Er wartete darauf, daß Tschato den Befehl zum Rückzug gab. Doch der Kommandant stieg schweigend über die Trümmer einer Maschine hinweg. Auf diese Weise arbeitete er sich bis zur anderen Seite der Zentrale hinüber. Dann beugte er sich hinab, ohne daß Picot sehen konnte, was Tschato entdeckt hatte.

»Kommen Sie herüber, Dan«, sagte Tschato und winkte Picot zu.

Picot bedeutete den Männern, ihren Standort einzuhalten. Um zu Tschato zu gelangen, mußte er wahre Kletterkunststücke vollbringen. Als er bei dem Kommandanten ankam, sah er, daß Tschato sich über einen Mann beugte, der einen Schutzanzug trug. Der Mann war noch am Leben. Seine Lippen waren zusammengepreßt, und er atmete stoßweise. Seine Augenlider flatterten.

»Ein Überlebender«, sagte Picot staunend.

»Ihr Scharfsinn verblüfft mich«, behauptete Tschato. Er ließ sich neben dem Akonen nieder, nahm dessen Helm in beide Hände und drehte ihn einmal nach links und einmal nach rechts, so daß er den Schiffbrüchigen von allen Seiten betrachten konnte.

»Unterhalten werden wir uns nicht mit ihm können, solange er diesen Helm trägt. Bevor wir nicht mit ihm in der Jet sind, können wir ihm den Schutzanzug jedoch nicht ausziehen.«

»Er sieht so aus, als würde er jeden Augenblick sterben«, sagte Picot.

Da schlug der Akone die Augen auf. Das Entsetzen in seinem Blick war unverkennbar. Er bewegte die Lippen.

Tschato brachte sein Gesicht dicht vor die Sichtscheibe des Mannes. Er lächelte ihm beruhigend zu.

»Los, Dan«, sagte Tschato. »Wir bringen ihn hier weg.«

Als sie den Mann aufhoben, schrie er vor Schmerzen – so laut, daß sie es durch die Helme hören konnten. Picot packte die Beine des Akonen fester. Tschato drückte rücksichtslos alle im Weg stehenden Trümmer zur Seite. Seine mächtige Gestalt schob sich wie ein Tank durch die Zentrale.

Sie übergaben den Verletzten vier Männern der LION, die ihn weitertransportierten. Im Antigravschacht nahmen Tschato und Picot den Akonen in die Mitte und trugen ihn mit Hilfe ihrer flugfähigen Kampfanzüge zum Deck hinauf, wo die Space-Jet stand. Wenige Minuten später versammelte sich das Prisenkommando vollständig innerhalb der Space-Jet.

Picot, der erwartet hatte, daß Tschato sofort zurückfliegen würde, sah sich getäuscht. Mit Hilfe eines anderen Mannes befreite er den Akonen aus dem Schutzanzug. Dann klappte er den eigenen Helm auf. Inzwischen hatte der Schiffbrüchige das Bewußtsein verloren. Erst als Tschato seine Wangen tätschelte, kam er wieder zu sich.

»Wo ... wo sind die anderen?« erkundigte sich der Mann mit schwacher Stimme. Er sprach Interkosmo, aber mit einer so eigenartigen Betonung, daß seine Worte fast sinnentstellend wirkten.

Tschato machte eine unbestimmte Geste.

»Tot?« erkundigte sich der Akone. »Sind sie alle tot?«

»Sieht so aus«, sagte Tschato knapp.

Der Akone schloß die Augen. Picot hörte ihn seufzen. Geduldig wartete Tschato, daß der Verletzte wieder sprechen würde.

»Haben Sie unser Notsignal aufgefangen?« fragte dieser schließlich.

»Ja«, bestätigte Tschato. »Wir sind sofort mit einem Beiboot in dieses Schiff gekommen.«

Der Mann wollte den Kopf schütteln, aber bereits bei den ersten

Bewegungen übermannte ihn der Schmerz. Sein Gesicht wirkte jetzt verfallen.

»Ich sterbe auch«, sagte er mit einer Sachlichkeit, die Picot erschütterte. »Ich danke Ihnen für Ihre Bemühungen. Ich glaube nicht, daß wir an Ihrer Stelle so gehandelt hätten.«

»Das ist eben der Unterschied zwischen Akonen und Terranern«, sagte Tschato leichthin. »Wie ist es zu der Katastrophe gekommen?«

Der Verletzte hustete. Auf einen Wink Tschatos richteten ihn zwei Raumfahrer der LION behutsam auf. Einen Augenblick befürchtete Picot, der Fremde würde wieder das Bewußtsein verlieren, doch dann sprach dieser mit fester Stimme.

»Dies ist ein akonisches Forschungsschiff. Wir hatten den Auftrag, die Einwirkungen des Hyperraums auf einen neuen Hyperantrieb zu testen. Mitten in der Arbeit stieß unser Schiff mit irgendeiner Masse zusammen.«

»Im Hyperraum?« sagte Tschato perplex. »Mein Freund, wir sind nicht so dumm, daß wir solche Märchen glauben. Berichten Sie uns besser die Wahrheit.«

Der Akone warf den Kopf zurück. »Ich bin Gena-Tart«, sagte er würdevoll. »Ich lüge nicht.«

»Aber das ist unmöglich«, sagte Tschato. »Innerhalb des Hyperraums kann es keine stabile Materie geben.«

»Das dachten wir auch«, sagte Gena-Tart. »Betrachten Sie sich unser Schiff. Es ist der Beweis dafür, daß meine Worte der Wahrheit entsprechen. Der Zusammenprall mit einer hyperstabilen Materieeinheit hat tatsächlich stattgefunden.«

Einen Augenblick dachte Tschato nach. Dann schaltete er den Bordfunk ein und rief die LION.

»Hören Sie, Dawson. Gaylord soll mit einigen Männern in einer Jet zum Wrack herüberkommen. Alle Einschlagstellen des akonischen Schiffes müssen sorgfältig untersucht werden.«

»In Ordnung, Sir«, bestätigte Dawson.

Sekunden später ertönte der Summer. Tschato schaltete auf Empfang. »Was ist los?« fragte er. »Stimmt etwas nicht, Dawson?«

»Hier ist Gaylord«, sagte eine andere Stimme. »Der Funker sagte mir, daß wir die Einschlagstellen des akonischen Schiffes untersuchen sollen. Können Sie mir sagen, was es eigentlich ist, wonach suchen sollen?«

Picot dachte, Tschato würde explodieren, doch der schwarze Riese lächelte nur.

»Nach Spuren einer Materie, die innerhalb des Hyperraumes stabil ist«, erklärte er.

»He, he, he!« machte Gaylord. »Sie sind ein humorvoller Mann, Oberstleutnant. Allerdings ist Ihr Humor ungleichlich größer als Ihre Erfindungsgabe, sonst hätten Sie sich etwas anderes ausgedacht, um uns Wissenschaftlern Bewegung zu verschaffen.«

»Solange Sie an Bord der LION sind, stehen Sie unter meinem Befehl. Mr. Gaylord«, sagte Tschato leise. »Und ich befehle Ihnen jetzt, sofort mit einem Beiboot hier zu erscheinen und Ihren Auftrag auszuführen.«

»Natürlich«, knurrte Gaylord. »Die Gespensterjagd kann beginnen.«

»Er trieft vor Arroganz«, bemerkte Picot, nachdem die Verbindung unterbrochen war. »Ich sehe ihn schon vor mir, wie er mit seinen dürren Beinen durch die Trümmer hüpft und überall herumschnüffelt.«

»Bleiben Sie friedlich, Dan«, meinte Tschato. Er wandte sich wieder an den Akonen.

»Haben Sie eine Vermutung, wie es zu einer Materiezusammenballung innerhalb des Hyperraumes kommen kann?« fragte er.

»Nein«, sagte Gena-Tart. »Wir hatten keine Zeit für Vermutungen. Unmittelbar nach dem Zusammenstoß fielen sämtliche Hyperaggregate aus. Dann kam es zu unzähligen Explosionen. Vielleicht handelte es sich um eine Art Anti-Materie. Die Besatzung wollte sich in die Beiboote retten. Doch der Sauerstoff entwich aus so vielen Lecks, daß alle starben. Durch einen Zufall erreichte ich noch den Schutzanzug. Ich stellte fest, daß auch die Rettungsschiffe der Zerstörung zum Opfer gefallen waren. Also schleppte ich mich in die Zentrale zurück und löste den Notruf aus. Da der Hauptsender ebenfalls ausgefallen war, konnte ich nur über den Notsender morsen.«

»Wir bringen Sie an Bord unseres Schiffes«, versprach Tschato. »Unsere Ärzte werden sich um Sie kümmern.«

»Danke«, sagte Gena-Tart.

Wenige Minuten später traf das zweite Beiboot ein. Gaylord und fünf andere Wissenschaftler stiegen aus und glitten in ihren Anzügen auf eines der Lecks zu. Sie sammelten Metallproben und wandten sich dann der nächsten Einschlagstelle zu.

Tschato ließ sich im Pilotensitz der Jet nieder und lenkte das Kleinstschiff aus dem Wrack hinaus. Nur die Wissenschaftler blieben noch zurück. Auf dem Flug zur LION starb Gena-Tart. Sie schleusten seinen toten Körper aus der Jet in den Raum hinaus.

»Wir hätten noch viel von ihm erfahren können«, sagte Tschato bedauernd.

Picot zog die Augenbrauen hoch. Eine derart unsentimentale Ansprache mußte man von Tschato erwarten. Er hätte auch keine anderen Worte gefunden, wenn einer der Männer von der LION gestorben wäre.

Picot hatte in Gena-Tart keinen Feind sehen können. Die Würde, die der Akone trotz seiner Hilflosigkeit gezeigt hatte, imponierte Picot.

Eine Stunde später als Tschato und seine Begleiter kehrten auch die Wissenschaftler an Bord der LION zurück. Gaylord begann sofort mit den Untersuchungen der erhaltenen Proben.

Schon zwanzig Minuten danach erschien er innerhalb des Kommandoraumes.

»Wir haben mehr gefunden, als ich je gehofft habe«, sagte er. »Überall in der Nähe der Einschlagstellen klebten Überreste von Neo-Molkex.«

Tschato und Picot sahen sich an. Nach zweimonatiger Suche hatten sie eine Spur des gesuchten Stoffes gefunden. Doch das Neo-Molkex schien dort zu existieren, wo es bisher noch niemand vermutet hatte: innerhalb des Hyperraums. Picot überdachte die Konsequenzen, die daraus entstanden, und er ahnte, daß der LION und ihrer Besatzung sehr unruhige Tage bevorstanden. Denn Tschato war ein Mann, der jede noch so kümmerliche Spur zäh verfolgte.

14.

Die pulsierende Sonne brachte die Ortungsgeräte der LION ein zweites Mal zur heftigsten Reaktion. Sie entdeckten den Stern in einer Entfernung von fünf Lichtmonaten, während Gaylord sich noch immer über die Beschaffenheit der Einschlagstellen innerhalb des akonischen Wracks ausließ.

Die Sonne leuchtete grün, aber mit jedem Energieausstoß in den Raum wurde sie heller. Auf dem Bildschirm der LION konnte man das Phänomen deutlich beobachten.

»Die Ortungsgeräte zeigen den gleichen Effekt wie bei der Ortung des akonischen Schiffes«, stellte Tschato nüchtern fest. »Der Erregungszustand des Sterns muß erst vor kurzer Zeit eingetreten sein, da die Ortungsgeräte erst jetzt ansprachen.«

»Eine astronomische Unmöglichkeit«, bemerkte Gaylord und schaute den Kommandanten ernst an. »Ich habe noch nie etwas von einer pulsierenden Sonne gehört.« Sein Gesicht wurde plötzlich blaß. »Hoffentlich verwandelt sich der Stern nicht in eine Nova.«

Picot richtete sich angriffslustig in seinem Sessel auf. War denn niemand bereit, diesem Narren zu sagen, daß die Energieflut einer Nova genau fünf Lichtmonate zurücklegen mußte, um die LION zu erreichen? Die empfindlichen Hyperaggregate des Schlachtkreuzers konnten einen Energieausbruch während der Entstehung orten. Selbst unter der Voraussetzung, daß die alles vernichtende Lichtwalze einer Nova in fünf Monaten den Ort erreichte, an dem sich die LION jetzt aufhielt, bestand keinerlei Gefahr für das Schiff.

»Bisher hielten wir auch die Existenz stabiler Materie im Hyperraum für unmöglich«, sagte Tschato zu dem Wissenschaftler. »Das seltsame Verhalten dieser Sonne kann kein Zufall sein. Es muß einen Zusammenhang zwischen dem akonischen Schiff, dem Neo-Molkex und diesem Stern geben.«

Gaylord wirkte nachdenklich. »Die Kühnheit Ihrer Folgerungen wird nur noch durch die Realität dieser Sonne übertroffen«, sagte er. »Ich behaupte, daß dieser Stern nichts mit dem akonischen Schiff zu tun hat.«

»Nicht direkt«, schränkte Tschato ein. »Aber es ist immerhin möglich, daß dieser Stern der gleichen Beeinflussung unterliegt, die das akonische Schiff vernichtet hat.«

Gaylord schnaubte verächtlich.

»Auf jeden Fall werden wir nachsehen, was sich in der Nähe der Sonne abspielt«, kündigte Tschato an.

»Die Untersuchungen des Wracks sind noch nicht abgeschlossen«, protestierte Gaylord. »Wir versprechen uns von weiteren metallurgischen Analysen mehr als ...«

»Das Wrack ist im Augenblick uninteressant«, unterbrach ihn Tschato. »Wir werden uns jetzt um diesen grünen Stern kümmern.«

Wie immer setzte der Kommandant seinen Willen durch. Beleidigt zog sich Gaylord aus der Zentrale zurück. Tschato gab der mysteriösen Sonne den Namen Whilor. Erste Messungen ergaben, daß Whilor achtundvierzigtausenddreihundertunddreißig Lichtjahre von der Erde entfernt im Raum stand.

Die LION raste los. Bald wurde durch Ortungen festgestellt, daß die ständig schwankenden Energieausbrüche nicht allein von der Sonne kommen konnten. Zum erstenmal vermuteten die Männer innerhalb der Zentrale, daß Whilor mindestens einen Planeten besitzen mußte.

Als der Schlachtkreuzer in der Nähe der rätselhaften Sonne aus der Librationszone auftauchte, stellte man mit erneuten Ortungen fest, daß man ein Sonnensystem entdeckt hatte. Whilor wurde von insgesamt vier Welten umkreist.

Der Planet mit der entferntesten Umlaufbahn, ein jupitergroßer Riese, zeigte die gleichen Eigenarten wie Whilor, wenn die Energieausbrüche des Planeten auch nicht so heftig wie die der Sonne waren.

Tschato prägte für den vierten Planeten den Eigennamen Pulsa.

»Hier geht irgend etwas Ungeheuerliches vor«, sagte er zu Picot. »Für die Ereignisse auf der Sonne hätte es vielleicht noch eine Erklärung gegeben, doch der Planet läßt jede Theorie unlogisch erscheinen.«

Er benachrichtigte Gaylord, der seine Verstimmung vergaß und wieder in der Zentrale erschien. Tschato zeigte ihm den großen Planeten, dem sich die LION allmählich näherte.

»Wie finden Sie das, Mr. Gaylord?«

»Eigenartig«, erklärte der Wissenschaftler. »Warum finden wir das Phänomen ausgerechnet und ausschließlich auf dem vierten Planeten? Die anderen Welten scheinen nicht betroffen zu sein.«

»Wir müssen den Grund dafür herausfinden«, sagte Tschato. »Wir werden uns Pulsa einmal näher ansehen.«

Gaylord, der Tschato noch nicht lange genug kannte, um über die Eigenarten des Kommandanten informiert zu sein, sagte: »Ich fühle mich verpflichtet, Sie auf die Gefahren hinzuweisen, die uns wahrscheinlich auf diesem Planeten erwarten.«

Picot schaute den Wissenschaftler erbost an. Wenn es überhaupt noch eine Chance gegeben hätte, den Löwen von Pulsa fernzuhalten, dann hatten Gaylords Worte diese Chance endgültig zerstört. Denn Tschato würde alles daransetzen, um zu beweisen, daß es keine Gefahr gab, die ihn aufhalten konnte.

Weitere Messungen wurden durchgeführt. Die äußerste Welt der Sonne Whilor war jupitergroß. Der Planet Pulsa rotierte trotz seiner Größe in etwas über neun Stunden einmal um seine eigene Achse. Dadurch entwickelten sich in der Äquatorebene ungeheure Fliehkräfte, die den Planeten praktisch in die Breite zogen. Pulsa glich eher einer Ellipse als einer Kugel, so stark hatten sich die Pole abgeplattet.

Die LION drang in das Gravitationsfeld Pulsas ein, das weit in den Raum hinausreichte. Messungen der Schwerkraft ergaben an den Polen den Wert von 2,8 Gravos, der sich in Äquatornähe, wo die Fliehkräfte am stärksten wirkten, auf vier Gravos erhöhte.

Den mächtigen Maschinen der LION konnte die Anziehungskraft des Planetenriesen nicht gefährlich werden. Picot, der die Methanwelt auf dem Panoramabildschirm beobachtete, hätte es trotzdem lieber gesehen, wenn sich der Schlachtkreuzer von Pulsa entfernt hätte als umgekehrt.

Sollte Tschato die LION tatsächlich landen, würde er auf die Ausschleusung eines oder mehrerer Shifts nicht verzichten. Die ungeheuren Hyperwellen, die von Pulsa ausgingen, gaben Picot zu denken. Hoffentlich ließ sich Tschato nicht auf etwas ein, was ihm später leid tun mußte.

Fernortungen der anderen Welten ließen vermuten, daß es nirgends im Whilor-System Leben gab. Pulsa schien der einzig interessante Planet zu sein, der um die pulsierende Sonne kreiste.

Tschato entschloß sich, eine Korvette unter dem Kommando von Captain Walt Heintman auszuschleusen. Heintman erhielt den Auftrag, die terranische Flotte über die Vorgänge im Whilor-System zu unterrichten. Schon einmal – im Simban-Sektor – hatte sich diese Maßnahme als vorteilhaft erwiesen.

Die LION-DREI wurde ausgeschleust. Dan Picot wußte, daß der junge Heintman zuverlässig war. Er hatte die riesige Entfernung vom Simban-Sektor aus zurückgelegt und Hilfe geholt. Der Erste Offizier der LION war beruhigt darüber, daß der Schlachtkreuzer nun abgesichert war. Bald mußten die ersten Schiffe der Flotte zur Unterstützung der LION hier auftauchen.

Doch in der Zwischenzeit konnte viel geschehen. Denn nur ein Mann, der Tschato nicht genau kannte, hielt den Kommandanten der LION für phlegmatisch. Dabei war Nome Tschato ein schnell handelnder Offizier.

Ein letzter Funkkontakt mit der LION-DREI bewies, daß die Korvette weiter beschleunigte und aus dem Whilor-System herausschoß.

Träge wälzte sich Tschato im Kommandosessel herum. Er blinzelte verschlafen zu Dan Picot hinüber.

»Übernehmen Sie die Landung, Dan«, ordnete er an. »Wir gehen in der Polgegend nieder. Dort haben es die Shifts leichter.«

Die knappen Informationen sagten Picot alles. Doch er hatte keine Zeit, sich darüber Gedanken zu machen. Er übernahm das Kommando über die LION, während Tschato seinen Platz verließ und zu Gaylord ging, der mit arroganter Miene hinter dem Kartentisch saß.

Picot beschloß, auch bei einer einfachen Landung vorsichtig zu sein. Vielleicht geschah dort unten irgend etwas, was eine Landung unmöglich machte. Der Erste Offizier legte keinen Wert darauf, direkt in eine Katastrophe hineinzufliegen.

Immer langsamer werdend, schwenkte die LION in eine enge Kreisbahn um Pulsa ein. Aufmerksam beobachtete Picot die Kontrollen. Einen Augenblick dachte er daran, was geschehen mußte, wenn jetzt die Andruckneutralisatoren der LION ausfielen. Picot stellte oft solche pessimistischen Überlegungen an. Er war bis zu einem gewissen Punkt abergläubisch. Die unter ihnen hinweghuschende Methanatmosphäre konnte seine Stimmung nicht aufbessern. Ein Mensch, der sich ohne Schutzanzug in diesen Mahlstrom wagen würde, mußte einfach zerquetscht werden.

Vielleicht hätte Melbar Kasom mit einem Sauerstoffaggregat überleben können. Aber welcher Mann konnte sich schon mit diesem ertrusischen Kleiderschrank vergleichen? Am wenigsten er, Picot, der Schwierigkeiten hatte, eine passende Uniform für seinen hageren Körper zu finden.

Wieder sprachen die Ortungsgeräte an. Diesmal jedoch schlugen die Strukturtaster über den Höchstwert aus. Unwillkürlich klammerte sich Dan Picot an der Steueranlage fest. Mühelos hielt er die LION in der richtigen Bahn.

»Sir!« rief er, doch Tschato erschien schon an seiner Seite. Mit aufgerissenen Augen schaute Picot auf die Bildschirme. »Fremdkörper, Sir«, stellte er mit unsicherer Stimme fest. »Aber wo kommen sie her?«

Unter ihnen schlugen irgendwelche Materiebrocken auf der Oberfläche von Pulsa auf. Vorerst blieb es jedoch ein Rätsel, woher sie kamen.

»Der Raum rings um die LION ist leer«, stellte Tschato fest. »Bei allen Planeten: Es sieht so aus, als würden die Dinger in der Atmosphäre entstehen und dann auf die Oberfläche stürzen.«

»Die Ortung ergibt den gleichen Effekt wie bei Transitionen«, sagte Picot mit Unbehagen.

»Richtig, Dan!« rief Tschato atemlos. »Die Fremdkörper kommen aus dem Hyperraum. Sie brechen erst unmittelbar über der Oberfläche des Planeten aus ihrem übergelagerten Medium.«

Picot versuchte, sich so etwas vorzustellen, aber seine Einbildungskraft blieb weit hinter den Geschehnissen zurück. Nur eines erkannte er mit Sicherheit: wenn Tschatos Vermutung zutraf, war die LION gefährdet.

Die Zahl der Fremdortungen erhöhte sich. Ein wahrer Hagel schien auf Pulsa niederzugehen.

Ein Knirschen, das Picots Nackenhaare aufrichtete, drang plötzlich durch den Kommandoraum. Bevor jemand etwas unternehmen konnte, schlugen die überlasteten Strukturtaster mit einem peitschenden Knall durch. Die Geräte konnten dem Ansturm der Hyperenergie nicht länger standhalten.

Unwillkürlich fiel Picot das akonische Wrack ein. Der Gedanke trieb ihm Schweißtropfen auf die Stirn. Er war kein ängstlicher Mann, aber das Wissen, daß auch ein Schiff gegenüber solchen Gewalten vollkommen hilflos war, hätte auch mutigere Raumfahrer erschüttert.

Während die Männer noch fassungslos auf die zerstörten Strukturtaster blickten, begann der mächtige Kalup zu rumpeln. Zuerst war es nur ein dumpfes Grollen. Ein Blick auf die Kontrollen zeigte Picot, daß es sich um das Energieaggregat zur Erzeugung des Kalupschen Abschirmfeldes handelte. Ohne daß er die entsprechenden Manipulationen getroffen hatte, begann die Maschine zu rasen.

Picot schluckte, als er an den Bedienungstasten zu zerren begann. Der Erfolg war jedoch gleich Null. Tschato warf sich ächzend in den Kommandosessel, aber selbst die Tatsache, daß der Kommandant die LION wieder übernahm, konnte Picots Unruhe nicht besänftigen. Die Dinge, die im Augenblick geschahen, konnten den Tod für die Besatzung des Schiffes bedeuten.

Das Grollen des Energieaggregates ging in schrilles Heulen über. Die überlasteten Maschinen dröhnten. Das gesamte Schiff schien von einem Augenblick zum anderen in Unruhe versetzt zu werden. Der Interkom summte kaum noch hörbar.

Gelassen, aber mit sprühenden Augen, beugte sich Tschato nach vorn. »Ja?« fragte er.

»Der Kalup glüht, Sir!« schrie eine verzweifelte Männerstimme. »Er steht in Rotglut. Was sollen wir tun?«

Picot schnaubte entsetzt. Er wagte nicht, zu Tschato hinüberzusehen, aus Furcht, der Kommandant könnte die Panik in seinem Gesicht erkennen.

»Wir müssen die Maschine abstellen«, sagte Tschato.

»Ich versuche es bereits die ganze Zeit über«, klagte Picot. »Es sieht so aus, als hätten wir keinen Einfluß mehr auf den Kalup. Seine Energien werden auch nicht in der Form eines Schutzfeldes um die LION gelegt, sondern entweichen wie ein Energiestrahl auf die Oberfläche Pulsas hinab.«

»Sir!« Die Stimme aus dem Lautsprecher des Interkoms überschlug sich fast. »Der Kalup ist bereits weißglühend. Wir haben die Löschtruppe der Roboter zugezogen, doch das Kühlmittel verdampft ohne den geringsten Erfolg. Wenn wir nichts unternehmen, sind wir verloren.«

»Sprengen Sie den Kalup!« schrie Tschato über den sich steigernden Lärm hinweg.

Ein solches Vorgehen war mehr als gewagt. Ohne ihren Kalup war die LION ein Schiff ohne Aussicht auf Rückkehr. Dann hing alles von Captain Heintman ab. Ein Zwischenfall an Bord der LION-DREI genügte, um die Besatzung der LION für alle Zeiten in dieses Sonnensystem zu verbannen.

Der Mann am anderen Ende der Sprechverbindung hustete. Dann sagte er langsam: »Wir kommen nicht mehr heran, Sir. Der Kalup wird explodieren. Wir müssen uns zurückziehen.«

Tschato schoß aus dem Kommandosessel heraus, als habe ihn ein unsichtbares Katapult herausgeschleudert.

»Los, Dan!« rief er stimmgewaltig. »Wir jagen diese Höllenmaschine auseinander.«

Picot wunderte sich darüber, wie schnell er noch war.

Da begann Dawson, der Cheffunker, zu schreien. Er kippte langsam aus seinem Sessel heraus, landete auf dem Boden und kroch wimmernd davon. Picots Augen erfaßten den Hyperkom, der nichts mehr als eine glühende Wand aus Metall war. Instinktiv glitten die Blicke des Ersten Offiziers auf die anderen Geräte, die auf Hyperimpulsbasis arbeiteten. Überall war der gleiche Vorgang zu beobachten.

Auf diese Weise mußte das Forschungsschiff der Akonen untergegangen sein.

»Zu spät«, sagte Picot. »Wir können den Kalup nicht mehr sprengen, Sir.«

Tschato spreizte die Hände und breitete seine Arme aus. Er wirkte wie ein Stier in einer Arena, der seine Gegner nicht fassen kann. Ein unwirklicher Laut kam über die Lippen des Kommandanten. Picot ging mit taumelnden Schritten zu seinem Platz zurück und ließ sich darin niedersinken. Die Temperatur innerhalb der Zentrale stieg schlagartig. Jemand ging zu Dawson und hob ihn auf. Der Funker hatte Verbrennungen im Gesicht und an den Armen davongetragen. Sein Gesicht war verzerrt, aber sein Geschrei ging im Tosen des Kalups unter.

Picot fühlte, wie ihn zwei mächtige Hände packten und hochrissen. Als er herumfuhr, sah er in Tschatos Gesicht. Noch nie hatte er den Löwen so gesehen, und er erschrak vor diesem Mann, der einem schwarzen Ungeheuer glich.

»Machen Sie nicht schlapp, Dan!« sagte Tschato mit durchdringender Stimme. »Wir müssen die LION hier wegbringen.«

Picot bewegte sich neben Tschato durch die Zentrale. Der eiserne Wille dieses Mannes trieb ihn an. Obwohl jeder Schritt der letzte sein konnte, fühlte Picot plötzlich Hoffnung. Es erschien ihm unglaublich, daß ein Mann wie Tschato zu bestehen aufhören könnte.

Plötzlich wurde es still. Die Geräusche des Kalups verstummten. Im gleichen Augenblick erbebte die Zentrale.

Der Kalup ist detoniert, schoß es durch Picots Gedanken. Eine lautlose Detonation hatte die Riesenmaschine vernichtet. Nur die Erschütterungen kamen durch. Sie wurden immer stärker.

Picot verlor den Halt und stürzte vornüber. Die Zentrale schien sich um ihn herum zu drehen. Sie wand sich wie ein gewaltiges Tier unter den Stößen, die von der Explosion ausgelöst wurden.

Tschato landete wie ein gefällter Baum neben Picot am Boden. Da wußte der Erste Offizier, daß alles aus war. In überdeutlicher Klarheit sah er sich wieder auf dem Raumhafen stehen und auf die LION hinausblicken. Er glaubte, den kühlen Regen wieder im Gesicht zu spüren, obwohl es innerhalb der Zentrale immer heißer wurde. An diesem Tag hatte Dan Picot sein Todesurteil besiegelt.

Mit unsäglicher Anstrengung wandte Picot den Kopf, so daß er Tschato sehen konnte. Beine und Hände des Löwen zuckten, als versuche der große Mann aufzustehen. Diese Bemühungen erschienen Picot das Großartigste zu sein, was er je gesehen hatte. Er erkannte, daß Tschato auch jetzt noch nicht aufgeben wollte.

Dann verlor er das Bewußtsein.

Dan Picot hatte ein Gefühl, als liege die Last eines mehrstöckigen Hauses auf seiner Brust. Er wollte sich davon befreien, doch die Arme folgten dem Befehl des Gehirns noch nicht. Brandgeruch stieg in Picots Nase und reizte ihn zum Niesen.

Er schlug die Augen auf und sah genau in das Gesicht von Oberstleutnant Nome Tschato, das allerdings noch etwas verschwommen wirkte. Mit einem Seufzer schloß Picot wieder die Augen.

»Sagen Sie mir eines, Sir: Befinden wir uns im Paradies oder in der Hölle?« krächzte er. Sein Mund war ausgetrocknet, die Kehle schnürte sich bei jedem Wort zusammen.

»Ich würde sagen, es ist ein Vorraum zur Hölle«, sagte Tschato gemächlich. »Aber es kann sein, daß jemand anderer Ansicht ist.«

Der spöttische Unterton in Tschatos Stimme ließ sie alles andere als überirdisch erscheinen. Picot lauschte, aber kein Geräusch verriet ihm, wo er sich im Augenblick befand. Er fühlte, wie ihn Tschato packte und hochzog. Als er die Augen abermals öffnete, erkannte er, daß er noch immer in der Zentrale der LION weilte. Er schaute sich um. Alle Geräte, die auf hyperenergetischer Basis arbeiteten, schienen defekt zu sein. Trotzdem gab es innerhalb der Zentrale keine Trümmer. Nichts deutete darauf hin, daß es zu einer ähnlichen Katastrophe wie an Bord des akonischen Forschungsschiffes gekommen war.

Tschatos starke Arme gaben Picot frei. Überall krochen Männer auf Händen und Knien durch den Raum. Andere zogen sich gerade an den verschiedensten Gegenständen auf die Beine. Picot beobachtete den Bildschirm. Eine graue wogende Masse zeichnete sich dort ab. Sofort fiel dem Ersten Offizier ein, daß sich die LION noch in einer Kreisbahn um Pulsa befunden hatte, als er von der Ohnmacht überwältigt worden war.

»Wo sind wir?« erkundigte er sich.

Seine geübten Augen stellten fest, daß die LION bewegungslos war. Er versuchte, dafür eine Erklärung zu finden, aber erst, als Tschato erwiderte: »Auf Pulsa!«, wußte er, daß sich das Schiff nicht länger im Raum befand.

Dan Picots Zunge glitt nervös über die aufgesprungenen Lippen. »Pulsa«, wiederholte er. »Wer hat die Landung durchgeführt?«

Tschato lächelte. »Das fange ich auch an mich zu fragen«, sagte er. »Es sieht so aus, als seien alle Männer bewußtlos gewesen. Die LION kann also nur durch äußere Einflüsse gelandet worden sein.«

Äußere Einflüsse! Picot bemerkte, daß alle Gegenstände vor seinen Augen zu flimmern begannen. Er hielt sich einen Augenblick fest, dann war der Schwächeanfall vorbei. Äußere Einflüsse! Darunter konnte man eine ganze Menge verstehen, aber nur wenig Gutes.

»Alle Hyperanlagen sind geschmolzen«, berichtete der Kommandant. »Die Normaltriebwerke und der Normalfunk sind noch in Ordnung. Die Zerstörung beschränkt sich also auf eine gewisse Art von Maschinen.«

»Das macht die Sache nur noch rätselhafter«, mischte sich Gaylord ein, der einen etwas zerzausten Eindruck machte. »Der Grund für diese seltsamen Vorgänge ist dort draußen in der Methanhölle zu suchen.«

Tschato nahm den Kommandoplatz ein. Über Normalfunk nahm er mit allen Teilen des Schlachtkreuzers Verbindung auf. Es erwies sich, daß es keine Toten gegeben hatte. Lediglich ein Techniker war so schwer gestürzt, daß man ihn auf die Krankenstation bringen mußte. Wie in der Zentrale, hatte die Erschütterung, die nach der Detonation des Kalups erfolgt war, auch im übrigen Schiff dazu geführt, daß die Besatzung bewußtlos wurde. Niemand vermochte dem Kommandanten zu sagen, wie die Landung erfolgt war. Eine rasche Untersuchung der Korvetten im Hangar ergab, daß auch die Hypergeräte der Beiboote vernichtet waren. Dagegen funktionierten die Normalschutzschirme einwandfrei.

»Es sieht so aus, als sei irgend etwas auf Pulsa an Hyperenergie interessiert«, stellte Tschato fest, nachdem die Männer das Ausmaß der Zerstörungen übersehen konnten. »Man hat alles aus der LION herausgeholt, was sie in dieser Hinsicht zu bieten hatte.«

»Man hat uns ausgequetscht wie eine Zitrone, Sir«, meinte Captain Vertrigg.

Duprene, der Cheflogiker, stellte die entscheidende Frage: »Wer ist man?« wollte er wissen.

»Etwas, das nicht ausgesprochen feindlich zu sein scheint«, sagte Picot.

»Nachdem man uns beraubt hat, scheinen wir nicht mehr wichtig zu sein.« Das sagte er gegen seine innere Überzeugung. Er glaubte durchaus nicht, daß die Gefahr für das Schiff und seine Besatzung vorüber war. Eine Macht – was sie auch immer verkörperte – die in der Lage war, einen Schlachtkreuzer zu landen und seine Hyperanlagen zu zerstören, konnte bestimmt die LION vollständig auslöschen.

Tschato stützte sich mit den Ellbogen auf die Lehne des Kommandosessels. Er deutete kurz auf den Bildschirm der Außenübertragung. Dort konnte man nur graue Konturen entdecken.

»Dort draußen ist etwas, das uns völlig unbekannt ist«, sagte er. »Es kann sich um unbekannte Lebensformen handeln, aber auch um die intakt gebliebenen Maschinen einer untergegangenen Kultur. Ebenso kann es sich um ein Naturphänomen handeln, das nur auf dieser Welt existiert.«

»Träfe das letztere zu, müßte Pulsa eine Zwillingssonne Whilors sein«, warf Gaylord ein. »Kein Planet kann auf Dauer solche Energieentladungen verkraften, auch nicht ein Riese wie Pulsa.«

»Sie denken also, daß auf dieser Welt eine Spezies lebt, die derart hochstehend ist, daß sie Hyperenergie ganz nach Belieben beeinflussen kann?« fragte Captain Vertrigg.

Dr. Gaylord hob abwehrend seine mageren Arme. »Davon habe ich nichts gesagt«, protestierte er. »Ich halte es sogar für mehr als unwahrscheinlich, daß sich unter diesen Umständen Leben entwickeln konnte. Auch die Theorie des Kommandanten, daß es auf Pulsa noch funktionierende Maschinen einer versunkenen Kultur geben könnte, ist meiner Ansicht nach nicht zu vertreten. Es muß eine andere Erklärung für diesen Zwischenfall geben.«

»Die gibt es bestimmt«, versicherte Tschato. »Ich glaube jedoch nicht, daß wir sie herausfinden, wenn wir länger hier diskutieren. Wir werden einen Roboter aussetzen.«

»Ausgezeichnet!« stimmte Gaylord zu. »Auf diese Weise könnten wir etwas erfahren, ohne selbst gefährdet zu sein.«

Tschato ließ einen der flachgebauten Universalroboter herrichten. Die Techniker montierten eine Spezialkamera in die Maschine, die ihre Aufnahmen auf die Bildschirme der Außenübertragung abstrahlen sollte. Danach wurde der Roboter auf die Oberfläche Pulsas ausgeschleust.

Picot verfolgte die Vorbereitungen zwar mit äußerer Gelassenheit, aber innerlich stieg seine Unsicherheit weiter an. Die Idee mit dem Roboter erschien ihm zwar als gut, aber sie konnte sich leicht als Bumerang erweisen. Am vernünftigsten wäre es dem Ersten Offizier erschienen, die LION mit Hilfe der Normaltriebwerke zu starten und in den Raum zurückzubringen. Solche Vorschläge würde Tschato jedoch ablehnen. Das Fremdartige dieses Planeten, die mysteriösen Vorgänge, das alles reizte ihn zu sehr, als daß er bereit gewesen wäre, einfach den Rückzug anzutreten.

Nach knapp zehn Minuten begann die Kamera des Universalroboters auf einen Impuls von der LION aus zu arbeiten. Die grauen Konturen auf dem Bildschirm veränderten sich. Es wurde heller. Picot unterdrückte ein Husten. Er fühlte, wie die Spannung der beobachtenden Männer wuchs. Jeder erwartete irgend etwas zu sehen. In der Phantasie eines jeden Mannes gab es bestimmte Vorstellungen über die Außenwelt. Picot bezweifelte jedoch, daß jemand der Wirklichkeit nahe kam.

Der Roboter glitt unaufhaltsam durch Methangaswolken hindurch. Felsen, die zum Teil mit Ammoniakschnee bedeckt waren, gerieten in das Aufnahmefeld der Kamera. Mit Hilfe der Fernsteuerung ließ Tschato die Maschine anhalten. Dann drehte er sie langsam um die eigene Achse. Als die Landestützen der LION sichtbar wurden, stoppte Tschato die Umdrehung. Vollkommen verlassen lag der Schlachtkreuzer auf der Oberfläche der fremden Welt. Nichts deutete auf das Vorhandensein unbekannter Lebensformen hin.

Tschato ließ den Roboter etwa hundert Meter weiter vom Schiff wegrollen. Es wurde sichtbar, daß die LION in einer Senke niedergegangen war. Sämtliche Landestützen, die ins Aufnahmefeld der Kamera gerieten, zeigten sich unbeschädigt.

Der Universalroboter rollte einen Hügel hinauf. Als er den Kamm erreicht hatte und nach unten glitt, wurde ein Teil der LION sichtbar.

Der Kommandant ließ die Maschine auf den Kamm des Hügels zurückfahren. Abermals mußte sich der Roboter um seine Achse drehen.

Plötzlich glaubte Picot eine Bewegung auf dem Bildschirm zu sehen. Aber es konnte auch eine aufwirbelnde Ammoniakschneewolke sein. Chlor-, Methan- und Schwefelgaswolken zogen dicht über dem Boden dahin, auch sie konnten das Auge eines Menschen täuschen.

Die Kamera konnte das trübe Dämmerlicht nicht sehr weit durchdringen. Picot hatte jedoch den Eindruck, daß es stetig heller wurde. Vielleicht begann auf dieser Seite des Planeten gerade ein neuer Tag. Bei der schnellen Eigenrotation Pulsas mußte es bald völlig hell sein.

»Eine graue Einöde«, stellte Tschato fest. »Wahrscheinlich sieht es überall gleich aus, wohin wir den Roboter auch steuern.«

»Wollen Sie ihn ins Schiff zurückholen?« erkundigte sich Dr. Gaylord enttäuscht.

»Ja«, bestätigte Tschato. »Er hilft uns nicht weiter als die Bildschirme der Außenübertragung. Wenn wir mehr über diese Welt erfahren wollen, müssen wir uns schon selbst hinauswagen.«

»Steuern Sie die Maschine wenigstens noch die andere Seite des Hügels hinab«, drängte Gaylord. »Vielleicht können wir etwas entdecken.«

»Also gut«, lenkte Tschato ein. Er wandte sich wieder der Fernsteuerung zu. Picot war dem Wissenschaftler für die Verzögerung dankbar. Solange die Maschine noch im Freien blieb, bestand wenig Aussicht, daß Tschato zusätzlich noch einen Shift ausschleusen ließ.

Der Roboter nahm Fahrt auf. Die Oberfläche schien unebener zu werden. Die gesendeten Bilder wechselten ruckartig. Nome Tschato verlor mehr und mehr das Interesse an dieser Aktion. Er mußte den Roboter um zwei Felsen lenken, die die Maschine nicht überwinden konnte. Dann begann der Bildschirm sich wieder zu verdunkeln. Eine dichte Wolke hüllte den Roboter ein.

Tschato schaute zu Dr. Gaylord. »Zufrieden?« erkundigte er sich.

Gaylord nickte. Er sah ein, daß sie auf diese Weise nichts mehr über Pulsa erfahren konnten. In unmittelbarer Nähe der LION gab es keine Anhaltspunkte, aus denen sich Rückschlüsse über die geheimnisvollen Vorgänge ziehen ließen. Der Roboter wendete und rollte mit Höchstgeschwindigkeit der LION entgegen.

Er explodierte unmittelbar bevor er auf dem Hügelkamm angekommen war. Ein Lichtblitz auf den Bildschirmen zeigte den Männern innerhalb der Zentrale, daß die Universalmaschine zu existieren aufgehört hatte. Die Fernsteuerung sprach nicht mehr an. Betroffen sah Dan Picot auf die Bildschirme, auf denen sich die nächste Umgebung der LION jetzt deutlicher abzeichnete, nachdem es heller geworden war und Tschato auf Außenübertragung zurückgeschaltet hatte.

»Ist er ... zerstört, Kommandant?« fragte Gaylord nervös.

»Völlig«, gab Tschato zurück. »Wenn nur die Kamera ausgefallen wäre, hätte die Fernsteuerung noch funktioniert. Die Maschine ist explodiert.«

Gaylord rieb sich das Kinn. Einen Augenblick fiel seine Arroganz von ihm ab, er war nur noch ein erschrockener Mann, den man auf eine unbekannte Welt gebracht hatte.

»Wie kann das passiert sein?« wollte er wissen.

Tschato hob die Schultern. »Das weiß ich ebenso wenig zu beantworten, wie die Frage nach dem Zerstörer der Hypergeräte. Der Roboter funktionierte nicht auf hyperenergetischer Basis. Trotzdem existiert er nicht mehr.«

»Ich mache mir Sorgen«, gestand Gaylord. »Was sollen wir unternehmen, wenn nun auch alle anderen normalen Anlagen des Schiffes vernichtet werden?«

Diese Frage, fand Picot, war berechtigt. Doch einmal mehr zeigte sich der Oberstleutnant als Fatalist. Seine Antwort bestand in einem kurzen Lächeln. Die Ausschleusung des Roboters hatte bewiesen, daß in dieser öde wirkenden Landschaft Gefahren lauerten.

»Ich werde mit meinen Kollegen über diesen Zwischenfall beraten«, entschied Dr. Gaylord. »Sobald Sie sich entschlossen haben, einen Shift auszuschleusen, benachrichtigen Sie uns bitte.«

»Diesen Entschluß habe ich bereits gefaßt«, sagte Tschato. »Wir müssen uns dort draußen umsehen. Sobald Sie Ihre Unterredung beendet haben, starten wir.«

Wenn Gaylord durch diese Auskunft überrascht wurde, so zeigte er es nicht. Er verließ die Zentrale mit steifen Schritten. Tschato blickte nachdenklich hinter ihm her. Picot versuchte, die Gedanken hinter der dunklen Stirn zu erraten.

Tschato stellte eine Verbindung zur Feuerleitzentrale her. Einen Augenblick später sprach er mit Leutnant Gordella. »Wir werden Shifts ausschleusen, Leutnant«, kündigte er an. »Sie haben den Auftrag, jeden eventuellen Angriff auf die flugfähigen Raupenfahrzeuge mit dem Einsatz aller Waffen zurückzuschlagen, sofern sich die Shifts noch in Reichweite der Geschütztürme aufhalten. Auch ein Angriff gegen die LION ist mit allen verfügbaren Mitteln abzuwehren.«

»Verstanden, Sir«, schnarrte Gordella. »Ich muß Sie daran erinnern, daß der Ausfall der Hyperanlagen auch zum Teil die Feuerleitzentrale betrifft. Unsere Ortungsmöglichkeiten beschränken sich nur auf Waffen, die langsamer als das Licht sind.«

»Natürlich«, sagte Tschato ruhig. »Ich glaube, daß es überhaupt nicht zu einem Zusammenstoß kommen wird. Trotz des Verlustes eines Roboters gibt es noch keine Anzeichen einer fremden Macht.«

»Nein, Sir«, bestätigte Gordella zögernd.

Tschato schaltete zum Hangar um und befahl den Männern, sämtliche Shifts startbereit zu machen. »Wir werden zunächst drei Shifts aussetzen«, kündigte er an. »Einen wird Captain Vertrigg übernehmen, den zweiten Sie, Dan. Ich gehe an Bord des dritten, zusammen mit Dr. Gaylord und zwei weiteren Wissenschaftlern. Picot und Vertrigg, Sie beide sollen praktisch als Rückendeckung dienen. Wenn es sich als nötig erweisen sollte, daß ein Shift landen muß, bleiben die anderen über dem Boden, um das gelandete Raupenfahrzeug abzusichern. Die Wissenschaftler werden auf eine Zwischenlandung wahrscheinlich großen Wert legen.«

Tschato hatte sich also die schwierigste Aufgabe ausgesucht, stellte Picot im stillen fest. Das entsprach seinem Charakter. Trotzdem erschien die Ausschleusung mehrerer Shifts zur gleichen Zeit sicherer als der Versuch, mit einem einzelnen Raupenwagen in das unbekannte Land einzudringen.

Tschato stand auf. Er sah ganz so aus, als könnte er alle Gegner besiegen, die sich ihm entgegenstellten. Doch das war nur Trugschluß. Oft genug war auch dem Kommandanten der LION kein anderer Ausweg als eine schnelle Flucht geblieben.

Nome Tschato schaute auf die Borduhr. Es war gegen 15 Uhr terranischer Zeit. Die Leuchtbuchstaben unter der Uhr zeigten den 18. Juli 2329.

Eine knappe Stunde später starteten die drei Shifts zu ihrem Flug ins Unbekannte.

15.

Die graue Dämmerung, in die Dan Picot den Shift hineinsteuerte, war nicht mit einem Tag auf der Erde zu vergleichen. Das Land unter ihnen breitete sich wie ein riesiges verschmutztes Stück Wäsche aus. Die helleren Flecken wurden von Ammoniakschnee hervorgerufen.

Ein Blick zurück zeigte Picot die LION gleich einer Burg aus Metall innerhalb der Gasschwaden. Der Gravitationsmesser zeigte einen Wert von knapp drei Gravos. Das bewies dem Offizier, daß sie nicht in der Nähe des Äquators gelandet waren. Die drei Shifts flogen mit Antigravantrieb. Als zusätzliche Sicherung trugen die Männer schwere Schutzanzüge, in denen sie auch der dreifachen Belastung standhalten konnten, wenn einer der Shifts ausfallen sollte.

Picot hoffte, daß es nicht soweit kommen würde. Vor ihm flog der gepanzerte Shift Tschatos. Noch hatte das Fahrzeug nicht die Höchstgeschwindigkeit erreicht. Offenbar wollte sich der Kommandant nur allmählich aus der Nähe der LION entfernen, um das Gebiet um den Schlachtkreuzer genau zu untersuchen. Solange die LION noch sichtbar war, fühlte sich Picot einigermaßen sicher.

Er blickte zur Seite. In etwa fünfzig Metern Entfernung steuerte Captain Vertrigg den dritten Shift durch die Gaswolken. Es war ein unwirkliches Bild, das sich mit aller Deutlichkeit in Picots Gedanken prägte. Er wünschte, er hätte die Sonne sehen können, doch deren Strahlen vermochten die giftige Atmosphäre nicht zu durchdringen.

An Bord von Tschatos Shift hielten sich außer dem Kommandanten und Dr. Gaylord noch drei weitere Wissenschaftler und ein Techniker auf. Picot hatte fünf Besatzungsmitglieder der LION bei sich, unter anderem Dawson, den Cheffunker. Captain Vertrigg wurde von sechs Männern begleitet. Bei ihm an Bord hielt sich auch Duprene auf, der Logiker und Kybernetiker. Zwei weitere Shifts standen startbereit im Hangar der LION. Sie konnten jederzeit zur Unterstützung herbeigerufen werden.

Sie überflogen den Hügelkamm, auf dem der Roboter explodiert war. Tschatos Stimme ertönte im Lautsprecher des Normalfunks. »Shift Eins an Shift Zwei und Drei. Wir gehen etwas tiefer, um uns die Stelle anzusehen, an der der Roboter vernichtet wurde.«

Picot bestätigte und bremste die Geschwindigkeit ab. Er beobachtete, wie Tschato sein Raupenfahrzeug in die Tiefe gleiten ließ. Von hier oben war wenig zu erkennen. Es gab unzählige dunkle Flecken, von denen jeder einzelne das Wrack der Maschine sein konnte.

»Jetzt haben wir die Fahrspuren entdeckt«, meldete Tschato.

Der gepanzerte Shift beschrieb eine enge Kreisbahn. Aufmerksam überblickte Picot die Senke. In der Nähe der LION rührte sich nichts. Auch jenseits des Hügels blieb alles ruhig. Die Gaswolken schienen etwas unruhiger zu werden, an verschiedenen Stellen bildeten sich trichterförmige Wirbel.

»Da ist er!« rief Tschako.

Die Aufregung griff auf Picot über, obwohl er überhaupt nicht sehen konnte, was der Kommandant erblickt hatte.

»Wir haben den Roboter«, gab Nome Tschato bekannt. »Er ist zusammengeschmolzen. Die Gewalt der Explosion hat ihn ein Stück in die Oberfläche getrieben.«

Picot hatte plötzlich eine Idee. »Hier Shift Zwei«, meldete er sich. »Sir, wenn Sie die Spuren der Maschine entdecken konnten, können Sie vielleicht auch andere finden.«

»Daran habe ich auch schon gedacht, Dan«, gab Tschato zurück. »Wie soll ich jedoch in diesem aufgewühlten Boden erkennen, welche Spuren durch atmosphärische Einflüsse geschaffen wurden und welche nicht? Die Eindrücke des Roboters sind uns bekannt und deshalb zu unterscheiden.«

»Vielleicht gibt es Eindrücke, die sich regelmäßig wiederholen«, meinte Picot.

»Es ist nichts zu sehen«, erwiderte der Kommandant. »Auch Dr. Gaylord hält es für unmöglich, daß wir die Spuren von eventuell hier lebenden Wesen finden könnten.«

»Na gut«, sagte Picot enttäuscht. »Vielleicht gibt es irgendwelche andere Hinweise.«

»Wenn wir zurückkehren, nehmen wir die Überreste des Roboters mit an Bord«, versprach Tschato. »Vielleicht hilft uns eine Analyse weiter.«

Der Shift des Kommandanten gewann wieder an Höhe. Picot sah ein, daß ihnen nichts anderes übrigblieb, als weiter in dieses Land vorzudringen. Mit jedem Meter, den sie sich von der LION entfernten, wuchs die Drohung, die Pulsa auszustrahlen schien.

Dreihundert Meter legten sie im Gleitflug zurück. Da veränderte sich der Boden unter ihnen. Die schmutziggraue Färbung verschwand. Sie machte einer gleichmäßigen braunen Schicht Platz. Picot maß dieser Veränderung wenig Bedeutung bei. Doch gleich darauf erklang die Stimme Tschatos.

»Gaylord möchte sich den Boden ansehen«, erklärte er. »Er hat offenbar einen Verdacht.«

Man konnte Tschatos Tonfall nicht entnehmen, ob er diesen Verdacht teilte. Wahrscheinlich hatte der Kommandant ebensowenig Ahnung wie Picot, was die Wissenschaftler vermuteten. Unwillkürlich blickte Picot durch die durchsichtige Kanzel des Shifts zurück. Die LION zeichnete sich noch immer zwischen den Wolken ab. Einmal wurde sie vollkommen, dann wieder nur zum Teil sichtbar, je nachdem, wie sich die Strömungen verlagerten.

Picot steuerte durch einen Gaswirbel. Der Shift schaukelte schwach, dann stieß er bereits wieder hervor. Inzwischen setzte Tschatos Raupenfahrzeug zur Landung an.

Der von Vertrigg gesteuerte Shift kam dichter heran. Picot kniff die Augen zusammen. Die Sicht war schlecht. Die Gaswolken ließen Picot immer wieder glauben, irgendeine Bewegung am Boden entdeckt zu haben.

Tschato teilte mit, daß der Shift endgültig aufgesetzt war. »Die braune Masse wirkt wie ein Überzug«, berichtete er. »Gaylord behauptet, sie passe nicht in das Bild, das er und seine Kollegen sich von Pulsa gemacht haben.«

Picot hielt den Shift schräg über dem gelandeten Raupenfahrzeug. Immer wieder mußte er gegensteuern, um nicht von den Strömungen der aufgewühlten Atmosphäre davongetragen zu werden.

Wieder klang Tschatos Stimme auf: »Hallo, ihr da oben! Gaylord will festgestellt haben, daß diese braune Schicht Neo-Molkex ist.«

Picot runzelte die Stirn. Gaylord war ein arroganter Bursche, aber ein ernstzunehmender Wissenschaftler. Er würde nicht ohne Grund eine solch kühne Behauptung aufstellen.

Als Dan Picot wieder aus der Kanzel in die Tiefe blickte, sah er zu seiner Verblüffung, daß eine Gestalt den gepanzerten Shift verließ. Picot fluchte wild. Sie hatten beschlossen, nur in Ernstfällen die Shifts zu verlassen. Auf einem Planeten wie Pulsa verließ man sich im allgemeinen nicht auf die Schutzanzüge. Gewiß, es gab Spezial-Skaphander, doch die standen ihnen nicht zur Verfügung.

Picot fragte sich, wer dieser Mann dort unten war, der sein Leben riskierte, um ein Problem zu lösen.

Dr. Neven Gaylord hatte bis zu seinem vierzigsten Lebensjahr fest daran geglaubt, daß er eines Tages im Bett sterben würde. Diese Erwartung und seine Fähigkeiten auf dem Gebiet der Strukturumwandlung hatten ihn von Anfang an einen Platz in der menschlichen Gesellschaft einnehmen lassen, mit dem er unbewußt unzufrieden war. Diese Unzufriedenheit verbarg er gegenüber seinen Mitmenschen mit Arroganz und hochtrabenden Reden. Aber er verbarg sie auch vor sich selbst. Und so entwickelte er mit der Zeit einen Komplex. Er hielt seine Art zu leben für die einzig richtige und verachtete alle, die mit ihm nicht einer Meinung waren.

Dr. Gaylords Unzufriedenheit wuchs noch, seitdem er an Bord der LION weilte. Daran trug weniger der Flug als Oberstleutnant Nome Tschato die Schuld. Gaylord begriff bald, daß dieser schwarzhäutige Riese sich über alles hinwegsetzte. Der Kommandant kümmerte sich wenig um die Lebenseinstellung eines Dr. Gaylord. Er erwartete einfach, daß sich der Wissenschaftler ebenso nach seinen Plänen richtete wie jeder andere an Bord. Anfangs hatte Gaylord versucht, sich gegen diese Art der Behandlung aufzulehnen. Doch Tschato erschien aalglatt, er bot keinerlei Angriffspunkte.

Und jetzt hatte Dr. Neven Gaylord, der im Bett zu sterben trachtete und zur Zeit über 40.000 Lichtjahre von diesem entfernt war, sich angeboten, den Shift zu verlassen, um hinauszugehen in eine fremde bösartige Welt. Gaylord wußte nicht, wie er dazu kam, Tschato ein solches Angebot zu machen. Vielleicht wollte er dem Kommandanten imponieren.

»Für hiesige Begriffe ist heute ausgesprochen schönes Wetter«, sagte Tschato grimmig. »Trotzdem ist es für einen unerfahrenen Mann ziemlich gefährlich dort draußen. Lassen Sie Placidia hinaus.«

Placidia war der Techniker, der außer Tschato und den Wissenschaftlern noch an Bord war. Er ging sofort ins hintere Teil des Shifts, um sich ausschleusen zu lassen.

»Warten Sie!« rief Gaylord.

Unwillig blieb der Techniker stehen. Er wartete darauf, daß ihn Tschato weitergehen lassen würde. Doch der Kommandant wandte sich Gaylord zu.

»Ich vermute, daß wir auf Neo-Molkex gestoßen sind«, sagte Gaylord. »Das kann ich nur beweisen, wenn ich diese fladenartigen Gebilde dort draußen untersuche, Kommandant.«

»Ich bringe Ihnen soviel von dem Zeug herein, wie Sie nur wollen«, mischte sich Placidia ein, der sich darüber ärgerte, daß Tschato nicht den entscheidenden Befehl gab.

»Wenn es wirklich Neo-Molkex ist, wird es Ihnen nicht gelingen, auch nur ein Gramm davon abzulösen«, sagte Gaylord. »Ich muß es aus unmittelbarer Nähe sehen, um ein Urteil darüber fällen zu können.«

»Gehen Sie an Ihren Platz!« befahl Tschato dem Techniker. »Wir schleusen Sie aus, Doc. Kehren Sie jedoch sofort um, wenn es Schwierigkeiten gibt. Wenn ich Sie zurückrufe, dürfen Sie nicht zögern, diese Anordnung zu befolgen. Ich starte eher ohne Sie, bevor ich den Shift gefährde, der immerhin noch fünf weitere Männer schützen soll.«

»Ich bin kein Kind«, beschwerte sich Gaylord.

Tschato grinste. Er ließ sich nicht davon abbringen, Gaylords Schutzanzug gründlich zu untersuchen. Dann schickte er den Wissenschaftler in die Schleusenkammer. Als die Verbindungstür zum Shiftinnern zuglitt, fühlte sich Dr. Gaylord plötzlich vollkommen verlassen. Er glaubte nun zu wissen, was es hieß, allein auf eine unbekannte Welt hinauszugehen. Ein bisher nie gekannter Druck legte sich auf seine Brust. Er atmete schwer. Hastig konzentrierte er seine Aufmerksamkeit auf die Meßgeräte innerhalb der Schleusenkammer. Die Anzeiger der Druckregler veränderten sich. Gaylord glaubte unter Luftmangel zu leiden, aber die Instrumente, deren Werte er las, betrogen ihn nicht. Es war die Angst, die ihm zu schaffen machte.

Er biß sich auf die Zunge, bis die Schmerzen jedes andere Gefühl überfluteten. Aber erst der Gedanke an Tschatos spöttisches Lächeln, wenn er, Dr. Gaylord, zurückkehren würde, ohne die Kammer überhaupt verlassen zu haben, ließ den Wissenschaftler die Panik niederkämpfen. Er war entschlossen, dem Kommandanten nicht das Schauspiel eines vor Angst schlotternden Mannes zu bieten.

Doch als die äußere Schleusenwand aufglitt, wich Gaylord unwillkürlich tiefer in die Kammer zurück. Die fremde Welt breitete sich vor ihm aus. Nur durch die schmale Sichtscheibe des Schutzanzuges war er von ihr getrennt. Der Andruckneutralisator des Anzuges arbeitete einwandfrei.

Gaylord bewegte sich langsam auf den Ausgang zu. Jetzt, da er sich nicht mehr innerhalb des Shifts befand, kam ihm die Fortbewegung in einem Schutzanzug mit einem Mal schwierig vor. Er hoffte, mit dem Anzug könnte etwas nicht in Ordnung sein, so daß er einen Grund hatte, umzukehren.

»Sie können aussteigen«, sagte da Nome Tschato unmittelbar neben ihm.

Gaylord riß in instinktiver Abwehr beide Arme hoch. Doch da war niemand. Er hatte die Stimme des Kommandanten über Helmfunk gehört.

»Ich bin bereits dabei«, hörte er sich mit einer Stimme antworten, die nicht mehr seine eigene war. Vielleicht lag das daran, daß sich die Schallwellen innerhalb des Helmes nicht weit ausbreiten konnten. Wahrscheinlicher jedoch erschien es ihm, daß die Angst seinen Tonfall veränderte.

Dr. Gaylord schwang sich ins Freie hinaus. Ein Schwindelgefühl drohte ihn zu übermannen, als er ringsum nur von durcheinanderwogenden Gaswolken umgeben war. Verzweifelt fuhr er herum, bis er den Shift sehen konnte. Er preßte eine Hand gegen den Rand der geöffneten Schleuse. Da fiel ihm ein, daß man ihn durch die Kanzel beobachten konnte. Sofort ließ er los.

Eine Weile stand er da, ohne sich daran zu erinnern, warum er überhaupt herausgekommen war. Die unbekannte Welt schien über ihm zusammenzuschlagen. Er fühlte die Drohung, die von ihr ausging. Dann machte er unbewußt einen Schritt voran. Es war, als schreite er über Beton, so hart drückte der Boden gegen die Sohlen der Spezialschuhe. Das rief ihm den Grund seines Hierseins ins Gedächtnis zurück.

Er ging weiter vom Shift weg. Er wollte Tschato beweisen, daß er keine Furcht hatte.

»Immer mit der Ruhe, Doc«, klang Tschatos Stimme wieder auf. »Warum spazieren Sie immer weiter weg? Schließlich finden Sie das Material auch in der Nähe des Shifts.«

»Überlassen Sie es einem Fachmann, eine passende Stelle zu suchen«, gab Gaylord aufgebracht zurück. Er hatte gerade haltmachen wollen, doch jetzt entfernte er sich weitere zwanzig Meter vom Raupenfahrzeug.

Er ließ sich auf die Knie nieder und tastete die bräunliche Masse ab, die in riesigen Fladen den Boden bedeckte. Dann zog er den kleinen Vibrationsmeißel aus dem Gürtel des Anzugs und schaltete ihn an. Das kleine Gerät war in der Lage, eine Panzerplatte abzuspanen. Gaylord setzte den Spankeil an und versuchte ihn in den Boden zu treiben. Er glitt über das Material, als rutsche er über Eis. Der Strukturforscher beugte sich nach vorn, um mit dem vollen Gewicht seines Oberkörpers über dem Meißel zu lasten. Er spürte die kaum wahrnehmbaren Erschütterungen des Vibrators, die in präzisen Stoßwellen erfolgten. Der Spankeil griff nicht. Gaylord erhob sich schweratmend. Er betrachtete die Meißelspitze und stellte fest, daß die in einem langwierigen Verfahren gehärtete Spezialstahlschneide mit Kerben versehen war. Das Material am Boden war härter als der Meißel.

Gaylord knurrte befriedigt und schob den Vibrationsmeißel an seinen Platz zurück. Im Augenblick hatte er die Umwelt vergessen. Er löste zwei Plastikfläschchen vom Gürtel und öffnete den Schraubverschluß des ersten. Er schüttete einen Teil der Flüssigkeit auf den Boden. In die Lache, die sich bildete, goß er aus dem zweiten Fläschchen mehrere Tropfen. Mit angespanntem Gesicht wartete er auf das Ergebnis. Nach kurzer Zeit begann das Material seine braune Farbe zu verändern. Es wurde großporig und saugte die Flüssigkeit in sich hinein. Gaylord gab einen glucksenden Ton von sich.

»Kommandant!« rief er. »Wir haben tatsächlich Neo-Molkex gefunden.«

»Gut«, bestätigte Tschato knapp. »Kommen Sie jetzt zurück an Bord!«

Neven Gaylord fühlte sich wie befreit. Er wurde sich der Tatsache bewußt, daß diese Entdeckung seinem Namen in der Fachwelt einen guten Klang verleihen würde.

Da sagte Nome Tschato unnatürlich ruhig: »Es ist besser, wenn Sie jetzt schnell zurückkommen, Doc.«

Gaylord befestigte die beiden kleinen Behälter am Gürtel und streckte sich. Dabei fiel sein Blick in die Ebene, die sich vor ihm ausbreitete. Was er sah, ließ ihn erstarren.

Warum gestattete Tschato diesem Narren, sich so weit vom Shift zu entfernen? Vergeblich bemühte sich Dan Picot, von hier oben Einzelheiten zu erkennen. Dr. Gaylord hielt sich in etwa sechzig Metern Entfernung vom Shift auf. Er führte irgendwelche Experimente mit der braunen Masse durch, die Pulsas Oberfläche über große Flächen hinweg bedeckte.

Da meldete sich Captain Vertrigg. »Ich glaube, dort unten bewegt sich etwas, Sir«, gab er durch. »Es ist nur undeutlich zwischen den Gaswolken auszumachen.«

Vertrigg war einer der alten, erfahrenen Offiziere, die so schnell nichts erschüttern konnte. Diesmal jedoch hatte verhaltene Furcht in seiner Stimme mitgeklungen. Dan Picot kniff die Augen zusammen und gab sich Mühe, irgend etwas zu erkennen, das Vertriggs Verdacht bestätigen würde.

»Ich kann nichts sehen«, gab Tschato bekannt. »Geben Sie mir die ungefähre Position durch, Captain.«

»Etwa zwanzig Grad links hinter Gaylord«, berichtete Vertrigg hastig. »Es muß noch ungefähr einhundert Meter von dem Wissenschaftler entfernt sein.«

Picots Kopf flog herum.

»Da!« zischte Dawson neben ihm, »da ist es, Sir!«

Zwischen den grauen Wolken glaubte Picot jetzt eine schattenhafte Gestalt wahrzunehmen, die sich in hüpfenden Bewegungen dem Wissenschaftler näherte. Da das Gebilde immer wieder zwischen dichteren Wolken verschwand, war es dem Ersten Offizier der LION unmöglich, es genau zu erkennen.

»Captain Vertrigg hat sich nicht getäuscht, Sir«, meldete er Tschato. »Da unten kommt etwas auf Gaylord zu. Von Ihrem Platz aus können Sie es nicht sehen.«

»Ich rufe Gaylord zurück«, versicherte Tschato.

Eine Sturmbö packte den Shift Picots und riß ihn zwanzig Meter zur Seite. Schimpfend lenkte Picot den Shift an den ursprünglichen Platz zurück. Als er sich wieder den Vorgängen in der Tiefe widmen konnte, stand Dr. Gaylord noch immer an seinem Platz. Picot spürte, daß sich seine Magennerven zusammenzogen.

Da ruckte Tschatos Shift an und rollte dem Wissenschaftler entgegen. Picot schaute auf die einsame Gestalt hinunter und fragte sich, warum Gaylord nicht die Flucht ergriff. Die Atmosphäre wurde unruhiger. Die beiden Shifts, die über dem Schauplatz schwebten, hatten Schwierigkeiten, ihre Positionen zu halten. Ammoniakschnee wurde aufgewirbelt. In dichten Schwaden trieb er über das Neo-Molkex dahin. Inmitten der immer heftiger werdenden Strömung stand noch immer Dr. Gaylord.

Und vierzig Meter vor ihm hüpfte das unheimlichste Wesen über den Boden, das Picot jemals gesehen hatte.

Eingehüllt in Schleier von Ammoniakschnee und Chlorgas, beobachtete Gaylord das fremde Wesen. Die beschwörende Stimme Tschatos, der ihn zur Umkehr bewegen wollte, verhallte ungehört. Neven Gaylord hatte viel über außerirdische Lebensformen gelesen. Er hatte Bilder von Wesen gesehen, die um vieles phantastischer waren als die Vorstellungen eines menschlichen Gehirns.

Doch zwischen Bildern und der Wirklichkeit bestand ein Unterschied. Eine Mischung von Angst und Faszination bannte Gaylord an den Platz.

Das Wesen, das sich ihm näherte, besaß einen pfahldünnen Körper ohne Kopf. Es war etwa drei Meter groß. Am unteren Teil des Pfahlkörpers erkannte Gaylord sieben dünne Beine, die kreisförmig angeordnet waren. Es sah aus, als hätte man eine Stange auf ein siebenbeiniges Stativ gestellt.

Das Geschöpf konnte diese Beine gleichzeitig einknicken. Wenn es sich dann streckte, konnte es mehrere Meter weit springen. Zwei der Beine schienen mit Greifwerkzeugen ausgerüstet zu sein.

Das Wesen schien einen phantastischen Tanz aufzuführen. Es sprang in die Höhe, kreiselte einen Augenblick um die eigene Achse, um dann federnd wieder zu landen. Gaylord sah, daß sämtliche Beine zweigelenkig waren.

Der Strukturforscher bemerkte, daß sich das Wesen weitaus mehr mit dem Neo-Molkex beschäftigte als mit ihm. Trotzdem kam es unaufhörlich näher. Gaylord sah nach oben, wo die beiden Shifts unruhig zwischen den Gaswolken schwebten. Der Gedanke, daß ihn die Männer dort oben voller Sorge beobachteten, ließ Gaylord befriedigt nicken. Gaylord legte den Kopf in den Nacken. Sein Kinn straffte sich.

Dann begann er, dem Geschöpf entgegenzugehen.

»Sie Narr!« schrie Tschato. »Bleiben Sie sofort stehen!«

Belustigt blickte Gaylord zurück. Er sah, daß der Shift über den braunen Boden heranrollte. Der Kommandant versuchte, ihn einzuholen und in das Raupenfahrzeug zu bringen, bevor er mit dem Wesen von Pulsa Kontakt aufgenommen hatte.

Gaylord beschleunigte seine Gangart. Der Schutzanzug verhinderte, daß er schnell vorankam, aber der Abstand zu dem tanzenden Geschöpf verringerte sich rasch. Die Kreatur warf sich auf das Neo-Molkex. Sie wälzte sich darüber hinweg, wobei sie ihre sieben Beine ausgestreckt nach oben richtete. Eine Bö brauste über Gaylord hinweg. Sekundenlang wurde ihm die Sicht versperrt. Vor dem Sehschlitz tobten Ammoniakflocken durcheinander. Verbissen stemmte sich der Strukturforscher gegen den Sturm. Dann wurde es ruhiger.

Als er wieder sehen konnte, hatte er den Eindruck, daß der Dancer – so hatte Gaylord das Wesen im stillen getauft – gewachsen war. Doch das lag wahrscheinlich daran, daß sich der Abstand zwischen ihnen verringert hatte.

Inzwischen war der Shift bis auf zwanzig Meter herangekommen. Tschato schwieg jetzt. Gaylord fragte sich, ob dieser schwarze Riese etwas von seiner Gelassenheit verloren hatte. Der nächste Anprall des aufziehenden Sturmes ließ Gaylord taumeln. Er rutschte aus und stürzte nach vorn. Mit den Händen fing er seinen Fall ab. Seine Gelenke knackten. Die Angst kehrte wieder zurück. Er schaute zurück. Die Männer im Shift hatten ihn offensichtlich aus den Augen verloren, denn das Fahrzeug rollte von ihm davon.

Benommen schüttelte Gaylord den Kopf. »Hier herüber, Kommandant!« rief er.

Er blickte auf die andere Seite hinüber, dorthin, wo er den Dancer vermutete.

Da erkannte er, daß der Shift sich nicht verfahren hatte. Tschato trat den Rückzug an. Er flüchtete vor mehreren hundert dieser siebenbeinigen Wesen, die über die Ebene kamen.

Gaylord stöhnte auf. Er kam wieder auf die Beine und rannte hinter dem Shift her. Doch sie waren auch schon in seiner Flanke. Sie hüpften und wirbelten über das Molkex hinweg.

Es wurden immer mehr. Tausende sprangen aus den Gasschwaden hervor.

»Kommandant«, flüsterte Gaylord.

»Ich hatte Sie gewarnt«, sagte Tschato beherrscht.

»Nein!« schrie Gaylord. »Sie können mich nicht im Stich lassen.«

»Ich riskiere nicht das Leben von fünf weiteren Männern, um Sie zu retten«, sagte Tschato.

»Was soll ich gegen die unzähligen Dancers unternehmen?« krächzte der Strukturforscher.

»Dancer«, wiederholte der Oberstleutnant. »Ein guter Name für diese Wesen. Ich werde ihn mir merken.«

Direkt neben Gaylord fiel ein Schatten auf den Boden. Bebend fuhr der hagere Mann herum. Da sah er einen anderen Shift in unmittelbarer Nähe landen. Er erfaßte, daß Tschato ihm nur Angst eingejagt hatte. Er hatte ihm Unterricht erteilen wollen, wie gefährlich es war, auf eigene Faust zu handeln.

Die Schleuse des Shifts glitt auf. Gleich darauf hörte Gaylord die Stimme Dan Picots aufklingen.

»Los, Doc«, rief der Erste Offizier nervös. »Kommen Sie herein.«

Gaylord schritt auf den Shift zu. Von allen Seiten kamen die Dancers heran. Der Sturm war so heftig geworden, daß er Gaylord von der Schleuse wegzutreiben drohte. Mit eingezogenem Kopf erreichte Gaylord den Eingang. Er warf sich förmlich in die Kammer. Dankbar sah er, wie die äußere Wand zuglitt. Jetzt konnten ihn die Kreaturen nicht mehr erreichen.

Der Shift startete. Gaylord wartete, bis der Druckausgleich erfolgt war und die Innenwand aufging. Er fühlte sich vollkommen erschöpft. Jetzt, da er wieder in Sicherheit war, stieg sein Zorn auf Tschato. Der Kommandant hatte ihn glauben lassen, daß er nichts zu seiner Rettung unternehmen wollte. Gerade weil Gaylord die Gründe für dieses Verhalten zu durchschauen glaubte, wurde er wütend. Er ging in den Shift hinein. Picot, der am Pilotenplatz saß, winkte ihm zu. Der Shift schwebte bereits wieder in einer Höhe von zwanzig Metern über dem Boden dahin. Unter ihnen wimmelte es von Dancers.

Gaylord öffnete den Helm und klappte ihn nach hinten. »Ich möchte mit Tschato sprechen«, verlangte er. Picot machte ihm Platz.

»Sie akzeptieren wohl alles, was der Kommandant befiehlt?« erkundigte sich Gaylord, und sein Gesicht rötete sich.

»Ja«, sagte Picot bekümmert. »Meistens bleibt uns nichts anderes übrig.«

Gaylord beugte sich über das Mikrofon des Funkgerätes. »Hier spricht Gaylord«, sagte er heftig. »Hören Sie mich, Tschato?«

Ein Lachen kam aus dem Lautsprecher. »Gesund zurück, Doc? Ich hoffe, Ihr Bedarf an solchen Unternehmen ist für die nächste Zeit gedeckt.«

»Eines Tages wird jemand die Nadel finden, der es bedarf, um einen so aufgeblasenen Mann anzustechen, damit er in sich zusammenfällt«, sagte Gaylord eisig. »Hören Sie, Kommandant: Ab sofort lehne ich jede Zusammenarbeit mit Ihnen ab.«

»Warum?« erkundigte sich Tschato trocken. »Weil Sie sich gegen meinen Befehl zu weit vom Shift entfernt haben und durch Ihr Verhalten das Leben anderer Männer gefährdeten?«

Gaylord beendete das Gespräch.

Picot blickte ihn besänftigend an. »Gehen Sie nach hinten«, empfahl er dem Mann. »Wir fliegen jetzt zurück zur LION, um die Ergebnisse auszuwerten.«

»Ergebnisse?« fauchte Gaylord. »Ich muß noch einmal hinaus, um festzustellen, was die Dancers mit dem Neo-Molkex machen.«

»Jetzt nicht«, lehnte Picot kategorisch ab. »Oder dachten Sie, wir würden einen Shift inmitten dieses Gewimmels von Körpern landen?«

Diese Bemerkung veranlaßte Gaylord, aus der Kanzel zu schauen. Die Ebene schien von einem Ende zum anderen mit den unheimlichen Wesen des Planeten Pulsa ausgefüllt zu sein. Es war, als sei die Oberfläche plötzlich lebendig geworden. Ein Schauder überlief den Forscher. Er ahnte, daß es auf dieser Welt ein Rätsel zu lösen gab. Alles deutete darauf hin, daß sich Kreaturen wie die Dancers auf einer Welt wie Pulsa nicht entwickeln konnten. Lebensformen. die einer so hohen Gravitation ausgesetzt waren, pflegten flache, breite Körper zu haben.

Also gab es für das Vorhandensein der Dancers zwei Erklärungen: Entweder stammten sie nicht von dieser Welt, oder sie waren hier gezüchtet worden. Beide Alternativen deuteten auf die Arbeit einer Macht hin, die Hyperenergie und Neo-Molkex zu beherrschen verstand.

Und wer das vermochte, der beherrschte die Galaxis.

16.

Unter normalen Umständen hätte die Zusammenkunft mit den Wissenschaftlern für Dan Picot etwas Beruhigendes gehabt. Er schätzte es, mit halbgeöffneten Augen vor sich hinzudösen, während Nome Tschato sich als einziger Offizier der LION der Mühe unterziehen mußte, die Erklärungen der Wissenschaftler mitanzuhören.

Doch jetzt lag die Situation anders. Sämtliche Hyperanlagen der LION waren ausgefallen. Kurz nachdem die drei Shifts zum Mutterschiff zurückgekehrt waren, hatte ein Sturm begonnen, der noch immer an Heftigkeit zunahm. Und in dieser aufgewühlten Welt wimmelte es von fremden Wesen, für die Gaylord den Namen Dancers geprägt hatte.

Picot schlenderte gemächlich über den Hauptgang, der vom Antigravschacht zur Zentrale führte. Inzwischen hatten Tschato und Gaylord eine Art Waffenstillstand geschlossen – das hieß: Gaylord hatte ihn geschlossen, denn Tschato ließ sich durch nichts beirren.

Als Picot die Zentrale betrat, sah er Offiziere und Wissenschaftler rund um die Hauptsäule versammelt. Tschato hockte mit übereinandergeschlagenen Beinen auf einem der Sessel und hörte sich mit geduldigem Gesichtsausdruck eine Ansprache Mulligans, des Versorgungsoffiziers, an, der unter Zuhilfenahme beider Hände auf ihn einredete. Wahrscheinlich äußerte Mulligan Bedenken über die Versorgungslage der LION. Doch das tat er immer. Es konnte jedoch auch sein, daß sich die Wissenschaftler einmal mehr über die Eintönigkeit von Mulligans Speisezettel beklagt hatten. Im stillen vermutete Picot, daß Mulligans Ernährungsmethode zu einem Drittel an seinen Magenbeschwerden schuld sein mußte. Die beiden restlichen Drittel legte er Tschato zur Last.

Picots Gedanken machten rasch weniger unwichtigen Überlegungen Platz, als er Gaylord mit mürrischem, aber entschlossenem Gesicht neben der Hauptsäule stehen sah. Mit einem Schlag rief dem Ersten Offizier der Anblick des Wissenschaftlers all ihre Probleme ins Gedächtnis zurück. Und die erschienen ihm mehr als genug.

Krummbeinig, die Kummerfalten seines Ledergesichts durch ein schwaches Lächeln vertieft, trat Picot zu den übrigen Offizieren. Er stellte sich so, daß weder Tschato noch Mulligan ihn sehen konnten. Tschato hatte Mulligan schon zu oft mit Beschwerden zu Picot geschickt, als daß dieser das Risiko eingehen wollte, sich wieder eine ganze Litanei anhören zu müssen.

Dann jedoch tauchte Tschato auf, ohne daß Mulligan noch neben ihm war. Die anderen Männer verstummten, als wüßten sie, daß Tschato nun das Wort ergreifen wollte.

Tschato schob sich in die Mitte des Kommandoraumes, wobei er wie immer unglaublich langsam erschien. Mit seinen hängenden Schultern sah er müde, aber nicht entschlußfreudig aus. Bevor er zu sprechen anfing, gähnte er, aber in seinen Augen schimmerte ein verhaltener Glanz, der unbestechlich den wahren Tschato zeigte.

»Diese Zusammenkunft findet auf Anregung der Wissenschaftler statt«, erklärte er gelassen. »Sie möchten mit den Offizieren der LION ihre Untersuchungsergebnisse erörtern. Da ich bisher noch nicht darüber informiert wurde«, er senkte den Blick, bis er genau auf Gaylord schaute, der nervös auf den Fußspitzen zu wippen begann, »werde ich den Ausführungen mit dem gleichen Interesse folgen, wie die übrigen Besatzungsmitglieder.«

Gaylord trat vor. Füßescharren wurde laut. Der Wissenschaftler räusperte sich.

»Ich möchte hier nicht auf die Gründe eingehen, die es verhinderten, daß ich mit Kommandant Tschato über unsere Ermittlungen persönlich gesprochen habe«, begann er. »Das ist im Augenblick Nebensache. In Anbetracht der Situation, die nach unseren neuen Erkenntnissen durchaus als gefährlich bezeichnet werden kann, sollten alle Kräfte des Schiffes zusammenstehen, um gegen jeden Gegner eine Verteidigungsmöglichkeit zu finden.«

Picot wünschte, der Forscher wäre auf das Kernproblem zu sprechen gekommen und hätte sich das Pathos gespart.

»Wir haben herausgefunden, daß die Oberfläche des Planeten Pulsa an den verschiedensten Stellen von quadratkilometergroßen Fladen aus Neo-Molkex bedeckt wird. Daran besteht kein Zweifel. Ich muß jedoch alle jene enttäuschen, die annehmen, bei diesem Neo-Molkex handele es sich um die freigewordene Materie aus den Raumschlachten zwischen

Terranern und Blues.« Gaylord machte eine alles umfassende Gebärde. »Das Neo-Molkex auf Pulsa stammt von verschiedenen Molkex-Schiffen, die auch jetzt noch existieren. Inzwischen haben auch die einzelnen Blues-Völker die Waffe entdeckt, mit der man einen Molkexpanzer zerstören kann. Das Neo-Molkex auf Pulsa traf praktisch erst kurz vor uns auf dieser Welt ein. Wir haben die Fladen geortet, als sie aus dem Hyperraum hervorbrachen und auf Pulsa niedergingen. Die Impulse, die wir empfangen konnten, gingen von dieser Materie aus, die zum Teil auch in die Sonne stürzte.«

»Warum ging das Neo-Molkex ausgerechnet auf dieser Welt nieder?« fragte Duprene.

Gaylord wandte sich dem untersetzten Kybernetiker zu. »Für den Absturz der Materie in die Sonne gibt es eine einfache Erklärung: die enorme Gravitation des Sternes. Ich könnte nun einfach behaupten, daß die hohe Anziehungskraft Pulsas bewirkt hat, daß ein Teil der Neo-Molkex-Fladen hier abgestürzt ist – doch das wäre ein Trugschluß.«

»Wen machen Sie für den Niedergang der Fladen auf Pulsa verantwortlich?« fragte Chefingenieur Bactas.

»Die Dancers«, erwiderte Gaylord.

Er hätte ebensogut eine Strahlenwaffe innerhalb der Zentrale abfeuern können. Aus der Unruhe wurde rasch Tumult. Die Offiziere ließen keinen Zweifel daran, was sie von der Theorie Gaylords hielten.

Erst Tschatos scharfer Zwischenruf brachte wieder Ruhe. Picot beobachtete, daß Gaylord immer erregter wurde. Die Finger des Mannes rieben unruhig aneinander.

»Die Dancers sind keine Lebewesen im herkömmlichen Sinn«, sagte Gaylord mit erhobener Stimme. »Jeder muß zugeben, daß sie nicht von dieser Welt hervorgebracht wurden. Die Tatsache, daß sie trotzdem hier leben können, beweist nur, daß sie praktisch an jedem beliebigen Ort innerhalb der Galaxis existieren können.«

Wieder unterbrach ihn Stimmengemurmel. »Auch im Weltraum?« erkundigte sich eine spöttische Stimme.

»Jawohl!« rief Gaylord. »Auch im Weltraum. Die Dancers sind überdimensionale Wesen, die hier gezwungenermaßen eine Art Scheindasein führen. Sie sind weder intelligent noch vernunftbegabt. Ebensowenig wie ihre Ursprungsform, das Suprahet, intelligent war.«

Die Reaktion auf diese Worte unterschied sich gewaltig von den vorausgegangenen. Unheimliche Stille trat ein. Das Suprahet, jenes unvorstellbare Wesen, das vor Äonen ganze Sonnensysteme in sich aufgesogen hatte, entstand als düstere Drohung in den Gedanken der Männer. Jeder hatte von den Erkenntnissen gehört, die man über dieses Wesen gewonnen hatte. Vor allem der Wissenschaftler Tyll Leyden hatte mit der Entdeckung eines großartigen Planetariums viel dazu beigetragen, das Wissen über diese unfaßbare Lebensform zu vergrößern.

»Die Wissenschaft ist schon immer der Ansicht gewesen, daß die Schreckwürmer nicht die einzige Lebensform sein konnten, die als Überbleibsel jenes gewaltigen Wesens in unserer Galaxis lebten. Hier ist der Beweis. Die Dancers sind ebenfalls ein Restbestand des ehemaligen Sternenungeheuers. Auf Pulsa warten sie schon seit unvorstellbaren Zeiten auf Nahrung. Nun haben sie sie gefunden: Neo-Molkex!« Gaylord stockte, als sei er sich bewußt, was er da behauptete.

»Wie erklären Sie sich den Ausfall unserer Hyperanlagen und die Landung?« fragte Dawson.

»Die Dancers vermögen nicht zu unterscheiden zwischen der Hyperenergie des Neo-Molkex und der unserer Hyperanlagen. Sie haben uns genauso zu sich heruntergeholt wie die Molkex-Fladen, die dem Drive-Effekt unterworfen waren.«

Picot schloß die Augen, um einen Augenblick ungestört nachdenken zu können. Gaylords Geschichte klang unglaublich, aber sie war nicht zu widerlegen. Picot ahnte bereits jetzt, daß die Wissenschaftler weitere Forschungsflüge mit den Shifts beantragen würden, um ihre Theorien bestätigt zu sehen. Tschato war kein Mann, der solche ausgefallenen Forderungen ablehnte. Im Gegenteil, er würde an der Spitze der Männer in die Methanhölle hinausgehen.

»Wir müßten überprüfen, was sich nun zwischen den Dancers und dem Neo-Molkex abspielt«, sagte Gaylord.

»Eine Frage«, wandte Nome Tschato ein. »Bekanntlich ist Neo-Molkex nicht mit dem Molkex in seiner normalen Zustandsform zu vergleichen. Das Neo-Molkex ist in ihrer Struktur durch Beschuß von mit B-Hormon angereichertem Wasserstoffsuperoxyd veränderte Materie. Wenn die Dancers also an Molkex interessiert sind, müßte sie Neo-Molkex völlig kalt lassen.«

Picot nickte bekräftigend. Darauf hätte er selbst kommen müssen. Doch Tschatos messerscharfer Verstand hatte als einziger die Lücke in Gaylords Theorie entdeckt.

»Molkex oder Neo-Molkex«, sagte Gaylord, ohne Tschato anzusehen. »Beides ist irgendwie mit den Dancers verwandt. Die Kreaturen dort draußen vermögen wahrscheinlich keinen Unterschied zu erkennen. Sie gehen nur ihrem Instinkt nach, der sie antreibt, sich mit allem zu verbinden, was hyperenergetisch ist. Theoretisch wären die Dancers in der Lage, sich zu einem neuen Suprahet heranzubilden. Doch dazu fehlt ihnen die entsprechende Nahrung.«

Picot war dankbar, daß die Dancers normale Energie als Nahrung ablehnten. Unter solchen Umständen wäre die LION wahrscheinlich nur noch ein ausgeglühtes Wrack gewesen.

»Auf dieser Seite des Planeten herrscht nun Nacht«, drang Tschatos Stimme in Picots Bewußtsein. »Sobald der neue Tag anbricht, werden wir wieder mit den drei Shifts aufbrechen. Allerdings nur, wenn sich die klimatischen Verhältnisse gebessert haben. Solange dort draußen ein derartiger Sturm herrscht, wollen wir kein Risiko eingehen.«

Die Versammlung wurde unterbrochen. Die Wissenschaftler kehrten in ihre Kabinen zurück. Picot näherte sich dem Kommandanten.

»Mulligan war bei mir«, begann Tschato, als er Picot erblickte.

Picot schnitt eine Grimasse. Mulligan erschien ihm jetzt das uninteressanteste Thema zu sein.

»Ich weiß«, bemerkte er deshalb hastig. »Wollen Sie abermals mit Gaylord hinaus, Sir?«

»Natürlich«, bestätigte Tschato. »Er wird kein zweites Mal den Kopf verlieren. Im Grunde ist er ein feiner Bursche.«

Picot schüttelte unmerklich den Kopf. Für Tschato waren alle Männer, die ihm nicht gerade den Kopf abreißen wollten, feine Burschen. Wie der Kommandant sich eine derartige Meinung bilden konnte, blieb für den Ersten Offizier ein Rätsel. Tschato war für Picot so geheimnisvoll wie der Weltraum, den sie gemeinsam durchflogen.

Am nächsten Tag war der Himmel über Pulsa von schwefelgelben Wolken überzogen. Um die LION herum wogte eine graue Wand giftiger Schwaden, in der sich stahlblaue Furchen zeigten. Man hatte den Eindruck, von den Bildschirmen das Spiel eines überdimensionalen Kaleidoskops zu sehen. Die aufgewühlte Atmosphäre verhinderte, daß die Männer Einzelheiten erkennen konnten.

Picot, der eine unruhige Nacht verbracht hatte, stand mit brennenden Augen neben Nome Tschato und Dr. Gaylord.

»Schlechtes Wetter«, stellte Gaylord fest. »Es sieht so aus, als müßten wir den geplanten Ausflug verschieben.«

Dem Gesicht Tschatos konnte man nicht entnehmen, wie er darüber dachte. Wahrscheinlich erschienen ihm die Wetterverhältnisse für eine Welt wie Pulsa als durchaus normal. Was ihn allerdings davon abhielt, den Startbefehl zu geben, konnte sich Picot nicht erklären. Der Kommandant ließ abermals einen Roboter ausschicken. Die Maschine rollte in die Methanhölle hinaus, aber die eingebaute Kamera funktionierte nicht. Zehn Minuten später hörte der Roboter auf, den Impulsen der Fernsteuerung zu folgen. Er kehrte auch nicht mehr zurück.

Picots Ungeduld wuchs. Gegen Mittag senkten sich die fahlgelben Wolken tiefer herab, wie gewaltige lodernde Kerzenflammen. Die stahlblauen Farben in den Wolkenbänken erloschen. Düsteres Grau nahm ihre Stelle ein. Vor den Kameras der Außenübertragung wirbelte Ammoniakschnee vorüber.

Das Licht übermittelte den Beobachtern eine düstere Drohung. Einmal sprang ein Dancer aus den Schwaden hervor, eine groteske Gestalt, die bald wieder vom Dunst verschluckt wurde. Das Wesen war über vier Meter groß gewesen und hatte über die doppelte Anzahl von Beinen verfügt wie alle anderen Dancers, die sie bisher gesehen hatten.

Picot wurde den Gedanken nicht los, daß dort draußen irgend etwas Schreckliches vorging. Die aufgewühlte Atmosphäre schien ein Vorhang zu sein, der voller Barmherzigkeit ein Schauspiel verdeckte, das für menschliche Augen unerträglich war.

Die Wissenschaftler wurden unruhig und führten heftige Diskussionen miteinander.

Der Konsum an starkem Kaffee stieg sprunghaft an. Vier Stunden vor Anbruch der Dunkelheit beruhigte sich das Wetter. Die Sicht betrug fast hundert Meter. Auf dem Hang in der Nähe der LION torkelten einige riesenhaft wirkende Dancers herum. Wenn sie sprangen, verschwanden sie fast in den tief über dem Land dahinjagenden Gaswolken. Der Anblick ließ die Männer in der Kommandozentrale der LION erschauern.

»Nutzen wir die Chance«, sagte Tschato ruhig. »Es kann sein, daß es auf Tage hinaus nicht mehr besser wird.«

Picot schaute zur Borduhr hinauf. »Es ist schon ziemlich spät, Sir«, wandte er ein.

»Wir werden uns beeilen«, sagte Tschato. Damit wurde auch den Wissenschaftlern klar, daß der Kommandant durch nichts in seiner Entschlossenheit zu beirren war. Die gleichen Besatzungsmitglieder, die bereits am ersten Erkundungsflug teilgenommen hatten, machten sich fertig für den Start.

Als die Shifts aus dem Hangar flogen, waren die Dancers auf dem Hang nicht mehr zu sehen. Picot mußte feststellen, daß der Sturm noch ungemein heftig war. Sobald der Shift aus dem Schutz der LION herausgeglitten war, packte ihn eine Bö und drohte ihn nach unten zu drücken. Captain Vertriggs Raupenpanzer schoß meterweit davon, bis ihn sein Pilot unter Kontrolle hatte. Picot sah den schwergepanzerten Shift Tschatos zwischen den Wolken untertauchen. Dann gelang es ihm, den eigenen Shift wieder nach oben zu treiben.

Bereits auf der Höhe des Hanges verschwand die LION im Dunst. Für Picot war es, als sei eine letzte Verbindung zur Sicherheit durchgerissen. Es kostete Mühe, den Shift auf dem richtigen Kurs zu halten. Stellenweise konnte er sich nur nach den Kontrollen richten, denn die Welt um sie herum versank in einem Wirbel grauer Wolken. Schlagartig wurde dann die Sicht besser. Picot konnte das Neo-Molkex sehen, das den Boden bedeckte. An verschiedenen Stellen war es aufgebrochen, und schmutzige Masse quoll darüber hinweg. Sie stießen auf eine Gruppe von Dancers. Jedes einzelne der Geschöpfe maß mindestens sechs Meter, aber nur die Beine waren gewachsen und hatten sich vervielfacht. Der Pfahlkörper besaß noch seine ursprüngliche Größe. Der Anblick war abstoßend und faszinierend zugleich. Die Dancers ähnelten gigantischen Spinnen, die einen lächerlich winzigen Körper mit unzähligen Beinen transportieren mußten. Wie Gespenster taumelten die Wesen davon.

»Sie scheinen immer größer zu werden«, bemerkte Dawson mit rauher Stimme.

»Vielleicht waren das andere«, meinte Picot. »So schnell kann kein Lebewesen wachsen.«

Seine Worte besaßen wenig Überzeugungskraft. Die Vorstellung, daß die Dancers immer weiter wachsen könnten, bis sie mit ihren Beinen alles niederstampfen konnten, lähmte Picots Entschlußkraft. Er faßte sich erst wieder, als Dawson einen Warnruf ausstieß und der Shift schräg nach unten abgetrieben wurde. Picot riß die Steuerung herum. Schwerfällig gehorchte der Shift. Picot blickte aus der Kanzel. Nur Tschatos Maschine war zu sehen.

»Sir!« rief er Tschato über Normalfunk. »Vertrigg scheint verschwunden zu sein, Captain Vertrigg, hören Sie mich?«

Nur von Tschato kam Antwort. »Er muß hinter uns sein, Dan«, sagte er.

»Wir wurden nach unten gedrückt«, berichtete Picot. »Dabei verloren wir ihn aus den Augen.« Er schaltete den Massenanzeiger ein, der auf normaler Basis arbeitete. Die unzähligen Überlagerungen machten eine genaue Ortung jedoch unmöglich.

Noch einmal versuchte Dawson mit dem Funkgerät sein Glück. Dann meldete sich wieder Tschato.

»Versuchen Sie, Ihren jetzigen Standort beizubehalten, Dan«, ordnete er an. »Ich kehre um. Wir müssen den Captain suchen. Irgend etwas ist mit seinem Shift passiert.«

»Sollen wir die beiden anderen Shifts zur Verstärkung herbeirufen?«
»Noch nicht«, gab der Kommandant zurück.
Picots Augen suchten den Boden ab. Kurz darauf wurde Tschatos Shift vollkommen sichtbar. Das flugfähige Raupenfahrzeug nahm Kurs auf die Stelle, über der Picot schwebte – oder zu schweben versuchte, denn die Sturmböen machten es fast unmöglich, einen festen Platz zu halten.
»Wir müssen tiefer, Dan«, klang Tschatos Stimme auf. »Von hier oben sehen wir überhaupt nichts. Die Wolken sind zu dicht.«
Mit gemischten Gefühlen ließ Picot den Shift absacken. Er fragte sich, was mit Vertrigg und seinen Männern geschehen war. Das Land wurde ihm immer unheimlicher. Er hoffte, daß Tschato bald den Befehl zur Rückkehr geben würde.
Unter ihnen tauchten zwei Dancers auf. Nach den Melodien einer unsichtbaren Kapelle schienen sie einen wilden Tanz aufzuführen. Eines der Wesen sprang unmittelbar vor dem Shift vorüber. Picot fuhr zurück. Er hörte Dawson leise fluchen. Was mochte geschehen, wenn ein Dancer mit dem Shift zusammenstieß?
Da kam ein weiterer Dancer aus den Wolken über der ausgedehnten Ebene. Er war so groß, daß Picot erschrak. Sein dünn gebliebener Pfahlkörper hätte die beiden Shifts mühelos berühren können. Ein Blick auf den Höhenmesser zeigte dem Ersten Offizier der LION, daß sie immerhin noch achtzehn Meter über der Oberfläche schwebten.
Tschato beschleunigte schräg vor ihnen. Gleich darauf meldete er sich.
»Wir behalten diesen Abstand bei, Dan. Wie fliegen das Land bis zum Hügelkamm zwischen der LION und uns ab.«
Picot brachte sein Gesicht dicht vor das Mikrofon. »Haben Sie das Monstrum gesehen, Sir?«
»Allerdings«, sagte Tschato. »Gaylord ist überzeugt, daß die Dancers noch weiter wachsen. Die Nahrung, die sie in Form des Neo-Molkex zu sich nehmen, läßt die Anzahl und die Ausdehnung ihrer Beine ständig größer werden.«
Picot fühlte ein Kratzen im Hals. Er räusperte sich. »Wäre es nicht besser, zur LION zurückzukehren, Sir?«
»Zweifellos, aber nur mit Vertrigg und seinen Begleitern.«
Wütend umklammerte Picot die Steuerung. Der Shift flog in eine fahlgelbe Senke hinein. Einen Augenblick verschwand das zweite Raupenfahrzeug aus ihrer Sicht. Picot wurde immer niedergedrückter. Er war nicht abergläubisch, doch jetzt glaubte er überall die Todesdrohung zu spüren.
Wenige Augenblicke später fanden sie Vertriggs Shift. Oder das, was von ihm übrig war.

Sekundenlang mußte Captain Vertrigg gegen die Panik ankämpfen, als Duprene feststellte, daß der Normalfunk ausgefallen war. Jeden Augenblick mußten die beiden anderen Shifts wieder sichtbar werden. Doch weitere Minuten verstrichen, ohne daß die Raupenfahrzeuge aus dem Dunst hervorkamen. Vertrigg überblickte die Kontrollen. Sollte ihn die Bö soweit vom Kurs abgebracht haben, daß er den Anschluß an Tschato und Picot verloren hatte?

Vertrigg hatte einen unangenehmen Geschmack im Mund. Ausgerechnet jetzt mußte die Funkverbindung aussetzen. Duprene machte sich am Funkgerät zu schaffen, aber es war fraglich, ob der Kybernetiker den Schaden beheben konnte. Mit dem Ausfall des Gerätes war ihre Lebensader abgeschnitten, wenn es ihnen nicht gelang, Sichtverbindung zur LION oder den anderen Shifts zu finden.

Vertrigg hatte ein Gefühl, als müsse er sich übergeben. Das Land unter ihnen sah an jeder Stelle gleich aus. Es war praktisch unmöglich, sich zu orientieren. Captain Vertrigg steuerte den Shift herum. Er mußte aufpassen, daß sie nicht weiter von der LION abkamen.

Plötzlich entstand eine ruckartige Bewegung unmittelbar vor der Kanzel. Vertrigg riß die Augen auf. Er hörte Duprene aufstöhnen. Jemand im hinteren Teil der Kanzel schrie entsetzt.

Der Shift flog genau auf einen riesenhaften Dancer zu, der vor ihnen aus dem Nebel kam. Wie gelähmt beobachtete Vertrigg das Ungeheuer. Der Dancer maß mindestens vierzig Meter. Er stand auf ungefähr hundert Beinen, von denen jedes dicker als ein Eichbaum war. Der schmale Pfahlkörper war kaum noch zu sehen. Das ganze Gebilde schien einem Alptraum zu entstammen.

Vertrigg kippte den Shift nach vorn. Der Druck, den seine Hände auf das Steuer ausübten, erschien ihm in diesem Moment wie die einzige Verbindung zur Realität.

Die Beine des Dancers zuckten wie die Glieder eines Riesenspielzeuges. Dann sackten sie in einem unmöglichen Winkel in sich zusammen. Der Shift schoß in einer weiten Schleife um das Geschöpf herum.

»Er springt!« rief ein Mann der Besatzung.

Vertriggs Augen quollen fast hervor. Der Dancer katapultierte sich förmlich vom Boden ab und raste in die tiefhängenden Wolken hinein. Die Welt schien sich um Vertrigg zu drehen. Planlos jagte er den Shift vorwärts.

Da kam der Dancer zurück. Seine Beine, jetzt mehr wie die Klauen einer Hand wirkend, stürzten auf den Shift herunter. In der Kanzel wurde es dunkel, dann erfolgte der Zusammenprall.

Vertrigg schrie auf. Der Pilotensitz riß aus seiner Verankerung und schleuderte den Captain gegen Duprene, der noch immer vor dem Funkgerät kauerte. Der Shift überschlug sich, sauste zwischen zwei Riesenbeinen des Dancers hindurch und trudelte der Oberfläche entgegen. Die Kanzel hatte standgehalten. Vertrigg hatte jeden Sinn für oben und unten verloren, er versuchte, die Steuerung kriechend zu erreichen, um das Unglück irgendwie aufzuhalten. Ein Mann prallte gegen ihn und warf ihn um. Er nahm Gesichter wahr, die wie Lichter vor ihm aufblitzten, mit starren Augen und geöffnetem Mund.

Der Tatsache, daß das Raupenfahrzeug beinahe tangential zur Oberfläche den Boden berührte, verdankten die Männer ihr Leben. Der Shift schnellte noch einmal in die Höhe, um dann endgültig liegenzubleiben. Eine Wolke von Ammoniakschnee hüllte ihn ein. Er lag schräg auf der Seite. Das hintere Teil war völlig eingedrückt. Der Raupenantrieb hatte sich zusammengeschoben.

Vertrigg kämpfte sich durch einen Wust von Männern, die fluchend und vor Schmerzen stöhnend auf die Beine zu kommen versuchten. Er sah Duprene vor sich. Der Kopf des Kybernetikers schwankte langsam hin und her. Vertrigg blickte auf und sah voller Entsetzen, daß Duprene mit der Uniformhose am Oberteil der Kanzel festhing. Er hatte sich das Genick gebrochen. Schluchzend arbeitete sich Vertrigg an Duprene vorüber. Dann packte er den Cheflogiker der LION von hinten und zerrte mit seinem ganzen Gewicht, um den Toten loszureißen. Unverhofft kam Duprene frei, und Vertrigg stürzte mit ihm zusammen über den schrägen Boden der Kanzel. Mit Hilfe eines zweiten Mannes gelang es dem Captain, den Toten unter die eingedrückte Haube zu schieben.

Vertrigg war schweißüberströmt. Er befahl den Männern, daß sie die Helme ihrer Schutzanzüge schließen sollten. Ein winziger Riß in den Wandungen genügte, um das giftige Gas aus der Atmosphäre Pulsas eindringen zu lassen.

Was den Zustand des Raupenfahrzeuges betraf, machte sich Vertrigg keine Illusionen. Der Shift würde weder fliegen noch fahren. Es gab keinerlei Möglichkeit, sich mit den anderen Shifts in Verbindung zu setzen. Sie wußten nicht, wo sie sich befanden. Vertrigg erkannte, daß ihnen nur eine Möglichkeit blieb: Sie mußten den Weg zur LION zu Fuß zurücklegen. Vielleicht hatten sie Glück und wurden dabei von einem anderen Shift gefunden. Die Leiche des Kybernetikers mußte zurückbleiben.

Wenn Vertrigg aus der Kanzel blickte, mußte er sich eingestehen, daß ihre Chancen, den Schlachtkreuzer lebend zu erreichen, mehr als gering waren. Überall lauerten Gefahren.

Vertrigg war kein junger Mann mehr. Er unternahm nichts, was er nicht zuvor sorgfältig abgewogen hatte. Jeder andere Offizier mit Erfahrung hätte wahrscheinlich dieselbe Entscheidung getroffen.

»Wir verlassen den Shift«, sagte er zu den Männern. »Es ist falsch, hier auf die anderen zu warten. Sie werden das Wrack vielleicht niemals finden. Es bleibt uns nichts anderes übrig, als zu Fuß die LION zu erreichen.«

Die blassen Gesichter, die ihn anschauten, blieben bewegungslos. Die Männer vertrauten dem Captain, aber sie besaßen wenig Hoffnung, den Schlachtkreuzer lebend zu erreichen.

»Dort draußen weht ein heftiger Sturm«, sagte Vertrigg. »Er übertrifft wahrscheinlich alles, was ihr in dieser Hinsicht gewohnt seid. Wir müssen deshalb eine Kette bilden. Keiner darf seinen Nebenmann aus den Augen lassen.«

Sie nickten schweigend. Die erste Schwierigkeit ergab sich bereits bei dem Versuch, den Shift zu verlassen. Die äußere Schleusenwand war verklemmt und öffnete sich nicht. Vertrigg trieb die Männer in der Kammer zusammen. Dann zog er den Desintegrator und begann die Kanzel des Shifts zu zerstrahlen. Bedächtig beendete er sein Werk. Ammoniakflocken stoben herein, bedeckten die Instrumente und wehten über den Körper des toten Duprene.

Vertrigg kletterte über die Trümmer hinweg und zog sich aus der Kanzel. Der Sturm griff mit unerwarteter Wucht nach ihm. Einen Augenblick schwankte er auf dem schmalen Bord vor der Kanzel, dann ließ er sich auf den Boden hinab. Dicht gegen den Shift geduckt, erwartete er den nächsten Mann. Hier, im Windschatten, war es einigermaßen erträglich. Vertrigg sah in das fremde Land hinaus. Er ahnte, daß er noch nie dem Tod so nahe gewesen war wie in diesem Augenblick.

Er sah den zweiten Mann aus der Kanzel kommen. Der Schiffbrüchige war elastisch und schwang sich sicher neben Vertrigg. Doch das Lächeln, mit dem er sich neben den Captain kauerte, war nicht echt. Vertrigg bedeutete ihm, sich weiter zurückzuziehen und Platz für die Nachfolgenden zu machen.

Noch während dieser Aktion verloren sie den zweiten Mann. Es war Cashton, der Erste Techniker des Hangars. Er verließ den Shift zuletzt. Vertrigg sah die vom Schutzanzug verhüllte Gestalt mit der Behendigkeit eines Klettertieres am Rande der Kanzel herumturnen. Da traf Cashton eine Bö von der Seite. Er gab einen gurgelnden Laut von sich, der sich über Helmfunk unheimlich anhörte, und kippte zurück. Danach wurde es still. Vertrigg spürte, wie sich seine Kehle zuschnürte. Er schaute über die neben den zerstörten Raupen geduckten Männer hinweg, weil er ihre Gesichter nicht sehen wollte.

»Cashton«, flüsterte er. »Hallo, Cashton.«

Er erhielt keine Antwort. Der Techniker würde nie mehr eine Antwort geben. Vertrigg zog sich an den Raupen hoch und zwängte seinen Kopf unter dem aufgesprengten Rand der Kanzel hindurch. Er konnte Cashton im Innern des Shifts liegen sehen, mit zerschmettertem Helm. Sein Gesicht zeigte einen erstaunten Ausdruck, als könnte er nicht begreifen, was mit ihm geschehen war.

Vertrigg biß sich auf die Unterlippe. Ohnmächtige Wut überkam ihn. »Los«, sagte er barsch. »Wir verschwinden hier.«

Fest aneinandergeklammert, in geduckter Haltung, drangen die Männer in das Niemandsland vor. Die Nacht begann sich bereits anzukündigen, und der Sturm nahm noch an Heftigkeit zu. Wie Schemen verschwanden die fünf Männer in den Gasschwaden.

Das Wrack von Captain Vertriggs Shift bildete einen dunklen Fleck auf der von Ammoniakschnee zugewehten Oberfläche. Picot wünschte, daß es eine Sinnestäuschung war, was er dort unten erblickte. Als jedoch Tschatos Shift in engen Schleifen über der Unglücksstelle zu kreisen begann, wußte Picot, daß er sich nicht getäuscht hatte.

»Wir haben ihn gefunden«, sagte Dawson tonlos.

»Los, Dan!« meldete sich Tschatos Stimme im Lautsprecher. »Wir gehen runter und sehen nach, was passiert ist.«

»Ja, Sir«, brachte der Erste Offizier hervor. Die düsteren Ahnungen, die ihn in den letzten Stunden beunruhigt hatten, schienen sich jetzt zu bestätigen. Vertrigg, Duprene, Cashton, Iv, Torenskj, Allijs und ein siebter Mann, dessen Name Picot unbekannt war.

Der Sturm tobte um das Wrack, aber nichts deutete darauf hin, daß sie dort unten noch Leben finden würden.

»Ob sie alle tot sind?« fragte Dawson, als hätte er die Gedanken Picots erraten.

Picot tat, als müßte er sich auf die Landung konzentrieren. So ersparte er sich eine Antwort. Er beobachtete, wie Tschatos Raupenfahrzeug fünfzehn Meter neben dem zerstörten Shift niederging. Dann setzte er die dritte Maschine unmittelbar neben dem Wrack auf.

Dawson schaute aus der Kanzel. Beinahe beschwörend hob er beide Arme.

»Die Kanzel ist zerstört«, gab er bekannt.

»Aussteigen!« rief Picot ungewollt heftig, »Von hier aus können wir nichts sehen.«

Er wußte, daß er log. Sie konnten alles sehen. Den umgestürzten Shift. Das eingedrückte Hinterteil! Die zerbrochene Kanzel, die schon halb zugeweht war. Picot stampfte zur Schleuse. Als er zusammen mit Dawson hinausging, sahen sie Tschato auf der anderen Seite herankommen. Auch im Schutzanzug war seine mächtige Gestalt unverkennbar. Jemand hustete so heftig, daß die Helmlautsprecher dröhnten. Picot, Dawson und Bomhardt, der dritte Mann, der mit ihnen den Shift verlassen hatte, hielten sich aneinander fest, um von der Wucht des Sturmes nicht umgeworfen zu werden.

Nur Tschato ging aufrecht, ein trotziger Mann, der einer feindlichen Umwelt eiserne Energie entgegenzustellen vermochte. Er erreichte das Wrack zuerst. Picot sah, daß er sich mit beiden Händen an der zusammengeschobenen Raupe festhielt. Hinter Tschato tauchte eine zweite Gestalt auf, ebenso groß wie der Kommandant, aber hager und beinahe hilflos im Orkan. Picot vermutete, daß es Dr. Gaylord war.

Tschato zog sich in die Kanzel hinein. Keuchend kam Picot neben Vertriggs Maschine an, Dawson und Bomhardt klammerten sich mit verzerrten Gesichtern an der Außenfläche des Raupenfahrzeugs fest. Schritt für Schritt arbeitete sich Picot zur anderen Seite hinüber, so daß er Tschato ins Innere folgen konnte. Gaylord befand sich jetzt zehn Meter von ihnen entfernt. Er torkelte wie eine Vogelscheuche, die der Sturm aus ihrer Verankerung gerissen hatte. Doch es war nichts Lächerliches an seinen Bewegungen, eher eine bewundernswerte Hartnäckigkeit.

Picot konnte endlich den Rand der Kanzel umfassen. Vor ihm versperrte Tschatos breiter Rücken die Sicht ins Innere. Eine Weile verharrten sie in dieser Haltung, als verlange irgendein unfaßbares Geschehnis stumme Ergebenheit. Erst als der Sturm einen Mann gegen Picot trieb und ihn beinahe von den Füßen riß, erwachte der Offizier aus seiner Starre. Gaylord war neben ihm zu Boden gesunken. Durch den Sehschlitz schimmerte das Gesicht des Wissenschaftlers. Es drückte Angst aus, Angst und Erschöpfung und noch etwas anderes, für das es keinen Ausdruck gab, das aber irgendwie eng mit Gaylords Persönlichkeit zu tun haben mußte.

Da drehte sich Tschato langsam um. Er hockte auf den Fersen, den Oberkörper zusammengepreßt. Und im Herumdrehen gab er den Blick auf einen Mann frei, der direkt vor ihm lag. Ein Mann mit einem zerschmetterten Schutzhelm. Der Mann war Cashton.

Da zog sich Gaylord leise stöhnend in die Höhe. Picot wollte ihn wegdrücken, da er glaubte, daß ihn dieser Anblick in Panik versetzen würde. Doch Gaylord verfügte über ungeahnte Kräfte. Er schaffte es, sich neben Picot zu stellen und in den Shift zu blicken.

»Duprene liegt weiter hinten«, sagte Nome Tschato. »Die anderen haben das Wrack offenbar durch die Kanzel verlassen, die sie zuvor mit einem Desintegrator zerstört haben.«

Zum erstenmal empfand Picot die Sachlichkeit in Tschatos Stimme als wohltuend. In dieser fürchterlichen Umgebung brauchte ein Mann etwas, woran er sich aufrichten konnte. Woran aber, fragte sich Picot, richtete sich Tschato auf? War er aus Stein? Die alte Frage, auf die es keine Antwort zu geben schien. Tschato blieb Tschato, auch jetzt, da er festgestellt hatte, daß die ersten Männer des Kommandos umgekommen waren.

»Wollen wir die Toten in einen Shift bringen, der sie zur LION transportieren kann?« erkundigte sich Picot.

Tschato schüttelte den Kopf.

»Nein, Dan. Wir müssen Vertrigg und die anderen Überlebenden suchen. Sobald wir wieder in der LION sind, können wir einen Shift hierher beordern, der Duprene und Cashton holen kann.«

Picot sah ein, daß der Oberstleutnant recht hatte. Im Augenblick galt es, die wahrscheinlich noch Lebenden zu retten. Picot ahnte nicht, daß sie nie dazu kommen würden, Duprene und Cashton zu bergen.

Tschato kletterte heraus. Dawson und Bomhardt waren inzwischen ebenfalls herangekommen.

»Wo sollen wir suchen, Sir?« erkundigte sich Dawson.

»Sicher versucht Vertrigg, mit seinen Männern die LION zu erreichen«, vermutete Tschato. »Das ist kein allzu großes Gebiet. In dieser Gegend müssen wir an ...«

Bomhardts gellender Schrei unterbrach ihn. Die ausgestreckte Hand des Mannes zeigte in die Gaswolken hinein. Ein Dancer, dessen Oberteil in den tief dahinjagenden Wolken verborgen war, stand in der Nähe der Männer. Seine unzähligen Beine bildeten einen Kreis von mindestens hundert Metern Durchmesser.

»Träumen wir?« fragte Picot schwerfällig.

Gaylord lachte verwirrt. »Träumen?« wiederholte er. »Es wird noch schlimmer werden. Solange sie noch Neo-Molkex finden, wachsen sie weiter.«

»Schnell, in die Shifts«, drängte Tschato.

Picot tastete nach seiner Waffe, aber er sagte sich im gleichen Augenblick, daß es vollkommen sinnlos war, auf ein solches Wesen zu schießen. Gleich darauf verschwand der Dancer mit einem ungeheuren Sprung in den Wolken. Wo immer er niederging, es war zu weit von den Männern entfernt, als daß sie den Platz sehen konnten.

»Sie springen bereits mehrere hundert Meter weit«, sagte Gaylord. »Sir, Sie müssen mir helfen, das Neo-Molkex an einer Stelle zu untersuchen, wo es von einem Dancer berührt wurde. Ich möchte feststellen, ob es sich verändert hat.«

»Dazu haben wir keine Zeit«, entschied Tschato. »Wir müssen uns um die Schiffbrüchigen kümmern.«

»Es ist vielleicht lebenswichtig, das Neo-Molkex zu untersuchen.«

»Nicht für Vertrigg und dessen Begleiter«, erwiderte Tschato.

Gaylord löste einen ovalen Behälter vom Gürtel. »Ich möchte eventuell einige Proben des veränderten Materials mitnehmen«, sagte er. »Sie dürfen es mir nicht verbieten.«

Tschato gab sich einen Ruck. »Also gut«, sagte er. »Wenn Ihnen so sehr daran liegt. Sie haben zehn Minuten Zeit, um zu finden, was Sie suchen.«

Ohne zu zögern, löste sich der Wissenschaftler vom Shift. Der Wind trieb ihn förmlich davon.

»Folgen wir ihm, bevor er sich sämtliche Knochen bricht«, sagte Tschato ruhig.

Picot lehnte sich gegen das harte Metall des Shifts. Ohne das Gesicht des Kommandanten zu sehen, wußte er, daß der Löwe lächelte. Es war eine der Situationen, die Tschato Vergnügen bereiteten. Picot verwünschte seine Narrheit, die ihn antrieb, immer wieder an der Seite dieses Mannes in den Weltraum zu fliegen. Bevor er diesen Gedanken weiterverfolgen konnte, zerrten ihn die anderen mit sich. Picots krumme Beine wirbelten durcheinander. Dann fing er sich wieder und versuchte, ebenso aufrecht zu gehen wie Tschato. Es wurde nur ein Taumeln daraus. Immerhin auch eine Methode der Fortbewegung, dachte Picot sarkastisch. Vor sich sah er die schemenhafte Gestalt Gaylords. Das war auch einer dieser Verrückten, die ihr Leben ständig aufs Spiel setzen mußten. Picot sehnte sich nach Ruhe, Wärme und einem heißen Punsch, mit dem er seine rebellierenden Magennerven beruhigen konnte. Im Augenblick sah es jedoch nicht so aus, als würde er jemals wieder in den Genuß dieser Dinge kommen.

Eine Bö trieb die Kette der vier Männer auseinander, der kleine Bomhardt schlitterte davon, bis ihn Dawsons starke Arme festhielten. Picot beobachtete, daß Gaylord vor ihnen niederkniete. Sein Oberkörper schwankte heftig. Dann fiel er vornüber.

Als sie ankamen, lag er flach auf dem Bauch. Seine ausgestreckten Hände umklammerten den Behälter, den er vorsichtig über eine gallertartige Masse schob.

Sie ließen sich neben dem Strukturforscher nieder. Wenn man sich hinlegte, verlor der Sturm an Wirkung. Stumm sahen sie zu, wie Gaylord den Behälter füllte.

»Das Neo-Molkex hat sich tatsächlich verändert«, sagte der Wissenschaftler. »Ich glaube, die Dancers haben der Substanz alle Hyperenergie entzogen. Jetzt gibt es auch eine Erklärung für ihr Wachsen.«

»Sind Sie fertig?« erkundigte sich Tschato ungeduldig.

»Ihre Beine gleichen gewaltigen Akkumulatoren, mit der sie die Energie in sich aufspeichern«, sagte Gaylord fasziniert. »Sehen Sie denn nicht, was das unter Umständen bedeuten kann, Kommandant?«

»Sie haben drei Sekunden Zeit, Ihre Arbeit zu erledigen«, sagte Tschato. »Andernfalls lassen wir Sie hier zurück.«

Geduldig vollendete Gaylord die schöpfende Bewegung mit dem Behälter. Er zog ihn zu sich heran und verschloß ihn. Danach befestigte er ihn wieder am Gürtel. Picot hatte selten einen Mann gesehen, den eine derartige Zufriedenheit erfüllte. Die Arroganz des Forschers war restlos verschwunden. Pulsa schien Kraft genug zu haben, um alle Männer zu ändern.

Alle, bis auf Tschato.

Die Stimme des Kommandanten riß sie hoch und ließ sie wieder gegen den Sturm ankämpfen. Als sie bei den Shifts ankamen, fühlte sich Picot völlig verbraucht. Er wartete, bis einer der Männer die Schleuse geschlossen hatte, dann sank er aufatmend in den Pilotensitz.

»Dan«, kam Tschatos Organ aus dem Funkgerät. »Wir starten. Es wird immer dunkler. Wir müssen uns beeilen, daß wir Vertrigg vor Einbruch der Nacht finden.«

»Ja«, sagte Picot und griff nach der Steueranlage. Beinahe automatisch führten seine Hände die nötigen Schaltungen aus.

Die beiden Shifts hoben vom Boden ab.

17.

Als sich die Dämmerung allmählich über das Land herabsenkte, wußte Vertrigg, daß sie die LION nicht mehr finden würden. Alle Versuche, über Helmfunk Kontakt zum Schlachtkreuzer oder den Shifts aufzunehmen, waren fehlgeschlagen. Die störenden Einflüsse machten einen Empfang auf größere Entfernungen einfach unmöglich. Dreimal waren sie Dancers begegnet. Die letzte Gruppe hatte noch normale Größe besessen. während die anderen ins Riesenhafte angewachsen waren. Keines der Wesen hatte sich um die fünf Männer gekümmert. Vertrigg vermutete, daß es hauptsächlich die Dancers waren, die einen normalen Funkverkehr über die Helmanlagen verhinderten. Immer dann, wenn die Kreaturen in unmittelbare Nähe kamen, wurde die Verbindung sogar unter den dicht nebeneinander gehenden Männern undeutlich.

Alles schien sich gegen die fünf Verunglückten verschworen zu haben.

Vertrigg verlor allmählich jeden Zeitbegriff, aber die Vernunft sagte ihm, daß sie im Höchstfall eine Stunde unterwegs waren.

»Wir halten einen Augenblick an, um uns zu orientieren«, befahl er.

Sie ließen sich auf dem Boden nieder, um den Böen weniger Angriffsfläche zu bieten. Korporal Iv fluchte leise vor sich hin, bis ihm Vertrigg befahl zu schweigen.

»Es hilft mir«, sagte Iv. »Es ist gut gegen die Angst, Sir.«

»Wenn Sie keine Angst haben, brauchen Sie auch kein Mittel dagegen«, sagte Vertrigg spöttisch.

»Ich werde leise fluchen, Sir«, sagte Iv unbeirrbar.

Nach einigen Minuten klangen die Atemzüge der Männer gleichmäßiger. Vertrigg spürte das Bedürfnis, einfach hierzubleiben und auf das Ende zu warten. Niemand würde dagegen protestieren.

Vertrigg schaute zum düsteren Himmel hinauf. Er erwartete nicht, einen der Shifts dort oben zu sehen.

»Warum gehen wir nicht weiter, Sir?« erkundigte sich Allijs.

Weil es sinnlos ist, wollte Vertrigg antworten, doch seine Lippen blieben stumm. Er wunderte sich, daß er gegen besseres Wissen um sein Leben kämpfte. Sie konnten nur auf Rettung hoffen, wenn sie von den Shifts gefunden wurden.

Der Captain erhob sich. Sofort schien sich die Wucht des Sturmes zu verdoppeln. Er konnte die Gesichter seiner Begleiter kaum noch durch die Sehschlitze unterscheiden. Trotzdem spürte er, daß sie seine Bewegungen aufmerksam verfolgten.

»Wir brechen auf«, knurrte er. »Übernehmen Sie die Spitze, Torenski. Sie dürften der Kräftigste sein.«

Als sie sich mühevoll hintereinander aufrichteten, tauchte vor ihnen einer der riesenhaften Dancers auf. Es schien, als sei er einfach aus dem Himmel gefallen. Die Beine, die Vertrigg sehen konnte, waren fast einen Meter dick und reichten bis in die Wolken hinauf. Die Männer klammerten sich aneinander fest und betrachteten die ungeheuerliche Kreatur.

Korporal Iv riß seine Handfeuerwaffe aus dem Gürtel und gab einen

Schuß ab. Bevor er ein zweites Mal feuern konnte, schlug ihm Vertrigg die Waffe aus der Hand. Der Dancer zeigte keine Reaktion.

»Wir müssen ihn angreifen«, schnaubte Iv.

Wortlos setzte sich Vertrigg in Bewegung. Trotz ihrer Waffen waren sie gegenüber dem Dancer völlig hilflos. Wahrscheinlich erreichte man mit Schüssen aus Energiewaffen überhaupt nichts.

Sie schlugen die Richtung ein, in der sie die LION vermuteten. Vertrigg war nicht sicher, ob sie sich nicht im Kreis bewegten. Sie legten etwa fünfzig Meter ohne Zwischenfall zurück, als drei weitere Dancers auftauchten. Die Wesen waren noch verhältnismäßig klein, aber immerhin dreimal so groß wie ein normaler Mensch. Einer wälzte sich quer über den Boden, während die beiden anderen umhertanzten und ab und zu kleinere Sprünge vollführten.

Die Gruppe der Männer kam zum Halten. Die drei Dancers versperrten ihnen den Weg, von dem sie annahmen, daß er zur LION führte.

»Was nun?« fragte La-Marck, der fünfte Mann.

»Wir umgehen sie«, ordnete Vertrigg an, obwohl er fühlte, daß seine Knie zitterten. Der Dancer, der sich am Boden wälzte, kam näher auf sie zu. Grotesk wirbelten seine Beine durcheinander. Vertrigg erkannte, daß das Geschöpf den Schnee aufwirbelte, um an das Neo-Molkex heranzukommen.

Vertrigg änderte die Richtung und begann langsam weiterzugehen. Gleich darauf spürte er, wie ihn jemand am Arm festhielt. Es war Iv, der direkt hinter ihm ging. Schweigend deutete der Korporal zurück.

Einer der Männer war in die Knie gesunken. Er stützte sich mit den Händen auf den Boden. Vertrigg hielt an, und die übrigen Männer ließen sich schweigend auf den Boden sinken. Einen Augenblick stand Vertrigg allein aufrecht da, voller Zorn über ihre Schwäche. Mühsam kämpfte er sich zurück.

Der Mann am Boden war Allijs. Vertrigg ging bis zu ihm hin und ergriff ihn unter den Armen. Allijs schien Zentner zu wiegen.

»Was ist los?« erkundigte sich der Captain. »Können Sie nicht weiter?«

»Luftmangel«, ächzte Allijs. Die Störungen im Helmfunk ließen seine Stimme weit entfernt erscheinen.

Da wurde Allijs in Vertriggs Armen schwerer. Panische Angst stieg in Vertrigg hoch. Hastig legte er den anderen auf den Boden und untersuchte das Sauerstoffaggregat. Er konnte keinen Schaden entdecken. Er packte Allijs an den Schultern und rüttelte ihn. Der Kopf des Mannes fiel von einer Seite auf die andere, als habe er keinen Halt.

Als Vertrigg durch den Sehschlitz das Gesicht von Allijs sah, erkannte er, daß der Raumfahrer tot war. Erstickt an Sauerstoffmangel. Irgendwo am Schutzanzug war ein Schaden aufgetreten.

Vertrigg hustete trocken. Wieder hatte Pulsa ein Opfer gefordert.

»Allijs ist tot«, sagte er dumpf zu den anderen. Sie bewegten sich nicht. Sie schauten in die Gasschwaden hinein, als gäbe es dort Dinge, die Vertriggs Augen verborgen blieben. Der große Dancer war verschwunden, die drei kleineren hielten sich noch immer in ihrer Nähe auf.

»Wir müssen ihn zurücklassen«, sagte Vertrigg. »Steht auf. Es geht weiter.«

Sie erhoben sich mühsam. Nur La-Marck blieb am Boden.

»Sie auch, La-Marck!« schrie Vertrigg.

Zusammen mit einer Welle von Störgeräuschen kam La-Marcks Stimme. Sie war voller Hohn und Auflehnung, aber es war auch Resignation darin. Was der Mann sagte, verstand Vertrigg nicht. Er machte drei Schritte auf den am Boden Liegenden zu, wobei ihn der Sturm beinahe umwarf. Dann versetzte er La-Marck einen heftigen Tritt. Das half. La-Marck stand auf.

»Vielleicht sind Sie als nächster an der Reihe«, sagte er gehässig.

»Das kann schon sein«, sagte Vertrigg. Seit Allijs tot war, fühlte er keine Schwäche mehr in den Beinen. Er wurde von harter Entschlossenheit erfüllt, die LION zu erreichen, und das nicht allein.

»Es ist ja fast dunkel!« rief La-Marck.

Sie klammerten sich wieder gegenseitig fest und gingen weiter. Die Dancers waren kaum noch zu sehen, so schnell wurde es jetzt Nacht. Vertrigg befahl den Männern, ihre Scheinwerfer einzuschalten. Das Licht half ihnen jedoch nicht. Es wurde von den Schwaden der Gase verschluckt. Die Orientierung wurde noch schwieriger.

Iv fing an, wieder laut zu fluchen. Diesmal verbot Vertrigg es nicht. Sie liefen, bis es vollkommen dunkel war. Einmal kamen sie nur wenige Meter an einem Dancer vorbei. Im Licht der Scheinwerfer sahen sie nur ein Teil einiger Beine, dann löste sich das Bild wie ein unwirklicher Spuk vor ihnen auf.

»Wir marschieren im Kreis«, sagte Torenski schließlich. »Wir müssen warten, bis es hell wird.«

»Nein«, entschied Vertrigg. »Wenn wir anhalten, sterben wir alle.«

Die Männer schienen zu spüren, daß er recht hatte, denn sie folgten ihm, ohne zu protestieren, Vertrigg bewunderte die Kondition Torenskis, der unentwegt die Spitze hielt Manchmal ging Vertrigg mit geschlossenen Augen, während die Erschöpfung immer stärker wurde. Der Captain bewegte sich wie eine Maschine, seine Beine hätten sogar weitergemacht, wenn er den Befehl zum Anhalten gegeben hätte.

Dann bekam La-Marck einen Schüttelfrost. Sie mußten stehenbleiben, bis er sich beruhigt hatte. Nach jeder Pause fiel ihnen das Vorwärtskommen schwerer. Kälteschauer rieselten über Vertriggs Rücken. Torenski, der die Führung immer noch hatte, stolperte über einen Felsen und riß die nachfolgenden Männer mit sich. Sie stürzten übereinander, ohne daß Iv zu schimpfen aufhörte. Heftige Böen fegten über das Land. Im Licht der Scheinwerfer ähnelte die Atmosphäre einem überdimensionalen heißen Geysir oder dem Gischt einer Brandung, die sich von Horizont zu Horizont erstreckte.

Gegenseitig halfen sie sich auf die Beine. La-Marck zitterte so stark, daß man es durch den Schutzanzug spürte. Iv beschimpfte Torenski, weil dieser den Felsen nicht gesehen hatte, und Torenski verwünschte den Felsen, über den er gestürzt war. Vertrigg und Iv mußten La-Marck stützen.

Niemand wußte, wieviel Zeit verstrichen war, als im Scheinwerferlicht ein einzelnes Bein eines Dancers erschien. Vertrigg wunderte sich, warum Torenski weiter darauf zuhielt, aber er war so müde, daß er den Mann nicht zurückrief.

Erst als Torenski die Arme hochwarf und zu rennen begann, begriff Vertrigg, daß es nicht das Bein eines Dancers war, das sie entdeckt hatten.

Direkt vor ihnen ragte eine Landestütze der LION in die Nacht.

Seit Einbruch der Dunkelheit mußte Dan Picot den Shift nach den Werten steuern, die der Höhenmesser anzeigte. Der Bugscheinwerfer nützte wenig, denn er reichte nur manchmal, wenn die Wolken auflockerten, bis zur Oberfläche hinab. Bereits zweimal hatte Picot nur mit Mühe einen Zusammenstoß mit einem Dancer verhindern können. Auch Tschato berichtete über einen ähnlichen Zwischenfall. Picot hatte erwartet, daß der Kommandant nach Einbruch der Nacht die Suche abbrechen würde. Doch Tschato hatte darauf bestanden, daß sie nicht aufgaben.

»Wenn wir Vertrigg und seine Begleiter nicht bald finden, sterben sie, Dan«, hatte er gesagt.

Picot nahm an, daß die Verunglückten bereits tot waren. Wären die Störungen durch die Dancers nicht gewesen, die vor allem die schwächeren Helmfunkgeräte beeinflußten, hätten sie längst erfahren, was mit Vertriggs Gruppe geschehen war. So konnten sie nicht mit Bestimmtheit sagen, ob die Männer noch am Leben waren. Die Normalfunkanlagen der beiden Shifts und die der LION waren stark genug, um die einfallenden Störgeräusche zu überwinden.

Picot lehnte sich im Pilotensitz zurück, um eine einigermaßen bequeme Stellung zu finden. Dann nickte er Dawson zu.

»Übernehmen Sie einen Augenblick, Sparks«, ordnete er an. »Ich bin schon vollkommen steif.« Er rieb die brennenden Augen, die seit Stunden vergeblich die Gaswolken zu durchdringen versuchten. Dawson und er wechselten die Plätze. Auch die anderen Männer beobachteten pausenlos die Oberfläche, soweit sie überhaupt sichtbar wurde.

Plötzlich wurde es neben ihnen hell. Picot fuhr zusammen, bis er begriff, daß es der Scheinwerfer des zweiten Shifts war, der zu ihnen herüberleuchtete. Die Ortungsgeräte zeigten die Entfernung von Tschatos Maschine genau an. Trotzdem verfolgte Picot die Annäherung des anderen Shifts mit Unbehagen. Es gab immer wieder Böen, die die flugfähigen Raupenpanzer meterweit durch die Atmosphäre trieben, ohne daß der Pilot etwas dagegen unternehmen konnte.

Er gab Dawson einen Wink, der sofort die Richtung änderte. Das Licht des anderen Scheinwerfers kam weiterhin näher. Picot beugte sich über das Funkgerät.

»Hier ist Picot, Sir«, meldete er sich. »Ihre Maschine kommt etwas zu dicht an uns heran.«

»Das ändert sich sofort«, erwiderte Tschato. »Ich muß Placidia am Steuer ablösen. Der Mann hat einen Krampf bekommen.«

Picot schaute zu Dawson hinüber, der fragend das Gesicht verzog. Im gleichen Augenblick erhielt der Shift einen Stoß, der ihn schwer erschütterte.

»Ein Dancer!« schrie Bomhardt. »Ich habe gesehen, wie er gegen uns sprang.«

Dawson war aus dem Sitz gerutscht und hatte einen Augenblick die Kontrolle über den Shift verloren. Da wurde die Kanzel in helles Licht gebadet.

»Zum Teufel, Dan!« kam Tschatos Stimme aus dem Lautsprecher. »Sind Sie wahnsinnig geworden?«

Der Anprall des Dancers war zusammen mit einer heftigen Bö erfolgt, die den Shift seitlich packte und davonriß. Einen Augenblick sah es so aus, als sollte Picots Maschine unter der Tschatos vorbeigleiten, doch eine instinktive Bewegung Dawsons, der das Steuer wieder zu fassen bekam, warf den Shift nach oben.

Ein Knirschen ließ Picot erschauern. Der Scheinwerfer von Tschatos Shift zersprang. Die Beleuchtung im Innern des Shifts kam Picot spärlich vor. Tschato machte einen verzweifelten Versuch auszuweichen, doch die Raupen seiner Maschine hatten sich hinter der Kanzel des unter ihm hängenden Shifts verfangen. Die beiden Piloten, Dawson und Tschato, ließen die Antigravtriebwerke gegensätzliche Bewegungen ausführen, ohne es zu beabsichtigen.

Ein Blick auf den Höhenmesser zeigte Picot, daß die Katastrophe unabwendbar war. Sekunden später prallten die Maschinen auf die Oberfläche. Das Hinterteil von Picots Shift wurde von den schweren Raupen völlig eingedrückt. Das zweite Fahrzeug kippte langsam zur Seite.

Es drohte, den unteren Shift mitzureißen. Picot schloß die Augen und wartete darauf, durch die Kanzel geschleudert zu werden. Doch dann trat Ruhe ein.

»Feines Manöver, Dan«, sagte Tschato bissig.

»Ein Dancer hat uns erwischt, Sir«, gab Picot zurück. »Es ließ sich nicht mehr verhindern.«

»Auf jeden Fall sitzen wir fest«, sagte Tschato. »Das bedeutet, daß wir Captain Vertrigg nicht helfen können. Wir müssen warten, bis es hell wird, dann müssen die beiden auf der LION verbliebenen Shifts uns hier herausholen.«

»Vielleicht können wir ohne Hilfe wieder starten«, schlug Dawson vor.

»Die Raupen haben sich festgehakt«, erklärte Tschato. »Jeder Versuch, die Maschinen voneinander zu lösen, kann dazu führen, daß wir eine Kanzel zerstören. Dann ist eine Gruppe auf die Schutzanzüge angewiesen.« Er verstummte einen Augenblick, dann fügte er hinzu: »Gaylord befürchtet, daß auch hier Dancers auftauchen könnten. Nun können wir noch nicht einmal fliehen. Die Burschen sind bereits größer als ein Haus. Wenn eine der Kreaturen nach einem Sprung auf uns landet, sind wir verloren.«

In einer düsteren Vision glaubte Picot das Krachen einer zersplitternden Kanzel zu hören, und er sah mehrere riesenhafte Beine über die Shifts hinwegstampfen. Allein der Gedanke daran genügte, um ihn erschauern zu lassen.

»Schalten Sie den Scheinwerfer aus«, ordnete Tschato an. »Ich glaube zwar nicht, daß Helligkeit die Biester anlockt, aber wir müssen von nun an vorsichtig sein.«

Dawson löschte das Licht. Eine Weile blieben sie alle stumm. Ab und zu hörten sie das Knacken von Metall durch ihre Helme. Immer dann, wenn der obere Shift von einer Bö getroffen wurde, begann er unmerklich zu schwanken und schien sich loszureißen. Picot fragte sich, was Tschato und seine Männer in ihrem unruhigen Fahrzeug empfinden mochten.

Kurz darauf nahm Tschato Verbindung zur LION auf. Chefingenieur Bactas, der das Kommando innehatte, meldete sich. Seine Stimme klang undeutlich. Die großen Dancers schienen auch die starken Normalfunkgeräte der Shifts zu beeinflussen.

»Die beiden Shifts sind abgestürzt«, berichtete Tschato. »Es hat weder Tote noch Verletzte gegeben.«

»Wir holen Sie, Sir«, sagte Bactas sofort.

»Nein«, widersprach Tschato. »Solange es dunkel ist, dürfen Sie nichts unternehmen. Von Vertrigg und seinen Männern haben wir noch keine Spur entdeckt. Vielleicht gelingt es ihnen, bis zur LION durchzukommen.«

Bactas' Stimme schien etwas leiser zu werden. »Die LION wurde zweimal von einem Dancer angegriffen«, gab er bekannt. »Ich glaube jedoch, daß es Zufall war, daß der Riese unmittelbar vor dem Schiff landete. Bei seinem zweiten Versuch haben wir das Feuer auf ihn eröffnet. Ohne sich daran zu stören, sprang er davon. Soweit wir es erkennen können, treiben sich Hunderte dieser Ungeheuer in der Nähe umher.«

»Hören Sie auf, die Dancers beschießen zu lassen«, ordnete Tschato an. »Der Erfolg ist nach Gaylords Ansicht zweifelhaft. Sie werden nur weitere Monstren damit anlocken.«

»Was sollen wir tun, wenn die LION von mehreren Dancers angegriffen wird?«

Tschato räusperte sich. »Soweit wird es nicht kommen, Bactas. Sobald es hell geworden ist, schicken Sie die beiden Shifts zur Unglücksstelle.«

Chefingenieur Bactas bestätigte, und die Verbindung brach ab. Vergeblich bemühte sich Dan Picot, die Dunkelheit außerhalb der Kanzel zu durchdringen. Eine Schicht aus Ammoniakschnee bedeckte die Shifts. Immerhin schienen sich die Dancers aus dieser Gegend zurückgezogen zu haben.

Eine halbe Stunde später jedoch geschah etwas, das Tschatos gesamte Pläne illusorisch machte.

Captain Vertrigg taumelte in die offene Schleuse hinein und ließ sich einfach in die Arme der Männer sinken, die ihm hilfsbereit entgegenkamen. Nur unbewußt nahm er wahr, daß hinter ihm Iv, Torenski und La-Marck ins Schiff gebracht wurden. Der Schutzanzug erschien ihm als unerträgliche Last, und er empfand es als Erleichterung, als ihm der Helm abgenommen wurde. Eine Weile ließ er das Summen der Stimmen auf sich einwirken, das An- und Abschwellen von Geräuschen innerhalb des Schiffes.

Das erste, was er völlig bewußt wahrnahm, war die Stimme von Chefingenieur Bactas, der in grimmigem Tonfall sagte: »Zieht ihnen die Schutzanzüge aus.«

Vertrigg fühlte, wie man ihn förmlich aus dem Anzug herausschälte. Er gab sich Mühe, den Männern die Arbeit zu erleichtern, doch seine Glieder bewegten sich nur schwerfällig, als hätte er sie jahrelang nicht gebraucht und müßte sich erst wieder an ihre Funktion gewöhnen.

Er blinzelte ins helle Licht, als er die Augen aufschlug. Vor dem Licht war Chefingenieur Bactas, eine kleine eckige Gestalt, die niemals ruhig zu stehen schien. Bactas leckte seine Lippen, als bereite ihm der Anblick der Schiffbrüchigen einen besonderen Genuß. Vertrigg war bereit, das zu bezweifeln, doch der Gedanke ließ ihn lächeln.

»Die anderen Shifts sind abgestürzt«, teilte ihm Bactas mit. Sofort gefror die Heiterkeit in Vertrigg.

»Sind sie ... tot?« erkundigte er sich. Er erschrak vor seiner eigenen Stimme, die ohne Schutzhelm klang, als reiche sie kilometerweit in den Raum hinein.

»Nein«, sagte Bactas. »Sie hatten einen Zusammenstoß. Sobald es hell wird, müssen wir sie holen.«

Vertrigg nickte. »Haben Sie Dancers beobachten können?«

»Wir haben bereits auf eines der Ungeheuer geschossen«, informierte ihn Bactas. »Tschato hat uns verboten, es noch einmal zu tun.«

»Sie wachsen«, sagte Vertrigg und machte eine unbestimmte Geste, als sei er unfähig, die enorme Größe der Kreaturen zu zeigen.

»Wir haben einen gesehen, der fast so groß wie die LION war«, sagte Bactas.

Hätte Vertrigg nicht den Marsch durch die Methanhölle hinter sich gehabt, er hätte an Bactas' Worten gezweifelt. So aber erschien ihm nichts unmöglich.

Bactas machte eine entschiedene Bewegung. »Ich werde jetzt in die Zentrale zurückkehren und den Kommandanten unterrichten, daß Sie hier eingetroffen sind. Tschato hat Duprene und Cashton gefunden. Wo ist Allijs?«

»Tot«, antwortete Vertrigg.

Bactas fragte nicht, wie es geschehen war. Er schien zu wissen, daß Vertrigg keinen Wert darauf legte, über das Ende des Raumfahrers zu sprechen.

»Sobald Sie sich erholt haben, können Sie in die Zentrale kommen, Captain.«

Sie trennten sich. Auf dem Weg zu den Kabinen traf Vertrigg Torenski, der bereits wieder einen munteren Eindruck machte. »Ich gehe zu Mulligan, Sir«, teilte er Vertrigg mit. »Haben Sie Lust, etwas von ihm zu bekommen?«

Vertrigg dachte an Mulligans Einheitsnahrung und schüttelte sich.

»Augenblicklich nicht«, sagte er. »Ich werde mir einen Kaffee machen.«

Bevor er jedoch die Tür zu seiner Kabine öffnen konnte, wurde die Alarmanlage des Interkoms laut. Vertrigg blieb stehen und wartete darauf, daß Bactas den Grund des Alarms mitteilte. Die Stimme des Chefingenieurs klang beunruhigt.

»Alle Mann auf Station!« befahl er. »Vor dem Schiff ziehen sich Dancers zusammen.«

Vertrigg schaute bedauernd zum Kabineneingang und wandte sich um. Wenige Augenblicke später traf er innerhalb der Zentrale ein. Ein Blick auf die Bildschirme der Außenübertragung zeigte ihm, daß Bactas die Scheinwerfer eingeschaltet hatte. Aber auch die Ortungsgeräte, die nicht auf Hyperbasis funktionierten, zeigten, daß außerhalb der LION mehrere Dancers aufmarschiert waren.

»Captain«, schnaubte Bactas, als sei er erleichtert, daß er nun die Verantwortung für das Schiff mit jemandem teilen konnte. »Sehen Sie sich das an.«

Die Dancers waren so groß, daß sie sich gegenseitig behinderten. Trotzdem kamen sie dem Schiff immer näher. Wenn sie nicht ihre gewaltigen Sprünge durchführten, bewegten sie sich wie Riesenspinnen. Vertrigg sah, daß die Kreaturen ihre Tasterbeine nach der LION ausstreckten. Wahrscheinlich suchten sie nach neuer Energie, denn das Neo-Molkex war zum größten Teil bereits in gallertartige Masse verwandelt und damit für die Dancers wertlos geworden.

»Sobald es mehr werden, befürchte ich, daß die weiter hinten Stehenden die vorderen Reihen gegen das Schiff drücken werden«, sagte Bactas. »Da es sinnlos ist, diese Biester zu vernichten, haben wir keine andere Wahl als zu flüchten.«

»Und Tschato?«

»Wir müssen ihn vorher holen. Ich habe ihn bereits über die neue Situation unterrichtet. Er ist einverstanden, daß wir die Rettungsaktion jetzt beginnen.«

Vertrigg ließ sich in einen Sessel sinken. »Wissen Sie, was es heißt, jetzt einen Shift hinauszuschicken?«

»Sie befürchten, daß das Raupenfahrzeug nicht an den Dancers vorbeikommt?«

Vertrigg nickte. »Es sind nicht nur die Dancers. Denken Sie an den

Orkan, der dort draußen wütet. Abgesehen davon, daß Sie trotz der Funkverbindung einige Zeit brauchen werden, um die Besatzungen der beiden Shifts zu retten.«

Einen Augenblick lang erstarb die Beweglichkeit des kleinen Mannes. Völlige Ratlosigkeit schien ihn auszufüllen. Dann jedoch ließ er sich im Kommandosessel nieder.

»Ich werde mit Tschato sprechen«, sagte er. Er wartete, bis der Funker, der Dawson vertrat, eine Verbindung geschaffen hatte.

»Hier Tschato«, meldete sich der Oberstleutnant, der irgendwo dort draußen in einem funktionsunfähigen Shift gefangen war.

»Captain Vertrigg äußert Bedenken gegen die Ausschleusung eines weiteren Shifts, Sir. Die Dancers haben praktisch einen Kreis um die LION geschlossen. Sie sind bis auf wenige Ausnahmen so groß, daß sie einen Shift gefährden würden.«

»Hat Vertrigg einen besseren Vorschlag?« erkundigte sich Tschato.

»Einen Augenblick, Sir. Ich gebe Ihnen den Captain.«

Vertrigg dachte an die Männer in der Methanhölle von Pulsa. Ein Schuldbewußtsein wurde in ihm wach, denn es konnte der Eindruck entstehen, als hätte er durch seine Einwendungen eine Rettung vermeiden wollen.

»Hier spricht Vertrigg, Sir«, sagte er rauh. »Verstehen Sie mich richtig, ich wollte ...«

»Schon gut«, unterbrach ihn Tschato, der offenbar genau wußte, was den Captain bedrückte. »Kommen Sie zur Sache.«

»Vielleicht rücken die Dancers bei Anbruch des Tages ab, Sir«, sagte Vertrigg. »Wir haben jedoch die Möglichkeit, die LION mit den Normaltriebwerken zu starten und in der Nähe der Unglücksstelle wieder zu landen.«

»Gewiß«, stimmte Tschato zu. »Dabei kann es allerdings passieren, daß Sie die Dancers mit in unsere Gegend locken. Ich kann mir denken, daß zwei beschädigte Shifts den Kreaturen keinerlei Widerstand bieten können.«

»Ja«, sagte Vertrigg betroffen. »Da haben Sie natürlich recht, Sir. Es sieht so aus, als bliebe uns nur die Möglichkeit, die Ausschleusung eines Shifts zu versuchen. Ich werde das Kommando über das Raupenfahrzeug übernehmen.«

»Sie sind überanstrengt, Captain«, sagte Tschato. »Lassen Sie Bactas hinaus und übernehmen Sie inzwischen die LION.«

Vertrigg sah ein, daß es ein Risiko war, wenn er sich abermals hinauswagte. Noch war er erschöpft. Bactas mußte den Einsatz übernehmen, wie

Tschato vorgeschlagen hatte. Vertrigg wandte sich ab und blickte den Chefingenieur der LION an.

»In Ordnung«, sagte er. »Versuchen Sie Ihr Glück.«

Ein einziger Mann nur begleitete Earl Bactas in den Shift. Es war Clantworthy, einer der Techniker, die Bactas unterstanden. Der Platz innerhalb der Kanzel wurde für die Schiffbrüchigen benötigt.

Bactas dachte an die riesenhaften Wesen, die sich um die LION scharten. Seltsamerweise fühlte er keine Furcht. Die Dancers schienen ihm beinahe ein rein akademisches Problem zu sein, das man von der Rechentafel aus lösen konnte. In Wirklichkeit jedoch weigerte sich sein Bewußtsein, diese Kreaturen als Realität zu akzeptieren.

Geduldig wartete Bactas, daß die Hangarschleuse aufglitt. Als es so weit war, wunderte er sich, daß er nichts als vollkommene Dunkelheit sehen konnte. Durch die Öffnung wirbelte der Sturm Ammoniakflocken herein. Graue Gasschwaden schoben sich träge über den unteren Rand der Schleuse. Bactas schaltete das Antigravtriebwerk ein. Der Shift glitt aus dem Hangar, und im gleichen Augenblick sah Bactas die Dancers. Er sah sie nicht als komplette Körper – dazu waren sie zu groß. Im Scheinwerferlicht der LION erkannte er ihre gewaltigen Beine, die unruhig zuckten und wie häßliche Fabrikschlote in die Finsternis ragten, hoch hinauf, wohin ihnen das Licht nicht folgen konnte.

Bactas ließ den Shift unmittelbar vor der Schleuse absacken. Es erschien ihm zu gefährlich, in die Höhe zu steigen, denn dort konnte der Sturm das Raupenfahrzeug mit geballter Wucht packen und in die Dancers hineintreiben. So manövrierte Bactas die Maschine um den Koloß der LION herum und hoffte, daß sich irgendwo in diesem Wald aus Beinen eine Lücke finden würde. Noch immer spürte er keine Angst. Dazu waren diese Wesen zu abstrakt – sie gehörten nicht in die Welt des Chefingenieurs.

Ammoniakschnee fegte über die Kanzel hinweg, bildete zwischen Shift und Außenwand der LION auf- und niederjagende Wirbel, die sich, sobald die Maschine weiterflog, auflösten und sich wieder vermischten im Mahlstrom der Methanwelt. Geschützt durch die LION zog der Shift verhältnismäßig sicher seine Bahn. Unruhig tastete der Scheinwerfer des Raupenpanzers über die Außenhülle der LION hinweg. Zwischen den Beinen der Dancers sah Bactas ab und zu kleinere Kreaturen herumklettern. Ihre dünnen Pfahlkörper wippten emsig hin und her, als gelte es, die Bewunderung der größeren Artgenossen hervorzurufen. Dabei war es nur die wilde Jagd nach Neo-Molkex, von dem es nicht genügend gab, um die Millionen von Dancers zu sättigen. Bactas nahm die rechte Hand von der Steuerung und tippte Clantworthy auf die Schultern. Der Techniker wandte seinen Kopf, so daß Bactas durch den Sehschlitz das Gesicht des Mannes sehen konnte. Clantworthy machte den Eindruck, als würde er den Chefingenieur nicht erkennen, so gefangen war er von den Eindrücken um sie herum.

»Es scheint keinen Durchschlupf für uns zu geben«, sagte Bactas. Der Helmfunk gab seine Worte nur als Krächzen wieder, doch Clantworthy schien zu verstehen, denn er nickte.

»Wir haben noch nicht das gesamte Schiff umrundet«, gab er zurück.

Bactas bezweifelte, daß es an irgendeiner Stelle anders aussehen könnte, doch er steuerte den Shift weiter um die LION herum. Im stillen fragte er sich, wie sie – wenn es ihnen jemals gelingen sollte, diesen Ring zu durchbrechen – wieder in den Schlachtkreuzer zurückkehren sollten? Eine Bö, die von der Seite kam, hätte den Shift fast gegen die LION gedrückt, doch Bactas riß die Maschine herum und beschleunigte.

»Da vorn!« rief Clantworthy plötzlich. »Sehen Sie, die Lücke!«

Bactas' Blicke glitten über die Riesenbeine hinweg, die als lebender Zaun die LION umgaben. An einer Stelle gab es sie nicht, dort befand sich nichts als Dunkelheit und Wolken aus Gas und Schnee. Es war unmöglich, die Breite der Öffnung zu schätzen, denn sie veränderte sich ständig, wie die Dancers ihre Stellungen änderten. Bactas biß die Zähne zusammen. Er dachte an Tschato und den krummbeinigen Picot und an die anderen und daran, daß diese Männer ein Risiko wert waren. Die Außenhülle der LION verschwand aus dem Blickfeld der beiden Männer, und der Shift wurde scheinbar eins mit den Wolken, in die er hineinschoß. Bactas glaubte das Dröhnen des Orkans zu hören, aber es waren nur die Störgeräusche, die Clantworthys Stimme vorausgingen.

»Hinter der Lücke können weitere Dancers sein«, sagte Clantworthy.

Daran hatte auch Bactas schon gedacht, aber die Vorstellung, es könnte sich als wahr erweisen, rief nichts als hartnäckigen Trotz in ihm hervor. Er stellte Verbindung zur LION her. Vertrigg meldete sich. Die Müdigkeit in der Stimme des Captains war einer Erregung gewichen, die leicht aus Angst entstanden sein konnte. Bactas wußte nicht genug von Vertrigg, um ihn einzuschätzen, aber der Captain galt als einer der fähigsten Offiziere der LION. Und bei einem Kommandanten wie Tschato bedeutete das viel. Unwillkürlich dachte Bactas an Captain Walt Heintman, der jetzt mit einer Korvette durch den Raum raste, um die Flotte zu alarmieren.

Vertriggs Stimme rief ihn in die Wirklichkeit zurück. »Haben Sie einen Durchschlupf gefunden?«

»Ja«, sagte Bactas. »Wir versuchen jetzt, an den Dancers vorbeizukommen. Der Sturm ist sehr heftig.«

Wie um seine Worte zu unterstreichen, schaukelte der Shift auf die Lücke zwischen den Dancers zu. Clantworthy hatte sich so weit nach vorn gebeugt, daß seine Haltung unnatürlich wirkte. Ein Blick auf die Kontrollen zeigte Bactas, daß er dreißig Meter über der Oberfläche flog. Er zog den Shift etwas höher, ohne jedoch die Richtung zu ändern.

Die Beine der Monstren schienen ins Riesenhafte anzuwachsen, als der Raupenpanzer näher kam. Vereinzelt vermochte Bactas die Tasterbeine zu sehen, die, dünnen Fühlern gleich, zur LION hinüberlangten. Ein sonderbares Gremium, das die LION untersuchte, überlegte Bactas ohne Heiterkeit. Und plötzlich war die Angst da. Bactas empfand dieses panikartige Gefühl, das über ihn hereinbrach, wie einen Schock. Er warf einen vorsichtigen Blick zu Clantworthy hinüber, doch der Techniker hatte seine Haltung nicht verändert. Voller Wachsamkeit schaute er hinaus in die Nacht.

Der Shift raste in die Lücke hinein – und durch sie hindurch. Nichts deutete darauf hin, daß sich vor ihnen Dancers befanden. Bactas atmete auf. Die Innenflächen seiner Hände waren feucht geworden.

Der Raupenpanzer flog weiter in die stürmische Nacht.

Und hinter ihm – unsichtbar für die beiden Männer – schloß sich der Ring der Beine völlig. Die letzte Öffnung war nicht mehr.

18.

Mit Beginn des Morgens verdoppelte sich die Heftigkeit des Sturmes. Dan Picot begann sich zu fragen, ob Bactas es überhaupt noch schaffen würde, mit seinem Shift zur Unglücksstelle vorzudringen. Dreimal war der Chefingenieur vom Kurs abgewichen, da die Funkverbindung abriß. Dann hatte er immer wieder ganzen Herden von Dancers ausweichen müssen.

Im Augenblick befand sich Bactas etwa anderthalb Kilometer von ihnen entfernt, eine Strecke, die unter normalen Bedingungen in wenigen Sekunden zurückzulegen war. Der Sturm ließ den Shift jedoch nur langsam vorankommen. Bactas berichtete den Verunglückten über Funk ständig von seinem Flug.

Die starken Normalfunkanlagen der LION drangen trotz der unzähligen Dancers bis zu den abgestürzten Shifts vor. Die Nachrichten, die von Vertrigg eintrafen, waren alles andere als beruhigend. Der Kreis der Dancers schloß sich immer enger um das Schiff. Vertrigg und die an Bord gebliebenen Wissenschaftler befürchteten, daß es zu ernsthaften Zwischenfällen kommen würde, wenn die LION ihren Standort nicht verließ.

Picot sah in den beginnenden Tag hinein. Er glaubte nicht daran, daß es noch heller werden könnte. Die mit Wasserstoff, Stickstoff, Methan und Schwefel gesättigte Atmosphäre befand sich in wildem Aufruhr.

Tschatos Shift schaukelte auf dem unteren Raupenpanzer immer heftiger. Vergeblich hatten die Männer versucht, die beiden Maschinen fester miteinander zu verankern. Es war unmöglich, in diesem Orkan zu arbeiten. Nur mit Mühe konnte man sich auf den Beinen halten, sobald man den Shift verließ.

Picot beobachtete das Toben der Elemente. Pulsa war ein wilder Planet, auf dem es niemals Leben in menschlichem Sinn geben würde. Nur durch seine Technik konnte der Mensch auf solchen Welten am Leben bleiben. Aber es war ein Leben, das ständig in Gefahr schwebte.

Bactas meldete sich wieder. Er war näher gekommen und nahm an, daß die Unglücksstelle bald in Sichtweite sein mußte. Mit Unbehagen dachte Picot an den Augenblick, da sie in den unbeschädigten Shift umsteigen mußten. Bei diesem Orkan würde das Schwierigkeiten bereiten.

Schließlich tauchte der Shift zwischen den Wolken auf, ein dunkler Schatten, der sich allmählich tiefer senkte, während er von den Böen hin und her geworfen wurde.

»Wir haben Sie gefunden, Sir«, sagte Bactas erleichtert. »Ich werde versuchen, so dicht wie möglich neben den abgestürzten Raupenpanzern zu landen.«

»Vorsicht, Bactas!« mahnte Tschato. »Passen Sie auf, daß Sie keine Bruchlandung machen.«

Bactas versuchte, den Shift in immer enger werdenden Kreisen auf die Oberfläche zu bringen. Er landete schließlich dreißig Meter von der Absturzstelle entfernt.

»Sie können jetzt mit den Männern herüberkommen, Sir«, sagte Bactas. »Clantworthy und ich haben alles vorbereitet.«

»Der Sturm wird uns davonblasen«, prophezeite Tschato. »Sie müssen versuchen, mit dem Raupenantrieb dichter heranzukommen.«

Bactas gab sein Einverständnis. Wenige Augenblicke später sahen die Schiffbrüchigen den Shift wie ein urweltliches Tier vorwärtsrollen. Schneller als erwartet kam der Raupenpanzer heran. Unmittelbar vor den abgestürzten Shifts machte Bactas halt.

»Gut gemacht«, lobte Tschato. »Ich werde nun hinauskommen und ein Stahlseil zwischen den Shifts spannen, woran sich die Männer festhalten können.«

Niemand protestierte. Tschato war der kräftigste Mann an Bord der LION. Auch Picot vertraute auf die Fähigkeiten des Kommandanten. Er spähte durch die Kanzel nach oben. Die Schleuse des anderen Shifts lag jedoch so, daß Picot nicht sehen konnte, wie der Oberstleutnant im Freien auftauchte. Er sah Tschato erst wenige Minuten später, als der Kommandant, flach gegen die Außenhülle des Panzers gepreßt, nach unten rutschte. Picot konnte das Stahlseil erkennen, das Tschato an den Raupen mit einem Ende befestigt hatte und nun Meter für Meter aufspulte. Der Kommandant benutzte es gleichzeitig als Halt für seinen Körper. Sekundenlang schwebte er wie ein Bergsteiger an der Seite von Picots Shift. Der Sturm brachte seinen Körper zum Schwanken. Dann war Tschato unten. Doch er stand nur einen Moment auf den Beinen, dann warf ihn die Wucht des Orkans um. Geschickt verhinderte er, daß er sich ins Stahlseil verwickelte. Kriechend legte er die wenigen Meter zum Rettungsshift zurück. Aufatmend sah Picot ihn in der Schleuse verschwinden. Dicht über dem Boden spannte sich das Stahlseil. Placidia verließ den Shift als nächster, dann folgten Dr. Gaylord und die übrigen Wissenschaftler. Mit beiden Händen das Seil umklammernd, erreichten sie das Rettungsfahrzeug.

»Jetzt sind wir an der Reihe«, sagte Picot.

Obwohl die Rettung kurz bevorstand, fühlte der Erste Offizier der LION sich nicht erleichtert. Er ahnte, daß Pulsa noch weitere Überraschungen für die Besatzung des Schlachtkreuzers bereithielt.

Es war nicht einfach gewesen, alle Männer innerhalb des Shifts unterzubringen, doch Picot zog es vor, einige Zeit unter qualvoller Enge zu leiden, als auf den Erstickungstod zu warten. Nome Tschato übernahm die Pilotenarbeit, denn Chefingenieur Bactas zeigte sich durch den Flug von der LION zur Unglücksstelle überanstrengt.

Picot stand zwischen zwei Wissenschaftlern, deren strenger Gesichtsausdruck eine Unterhaltung verhinderte. Vergeblich versuchte Picot, das Stoßen und Trudeln des Shifts zu ignorieren, wenn dieser von einer Bö gepackt und aus der Bahn geworfen wurde. Innerhalb der Kanzel blieb es ruhig. Die Männer hingen ihren Gedanken nach, die mehr oder weniger unerfreulich waren. Bactas' Schilderung von den Dancers in der Nähe der LION hatte den Raumfahrern deutlich vor Augen geführt, daß sie noch nicht in Sicherheit waren.

Immerhin war es jetzt hell, soweit man die graue Dämmerung als Helligkeit bezeichnen konnte. Es gab Stellen, an denen die Sicht mehrere Kilometer weit reichte, doch häufiger waren die Gebiete, wo die Wolken alles bedeckten und man nur hundert Meter weit sehen konnte.

Die Funksprüche von Captain Vertrigg wurden immer dringender. Offensichtlich glaubte der Offizier, daß die LION bedroht war.

»Sie suchen nach Energie«, sagte Dr. Gaylord nachdenklich, nachdem er mit Vertrigg gesprochen hatte.

»Sie können doch nicht immer weiter wachsen«, warf einer der anderen Forscher ein.

»Nein«, gab Gaylord zu. »Anscheinend haben sie ihr Endstadium jedoch noch nicht erreichen können.«

»Und wie«, fragte Tschato gelassen, »sieht dieses Endstadium aus?«

»Das weiß kein Mensch«, antwortete Gaylord. »Es kann praktisch alles sein, denn Hyperenergie ist durch und durch wandelbar.«

Ohne Schwierigkeiten flog der Shift durch die unruhige Atmosphäre. Picot glaubte schon, daß sie ohne Schwierigkeiten die LION erreichen würden, als Tschato unverhofft die Geschwindigkeit drosselte. Picot streckte sich, um über die Köpfe der anderen Männer aus der Kanzel blicken zu können. Der Shift flog gerade durch ein aufgeklartes Gebiet, die Sicht war verhältnismäßig gut.

Vor ihnen stand ein Dancer.

Picot zweifelte an seinem Verstand, als er das ungeheuerliche Wesen erblickte. Der Dancer war größer als alle anderen, die sie auf Pulsa gesehen hatten. Er war ein Gebirge aus Beinen, das in den undurchdringlichen Wolken verschwand. Der Dancer bedeckte mehrere Quadratkilometer.

Plötzlich geriet Bewegung in diese, dem Suprahet entstammende Zustandsform. Picot biß sich auf die Lippen, um ein Aufstöhnen zu unterdrücken. Die Beine des Dancers knickten ein. Die Ungeheuerlichkeit ging in Sprungstellung. Bei der Ausdehnung des Dancers sah das aus, als veränderte sich die gesamte Landschaft vor den Augen der Männer.

»Was sagen Sie dazu, Doc?« fragte Tschato gepreßt. »Ist dies vielleicht das Endstadium?«

»Warten Sie, Kommandant«, flüsterte Gaylord. Der Sturm zerrte an dem Shift, doch Tschato hielt ihn geschickt an einer Stelle, so daß sie den gewaltigen Dancer beobachten konnten.

»Er muß Tausende von Beinen haben«, sagte einer der Forscher.

Da setzte das monströse Gebilde zum Sprung an. Mit einer atemberaubenden Beschleunigung hüpfte es in den Himmel hinein und verschwand jenseits der Atmosphäre.

Es war so still innerhalb der Kanzel, daß Picot die Männer atmen hören konnte. Gleich darauf meldete sich Captain Vertrigg von der LION.

»Sir«, sagte er aufgeregt. »Wir haben einen heftigen Strukturschock registrieren können. Entweder landen neue Molkex-Fladen auf Pulsa, oder es ist irgend etwas anderes passiert.«

»Es war der Dancer«, sagte Gaylord. »Er hat sich selbst in den Hyperraum geschleudert.«

»Unmöglich!« rief Dawson überrascht. »Wie kann ein Lebewesen etwas Derartiges vollbringen?«

»Lebewesen?« wiederholte Gaylord. »Die Dancers sind keine organischen Wesen. Sie sind materialisierte Hyperenergie. Ihr natürlicher Raum ist eine übergelagerte Dimension. Dorther kam das Suprahet, und dorthin kehren die Dancers zurück, denen es gelang, genügend Neo-Molkex zu erbeuten. Wer weiß, seit wieviel Millionen von Jahren sie bereits auf eine solche Möglichkeit warten.«

»Aber ... was geschieht mit ihnen, wenn sie den Hyperraum erreichen?« erkundigte sich Picot.

»Ich nehme an, daß sie sich zu reiner Energie auflösen«, sagte Gaylord. »Doch das ist nicht sicher. Es gibt unzählige andere Möglichkeiten. Wahrscheinlich werden wir das Rätsel des Suprahet und seines Erbes nicht ganz lösen können.«

Picot sah ein, daß er das soeben Gesehene nie begreifen würde. Am besten würde es sein, wenn er es vergaß.

Während des Fluges beobachteten sie noch zwei weitere Dancers, die eine ausreichende Größe erlangt hatten und einfach durch einen Sprung von der Oberfläche Pulsas verschwanden. Sie waren jedoch so weit entfernt, daß Tschato unbehindert weiterfliegen konnte.

Schließlich wurde eine ganze Herde von Dancers sichtbar.

»Um Himmels willen«, sagte Chefingenieur Bactas. »Dort steht die LION. Vom Schiff ist überhaupt nichts mehr zu sehen.«

Tschato nickte unbeeindruckt. Er rief Vertrigg.

»Wir können die Dancers sehen, die die LION umringt haben«, teilte er dem Captain mit. »Die LION selbst wird von den Monstren völlig verdeckt. Ist an Bord alles in Ordnung?«

»Ja, Sir«, gab Vertrigg zurück. »Einige Dancers haben versucht, ins Innere zu gelangen. Was soll geschehen, wenn sie in größeren Gruppen angreifen?«

»Wir müssen mit dem Shift irgendwie in die LION gelangen«, sagte Tschato überlegend.

»Jetzt ist es aussichtslos«, sagte Vertrigg. »Von oben kommen Sie auch nicht heran, Sir, denn verschiedene Dancers springen ständig von einer Seite des Schiffes zur anderen. Sie würden unweigerlich mit einem dieser Ungeheuer zusammenstoßen.«

Tschato wandte sich an Gaylord. »Sehen Sie eine Möglichkeit, die Dancers von der LION wegzulocken?«

»Dazu müßten weitere Fladen aus Neo-Molkex aus dem Hyperraum kommen«, sagte Gaylord. »Vielleicht genügt auch schon ein normaler Energieausbruch in der Nähe des Schlachtkreuzers. Doch Sie wissen selbst, daß wir keine Möglichkeit haben, genügend Energie zu erzeugen, um die Dancers von der LION wegzubringen.«

Die Männer innerhalb des Shifts wurden unruhig. Sie begannen zu ahnen, daß es keine Möglichkeit für sie gab, an Bord der LION zu gelangen. Picot arbeitete sich mühsam bis zum Pilotensitz vor, Tschato blickte kurz auf.

»Vertrigg muß versuchen, die LION zu starten«, sagte Picot. »Vielleicht gelingt es uns, an Bord zu kommen, sobald das Schiff von der Oberfläche abgehoben hat.«

»Unter diesen Umständen erscheint mir ein solches Manöver undurchführbar«, sagte Tschato. »Wir befinden uns jedoch in einer verzweifelten Situation.« Er sprach mit Vertrigg über Picots Vorschlag.

»Wie soll ich die LION hier herausbringen?« fragte Vertrigg. »Es ist zu gefährlich, die Antigravfelder einzuschalten, denn die Wissenschaftler befürchten, daß die Dancers eventuell auch mit dieser Energieform zufrieden sein könnten. Also bleibt uns nur das Normaltriebwerk, Sir. Sie wissen, was das bei einem Riesenplaneten mit Pulsas Gravitation bedeutet. Wir müßten mit höchsten Beschleunigungswerten starten und hätten keine Zeit für eine Einschleusung des Shifts.«

»Richtig«, sagte Tschato. »Trotzdem müssen wir es versuchen. Wenn wir nicht handeln, verlieren wir die LION. Bei einem Start des Schlachtkreuzers kann nur dieser Shift verlorengehen.«

»Sprechen Sie immer so leicht das Todesurteil über eine Anzahl von Männern?« mischte sich Gaylord ärgerlich ein.

»Wenn ich darunter bin: ja!« erwiderte Tschato. Gaylord verstand den Seitenhieb und errötete vor Zorn.

»Sie vergessen, daß ich die Wissenschaftler vertrete«, sagte er. »Ich verlange, daß wir gehört werden. Wir sind gegen diesen wahnsinnigen Plan. Noch besteht keine akute Gefahr. Deshalb schlage ich vor, daß wir warten, bis sich die Dancers zurückziehen.«

»Und wenn sie es nicht tun?«

»Dann haben wir immer noch Zeit für todesmutige Handlungen«, sagte Gaylord erregt.

Tschatos Gesichtsausdruck blieb unbewegt. Picot bereute bereits, seine Idee ausgesprochen zu haben, denn jetzt erschien sie ihm als undurchführbar. Es war aber unmöglich, daß er sich nun gegen seinen eigenen Plan stellte.

»Wir wollen darüber abstimmen«, entschied Tschato.

Die Abstimmung ergab eine Stimme Mehrheit für Picots Vorschlag. Der Kommandant rief die LION. »In Ordnung, Captain«, sagte er zu Vertrigg. »Sie werden jetzt starten.«

»Mit den Normaltriebwerken?«

»Ja, Captain.«

Einen Augenblick herrschte völlige Stille, dann kam Vertriggs Stimme wieder aus dem Lautsprecher.

»Wir haben gerade einen Schwarm von Projektilen geortet, Sir«, berichtete Vertrigg aufgeregt. »Sie fliegen Unterlicht, so daß wir sie mit den normalen Geräten registrieren konnten.«

»Projektile?« fragte Tschato. »Sind Sie sicher, Captain?«

Picot fragte sich im stillen, ob Vertrigg auf diese Weise den Start der LION hinauszögern wollte. Woher sollten im Whilor-System Projektile kommen?

»Völlig sicher, Sir«, antwortete Vertrigg. »Es handelt sich um längliche Raketenkörper mit normallichtschnellen Impulstriebwerken. Das konnten wir feststellen. Sie haben sämtlich Kurs auf Pulsa.«

»Vielleicht handelt es sich um Blues-Raumschiffe, die uns entdeckt haben«, vermutete Tschato. »Was denken Sie darüber, Dan?«

»Ich weiß es nicht«, gestand Picot offen. »Es ist mir ein Rätsel, woher diese Raketen kommen könnten. Außerdem besitzen die Raumschiffe der Blues Diskusform.«

Im Augenblick war der Plan vom Start der LION vergessen. Das Erscheinen der unbekannten Flugkörper löste in der LION und innerhalb des Shifts heftige Diskussionen aus.

Sie verstummten erst, als die erste Rakete in einer Entfernung von sechzig Kilometern aufschlug und in einem Umkreis von zehn Kilometern eine Atomhölle entfachte. Damit war die Herkunft der Projektile nicht geklärt. Nur ihre Aufgabe stand fest: Sie sollten die LION vernichten.

Die dritte Explosion lag so nahe bei der LION, daß man sie von Bord des Shifts aus beobachten konnte. Die vierte, spätestens die fünfte Rakete würde die LION genau treffen. Das schien so unabwendbar, daß Picot kein Entsetzen empfand. Für ihn hatte die LION bereits aufgehört zu existieren.

Dann geschah jedoch etwas Unerwartetes. Die Herde der Dancers löste sich von der LION. Die Monstren teilten sich und begannen auf die Explosionsherde zuzuspringen.

»Die Energie lockt sie an!« rief Gaylord. »Vorsicht, Kommandant! Sie müssen an uns vorüber.«

Tschato hatte die Gefahr bereits erkannt und ließ den Shift davonrasen. Die tanzenden Dancers boten ein unwirkliches Bild. Ihre Körper, die praktisch nur aus Beinen bestanden, hoben sich vom Boden ab und segelten scheinbar gewichtslos durch die Gasschwaden. Dann landeten sie, wobei ihre Sprungbeine bereits für den nächsten Sprung einknickten. Die Dancers dehnten sich aus wie ein Fächer, denn sie benötigten viel Platz, um alle zusammen den Atomwolken entgegenspringen zu können.

Dan Picot atmete auf, als der Shift aus der Reichweite der Ungeheuer geflogen war. Bis auf kleinere Dancers, die nur langsamer vorankamen, lag die LION jetzt verlassen vor ihnen.

Tschato lenkte den Shift in die Richtung des Schlachtkreuzers. Jeden Augenblick erwartete Picot den Blitz einer Explosion in unmittelbarer Nähe. Jetzt, da die Dancers verschwunden waren, wurden sie von einer anderen Gefahr bedroht. Sollten es tatsächlich Projektile der Blues sein, die die LION angriffen? Oder kamen die Raketen woanders her? Picot begann in seinem Schutzanzug zu schwitzen. Es schien unendlich lange zu dauern, bis sie die LION erreichten.

Den Dancers schienen die Atomraketen nichts auszumachen. Doch ihre Sucht nach Hyperenergie würden die atomaren Gewalten nicht befriedigen können. Es mußte noch Millionen von diesen Kreaturen geben, die nicht genügend Neo-Molkex erhalten hatten, um in das Stadium des Hypersprunges zu gelangen. Sie waren dazu verdammt, für alle Zeiten auf Pulsa zu bleiben, denn es war unwahrscheinlich, daß irgendwann noch einmal Fladen von Neo-Molkex in der Nähe des Whilor-Systems auftauchen würden.

Da erfolgte die vierte Explosion.

Die Rakete detonierte nur zehn Kilometer von der LION entfernt. Die Besatzung des Raupenpanzers hatte Glück, daß der Aufschlag der Bombe auf der entgegengesetzten Seite des Schlachtkreuzers erfolgte. Die graue Dämmerung wurde in fahlgelbes Licht gebadet, das von Horizont zu

Horizont zu reichen schien. Über der LION färbten sich die Wolken in ein glühendes Rot.

»Achtung, Captain!« rief Tschato in das Mikrofon.

Die Hangarschleuse der LION glitt auf. Picot sah, wie die LION immer größer wurde, dann tauchte der Raupenpanzer unter der Außenhülle vorbei und verschwand im Hangar. Im gleichen Augenblick begannen die Normaltriebwerke der LION unter Höchstbelastung zu dröhnen.

So schnell es ging, verließen die Männer den Shift. Techniker kamen heran, um ihnen zu helfen. Sobald Tschato, Picot und Gaylord ihre Schutzanzüge abgelegt hatten, stürmten sie gemeinsam in die Zentrale.

Das Schiff schien zu vibrieren. Die Triebwerke kämpften mit der Gravitation des Planeten. Nur langsam hob die LION von der Oberfläche der Methanwelt ab.

Als Picot an der Seite der beiden anderen Männer die Zentrale betrat, boten die Bildschirme eine phantastische Szene. Unterhalb des Schiffes hüpften und tanzten Tausende von Dancers in den Explosionswolken der Atomgeschosse umher. In völliger Verzweiflung schienen sie diese letzte Gelegenheit an Energiezufuhr ausnutzen zu wollen. Dabei folgten sie nur einem Instinkt, einem Trieb, der schon das Suprahet geleitet hatte, das vor Jahrmillionen die Galaxis verwüstet hatte.

Höher und höher stieg die LION, bis in die obersten Schichten der Atmosphäre von Pulsa hinauf. Heftiger wurde der Kampf zwischen Triebwerken und Gravitation. Mit Gewalt schien der Planetenriese sein so sicher geglaubtes Opfer zurückholen zu wollen.

Tschato übernahm wieder das Kommando. Die letzten Kraftreserven der LION strömten in die Normaltriebwerke. Die Explosionen hörten auf. Es schienen keine weiteren Raketen mehr im Anflug auf Pulsa zu sein. Auch die LION wurde nicht angegriffen. Auch das eigenartige Pulsieren des Planeten hatte aufgehört. Die Dancers hatten diese Eigenschaft des Neo-Molkex vernichtet.

Minutenlang stand der Kampf zwischen Triebwerken und Gravitation unentschieden, dann siegte das Schiff.

Immer schwächer wurde die Anziehungskraft, dann schwang sich die LION in den freien Raum hinaus.

Obwohl alle noch funktionierenden Ortungsgeräte der LION in den Raum gerichtet waren, deutete nichts auf das Vorhandensein fremder Schiffe hin. Die Herkunft der Raketenbomben blieb für die Besatzung ein

Rätsel. Der Gegner, der sie abgefeuert hatte, mußte die Vernichtung der LION beabsichtigt haben.

Warum, so fragte sich Dan Picot, hatte man sie dann nicht verfolgt?

Jeder Angreifer mußte doch merken, daß die LION keine funktionsfähigen Hypertriebwerke besaß. War es ein Zufall, daß die Projektile ausgerechnet in der Nähe der LION aufgeschlagen waren? Logischerweise konnten die Raketen überhaupt kein anderes Ziel als den Schlachtkreuzer angeflogen haben. Die Frage nach dem Woher mußte vorerst unbeantwortet bleiben, obwohl Tschato die Vermutung geäußert hatte, es könnte sich bei den unbekannten Angreifern um Schiffe der Blues handeln, die sich sofort wieder zurückgezogen hatten.

Die LION flog langsam aus dem Whilor-System hinaus. Auf den Bildschirmen konnte Picot beobachten, wie die Planeten, soweit sie überhaupt sichtbar waren, langsam kleiner wurden.

Tschato räkelte sich im Kommandosessel. Er sah ausgesprochen zufrieden aus. Dafür jedoch, fand Picot, bestand überhaupt kein Grund. Die LION befand sich weit von heimatlichen Gebieten entfernt – und das mit einem zerstörten Lineartriebwerk und ohne Möglichkeit, Hilfe zu rufen, denn auch der Hyperkom ließ sich nicht reparieren.

»Was nun, Sir?« fragte Picot. Er war entschlossen, die weiteren Pläne des Oberstleutnants herauszufinden, sofern es solche überhaupt gab.

»Wir können eigentlich nur hoffen, daß Captain Heintman durchkommt und ein Flottenaufgebot hier erscheint«, sagte Tschato. »Aus eigener Kraft kommen wir hier nicht weg.«

Das Eingeständnis des Kommandanten klang nicht gerade wie eine Kapitulation. Gewiß, sie konnten annehmen, daß Heintman seinen Auftrag durchführen würde, aber Picot hielt den Optimismus Tschatos für übertrieben.

»Ist es nicht zu gefährlich, wenn wir im Whilor-System bleiben?« fragte Picot. »Der unbekannte Gegner kann uns jederzeit wieder angreifen.«

»Wir werden ungefähr drei Lichttage außerhalb des Systems auf das Flottenaufgebot warten«, kündigte Tschato an. »Dort sind wir weit genug entfernt, um vor Überraschungen sicher zu sein, aber auch nahe genug, um die eintreffenden Schiffe zu bemerken.«

Der Interkom knackte. Gleich darauf hörten sie die Stimme von Dr. Gaylord, die sich aus dem Labor meldete, das den Wissenschaftlern zur Verfügung stand.

»Haben Sie Zeit, Kommandant?« erkundigte sich Gaylord.

»Natürlich«, erklärte Tschato. »Worum handelt es sich, Doc?«

»Kommen Sie bitte ins Labor«, sagte Gaylord geheimnisvoll. »Ich möchte Ihnen gern etwas vorführen.«

»Hoffentlich wollen Sie die LION nicht sprengen«, meinte Tschato sarkastisch.

Gaylord lachte kaum hörbar. »Das hätte leicht passieren können.«

Picot wurde aufmerksam. Unternahmen Gaylord und seine Helfer irgendwelche gefährlichen Experimente? Er hoffte, daß er Tschato ins Labor begleiten konnte. Doch Tschato erhob sich von seinem Platz und sagte nur: »Übernehmen Sie, Dan.«

Picot räusperte sich unglücklich und sah zu Vertrigg hinüber, der sich mit Dawson unterhielt.

»Vielleicht ist es besser, wenn ich Sie begleite, Sir. Vertrigg kann das Kommando übernehmen.«

»Dan«, Tschato hob den Zeigefinger, »man könnte annehmen, Sie hätten Angst um mich. Fürchten Sie, daß Gaylord mich überfallen wird?«

Picot war verstimmt. Mußte er sich den Spott des Löwen gefallen lassen? Seine Miene hellte sich sofort auf, als Tschato den Captain zu sich rief. Vertrigg übernahm die Aufgabe, die Tschato ursprünglich Picot zugedacht hatte. Dann forderte der Kommandant seinen Ersten Offizier zum Mitkommen auf, indem er ihm so auf die Schulter schlug, daß Picot Mühe hatte, aufrecht stehen zu bleiben.

Gaylord hielt das durchsichtige Gefäß gegen die Lampe, so daß die bräunliche Flüssigkeit zu schimmern begann. Er schüttelte die Substanz, indem er das Gefäß zwischen den Fingern hin und her bewegte.

Dann schaute er die beiden Raumfahrer an. »Wissen Sie, was das ist, Kommandant?«

»Nein«, sagte Tschato.

»Kaffee«, sagte Picot, mit einem schwachen Versuch, Humor in Gaylord zu wecken. Doch der Strukturforscher sah ihn nur böse an. Picot streckte sich trotzig, ohne allerdings weiter als bis an Tschatos Schultern zu reichen.

»Es ist Neo-Molkex«, erklärte Gaylord. »Sie erinnern sich, daß es mir auf Pulsa gelang, etwa fünfhundert Gramm dieser Substanz sicherzustellen.«

Tschato hob den Arm. »Dann ist es kein reines Neo-Molkex. Es handelt sich um die gallertartige Masse, die von dem Neo-Molkex zurückblieb, sobald sich die Dancers davon gesättigt hatten.«

»Es ist, wie Sie sagen, Kommandant«, stimmte Gaylord zu. »Trotzdem hat es diese Substanz in sich. Ich möchte behaupten, daß sie weitaus gefährlicher als Molkex und Neo-Molkex ist.« Gaylord zog einen quadratischen Schaltkasten von der anderen Seite des Tisches zu sich herüber.

»Wir haben mit Versuchen begonnen, kurz nachdem wir an Bord waren«, sagte er. Er zeigte auf den Kasten. »Hier sehen Sie das einzige Gerät zur Erzeugung hyperenergetischer Impulsströme, das innerhalb der LION noch funktionsfähig ist.«

Tschato stützte sich mit beiden Armen auf den Tisch.

»Wie ist das möglich?« fragte er. Picot schaute an ihm vorbei. Inmitten des Labors schien Gaylord sicherer zu sein als in normaler Umgebung. Er lächelte den beiden Offizieren zu.

»Das ist kein Wunder, das wir vollbracht haben«, sagte er. »Sie können es Zufall nennen, meinetwegen auch Voraussicht, daß wir die Einzelteile für dieses Gerät mit an Bord gebracht haben. Einige meiner Kollegen befürchteten, daß wir die Geräte der LION nicht benutzen könnten.« Er lächelte wieder. »Sie verstehen: das alte Mißtrauen der Wissenschaftler gegenüber Männern wie Ihnen. So mußten wir nur das Gerät zusammenbauen, um hyperenergetische Impulsströme zu erhalten. Machen Sie sich jedoch keine Hoffnung, wir können diese Energie weder für den Hyperkom noch für die anderen funktionsunfähigen Geräte einsetzen.«

Dr. Gaylord schaltete den Apparat ein und veränderte die Stellungen einiger Schalter.

»Diese Substanz«, er deutete auf das Gefäß, »ist hochbrisant. Allerdings nur, wenn sie mit hyperenergetischen Strömungen gezündet wird. Das erklärt sich schon dadurch, daß Molkex praktisch materialisierte Hyperenergie ist.«

Er legte einige Verbindungsleitungen von dem Gerät zu einer Reihe von schwarzen Hohlkörpern, die überdimensionalen »Eierbechern« glichen. Dann schüttete er etwas von der Flüssigkeit in den ersten Hohlkörper. Durch weitere Schaltungen brachte er es dazu, daß in jedem der Eierbecher die gleichmäßige Menge Flüssigkeit erschien. Insgesamt füllte er drei von ihnen.

»Der erste Körper wird mit normaler Energie beeinflußt, der zweite mit Hyperenergie«, sagte er.

»Und der dritte?« wollte Tschato wissen.

»Er ist sozusagen der Katalysator«, erklärte Gaylord. »Er macht es möglich, daß die fünfdimensionale Energie in unserem Wirkungsbereich zur Geltung kommt.« Er trat zurück und sagte: »Passen Sie auf!«

Nur Sekunden später schien der dritte Hohlkörper zu schweben. Er hob sich vom Tisch ab und verdampfte. Nur eine Qualmwolke zeugte noch von seiner Existenz.

Picot mußte niesen, als der Brandgeruch in seine Nase stieg. Er empfand die Vorführung nicht als besonders eindrucksvoll.

Gaylord zeigte Tschato den ersten Hohlkörper. Die Substanz war noch in ihm enthalten. Aus dem zweiten jedoch war sie verschwunden.

»Dieser Stoff kann zu einer ungeheuren Vernichtungswaffe werden«, sagte Gaylord. »Was Sie soeben sahen, kann der Vorläufer einer Gravitationsbombe gewesen sein, die sich die Energien der fünften Dimension zunutze macht.«

Picot ertappte sich dabei, wie er nervös an seinem Uniformkragen spielte. Das Labor wurde ihm fast unheimlich. Wenn man Gaylord reden hörte, hätte man glauben können, er hätte die ultimate Waffe gefunden.

Gaylord hielt den beiden Raumfahrern einen längeren Vortrag über die Entwicklungsmöglichkeiten seiner Waffe. Schließlich schien auch Tschatos Bedarf an wissenschaftlichen Erläuterungen gedeckt zu sein, denn er zog Picot mit sich aus dem Labor hinaus.

Im Gang blieb Picot stehen.

»Ich bin erleichtert, daß Gaylord nur fünfhundert Gramm davon besitzt«, sagte er. »Das verhindert, daß er Unheil stiften kann.«

Unbehelligt gelangte die LION in jenes Gebiet, das Tschato als Warteplatz ausgesucht hatte. Noch immer hatten sie keine Spur jener geheimnisvollen Angreifer entdeckt, die ihre Raketen gegen Pulsa abgeschossen hatten. Obwohl nicht mehr über diesen Zwischenfall gesprochen wurde, fühlte Picot, daß die Mannschaft unruhig war.

Die einzig echte Sensation an Bord in diesen Stunden bildete ein von Versorgungsoffizier Mulligan kreierter Fruchtsalat, der allerdings nur so lange die einhellige Bewunderung der Besatzung auf sich zog, wie es den Männern verborgen blieb, daß er zu Magenkrämpfen führte.

Picot, der aus Angst um seinen empfindlichen Magen den Fruchtsalat abgelehnt hatte, kehrte nach wenigen Stunden Schlaf in die Zentrale zurück, um Kommandant Tschato abzulösen.

»Alles in Ordnung, Dan«, begrüßte ihn Tschato. »Es sieht so aus als könnten wir hier in aller Ruhe auf das Eintreffen der Schiffe warten, die Heintman als Unterstützung anfordern wird.«

Tschato gähnte, als Picot seine Bedenken anmeldete.

»Hören Sie auf zu jammern, Dan«, sagte er. »Sie sollten etwas bescheidener sein. Schließlich sind wir noch am Leben.«

Picot dachte an Duprene, an Allijs und an Cashton. Er dachte an die Toten, die es im Simban-Sektor gegeben hatte. Die LION hatte schon immer einen hohen Preis bezahlen müssen.

Picot ließ sich im Kommandosessel nieder. Seine kleine Gestalt versank fast darin. Er glaubte, Tschato sei schon gegangen – lautlos und katzenhaft wie immer –, doch dann hörte er den Kommandanten wieder sprechen.

»Wir sind immer auf der Jagd nach irgend etwas, Dan«, sagte Tschato. »Genau wie die Dancers. Manche schaffen es, daß sie irgendwohin springen können, doch die meisten bleiben zurück und kämpfen vergebens.«

Picot bewegte sich unruhig im Sessel. Es gefiel ihm nicht, wenn Tschato so redete. Es paßte nicht zu dem Kommandanten.

»Was meinen Sie damit, Sir: irgendwohin springen?« fragte er.

»Nun, vielleicht ein Privatleben, das es für uns Raumfahrer nie geben wird, Dan.«

Picot blickte auf den Panoramabildschirm, wo sich Millionen von Sonnen abzeichneten. Er erkannte, daß seine Beziehung zu diesem Raum wesentlich enger war als zur privaten menschlichen Gesellschaft. Er wußte plötzlich, daß es ihm schwerfallen würde, jemals wieder in diese Gesellschaft zurückzukehren. Das war auch ein Preis, den sie bezahlen mußten – eine besondere Art von Preis.

19.

Die beiden Wissenschaftler, die blaue Uniformkombination der Blauen Garde. Besonders auffällig an der sonst schlichten Kombination war das leuchtend rote, große V auf dem linken Brustteil der Uniform. Dieses Zeichen leitete sich von alter terranischer Tradition ab und bedeutete soviel wie »Victory« für Sieg.

Das Symbol hatte die Blaue Garde und Iratio Hondro, den ehemaligen Obmann, einst von Sieg zu Sieg begleitet – und danach von Niederlage zu Niederlage. Aber hier, im Molkex-Labor des Stützpunktes, unter der Leitung der beiden Wissenschaftler, wurde daran gearbeitet, daß das V wieder zum Symbol des Sieges wurde – des endgültigen Sieges.

Die Männer unterhielten sich flüsternd, während sie die fast geräuschlose Arbeit der Labor-Positronik beobachteten. Sie kannten die Wichtigkeit ihrer Aufgabe, und sie wußten auch, was sie erwartete, wenn sie dem Obmann nicht bald den entscheidenden Erfolg melden konnten.

Denn obwohl das Labor in einem Stützpunkt lag, der weitab von allen Raumrouten versteckt im Gebirge eines Planeten untergebracht war, konnten jederzeit terranische Schiffe auftauchen.

Der Grund dafür lag im Verhalten des geflüchteten Chefs der Raumabwehr, der das einzelne terranische Schiff, das sich ahnungslos dem Nachbarplaneten genähert hatte, mit Fusionsraketen beschießen ließ. Zur Zeit flog das Schiff mit Unterlichtgeschwindigkeit zurück in den Raum. Niemand wußte dieses Manöver recht zu deuten.

»Eigentlich müßte das Ergebnis jetzt kommen«, sagte Korda Trahub, einer der Wissenschaftler.

Mink Kohol nickte melancholisch. »Hoffentlich haben wir diesmal Erfolg, sonst ...« Er brach ab, aber Trahub wußte auch so, was er hatte ausdrücken wollen.

Kohol trat vor die Kontrolltafel der Positronik. Nervös schlug er mit den Fingern gegen den Ausgabesektor. Er zuckte zusammen, als das schrille Signal die Beendigung des Rechenvorgangs meldete. Hastig riß er die Folie aus dem Auswurfschlitz und überflog die eingestanzten Symbole.

Oberst Trahub war hinter ihn getreten. »Nun?« fragte er ungeduldig. Er konnte die Symbole des Dechiffrier-Geräts nicht entziffern, wohl aber Major Kohol.

Der Major wandte sich um. Seine Augen leuchteten. »Diesmal ist uns der Erfolg sicher. Die Positronik hat eine positive Wahrscheinlichkeit von einundneunzig Prozent errechnet. Und der letzte Wert ...«

»... betrug dreiundzwanzig Prozent, ich weiß«, sagte der Oberst mürrisch. »Leider sind einundneunzig Prozent noch keine hundert.«

»Aber ...«, Major Kohol schnappte nach Luft, »... eine hundertprozentige Wahrscheinlichkeit gibt es für die Positronik überhaupt nicht. Noch nicht einmal, wenn ich ihr eins plus eins eingebe!«

»Das machen Sie einmal dem Obmann klar«, gab Trahub zurück. »Wir werden uns für einen Erfolg der neuen Waffe verbürgen müssen – und wehe uns, es gibt einen einzigen Versager. Doch Schluß mit Worten. Schalten Sie auf Kammerbeobachtung um und aktivieren Sie die Ladung!«

Major Kohol drückte eine Schaltleiste nieder. Über der Kontrollwand der Positronik leuchtete ein Bildschirm auf. Er zeigte eine quadratische Kammer, deren Wände aus reflektierendem Metall-Plastik bestanden. Genau im Mittelpunkt der Kammer schwebte – wie von Geisterhänden gehalten – eine Metallkugel mit einem Durchmesser von neun Metern. Sie nahm etwa ein Tausendstel des Kammervolumens ein.

Major Kohol musterte die Kugel mit skeptischen Blicken. »Ich fürchte, die Masse ist zu groß. Wir sollten die Molkex-Menge verdoppeln!«

»Unsinn! Null-Komma-drei Milligramm genügen völlig. Ich möchte den Stützpunkt nicht in die Luft sprengen.«

Major Kohol lachte hysterisch.

»Konzentrieren Sie sich auf Ihre Aufgabe!« wies ihn der Oberst zurecht. »Ist der Zündspeicher voll aufgeladen?«

»Jawohl!« sagte Kohol. »Fertig zum Zünden.«

»Zünden!« befahl Oberst Trahub.

Kohols Stirn bedeckte sich mit feinen Schweißperlen. Er streckte die Hand nach einer roten Schaltplatte aus, holte noch einmal tief Luft, dann fuhr seine Hand nach unten.

Irgendwo in den unsichtbaren Sektionen des Molkex-Labors wurde ein hyperenergetischer Impulsstrom freigegeben. Mit Lichtgeschwindigkeit nicht zu vergleichen, eher mit der Zeitlosigkeit einer Transition, erreichte der Impulsstrom im Augenblick der Freigabe die einen halben Kilometer vom Zündspeicher entfernte Versuchskammer.

Zur selben Zeit schlossen Trahub und Kohol geblendet die Augen. Doch es war nicht die Wirkung des gezündeten Molkex, das dieses grelle Licht erzeugt hatte, sondern nur der zündende Impulsstoß.

Das Molkex selbst wirkte unter dem Einfluß des hyperenergetischen Impulses völlig lautlos und unsichtbar, denn es arbeitete jetzt auf fünfdimensionaler Basis, ähnlich einer Gravitationsbombe.

Das Molkex verschwand im Hyperraum – und riß dabei eine seiner Energie entsprechende Masse mit.

Wo eben noch die stählerne Kugel geschwebt hatte, war nichts mehr als das Vakuum der Versuchskammer. Und noch mehr: Major Kohol und Oberst Trahub sahen entsetzt, daß die ersten beiden Schichten der Metallplastik-Wand fehlten. Das Molkex hatte sie mitgenommen.

Erst nach einigen Minuten gewannen die beiden Offizier-Wissenschaftler ihre Fassung zurück.

»Null-Komma-drei Milligramm!« stöhnte Kohol. »Niemand wird je wagen, diese Waffe gegen einen Planeten anzuwenden. Wieviel Tonnen Molkex fassen die neuen Raketen?«

»Siebenundzwanzig Tonnen!« Trahub rief es in kaltem Triumph. »Damit wird der Obmann die Galaxis erobern – Terra aber muß sterben!«

Zehn Minuten nach dem Zeitpunkt, zu welchem Trahub dem Obmann den Erfolg des letzten Experiments gemeldet hatte, wurde eine Ansprache Iratio Hondros angekündigt.

Die Ansprache sollte um 6.10 Uhr Ortszeit beginnen.

Das war recht früh. Aber man mußte wissen, daß auf Opposite die Stunde infolge der raschen Rotation des Planeten nur sechsunddreißig Minuten hatte, um den frühen Beginn des Arbeitstages zu begreifen. Der Planet Opposite, dritter der grünen Sonne Whilor, rotierte in 14,4 Stunden einmal um seine Polachse. Wollte man also den Tag zu vierundzwanzig Stunden einteilen, mußte man die Zahl der Minuten von sechzig auf sechsunddreißig kürzen. Genau das hatte die plophosische Besatzung des Stützpunktes getan.

Zur Zeit hatten alle Leute dienstfrei – bis auf die Wachen. Niemand aber verließ seinen Arbeitsraum, denn überall standen oder hingen die Empfangsgeräte des Interkoms, und in wenigen Minuten würde darauf das Gesicht Iratio Hondros erscheinen.

Auch im Meslab herrschte Ruhe. Trahub und Kohol hatten wieder auf ihren Hockern Platz genommen und schauten unbeweglich auf das bunte Pausenmuster der Gemeinschaftswelle. Ihre Züge waren wie eingefroren, und unwillkürlich nahmen sie im Sitzen Haltung an.

Punkt 6.10 Uhr Ortszeit erlosch das bunte Muster. Auf allen Bildschirmen tauchte das Gesicht des Obmanns auf.

Iratio Hondros Gesichtszüge wirkten beherrscht. Das ergraute, kurze Kraushaar hob die eckigen Konturen des Schädels hervor und kontrastierte wirkungsvoll mit der gebändigten Glut seiner Augen. Es ging etwas Suggestives von dieser Persönlichkeit aus. Keiner der viertausend Plophoser des Stützpunktes konnte sich ihrem Bann entziehen.

Iratio Hondro war sich dieser Wirkung bewußt, und obwohl das ihm niemals mehr als ein verächtliches Schürzen der Lippen abgerungen hatte, nutzte er es mit teuflischer Berechnung aus.

Erst nach einer Minute begann er zu sprechen. Iratio Hondro verstand es, Akzente zu setzen und die kalte Sachlichkeit des Inhalts durch Heben oder Senken der Stimme emotionell zu betonen. Er konnte die Reaktionen seiner Untergebenen über einen Sammelempfänger akustisch verfolgen. Zumeist übertrug der Empfänger keinen Laut. Nur ab und zu wurden Beifallsstürme mit dem hastigen Atmen Tausender Münder eingeleitet.

Der Obmann gab zuerst einen Überblick der bestehenden Situation. Allerdings hütete er sich, die Wahrheit über die Ereignisse auf Plophos zu sagen, jedenfalls, was die Hintergründe anbetraf. Die Revolutionäre seines Volkes nannte er Rebellen, die von Usurpatoren geführt wurden, mit dem Ziel, Plophos unter terranische Zwangsherrschaft zu bringen. Da alle viertausend Plophoser im Stützpunkt Opposite von Jugend an in der Ideologie des diktatorischen Staates erzogen worden waren, zweifelte keiner von ihnen an Iratio Hondros Worten. Zuerst einzeln, dann in

Sprechchören, begannen sie die Rückeroberung Plophos' und den totalen Krieg gegen Perry Rhodans Vereintes Imperium zu fordern.

Iratio Hondro ließ sie eine Weile gewähren. Dann unterbrach er das Gebrüll mit einer herrischen Handbewegung. Augenblicklich wurde es still.

»Ich danke euch für euer Vertrauen, Gardisten!« sagte Iratio Hondro mit leiser, bewegt klingender Stimme. Dann jedoch fuhr er laut und hart fort: »Die Terraner sind uns im Augenblick noch überlegen. Aber das wird ihnen nichts nützen, wenn wir uns nicht provozieren lassen. Ich weiß, ihr alle werdet die Warteperiode nur mit zusammengebissenen Zähnen und blutendem Herzen ertragen können. Mir geht es nicht anders. Auch mir krampft sich das Herz zusammen angesichts der terranischen Greueltaten, die täglich und stündlich auf Plophos verübt werden. Doch dieser Rhodan, der sich Großadministrator nennt, verkalkuliert sich, wenn er auf unsere Schwäche baut. Eines Tages – und dieser Tag ist näher als ihr alle denkt – wird die Faust unserer Vergeltung ihn hinwegfegen. Die neue Waffe, die Wissenschaftler der Blauen Garde entwickelt haben, ist unüberwindlich. Wir werden sie einsetzen, sobald der Augenblick günstig erscheint. Bis dahin habt Geduld!«

Iratio Hondro legte eine Pause ein, während erneut Beifallsstürme aufbrandeten. Hinter seinem siegesgewissen Gesicht arbeiteten die Gedanken. Er wußte, daß seine viertausend letzten Getreuen aus Funksprüchen von seinem Sturz erfahren hatten. Aber das beunruhigte ihn nicht. Was ihm Sorge bereitete, war die Tatsache, daß Rhodans Wissenschaftler ein Heilmittel gegen sein Gift gefunden hatten.

Iratio Hondro stellte die terranische Erfindung vor schwerwiegende Probleme. Diejenigen seiner Untergebenen auf Plophos, die ihm bisher die Treue nur aus Furcht gehalten hatten, fielen in dem Augenblick von ihm ab, als die Terraner ihnen die völlige Heilung anboten. Das war bei den viertausend Gardisten auf Opposite zwar nicht zu befürchten, aber Iratio Hondro war klug genug, ihnen ebenfalls die völlige Heilung zu versprechen, sobald Plophos wieder frei sei.

Ein wahrer Orkan der Begeisterung brach los. Der Obmann lächelte in die Aufnahmeapparatur. Er wußte, seine letzten Getreuen würden ihm folgen, wohin auch immer der Weg ginge. Fast glaubte er selbst daran, noch einmal eine Wende herbeiführen zu können.

Er hob die Hand. Schlagartig verebbte der Begeisterungssturm. Iratio Hondro setzte zum Höhepunkt seiner Rede an. Es war 6.34 Uhr Ortszeit.

Genau eine Sekunde später ließ der Obmann die Hand wieder sinken, während die Aufnahmegeräte abgeschaltet wurden. Der Schluß der Rede blieb ungesprochen.

Die Ursache dafür war ein rotes Licht, das – unsichtbar für die Zuschauer – über der Aufnahmekamera aufgeleuchtet war. Die Kommandozentrale des Stützpunktes rief nach Iratio Hondro.

Die anwesenden Offiziere salutierten, als Iratio Hondro das weite Oval der Zentrale betrat. Der Raum glich weitgehend der Zentrale eines großen Raumschiffes.

Der Obmann erwiderte den Gruß nur mit einem Kopfnicken. Mit raschen Schritten begab er sich zu den Bildschirmen und Skalen der überlichtschnell arbeitenden Ortungsanlage. Er brauchte nicht zu fragen, welche der unzähligen Anzeigen von Bedeutung sei. Ihn interessierte nur einer der Bildschirme, einer, auf dem ein winziges grünes Lichtpünktchen glühte, das sich eigentlich hätte bewegen sollen. Doch das tat es nicht.

Des Obmanns Gesicht verdüsterte sich. Er überprüfte die Meßskala. Er wußte noch genau, daß vor Beginn seiner Ansprache die Zahlen darauf sich laufend verändert hatten. Es war der Beweis dafür gewesen, daß der terranische Schlachtkreuzer sich weiterhin mit Unterlichtgeschwindigkeit aus dem Whilor-System entfernte, bei einer Distanz von nur drei Lichttagen.

Iratio Hondro drehte sich unendlich langsam um. Als er dem Leitenden Offizier der Zentrale sein Gesicht zuwandte, war der gehetzte Ausdruck seiner Augen verschwunden und hatte der Maske rein intellektuellen Interesses Platz gemacht.

»Sind Sie sicher, Major Ragna, daß es sich um den Schlachtkreuzer handelt, der auf Pulsa zwischengelandet war?«

»Jawohl, Obmann. Wir haben das Schiff keine Sekunde aus den Augen verloren. Es hat gestoppt und Warteposition eingenommen. Befehlsgemäß gab ich Ihnen Signal. Allerdings ...«, der Major zögerte unsicher, »... scheint das Schiff beschädigt zu sein. Vielleicht, daß es deshalb ...«

»Schlußfolgerungen überlassen Sie bitte mir, Major Ragna!« sagte Iratio Hondro eisig. »Der Schlachtkreuzer mag beschädigt sein oder nicht, Tatsache ist, daß er ausgerechnet an einem Punkt gestoppt hat, der identisch ist mit der günstigsten Eintauchposition für Linearschiffe.«

»Sie meinen, er wartet auf Verstärkung?«

Iratio Hondro nickte.

»Aber wir haben keinen Hyperkomspruch aufgefangen, Obmann.«

Iratio Hondro schaute ihn ungehalten an. »Gebrauchen Sie Ihren Kopf gefälligst zum Denken, Major! Ein Schlachtkreuzer hat Beiboote an Bord, und wie ich den Kommandanten jenes Schiffes nach seinem Verhalten auf

Pulsa beurteile, hat er früh genug ein Beiboot zurückgeschickt, das ihm Hilfe herbeiholt.«

Major Ragna zuckte zusammen. Iratio Hondros Tadel wurde von ihm richtig eingeschätzt. Er würde sich sehr anstrengen müssen, um nicht völlig in Ungnade zu fallen und seine Ehre zu verlieren. Dennoch vermochte er die nächste Frage nicht zurückzuhalten.

»Vielleicht sollten wir den Schlachtkreuzer vernichten ...?«

Iratio Hondro lächelte jovial, und Major Ragna wußte, daß er jetzt verspielt hatte.

»Ihr Vorschlag ist nicht übel, Major. Sie haben nur vergessen, daß die terranische Flotte nicht eher Ruhe geben wird, bis sie das Schicksal des Schlachtkreuzers geklärt hat. Ihr Vorschlag, Major, kommt beinahe einem Verrat unseres Stützpunktes gleich ...«

Major Ragna wich entsetzensbleich zurück.

»Aber ich will Ihnen verzeihen, wenn Sie den Auftrag, den ich Ihnen jetzt erteile, zur Zufriedenheit ausführen.«

Hektische Röte überzog Major Ragnas Gesicht. Seine Haltung straffte sich, und seine Stimme klang unnatürlich hell, als er sagte: »Ich danke Ihnen, Obmann! Verfügen Sie über mich!«

»Sie fragen gar nicht, um welchen Auftrag es sich handelt, Major. Ich werde es Ihnen verraten: Sie und neunzehn weitere Freiwillige, die Sie innerhalb der nächsten zehn Minuten zu beschaffen haben, werden den terranischen Schlachtkreuzer angreifen!«

»Wir werden ihn zu Staub zerblasen!« rief Major Ragna.

»Idiot!« zischte Iratio Hondro. »Nicht ihr werdet ihn zu Staub zerblasen, sondern er euch. Haben Sie mich verstanden?«

»Jawohl, Obmann!« erwiderte Major Ragna fest. Er begann zu begreifen, daß es für ihn und die anderen Freiwilligen keine Rückkehr mehr geben würde.

Die schemenhaft wahrnehmbare Gestalt, die eben noch reglos auf der Dünenkrone gestanden hatte, wurde von der nächsten Bö den Hang hinabgeschleudert.

Dort blieb sie liegen, bis der staubfeine rötliche Sand, der die dünne Luft erfüllte, sie fast zugedeckt hatte.

Erst dann hob Major Merk Nateby den Kopf und lauschte in das intervallartige Jaulen des Sturmes und das Rauschen des Sandes, das der Brandung eines Meeres gleichkam. Er mußte lange warten, bis er aus der nächtlichen Wüstenmelodie den einen, den gesuchten Ton heraushörte:

das schrille Aufheulen, das ein Antigrav-Generator von sich gibt, wenn er seine Kraft gegen eine Sandbö einsetzen muß.

Sie waren ihm also immer noch auf den Fersen.

Sie, das war ein Jagdkommando vom Stützpunkt des Obmanns, und er, Merk Nateby, war noch vor kurzem Chef der Raumabwehr desselben Obmanns gewesen. Leider hatte er den unverzeihlichen Fehler begangen, übereifrig und vorschnell zu handeln, ohne einen Befehl abzuwarten.

Merk Nateby versuchte, nicht daran zu denken, was sich vor zwölf Tagen zugetragen hatte. Aber es gelang ihm nicht, die aus der Erinnerung aufsteigenden Bilder zu verdrängen.

Damals war er Leitender Offizier in der Kommandozentrale des Stützpunktes gewesen. Er hatte das plötzliche Auftauchen eines terranischen Schlachtkreuzers bemerkt und sofort eine ganze Sektion der überlichtschnell arbeitenden Ortungsanlage zur ständigen Beobachtung eingesetzt. Der Schlachtkreuzer war jedoch nicht bis an Opposite herangekommen, sondern hatte eine Kreisbahn um Pulsa, den Methanriesen mit dem Molkex-Reservoir, eingeschlagen.

Dann war er überraschend – und unter seltsamen hyperphysikalischen Effekten – auf Pulsa gelandet.

Merk Nateby kannte die Verhältnisse auf Pulsa. Er wußte, daß der Kommandant des terranischen Schiffes Schwierigkeiten bekommen würde. Infolgedessen hielt er den Zeitpunkt für gekommen, ohne jedes Risiko einzugreifen und dem Schlachtkreuzer den Rest zu geben. Zuerst hatte er versucht, sich von Iratio Hondro nähere Befehle zu holen, doch als er dann hyperenergetische Ausbrüche dicht bei der Landungsstelle des Schlachtkreuzers anmaß, wartete er keinen Befehl mehr ab. Er war ohnehin sicher, daß des Obmanns Befehle sich mit seinen Absichten deckten. Die Feuerleitzentrale erhielt von ihm die Anweisung, das terranische Schiff auf Pulsa mit Atomraketen anzugreifen und zu vernichten.

Dann kam die große Ernüchterung für ihn.

Die hyperdimensionalen Lebewesen von Pulsa setzten ihre Angriffe gegen den Schlachtkreuzer nicht fort, sondern verschwanden im Hyperraum oder scharten sich um die Einschlagstellen der Atomraketen. Das Schiff, das die Raketen nicht getroffen hatten, startete. Offenbar hatte sein Kommandant die Gefahr erkannt. Das raubte Merk Nateby die Möglichkeit, den Beschuß fortsetzen zu lassen. Das Raumschiff entkam.

Wie sich hinterher herausstellte, hatten sich des Obmanns Absichten durchaus nicht mit seinen eigenen gedeckt. Er hatte unter keinen Umständen die Aufmerksamkeit der Terraner auf Opposite lenken wollen. Für den Irrtum seines Majors zeigte er kein Verständnis. Merk Nateby wußte sofort, als Iratio Hondro am Interkom tobte, was ihm bevorstand. Er wartete nicht erst auf das Verhaftungskommando, sondern er floh.

Nun war Major Merk Nateby immer ein pflichtbewußter, absolut linientreuer Offizier der Blauen Garde gewesen. Daran änderte die zu erwartende Strafe nichts. Aber die Ehre war ihm wichtiger als alles andere.

Die Flucht diente nur dem Ziel, seine Ehre zu retten. Das war ein altes Gesetz bei den Gardisten auf Opposite. Gelang es einem von ihnen, sich der sofortigen Bestrafung durch die Flucht zu entziehen, so hatte er Aussicht, straflos auszugehen und vor allem seine Ehre wiederherzustellen. Merk Nateby war die Flucht gelungen. Aber noch suchten die Jagdkommandos nach ihm, und wurde er gefaßt, bevor er einen bestimmten Punkt jenseits der Wüste erreichte, war er so gut wie verloren. Und noch befand er sich rund hundert Kilometer vom Ziel entfernt.

Sein Ziel war die Wasserstelle Muddy Water, jenseits des Wüstenschlauchs zwischen dem in den Höckerbergen verborgenen Stützpunkt und Badgers Prärie. Erst, wenn er Muddy Water erreichte, war er gerettet. Dann mußten die Jagdkommandos ihn wieder zum Stützpunkt fahren, und er würde weiter als Offizier des Obmanns dienen.

Merk Nateby lachte gequält, als er daran dachte. Die Chancen für einen Flüchtling standen eins zu hunderttausend. Wen die Jagdkommandos nicht einfingen, den brachte entweder die Glut des Tages um, oder er wurde von einem Sandsturm begraben. Das, was den Major von der Dünenkrone gefegt hatte, war nur der normale nächtliche Wind zu den Höckerbergen gewesen. Gegen einen Sandsturm dagegen kam niemand an. Merk Nateby hoffte, der Sturm möge ausbleiben, bis er es geschafft hatte.

Das gelegentliche Aufheulen des Antigrav-Generators wurde allmählich schwächer. Langsam richtete Merk Nateby sich auf. Sofort packte ihn der Wind und zerrte an seiner Uniformkombination.

Aber er war auf seiner, Merk Natebys, Seite. Während die Jagdkommandos dagegen ankämpfen mußten, brauchte er sich nur treiben zu lassen – denn er hatte den gleichen Weg wie der Wind, den Weg zu den Höckerbergen.

Sergeant Holgan riß den Schweber mit einem Fluch herum.

So entging er zwar der Gewalt der einen Bö, aber dafür packte die nächste das kleine Fahrzeug und drehte es mit dem Bug gegen die Fahrtrichtung, während der Innenraum mit einem Schwall feinkörnigen Sandes überschüttet wurde.

Der junge Leutnant, der das Jagdkommando Nr. 1 führte, spuckte und hustete. Es knirschte unangenehm, als er sich mit dem Ärmel die Gläser der Staubbrille abwischte. Überall saß der Sand, in den Ohren, der Nase, dem Mund und sogar in den Augen. Die Brille schützte nicht gegen die kleinsten, staubfeinen Teilchen. Er schaute über den Bordrand des offenen Fahrzeuges. Dabei bemerkte er, daß der Sturm ihn jetzt von hinten traf.

»He! Sergeant!« brüllte er. »Wo wollen Sie denn hin?«

Im nächsten Augenblick nahm die nächste Bö ihm den Atem. Diesmal traf sie ihn wieder von vorn, und nur daran merkte er, daß der Sergeant den Kurs neu eingerichtet hatte.

Innerlich verfluchte er seinen Auftrag. Das hinderte ihn jedoch nicht daran, die Verfolgung des Flüchtlings voranzutreiben. Major Nateby hatte eben Pech gehabt. Zufällig war er Chef der Raumabwehr, und als er zusätzlich Zentraledienst gehabt hatte, war es passiert. Auf den Befehl eines anderen hin hätte die Feuerleitzentrale nicht das Feuer auf den terranischen Schlachtkreuzer eröffnet. Nur der Chef der Raumabwehr war befugt, Befehle des Obmanns direkt weiterzugeben, ohne das Bestätigungszeichen vorzuweisen. Leider fehlte der Befehl des Obmanns, wie sich hinterher herausstellte. Und nun waren wieder einmal die Jagdkommandos alarmiert worden.

Leutnant Nasaro kannte die geringen Chancen, einen Flüchtling bei Nacht in der Wüste aufzuspüren. Nateby konnte hinter der nächsten Düne liegen. Man würde ihn nur finden, wenn man in allernächster Nähe und auf einem Dünenkamm entlangfuhr, so daß die Infrarot-Optik auf die Wärmeausstrahlung des Körpers ansprach.

Die Infrarot-Optik hatte allerdings schon mehrmals angesprochen. Nur stellte sich dann immer heraus, daß die Wärmestrahlung von einem meterlangen Gift-Dachs stammte, wie sie zu Hunderten die Wüste bevölkerten. Wenn die Sonne aufging, würde alles anders aussehen. Bis Mittag pflegte es windstill zu sein, und in dieser Zeit genügte es, nach der Spur des Flüchtlings zu suchen.

Leutnant Nasaro pustete gegen das Mikrofon des Funkhelms. Dann schaltete er die Welle der Jagdkommandos ein. »Hier Kommando eins! Ich rufe zwo, drei und vier! Bitte melden!«

Nacheinander meldeten sich die Führer der übrigen drei Kommandos. Sie hatten ebensowenig Erfolg aufzuweisen wie Nasaro. Der Leutnant, dem die Koordination der Jagd oblag, wies die anderen an, noch zehn Kilometer westwärts in Richtung auf Muddy Water zu fahren und danach Abfangposition einzunehmen.

»Ich melde Bedenken an!« drang die Stimme von Sergeant Hito krächzend aus dem Empfänger. »Nateby kann bei diesem Sturm noch nicht so weit gekommen sein. Wir sollten bleiben, wo wir sind, und am Morgen in Ostrichtung suchen.«

»Abgelehnt!« sagte Nasaro schroff. »Nateby muß nach Westen gehen. Mag ihn der Sturm jetzt behindern, sobald die Sonne aufgeht, wird er zusehen, so schnell wie möglich voranzukommen.«

»Jawohl!« sagte Sergeant Hito. »Aber, mit Verlaub: Wenn ich fliehen müßte, würde ich mir ein Versteck suchen und warten, bis wir die Geduld verlieren.«

»Sie sind aber kein Flüchtling, Sergeant. Oder möchten Sie gern einer sein?«

Leutnant Nasaro vernahm nur noch einen unterdrückten Fluch. Dann hatte Hito abgeschaltet. Er lachte rauh, und die Stimmen der beiden anderen Kommandoführer fielen ein.

»Schalten Sie gefälligst ab!« knurrte Nasaro bissig. »Wenn ich lache, haben Sie noch lange nicht zu lachen. Verstanden!«

Er erwartete keine Antwort und unterbrach die Verbindung. Erst jetzt fiel ihm auf, daß der Sturm nachgelassen hatte. Als er sich umwandte, sah er am finsteren Osthorizont etwas, das aussah, als hätte jemand grüne Leuchtfarbe über den Himmel verspritzt. Die Sonne badete die höchsten Gipfel der Höckerberge in ihrem grünen Licht.

»Na also!« Nasaro seufzte erleichtert. »Gleich werden wir ihn haben.«

Nun stieg die Sonne schnell über die Berge, eine Folge der raschen Rotation Opposites. Immer mehr Gipfel leuchteten auf, bis schließlich auch die Wüste von der Flut des Lichts übergossen wurde. Nur die Westflanken der Berge lagen noch im Schatten, eine trostlose, düster drohende schwarze Wand, bar jeder Vegetation, zerklüftet und zerrissen durch den ewigen Wechsel von Sonnenglut und Nachtkälte.

Die Wüste selbst war an dieser ihrer engsten Stelle ein welliges, sich fast ständig bewegendes Auf und Ab von Wanderdünen. Der Sand stammte vom Basalt der Höckerberge. Dort wurde er abgetragen, sammelte sich am Fuß des Gebirgszuges in Form von Schuttkegeln, von wo der Wind ihn zur Wüste hinabtrug. Jetzt schwieg der Wind, nur die Riffelmarken auf den Dünen zeugten von seiner Tätigkeit.

Mit Nasaros Augen gesehen, wurden die sanften Luv-Hänge der Dünen zu leicht überschaubaren Blättern, auf denen die Spur eines Menschen dem Suchenden nicht entgehen konnte; die Lee-Hänge dagegen waren dunkle Verstecke, schlecht zu erkennen und nur aus nächster Nähe zu untersuchen. Hinter einem der Lee-Hänge, vermutete Nasaro, mußte jetzt Merk Nateby stecken, dazu verurteilt, sich früher oder später durch seine Bewegungen oder die Spuren, die er bei schnellen Sprüngen über die deckungslosen Dünenkämme hinterließ, zu verraten.

»Abfangposition eingenommen!« meldete Sergeant Holgan.

Leutnant Nasaro setzte den Feldstecher ab. »Frühstückspause für Sie, Sergeant. Ich werde solange aufpassen.«

Innerhalb der nächsten fünf Minuten meldeten auch die anderen Kommandos die Ausführung des Befehls.

»Halten Sie die Augen offen!« ermahnte Nasaro und setzte dann zynisch hinzu: »In wessen Abschnitt Nateby durchbricht, der kann sich gleich mit absetzen.«

Leutnant Nasaro war eben ein gutgedrillter Kämpfer, weiter nichts. Als Sechsjährigen hatte man ihn seinen Eltern weggenommen und ihn auf der Kadettenschule der Blauen Garde erzogen. Früh war ihm beigebracht worden, alle Zivilisten als dekadente Schmarotzer zu verachten, sofern sie nicht zumindest Reservisten waren. Hätte man ihn gefragt, wofür er als Gardist zu kämpfen habe, er wäre über diese Frage erstaunt gewesen. Ihm genügte es, für die Ehre der Blauen Garde zu kämpfen. Daß es auch wirkliche Ideale gab, das wußte er nicht. Und doch, seine charakterlichen Anlagen hätten in einer anderen Umwelt vielleicht einen großen Mann aus ihm gemacht.

Nach einer Viertelstunde löste Sergeant Holgan den Leutnant ab, und Nasaro machte sich über seine Marschverpflegung her. Sie war dürftig in jeder Beziehung. Die Jagd nach einem Flüchtling rangierte eben in der untersten Stufe der Wichtigkeit. Das ausgedörrte Brot war noch nicht einmal staubfest verpackt, und Nasaro war froh, als er den letzten Bissen mit einem Schluck klaren Wassers hinunterspülen konnte.

Der Telekom schrillte. Hastig beugte sich Nasaro zum Armaturenbrett des Schwebers, denn es war das eingebaute Gerät gewesen, das angesprochen hatte. »Leutnant Nasaro, Suchkommando!« meldete er sich.

»Das sieht Ihnen ähnlich«, sagte eine spöttisch klingende Stimme. Ein grinsendes Gesicht erschien auf dem kleinen Bildschirm. Nasaro atmete auf. Er hatte einen Vorgesetzten erwartet, aber das war nur Leutnant Kuriuh von der Raumüberwachung; der hatte ihm nichts zu befehlen.

»Was ist los?« knurrte Nasaro unwillig.

Kuriuhs Gesicht wurde ernst. »Zuerst einmal: Ich rufe im Auftrag des Obmanns an. Er läßt fragen, ob ihr Nateby schon habt.«

Nasaro war erschrocken und verblüfft zugleich. »Der Obmann selbst kümmert sich darum? Wie kommt das?«

»Keine Ahnung. Also, was ist nun mit Nateby?«

»Ich denke ...«, antwortete Nasaro vorsichtig, da er nicht wußte, ob das Gespräch abgehört wurde, »... er wird uns in der nächsten Stunde in die Arme laufen. Unsere Abfangpositionen sind günstig. Leider konnte er uns während der Nacht entkommen.«

Kuriuh nickte. »Kann ich mir vorstellen. Auf jeden Fall würde ich an deiner Stelle mehr Dampf dahinter machen. Es scheint so, als wollte der Obmann euch bis Mittag zurück haben.«

»Liegt denn etwas Besonderes vor?«

»Nicht daß ich wüßte. Das heißt, es hat schon etwas Besonderes gegeben, mein Junge. Major Ragna war auf der Suche nach Freiwilligen für ein Himmelfahrtskommando.«

»Und ...?« fragte Nasaro gespannt. »Braucht er noch jemanden?«

»Es waren nur zwanzig Leute gefragt«, erwiderte Kuriuh, und seine Stimme klang ein wenig enttäuscht. »Er konnte unter viertausend seine Wahl treffen. Leider mag er mich nicht besonders. Du darfst dich also mit mir trösten. Ich muß auch hierbleiben.«

Nasaro fluchte erbittert. »Ich muß ausgerechnet in der Wüste stecken. Vielleicht hätte Ragna mich mitgenommen.«

»Da kann man nichts machen. Auf jeden Fall rate ich dir: beeile dich!«

»Darauf kannst du dich verlassen. Ich werde Nateby aufstöbern, und dann komme ich sofort zurück.«

Leutnant Nasaro schaltete den Telekom aus und aktivierte erneut den Helmfunk, seine Verbindung mit den anderen Kommandos. Er gab den Befehl, die Abfangpositionen zu verlassen und die Dünentäler in Richtung Westen abzukämmen. Daß er noch vor kurzem einem Kommandoführer wegen des gleichen Vorschlages Bestrafung angedroht hatte, berührte ihn dabei nicht sonderlich.

Als der Nachtwind sich legte, kroch Merk Nateby hinter eine Düne und zog sich das seidene Halstuch über den Kopf. So erwartete er den Aufgang der Sonne. Ebensowenig wie seine Jäger hatte er ein Auge für die Schönheiten des wilden Landes. Wo andere sich an dem Farbenspiel auf den Gipfeln und der grünen Lichtflut berauscht hätten, da existierten für ihn nur Kühle spendende Schatten, Deckungen und einsehbare Flächen – und natürlich verdächtige Geräusche. Über der Wüste herrschte fast geisterhafte Stille. Nur ab und zu rieselten Sandkörner den Dünenhang hinab. Das Arbeitsgeräusch eines Antigrav-Generators mußte trotz der dünnen Atmosphäre Opposites kilometerweit zu hören sein.

Als er zwei Stunden bewegungslos gewartet hatte und immer noch nichts von den Verfolgern zu hören war, atmete er auf. Seine List war offenbar gelungen. Er führte nur wenig Lebensmittel und Wasser bei sich, und das wußten seine Verfolger natürlich. Demnach mußten sie annehmen, daß er auf dem geradesten Weg nach Muddy Water marschierte. Nateby wußte selbst, daß seine List ihn der Gefahr des Verdurstens aussetzte. Aber eben weil sein Verhalten so selbstmörderisch war, erhoffte er sich eine bessere Chance.

Merk Nateby erhob sich in die Hocke, schob das Halstuch unter die Schirmmütze, so daß es nun den Nacken schützte, und kroch auf allen vieren den Dünenhang hinauf. Er fühlte sich einigermaßen sicher – und das war sein Verderben!

Erst nachdem er die Deckung verlassen hatte, nahm er das gleichmäßige Summen wahr, das in der Luft lag. Augenblicklich rutschte er in seine Deckung zurück. Dort lauschte er mit klopfendem Herzen auf das Geräusch des Antigrav-Generators. Noch bestand die Möglichkeit, daß man ihn nicht entdeckt hatte. Schließlich war er nur eine Sekunde zu sehen gewesen. Doch diese Hoffnung erfüllte sich nicht.

Zuerst verwandelte sich das ruhige Summen in helles Singen. Es kam zielsicher näher. Dann vermischte es sich mit einem gleichen, aber eine Oktave höher liegendem Ton. Merk Nateby wußte, daß er verspielt hatte. Der zweite Schweber war nur gekommen, weil das Ziel der Jagd feststand.

Die Gewißheit gab ihm seine Ruhe zurück. Langsam erhob er sich, ein hochmütiges Lächeln auf den Lippen. Er klopfte sorgfältig den Sand von seiner Kombination, rückte die Mütze zurecht, nachdem er das Halstuch zu dem vorschriftsmäßigen Knoten gebunden hatte, und stieg erneut die Düne hinauf. Als er den Kamm erreichte, sah er den ersten Schweber in etwa hundert Metern Entfernung auf sich zukommen. Von dem zweiten war nur der aufgewirbelte Staub zu sehen, und von links und rechts krochen weitere zwei Staubfahnen heran.

Hochaufgerichtet, steif wie eine Statue, erwartete Merk Nateby die Verfolger. Seine Augen blickten über sie hinweg, als suchten sie den Punkt hinter der Wüste, den er nun niemals mehr erreichen würde.

Nacheinander hielten die vier Schweber etwa zehn Meter vor ihm an. Die Besatzungen stiegen aus und näherten sich mit schußbereiten Waffen. Drei Meter vor ihrem Opfer blieben sie stehen und salutierten. Dann trat ein junger Leutnant vor. Mit gesenkten Augen nestelte er an Natebys Koppel, löste die wenigen Ausrüstungsgegenstände, den Beutel mit der Verpflegung und die Wasserflasche. Nur die schwere Strahlwaffe ließ man ihm.

Major Merk Nateby wußte genau, was jetzt kommen würde. Er preßte die Lippen zusammen. Als dann der Schuß fiel, triumphierte er. Er hatte seinen Schmerz nicht gezeigt.

Ohne hinzusehen, wußte Merk Nateby, was mit ihm geschehen war, denn es handelte sich um einen seit Jahrzehnten auf Opposite eingeführten rituellen Brauch. Danach mußte ein Übeltäter, wenn ihm die Flucht aus dem Stützpunkt gelungen war, am Leben gelassen werden. Die einzige Bestrafung bestand darin, ihn der Lebensmittel und des Wassers zu berauben – und ihm einen nadelfeinen Energiestrahl durch den rechten Oberschenkel zu jagen.

Rote Kringel tanzten vor Natebys Augen. Er konzentrierte sich voll und ganz darauf, Haltung zu bewahren. Trotzdem trieb ihm der brennende Schmerz Tränen in die Augen.

Wie durch Watte hindurch vernahm er das Zusammenknallen der Absätze, als die Verfolger zum letztenmal salutierten. Dann summten die Antigrav-Generatoren auf, und die Schweber glitten in dichtaufgeschlossener Kette zum Stützpunkt zurück.

Merk Nateby wandte sich langsam um und schaute hinter den Fahrzeugen her. Die Besatzungen blickten zu ihm zurück.

Da riß Merk Nateby die Hacken zusammen. Zeigefinger und Mittelfinger der rechten Hand legten sich, zum V-Zeichen der Blauen Garde geformt, an das Mützenschild.

»Es lebe der Obmann!« stieß er mit sich überschlagender Stimme hervor – so lange, bis er von den Schwebern nur noch die Staubfahnen sehen konnte.

Nun überfiel ihn der Schmerz mit doppelter Wucht. Merk Nateby stöhnte. Dann tat er die ersten Schritte. Zu seiner Verwunderung ging es einigermaßen, wenn er den rechten Fuß nachschleifte. Nur würde es kaum bis Muddy Water gehen. Liebkosend strich er über den Kolben der Strahlwaffe, eines schweren Impulsstrahlers, wie er normalerweise nur für Kampfeinsätze verwendet wurde. Die Waffe würde ihn davor bewahren, wilden Tieren zum Opfer zu fallen – und ihm vielleicht, wenn es gar keine andere Möglichkeit mehr gab, das Sterben erleichtern.

Daß Merk Nateby in naher Zukunft auf makabre Weise mit jenem Strahler galaktische Geschichte schreiben sollte, ahnte niemand.

20.

Während Major Merk Nateby durch den heißen Sand der Wüste stolperte, herrschte rund zwanzig Kilometer weiter östlich hektisches Treiben.

Eigentlich hatte das kleine Diskus-Raumschiff im Stützpunkt des Obmanns nichts zu suchen – noch weniger gehörte es auf die Katapult-Plattform einer geheimen Startanlage. Denn es war ein Blues-Raumschiff!

Die Blues, so genannt wegen ihres blaubepelzten Körpers, waren die gefährlichsten Feinde aller humanoiden Rassen der Galaxis gewesen. Erst der Erfindungsgeist der Terraner hatte die Waffe geschaffen, die den vorher unzerstörbaren Molkex-Panzer der Blues-Schiffe durchbrechen konnte. Danach ging es mit dem Blues-Imperium schnell abwärts. Doch immer noch irrten die Raumschiffe dieses Volkes zwischen den Sternen umher, eine leichte Beute piratisierender Springer-Sippen und anderer Leute.

Das Blues-Schiff im geheimen Startschacht Iratio Hondros war erst vor wenigen Monaten gekapert worden. Bisher hatte es nutzlos in einem abgelegenen Hangar des Stützpunktes gestanden, und die vierundzwanzigköpfige Besatzung war zwischen Verhörraum und vergitterten Zellen hin- und hergewandert.

Nun plötzlich schienen beide wieder zu Ehren zu kommen: das Raumschiff und seine Besatzung.

Aber noch war von den Blues nichts zu sehen. Die Männer, die geschäftig an dem Diskus-Raumer arbeiteten, waren allesamt Angehörige der Blauen Garde. Sie sahen nicht von ihrer Arbeit auf, denn hinter ihnen standen Offiziere und paßten genau auf, daß jeder seine ganze Kraft einsetzte. Alle paar Minuten mußten sie über ihre Armbandgeräte Rede und Antwort stehen. Sie waren nervös, brüllten sich gegenseitig an und liefen wie aufgescheuchte Hühner um das Schiff herum. Je näher der befohlene Termin rückte, desto stärker transpirierten sie. Der Obmann selbst stand hinter der Aktion – und jeder wußte, was das im Falle des kleinsten Fehlers bedeutete.

Iratio Hondro hatte unterdessen die zwanzig Freiwilligen, die sich für ein ihnen noch unbekanntes Himmelfahrtskommando gemeldet hatten, in der Offiziersmesse um sich versammelt. Major Ragna, bereits informiert, saß mit bleichem, aber gefaßtem Gesicht neben dem Obmann. Die Augen des Obmanns wirkten kalt und entschlossen.

»Sie haben sich freiwillig gemeldet«, begann er in seiner knappen, aber dennoch begeisternden Art. »Ich danke Ihnen. Ich brauche wohl kaum zu betonen, wie schwer es mir fällt, die Besten in einen Einsatz zu schicken, von dem es keine Rückkehr gibt.«

Er musterte aufmerksam die Gesichter. Es war nicht zu verkennen, daß die Leute in diesem Augenblick begriffen hatten, daß sie allesamt Todeskandidaten waren. Die Gesichter wirkten wie weiße Farbkleckse in der blauweißen Beleuchtung, doch die Züge zeugten von Stolz, und die Augen leuchteten triumphierend.

Iratio Hondro räusperte sich.

»Sie werden ...«, er schaute rasch auf seine Uhr, »... genau elf Uhr dreißig Ortszeit das gekaperte und inzwischen überholte Blues-Raumschiff besetzen. Die ursprüngliche Besatzung wird zu dieser Zeit bereits anwesend sein. Uns sind einige Funktionen des Blues-Schiffes noch nicht völlig klar, und wir haben keine Zeit, uns mit solchen Kleinigkeiten zu befassen. Außerdem sollte wenigstens einer der Tellerköpfe in leidlich erhaltenem Zustand von den Terranern geborgen werden. Sie sorgen dafür, daß der Diskus-Raumer das drei Lichttage von hier wartende terranische Schiff angreift. Es muß wie die Verzweiflungsaktion des Blues-Kommandanten aussehen. Was weiter geschieht, bleibt der Entscheidung Major Ragnas überlassen.«

Iratio Hondro wandte sich zu Ragna um. »Allerdings sind Ihnen die Hände insoweit gebunden, als eine eventuelle Flucht nicht ins Whilor-System führen darf. Desweiteren dürfen die Terraner niemand von der menschlichen Besatzung finden – weder tot noch lebendig. Unter Umständen werden Sie Schiff und Besatzung opfern müssen. Habe ich mich deutlich genug ausgedrückt?«

Major Ragnas Gestalt straffte sich. »Ich verspreche Ihnen, daß keiner von uns weich wird. Lieber sterben wir.«

Beifälliges Gemurmel lief durch die Tischreihe der Freiwilligen. Ein schwarzhaariger, hagerer Leutnant erhob sich mit flammenden Augen und hektisch glühenden Wangen.

»Warum so viele Worte! Wir sind stolz darauf, unserem Obmann dienen zu dürfen. Es lebe Iratio Hondro! Tod den Terranern!«

Im nächsten Augenblick glich die Offiziersmesse einem Tollhaus. Die Freiwilligen brüllten sich mit den Hoch rufen ihre Angst aus dem Leib und berauschten sich an ihrer eigenen Begeisterung.

Iratio Hondro ließ sie einige Minuten gewähren. Er wußte, was er den Todgeweihten schuldig war. Aber keinen Augenblick wurde er von dem Begeisterungstaumel angesteckt, sondern er blieb der kühle Rechner. Für ihn waren zwanzig Todeskandidaten nur Bauern in einem Schachspiel, Bauern, die geopfert wurden, um den König zu retten. An die vierundzwanzig Blues, die ebenfalls auf die Schlachtbank geschickt werden sollten, verschwendete er keinen einzigen Gedanken.

Als Iratio Hondro sich endlich erhob, trat Stille ein. Der Obmann lächelte kalt. »Wenn ihr fallt, werden eure Namen in das Buch der Helden eingetragen.« Er hob die Hand und bildete das V-Zeichen. »Tod den Terranern!«

»Tod den Terranern!« schallte es ihm entgegen.

Der Obmann drehte sich um und verließ mit ruhigen Schritten die Messe. Hinter ihm ertönten jetzt Major Ragnas Kommandos. Der Major erteilte detaillierte Instruktionen.

Iratio Hondro hörte es nicht mehr. Aus den Augen seiner Leute gelangt, verließ ihn die Ruhe und Sicherheit. Sie war nicht mehr als Maske gewesen, ganz auf den Zweck abgestimmt wie alles bei diesem Mann. Er sprang auf das nächste Gleitband, das ihn rasch zum Hauptliftschacht trug. Von dort eilte er weiter zur Kommandozentrale des Stützpunktes. Ihn interessierte im Augenblick weiter nichts als die Position des terranischen Schlachtkreuzers – und natürlich die Frage, ob inzwischen weitere terranische Schiffe aufgetaucht waren.

Er konnte beruhigt sein. Die Lage war unverändert. Iratio Hondro schöpfte wieder Hoffnung. Zusammen mit den anderen Maßnahmen müßte der Todeseinsatz genügen, um die Terraner zu täuschen.

Punkt 11.30 Uhr Ortszeit besetzte das Todeskommando unter Führung Major Ragnas das kleine Blues-Schiff.

Die gefangenen Blues befanden sich bereits auf ihren Plätzen. Gardisten hatten sie bis jetzt bewacht. Nun verließen die Wachen das Schiff, und die zwanzig Freiwilligen traten an ihre Stelle.

Major Ragna wies seine Leute mit ruhiger Stimme an die vorbestimmten Plätze. Sie hatten keineswegs nur die Aufgabe, die Blues zu bewachen. Eine Menge wichtiger Positionen wurden von ihnen selbst besetzt, darunter die Feuerleitschaltungen.

Danach sah Ragna auf seine Uhr. Es war 12.15 Uhr. Noch fünf Minuten bis zum Start.

Major Ragna besetzte den Platz des Kommandanten. Er schnallte sich sorgfältig an und betrachtete dann skeptisch das seltsame Gerät, das der Verständigung mit den Blues dienen sollte. Er stellte einige Fragen an den ehemaligen Blues-Kommandanten. Der antwortete widerstrebend und äußerst langsam. Ragna hoffte, daß er wenigstens wahrheitsgemäß antwortete.

Der zusätzlich eingebaute Telekom sprach an. »Major Ragna!«

»Start erfolgt in dreißig Sekunden!« ertönte die unbeteiligte Stimme des Kontroll-Offiziers. »Zeit läuft.«

»Danke. An Bord alles klar«, gab Ragna zurück, während sein Daumen sich auf die Alarmtaste senkte.

Der Alarm schrillte einmal kurz durch das Schiff, um die Besatzung zu warnen. Major Ragna lauschte dem stereotypen Ticken des Zählwerks. Bei Null holte er tief Luft und spannte instinktiv seine Muskulatur an. Doch der erwartete Andruck blieb aus. Die Katapultanlage des Startschachtes und die Andruck-Neutralisatoren innerhalb des Schiffes waren vorzüglich koordiniert worden. Nur an der jähen Veränderung des Schirmbildes war überhaupt der Start zu erkennen.

Beängstigend schnell fielen die zerklüfteten, kahlen Höckerberge unter dem Schiff zurück. Von der Station war nichts zu sehen. Iratio Hondro hatte sie sorgfältig unter den natürlichen Formationen der Landschaft anlegen lassen. Man konnte mit einem Gleiter dicht darüber hinwegfliegen und würde nichts davon bemerken, es sei denn, man führte Geräte zur Energieortung mit.

Erst außerhalb der Atmosphäre schaltete Major Ragna die Triebwerke des Blues-Schiffes ein. Bis dorthin war es von der Kraft der gravito-energetischen Katapultanlage geschleudert worden. Nun erwachte auch die menschliche Mannschaft zu fieberhafter Aktivität. Jeder der Freiwilligen kannte genau seine Aufgabe. Es handelte sich um äußerst intelligente, vorzüglich geschulte Männer. Eine Diktatur wendete eben fast unbegrenzte Mittel zur Ausbildung ihrer Soldaten auf.

Entsprechend dem Plan des Obmanns hielt Ragna zuerst Kurs auf den Planeten Nummer vier, den die Terraner Pulsa getauft hatten. Man wußte das aus aufgefangenen Telekomsprüchen, denn die Terraner waren relativ sorglos mit ihren normalen Bildsprechgeräten umgegangen – bis Merk Nateby den Beschuß befahl.

Major Ragna schauderte, als das Schiff den vierten Planeten überflog und er die Hölle dieser Methanwelt genauer betrachten konnte. Es war wirklich ein Wunder gewesen, daß die Terraner von dort hatten entkommen können. Nachdem Pulsa einmal umkreist worden war, richtete Ragna den kürzesten Kurs zum Schlachtkreuzer der Terraner ein. Es sollte so aussehen, als hätte sich das Blues-Schiff ständig in der Nähe Pulsas herumgetrieben und erst jetzt das geflohene Schiff wiederentdeckt. Wenn man dort noch über intakte Ortungsanlagen verfügte, mußte man das Diskus-Schiff inzwischen schon entdeckt haben.

Kurz vor Erreichen der einfachen Lichtgeschwindigkeit kontrollierte Ragna, zusammen mit sechs anderen Freiwilligen, die Arbeit der Blues-Besatzung. Menschen konnten nicht ohne besondere Ausbildung mit den Lineartriebwerken der Blues umgehen. Darum war die Programmierung der Steuer-Aggregate der ursprünglichen Besatzung überlassen worden.

Major Ragna war mit dem Ergebnis der Kontrolle zufrieden. Die Blues hatten gute Arbeit geleistet. Nur eine Lichtminute vom terranischen Schlachtkreuzer entfernt, würde das Diskus-Schiff vom Linearraum ins Einstein-Kontinuum hinüberwechseln – nur wußten zum Unterschied von der menschlichen Besatzung die Blues nichts von der Anwesenheit des terranischen Raumschiffes. Sie würden völlig ahnungslos in den Tod fliegen.

Die Freiwilligen hatten nur Hohn und Spott für die »Tellerköpfe«, wie die Blues allgemein wegen ihrer eigenartigen Kopfform genannt wurden, übrig. In einer Art Galgenhumor steigerten sie sich in immer drastischere Schilderungen der Überraschung ihrer Gefangenen hinein – bis Major Ragna darauf hinwies, daß das Übersetzungsgerät die ganze Zeit über eingeschaltet war. Da schwiegen die Freiwilligen betroffen und ein wenig beschämt. Sie hatten plötzlich erkannt, daß auch andere Wesen als Menschen dem Tod gefaßt ins Auge sehen konnten – und ohne sich so neurotisch wie sie zu gebärden.

Kurz vor Verlassen des Linearraums gab Major Ragna zwei bereitstehenden Männern einen verstohlenen Wink. Daraufhin packten diese einen der Blues bei den langen, blaubepelzten Armen und zerrten den Widerstrebenden mit sich fort. Ragna schloß die Augen. Er stellte sich vor, wie seine Männer den Blue in seinen eigenen Raumanzug zwängten, den Helmverschluß blockierten und ihn so vor der Notschleuse aufstellten. In dem Augenblick, in dem der Schlachtkreuzer das Feuer erwiderte, würden sie den Blue aus der Schleuse stoßen, damit die Terraner, falls sie danach suchten, einen toten Blue als Beweis in die Hand bekämen.

Ragna fragte sich nur, ob die Terraner das Feuer überhaupt erwidern würden. Was, wenn sie den Diskus mit einem Traktorstrahl einzufangen versuchten? Würde es nicht Verdacht erwecken, wenn die Besatzung ihr Schiff in einem solchen Fall sprengte?

Er schob diese Gedanken beiseite. Das Diskus-Schiff mußte eben so gesteuert werden, daß den Terranern gar keine andere Möglichkeit der Abwehr blieb, als das Feuer zu erwidern.

Ein rotes Signallicht flammte auf. Major Ragna zog das Mikrofon der Bordverständigung heran. »Achtung! Kommandant an alle! Eintritt in den Normalraum in dreißig Sekunden. Alle Waffen feuerbereit halten. Bei Zielerfassung Schnellfeuer ohne besonderen Befehl eröffnen!«

Der Befehl war kaum bestätigt worden, als das Schiff unvermittelt in den Normalraum eintauchte. Die Sterne waren plötzlich wieder da in ihrer glänzenden, kalten Pracht, und wie verloren in den Tiefen des Raumes schwamm die Silhouette des Schlachtkreuzers, sichtbar gemacht durch Schirmbildprojektion der koordinierten Ortungsgeräte.

Major Ragna duckte sich unwillkürlich, als die Dunkelheit von gleißenden Energiebahnen durchschnitten wurde. Aber es waren nur die eigenen Waffen.

Drüben blitzte es auf. Eine schillernde Blase entstand, an der unablässig feurige Schlangen entlangliefen. Der Schlachtkreuzer hatte die Schutzschirme aktiviert – und sie hielten offenbar mühelos dem Beschuß stand.

Ein wahnwitziger Gedanke zuckte durch Ragnas Hirn. Was, wenn er stur auf den Schlachtkreuzer zuhielt? Würde nicht das explodierende Blues-Schiff die Schutzschirme aufreißen und das terranische Schiff mit in den Untergang ziehen? Er gab diesen Gedanken sofort wieder auf. Mit der Vernichtung des Schiffes wäre dem Stützpunkt nicht geholfen. Iratio Hondro hatte schon gewußt, warum er den Schlachtkreuzer ungeschoren lassen wollte. Außerdem wäre bei einer Vernichtung des Feindschiffes der Tod der Freiwilligen vergeblich gewesen. Nein! Nur sie allein mußten sterben.

Dennoch hielt Ragna weiterhin auf den Schlachtkreuzer zu. Nur so konnte man dessen Kommandanten vielleicht aus der Reserve locken. Er mußte ebenfalls wissen, daß der Aufprall des Blues-Schiffes tödlich für sein Schiff war.

Noch zwanzig Lichtsekunden war das Diskus-Schiff vom Ziel entfernt. Da reagierten die Terraner. Man konnte vom Blues-Schiff aus die Abschüsse nicht sehen, denn die Energiebahnen waren lichtschnell. Das Auge erfaßte sie erst, wenn sie schon heran waren.

Ohrenbetäubendes Kreischen erfüllte das kleine Schiff. Es war, als habe es einen Planeten gerammt.

Major Ragna sah nichts mehr. Aber er lachte triumphierend. So ging er in den Tod – und mit ihm neunzehn verblendete, einem dämonischen Diktator hörige Narren ...

Die Borduhr zeigte den 30. Juli 2329 Erdzeit an – und exakt 23:05:31 Uhr.

Vor fünf Minuten und einunddreißig Sekunden war Zapfenstreich für die Leute der Freiwache gewesen. Seit dieser Zeit herrschte Ruhe in den Quartieren. Das Licht war gelöscht.

Oberstleutnant Nome Tschato achtete auf Disziplin in seinem Schiff. Dienst, Freizeit und Nachtruhe waren streng geregelt – obwohl es für ein bewegungslos im Weltraum schwebendes Raumschiff natürlich weder Tag noch Nacht im Sinne von Sonnenauf- und Untergang gab.

Man hatte die Zeit von einem Planeten mitgenommen, der augenblicklich rund 48.333 Lichtjahre von der LION entfernt war. Dieser Planet hieß Erde.

Zur Zeit hatte der Erste Offizier der LION, Dan Picot, die Kommandogewalt über das Schiff. Nome Tschato schlief oder hatte wenigstens angegeben, sich hinlegen zu wollen.

Picot glaubte nicht daran. Er lebte beständig unter dem Albdruck, sein Kommandant könnte wieder einmal einen seiner berüchtigten Pläne ausbrüten.

Mit verkniffenem Gesicht hockte der Erste hinter dem Kartentisch der Zentrale und lauschte dem beruhigenden Summen der Aggregate. Doch obwohl sämtliche Ortungsgeräte seit neun Tagen nur Grünwerte zeigten, war er gereizt und nervös.

»Darf ich, Dan?« fragte eine sonore Stimme, bei deren Klang man unwillkürlich den Eindruck beruhigender Sicherheit gewann.

Picot blickte hoch. Ihm gegenüber stand ein etwa fünfzigjähriger, korpulenter kahlköpfiger Mann. Er trug die Dienstuniform eines Hauptmanns der Imperiumsflotte, aber das Ärmelschild wies ihn als psychologischen Berater eines Schiffskommandanten aus. Der Mann war dreifacher Professor und Doktor der Psychologie und hieß Einar Holgsen.

Picot grinste gequält. »Bitte, Einar. Setzen Sie sich, bitte.«

»Vielen Dank, Dan. Eine geradezu himmlische Ruhe ist das hier, was?«

»Wie man's nimmt, Einar!« knurrte Picot. »Mir persönlich wäre es lieber, es gäbe Arbeit. Dann käme niemand auf dumme Gedanken.«

Der Psychologe lächelte verständnisvoll. »Sprechen Sie etwa von unserem Kommandanten, Dan?«

»Der Löwe hat sich in seine Höhle zurückgezogen«, meinte Picot und knetete dabei seine Finger, »angeblich, um zu ruhen. Wie ich ihn kenne, wird er darauf sinnen, wie er uns beschäftigen kann.«

»Eine löbliche Absicht«, erklärte Holgsen.

Picot schaute den Psychologen mißtrauisch an. »Diese Beschäftigungen ...«, sagte er gedehnt, »... haben dazu geführt, daß die erste LION im Simban-Sektor gesprengt werden mußte. Ihre Nachfolgerin gleichen Namens ist inzwischen lahm wie eine flügellose Ente, Einar. Inzwischen überlege ich mir, ob es sich lohnt, auch auf der dritten LION anzuheuern.«

Ganz unvermittelt begann Einar Holgsen schallend zu lachen. Seine sowieso schon rosigen Wangen begannen zu zittern und zu glühen, selbst die Glatze über dem grauen Haarkranz rötete sich.

Dan Picot sah den Psychologen zuerst verblüfft, dann verärgert an. Doch nach einer Weile, als Holgsen sich immer noch vor Lachen schüttelte, stimmte Picot zögernd ein. Nicht lange, und beide Männer lachten so laut, daß die anderen Offiziere in der Zentrale sich erstaunt umdrehten.

Abrupt brach Holgsen ab. Er wischte sich die Tränen von den Wangen, zwinkerte listig und machte ein ernstes Gesicht. »Worüber lachen Sie eigentlich, Dan?« fragte er unschuldig.

Verblüfft hielt Picot inne. »Worüber ...?« Er schlug mit der Faust auf den Tisch. »Sie sind ein ganz gemeiner ...!« Er holte tief Luft, dann lehnte er sich zurück und schüttelte den Kopf. »Verzeihung! Ich wollte sagen, Sie sind ein ganz raffinierter Psychologe, Einar. Ich fürchte, ich habe mich vorhin ziemlich unmöglich benommen, wie?«

»Lassen Sie nur!« winkte er ab, als Holgsen zu einer Erwiderung ansetzte. »Ich habe ein ziemlich schlechtes Gewissen meinem Chef gegenüber. Natürlich war es Unsinn, zu behaupten, Nome Tschato wäre an dem Pech schuld, das alle Schlachtkreuzer mit dem Namen LION zu verfolgen scheint. In Wirklichkeit ...«, seine Augen blickten plötzlich durch Holgsen hindurch, »... ist ihm damals im Simban-Sektor der Verlust unserer ersten LION nähergegangen als allen anderen. Wissen Sie, für ihn ist ein Raumschiff mehr als nur ein technisches Wunderwerk, es ist so etwas wie eine Heimat für ihn. Er hängt an seinem Schiff, auch an der jetzigen, der zweiten LION – nur weiß er eben ganz genau, daß er das Schiff nicht über seine Pflicht stellen darf.«

Einar Holgsen erhob sich. »Sie haben eines vergessen hinzuzufügen, Dan. Nicht nur Nome Tschato denkt so, sondern auch Sie – und viele andere der Besatzung auch. Aber nun muß ich Sie verlassen, Dan. Man braucht mich noch woanders.«

Dan Picot nickte. Er war wie umgewandelt. »Vielen Dank für Ihre Behandlung, Einar. Ich denke, Sie werden bei den anderen Patienten ebenso rasch Erfolg haben.«

Er streckte Holgsen die Hand hin und der Psychologe drückte sie herzlich.

»Sie waren ein angenehmer Patient, Dan. Leider gibt es Leute, bei denen meine Kunst versagt.« Er seufzte. »Bei Arkoniden hätte ich es leichter, aber Terraner vertragen eben Untätigkeit nicht. So long, Dan!«

»So long, Einar!«

Dan Picot blickte dem Psychologen lächelnd nach, dann schob er sich die Mütze ins Genick und schritt zielstrebig der Instrumentenbühne zu.

Er hatte noch nicht die Hälfte der Strecke zurückgelegt, als die Ortungsgeräte die akustischen und optischen Warnsignale auslösten.

Oberstleutnant Nome Tschato hatte nichts von den »finsteren« Plänen ausgebrütet, die sein Erster Offizier bei ihm vermutete. Er war vielmehr dabei gewesen, sein ganz privates Tagebuch zu führen. Danach hatte er sich todmüde aufs Bett geworfen und war sofort eingeschlafen.

Das war 23.50 Uhr gewesen. Um 23.54 Uhr weckte ihn das Schrillen des Interkoms.

Nome Tschato kam erst richtig zu sich, als er bereits vor dem Gerät stand. Hastig drückte er den Schaltknopf. Das Gesicht Dan Picots erschien auf dem Bildschirm.

»Was gibt es?« fragte Nome Tschato und gähnte.

»Ortungsalarm, Sir. Unbekanntes Raumfahrzeug entfernt sich aus dem Ortungssektor Pulsa, beschleunigt in Richtung LION.«

Nome Tschatos Blick wurde augenblicklich klar. »Versuchen Sie Identifizierung, Dan – und geben Sie Bereitschaftsalarm! Ich komme zur Zentrale.«

Ohne eine Antwort abzuwarten, schaltete er den Interkom ab und stürmte aus seiner Kabine, im Laufen seinen Uniformrock zuknöpfend. Als er in den Schacht des zentralen Antigravlifts sprang, begannen überall im Schiff die Alarmsirenen zu heulen.

In der LION wurde es lebendig. Schotts knallten, Stiefel trampelten durch die Gänge, und vereinzelte Befehle hallten dumpf von den Wandungen wider.

Die Zentrale war still wie ein leerer Kinosaal gewesen, als Nome Tschato sie verlassen hatte. Jetzt, als er zurückkehrte, glich sie einem brodelnden Hexenkessel. Offiziere sprachen in ein gutes Dutzend Mikrofone, alle Pultrechengeräte summten, und die Projektorschirme der Ortung waren von aus- und angehenden Kontrollampen umgeben. Über allem aber dominierte ein Geräusch: Das dumpfe Brummen der mit Minimalleistung anlaufenden Stromreaktoren.

Nome Tschato spürte den Boden ganz leicht unter seinen Füßen vibrieren, als er auf seinen Platz zuging. Dan Picot erhob sich und machte vorschriftsmäßig Meldung.

»Danke!« sagte Nome Tschato knapp. »Haben Sie das Schiff identifizieren können?«

»Jawohl, Sir«, antwortete Picot. Seine Stimme klang belegt. »Es handelt sich einwandfrei um einen Blues-Raumer der leichten Klasse, einfach unglaublich, Sir.«

»Was ist unglaublich?« Nome Tschato schaute den Offizier durchdringend an.

»Sir! Das Blues-Schiff kann der LION überhaupt nicht gefährlich werden. Entweder ist der Kommandant wahnsinnig oder ...«

»Oder man hat eine Teufelei vor«, beendete Nome Tschato den Satz.

Er lächelte sein kaltes Lächeln, bei dem Picot stets eine Gänsehaut über den Rücken zu laufen pflegte. Sein blendendweißes Gebiß kontrastierte eigenartig mit der schwarzen Haut. Er nickte Picot zu, dann ließ er seinen zwei Meter langen Körper geschmeidig in den Kontursitz sinken. Picot nahm neben ihm im Sessel des Ersten Offiziers Platz. Er saß noch nicht richtig, da hatte Nome Tschato bereits die letzten Ortungsergebnisse ausgewertet.

»Sieht so aus, als wollte man in den Linearraum gehen. Wir werden uns zur Begrüßung bereithalten müssen.«

Er zog das Mikrofon des Interkoms zu sich heran und schaltete auf Gemeinschaftswelle. Jeder im Schiff würde ihn nun hören.

»Kommandant an alle«, sagte Nome Tschato mit ruhiger Stimme. »Volle Gefechtsbereitschaft, Waffentürme klar zum Ausfahren, Raumanzüge anlegen. Waffenleitoffizier: Ein Drittel der Energiegeschütztürme vorrichten auf den voraussichtlichen Wiedereintrittspunkt des Blues-Schiffes. Daten geben die Positronik-Spezialisten durch. Achtung! Zwei Drittel der Feuerkraft müssen zur freien Verfügung bleiben. Es ist damit zu rechnen, daß das Blues-Schiff nur ein Täuschungsmanöver fliegt. Maschinenleitstand: Fertigmachen zum Ausweichmanöver mit Vertikalkurs nach Rot. Energiezentrale: Schirmprojektoren anlaufen lassen, aber noch kein Feld aufbauen. Rechnen Sie damit, daß die Schirme im Notfall innerhalb einer Zehntelsekunde stehen müssen. Bestätigen!«

Das Brummen der Stromreaktoren verwandelte sich in rollenden Donner. Kurz hintereinander kamen die Klarmeldungen an. Die LION war kampfbereit. Nur konnte sie keine höhere Geschwindigkeit als die des Lichtes erreichen. Nome Tschato wußte, was das im Falle eines Überfalls überlegener Kräfte bedeutete. Es würde kein Ausweichen in den Linearraum geben, sondern nur einen Kampf auf Leben und Tod.

Nome Tschato sah zum Ersten Geschützoffizier. Der Mann war noch dabei, mit den Fingerspitzen seine »Feuerorgel« abzutasten. Immer mehr grüne Lämpchen leuchteten auf. Die geballte Kraft des Schlachtkreuzers konnte einen Planeten vernichten. Das mußte der Kommandant des Blues-Schiffes zweifellos wissen. Wenn er trotzdem einen Angriffskurs flog ...

»Eintritt in den Linearraum, Sir!« meldete da Dan Picot.

Nome Tschatos Kopf flog herum. Der grüne Ortungsreflex des Blues-Schiffes war verschwunden, als hätte er nie existiert. Aber Nome Tschato wußte, daß das Schiff jetzt, im Zwischenraum gegen Ortung geschützt, mit vielfacher Lichtgeschwindigkeit näherkam.

»Achtung, Waffenleitoffizier: Waffentürme ausfahren. Auf Kommando Feuer mit halber Breitseite eröffnen. Energiezentrale: Schirmprojektoren mit überlichtschneller Energieortung koppeln. Bestätigung!«

Kaum war die letzte Bestätigung eingegangen, als die Alarmsirenen im Schiff erneut aufheulten. Dazwischen kam in höchster Lautstärke die Meldung der Ortungsstation: »Blues-Raumer taucht in einer Lichtminute Entfernung aus dem Linearraum auf!«

Tschato bedurfte dieser Meldung nicht. Die Ortungsergebnisse wurden von der Station automatisch zu seinem Pult weitergesendet und erschienen in Form von Masse- und Energiediagramm sowie optischen Umriß- und Bewegungsbildern auf einem guten Dutzend Schirmen. Auf dem Energie-Diagramm war auch deutlich Energieart- und -menge abzulesen, die der Feind für den sofort einsetzenden Strahlbeschuß verwendete.

Nome Tschato wußte, daß das Feuer der LION nicht gefährlich werden konnte. Die Schutzschirme waren inzwischen aufgebaut worden und leiteten die auftreffende Energie mühelos ab.

Aber etwas anderes konnte der LION gefährlich werden: Der Kurs des Blues-Raumers!

Die Berechnungen, von den Spezialisten an der großen Schiffspositronik im Bruchteil einer Sekunde ausgeführt, wurden laufend auf einen schmalen Auswerterschirm übertragen, der sich in Nome Tschatos Kommandopult befand. Der Oberstleutnant erkannte sofort, daß bei Beibehaltung des Kurses eine Kollision beider Schiffe unvermeidbar war. Zwar würde der Schutzschirm der LION den Aufprall des Blues-Raumers auffangen. Ob er aber hielt, wenn die Reaktorstationen und Energiespeicher des Diskus-Schiffes explodierten, war sehr zweifelhaft.

Eine neuerliche schwere Beschädigung der LION war nur zu vermeiden, wenn das Schiff entweder auswich oder den Blues-Raumer vor der Kollision vernichtete.

Nome Tschato entschloß sich für die letztere Möglichkeit. Er fürchtete noch immer eine List, und ein Ausweichkurs war vielleicht gerade das, wozu der Feind ihn bewegen wollte.

»Feuer mit halber Breitseite auf erkanntes Ziel!« befahl er mit harter Stimme.

Sekundenlang röhrten im Schiffsinnern die Fusionsmeiler und Feldleiter auf, als sie die Energiespeicher der Geschütze neu füllten. Die LION schüttelte sich kurz. Dann ging – eine viertel Lichtminute entfernt – eine grelle, blauweiße Sonne auf.

Das Blues-Raumschiff zerplatzte wie eine Seifenblase: schillernd und nicht mehr als schnell expandierende hauchdünne Gase zurücklassend.

Nome Tschato trocknete sich die schweißnasse Stirn ab. »Diese Narren!« sagte er vor sich hin. »Diese dreimal verdammten Narren. Was versprechen sie sich von diesem sinnlosen Ende?«

»Ich weiß nicht«, sagte Dan Picot neben ihm nach einem Seufzer, »wenn ich in ihrer Lage wäre – verachtet, verfolgt und heimatlos – vielleicht würde ich ebenfalls auf diese Weise Selbstmord begehen.«

Nome Tschato nickte. »Ihre Enttäuschung muß groß gewesen sein, als es ihnen nicht gelang, uns auf Pulsa zu vernichten, wo wir relativ wehrlos waren.«

»Sind Sie sicher, Sir, daß die Atomraketen von dem Blues-Schiff kamen?«

»Wir haben natürlich keinen Beweis dafür ...«, Nome Tschato blickte nachdenklich auf die Bildschirme, die das Whilor-System zeigten, »... aber außer ihnen und uns scheint es niemanden hier zu geben, wenn man einmal von den Dancers auf Pulsa absieht. Größere Schiffe könnten sich auch schwerlich hinter der Sonne oder einem Planeten verbergen; wir hätten sie zumindest bemerkt, wenn sie ihre Positionen gewechselt hätten. Bei einem so kleinen Schiff wie dem der Blues war das so gut wie unmöglich.«

Alarmiert fuhr er herum, als eine Signalscheibe über seinem Bild zu flackern begann. *ORTUNG AN KOMMANDANT!* erschien in rotleuchtenden Buchstaben auf der hellgelben Scheibe.

Nome Tschato schaltete den Interkom-Kanal zur Ortungsstation ein. »Hier Kommandant. Was gibt es?«

»Hier Ortung, Leutnant Kurella. Sir, unsere Bildtaster haben einen Körper im Raumanzug entdeckt. Entfernung dreißig Lichtsekunden. Kurs auf die LION.«

Nome Tschato reagierte schnell. Er gab den Befehl, den Körper mittels Traktorstrahl zu bergen und beorderte sofort einen Arzt zur Auffangschleuse. Dann erhob er sich.

»Übernehmen Sie solange das Kommando, Dan. Ich schaue mir den Fund an. Vielleicht bekommen wir jetzt einen Hinweis.«

Mit langen Schritten verließ Nome Tschato die Zentrale. Er hoffte, Klarheit in das Dunkel um den Blues-Raumer zu bringen. Dabei war der tote Blue im Raumanzug nur aufgetaucht, um ihn noch mehr über die Wahrheit hinwegzutäuschen.

Der Kopf des Blue war ungeschützt der Strahlung des explodierenden Diskus-Schiffes ausgesetzt gewesen. Dennoch hatte er so viel von seiner charakteristischen Form beibehalten, daß er einwandfrei als Blue zu erkennen war.

Nome Tschato ließ den erhaltenen Raumanzug des Toten untersuchen. Es gab nichts darin, was Hinweise auf die Anwesenheit im Whilor-System erbrachte. Aus diesem Grund befahl Nome Tschato, den Blue im Weltraum zu bestatten. Als der Körper durch einen der Preßluftschächte verschwand, salutierte der Oberstleutnant schweigend. War er auch sein Feind gewesen, so gebührte ihm doch jene Achtung, die man einem tapferen Soldaten erweist.

Wieder in die Zentrale zurückgekehrt, erwartete Nome Tschato eine Überraschung. Dan Picot hatte während seiner Abwesenheit die Kursdaten des Blue-Leichnams ausgewertet.

Der Erste machte ein ernstes Gesicht. »Wissen Sie, was ich seltsam finde, Sir?« Er gab die Antwort selbst. »Laut Kursauswertung muß der Blue das Schiff verlassen haben, nachdem wir das Feuer eröffneten, aber noch bevor die Salve drüben einschlug.«

»So!«

Dan Picot verzog ob der Interesselosigkeit Tschatos sein Gesicht. »Das bedeutet, daß er die Feuereröffnung mittels überlichtschneller Ortungsgeräte beobachtete, Sir! Ich finde das reichlich komisch. Wenn das Schiff schon getroffen gewesen wäre, hätte er Grund zum Aussteigen gehabt, aber so ...«

Nome Tschato winkte ab.

»Sie dramatisieren wieder einmal, Dan. Schließlich konnte er sich denken, daß die erste Salve unseres Schiffes seinen Diskus völlig vernichtet. Warum also sollte er erst den Beschuß abwarten? Und was die überlichtschnellen Ortungsgeräte betrifft: Meiner Meinung nach komplizieren Sie alles unnötig. Er wird ganz einfach ausgestiegen sein, als seiner Meinung nach der Feuerschlag der LION kommen mußte. Überlichtschnelle Ortungsgeräte befinden sich üblicherweise nur in der Zentrale. Wäre er bis zur Feueranzeige in der Zentrale geblieben, hätte er aber den Ausstieg nicht mehr geschafft. Und daß man ihm von der Zentrale aus das Signal zum Aussteigen gegeben hätte – das ist völlig unlogisch. Ich denke, er hat den Tod im Vakuum der anderen Todesart vorgezogen. Das beweist der offene Raumhelm.«

Picot wollte zu einer Erwiderung ansetzen. Doch er ließ es sein. Gegen Nome Tschatos Argumente kam er nicht an. Und schließlich: Die Wahrscheinlichkeit sprach für Tschatos Interpretation. Welchen Zweck hätten die Blues auch mit der Ausschleusung eines Mannes mit offenem Druckhelm verfolgen sollen?

21.

Der Roboter rutschte den Schuttkegel hinab und landete dort, wo die Grenze zwischen den Höckerbergen und der Sandwüste verlief. Einen Augenblick schien es, als wollte er dort liegenbleiben.

Dann aber begannen seine kurzen, schaufelförmigen Vorderglied-maßen rasend schnell zu wühlen, und schon nach wenigen Sekunden war von dem seltsamen Roboter nichts mehr zu sehen.

Die beiden Männer in den Kombinationen der Blauen Garde hatten ihre Geräte oberhalb des Schuttkegels aufgestellt. Sie saßen auf kleinen Klappstühlen und unterhielten sich halblaut.

Leutnant Jarin verfolgte aufmerksam den Massetaster. Noch vor wenigen Sekunden hatte er die Metallplastikmasse des Roboters angezeigt. Jetzt wies er nur noch die für die Wüste typischen Elemente und Verbindungen aus.

Er wandte sich zu seinem Begleiter. »Was sagt die Energieortung, Sergeant?«

»Die Anzeige ist gleich Null.« Sergeant Lubbow klopfte an die Anzeigetafel der E-Ortung. »Es rührt sich nichts, absolut nichts.«

»Nun, dann können wir den Versuch mit Variante MOLE abschließen.« Beide warteten.

»So!« sagte Leutnant Jarin schließlich. »Unser Maulwurf müßte das Zielgebiet erreicht haben. Jetzt wollen wir sehen, wie er mit der Spinne fertig wird.«

Er führte den kleinen Taschen-Telekom an die Lippen.

»Hier Leutnant Jarin an Robot-Test-Auswertung! Versuch mit Variante MOLE bisher befriedigend verlaufen. Schicken Sie jetzt bitte ein Exemplar der Variante SPIDER heraus, damit wir mit dem Überlebenstest beginnen können!«

»Sie schicken die Spinne«, sagte er zu Lubbow.

»Da bin ich gespannt, wer gewinnt. Meiner Meinung nach hat die Variante MOLE die größeren Chancen.«

Jarin schüttelte den Kopf. »Sie ist zu unbeweglich. Wetten, daß Variante SPIDER gewinnt?«

Lubbow grinste. »Eine Wochenration Whisky!«

»Abgemacht!«

Sie schwiegen, als sie hinter sich das Dröhnen eines zufallenden Schotts hörten. Doch sie blickten sich nicht um, denn sie wußten, daß das Schott so vollkommen getarnt war, daß man darüber hinweglaufen konnte, ohne es zu bemerken.

Dagegen war das spinnenartige Gebilde recht gut zu sehen. Es turnte auf langen, dürren Beinen behende über eine schroffe Felswand, ließ sich die letzten acht Meter einfach fallen und stürmte dann mit der Geschwindigkeit eines galoppierenden Pferdes in die Wüste hinein.

Unwillkürlich schüttelte sich Jarin bei diesem Anblick. Die Robot-Variante SPIDER glich nur in der Körperform einer Spinne. Schon die Größe aber unterschied sie von allen bekannten Arachnoiden, und es gab noch andere Unterschiede. Sie bestand aus besonders gehärteter Metall-Plastik. Desintegratoren zum Beispiel konnten ihr nichts anhaben, solange das Fusionskraftwerk im drei Meter langen, ovalen Spinnenleib nur genügend Energie lieferte, um die Kristallstruktur des Materials über die zerstörende Energie eines mittleren Desintegrators hinaus verstärken zu können. Gegen die thermische Energie eines Impulsstrahlers aber schützte ein neuartiges Absorberfeld, das begierig thermische Energie aufsaugte und einem Umwandler zuführte, der sie wiederum an den Kristallstruktur-Verstärker abgab.

Über Offensiv-Waffen schien die »Spinne« nicht zu verfügen.

Über dem Spider erschien jetzt eine Flugscheibe. Sie schwebte in etwa hundert Metern Höhe und hatte die Aufgabe, den bevorstehenden Kampf auf die Bildschirme der beiden Gardisten und die Schirme der Robot-Test-Auswertung im Innern des Stützpunktes zu übertragen.

Plötzlich hielt der Spider an. Vor ihm öffnete sich die Wüste. Eine Sandfontäne schoß empor, ihr folgte ein fast durchsichtiger Feuerstrahl.

»Der Maulwurf greift an!« flüsterte Lubbow erregt.

Wieder brach ein Glutstrahl vulkanartig aus dem Boden. Diesmal direkt unter der Spinne. Aber die war mit einem Zehnmetersatz davongehüpft. Jetzt wirbelte sie eine Staubwolke auf. Als der Staub sich legte, stand die Spinne unbeweglich da. Sie rührte sich auch nicht, als die Glutausbrüche immer näher kamen. Dann wurde sie von einem Glutstrahl erfaßt und emporgewirbelt. Mit abgerissenen Beinen und glühender Außenhaut fiel sie zurück.

Wieder öffnete sich die Wüste. Doch diesmal erschien kein neuer Glutstrahl, sondern der zwei Meter lange, walzenförmige, maulwurfsähnliche Roboter.

»Die Wette habe ich gewonnen!« frohlockte Lubbow.

»Irrtum!« sagte Jarin.

Lubbows Kopf fuhr herum. Er sah, wie der Maulwurf jählings haltmachte, kurz bevor er die Spinne erreichte. Er warf die gelenkige, rüsselartige Impulskanone nach hinten. Ein röhrender Glutstrahl verließ den Lauf und schoß in den Himmel.

Knatternd erloschen die Bildschirme. »Was ist los?« schallte es aus Jarins Telekom.

Der Leutnant grinste schadenfroh. Er war nicht auf die Bildschirme angewiesen.

»Euer Maulwurf hat versehentlich die Flugscheibe abgeschossen. Er scheint unter Ungeziefer zu leiden. Jetzt versucht er, mit den Krallenhänden seinen Rücken zu kratzen. Nun wälzt er sich sogar im Sand. He! Was ist das?«

Der Maulwurf warf sich plötzlich herum und raste, nicht langsamer als die Spinne vorher, auf die beiden Beobachter zu.

»Hallo! Hallo!« tönte es aus Jarins Telekom.

Der Leutnant zuckte zusammen. »Was gibt es?«

»Kommt der Maulwurf auf Sie zu, Leutnant?«

»Ja. Ziemlich schnell sogar. Was soll das?«

Leutnant Jarin schaute verdutzt auf den Telekom in seiner Hand. Man hatte auf der anderen Seite einfach abgeschaltet. Mit schwachem Summen schoß plötzlich eine zweite Flugscheibe herbei und blieb über ihnen in der Luft stehen.

Jarin begann zu schwitzen. Er ahnte, daß irgendeine Teufelei im Gange war.

Doch den wahren Sachverhalt erkannte er erst, als der Maulwurf aus hundertfünfzig Metern Entfernung das Feuer eröffnete.

»Hinlegen!« schrie er.

»Verdammt!« knirschte Lubbow, als sie Deckung hinter einem breiten Felsblock genommen hatten. »Jetzt beginne ich zu ahnen, was mit dem Maulwurf los ist. Die Spinne muß ihre Kinder abgesetzt haben, und die sind in den Maulwurf gekrochen und haben die Positronik umprogrammiert. Jetzt hält er uns für Terraner.«

Jarin wurde blaß. Dann lächelte er wieder. »Er wird uns nichts tun. Wir haben ja unsere Identitätsmarken.«

Er stand auf, nahm die an einer Schnur um den Hals hängende kodifizierte Erkennungsimpulse abstrahlende kleine Metallplatte ab und schwenkte sie über die Deckung.

Sofort erlosch das Feuer. Es wurde aber auch höchste Zeit, denn der Felsbrocken glühte bereits, und innerhalb der nächsten Sekunden hätten Jarin und Lubbow fliehen müssen – in ihr Verderben.

Jetzt kam der Maulwurf friedlich heran. Und über die letzten Dünen schwebte der nun beinlose Leib der Spinne.

»Das wäre beinahe schiefgegangen«, sagte Lubbow tonlos.

»Da haben Sie allerdings recht«, erklang eine Stimme hinter ihnen.

Sie fuhren erschrocken herum. Im nächsten Augenblick nahmen sie Haltung an. Jarin legte die zum V gefügten Finger an das Mützenschild.

»Melde gehorsamst: Leutnant Jarin und ein Sergeant bei Beobachtung des Robot-Varianten-Tests!«

Iratio Hondro nickte und lächelte spöttisch. »Ich freue mich, daß Sie zuletzt auch einmal gedacht haben, Leutnant. Übrigens ...«, er wandte sich an Lubbow, »Sie hatten recht mit Ihrer Vermutung. Die Variante SPIDER setzt tatsächlich winzige Robot-Spinnen aus, die in der Lage sind, normale Robot-Schutzschirme zu durchdringen und sich in den betreffenden Robot-Körper einzubohren, um dort das positronische Gehirn zu beeinflussen. Dadurch wird jeder Roboter zum Feind seines vorherigen Herrn. Allerdings – ich hörte vorhin, daß Sie gewettet haben – ist der Maulwurf auch nicht zu verachten. Er unterwandert die Schutzschirme feindlicher Bodenstellungen oder Bodenfahrzeuge und schießt dann mit seinem Impulsgeschütz. Im Notfall sprengt er sich und damit auch den Feind in die Luft. Nur sogenannte Anti-Robot-Roboter wie die Spinne können ihm etwas anhaben. Die Wette hat also keiner von Ihnen gewonnen, meine Herren.«

Er wurde ernst. Es schien, als bereue er seine Leutseligkeit schon wieder.

»Nun geben Sie schon der Test-Auswertung Bescheid, daß man mit dem dritten Test anfangen soll! Ich möchte mir das aus der Nähe ansehen.«

Die beiden Beobachter fuhren zusammen und rannten zu ihrem Beobachtungsplatz. Leutnant Jarin nahm den Telekom, den er beim Angriff des Maulwurfs hatte fallen lassen.

»Hier Leutnant Jarin an Robot-Test-Auswertung. Überlebenstest erfolgreich beendet. Beginnen Sie mit Variante ...«

Der Rest des Satzes ging im Heulen einer Sirene unter.

Iratio Hondro warf den Kopf nach hinten. Über ihm schwebte die Flugscheibe, und genau von dort schien das laute Sirenengeheul zu kommen.

Mit grimmigem Gesicht schaltete der Obmann seinen eigenen Telekom ein. »Was ist los? Welcher Wahnsinnige hat ohne meinen Befehl Alarm gegeben?«

»Ich, Obmann!« kam es unerschrocken zurück. »Major Caldeny. Alarm für den ganzen Stützpunkt. Bei Position Terra-Schiff ist soeben ein Superschlachtschiff, aus dem Linearraum kommend, aufgetaucht. Dem Verhalten beider Schiffe nach handelt es sich um ein terranisches Schiff.«

»Danke, Major«, sagte Iratio Hondro knapp. Unwillkürlich blickte er zum grünlich leuchtenden Himmel, als könnte er dort die feindlichen Schiffe sehen.

»Perry Rhodan!« flüsterte er schaudernd.

Dan Picot erschrak, als neben ihm ein schwerer Körper federnd aufsetzte.

Doch er blickte sich nicht um. Er wußte, daß es Nome Tschato, der schwarzhäutige Kommandant der LION, war.

Vor einer Sekunde hatte die Ortungsanlage mit ihren schrillen akustischen und rotflackernden optischen Signalen die Zentrale des Schlachtkreuzers zu hektischem Leben erweckt.

Eine halbe Lichtstunde entfernt war der Kugelleib eines gewaltigen Raumschiffes aus dem Linearraum gekommen. Jetzt lieferte die Ortungsstation die Umriß- und Massedaten dazu.

»Durchmesser eintausendfünfhundert Meter«, las Picot von den Übermittlerschirmen ab, »zwei wulstartige Ringe oberhalb und unterhalb der Äquatorlinie. Sieht aus wie ein Superschlachtschiff der Imperiums-Klasse, Sir. Also ein terranisches Schiff.«

Nome Tschato räusperte sich vielsagend. Dann gab er einem Offizier auf der Instrumentenbühne einen Wink. Im nächsten Augenblick heulten überall im Schiff die Sirenen auf. Es war ein ganz bestimmter Rhythmus darin.

Vollalarm!

Dan Picot sah sich nach seinem Vorgesetzten um. »Vermuten Sie ein feindliches Schiff, Sir?«

Nome Tschato lächelte hintergründig. Seine weißen Zähne blitzten. »Auf Vermutungen gebe ich nichts, Dan. Ich weiß nur, daß der Krieg gegen die Blues Unmengen von Kriegsmaterial in Bewegung gesetzt hat. Darunter auch einige Imperiumsraumer ...«

Seine Stimme ging im aufbrandenden Tosen der Kraftwerksmeiler unter. Die LION wurde in Kampfbereitschaft gesetzt. Die gewaltigen Triebwerke schleuderten weißglühende Partikelströme von vielen Metern Dicke mit Lichtgeschwindigkeit in den Raum. Hier, mitten in der Schwerelosigkeit, genügte das, um den Schlachtkreuzer nach Vertikal Grün schießen zu lassen, in eine Position, die dem nahenden Superschlachtschiff die volle Breitseite zeigte. Die mehrfach gestaffelten Schutzschirme bauten sich lautlos auf. Wenn man ein Superschlachtschiff vor sich hatte, konnte man damit nicht bis zur Feuereröffnung warten, denn dieser Typ verfügte über etwa zwanzig überlichtschnell wirkende Transformkanonen.

Ungehalten schaltete Nome Tschato den Interkom zur Funkzentrale durch. »Zum Donnerwetter!« brüllte er. »Haben Sie das Schiff angerufen und zur Identifikation aufgefordert?«

»Jawohl, sofort nach Ortermeldung, Sir. Bisher keine Antwort.«

Dan Picot hatte jedes Wort verstehen können. »Wir sollten ihm einen Schuß vor den Bug setzen, Sir.«

»Das werde ich auch gleich tun!« knurrte Nome Tschato gereizt. Doch er kam nicht mehr dazu, denn in diesem Augenblick sprach der Telekom an. Das Identitätsmuster der Flotte erschien auf dem Bildschirm, wich aber sofort dem lächelnden Gesicht eines Mannes. Für Nome Tschato und Dan Picot war dieses Gesicht mehr wert als die beste Identifikationsschablone.

Denn es war das Gesicht Perry Rhodans, des Großadministrators des Solaren Imperiums.

Die Besatzung der LION besaß die gleiche vorbildliche Disziplin wie die Besatzungen aller Kampfschiffe des Solaren Imperiums. Sie tat ihre Arbeit mit der gleichen unerschütterlichen Kaltblütigkeit auch dann, als das so jäh aus dem Linearraum aufgetauchte Superschlachtschiff sich als das neue Flottenflaggschiff THORA ausgewiesen hatte.

Aber dann, als der Alarmzustand aufgehoben war, ließen sie für einige Minuten ihrer Freude und Begeisterung freien Lauf – und das konnte ihnen niemand verübeln. Wußten sie doch jetzt, daß die Heimat nicht mehr unerreichbar war, nicht mehr fast fünfzigtausend Jahre Fahrt entfernt. Und das Erscheinen Perry Rhodans bewies erneut, daß der Großadministrator keinen seiner Leute im Stich ließ.

Auch die in der Zentrale anwesenden Offiziere waren von der Begeisterung erfaßt worden.

Es trat jedoch sofort wieder Ruhe ein, als der Telekom zum zweitenmal ansprach. Das war in dem Augenblick, in dem die gigantische Kugel THORA einen Kilometer vor der LION zum Stillstand kam.

So wenig neu der Anblick eines Superschlachtschiffes war, er verschlug den Männern der LION trotzdem den Atem. Auch ihr Schiff gehörte mit seinen fünfhundert Metern Durchmesser schon zu den Giganten des Weltraums. Doch wie jämmerlich klein nahm es sich gegen die THORA aus.

Superschlachtschiffe hatten einen Durchmesser von anderthalb Kilometern; das sind fast dreihundert Meter mehr als die Höhe des Vesuvs! Wenn die zweitausend Männer der Besatzung in einer Reihe antreten würden, reichten sie nicht einmal von einer Innenwand des Schiffes zur anderen. Es blieben etwa fünfhundert Meter übrig. Kein Wunder, daß Neulinge nur in Begleitung erfahrener Besatzungsmitglieder im Schiff umhergehen durften. Der Platz war trotz der Vielfalt der Aggregate und Hangars so groß, daß die Gänge und Liftschächte wie Labyrinthe anmuteten, in denen man sich hoffnungslos verirren konnte.

Wieder erschien Perry Rhodan auf dem Bildschirm des Telekoms. Bei dieser Nähe konnte ein abhörfreier Richtkanal eingesetzt werden. Die eisgrauen Augen blickten ernst aus dem markanten, harten Gesicht. »Oberstleutnant Tschato?«

Nome Tschatos Zweimeter-Gestalt erstarrte zur Säule. »Zu Befehl, Sir!«

»Ich erwarte Sie und Ihren Ersten neun Uhr fünfundvierzig Terra-Zeit zur Berichterstattung und Lagebesprechung.«

»Jawohl, Sir!« schnarrte Nome Tschato militärisch knapp. »Kommandant und Erster Offizier neun Uhr fünfundvierzig zu Ihnen.«

Perry Rhodan lächelte. Dann schaltete er ab.

Nome Tschato drehte sich zu Picot um und räusperte sich. »Neun Uhr fünfundvierzig – das ist in rund zehn Minuten, Dan. Lassen Sie sofort eine Plattform fertig machen und vor Hangarschleuse D-III-55 bereithalten. Außerdem sollen unsere Molkex-Spezialisten dafür sorgen, daß in drei Minuten eine Probe Molkex-Extrakt von Pulsa bei der Plattform abgeliefert wird.« Er lachte. »Ich denke, jetzt gibt es wieder Arbeit für die LION, Dan!«

Dan Picot nahm Haltung an. »Jawohl, Sir!«

Während er zum Interkom spurtete, um Tschatos Befehle weiterzugeben, brummte er mit finsterem Gesicht vor sich hin: »Ich wette, der Löwe reißt sich schon wieder um das nächste Himmelfahrtskommando!«

Perry Rhodan ließ sich John Marshall gegenüber nieder. Einem Mann wie Marshall konnte er über seine wahren Empfindungen nicht hinwegtäuschen.

»Ziemlich undurchsichtig, die ganze Angelegenheit«, sagte Marshall lässig. »Nicht wahr, Sir?«

»Okay, John!« erwiderte Rhodan und beugte sich etwas über den Kartentisch. »Sie haben meine Sorgen erraten. Wissen Sie, Captain Heintman machte den Notruf ziemlich dringend. Ich hatte allerhand erwartet, bevor wir in den Normalraum gingen. Nun jedoch sieht es so aus, als wäre überhaupt nichts geschehen.«

»Vielleicht war Oberstleutnant Tschato ein wenig zu vorsichtig, Sir.«

Rhodan lächelte. Im Geist sah er den schwarzhäutigen Riesen vor sich. Dann schüttelte er den Kopf. »Ich möchte nicht gerade behaupten, Tschato wäre leichtsinnig, John. Auf gar keinen Fall aber ist er überängstlich. Wenn er Heintman zurückschickte, mußte er gewichtige Gründe dafür haben. Aber warten wir ab, bis er hier ist.«

Das kleine Visifon auf dem Kartentisch schrillte. »Hier Rhodan!«

Das Gesicht eines Sergeanten erschien auf der Bildscheibe. »Hier Hangarschleuse C-1-K, Sergeant Pimelli, Sir. Soeben ist Oberstleutnant Tschato mit dem Ersten der LION eingetroffen.«

»Danke, Sergeant. Begleiten Sie die Herren zur Zentrale!«

Perry Rhodan schaltete das Visifon ab und schaute auf die Uhr an seinem Handgelenk. »Pünktlich wie immer, der Löwe.«

»Die Zeit war ziemlich knapp bemessen, Sir«, sagte Marshall.

»Ach was, John! Sie sehen, es war zu schaffen. Außerdem fürchte ich, die Ruhe im Whilor-System ist trügerisch, und wir haben keine Sekunden zu verschenken.«

Im Lautsprecher über dem Panzerschott der Zentrale krachte es. Gleich darauf grollte Nome Tschatos Stimme durch die weite Halle.

»Oberstleutnant Tschato vom Schlachtkreuzer LION zur Berichterstattung.«

Rhodan nickte dem Offizier, der ihn von der Instrumentenbühne her fragend angesehen hatte, zu. Im nächsten Augenblick ertönte ein schwaches Summen, eine grüne Lampe flackerte, und das schwere Schott teilte sich. Die Sicherheitsmaßnahmen waren vorzüglich. Kein Unbefugter hätte die Zentrale betreten können.

Als die beiden unterschiedlichen Männer, mit leichten Raumanzügen bekleidet, in die Zentrale traten, erhob sich Perry Rhodan und ging ihnen entgegen.

Er erwiderte die Ehrenbezeigung der beiden Offiziere, dann reichte er ihnen die Hand. »Ich freue mich, Sie gesund wiederzusehen, meine Herren. Bitte, kommen Sie mit zum Kartentisch. Dort können Sie mir in Ruhe berichten.«

Rhodan schaute flüchtig auf den roten, strahlensicheren Transportkoffer, den Dan Picot trug. Er sagte jedoch nichts. Als alle Platz genommen hatten, sah er Nome Tschato fragend an.

Der Oberstleutnant berichtete militärisch knapp von der Auffindung des akonischen Schiffswracks, das im Hyperraum mit einem Fladen Neo-Molkex zusammengestoßen war und von der anschließenden Anpeilung einer pulsierenden grünen Sonne.

Perry Rhodan hörte zu, ohne Nome Tschato zu unterbrechen. Er hielt an sich, als er hörte, daß der vierte Planet dieser Sonne der Zielplanet der vom Drive-Effekt erfaßten Neo-Molkex-Fladen sei. Zum Schluß stellte Nome Tschato den Transportkoffer auf den Tisch.

»Und hier bringe ich Ihnen eine Probe des Neo-Molkex. Ich bitte Sie allerdings, den Kasten nur dann zu öffnen, wenn im Schiff keine hyperenergetischen Impulse erzeugt werden. In diesem Fall würde weder von der THORA noch von der LION etwas übrigbleiben, Sir.«

Perry Rhodans abgemagertes Gesicht wurde blaß.

»Wenn ich Sie recht verstehe, wirken hyperenergetische Impulse auf diesen Stoff ...«, er deutete auf den Koffer, »... wie ein Zünder?« Das war keine Frage gewesen, sondern eine rein logische Feststellung.

Rhodan ging auch sofort zur nächsten Frage über. »Haben Sie die Wirkung des gezündeten Neo-Molkex beobachten können?«

Nome Tschatos Blick verdüsterte sich. »Unsere Wissenschaftler haben Versuche angestellt, Sir!« Er schluckte, bevor er auf Rhodans Frage einging. »Das gallertartige Molkex – in diesem Zustand ist es auf Pulsa zu finden gewesen – wirkt wie eine Gravitationsbombe, wenn in seiner Nähe hyperenergetische Impulse freiwerden. Ein Objekt, das sich im Wirkungsbereich der rein fünfdimensionalen Explosion befindet, wird aus seiner Zustandsform gerissen, das heißt es verschwindet auf ewig im Hyperraum.«

Perry Rhodan sah mit brennenden Augen auf den kleinen Koffer, in dem sich etwas befand, das zur furchtbarsten Vernichtungswaffe der Galaxis werden konnte. Er war fasziniert von den Aussichten, jene Waffe in seine Hand zu bekommen, andererseits fürchtete er sich davor. Wer garantierte, daß er niemals in die Versuchung geriet, diese grausame Waffe zur Erweiterung terranischer Macht zu mißbrauchen?

»John!« sagte er mit belegter Stimme und schob dabei den Koffer zu dem Telepathen hinüber. »Wenn wir hier fertig sind, schließen Sie bitte den Koffer in einen strahlensicheren Tresor des Labors ein. Den Schlüssel dazu behalten Sie bis auf weiteres. So, das wäre das!« sagte er erleichtert und wandte sich wieder dem Kommandanten der LION zu.

»Nun, ich denke, Sie haben noch nicht alles gesagt. Vorhin erwähnten Sie die Dancers. Nach dem, was Sie mir sagten, muß ich annehmen, daß diese Überbleibsel des Suprahet hungrig auf überdimensionale Energie sind. Wahrscheinlich ist von den auf hyperenergetischer Basis arbeitenden Aggregaten der LION nicht mehr viel übrig, was?«

Nome Tschato blickte überrascht auf. »Sir, woher wissen Sie ...?«

»Ich weiß gar nichts, Tschato. Ich habe lediglich einen logisch erscheinenden Schluß gezogen.«

Der Oberstleutnant nickte. »Verzeihung, Sir. Ich war nur verblüfft, daß Sie so genau die Tatsachen erraten haben. Es stimmt. Der Kalupsche Energiekonverter, die Hyperkomgeräte und die peripheren Antigrav-Generatoren sind restlos zerstört. Lediglich die überlichtschnelle Ortung konnten wir provisorisch aus Ersatzteilen neu zusammenbauen, wenn auch mit recht kläglichem Ergebnis. Wenn Captain Heintman seinen Auftrag nicht erfüllt hätte, wären wir bis in alle Ewigkeit vom Solaren Imperium abgeschnitten.«

Rhodan lächelte. »Warum sollte Heintman seinen Auftrag nicht erfüllen! Schließlich hat er ja in solchen Sachen schon eine gewisse Routine erlangt.«

»Captain Heintman, der galaktische Postbote!« lachte Dan Picot, verstummte aber, da die anderen auf seine witzige Bemerkung nicht reagierten. Verlegen wich er Tschatos verweisendem Blick aus.

»Er ist manchmal nicht zu ertragen, Sir.« Nome Tschato räusperte sich. »Darf ich jetzt fortfahren in meinem Bericht?«

Perry Rhodan sah ihn erstaunt an. »Ich nahm an, Sie wären fertig.«

»Leider nicht, Sir.« Nome Tschato schilderte dann, wie die LION auf Pulsa von Atomgeschossen angegriffen wurde, die aus dem Raum kamen. Er schloß mit dem Bericht über die Vernichtung des Blues-Raumers.

»Meine Ansicht ist, Sir, daß der Blues-Raumer mit dem unsichtbaren Angreifer identisch ist, der uns auf Pulsa mit Atomraketen zu vernichten suchte. Wahrscheinlich hatte das Schiff sich dann, während unseres mühsamen Starts, im Ortungsschutz der Sonne oder eines Planeten versteckt, und wir haben es deshalb nicht bemerkt. Rätselhaft ist mir nur der Wahnsinnsangriff der Blues, der erst zwölf Tage nach unserem Start von Pulsa erfolgte. Sie müssen doch gewußt haben, daß sie uns im freien Raum nichts anhaben konnten.«

Perry Rhodan wiegte den Kopf. »Wer vermag sich schon in die Gedankengänge eines fremdartigen Wesens hineinzuversetzen? Immerhin sollten wir damit rechnen, daß sich noch mehr Blues-Schiffe im Whilor-System verbergen. Das wird mich natürlich nicht hindern, Pulsa genauestens zu untersuchen. Wir müssen uns ganz einfach darum kümmern, und sei es auch nur, damit niemand anderes die Molkex-Waffe in die Hände bekommt.«

»Verzeihung, Sir!« sagte Nome Tschato. »Dürfte ich einen Vorschlag äußern?«

Dan Picot wurde blaß. Nervös rutschte er auf seinem Sessel hin und her. *Du meine Güte!* dachte er. *Wenn Tschato schon einen Vorschlag hat! Wenn ich noch länger mit diesem Mann auf einem Schiff bin, werden meine Nerven völlig ruiniert.*

»Bitte!« antwortete Rhodan.

»Weder Sie selbst, Sir, noch einer Ihrer Leute ist über die Verhältnisse auf Pulsa aus eigener Anschauung informiert. Picot und ich aber haben sowohl den Planeten als auch die Dancers genau kennengelernt. Wenn es Ihnen recht ist, begleiten wir Sie dorthin. Vielleicht können wir Ihnen helfen.«

»Das ist ein sehr guter Vorschlag, Oberstleutnant.« Rhodan war spürbar erfreut darüber. »Wenn Sie einverstanden sind, werde ich Sie als Berater mitnehmen.«

»Selbstverständlich kommen wir mit.«

»Und Sie, Picot?« wandte sich Rhodan an den Ersten der LION.

Dan Picot rutschte noch mehr in sich zusammen.

»Wie bitte?« fragte er verstört. »Ach so, ja ... ja natürlich komme ich mit, Sir.«

»Nun, sehr groß scheint Ihre Begeisterung nicht zu sein«, sagte Rhodan skeptisch.

Nome Tschato winkte großzügig ab. »Sie können sicher sein, daß er auf den Einsatz brennt, Sir. Dan ist nur etwas schüchtern.«

»Na schön!« Perry Rhodans Mundwinkel zuckten verdächtig. »Bleiben Sie bitte hier sitzen. Mr. Marshall wird Ihnen Gesellschaft leisten.«

Mit federnden Schritten, aus denen verhaltene Energie sprach, entfernte Rhodan sich in Richtung Funkzentrale.

Dan Picot aber seufzte resigniert. Er ahnte, daß ihm schwere Zeiten bevorstanden.

22.

Das Tiefschwarz des Bildschirmes wurde jäh von gelbweißer Lichtflut abgelöst. Der Ausschnitt eines Raumes erschien.

Obwohl der Ausschnitt nicht groß war, erblickte Rhodan etwa zwölf rechteckige Computersäulen, und im Mittelpunkt des Bildschirms, vor einem guten Dutzend Mikrofonen, einen hageren Major mit schweißtriefendem Gesicht und nervös zuckenden Augen.

»Zum Donnerwetter!« brüllte der Major ungehalten. »Was wollt ihr denn schon ...«

Erst jetzt schien er zu bemerken, daß sein Gesprächspartner der Großadministrator des Solaren Imperiums war. Er geriet ins Stottern.

»Ich bitte vielmals um Entschuldigung«, sagte er, nachdem er den ersten Schrecken überwunden hatte. »Sir, Major Bruck vom Notdienst Luna erwartet Ihre Befehle!«

Rhodan winkte ab. »Eine andere Frage: Sind Sie immer so nervös, Major?«

Das Gesicht des Majors lief rot an. »Verzeihung, Sir. Aber mein zweistündiger Dienst ist fast vorbei. Jeder, der hier Dienst macht, ist um diese Zeit so nervös.« Er zuckte zusammen, als drei Visifone gleichzeitig rote Blinkzeichen von sich gaben. »Sie haben gerade eine ruhige Minute erwischt, Sir«, sagte er mit der Ironie eines Verzweifelten. »Sonst ist hier mehr Betrieb.«

Rhodan hüstelte vielsagend. »Bestellen Sie Ihrem Vorgesetzten von mir, er soll künftig drei Leute gleichzeitig Dienst machen lassen. Aber nun zum Thema. Ich brauche dringend einen Flottentender mit dem Fassungsvermögen für einen Schlachtkreuzer. Wie sieht es damit aus?«

»Schlecht, Sir. Ich habe zwar noch vierzig Tender zur Verfügung. Aber alle sind für Superschlachtschiffe gebaut.«

»Dann setzen Sie einen davon in Marsch. Es eilt, Major. Achtung: Ich übermittle Ihnen jetzt die Koordinaten des Zielgebietes. Sie müssen sie aber anschließend entschlüsseln und entstören, denn ich sende über Relaiskette. Haben Sie verstanden?«

»Jawohl, Sir!«

Der Major schwitzte. Jetzt leuchteten schon die Signalscheiben von neun Visifonen.

Perry Rhodan beeilte sich, die Positionsdaten der LION durchzugeben, dann unterbrach er die Hyperkomverbindung.

Eine Weile saß er noch nachdenklich da. Er wußte, er würde nicht für unabsehbare Zeit die gleiche Anspannung von seinen Leuten verlangen können. Einmal erschöpft sich auch die stärkste Energie. Doch wie sollte er den jetzigen Zustand ändern? Die Aufgabe des Vereinten Imperiums hatte zwar große Reserven freigemacht für die Sicherung des Solaren Imperiums, aber diese Reserven waren verronnen wie ein Fluß im Wüstensand.

Rhodan seufzte. Das Blues-Imperium stellte keine Gefahr mehr für die Menschheit dar. Die Reste dieses ehemaligen galaktischen Reiches zerfleischten sich gegenseitig. Auch die Plophoser bedrohten die Einheit des menschlichen Volkes nicht mehr; irgendwann in der nächsten Zeit würde Iratio Hondros letzte Bastion gefunden werden und fallen.

Doch wie lange würde die Entspannung anhalten? Noch immer hatte während des Aufstiegs der Menschheit die eine Gefahr nur eine größere im Gefolge gehabt. Sollte das ewig so weitergehen?

Perry Rhodan fühlte mit einemmal die andere, die dunkle Seite der relativen Unsterblichkeit – die Einsamkeit, die sie mit sich brachte.

Müde, mit grauem Gesicht und hängenden Schultern, erhob er sich und ging langsam auf das Schott zu, das die Funkzentrale von der Kommandozentrale der THORA trennte. Bevor das Schott sich teilte, verbarg die Maske der Unnahbarkeit die Züge der Melancholie und Bitterkeit.

Aber dann stockte Rhodans Schritt.

Die Masse- und Energietaster gaben Ortungsalarm, und zur gleichen Zeit begann die robotische Telekomschaltung zu quarren und setzte ein Kodezeichen ab, das nur Rhodan allein bekannt war.

Von einem Augenblick zum anderen war er wie umgewandelt, denn das Kodezeichen kündigte die Ankunft eines alten Freundes und Schicksalsgefährten an: die Ankunft Atlans, des alten und doch so jungen Arkoniden und Lordadmirals der USO!

Mit weiten Sätzen jagte Perry Rhodan zum Telekom, schob John Marshall zur Seite, der eben sprechen wollte, und stellte selbst die Verbindung zu Atlan her.

Während er gegen den aufleuchtenden Bildschirm sprach, kam ihm zum Bewußtsein, wie unsinnig seine Depression doch gewesen war. Vor sich sah er Atlans wissendes Gesicht, und neben ihm standen John Marshall und Nome Tschato.

Es war schön, solche Männer um sich zu haben. Oft hatte Perry Rhodan ein solches Bild gesehen, und doch faszinierte es ihn auch diesesmal wieder.

Dort, wo vor Sekunden noch nichts als die samtene Schwärze des Weltraums gewesen war, bedeckt mit den funkelnden Schwärmen unzähliger Sonnen, schwebte jetzt eine das Sternenlicht reflektierende Kugel und schwoll an wie ein Ballon.

Es war die PEYRA, Atlans Flaggschiff.

Und es schien, als zöge sie an einem unsichtbaren Faden Kugel nach Kugel hinter sich her wie Perlen an einer Schnur. Immer mehr tauchten aus der Unwirklichkeit des Linearraums auf. Als Perry Rhodan vierunddreißig zählte, riß die Kette ab.

Nun setzte ein atemberaubendes Feuerwerk ein.

Die vierunddreißig Schiffe setzten zur gleichen Zeit ihre Impulstriebwerke ein und bremsten ihre lichtschnelle Fahrt ab. Allein sieben Einheiten des Verbandes waren Superschlachtschiffe. Die Mäuler ihrer Felddüsen glichen glutspeienden Vulkanen, und ihre gleißende Helligkeit ließ die Sterne verblassen.

Nach einer Stunde hatte sich ihre Fahrt aufgezehrt. Zwischen einer

Lichtminute und zehn Lichtminuten Entfernung verharrten die Kugelschiffe reglos und bildeten einen Halbkreis um die THORA und die LION.

Vom vordersten Schiff löste sich ein winziges, von starken Scheinwerfern angestrahltes und gleichzeitig geleitetes Objekt. Es war eine von einer Energieglocke umhüllte Antigrav-Plattform. Undeutlich war Bewegung hinter der flimmernden Glocke zu erkennen.

Rhodan trat von der Panoramagalerie zurück. Er sagte nichts, als er die Zentrale verließ. Worte wären auch unnötig gewesen. Alle wußten, daß er ging, um Atlan, den Mann auf der Antigrav-Plattform, zu empfangen.

Perry Rhodan betrat in dem Augenblick die C-Schleusen-Vorhalle, als die Ausgleichspumpen ihr rumpelndes Gedröne einstellten.

Sekunden später schnellten die Schotthälften in die Wand zurück. In dem Schleusenraum dahinter schwebte eine ovale, etwa vier Meter lange Plattform. Das summende Geräusch, das die Schleuse erfüllte, kam von dem halbkugelförmigen, verkleideten Aggregat an der Unterseite der Plattform. Es war der Antigrav-Generator, und zwar ein relativ leistungsschwaches Modell, da er nur für die Fortbewegung im schwerelosen Raum gebaut war.

Die schimmernde Energieglocke war nicht mehr.

Um so deutlicher konnte Perry Rhodan den hochgewachsenen, breitschultrigen Mann sehen, der, in silberglänzendem Raumanzug und umgeschnallter überschwerer Thermo-Handwaffe, breitbeinig auf der Plattform stand und sie jetzt in die Vorhalle steuerte, indem er mit zwei Fingern den Hebel eines winzigen Fernsteuergerätes bediente.

Es war Atlan, seit seiner Abdankung als Imperator Arkons Chef der »United Stars Organisation« mit dem Titel »Regierender Lordadmiral«.

Jetzt sank die Antigrav-Plattform sanft zu Boden, und Atlan klappte den Druckhelm seines Raumanzuges zurück. Die rötlichen Albino-Augen, Kennzeichen arkonidischer Abstammung, glitzerten ironisch, als er mit leisem Lachen seinen weißblonden Haarschopf schüttelte und nach einem geschmeidigen Sprung dicht vor Rhodan aufsetzte.

»Hallo, Barbar!«

Rhodan lachte. Er fühlte sich durch die Anrede nicht beleidigt, und Atlan hatte sie auch nicht als Beleidigung gemeint. Eher steckte darin eine gehörige Portion Hochachtung vor der Vitalität der Terraner – und ein wenig Traurigkeit über die Dekadenz seines eigenen Volkes.

»Hallo, Arkonide!«

Die Männer schüttelten sich die Hände. Dann ließ Atlan los und versetzte Rhodan einen Hieb auf die Schulter, daß der ganz leicht in die Knie ging. Er revanchierte sich mit einem Stoß gegen Atlans Brust. Der Arkonide taumelte einen Schritt zurück.

»Fein, Barbar!« japste er und verzog das Gesicht zu einer schmerzlichen Grimasse. »Ich sehe, du bist in Form. Was macht die Kunst?« Sein Gesicht wurde plötzlich wieder ernst und nahm einen gespannten Ausdruck an. »Ich schätze, du hast mich nicht nur alarmiert, um mir dein neues Flaggschiff zu zeigen?«

Rhodan massierte die schmerzende Schulter. »Und wenn es so wäre?«

»Laß den Unsinn, Perry! Ich kenne dich gut genug, um zu wissen, daß du mich nicht wegen Kleinigkeiten rufen läßt. Also heraus mit der Sprache!«

»Dir kann man nichts vormachen, wie?« Rhodan lachte humorlos. Der Übermut, der beide Männer, die durch eine herzliche Freundschaft verbunden waren, anfangs wie ein Rausch erfaßt hatte, machte der trockenen Sachlichkeit Platz, ganz wie es die Lage erforderte.

Rhodan faßte Atlan am Arm und steuerte ihn auf den nächsten Liftschacht zu.

»Was würdest du sagen, Freund, wenn du hörst, daß der Verbleib des abgelösten Neo-Molkex kein Geheimnis mehr ist?«

Atlan blieb ruckartig stehen. Die breite Narbe auf seiner linken Wange lief violett an.

»Was ist damit, Perry? Habt ihr tatsächlich ...?«

»Du kennst Nome Tschato, den Kommandanten der LION, nicht wahr?«

»Der ehemaligen LION!«

»Und der neuen, Atlan. Tschato war, wie viele meiner Schiffskommandanten auch, auf der Suche nach dem Verbleib des Neo-Molkex. Er ist mit der Nase darauf gestoßen und hat dabei beinahe die neue LION verloren.«

»Der Löwe hat sich wieder mal zuviel zugemutet, was?«

»Ganz im Gegenteil. Er war vorsichtig genug, Captain Heintman mit seiner Korvette zurückzuschicken, noch bevor es gefährlich wurde. Ohne Tschatos Umsicht wären wir heute nicht hier, und das Molkex-Rätsel bliebe sicher auf ewig ungelöst.«

Er schob Atlan in den Liftschacht. Während das Antigrav-Feld die beiden Männer dem Mittelpunkt des Schiffes entgegentrug, sagte Rhodan: »In der Zentrale wartet Tschato auf uns. Er wird uns nach Pulsa, dem Zielplaneten des Neo-Molkex, begleiten.«

Atlan lächelte ironisch. »Uns? Mich fragst du wohl nicht erst, wie?«

»Sollte ich das?«

Atlan schüttelte den Kopf. *Nein, natürlich nicht!* dachte er, und ein heißes Gefühl zog durch seine Brust. *Es ist seltsam; zwischen unseren Welten liegt eine halbe Milchstraße, aber unsere Gedanken kommen aus einem Geist.*

Nome Tschato mußte seinen Bericht noch einmal geben, und Atlan hörte aufmerksam zu.

Als der Oberstleutnant geendet hatte, sprang Atlan von seinem Platz auf und lief zwischen Instrumentenbühne und Schiffspositronik hin und her wie ein gefangenes Raubtier.

Tschato wurde bereits unruhig; aber Rhodan kannte den Freund und gebot Tschato mit einer Handbewegung, still zu sein. Nach einer Viertelstunde schnellte sich Atlan auf dem Absatz herum und blieb vor Tschato stehen. Die beiden Männer sahen sich an. Es war ein eigentümlicher Anblick: hier der weißblonde, breitschultrige Hüne mit der hellen Haut – dort der fast einen Kopf größere, kraushaarige und katzenhaft lässige Afro-Terraner, schlank, gerade und dunkel wie Ebenholz.

Tschato räusperte sich. »Falls Sie mich hypnotisieren wollen, Sir, müssen Sie in meine Pupillen starren und nicht auf meinen Kehlkopf.«

Atlan schien aus einem Traum zu erwachen. Erstaunt blickte er an Tschato hoch, dann lächelte er.

»Schon gut, mein Junge. Es war unhöflich von mir. Aber ... hm! Mir ist da noch eine ganze Menge unklar an Ihrem Bericht.« Er berührte ganz leicht Tschatos Oberarm. »Kommen Sie! Setzen wir uns. Nichts wäre verkehrter, als voreilig zu handeln.«

Während die anderen Platz nahmen, blieb Perry Rhodan noch stehen. Unschlüssig sah er zu Atlan hin. Dann gab er sich einen Ruck.

»Was heißt hier voreilig, Atlan? Ich sehe nicht ein, was es uns nützt, die Zeit mit Diskussionen zu vertrödeln, anstatt schleunigst den Planeten der Dancers anzusteuern.«

»Immer noch der alte Heißsporn!« spöttelte Atlan. »Hoffentlich rennst du dir deinen terranischen Dickschädel einmal ein, Barbar!« Er lachte schallend, als Rhodan ein wütendes Gesicht machte. »Laß es gut sein, Freund. Du müßtest mich eigentlich gut genug kennen, um zu wissen, daß ich nicht ohne Grund ein Unternehmen verzögere.«

Rhodan meinte skeptisch: »Also, dann erleuchte uns, Arkonide!«

Atlan holte tief Luft. »Zuerst noch einige Fragen an Sie, Oberstleutnant.« Er lächelte dem immer noch grollenden Tschato zu. »Bitte, tun Sie meine Fragen nicht als Pedanterie ab, sondern versuchen Sie sie so genau wie möglich zu beantworten. Ad eins: Als Sie mit der LION von Pulsa starteten, befand sich Ihr Schlachtkreuzer da in einem wesentlich besseren Zustand als vor dem Start und während des Beschusses mit Atomgeschossen?«

Nome Tschato grinste plötzlich. »Ich wüßte nicht weshalb, Sir. Wir waren froh, die LION überhaupt in den Raum zu bekommen. Wie Sie wissen, funktionierte der Antigrav nicht. Darum zapften wir alle Energie für die Triebwerke ab. Der gute Picot erwartete jeden Augenblick das Auseinanderbrechen des Kastens, Sir!«

Atlan nickte und fuhr ungerührt fort: »Ad zwei, Tschato: Wann hörte der feindliche Beschuß auf?«

»Als wir die Atmosphäre verließen.«

»Warum?«

Die Frage kam wie aus der Pistole geschossen, und Nome Tschato war für Sekunden zu verblüfft, um noch antworten zu können. Doch dann trat ein Schimmer des Verstehens in seine Augen. Er pfiff durch die Zähne.

»Jetzt versehe ich, Sir. Sie meinen, der Gegner fürchtete die Entdeckung seiner Position!«

»Genau! Und wenn das so war, dann kann es sich bei dem Gegner nicht um ein Raumschiff gehandelt haben. Sie sagten selbst, daß die LION nur mit den letzten Kraftreserven aus der mörderischen Gravitation Pulsas hochkam. Das muß der Gegner auch bemerkt haben. Er konnte also damit rechnen, Ihr Schiff noch zu vernichten, wenn er den Beschuß fortsetzte. Er mußte aber auch mit Entdeckung rechnen!«

Perry Rhodan sagte nichts zu Atlans Argumenten. Man sah ihm an, daß er die Absicht des Freundes durchschaute. Ironisch lächelnd beobachtete er Nome Tschato. Tschato kam jedoch zu keiner Erwiderung, denn Dan Picot schien plötzlich munter zu werden. Er fuhr von seinem Sessel hoch und zeigte mit ausgestrecktem Zeigefinger auf die Bildschirme der Rundsicht-Anlage.

»Sie schießen an den Tatsachen vorbei, Sir!« sprudelte er hervor. »Mit meinen eigenen Augen habe ich dort draußen das Blues-Schiff explodieren sehen. Ich frage Sie ...«, sein Zeigefinger vollführte eine Schwenkung und wies jetzt auf Atlans Brust, »... warum ein Schiff die Entdeckung fürchten sollte, wenn es, wie Sie selbst zugaben, weiß, daß die LION für den Augenblick kampfunfähig ist. Selbst wenn die Blues annahmen, wir würden uns wieder erholen und danach angreifen, brauchten sie das nicht zu fürchten, denn ein Schiff kann ja jederzeit seine Position wechseln. Was also sollte es uns genützt haben, die Position des Angreifers festzustellen?«

Atlan lächelte maliziös.

»Sie haben mir sehr geholfen, Picot. Sie betonten ganz richtig, daß ein Schiff die Entdeckung nicht zu fürchten hatte. Ich füge noch hinzu, daß es dem Gegner wahrscheinlich gelungen wäre, die LION zu vernichten, hätte er nur den Beschuß nicht abgebrochen. Aber er rechnete nicht nur mit der Anpeilung seiner Position, sondern er wußte zu diesem Zeitpunkt auch noch nicht, daß die Hyperkomanlage der LION ruiniert war. Was lag ihm näher als die Annahme, die LION könnte vor der Vernichtung seine Position über Hyperkom in die Galaxis funken! Da er vor dieser Möglichkeit zurückschreckte, kann er nicht in einem Schiff gesteckt haben; er saß – und sitzt noch – auf einem Planeten!«

Perry Rhodan schnipste mit den Fingern.

»Du hast dich, sozusagen, wieder einmal glasklar ausgedrückt, Atlan. Ich gebe zu, deine Theorie ist bestechend. Nur paßt der Angriff des Blues-Raumers nicht hinein. Daß er erst lange nach dem Bombardement erfolgte, ist typisch für die Mentalität der Tellerköpfe. Sie konnten zwar annehmen, daß die LION während der Flucht von Pulsa kampfunfähig war, aber sie wußten es nicht sicher. Und angesichts eines offenen Kampfes war der Mut der Blues nie besonders groß. Sie zogen sich also erst einmal in den Ortungsschatten der Sonne oder eines Planeten zurück, und dann verlor der Kommandant die Nerven.«

Atlan erhob sich abrupt. »Schön, Barbar! Ich kann dich nicht überzeugen. Aber dann flieg du allein nach Pulsa! Ich werde zuerst jeden Planeten Quadratmeter für Quadratmeter absuchen und im übrigen meine Flotte bereithalten, um dich aus der Klemme zu holen.«

Er winkte ab, als Rhodan zu einer Antwort ansetzte. »Laß es gut sein, Perry! Ich weiß, daß ich dich nicht überzeugen kann, wenn du einmal hinter einer bestimmten Sache her bist; und diese Sache heißt eben Pulsa, Neo-Molkex und Dancers. Wahrscheinlich wirst du kein Gramm dieses Gallertzeugs mehr auf Pulsa finden, du hast es ja von Tschato gehört, aber vielleicht kommt inzwischen noch ein verspäteter Fladen angeschwirrt. Ich wünsche dir also eine gute Jagd!«

Er drehte sich um und stapfte auf das Panzerschott zu. In seinem wulstigen Raumanzug wirkte er wie ein Bär. Als das Schott sich öffnete, blickte Atlan noch einmal zurück: »Ich bitte dich nur um eines, mein Freund: Sei vorsichtig, und gib mir sofort Bescheid, wenn du verdächtige Beobachtungen machst!«

»Schon gut!« sagte Rhodan lächelnd, den die Sorge des Freundes wieder versöhnlich stimmte. »Übrigens: Wenn du recht hast, dann bist du es, der in ein Wespennest sticht. In diesem Fall: Du kennst meine Frequenz.«

Atlan lachte dröhnend. Er lachte noch, als das Schott bereits hinter ihm zufiel und er auf das nächste Laufband sprang.

Das Heulen der Alarmsirenen war verstummt. Die THORA zitterte vor geballter, verhaltener Energie. Sie war startbereit – und gefechtsklar.

Perry Rhodan war nicht ganz so leichtsinnig, wie Atlan es dargestellt hatte. Er wußte, wie leicht man sich in Situationen hineinmanövrieren konnte, die tödlich waren. Er wußte aber auch, was er seinem Flaggschiff und der Besatzung zumuten konnte. Die THORA war eine waffenstarrende Festung mit Schutzschirmen, die so leicht nichts durchdringen konnte. Ihre zwanzig Transformstrahler konnten es mit ebensoviel Schlachtschiffen zur gleichen Zeit aufnehmen und mit jedem anderen gleichwertigen Superschlachtschiff, das diese Waffe nicht besaß.

Diese Gedanken gingen Rhodan durch den Kopf, während er die Führung seines Flaggschiffes an Hite Tarum, den Kommandanten der THORA, übergab. Er selbst setzte sich anschließend auf den speziellen Kontursessel, den es nur an Bord seines Flaggschiffes gab und von dem aus er die Katastrophenschaltung betätigen und das Schiff allein übernehmen konnte. Rhodan hoffte jedoch, daß es dazu niemals käme.

Hite Tarum, ein massiger, wie ein Klotz wirkender Epsalgeborener, lauschte mit zur Seite geneigtem Schädel der letzten, über Interkom eingehenden Klarmeldung. Als der Interkom verstummte, legte er die Pranken besitzergreifend auf die Automat-Schaltungen und blickte Perry Rhodan fragend an. Rhodan nickte nur. Sein Gesicht war wieder einmal zur undurchschaubaren Maske geworden. Dan Picot, der schräg hinter dem Kommodoreplatz in einem der Zusatz-Sessel hockte, fragte sich, woran der Großadministrator in diesem Augenblick denken mochte.

Hite Tarum schien keine solchen Probleme zu kennen.

Er hatte bei Rhodans Kopfnicken mit schlafwandlerischer Sicherheit die richtigen Knöpfe gedrückt. Im selben Augenblick wurden unvorstellbare atomare Energien frei. Die Fusionsmeiler der Kraftwerke arbeiteten auf der Basis des Kohlenstoffzyklus, wie er sonst nur im Innern von Sonnen abläuft. Die aus den Triebwerksschlünden tosenden Impulsbündel erzeugten kein Geräusch, da im Weltraum kein schalltragendes Medium vorhanden ist. Aber im Innern der Meiler schienen Atombomben zu explodieren. Das nervenlähmende Orgeln und Röhren wurde etwas gedämpft, bevor es die Zentrale erreichte, trotzdem stülpten die Offiziere und auch Rhodan sich mit schmerzverzerrten Gesichtern die Funkhelme auf. Nur so war noch eine Verständigung möglich.

Perry Rhodan schaute zur Panoramagalerie. Die Bildflächen erweckten den Anschein, als begänne der draußen schwebende Flottenverband sich zu drehen. Das war eine optische Täuschung. In Wahrheit drehte sich die THORA, während sie Fahrt aufnahm und den Kurs einrichtete. Immer wieder leuchtete es auf den Kugelleibern der Schiffe grell auf, als fänden dort Explosionen statt. Die spiegelglatten Wandungen reflektierten das Triebwerksfeuer der THORA.

Als Rhodans separater Telekom Blinkzeichen gab, stöpselte er die Verbundkabel in seinen Funkhelm. Inzwischen tauchte Atlans Gesicht auf der Bildscheibe auf.

»Alles klar bei dir?« fragte Rhodan.

Atlan lachte rauh. »Da fragst du noch? Mein Freund, ich bin länger als du bei der Raumfahrt – einige tausend Jahre länger sogar. Wenn bei dir alles klar ist, dann bei mir schon lange.«

»Alter schützt vor Hochmut nicht«, brummte Rhodan mit hintergründigem Lächeln. »Ich wünsche dir jedenfalls Hals- und Beinbruch, Arkonide. Ab sofort herrscht Funkstille. Nur in Notfällen ist ein Anruf erlaubt. Ist das klar?«

»Zu Befehl, kleiner Barbar!« Atlan schmunzelte. »Du rechnest also doch mit Überraschungen, wie?«

»Immer«, sagte Rhodan trocken. »Du hattest es nur vergessen.«

Er schaltete ab und stöpselte die Telekomverbindung wieder aus. Innerhalb des Schiffes genügte der Helmfunk.

»Achtung!« ertönte die dröhnende Stimme des Epsalers. »Wir gehen in einer Minute in den Linearraum. Bitte Klarmeldungen für Relieftaster und Zielschirm!«

Als die Klarmeldungen eingegangen waren, wandte Hite Tarum sich an Rhodan. »Warum wollen Sie nicht lieber erst kurz vor Pulsa in den Normalraum zurück, Sir? Es sieht nicht nach Gefahr aus. Außerdem stehen ja noch vierunddreißig USO-Einheiten hinter uns.«

Perry Rhodan runzelte mißbilligend die Stirn. »Verlassen Sie sich nicht auf Ihr Gefühl, Oberst. Nein, es bleibt bei meinem ersten Befehl, Tarum. Außerdem verlasse ich mich grundsätzlich nicht auf fremde Hilfe.«

»Jawohl, Sir!«

Perry Rhodan zuckte unter dem lauten Orgeln des Epsalers zusammen. Diese Umweltangepaßten waren die besten und zuverlässigsten Schiffsführer. Nur an ihre Stimmkraft gewöhnte man sich nie.

Schrill und mißtönend gingen die Kraftwerke auf Maximalleistung. Im nächsten Augenblick leuchtete der Bildschirm der Parabeobachtung auf. Die Bildflächen der Normalaufnahme dagegen zeigten nur noch verwaschene Reflexe.

Die THORA befand sich im Linearraum. Der Kompensations-Konverter, nach seinem Konstrukteur meist nur »Kalup« genannt, verschlang ungeheure Energiemengen. Dabei beschleunigte er das Schiff nicht etwa, sondern erzeugte lediglich ein Kugelfeld, das die energetischen Einflüsse der vierten und fünften Dimension aufhob. Dadurch entstand innerhalb des Kugelfeldes ein instabiler Librationszonen-Zustand, der weder mit der Existenzform des Hyperraumes noch mit der des Einstein-Raumes identisch oder verwandt war. Innerhalb dieser Halbraumzone konnten die bei Normalbetrieb nur lichtschnellen Impulswellen der Triebwerke Strahlgeschwindigkeiten erreichen, die je nach der Einstellung des Kompensatorfeldes zwischen der zehn- und vielmillionenfachen Lichtgeschwindigkeit schwankten.

Der im Mittelpunkt der Parabeobachtung liegende Planet Pulsa stand unverrückbar fest im Tasterfeld des Reliefschirmes. Doch bevor er bedeutend größer werden konnte, erloschen die Spezialschirme, und die Normalbeobachtung setzte wieder ein.

Ganze siebzehn Sekunden hatte die THORA sich im Linearraum befunden. In dieser Zeit war die Entfernung zum Whilor-System von drei Lichttagen auf fünf Lichtstunden gesunken. Bei gleichbleibender Geschwindigkeit würde man Pulsa, den äußersten Planeten, also in fünf Stunden erreicht haben.

Perry Rhodan hob die Hand. »Schalten Sie die Triebwerke aus, Tarum!«

Hite Tarum gehorchte verwundert. Allerdings wirkte sich die Ausschaltung der Triebwerke nicht auf die Geschwindigkeit des Schiffes aus. Die THORA war mit Lichtgeschwindigkeit minus 0,01 Prozent aus dem Linearraum gekommen und würde infolge der Massenträgheit und des fehlenden Reibungswiderstandes diese Geschwindigkeit beibehalten.

Rhodan präzisierte seinen Befehl, als das Dröhnen der Energieerzeuger verstummte.

»Lassen Sie sämtliche Ortungsgeräte spielen, Tarum. Bevor wir auf Pulsa landen, muß das System genauestens untersucht sein.« Er lächelte kalt. »Wenn die Ortungsergebnisse nach zwei Stunden immer noch negativ aussehen, werden wir die Raumanzüge schließen und die Waffenkuppeln ausfahren. Dann wird es nämlich gefährlich, denn dann gehen wir auf Orbitkurs Pulsa!«

Während Hite Tarum seine Befehle gab und die Gespräche zwischen der Ortungsstation und der positronischen und inpositronischen Auswertung hin- und hergingen, lehnte Rhodan sich im Kontursessel zurück und entspannte sich.

Er ahnte, daß es Schwierigkeiten geben würde – nur unterschätzte er das Ausmaß ganz gewaltig.

Die PEYRA stieß vertikal zum Kurs der THORA in das Sterngefunkel hinein, die Planetenbahn-Ebene des Whilor-Systems unter sich zurücklassend.

Atlan stand hinter dem Kommandanten seines Flaggschiffes und beobachtete die Auswertung der Ortung. Er lächelte, als er sah, daß die THORA fünf Lichtstunden vor dem Whilor-System bereits wieder in den Normalraum eintrat. Erleichtert registrierte er den Ausfall der Energieortung. Rhodan hatte demnach die Triebwerke seines Schiffes ausschalten lassen. Er war doch nicht so tollkühn, der Terraner, wie Atlan zuerst geglaubt hatte.

»Kurs zum befohlenen Punkt liegt an!« meldete Orzet Orog, Epsalgeborener wie Tarum.

»Linearflug, Oberst!« befahl Atlan. Dann kehrte er zum Kommodoresessel zurück. Sekundenlang ließ er seine zur Schau getragene Maske fallen, darunter kam das abgespannte, zerfurchte Gesicht des Mannes zum Vorschein, der Aufstieg und Niedergang des arkonidischen Imperiums miterlebt hatte, der sein Volk aus der Herrschaft eines Robotgehirns befreite und der von demselben Volk als Verräter gebrandmarkt und verstoßen worden war. Er hatte selbst im Amt des Imperators nicht vermocht, die Dekadenz und den moralischen Zerfall der Arkoniden aufzuhalten. Jetzt war er nur noch stiller Helfer der Menschheit und Mahner Rhodans. Im Grunde genommen fühlte er sich mehr als Terraner denn als Arkonide, und er bangte mit Perry Rhodan um die gefährdete Einheit der Menschheit.

Zornig darüber, daß er sich hatte gehenlassen, sprang Atlan auf und ging zur Schiffspositronik hinüber. Er schwang sich in den fahrbaren Drehsessel und steuerte ihn zur Programmierungsmaschine des Eingabesektors.

Etwa eine Minute lang sortierte er in seinem Gedächtnis die verschiedenen Daten von Tschatos Bericht, dann glitten seine Finger über die Impulsrezeptoren der Programmierung. Als er alle Fragen eingegeben hatte, lenkte er den Sessel zum Ausgabesektor.

Die hauchdünnen, rötlich schimmernden Stanzstreifen lagen bereits im Auswurfkasten. Atlan ließ sie durch seine Finger gleiten. Für ihn war das Entschlüsseln der Symbole reine Routine. Aber nachdem er sich über die Bedeutung der Antworten klargeworden war, ließ er die Streifen doch noch durch den Transformer gehen.

Die Antwort blieb gleich. Mit sechsundachtzig Prozent Wahrscheinlichkeit schloß die Maschine aus seinen Angaben auf die Anwesenheit eines feindlichen planetaren Stützpunktes im Whilor-System.

Atlan behielt das Ergebnis der Inpotronik für sich. Er wußte gut genug, daß Tschatos Bericht einige Lücken aufwies, und daß man so lange keinen vollgültigen Schluß ziehen konnte, wie diese Lücken nicht aufgefüllt waren. Er nahm sich vor, diese Lücken sehr schnell zu füllen.

»Wie ist unsere augenblickliche Position?« fragte er Orog.

»Nach Wiedereintritt in den Normalraum sechzehn Lichtstunden über Whilor I, Sir. Mit 99,9 Prozent LG steigend.«

»Verzögerung mit Vollschub, Oberst. Bleiben Sie dabei genau über Whilor I und bringen Sie die PEYRA zu relativem Stillstand dazu!«

»Jawohl, Sir!«

Vor den Topschirmen breitete sich gleißende Helligkeit aus. Das Schiff vibrierte unter der Verzögerungsbelastung. Die Andruckneutralisatoren reagierten mit Tönen nahe am Ultraschall auf die jähe Beanspruchung.

Eine Viertelstunde später setzte der Lärm schlagartig aus. »Fixpunkt relativ zu Whilor I erreicht, Sir!« meldete Orog.

»Gut!« Atlan nickte. »Offenbar ist Nummer eins eine Hölle mit glutflüssiger Oberfläche, auf der kein Leben existiert. Dennoch bitte ich um genaueste Untersuchung, Oberst. In zehn Minuten wünsche ich den Bericht zu haben.«

Mit unbewegtem Gesicht erteilte der Epsaler die notwendigen Befehle über Interkom. Jetzt bekamen die Spezialisten in der Ortungsstation und in der Beobachtungskuppel Arbeit. Atlan füllte die Zeit bis zum Eintreffen des Berichtes damit aus, über das Elektronen-Teleskop der Zentrale die Oberfläche von Whilor I zu beobachten.

Der Planet hatte einen nebelartigen, der Sonne abgewandten Schweif. Das waren die ständig aus seiner brodelnden Oberfläche entweichenden Gase, die von dem Strahlendruck der Sonne davongetrieben wurden. Ohne daß es ihm bewußt wurde, schüttelte Atlan den Kopf. Nein, auf dieser Welt vermochte selbst die hervorragendste Technik keinen Stützpunkt zu errichten, geschweige denn zu erhalten. Im günstigsten Fall könnte ein mit superstarken Schutzschirmen versehenes Raumschiff über den Meeren aus kochenden Metallen und Gesteinen schweben. Eine Landung jedoch wäre Irrsinn gewesen.

Als nach zehn Minuten der Bericht vorlag, interessierte Atlan sich nur noch für ein Faktum: die Temperatur über der Oberfläche. Sie betrug im Mittel neuntausendzweihundert Grad Celsius.

»Nummer eins scheidet aus«, sagte Atlan. »Niemand kann von dort aus Atomgeschosse abfeuern. Sie würden infolge der Hitzestrahlung völlig deformiert werden oder gar explodieren. Auf keinen Fall könnten mehr als fünf Prozent zündfähig bleiben. Die LION ist also von einem anderen Planeten aus beschossen worden.«

»Dann kann ich ja Nummer zwei anfliegen, Sir«, meinte Orzet Orog.

»Sie steuern ebenfalls einen Fixpunkt an, Oberst. Ich fürchte zwar, wir vergeuden auch damit nur unsere Zeit, aber ich möchte nichts übersehen.«

Eine Nachlässigkeit könnte entweder uns oder Rhodan das Leben kosten, fügte er in Gedanken hinzu.

»Bis auf eine Ausnahme scheint es im Whilor-System kein Leben zu geben, Sir«, meldete der Leiter der Ortungsstation.

Perry Rhodan horchte auf. »Bis auf eine Ausnahme ...?«

Oberleutnant Matzek räusperte sich dezent. »Ja, Sir. Ich meine natürlich die PEYRA. Augenblicklich steht sie zu Whilor II relativ still und scheint zu beobachten. Wenn ich mir die Bemerkung erlauben darf, Sir: Sie wird nichts finden, auch auf Whilor III, den Tschato Opposite taufte, nicht.«

Rhodan war ein wenig verärgert darüber, daß Matzek sich hinsichtlich der »Ausnahme« so spannend ausgedrückt hatte. »Keine Ortung fremder Energiequellen, Matzek?«

»Nichts, Sir. Die charakteristische Ausstrahlung der Dancers selbstverständlich ausgenommen.«

»Besten Dank!« sagte Rhodan und schaltete ab. Er wandte sich Tschato zu. »Wahrscheinlich behalten Sie recht, Tschato. Es scheint doch nur das Blues-Schiff gegeben zu haben.«

»Haben Sie neue Befehle für mich, Sir?« ließ Hite Tarum sich mit seiner Donnerstimme vernehmen.

»Eine ganze Menge«, antwortete Rhodan. »Richten Sie den Kurs so ein, daß wir auf einen Orbit von sechzigtausend Kilometern kommen. Lassen Sie alle Geräte, die auf Hyperbasis arbeiten, ausschalten, auch die entsprechenden Energieerzeuger. Dann alarmieren Sie Leutnant Moog. Er soll mit seinen Leuten das Beiboot THORA III besetzen und startbereit halten, auf keinen Fall aber Geräte auf Hyperbasis einschalten!«

»Jawohl, Sir!«

»Nun zu Ihnen, John. Sie bekommen ebenfalls Arbeit. Beordern Sie bitte Goratschin in die Zentrale. Sowohl Sie beide als auch Tschato und Picot werden mich begleiten, wenn ich mit der THORA III auf Pulsa lande. Vorher jedoch gibt es eine Menge zu besprechen!«

Während John Marshall zum Interkom eilte, um Goratschin zu benachrichtigen, gab Rhodan Tschato und Picot einen Wink und ging zum Kartentisch. Die beiden Männer folgten ihm, Tschato in der Haltung und mit dem lautlosen Gang eines anschleichenden Löwen, Dan Picot schwerfällig und mit grauem Gesicht. Der Erste Offizier hatte alle persönlichen Ängste vergessen, aber er fühlte einen lähmenden Druck auf der Brust bei dem Gedanken daran, daß Perry Rhodan selbst in diese Hölle hinab wollte.

Fünf Minuten später betrat Iwan Goratschin die Zentrale. Obwohl die lindgrüne Kombination den größten Teil seines Körpers verhüllte, wurden Nome Tschato und Dan Picot bei seinem Anblick blaß bis unter die Haarwurzeln.

Goratschins Erscheinung war auch dazu angetan, den Gedanken an ein außerirdisches Monster zu erwecken. Dennoch war er Terraner wie Rhodan und Marshall auch. Nur, daß die Einwirkung von Radioaktivität ihn schon vor seiner Geburt zu einem sogenannten Negativ-Mutanten verurteilt hatte.

Er war 2,50 Meter groß. Sein klotziger Körper wurde von zwei Säulenbeinen getragen, und die rauhe, stets etwas feuchte Haut schimmerte grünlich. Am erschreckendsten aber wirkten die auf außergewöhnlich breiten Schultern sitzenden beiden Köpfe. Dabei waren sie nur äußerliches Kennzeichen einer viel tiefer gehenden Abnormität. Goratschins Köpfe saßen zwar auf einem gemeinsamen Körper, doch verfügte jeder über eine eigene Persönlichkeit. Das ging soweit, daß Kopf eins, von vorn gesehen der linke, sich Iwan und Kopf zwei Iwanowitsch nannte. Ewige Streitquelle beider Persönlichkeiten war der Zeitpunkt, an dem sie zum Leben erwachten. Bisher hatte Iwan stets mit Erfolg behauptet, er wäre genau 3,5 Sekunden früher als Iwanowitsch erwacht.

Abgesehen davon aber und abgesehen von seinem Äußeren war Goratschin ein gutmütiger, normal denkender Mensch. Infolge seiner Erscheinung hatte er eine schwere Jugend gehabt. Einmal war sogar ein anderer Mutant, der sogenannte Overhead, aufgetaucht und hatte Goratschin für seine Zwecke ausgenutzt. Ohne seine Mutanten wäre Perry Rhodan am Anfang seiner Laufbahn Goratschins besonderer Fähigkeit unterlegen. Aber im letzten Augenblick gelang es, den Doppelkopf-Mutanten aus dem suggestiven Zwang des Overhead zu befreien. Seitdem hatte er in Rhodans Mutantenkorps eine Lebensaufgabe gefunden.

Das, was Goratschin so wichtig für Rhodans Mutantenkorps machte, war dessen Fähigkeit, mittels seiner Geistesströme Kalzium- und Kohlenstoffverbindungen zu »zünden«, so daß zwischen ihren Atomen ein Fusionsprozeß ablief. Er mußte nur sein Ziel mit beiden Köpfen sehen, wobei es keine praktische Rolle spielte, ob er es direkt oder indirekt mittels Bildschirm sah.

Jetzt stampfte der Mutant schwerfällig heran.

»Nehmen Sie Platz, Goratschin«, sagte Rhodan freundlich.

»Vielen Dank, Sir«, sagte Iwan, während Iwanowitsch der jüngere nur spöttisch lächelte.

Rhodan sah, daß die beiden Köpfe kurz vor einem Streit standen und räusperte sich warnend. »Wir können euren Streit jetzt nicht gebrauchen. Goratschin, ich habe Sie hierher gebeten, weil uns ein wichtiges und gefährliches Unternehmen bevorsteht.«

Er gab einen kurzen Überblick über die Situation und über das, was sie auf Pulsa erwartete. Sein Plan stand fest. Er wollte die THORA nur auf eine weite Kreisbahn bringen, damit ihr das Schicksal der LION erspart blieb. Mit der THORA III, einem der mitgeführten Beiboote, sollte dann in die Methan-Atmosphäre des vierten Planeten vorgestoßen werden. Ziel des Unternehmens war, die Oberfläche Pulsas nach Neo-Molkex abzusuchen und möglichst große Mengen davon zu bergen, wenn es überhaupt noch etwas zu bergen gab. Die Dancers interessierten weniger, denn ihre Natur war von Dr. Gaylord bereits erkannt worden.

Nach Rhodans kurzem Vortrag schwiegen die Männer. Dann sagte Goratschin leise: »Ich fürchte, ich kann Ihnen mit meiner Begabung wenig nützen auf Pulsa, Sir. Die Dancers sind überdimensionale Lebewesen und praktisch Fremdkörper für unser Universum.«

»Ich weiß.« Perry Rhodan nickte bestätigend. »Aber die LION ist auf Pulsa mit Atomraketen beschossen worden. Wenn wir auch annehmen, daß es sich bei dem Angreifer um ein inzwischen vernichtetes Blues-Schiff handelte, so müssen wir dennoch für alle Fälle gerüstet sein – sogar für den Fall, daß sich jener Feind auf Pulsa selbst verbirgt.«

»Orbit eingenommen, Sir!« Die Stimme Tarums war nicht zu überhören.

Perry Rhodan sprang auf. »Was macht die THORA III, Oberst?«

»Startbereit!« Der Epsaler schien heute besonders kurz angebunden zu sein.

Rhodan lächelte. »Schalten Sie die Bildschirme auf Ausschnitt-Vergrößerung, Oberst. Wir möchten uns die Gegend da unten einmal ansehen.«

Noch während die Bildschirme eingestellt wurden, trat Rhodan mit seinen Begleitern dicht an die Panoramagalerie heran. Nach wenigen Sekunden hatte die Automatik die Scharfeinstellung erreicht. Sie blickten in eine wirbelnde, strudelnde Hölle hinab.

23.

»Pulsa ist eine Extremwelt«, erläuterte Nome Tschato. »Sie rotiert in neun-Komma-ein Stunden einmal um ihre Polachse. Die dadurch entstehenden Fliehkräfte haben den Planeten zu einem Rotationsellipsoid verformt.«

»Die Fliehkraft am Äquator muß ungeheuerlich sein«, flüsterte John Marshall beklommen.

Tschato nickte. »Dort würde ich keine Landung riskieren, Sir. Die Schwerkraft beträgt infolge der Verformung am Äquator vier-Komma-vierzehn Gravos, in den Polarregionen dagegen nur zwei-Komma-acht.«

Dan Picot hüstelte. »Auch das reicht, wenn der Anzug-Antigrav versagt. An den Sturm darf ich gar nicht denken. Mein Gott! Noch immer sehe ich Vertriggs Shift vor mir – und die beiden Toten!«

Perry Rhodan legte dem kleinen Mann die Hand auf die Schulter. »Ich kann Ihre Gefühle verstehen, Picot. Wenn Sie lieber im Schiff bleiben wollen; ich nehme es Ihnen nicht übel.«

Dan Picot reckte sich plötzlich. »Sir!« sagte er leise, aber fest zu Rhodan. »Ich müßte mich vor den Männern schämen, die dort unten ihr Leben gelassen haben. Außerdem habe ich ...« Er brach ab und schaute wieder auf die wogenden Schleier hinab.

Rhodan hatte verstanden. Es schien in der menschlichen Natur zu liegen, daß die Welten, die ihnen am meisten Widerstand entgegensetzten, am meisten geliebt wurden. Vielleicht war das ein Überbleibsel der Zeit, als tapfere Männer ihre Gegner nur aus Freude am Zweikampf herausforderten. Je stärker ein Gegner war, desto mehr achtete man ihn, und nicht selten schlossen zwei, die sich eben noch erbittert geschlagen hatten, aus dieser Achtung heraus eine Freundschaft fürs Leben. Diese

Lebensauffassung wirkte sich in anderen Verhältnissen entsprechend anders aus. Und wahrscheinlich war es gut so, daß der Mensch den Widerstand suchte.

»Kommen Sie!«, sagte Rhodan. »Wir wollen diese Welt für uns in Besitz nehmen.«

THORA III maß, wie alle Beiboote vom Korvettentyp, sechzig Meter im Durchmesser. Im äquatorialen Ringwulst waren die leistungsstarken Impulskonverter untergebracht. Außerdem verfügte sie über einen Kompensations-Konverter, der den Linearflug ermöglichte. Darin unterschied sie sich von den Normalausführungen der Beiboote.

Leutnant Moog erwartete Rhodan in der Zentrale und meldete das Schiff startklar.

Rhodan blickte sich kurz um. Die Zentrale-Besatzung saß vor ihren Kontrollen und ließ sich nicht stören.

»Danke, Leutnant! Haben Sie dafür gesorgt, daß alle Geräte auf Hyperimpulsbasis stilliegen?«

»Jawohl, Sir! Wir haben vor allem den Kalup von der Energieversorgung abgeklemmt, so daß er sich nicht selbständig machen kann.«

»Sehr tüchtig«, bemerkte Tschato. »Ich denke, wir können beginnen.«

Der letzte Satz war an Perry Rhodan gerichtet.

Der Großadministrator lächelte. »Ungeduldig?« Er sah auf seine Uhr. »In fünf Minuten starten Sie, Leutnant Moog. Bringen Sie die THORA III sofort in die Vertikale und benutzen Sie alle Impulstriebwerke zum Bremsen!« Er wandte sich an seine Begleiter. »Ich denke, wir schließen jetzt die Helme und schnallen uns auf den Reservesitzen an. Verlassen Sie sich bitte nicht darauf, daß die Andruck-Neutralisatoren immer gleichmäßig arbeiten. Unter Umständen kommen einige Gravos durch!«

Schweigend begab sich jeder an seinen Platz. Auch Leutnant Moog saß jetzt vor dem Pilot-Pult. Er hatte den Robotzähler eingeschaltet, und das monotone Ticken hallte gespenstisch von den Wänden wider. Nachdem Moog über Telekom mit Hite Tarum gesprochen hatte, glitten die Schleusentore langsam in die Wände zurück. Der Antigrav durfte nicht eingeschaltet werden. Darum summten jetzt die starken Elektromotoren der Notstartanlage auf und schoben die THORA III mitsamt der beweglichen Bodenplatte des Hangars in die Schleusenkammer. Hinter dem Beiboot schloß sich das Innenschott.

»Start in zehn Sekunden!« sagte Leutnant Moog.

Er hatte das letzte Wort kaum gesprochen, da krachte es in den Telekom-Lautsprechern, und Tarums lautes Organ hatte Mühe, das von den

Außenmikrofonen des Beibootes hereingeholte Sirenengeheul zu übertönen.

Perry Rhodan schlug auf das Sammelschloß der Anschnallgurte, stand im nächsten Augenblick hinter dem Leutnant und schaltete die Außenmikrofone ab. In der eintretenden Stille war jedes Wort deutlich zu verstehen.

»... auf Whilor III. Ich wiederhole: Hilferuf von der PEYRA. Lordadmiral Atlan bittet alle Schiffe um Unterstützung. Die PEYRA steht über Whilor III. Es folgen die genauen Angaben ...«

»Sparen Sie sich die Angaben, Oberst!« schrie Rhodan ins Mikrofon. »Nehmen Sie sofort Fahrt auf und fliegen Sie mit voller Kraft Opposite an!«

Er drehte sich um und blinzelte Tschato zu. »Pulsa heben wir uns für später auf. Los! Kommen Sie mit zur Zentrale. Ich bin gespannt, worauf Atlan da gestoßen ist.«

Von einer Sekunde zur anderen fand Picot sich mit der Beibootbesatzung allein. Während er den anderen nacheilte, sagte er vor sich hin: »Jetzt bin ich sicher, daß ich nicht im Bett sterbe. Als ich Tschatos Gesicht sah, wußte ich, daß wir jetzt vom Regen in die Traufe kommen.«

»Wieder nichts!« sagte Atlan enttäuscht, als er die Analyse über Whilor II studiert hatte.

»Wenn Sie mich fragen, Sir«, knurrte Orzet Orog von seinem Platz her, »ich würde mich auch nicht auf dieser glühenden Herdplatte niederlassen.«

Atlan belächelte den Vergleich, aber er mußte ihn im stillen anerkennen. Whilor II war eine zundertrockene Fels- und Geröllwüste mit zahllosen Seen aus verdampfendem Quecksilber oder zähflüssigem Blei. Die dünne Atmosphäre bestand aus giftigen Dämpfen. Obgleich es nicht unmöglich war, hier einen Stützpunkt einzurichten, glaubte Atlan nicht recht daran. Er ging davon aus, daß – wer auch immer sich im Whilor-System niedergelassen haben konnte – derjenige sich bis zum Auftauchen der LION sicher vor Entdeckung gefühlt hatte. Whilor lag mitten zwischen Dunkelnebeln und dichtesten Sternballungen verborgen, also praktisch in einem von der Raumfahrt gemiedenen Gebiet. Niemand würde es für notwendig erachten, sich zusätzlich noch auf einer lebensfeindlichen Welt zu verkriechen.

»Fliegen Sie Opposite an, Oberst!«

Auf Pulsa wird der Gegner sich wohl kaum aufhalten, dachte Atlan bei sich, es sei denn, es handelte sich um Methan-Atmer.

Orog schien erbittert über das behutsame Vortasten Atlans zu sein. Jedenfalls beschleunigte er, obwohl das nicht nötig gewesen wäre, die

PEYRA so lange mit voller Kraft, bis er die Hälfte der Strecke geschafft hatte. Dann mußte er notwendigerweise auch mit Vollschub verzögern.

Atlan duldete es. Er konnte den Epsalgeborenen verstehen. In dessen Augen mußte sein Vorgehen übertrieben vorsichtig wirken. Aber der uralte Arkonide hatte ein untrügliches Gespür für nahendes Unheil. Er glaubte nicht daran, daß der kleine Blues-Raumer mit dem Angreifer von Pulsa identisch war, und je näher die PEYRA dem Planeten Opposite kam, um so unerträglicher wurde Atlans nervliche Anspannung.

»Fixpunkt erreicht, Sir!« meldete Orog.

»Analyse, Oberst!« befahl Atlan und stellte mit Verwunderung fest, daß seine Stimme heiser vor Erregung klang.

Auch Orog schien das bemerkt zu haben. Jedenfalls drehte er sich um und sagte: »Wenn überhaupt, dann haben die Unbekannten sich hier versteckt, Sir.«

Atlan erwiderte nichts darauf. Als der Bericht eintraf, überflog er hastig die Daten. Dann blickte er enttäuscht auf. Opposite war eine marsgroße Welt mit einer Schwerkraft von 0,86 Gravos. Die Rotation betrug nach der Ansatzrechnung 14,4 Stunden Terra-Zeit. Opposite besaß sogar eine Sauerstoffatmosphäre, auch wenn sie nur etwa so dicht war, wie auf der Erde in zweitausend Metern Höhe. Das war immerhin ausreichend für den menschlichen Metabolismus. Auch die mittlere Lufttemperatur war mit 31 Grad Celsius durchaus noch tragbar.

Um so enttäuschender wirkte auf Atlan die Tatsache, daß die ausgedehnten Graslandschaften, Geröllwüsten und Sandwüsten, die Opposites Oberfläche bedeckten, bar jeden Anzeichens intelligenten Lebens waren. Noch nicht einmal die Energieortung hatte angeschlagen.

Schweigend reichte Atlan den Bericht dem Kommandanten seines Flaggschiffes. Orog las ihn durch. Danach blickte er fragend auf.

Atlan lächelte. »Was würden Sie an meiner Stelle tun, Oberst?«

»Ich?« Er räusperte sich, und es klang, als würde eine rostige Kreissäge in Betrieb genommen. »Sir, ich würde sagen: Runter mit dem Schiff, mit Vollschub ran an den Planeten, hinein in die Atmosphäre und aus geringer Höhe jeden Quadratmeter abgesucht!«

Atlans Augen blitzten. »Gut, Orog. Dann tun Sie es!«

In der Stützpunkt-Zentrale Iratio Hondros war es still, so still, wie vor Jahrhunderten in einem U-Boot, wenn fünfzig Meter darüber die feindlichen Zerstörer mit schäumendem Kielwasser kreuzten, die tödlichen Wasserbomben bereit zum Abwurf.

Sämtliche Kraftmaschinen, angefangen vom Stromreaktor bis hinunter zum winzigen Elektromotor, waren abgeschaltet. Die Bildschirme der Oberfläche glänzten schwarz und tot im Schein provisorischer Propangas-Lampen.

Viertausend Plophoser warteten gemeinsam mit ihrem Obmann auf das Ergebnis eines imaginären Würfelspiels. Wie würden die Würfel fallen?

Iratio Hondro saß mit unbewegtem Gesicht auf einem Hocker, einem Team von zwölf Männern gegenüber, die an einigen altertümlich anmutenden Geräten hantierten. Sie hatten teilweise große Ähnlichkeit mit überdimensionierten Interferenz-Spektrometern, Mikrowellen-Spektrometern und Infrarot-Spektroskopen. Zwei Männer saßen an kleinen, mechanischen Rechenmaschinen und tippten die Zahlenwerte, die die anderen ihnen laufend zuriefen. Ein kleiner, schwarzhaariger Mann mit ausgeprägter Stirn und flinken, intelligenten Augen, beobachtete konzentriert die Resultatwerke der Rechenmaschinen und verwandelte die nackten, trockenen Zahlen in inhaltsschwere Sätze.

Dieses Team mit seinen Geräten stellte augenblicklich die Ortungsanlage des plophosischen Stützpunktes dar. Weder Funkmeßgeräte noch andere Ortungsgeräte, die zu ihrem Betrieb elektrischen Strom brauchten oder deren Tasterimpulse vom Gegner angemessen werden konnten, durften verwendet werden.

Iratio Hondro hatte seit dem Erscheinen der LION mit diesem Fall gerechnet und in weiser Voraussicht die nötigen Maßnahmen getroffen. Alle Ortungsgeräte konnten ihn verraten, außer rein mechanischen. Winzige Linsenaugen, in gutgewählten Verstecken in den Höckerbergen, spähten den Himmel des Planeten ab. Sie sandten das aufgefangene Licht durch andere Linsensysteme zu den Apparaten in Hondros Zentrale, wo jede Spektralverschiebung registriert und auf ihre Ursache hin geprüft wurde.

Auf diese Weise hatte man, obwohl zu jener Zeit auch alle anderen Ortungsgeräte noch arbeiteten, die Annäherung des Superschlachtschiffes an den Fixpunkt registriert.

»Achtung!« sagte der Schwarzhaarige leise. »Schiff nähert sich von Nordwesten. Höhe etwa zehn Kilometer, gleichbleibend. Geschwindigkeit: zwei Kilometer pro Sekunde. Es wird das Zentrum des Stützpunktes in etwa acht Minuten überqueren.«

Iratio Hondro erhob sich behutsam, um die Ortungsmannschaft nicht zu stören. Er schlenderte wie zufällig zum Hauptschaltpult des Stützpunktes hinüber und lehnte sich mit vor der Brust gekreuzten Armen an die

Kante. Jetzt konnte er den roten Hebel mit einer Handbewegung erreichen und niederdrücken, den Hebel, der schlagartig die Energieversorgung des Stützpunktes wieder in Gang brächte. Es würde gleichbedeutend mit dem Befehl sein, einen massiven Verteidigungsschlag zu führen.

Aber noch brauchte Iratio Hondro den Hebel nicht zu drücken. Noch hatte der Gegner den Stützpunkt nicht erkannt, obwohl er immer näher kam.

»Jetzt!« sagte der Schwarzhaarige.

Iratio Hondro preßte die Lippen zusammen. Doch kein Zeichen von Furcht zeigte sich auf seinem Gesicht. Nur die Anspannung war es, die seine Kinnbacken lautlos mahlen ließ. Er musterte rasch die Gesichter der anwesenden Offiziere, und in seine Augen trat so etwas wie Stolz – Stolz auf die ungebrochene Disziplin seiner Gardisten.

»Geschwindigkeit unverändert. Achtung!« Die Stimme schwoll etwas an. »Schiff entfernt sich mit gleichbleibender Geschwindigkeit und gleicher Flughöhe!«

Iratio Hondro entspannte sich. Er wußte, in welcher Weise der Kommandant eines Raumschiffes einen fremden Planeten absucht. Nämlich in einer zur Spirale sich windenden Kreisbahn, die niemals den gleichen Punkt zweimal berührte.

Noch war es nicht Zeit zum Triumphieren.

Aber wenn man den Stützpunkt nicht einmal beim direkten Überfliegen bemerkt hatte, wie sollte man ihn dann entdecken, wenn man fünfzig oder hundert Kilometer weiter westlich oder östlich vorüberflog!

Iratio Hondro fühlte seine Handflächen feucht werden. Seine Augen sahen durch die Umgebung hindurch. Hier und jetzt entschied sich sein Schicksal. Er wußte es. Entging er diesmal der Entdeckung, flog der terranische Verband wieder ab, so hatte Perry Rhodan das Spiel um die Macht verloren. Denn in einem Vierteljahr würde die Molkex-Waffe einsatzreif sein.

Der Obmann wußte ebensowenig wie Perry Rhodan, daß die Schicksalswürfel längst gefallen waren. Er selbst, Iratio Hondro, hatte die Entscheidung beeinflußt – weil seine Gesetze die Gerechtigkeit negierten.

Ein ganz schwacher, hoher Pfeifton stand in der Zentrale der PEYRA. Es war die von dem gewaltigen, eintausendfünfhundert Meter durchmessenden Raumschiffsriesen verdrängte Atmosphäre, und außerhalb des Schiffes wäre das Geräusch unerträglich schrill und laut zu hören gewesen.

Auf Atlans Befehl waren die Schutzschirme ausgeschaltet und mit der überlichtschnellen Ortung gekoppelt worden. So wurde einerseits die Beeinflussung der eigenen Energieortung und die Absorbierung fremder Tasterimpulse verhindert und andererseits garantiert, daß bei einem plötzlichen Feuerüberfall die Schutzschirme vor dem Eintreffen lichtschneller Strahlschüsse standen. Kein organisches Wesen hätte so schnell reagieren können. Für die Automatik bedeutete das kein Problem.

Atlan trocknete sich die nasse Stirn ab. »Arbeiten unsere Ortungsgeräte einwandfrei, Oberst?«

»Schon überprüft, Sir«, brummte Orog. »Ich garantiere Ihnen, daß uns nicht einmal der Stromfluß einer Batterie-Notbeleuchtung entgehen würde.«

»Egal, Oberst. Gehen Sie noch tiefer – auf zehntausend Meter!«

Atlan schlug mit der Faust in die Handfläche. Wenn dort unten ein Stützpunkt existierte, mußte er doch zu orten sein! Sicher, man würde alle entbehrlichen Kraftmaschinen und stromverbrauchenden Geräte abschalten, aber zumindest mußte man doch die Oberfläche beobachten. Und jedes Fernbildgerät verbrauchte Energie!

Auf den Suchschirmen kam ein Gebirge in Sicht. Die einzelnen Berge wölbten sich wie Höcker und waren meist unter tausend Meter hoch. Nur bei einigen wenigen Gipfeln wies das Dopplerecho eine Höhe bis zweitausend Meter aus.

Atlans Nerven waren bis zum Zerreißen gespannt. Er verfügte über ungeheure Erfahrung, und er hatte so etwas wie einen sechsten Sinn entwickelt, der ihn, ohne daß er bewußt überlegte, auf Dinge aufmerksam machte, die in spezifischen Situationen wichtiger als alles andere waren.

Er besaß einen groben Überblick über Opposite, und nun sagte ihm sein sechster Sinn, daß es nirgends auf diesem Planeten einen besseren Platz für die Unterbringung eines Geheimstützpunktes gäbe als in den Höckerbergen der nördlichen Halbkugel.

Er rief noch einmal die Ortungszentrale an. »Richten Sie alles Augenmerk auf die Berge unter uns. Wenn überhaupt, dann steckt der Gegner dort!«

Die Antwort klang beleidigt. »Jawohl, Sir. Ich fürchte nur, wir können uns nicht mehr steigern.«

Unwillkürlich schmunzelte Atlan. Er steckte die verborgene Zurechtweisung ein, denn er wußte, daß er seinen Leuten Unrecht tat, wenn er ihre Verläßlichkeit anzweifelte. Sie taten alles, was in ihrem Vermögen lag. Nur – würde das genügen?

Die Höckerberge glitten unter der PEYRA vorbei. Jetzt tauchte unter dem Schiff eine Geröllwüste auf. Hausgroße Felsbrocken lagen zwischen gezacktem, scharfkantigem Geröll herum, als hätte ein Riese sie verstreut.

Atlan versuchte, sich die Enttäuschung nicht anmerken zu lassen. In der Geröllwüste würde niemand einen Stützpunkt anlegen – und die Berge waren tatsächlich unbewohnt, sonst hätte man wenigstens eine geringe Streustrahlung orten müssen.

»Wie viele Umkreisungen haben wir noch vor uns, Oberst?«

»Genau drei, Sir. Die letzten Schleifen fallen, wie Sie befohlen haben, ziemlich eng aus. Wir werden unseren jetzigen Kurs in etwa fünfzig Kilometer Distanz berühren.«

»Danke. Halten Sie den Plan wie befohlen ein, Oberst!« Atlan lehnte sich müde zurück.

Noch drei Umkreisungen – und er wußte, das Ergebnis würde wieder negativ sein. Wahrscheinlich hatten doch Rhodan und Tschato recht, wenn sie das Blues-Schiff für den Raketen-Überfall verantwortlich machten.

Ein kerngesunder Organismus stirbt langsamer als ein kranker, schwächlicher. Major Merk Nateby besaß die Konstitution eines Wolfes.

Aber selbst ein so zählebiges Tier wie der Wolf kann nicht unbegrenzt lange ohne Wasser und Nahrung auskommen, noch dazu, wenn es verwundet ist und die Sonne erbarmungslos auf es herabbrennt.

Major Merk Nateby wußte nicht mehr, wo er war. Der Schußkanal im rechten Oberschenkel hatte sich entzündet und das ganze rechte Bein anschwellen lassen. Das Wundfieber schüttelte den durch Nahrungs- und Wassermangel ohnehin geschwächten Körper und entzog ihm den letzten Rest Flüssigkeit. Natebys aufgesprungene, ausgedörrte Lippen bewegten sich manchmal, wenn die Fieberträume ihn ängstigten und plagten. Aber er brachte keinen Ton hervor. Die Kehle war trocken wie ein Lederschlauch, und die Zunge lag schwer wie ein Stein im Mund.

Nur ab und zu riß Merk Nateby die Augen auf. Dann sah er in den grünlichen Himmel, als erwarte er von dort ein Zeichen, das ihm Rettung oder auch nur Linderung verhieße.

Das Zeichen blieb aus. Nur einmal rollte dröhnender Donner über den Himmel. Nach einer Weile klang er mit einem letzten Grollen aus. Danach wurde es wieder still. Merk Nateby begann zu begreifen, was der Donner bedeutete, aber bevor er den richtigen Gedankenfaden festhalten konnte, versank er wieder in seine Fieberphantasien.

Längst spürte er die Schwärme giftgrüner Fliegen nicht mehr, die über sein geschwollenes Bein wimmelten.

Stunden vergingen, bis Merk Nateby wieder einmal erwachte. Von fern drang schrilles Pfeifen an seine Ohren. Zuerst dachte er, die Nacht wäre angebrochen und hätte den Sturm gebracht, doch dann schlug er die Augen auf und sah den klaren Himmel über sich. Immer lauter wurde das Pfeifen.

Ein Raumschiff, das mit Antigrav in geringer Höhe fliegt, dachte Nateby. Dann sanken die grauen Schleier wieder über seinen Blick.

Diesmal wachte er bald wieder auf. Erneut näherte sich das Pfeifen, wurde schriller und lauter.

Merk Natebys Gedanken waren plötzlich frei von dem Druck, der so lange auf ihnen gelastet und ihn am klaren Denken gehindert hatte. Es wurde ihm zur Gewißheit, was das alles zu bedeuten hatte: der rollende Donner, das wiederkehrende schrille Pfeifen.

Das terranische Schiff, das er mit Raketen beschossen hatte, mußte Verstärkung bekommen haben. Die Terraner hatten Verdacht geschöpft, und nun suchten sie pedantisch genau den Planeten ab.

Merk Nateby versuchte zu lächeln, aber als einziges Resultat durchfuhr ihn ein Schmerz, als hätten Tausende Nadeln sein Gesicht gestochen.

Iratio Hondro würde sich nicht finden lassen. Der Glaube an die Unfehlbarkeit des Obmanns war so stark, daß Nateby nicht einen Augenblick daran zweifelte, die Terraner müßten unverrichteter Dinge wieder abziehen. Doch dann erschrak er.

Merk Nateby war ein erfahrener Raumfahrer, auch wenn er zuletzt Chef der Raumüberwachung auf einem Planeten-Stützpunkt gewesen war. Er hörte aus der Tonhöhe heraus, daß das terranische Schiff sich genau seinem Standort näherte.

Und da sah er es auch schon auftauchen. Ein kugelförmiges, gigantisches Ungeheuer, das in geringer Höhe über die Wüste schwebte.

Heiß fuhr der Schreck durch Natebys Gehirn. Die Terraner hatten ihn entdeckt.

Sie würden ein Landekommando ausschleusen, ihn holen und in ihrem Schiff verhören, bis er alles über Iratio Hondros Stützpunkt gesagt hatte.

Aus Natebys Kehle drang ein Krächzen. Es klang, als riebe man mit rauhem Sandpapier über eine Glasplatte. Es sollte ein höhnisches Lachen sein.

Merk Natebys Hände streckten sich, zogen sich wieder zusammen, streckten sich erneut, während sie suchend über den lockeren Sand rutschten. Endlich ertastete die Linke blankes, heißes Metall. Die Finger zuckten bei dem jähen Schmerz zusammen. Dann packten sie fester zu, zerrten und wühlten. Vergebens. Natebys Kraft reichte nicht mehr aus, den schweren Impulsstrahler zu heben.

Die Panik wollte Besitz von ihm ergreifen. Er fühlte, wie die Schatten der Bewußtlosigkeit gleich weichen Schleiern immer schneller über seine Augen glitten.

Der Gedanke daran, daß die da oben dennoch alles aus ihm herausbekommen würden, peitschte seine geringen Energiereserven noch einmal auf. Er dachte an seinen Diensteid und daran, daß ein Angehöriger der Blauen Garde getreu bis in den Tod zu sein hatte – und er wußte, daß Iratio Hondro sich auf ihn verlassen konnte. Von ihm würden die verhaßten Terraner nichts über den Stützpunkt erfahren. Er würde als Held sterben.

Nateby wälzte seinen Körper auf die linke Seite. Obwohl vor seiner Augen nichts als irrsinnig kreisendes rotes Feuer war, obwohl es in seinen Ohren rauschte und dröhnte wie Meeresbrandung, fand er mit der Rechten die Waffe und den Abzug.

Sein Gesicht wühlte im Sand und suchte nach der Mündung. Wie ein Verdurstender die Wasserflasche, so packten seine Zähne das von der Sonnenglut erhitzte Metall. Er fühlte das Vibrieren, als er die Waffe entsichert hatte und die abstrahlbereite Energie sich hinter dem Feldverschluß der Mündung aufbaute.

»Es lebe Plophos! Es lebe der Obmann!«

Natebys Hirn dachte die Worte, doch die Sehnen und Muskeln seines Sprechorgans gehorchten dem Nervenimpuls nicht mehr.

Im nächsten Augenblick zuckte ein greller, bläulichweißer Blitz aus der Feldmündung des Impulsstrahlers und verlor sich irgendwo über den zitternden Sonnenglast der Wüste. Major Merk Nateby hatte sich den Tod gegeben, um nicht zum Verräter werden zu müssen.

Aber niemand ist ein Held, der für eine schlechte Sache stirbt.

»Ortung immer noch negativ, Sir«, meldete Orzet Orog.

Atlan winkte ab. »Ehrlich gesagt, Oberst, ich erwarte nun auch nichts mehr. Perry Rhodan hat eben wieder einmal recht behalten.«

Orzet Orog erklärte unwillig: »Wir haben unser Mög ...«

Der Ortungsalarm flog wie ein elektrischer Schlag durch die PEYRA. Noch bevor das Schrillen wieder verstummte, schallte die Stimme des Cheforters aus den Lautsprechern der Zentrale.

»Nuklear-Energie-Ortung neunundachtzig Grad Rot. Achtung, Analyse: Der Energieausbruch von zwei Zehntelsekunden Dauer ist äquivalent der charakteristischen Meßkurve bei Entladung eines schweren Impulsstrahlers.«

»Sofort stoppen!« befahl Atlan. Sein Gesicht hatte jede Farbe verloren. Es wirkte wie aus Marmor gemeißelt. Nur die rötlichen Augen glühten.

Während Orzet Orog die nötigen Automat-Schaltungen vornahm, um das Schiff mittels der Antigrav-Generatoren unbeweglich auf der Stelle zu halten, gab Atlan seine nächsten Anweisungen.

»Schutzschirme noch nicht aufbauen. Ansonsten erhöhte Gefechtsbereitschaft für die ganze Besatzung. Raumanzüge anlegen, Druckhelme schließen. Verständigung erfolgt über die vorgeschriebenen Frequenzen des Helmfunks! Achtung, Gleiterkommando: Fahrzeug GA-fünf mit Landekommando besetzen und in Schleusenkammer fahren. Leutnant Gara Mamot übernimmt den Befehl über Landekommando. Zusätzlich zwei leichte Kampfroboter laden. Ende!«

Orog äußerte Besorgnis. »Sie wollen nur mit einem Gleiter hinunter, Sir? Ich fürchte, man hat uns eine Falle gestellt.«

Atlan schüttelte den Kopf. »Das ist unwahrscheinlich, Oberst. Warum sollte man sich erst dadurch verraten, daß man eine Falle stellt? Ohne den Strahlschuß hätten wir Opposite in einer Stunde wieder verlassen.«

»Vielleicht ein Schiffbrüchiger?« vermutete Orog skeptisch.

»Wir werden es bald wissen.« Atlan fuhr fort: »Sie haben während meiner Abwesenheit das Kommando. Wir bleiben in Telekomverbindung. Seien Sie wachsam, Oberst!« Er verließ im Laufschritt die Zentrale.

Als Atlan die Schleuse von GA-5 erreichte, erwartete ihn Leutnant Gara Mamot vor der Einstiegsluke.

Gara Mamot war Epsaler wie Orzet Orog. Seine Familie gehörte zu den ersten irdischen Sternkolonisten und wanderte aus dem Gebiet des Sahara-Atlas aus, als die moderne Zivilisation dort ihren Einzug hielt. Sie leitete ihre Herkunft von den Nachfahren der Vandalen ab, die im fünften Jahrhundert christlicher Zeitrechnung Algerien eroberten und später größtenteils in der eingeborenen Bevölkerung aufgingen. Wenn man Gara Mamot sah, glaubte man ihm das aufs Wort; trotz der Veränderungen, die Epsal im Laufe der Generationen hervorgerufen hatte, zierte eine weißblonde Mähne Mamots stiernackigen Schädel, und die Augen waren so wasserblau wie die nordischer Seefahrer.

»Alles klar, Leutnant?« fragte Atlan.

»Jawohl, Sir. Wir können sofort starten.«

»Das werden wir auch tun.«

Atlan stürmte an Mamot vorbei und hörte, wie sich hinter ihm die Schotts schlossen. In der kleinen Zentrale warteten vier schwerbewaffnete Raumsoldaten und zwei schwarzglänzende Kampfroboter stehend, während ein Sergeant auf dem Platz des Kopiloten saß.

Gara Mamot stampfte so ungestüm herein, daß der Boden der Zentrale bebte. »Möchten Sie meinen Platz einnehmen, Sir? Ich habe sonst keinen Sitzplatz weiter anzubieten!«

»Danke. Ich kann stehen, Leutnant. Sie kennen die Koordinaten. Starten Sie sofort und landen Sie unter Beachtung der üblichen Vorschrift zehn Meter neben dem georteten Punkt!«

»Jawohl, Sir!«

Im nächsten Augenblick saß Mamot hinter den Hauptkontrollen. Den Helm hatte er, wie alle anderen auch, inzwischen geschlossen. Atlan vernahm seine Befehle an den Kopiloten und die Verständigung mit der Schleusenbedienung im Helm-Telekom.

Keine zehn Sekunden später schlugen die Tore des Innenschotts hinter der GA-5 zusammen. Dann gaben die Außenschotts nach, und der Gleiter schoß aus der Schleuse hinaus.

Gara Mamot bremste sofort und steuerte das Fahrzeug in engen Spiralen nach unten. Atlan beobachtete aufmerksam die Rundsicht-Schirme. Die Wüste lag hitzeflimmernd und wie ausgestorben unter ihnen. Es war völlig absurd, dort unten einen Gegner zu erwarten. Aber die Ortung war ganz eindeutig gewesen. Jemand hatte dort unten mit einem schweren Impulsstrahler geschossen.

Atlan kam es plötzlich zu Bewußtsein, daß sich die ganze Angelegenheit als harmlos herausstellen konnte. Vielleicht war dort unten nur ein Schiffbrüchiger, der sich bemerkbar machen wollte.

Die Antigrav-Generatoren des Gleiters heulten auf, als das Fahrzeug zur Landung ansetzte.

»Dort unten liegt ein Mensch«, sagte Mamot verwundert.

Atlan schaute in die angedeutete Richtung. Tatsächlich! Dort, am Hang einer Sanddüne, lag ein verkrümmter, menschlicher Körper, und über ihm blinkte glatt und hell eine Schmelzbahn im Sand.

Die Antigrav-Generatoren summten nur noch leise im Leerlauf. Der Gleiter schwebte jetzt wenige Zentimeter über dem Sand eines Dünentals.

»Atlan an Orog! Wie ist die Lage?«

»Unverändert, Sir«, kam die Antwort aus dem Telekom.

»Beobachten Sie weiter, Oberst. Wir steigen jetzt aus!« Atlan wandte sich an Mamot. »Sie halten den Gleiter startbereit und beobachten ebenfalls!«

Er gab dem Korporal, der das kleine Landekommando führte, einen Wink. Der befahl den Robotern, die Schleuse zuerst zu verlassen und in eine Position zu gehen, von der aus sie dem Kommando jederzeit Feuerschutz geben konnten.

Die Roboter polterten hinaus. Der Korporal wollte ihnen folgen, doch Atlan drängte ihn sanft zur Seite. »Lassen Sie mich zuerst gehen!«

Atlan kannte so ziemlich alle Tricks, mit denen man ein Landekommando überraschen kann. Er folgte den Robotern bis zum Ausstiegsluk, wartete, bis das stampfende Geräusch der Schritte aufhörte, und schnellte sich dann mit gestrecktem Körper hinaus. Geschickt fing er den Aufprall mit den Händen ab, rollte sich ab und hastete einige Meter weiter. Erst dann warf er sich hin und suchte, den Impulsstrahler schußbereit in der Faust, die Umgebung ab.

Aber nichts rührte sich. Links und rechts neben ihm plumpsten die Männer des Landekommandos in den Sand.

»Alles ruhig, Sir«, meldete sich Leutnant Mamot aus dem Gleiter.

Atlan atmete tief durch, klappte den Druckhelm zurück und stand auf. Die Soldaten folgten seinem Beispiel. Einige Sekunden stand Atlan noch und lauschte. Aus den Augenwinkeln nahm er die beiden Kampfroboter wahr, die bewegungslos auf Dünenkämmen verharrten. Sie hätten längst reagiert, wenn sich ein Feind in der Nähe befände.

Ohne noch länger zu zögern, ging Atlan nun auf den verkrümmten Körper zu. Er wurde blaß, als er das sah, was einmal ein menschlicher Kopf gewesen war.

Doch dann entdeckte er das rote V-Zeichen auf dem Brustteil der blauen Uniform. Überrascht pfiff er. Er wandte sich zu den Silhouetten der Berge am Osthorizont. Eine steile Falte bildete sich über der Nasenwurzel.

Dann handelte Atlan. Zuerst rief er über Telekom Oberst Orog an und befahl ihm, sofort einen Hilferuf an alle terranischen Schiffe auszustrahlen und die Koordinaten der PEYRA mitzuteilen. Danach sollte Orog die PEYRA startklar halten und sofort nach Einschleusung des Gleiters auf sechzig Kilometer Höhe gehen, gleichzeitig jedoch alles für ein massiertes Landeunternehmen vorbereiten.

Dann wandte er sich an die Leute des Kommandos. Ihre Gesichter sahen ausgesprochen grünlich aus, und Atlan wußte, daß daran nicht nur die grüne Sonne schuld war.

»Brennen Sie ein Loch in den Boden, Korporal. Die anderen heben den Leichnam hinein und schieben Sand darüber. Er war zwar unser Feind, aber ...« Er brach ab.

Als die Leute ihre Arbeit beendet hatten, legte Atlan stumm die Hand an den Helm. Dann drehte er sich um und ging zum Gleiter zurück.

24.

Perry Rhodan hatte den Beiboots-Hangar noch nicht verlassen, als es in den mechanischen Eingeweiden der THORA mit urhafter Gewalt aufbrüllte.

Hite Tarum setzte die volle Kraft der Ringwulst-Triebwerke ein. Als Rhodan die Zentrale betrat, meldete Tarum: »Eintritt in Linearraum in fünf Minuten, Sir.«

Rhodan nickte nur, ließ sich in den Kommodoresessel fallen und griff sofort nach dem Mikrofon. Er stellte den Interkom auf Runddurchsage.

»Hier Rhodan an Besatzung. Zur Information: Wir befinden uns auf dem Flug nach Opposite, um Atlan zu unterstützen. Atlan hat dort den Stützpunkt von Plophosern entdeckt. Es ist anzunehmen, daß auch der abgesetzte Obmann dort weilt. Achtung, an alle: Helme schließen. Gespräche nur über Helmfunk führen, anschnallen. Feuerleitzentrale: Fusionsraketen mit Erddruck-Zünder bereithalten, aber nur auf mein Kommando abfeuern. Robot-Abwehr-Waffen, Fernlenk-Atombomben von 0,01 bis 0,5 Megatonnen laden; jeweils halbe Breitseite der Impulswaffen auf Punktfeuer, andere Hälfte auf breitstreuenden Salventakt einstellen. Desintegratoren zur Bekämpfung stationärer Ziele reservieren. Transformstrahler nur auf angreifende Feindschiffe einsetzen, gegen Erdziele nur auf mein Kommando!

Energiezentrale: Dreifach gestaffelte Schutzschirme sofort nach Linearraumaustritt aufbauen. Befehlshaber Landungskorps: Robot-Vorkommandos zum Absprung bereitstellen, danach folgen Schwebepanzer, Transport-Shifts, Geschütze auf Antigrav. Erst danach springt Raumlande-Infanterie ab, gleichzeitig damit schwere und überschwere Roboter unter dem Kommando ihrer Robot-Leit-Offiziere. Achtung: Landeunternehmen läuft nur auf Abruf an!

Befehlshaber Space-Jet-Staffel: Fahrzeuge bereithalten zur Unterstützung der Landungstruppen! Bestätigungen bitte an Oberst Tarum. Ende!«

Rhodan drehte sich um und wollte Tarum nach dem Linearraum-Eintritt fragen. Da heulten auch schon die Warnpfeifen auf. Mit ernstem Gesicht lehnte Rhodan sich zurück, klappte den Druckhelm zu und schaltete den Helmfunk ein.

»Rhodan ruft Leutnant Moog. Bitte melden!«

»Hier Leutnant Moog, Sir.«

»Wo stecken Sie augenblicklich, Leutnant?«

»Noch in der THORA III, Sir, mit voller Besatzung. Ich wollte abwarten, ob wir noch gebraucht werden.«

»Sind Sie Hellseher?«

»Wie bitte, Sir? Ich verstehe nicht ...«

Rhodan lächelte. »Nur ein Scherz, Leutnant. Bleiben Sie weiter in der THORA III und halten Sie das Boot startbereit. Wir werden wahrscheinlich nachher wieder zu Ihnen kommen. Haben Sie verstanden?«

»Verstanden, Sir.«

»Danke – Ende!«

Rhodan wandte sich um und sah Marshall an. »Wenn das auf Opposite tatsächlich ein Stützpunkt des Obmanns ist, dann ist es der letzte, lange gesuchte.«

John Marshall nickte. Seine Stimme klang belegt. »Und wahrscheinlich auch der am besten ausgerüstete, Sir.«

»Ja, es wird eine harte Nuß zu knacken geben.«

»Sir?« fragte Nome Tschato zögernd.

»Ja, bitte?«

»Warum setzten Sie die Transformstrahler nicht sofort gegen den Stützpunkt ein, Sir?«

»Weil ...«, Rhodans Stimme wurde schleppend, »... ich kein Mörder bin, Oberstleutnant.«

Tschato runzelte die Stirn. »Sir, wir sind schließlich keine Piraten, sondern führen nichts anderes als eine Polizeiaktion durch. Schließlich ist Iratio Hondro von der plophosischen Regierung als flüchtiger Verbrecher eingestuft worden.«

»Und er ist auch einer, Tschato. Aber Sie sollten auch an die anderen Menschen im Stützpunkt denken. Nicht alle von ihnen haben Hondro durchschaut. Ihnen müssen wir eine Chance geben.«

»Das sehe ich ein, Sir.« Tschato machte ein finsteres Gesicht. »Ich fürchte nur, auf Opposite sitzt Hondros Elitetruppe. Von denen wird sich keiner ergeben.«

Perry Rhodan zog es vor zu schweigen. Was sollte er darauf entgegnen? Oft genug hatte er die Erfahrung machen müssen, daß die Angehörigen der Blauen Garde des Obmanns bis zum bitteren Ende kämpften. Es waren in solchen Fällen meist junge, dem Obmann fanatisch ergebene Leute gewesen. Es war anzunehmen, daß Tschatos Vermutung stimmte und daß auf Opposite tatsächlich die Elite der Elitetruppe saß.

Er gab sich einen Ruck. Vielleicht ging alles leichter als gedacht. Man müßte Bestätigungsfunksprüche von Plophos einholen, um den Gardisten zu beweisen, daß sie einem Verbrecher nicht zu dienen brauchten.

Sein Gedankengang wurde durch ein erneutes Warnsignal unterbrochen.

»Austritt aus dem Linearraum, Sir!« meldete Tarum. »Entfernung zu Opposite eine Million Kilometer.«

»Danke.«

Rhodan stand bereits vor dem großen Telekom. Er kontrollierte die Einstellung, dann gab er das zur Zeit gültige Kodesignal an Atlan ab.

Die Bestätigung kam von der PEYRA – und von den dreiunddreißig USO-Einheiten, die, von der Position der LION kommend, soeben anderthalb Millionen Kilometer vor Opposite aus dem Linearraum brachen.

Wehe der Welt, die sich ihnen entgegenstellte!

Als die PEYRA ihre Fahrt aufhob, mitten über der Wüste, schüttelte Iratio Hondro zuerst verständnislos den Kopf.

Doch dann kam eine Meldung der Spektralanalytiker, die ihn alarmierte. Fast genau unter dem Standort des terranischen Superschlachtschiffes hatte es dicht über dem Boden eine kurzzeitige Spektral-Veränderung gegeben.

Er mußte sich zusammenreißen, um seine kühlüberlegene Maske beibehalten zu können. Mit halbgeöffnetem Mund wartete er auf die Auswertung.

»Typisch für einen Impulsstrahlschuß, überschwere Handwaffe«, sagte der Schwarzhaarige. Erst dann begriff er, was er da gesagt hatte. Sein Unterkiefer rutschte nach unten.

Die Zornesader auf Hondros Stirn schwoll an. »Wer befindet sich außerhalb des Stützpunktes?« herrschte er seinen Stellvertreter, Oberst Kalu Hamprich, an.

Bevor der Oberst antworten konnte, fiel es Iratio Hondro selbst ein.

»Merk Nateby!« zischte er. »Dieser Idiot! Warum schießt er mit seinem Strahler herum, anstatt zu sterben!« Iratio Hondro knirschte mit den Zähnen. Schaum trat aus seinem Mund. Seine Augen blitzten haßerfüllt. Schließlich blieb sein Blick an Hamprich haften.

»Warum haben Sie den Kerl nicht töten lassen, als Alarm kam? Habe ich nicht gesagt, daß niemand sich außerhalb des Stützpunktes aufhalten soll?«

Oberst Hamprich war bleich geworden. »Major Nateby war ein Verurteilter, Obmann«, sagte er mit dem Mute der Verzweiflung »Nach dem Ehrenkodex der Garde ...«

Iratio Hondro kam von einem Augenblick zum anderen wieder zu sich. Er wischte sich mit dem Ärmel den Schweiß von der Stirn.

Seine Stimme klirrte wie zerbrechendes Glas, als er sagte: »Na schön!

Wenn wir sterben sollen, dann werden wir sterben, wie es sich für Plophoser gehört. Noch ist es ja nicht soweit. Mit dem einen Schiff werden wir fertig.« Wie zur Antwort darauf kam die Stimme des Schwarzhaarigen.

»Spektralverschiebung zwischen ein bis zwei Millionen Kilometer über Pulsa. Wahrscheinlich Austritt eines Flottenverbandes aus dem Linearraum und Strahlung von Impulstriebwerken. Oh, das müssen eine ganze Menge Schiffe sein!«

»Verdammt!« sagte Hamprich in die einsetzende Stille hinein.

Iratio Hondro lachte humorlos. »Die Terraner werden uns kennenlernen. Wir haben eine Menge Waffen, von denen sie nichts wissen.«

Mit einem Ruck riß er den roten Hauptschalthebel herunter.

Schlagartig flammten die Bildschirme und die Schirme der Ortung auf. Iratio Hondro interessierte sich nur für die überlichtschnell arbeitenden Echoschirme. Seine Lippen bewegten sich, als er die Hyperwellenreflexe zählte.

»Fünfunddreißig insgesamt. Nun gut. Sie kennen die Ausdehnung des Stützpunktes nicht genau. Wir werden die Raumabwehr vorläufig schweigen lassen. Vielleicht verleitet sie das zu einer Landung.

Oberst, Sie sorgen dafür, daß die Roboter vom MOLE-Typ sich sofort eingraben und Warteposition unter den voraussichtlichen Landeplätzen der Terraner einnehmen. Typ SPIDER muß an den Ausfall-Schleusen bereitgehalten werden. Er wird in der Deckung eigener Kampfroboter eingesetzt!«

Oberst Kalu Hamprich salutierte schweigend und rannte davon.

»Achtung! Achtung!« hallte es aus den Lautsprechern in den Wänden. »Hier Ortung West. Zwei terranische Superschlachtschiffe lösen sich aus dem Verband und gehen vertikal auf einen Punkt in der Nähe von Muddy Water herunter.«

Iratio Hondro wollte etwas sagen, da kam eine zweite Meldung.

»Achtung! Hier Ortung Mitte. Sechs Superschlachtschiffe nehmen Warteposition über den Höckerbergen ein. Insgesamt siebenundzwanzig andere Einheiten bilden eine Abriegelungsglocke.«

Hondros Stirn war schweißnaß. Aber er brachte noch ein zynisches Lächeln zustande. Langsam ging er zum Interkom und schaltete die Gemeinschaftswelle ein. Er war ein guter Psychologe und wußte, was seine Männer in dieser Lage brauchten. Zudem hatte er die Reden eines terranischen Diktators aus den dunkelsten Jahren des 20. Jahrhunderts eingehend studiert.

»Achtung!« rief er. »Obmann an alle! Die Terraner haben unseren Stützpunkt eingekreist. Wie es aussieht, scheuen sie jedoch vor einem direkten Angriff zurück. Sie wissen, daß sie die Elite von Plophos vor sich haben. Wahrscheinlich werden sie versuchen, uns mit Lügen zur Kapitulation zu überreden. Wir werden nicht darauf hereinfallen, sondern ihnen, sobald sie zu landen versuchen, einen vernichtenden Schlag versetzen. Ich weiß, materiell sind sie uns überlegen, aber entscheidend ist der Geist, der eine Truppe beherrscht. Unserem Geist haben sie nichts entgegenzusetzen, denn es sind nur armselige Söldlinge. Gardisten: Zeigen wir ihnen, was es heißt, sich mit uns anzulegen. Sieg oder Tod!«

Perry Rhodan hatte soeben die letzte Klarmeldung bekommen. Jetzt klappte er den Helm zurück und schaltete die Simultan-Schaltung ein, die seine Worte sowohl über Ultrakurzwelle und Telekom, wie auch über Hyperkom abstrahlte.

Das, was er zu sagen hatte, war an die Besatzung des Stützpunktes gerichtet.

»Achtung! Hier spricht Perry Rhodan. Ich wende mich an alle, die sich zur Zeit in dem illegalen Stützpunkt auf diesem Planeten aufhalten, den wir Opposite nennen. Ich wende mich auch an den ehemaligen Obmann Iratio Hondro. Der Stützpunkt ist von terranischen Einheiten eingekreist. Es gibt weder ein Entkommen noch eine wirksame Verteidigung. Wir könnten Sie mit den ersten Feuerschlägen der Superschlachtschiffe vernichten, ohne dabei einen einzigen Mann zu verlieren. Aber wir werden das nicht tun.

Ihr seid Menschen wie wir. Eure Vorfahren wanderten von Terra aus, dem Zentrum des Solaren Imperiums. Auf Plophos fanden sie eine neue Heimat. Bald hatten sie es zu Wohlstand gebracht. Ich bin stolz auf diese Kolonisten. Niemand hat sich dagegen gesträubt, ihnen die völlige Autonomie zu geben. Wir haben von Plophos niemals mehr verlangt als von uns selbst: nämlich die Einordnung unserer persönlichen Interessen unter die Interessen der gesamten Menschheit, auf welcher Welt sie auch lebt. Dem ehemaligen Obmann war dies nicht genug.

Er wollte nicht etwa mehr Freiheit für die Plophoser, denn das wäre absurd gewesen. Plophos besaß das Höchstmaß an Freiheit, bis auf die eine: die Freiheit, sich auf Kosten anderer zu bereichern. Nur um diese letztere Freiheit ging es Iratio Hondro. Er wollte seine Macht auf das ganze Imperium ausdehnen, um die persönliche Freiheit aller Menschen einzuschränken zugunsten seiner eigenen Freiheit – der Freiheit der Zügellosigkeit.

Plophoser! Das ist nicht nur ein Verbrechen im Sinne der Imperiums-

Gesetze, sondern auch im Sinne eurer eigenen Gesetze, die eure Vorfahren selbst ausarbeiteten. Iratio Hondro hat diese Gesetze gebrochen und aus freien Plophosern Untertanen einer Diktatur gemacht. Er ist nicht mehr regierender Obmann von Plophos, wie er euch glauben machen will. Auf Plophos gibt es eine provisorische Militärregierung, und freie Wahlen werden vorbereitet. Iratio Hondro aber ist als Verbrecher eingestuft worden. Wir, Regierender Lordadmiral Atlan und ich, Großadministrator des Solaren Imperiums, haben von Plophos die Vollmacht erhalten, eine Polizeiaktion gegen den flüchtigen Verbrecher Iratio Hondro durchzuführen und ihn bei den plophosischen Gerichten abzuliefern, damit ihm der Prozeß gemacht werden kann. Alle aber, die sich ihm in gutem Glauben angeschlossen haben und die keine Verbrechen verübten, können unbehelligt auf Plophos leben. Man wird dort tüchtige und intelligente Männer brauchen und nicht nach ihrer Vergangenheit fragen, wenn sie bereit sind, sich in das demokratische Leben einzufügen.

Ich appelliere an alle, die Waffen niederzulegen und den Stützpunkt zu verlassen. Ich appelliere auch an Iratio Hondro, opfern Sie Ihre treuesten Leute nicht in einem sinnlosen Kampf, dessen Ausgang bereits feststeht! Das ist ein Ultimatum. Ich erwarte eine Antwort darauf binnen einer Viertelstunde. Bleibt die Antwort aus, sehe ich mich gezwungen, den Stützpunkt zu stürmen. Ende!«

Perry Rhodan schaltete ab und schloß seinen Druckhelm. Er wartete.

Die Frist des Ultimatums lief ab. Die einzige Antwort der Plophoser war, daß sie Roboter ausschleusten. Rhodan appellierte noch einmal an die Vernunft, gab noch einmal eine Frist von fünfzehn Minuten. Dann befahl er die Landeoperation.

Aus der THORA und aus der PEYRA wurden die Robot-Vorkommandos ausgeschleust, während die Männer in der Feuerleitzentrale hinter den Waffenschaltungen saßen und bereit waren, den gelandeten Robotern Feuerschutz zu geben.

Aber niemand eröffnete das Feuer auf die Robots. Man hatte zwar beobachtet, daß die Plophoser Roboter ausschleusten, nur konnte man nicht feststellen, wo diese Roboter geblieben waren. In der Wüste jedenfalls konnten sie sich nicht verbergen.

Als die insgesamt neunhundert Roboter des Vorkommandos ausgeschwärmt waren, gab Rhodan das Zeichen zum Ausschleusen der Fahrzeuge: Schwebepanzer mit geschulten Bodenkampfbesatzungen, Transportshifts und fahrbare Geschütze.

Rhodan und Atlan standen in permanenter Telekomverbindung. »Iratio Hondro plant eine Teufelei«, sagte Atlan soeben.

Rhodan nickte. »Das ist so gut wie sicher, mein Freund. Nur weiß ich beim besten Willen nicht, wo er ansetzen will.«

Er drehte sich um, als Hite Tarum aufgeregt Zeichen gab. »Was gibt es, Oberst?«

Hite Tarums Gesicht war bleich, und Rhodan hatte sofort ein ungutes Gefühl.

»Dreißig Prozent der gelandeten Fahrzeuge sind vernichtet, Sir. Da unten ist die Hölle los!«

Perry Rhodan fuhr herum und schaute auf die Ausschnitt-Vergrößerung der Bildschirme.

Rauchschwaden verhüllten einen Teil des Bildes. Aber ganz deutlich war zu erkennen, daß fortwährend Fahrzeuge des Landekommandos in die Luft flogen.

»Wo kommt der Beschuß her?«

Hite Tarum antwortete verwirrt: »Keine Geschoßortung, Sir. Wenn wir nicht vorhin nach Minen gesucht hätten, würde ich sagen, das sind Minen.«

»Es sind Spezialroboter, Perry«, ließ Atlan sich vernehmen. »Ich fürchte, dagegen haben wir keine Abwehr. Schließlich können wir nicht mit Fusionsraketen auf unsere eigenen Leute schießen.«

Rhodan sagte entschlossen: »Die Schwebepanzer und Shifts sollen sich in die Prärie zurückziehen. Wir schleusen sofort sämtliche Kampfroboter aus. Alle kann man wohl kaum vernichten!«

»Sechzig Prozent vernichtet, Sir«, gab Tarum bekannt.

Rhodan riß sich zusammen. Die Versuchung, den Stützpunkt einfach zu vernichten, war groß. Aber er wollte den Plophosern eine letzte Chance geben. Man konnte sie doch nicht einfach töten!

Die Fahrzeuge zogen sich jetzt rasch zurück. Die Spezialroboter schienen ihnen nicht so schnell folgen zu können. Und dann landeten sechstausend schwere Kampfroboter unten in der Wüste. Sie setzten sich sofort in Richtung Stützpunkt in Marsch, gesteuert von der Robotleitzentrale des jeweiligen Schiffes.

»Na endlich!« atmete Rhodan auf, als von den Höckerbergen seltsame, spinnenartige Roboter angesprungen kamen. »Jetzt müssen sie sich in offenem Kampf stellen.«

Als er seinen Irrtum erkannte, war es fast zu spät.

Die Robot-Spinnen konnten nur zerstört werden, wenn sich mehrere Roboter des Vorkommandos auf sie einschossen. Bevor das allerdings geschah, waren bereits Hunderte heran. Seltsamerweise erwiderten sie das Feuer nicht. Ihnen schien es zu genügen, in die Reihen der feindlichen Roboter einzudringen.

Und dann drehten sich die Roboter des Vorkommandos plötzlich um und griffen das Robot-Hauptkommando an.

»Ich habe es ja schon immer gesagt, Menschen sind erfinderisch.« Atlan lachte. Doch er wurde schnell wieder ernst. »Was nun, Perry? Wir können unsere Kampfroboter nicht weiter vordringen lassen, sonst programmiert man sie alle um.«

Rhodan fluchte. Aber er stellte sich schnell auf die veränderte Situation ein.

»Feuer aus Impulsgeschützen auf Spinnen-Robots und eigenes Robot-Vorkommando. Das Hauptkommando dringt langsam weiter vor. Atlan, ich möchte dich bitten, zwei deiner Schlachtkreuzer hierher zu beordern und ebenfalls sämtliche Roboter ausschleusen zu lassen. Die Plophoser müssen glauben, wir wollten die Entscheidung im Vorgelände erzwingen.«

»Gut, Perry! Und wie geht es weiter? Du hast doch einen Plan?«

Rhodan lächelte grimmig. »Ich muß wissen, was im Stützpunkt gespielt wird, Atlan. Deine sechs Superschlachtschiffe werden in zehn Minuten Punktfeuer auf alle sich zeigenden Abwehrforts des Stützpunktes eröffnen. Außerdem schleusen wir je zehn Space-Jets aus, die die Abwehr des Feindes niederhalten. Zusätzlich werden die PEYRA und die THORA ihre gepanzerten Beiboote einsetzen. Ziel: Oberfläche des Stützpunktes. Innerhalb von zwei Minuten müssen Schächte durch die Felsdecke bis zum Stützpunktinnern gebrannt werden. Die Kommandogruppen dringen in den Bunker ein. Anschließend bringen sich die Beiboote in Sicherheit. Wenn der Einbruch gelingt, gebe ich ein Funksignal. Daraufhin setzen unsere Roboter und Mannschaften zum Sturm auf den Stützpunkt an. Iwan Goratschin wird von hier aus den plophosischen Robotern zu schaffen machen. Beginn der Aktion in fünfzehn Minuten!«

»Fein ausgedacht«, knurrte Atlan. »Du begibst dich in Gefahr, und ich soll in der Etappe bleiben.«

»Keine Zeit für Diskussionen, Atlan.«

»So ist es immer – keine Zeit. Schon gut, Barbar. Du kannst dich auf mich verlassen. Paß auf dich auf, mein Freund!«

Perry Rhodan winkte ihm kurz zu, dann schaltete er ab. Nachdem er Hite Tarum und Goratschin in seinen Plan eingeweiht hatte, blickte er zur Uhr. »Noch zehn Minuten.«

Er rief Leutnant Moog und befahl ihm, in den nächsten fünf Minuten mit seiner Kommandogruppe startklar zu sein. Dann lief er zum Ausgang.

Er war schon am Hauptliftschacht angelangt, als er merkte, daß Nome Tschato und Dan Picot ihm folgten.

»Was wollen Sie?« fragte er barsch.

Tschato nahm Haltung an. »Sir, wir bitten, an dem Kommandounternehmen teilnehmen zu dürfen.« Mit wehleidiger Miene setzte er hinzu: »In der THORA gibt es sowieso keine Aufgabe für uns.«

Rhodan seufzte. »Na schön! Los, kommen Sie mit.«

So kam es, daß Dan Picot freiwillig an einem Himmelfahrtskommando teilnahm.

Für die beiden Beiboote war es nur ein Katzensprung bis zum Stützpunkt des Obmanns. Aber diese kurze Strecke führte durch eine Hölle.

Die Plophoser schienen zu merken, daß die Terraner etwas Besonders vorhatten. Sie fuhren ihre Geschützkuppeln aus und eröffneten das Feuer in dem Augenblick, in dem die Beiboote ausgeschleust wurden.

Perry Rhodan preßte die Lippen aufeinander. Gleißende Blitze fuhren unablässig vom Himmel herunter, wühlten die Berge um und zerschmolzen eine Geschützkuppel nach der anderen. Aber die Plophoser wehrten sich erbittert, und sie hatten eine Menge Waffen einzusetzen. Den direkt über ihnen schwebenden Superschlachtschiffen konnten sie zwar nichts anhaben, aber einer der Leichten Kreuzer wurde so schwer getroffen, daß er zur Notlandung mitten in der Geröllwüste ansetzen mußte. Dicht über dem Boden verwandelte er sich in einen grelleuchtenden Gasball. Die Detonationswelle brachte die beiden Beiboote zum Schlingern. Aber ihre Kommandanten waren erfahrene Schiffsführer. Sie glichen die Kursabweichung sofort wieder aus.

Wie einen schnellaufenden Film sah Rhodan die Roboterschlacht unter sich vorüberhuschen. Die Front wogte hin und her, und dort, wo die stählernen Ungetüme aufeinanderprallten, glich das Schlachtfeld einem Höllenschlund. Immerhin waren es nur Roboter, die vernichtet wurden.

Jetzt mußten die feuernden Superschlachtschiffe die beiden Beiboote geortet haben. Schlagartig stellten sie ihr Feuer ein.

Leutnant Moog wartete nicht erst einen Befehl ab. Er beschleunigte noch einmal, dann bremste er mit voller Kraft ab. Das Beiboot wirbelte um seine Achse. Die ersten Strahlschüsse schlugen gegen die Abwehrschirme. Noch hielten sie.

Plötzlich sackte das Boot wie ein Stein in die Tiefe. Zehn Meter über einem Felsbuckel kam es zum Stehen. Im gleichen Augenblick begannen die speziell dafür im Pol eingebauten Desintegratorgeschütze zu arbeiten. Sie vergasten die getroffene Materie und ließen unwirklich schnell schmale Schächte entstehen.

Aber nun hatten die Plophoser begriffen, worum es ging. Wie ein Unwetter tobten Energiebahnen und Atomraketen gegen die Schutzschirme. Rhodan begriff, daß das Boot nie mehr würde starten können.

Er rief das Beiboot der PEYRA. Es kam keine Antwort.

Stumm blickten Tschato und Rhodan sich an. Rhodan schluckte den Kloß hinunter, der ihm im Hals aufsteigen wollte, dann befahl er Leutnant Moog, mit der gesamten Besatzung auszusteigen, sobald die Schächte das Stützpunktinnere erreichten. Er mußte schreien, um sich überhaupt noch verständlich machen zu können.

Endlich kam die erlösende Meldung. »Vier Schächte sind fertig!«

»Vorwärts!« befahl Rhodan.

Im selben Augenblick brachen die Abwehrschirme des Beibootes zusammen. Kreischend fraßen sich die ersten Energiebahnen durch die Spezialpanzerung. Die Wände begannen zu glühen.

Die Kommandogruppe sammelte sich vor der Bodenschleuse. Jeder der Männer trug den Einsatzanzug, der flugfähig war und einen starken Abwehrschirm besaß.

»Es fehlen noch vier Mann!« keuchte Leutnant Moog.

Die Erschütterung einer Explosion warf sie durcheinander. Die Notbeleuchtung erlosch. Rhodan stellte seinen Telekom auf höchste Lautstärke. »Jeder handelt nach eigenem Ermessen. Bleiben Sie möglichst dicht beieinander. Und jetzt – los!«

Die Schleuse öffnete sich. Diszipliniert sprangen die Männer hinaus. Unwillkürlich verteilten sie sich auf die vier Schächte. Über ihnen brach das Beiboot auseinander und schüttete glühende Trümmer in die Schächte hinein. Wer sich nicht rechtzeitig von der Schachtsohle in das Innere des Stützpunktes begeben hatte, war verloren.

Perry Rhodan gab das vereinbarte Kurzsignal an Atlan. Dann wehrte er sich seiner Haut.

Glücklicherweise waren es nur drei Plophoser gewesen, die sich ihnen entgegenstellten. Aber sie kämpften wie die Berserker und töteten zwei Mann aus Rhodans kleiner Gruppe, bevor sie selbst umkamen.

Nome Tschato sprang auf und stürmte den gewundenen Gang entlang. Perry Rhodan folgte ihm so schnell wie möglich. Aber er war doch nicht der erste, der ihn einholte. Als er um eine Biegung stürmte, prallte er erschrocken zurück.

Tschato lag auf dem Boden und ließ sich von Picot den linken Oberschenkel verbinden. Mit schmerzlich verzogenen Lippen grinste er Rhodan entgegen.

»Nicht schlimm, Sir. Gleich bin ich wieder einsatzfähig.«

»Halt den Mund!« fauchte Picot ihn respektlos an. Er blickte Rhodan an. »Pardon, Sir! Dieser Kerl ruiniert meinen Magen noch völlig. Wenn man nicht auf ihn aufpaßt, läuft er geradewegs in sein Verderben.«

Rhodan klopfte ihm auf die Schulter. »Wenn Sie fertig sind, kommen Sie nach!«

Erst, als er einige Schritte weitergegangen war und die zwei toten Plophoser sah, wußte er, wie sehr Picots Äußeres ihn immer getäuscht hatte.

Bisher hatte Rhodan sich gewundert, wie wenig Widerstand ihnen entgegengesetzt wurde. Nun, etwa zwanzig Minuten nach ihrem Eindringen in den Stützpunkt, veränderte sich die Situation völlig.

Zuerst waren sie erschrocken, als das Trappeln vieler Stiefel in ihrem Rücken erscholl. Doch dann sahen sie die Uniformen des Solaren Imperiums, vermischt mit den wuchtigen Gestalten von Kampfrobotern. Die Plophoser waren so gut wie geschlagen.

Atlan bestätigte es wenig später über Telekom. Gleichzeitig bat er Rhodan, sofort zur Schachtöffnung zu kommen.

Als Rhodan, ein wenig verwundert, der Aufforderung folgte, traf er draußen auf Atlan, der persönlich mit einem gepanzerten Gleiter gekommen war.

»Die Plophoser sind Wahnsinnige, Perry. Sie haben sich, nachdem ihre Niederlage besiegelt war, in das Feuer unserer Roboter gestürzt. Aber darum habe ich dich nicht gerufen. Der Obmann wollte fliehen, Perry. Sein Schiff kam nicht weit. Es liegt nur zwei Kilometer von hier. Die Bergungsmannschaften sind bereits unterwegs.«

»Gut! Sehen wir nach, ob Hondro noch lebt!« sagte Rhodan.

Er lebte noch. Perry Rhodan und Atlan hatten sich mit ihren Desintegratoren einen Weg durch die Trümmer gebahnt, während die Bergungsmannschaften die schwerverletzten Besatzungsmitglieder herausholten.

Iratio Hondro lag auf dem Boden der Zentrale. Sein Atem ging stoßweise, und blutiger Schaum stand ihm vor dem Mund. Aber die Augen waren noch klar. Er blickte Rhodan an.

»Du hast gesiegt, Rhodan. Ich werde sterben, und das ist wohl auch die beste Lösung.« In seiner Stimme war kein Haß. Sie war ruhig und ohne Furcht. »Nun, ich gebe zu, daß du dich als der bessere von uns beiden erwiesen hast. Ich hatte dich gründlich unterschätzt.«

Zum erstenmal verschleierten sich seine Augen. Er mußte starke Schmerzen haben.

Plötzlich bäumte sich sein Oberkörper auf. Rhodan kniete neben dem Obmann nieder und stützte ihn. Ein Lächeln glitt über das vom Tod gezeichnete Gesicht.

»Keine rührseligen Szenen bitte, Terraner. Ich ...«, er bewegte stöhnend den Arm und nestelte am Verschluß seiner Kombination herum, »... ich habe ... noch etwas ... für dich.« Er zog eine Schnur hervor und streifte sie über seinen Kopf.

Perry Rhodan schaute auf den zum Vorschein kommenden eiförmigen Gegenstand. Es war ein Zellaktivator!

»Nimm ihn!« sagte Iratio Hondro. »Gib ihn Mory Abro, der Rebellenführerin. Sie braucht ihn, wenn sie an deiner Seite leben will. Und ... bleib auf deinem Weg, Rhodan. Du wirst es schaffen, ich weiß es. Leider zu spät für mich. Viel Glück auf dem Weg, Rhodan – und viel Glück für die Menschheit!«

Ein Zittern lief über den Körper des Mannes, der beinahe ein Imperium aus den Angeln gehoben hätte.

Perry Rhodan drückte ihm die Augen zu und ließ den Oberkörper zurückgleiten.

Im nächsten Augenblick bebte die Erde. Ein unheimliches, unterirdisches Grollen drang an die Ohren der beiden Männer.

Rhodan rief über Telekom Hite Tarum an.

»Die letzten Verteidiger haben sich mitsamt dem Stützpunkt vernichtet, Sir. Insgesamt konnten nur acht schwerverletzte Plophoser gefangengenommen werden.«

»Ich konnte es mir denken«, Atlan strich sich mit müder Gebärde über die Stirn, »ein Mann wie Iratio Hondro tritt nur mit einem Donnerschlag ab.«

»Da ziehen sie hin«, sagte Dan Picot bitter, »und wir hängen immer noch hier herum.«

Nome Tschato lächelte. »Für morgen ist der Flottentender angesagt, Dan. Er wird unsere Hyperkraftmaschinen ersetzen, und dann kann die LION wieder abdampfen.«

»Abdampfen! Wie das klingt! Ich wollte, es gäbe noch so etwas wie die Dampfschiffahrt des terranischen Mittelalters, Sir. Dann wäre ich nämlich Erster auf so einem Kahn geworden. Hätte meinem Magen bestimmt besser getan, als ... Ach, lassen wir das!«

Um Tschatos Mundwinkel zuckte es verdächtig.

»Hm! Falls Sie lieber doch zum Bodenpersonal wollen, Dan; ich stelle Ihnen nichts mehr in den Weg.«

Picot rief mit hochrotem Kopf: »Ach nein? Mit einemmal? – Es wäre ja besser für meinen Magen«, fügte er mit kläglichem Gesicht hinzu. »Aber es geht einfach nicht. Wissen Sie, Sir, der Zwischenfall im Stützpunkt hat mir bewiesen, daß Sie ohne mich nicht leben können. Nein, ich bleibe auf der LION, und wenn es nur deshalb ist, weil ich auf Sie aufpassen muß.«

25.

John Marshall, Chef der Mutanten, machte sich seit einigen Tagen Sorgen um Mausbiber Gucky. Wenn es auf 18 Uhr ging, begann Gucky demonstrativ zu gähnen, sprach von Erschöpfungszuständen und suchte seinen Bungalow auf. Fragte man Leutnant Guck am nächsten Tag, ob es ihm jetzt besser ginge, dann gab er eine ausweichende Antwort.

Heute hatte er sich kurz vor 18 Uhr abermals bei Marshall krankgemeldet und war danach verschwunden. Marshall, der kurz darauf in Guckys Bungalow anrief, bekam keine Verbindung. Sein Versuch, den Mausbiber telepathisch zu erreichen, mißglückte. Sollte der Kleine, der bis heute nie verraten hatte, wie alt er war, sich tatsächlich krank fühlen?

Als Fellmer Lloyd in Marshalls Dienstzimmer trat, fiel ihm die nachdenkliche Verfassung seines Chefs auf. »Gibt es schon wieder neuen Ärger?« fragte er ahnungslos.

Marshall erzählte ihm, was ihm Sorgen machte. Hin und wieder nickte Lloyd zustimmend zu seinen Worten. Als Marshall ihn fragend ansah, sagte er: »Gucky ist seit dem letzten Einsatz verändert nach Terrania zurückgekommen. Ob seine Frau Iltu ihm den Kopf gewaschen hat und der Haussegen bei den beiden schief hängt?«

»Unwahrscheinlich, Fellmer. Gucky verschwindet zu regelmäßig. Jeden dritten Tag. Geht es auf 18 Uhr, dann gähnt er einem etwas vor, daß man darüber selbst müde wird.«

»Der Kleine war schon immer ein guter Schauspieler, John. Haben Sie denn nie versucht, seine Gedanken zu lesen?«

John Marshall winkte ab. »Kommen Sie bei Gucky durch, wenn er seine Gedanken abschirmt? Na also! Warum lachen Sie jetzt, Fellmer?«

Der Orter- und Telepathmutant nahm jetzt erst im Sessel Platz. »Ich habe einen Verdacht, Marshall. Natürlich kann ich mich täuschen. Wissen Sie zufällig, was in dreitägigem Abstand seit fast zwei Wochen um 18 Uhr von der Trivid-Station 7 gesendet wird?«

»Haben Sie Zeit dazu, sich ein langweiliges Trivid-Programm anzusehen?« fragte Marshall fast vorwurfsvoll.

»Sie wissen's also nicht, Marshall. TV-7 strahlt heute die letzte Folge der abenteuerlichen Serie *Der Raumpirat* aus. Ich selbst kenne sie nicht, aber nach dem, was ich darüber gehört habe, soll die Serie ein Knüller sein. Einige Male wurde sogar der Verdacht geäußert, der Autor müßte ein Angehöriger der Flotte oder der USO sein.«

»Wenn ich auf allen Unsinn hören wollte, der jeden Tag gesagt wird, dann käme ich zu keiner Arbeit mehr, Fellmer. Seit wann setzt sich Gucky vor eine Bildwand? Bis heute hat der Kleine immer wieder seinen guten Geschmack bewiesen.«

»Es war nur ein Verdacht, Marshall. Aber die Sendung soll wirklich gut sein ...«

»Dann sehen wir sie uns doch an. Kommen Sie, Fellmer. Im Nebenzimmer steht ein Apparat.«

Das Gerät im Nebenraum war in Betrieb. Acht Angehörige des Mutantenkorps saßen davor und verfolgten gespannt das Geschehen auf der Bildwand. Niemand drehte sich um, als John Marshall und Fellmer Lloyd hinter ihnen Platz nahmen.

Nach fünf Minuten flüsterte Marshall Lloyd ins Ohr: »Donnerwetter! Das Stück ist erstklassig. Sie haben recht. Das kann nur einer aus der Flotte oder der USO verfaßt haben.«

Fellmer Lloyd unterbrach ihn. »Da, Marshall! Sehen Sie! Hören Sie!«

Sie sahen und hörten, und dann sahen sie sich gegenseitig fassungslos an. Leise standen sie auf und verließen den Raum. In Marshalls Gleiter rasten sie quer über Terrania zu Guckys Bungalow am See.

Die Terrasse vor dem Strand war leer, aber die Tür stand offen. Sie fanden ihn in gemütlicher Lage auf der Couch liegen, und über sein Trividgerät kam die Sendung der Station TV-7 herein.

Auf dem Holoschirm fand der Raumpirat sein verdientes Ende. Die Sendung war gerade vorbei, als Marshall und Lloyd wortlos Platz nahmen.

»Das also waren deine Erschöpfungszustände, Gucky!« sagte Marshall vorwurfsvoll.

Geistesgegenwärtig erwiderte Gucky: »Liege ich nicht völlig erschöpft auf meiner Couch? Ja, wenn ich draußen auf der Terrasse in der Sonne gelegen hätte oder im See geschwommen wäre. Trage ich keinen Schlafanzug? Was willst du überhaupt hier? Nach einem Krankenbesuch sieht das gar nicht aus.«

Gucky konnte wunderbar schauspielern. Sein Gähnen wirkte echt. Mit einem Fingerschnipsen schaltete er das Gerät ab. Er legte den Kopf zur Seite und blinzelte Marshall und Lloyd an. Beide hatten ihre Gedanken abgeschirmt.

»Was wollt ihr? Ich bin krank, und ich bedarf der Schonung. Sonst würde ich euch ja gern als meine Gäste sehen, aber ihr müßt verstehen ...«

John Marshall fiel ihm ins Wort. »Wir haben sogar ein bißchen mehr verstanden, Gucky. Du selbst hast die Trivialserie *Der Raumpirat* geschrieben! Du hast Auslassungen Rhodans wortwörtlich benutzt. Du hast den Piraten wie Bully reden und handeln lassen! Was du dir erlaubt hast, ist nicht zu verzeihen.«

Gucky hatte seine Augen geschlossen. Marshalls Anschuldigungen schienen ihn nicht berührt zu haben. »Willst du mich bei Perry verpetzen, John?« In dieser Frage lag das Bekenntnis, daß er der Autor der Serie war.

»Bleibt mir etwas anderes übrig, als ihm davon Mitteilung zu machen? Ich komme nicht umhin, ihn und Bully zu informieren.« Marshalls Stimme klang scharf.

»Der Dicke wird sich freuen«, sagte Gucky wie einer, der in den letzten Zügen liegt. »Aber jetzt kann ich euch geistig nicht mehr folgen. Geht bitte!«

Auf dem Weg zur Großadministration fragte Lloyd: »Sie wollen Rhodan wirklich informieren, Marshall?«

»Ihn und Bully. Was Gucky sich geleistet hat, ist unverantwortlich!«

Marshall traf bei Perry Rhodan auch Bully und Atlan an. Er machte Meldung, aber über die ersten zwei Sätze kam er nicht hinaus.

Bully lachte schallend. Atlan stimmte in sein Lachen ein. Perry Rhodan schmunzelte. John Marshall schwieg verwirrt.

Bully schlug ihm auf die Schulter. »Marshall, waren Sie bei unserem Gartenzwerg?«

»Ich komme von ihm.«

»Und er hat Ihnen nicht gesagt, daß er uns sein literarisches Erstlingswerk zur Genehmigung vorgelegt hatte?«

»Kein Wort. Im Gegenteil. Ich machte ihn darauf aufmerksam, daß er Erklärungen Rhodans wortwörtlich benutzt und daß der Raumpirat eine auffallende Ähnlichkeit mit Ihnen habe. Auf meinen Hinweis, ich würde Rhodan und Sie informieren, sagte er nur: ›Der Dicke wird sich freuen!‹«

Bully lachte abermals. »Marshall, ich werde nicht darauf reagieren.

Denn das erwartet der Kleine, seitdem er uns sein Manuskript vorgelegt hat. Perry und ich haben getan, als ob wir die Ähnlichkeit zwischen den beiden Hauptpersonen und uns nicht bemerkt hätten. Wir werden dabei auch bleiben. Ansonsten war die Serie so abgefaßt, daß jemand, der uns nicht so gut kennt wie Angehörige aus Ihrem Korps, gar nicht auf den Gedanken kommt, Perry und mich mit den beiden Hauptpersonen zu identifizieren. Der Kleine hat sich diese mühselige Arbeit gemacht, um mir eins auszuwischen. Na ja, verdenken kann ich es ihm nicht. Ich habe ihn vor einiger Zeit mal ungerecht angefahren und mich hinterher nicht bei ihm entschuldigt. Und das kann unser Gartenzwerg nicht vertragen.

Aber etwas anderes, Marshall. Setzen Sie sich doch einmal mit der Antwerp-Corporation in Verbindung. Sie kennen doch die Firma, die hauptsächlich Halman-Kontakte herstellt. Wenden Sie sich an den Hauptaktionär und Eigentümer der Gesellschaft, Cole Antwerp. In der Verkaufsabteilung dieser Leute soll etwas nicht geheuer sein. Einzelheiten wird Ihnen Cole Antwerp geben. Vermutlich wird nicht viel dahinterstecken, aber fliegen Sie nach Europa hinüber und sehen Sie doch mal nach.«

Seitdem Perry Rhodan wieder nach Terrania zurückgekehrt war, hatte der Großsender oft Schnellverbindungen zum Planeten Plophos im Eugaul System herzustellen. Der Hyperkomstrahl endete in New Taylor, vor der Gegenstation hielt sich Mory Abro auf. Die Gespräche gingen über Zerhacker und Raffer. Neugierige Ohren sollten nicht erfahren, was sich Mory Abro und Perry Rhodan privat zu sagen hatten.

Gerade sprach er wieder mit ihr. Die beiden Roboter vor seinem Arbeitszimmer hatten Anweisung, jede Störung fernzuhalten. Aber gegen Guckys Teleporterkunst konnten sie nichts ausrichten.

Plötzlich stand er vor Rhodan. Der verstummte mitten im Satz, warf dem Mausbiber einen scharfen Blick zu, der jeden anderen davongejagt hätte, und mußte dann Mory Abro sagen, weil Gucky sich nicht von der Stelle rührte: »Mory, dein bester Freund Gucky ist gerade bei mir aufgetaucht.«

Ihre grünen Augen glänzten noch stärker vom Bildschirm. Lachend fragte sie: »Darf ich dem Kleinen guten Tag sagen, Perry?«

Gucky watschelte schon heran, sprang ohne zu fragen auf Rhodans Schoß, um mit seinem Kopf in den Aufnahmewinkel der Kamera zu kommen und piepste freudig: »Hallo, Mory! Oh, reizend siehst du heute aus. So habe ich dich noch nie gesehen. Deine Augen strahlen wie Sterne. Dein Mund …«

In diesem Augenblick hatte Rhodan in sein Nackenfell gegriffen und ihn zurückgezogen. »Hör mal, Kleiner. Deine Komplimente schenkst du lieber deiner Frau Iltu. Das Süßholzraspeln ...«

»... überlasse ich dir natürlich, Perry!« Im gleichen Moment war Rhodans Schoß leer.

Über den Hyperkom klang das helle Lachen Morys. »Bitte, Perry, stell den Kleinen deswegen aber nicht zur Rede. Weißt du, warum jeder Gucky gern haben muß? Er ist von uns allen der einzige, der auch nicht ein Gramm seiner Persönlichkeit dem modernen Leben und dessen Hetze geopfert hat. Du kennst ihn schon viel länger als ich. War er früher anders?«

»Nein, Liebe«, und er schmunzelte dabei. »Gucky hat sich in den vielen Jahrzehnten nicht verändert. Er hat so unendlich viel in sich aufgenommen: Wissen, Erkenntnisse und Erlebnisse, aber im Grunde ist er derselbe geblieben, der sich damals auf Tramp, seiner Heimatwelt, in einer Kiste in die STARDUST schmuggelte. Nur möchte ich gern wissen, was ihn jetzt veranlaßte, zu mir zu kommen.«

Kurz darauf erfuhr er es. Rhodans Gespräch mit Mory Abro war beendet, die beiden Roboter hatten die neue Anweisung erhalten, Besucher wieder durchzulassen, als John Marshall eintrat.

Er war vor einer Stunde aus Europa zurückgekommen. Den größten Teil der Strecke hatte er mittels Transmitterstationen bewältigt.

»Sir«, sagte er, »ich suchte Mister Bull, als Gucky auftauchte und mir berichtete, daß er mit einem Schiff der USO zum Planeten Paro im Ala-System unterwegs sei. Ich komme von der Antwerp-Corporation. Hat Gucky Ihnen vielleicht schon erzählt, was ich dort festgestellt habe?«

Rhodan schüttelte den Kopf. Marshall berichtete.

»Mister Cole Antwerp empfing mich in Turin sehr freundlich, und machte mich mit seinem Verkaufsleiterstab bekannt. Ein Drittel der Produktion des großen Werkes bilden die Halman-Kontakte. Das sind positronische Schachtelaggregate, so groß, wie früher Streichholzschachteln waren. Jeder Industriezweig benötigt sie. Zu Tausenden findet man sie auf jedem Raumer.

Der Umsatz der Halman-Kontakte ist in den letzten Monaten um das Vierfache gestiegen, aber die Verkaufsleitung der Corporation weiß nicht, wer die Endabnehmer sind. Das Werk hat versucht, es in Erfahrung zu bringen und konnte die Ladungen bis zum Planeten Archetz verfolgen. Dort aber waren Lieferungen mit Stückzahlen von fünf und zehn Millionen verschwunden.«

Die kleine Pause, die Marshall unbeabsichtigt einlegte, nutzte Rhodan zu der Bemerkung: »Wie konnte Bully Sie mit diesem Auftrag belasten, Marshall?«

Der winkte ab. »Den gleichen Gedanken hatte ich in Turin in der ersten halben Stunde. Ich wollte den Herren schon sagen, daß wir doch nicht dafür da sind, Geldforderungen für große Werke einzutreiben, als Mister Cole Antwerp mich zur Seite nahm und mir unter vier Augen sagte: ›Wir vermuten, daß Millionen Halman-Kontakte durch die Springersippe Cafan zum Blauen System geschafft worden sind. Wir vermuten es nur. Beweise besitzen wir nicht.‹

Ich habe von Turin aus unseren geheimen Stützpunkt auf Archetz angerufen. Die Männer haben auf der Händlerwelt erstaunlich schnell gearbeitet. Ich unterhielt mich noch mit Cole Antwerp, als die Mitteilung von Archetz einlief, daß Gerüchten zufolge der Springerpatriarch Sogo Cafan mit seinen 23 Schiffen seit Monaten zwischen M 13 und dem Imperium der Akonen hin- und herpendele.

Daraufhin habe ich Mercant unterrichtet; der versprach, dem Fall nachzugehen. Er brauchte die Solare Abwehr auf dem Regierungsplaneten Sphinx im Blauen System nicht einzuschalten. Von dort war nach hier schon gemeldet worden, daß Sogo Cafan mit seinen Raumern riesige Mengen Halman-Kontakte zu den Akonen schaffe. Weil hier in der Zentrale kein Mensch mit dieser Nachricht etwas anfangen konnte, war sie gespeichert aber nicht ausgewertet worden. Aufgrund meiner Nachricht aus Turin setzte Allan D. Mercant einige Fachleute auf diesen eigenartigen Handel an.«

»Wirklich eigenartig, oder nur ein riesiges Umweg-Geschäft, über das sich die Antwerp-Corporation eigentlich freuen sollte, Marshall?«

»Mister Cole Antwerp, ein junger Mann von 24 Jahren, war über den florierenden Verkauf nicht glücklich, weil es eine Kleinigkeit ist, einen Halman-Kontakt umzubauen, und dann hat man ein Schaltelement, das die Steuerung der Geschütz-Zieloptik übernimmt!«

»John, das ist keine gute Nachricht«, sagte Rhodan, der nachdenklich geworden war. »Verbinden Sie mich mal mit Mercant.«

Die Verbindung kam zustande. »Mercant, was sagen Sie zu der Nachricht, die Marshall aus Turin mitgebracht hat?«

»Sir, es sind schon über achtzig Mann nach Sphinx unterwegs. Wenn wir ausreichend über das Flottenbau-Programm der Akonen unterrichtet sein wollen, dann reicht die kleine Einheit auf Sphinx nicht aus, diese Aufgabe präzise zu erledigen.«

»Mit anderen Worten: Sie haben mal wieder Ahnungen, Mercant?«

»Leider, Sir.«

Wenn Mercants Ahnungen mit seiner Tätigkeit als Chef der Solaren Abwehr, wie sich die Organisation nach dem Auseinanderfallen der Galaktischen Allianz nun wieder nannte, in Zusammenhang standen, dann konnte man sich darauf verlassen, daß böse Überraschungen vor der Tür standen.

Rhodan schwieg zu der Bestätigung des Solarmarschalls, aber es war nicht schwierig, die Gedanken des Großadministrators zu erraten.

In einigen Tagen sollten auf Plophos Obmann Mory Abro und Großadministrator Rhodan getraut werden. Die Hochzeitsfeierlichkeiten, so war es vorgesehen, würden sich über vier Wochen erstrecken.

War diese Hochzeit jetzt gefährdet? Planten die Akonen vielleicht, das Solsystem in dieser Zeit zu überfallen, während sich alle führenden Köpfe der Erde auf Plophos befanden?

»Mercant«, fragte Rhodan, »ist es sehr schwierig, die Verstärkung, die nach dem Blauen System unterwegs ist, dort einsickern zu lassen?«

»Äußerst schwierig, Sir. Mit Menschenverlusten ist zu rechnen. Entschuldigen Sie mich einen Augenblick. Gerade läuft eine Nachricht ein, die uns beide interessiert.«

Es dauerte nur Sekunden. Mercants Stimme klang so ruhig wie sonst, als er mitteilte: »In den Halman-Kontakten steckt viel mehr, als wir bisher ahnten. Ich begreife nicht, wieso dieser Artikel zum unbeschränkten Export freigegeben werden konnte. Man kann sie nicht nur zur Steuerung der Zieloptik verwenden, sondern auch nach einem weiteren Umbau, der technisch nicht die geringsten Schwierigkeiten bietet, zu einem I-N-Verstärker machen.«

»Was ist ein I-N-Verstärker, Mercant?«

»Jenes Gerät, mit dem ein Desintegratorstrahl bis auf zwölffache Stärke gebracht werden kann. Wir haben in jedem Geschütz bei unseren letzten Neubauten drei dieser Verstärker eingebaut. Das alles habe auch ich nicht gewußt und gerade erst von der wissenschaftlichen Abteilung meiner Abwehr erfahren.«

»Ist unsere Geschütz-Zieloptik besser als die der Akonen, Mercant?«

»Wir hatten in den letzten Jahren einen großen Vorsprung gewonnen, aber nachdem ich weiß, daß Millionen Halman-Kontakte zum Blauen System geschafft worden sind, glaube ich an die Überlegenheit unserer Visiertechnik nicht mehr so recht.«

»Danke«, sagte Rhodan. Mercant schaltete ab. Marshalls Lachen klang grimmig.

»Sir, die Akonen haben doch keine Chance, in unser Sonnensystem einzufliegen. Mit ihren Raumern kommen sie nicht einmal bis an die Plutobahn heran. Dafür sorgen unsere Giganttransmitterstationen im Raum.«

»John, deswegen mache ich mir keine Sorgen. Sorgen macht es mir, daß es schon wieder Krieg geben soll. Ich hatte vor, an meinem Hochzeitstag den Menschen eine friedliche Zukunft zu versprechen. Jetzt wage ich das nicht mehr. Krieg ist immer ein Rückschritt. Aber ich selbst kann doch auch keinen Krieg beginnen, um den Krieg der Akonen gegen uns zu verhindern.«

»Sind wir es, die angegriffen werden sollen, Sir?« fragte Marshall.

Rhodan stutzte, schüttelte überrascht den Kopf und lachte dann. »Marshall, das war eine prachtvolle Frage. Sie haben recht: Sollen wir angegriffen werden, oder wer? Warten wir ab, was die Abwehr in Erfahrung bringt. Vielleicht haben wir uns unbegründete Sorgen gemacht.«

Tage später kamen – aber nicht direkt – die ersten Berichte aus dem Blauen System. Das walzenförmige Schiff des Springers Olsgar, auf dem Flug von Sphinx nach Arkon III, strahlte auf halbem Weg einen verschlüsselten Hyperkomspruch nach Terrania ab.

Olsgar gehörte zu den wenigen Galaktischen Händlern, die in bedingungsloser Treue zum Solaren Imperium standen und den Zerfall des Vereinten Imperiums von ganzem Herzen bedauert hatten.

Ank Olsgar kannte den Inhalt des gerafften Spruches. Aber kein Angehöriger seiner Sippe ahnte auch nur, daß ihr Patriarch Angehöriger der Solaren Abwehr war. Er hatte es immer für besser gehalten, niemand ins Vertrauen zu ziehen.

Der Spruch, der in Terrania aufgefangen und entschlüsselt wurde, hätte eigentlich auch Allan D. Mercant beruhigen müssen.

Die Raumflotten der Akonen lagen teilweise in ihren Häfen. Nur kleine Verbände kreuzten zwischen den Sternen des Blauen Systems. Weder eine klar erkenntliche noch versteckte Aktivität war von der Abwehr festgestellt worden. Aber sie hatte auch erspäht, daß die Halman-Kontakte sowohl in die Zieloptiken der Geschütze eingebaut als auch zur Verstärkung der Desintegratorstrahlen verwendet worden waren.

Rhodan hatte Atlan und Bully zu sich gerufen, um ihnen den Inhalt des Funkspruches vom Walzenraumer OLS-I mitzuteilen.

Rhodan stimmte nicht zu, als der Arkonide vorschlug, die gesamte USO-Flotte mit 0,5 Licht im Bereich des Solaren Imperiums kreuzen zu lassen. »Innerhalb von fünfzehn Minuten kann dann jedes Schiff in den Zwischenraum gehen.«

»Atlan, solche Manöver lassen sich nicht verheimlichen. Homer G. Adams könnte auch sein Veto einlegen. Die gesamte USO-Flotte auf einer Geschwindigkeit von 0,5 Licht zu halten, kostet in jeder Minute Millionen Solar. Ich sehe auch noch keinen Grund, Alarm zu geben.«

Bully war Atlans Ansicht. »Perry, dann verrate mir doch mal, für welchen Zweck die Akonen diese riesigen Mengen Halman-Kontakte gekauft haben. Warum haben sie diese Geräte überhaupt gekauft? Warum nicht selber nachgebaut?«

»O je!« rief Rhodan stöhnend. »Wer von uns wird alt? Ihr beide oder ich? Dicker, rechne einmal aus, was eine Bandstraße kostet, um diese Kontakte zu Abertausenden pro Tag herzustellen. Rechne aus, was die Überwachung der Fertigung kostet. Rechne aus, was es kostet, die Grundmaterialien heranzuschaffen. Wenn du allein diese drei Posten addierst und sie dann durch die Stückzahl dividierst, die von den Akonen gekauft worden ist, dann kommst du zu dem Resultat, daß die Antwerp-Corporation billiger liefern konnte, als sie zu produzieren in der Lage gewesen wären.«

Bully gab so schnell nicht auf. »Atlans Vorschlag wird von mir begrüßt. Unsere Abwehr auf Sphinx hat noch keinen Bericht geliefert, wie es in den Geschützfabriken der Akonen aussieht. Ich möchte wetten, daß dort die Produktion auf Hochtouren läuft. Perry, und wenn die Akonen nun in jedes Desintegratorgeschütz fünf I-N-Verstärker einbauen, was technisch keine Schwierigkeit bedeutet – in unseren Geschützen sind nur drei Verstärker –, dann sind auf diesem Waffensektor selbst unsere Imperiums-Raumer unterlegen.«

»Was wollt ihr?« fragte Rhodan ruhig. »Bis jetzt stützen wir uns zum größten Teil auf Vermutungen. Lassen wir Mercants Ahnungen zunächst unbeachtet. Sollen wir denn nur aufgrund von Vermutungen ein Wettrüsten beginnen, das Billionen Solar verschlingt?«

Sie trennten sich, ohne sich einig geworden zu sein.

Einer hatte zur Zeit keine Sorgen: Mausbiber Gucky.

Seine Trividserie hatte er inzwischen an die fünfundzwanzigste Trivid-Station verkauft. Auf der Erde war sie von acht Sendern übernommen worden, ferner auf elf von Menschen besiedelten Planeten. Verhandlungen mit weiteren Stationen liefen.

Aber der Abschluß des fünfundzwanzigsten Vertrages brachte Gucky auf eine Idee. Telepathisch sondierte er, ob Perry Rhodan allein war. Mit Genugtuung stellte er es fest. Im nächsten Moment hatte er sich zu ihm teleportiert. Stolz legte er den Vertrag auf den Schreibtisch. »Mein fünfundzwanzigster, Perry. Nein, danke, du brauchst mir nicht zu gratulieren.

Wirklich nicht nötig. Keine Sorge, mir sind auch nicht die Honorare zu Kopf gestiegen. Aber eine Frage, Perry: Wer bekommt Honorare?«

Rhodan vergewisserte sich zuerst, ob Gucky nicht wieder einen Streich plante. Aber der Kleine zeigte nichts davon. Er sah Rhodan erwartungsvoll an.

»Ein Anwalt bekommt Honorare, ebenso jeder Künstler, der sein Werk verkauft. Aber das weißt du doch selbst.«

Gucky nickte gewichtig. »Und was ist ein Anwalt oder Künstler?«

»Ich verstehe dich nicht? Willst du mir die Zeit stehlen?« Rhodan war leicht verärgert.

»Perry, ich nehme es dir nicht übel, daß du mich nicht verstehst. Gut, dann will ich es dir sagen. Hat schon mal ein Hund oder eine Katze Honorar bekommen? Wenn ja, dann hat es der Besitzer von Hund oder Katze eingesteckt. Aber wie ist es bei mir? Ich bin mein eigener Besitzer, der sein Werk verkauft hat, auch wenn ein paar Kritiker es als Krawallstück bezeichneten. Ich habe damit den Beweis angetreten, Mensch zu sein, weil ich etwas Künstlerisches geschaffen habe. Darum werden wir Mausbiber uns von heute an zu den Menschen zählen. Perry, deswegen brauchst du aber wirklich nicht so laut zu lachen!«

»Gucky«, sagte Rhodan, immer noch schmunzelnd, »das ist die beste Idee deines Lebens. Natürlich wird deine Forderung akzeptiert, du großartiger Künstler. In ein paar Jahren werde alle nur noch von den Menschen aus dem Stamm der Mausbiber sprechen. Aber als Mensch mußt du dir abgewöhnen, dich kraulen zu lassen.«

»Perry, denk mal nach!« rief Gucky fast empört. Alles andere sagte sein Blick.

Rhodan stutzte und überlegte, was Guckys Blick ihm sagen wollte. Dann schmunzelte er. »In Ordnung, Kleiner. Im übrigen werde ich veranlassen, daß der Ausdruck Mausbiber aus den offiziellen Nachrichten verschwindet.«

»Danke«, sagte Gucky stolz. Damit teleportierte er.

Je länger Oberst Jac Mail sich mit den Vorbereitungen für die Hochzeitsfeierlichkeiten in New Taylor auf Plophos beschäftigte, um so deutlicher erkannte er, daß er vor der schwierigsten Aufgabe seines Lebens stand. Was die Sache noch mehr erschwerte, war die Geheimhaltung.

Aus militärpolitischen Gründen hatte Solarmarschall Allan D. Mercant darauf bestanden, daß die Hochzeit von Mory Abro und Perry Rhodan bis drei Tage vor der Trauung geheimzuhalten sei: »Ich habe keine Lust, Akonen, Arkoniden oder Springer zu Attentaten bei den Hochzeitsfeierlichkeiten anzuregen.«

Bully hatte als letzter, wenn auch widerwillig, Mercants Forderung zugestimmt. Sarkastisch hatte er erklärt: »Jetzt verstehe ich auch, warum ich selbst nie daran gedacht habe zu heiraten. Ich finde Bomben als Hochzeitsgeschenk unpassend.«

»Spotten Sie nicht, Mister Bull«, hatte ihm Mercant vorgehalten. »Es gibt keinen absoluten Schutz. Auch unsere Mutanten sind Menschen, und jeder Mensch macht Fehler oder versagt einmal in seinem Aufgabenbereich. Es darf in der Öffentlichkeit nicht einmal das Gerücht aufkommen, daß Rhodan in Kürze heiraten wird. Oberst Mail, der mit den Vorbereitungen für das Fest beauftragt ist, habe ich in diesem Sinne unterrichtet. Miss Abro ist mit meinen Maßnahmen voll und ganz einverstanden.«

»Wirklich reizende Aussichten, eine Bomben-Hochzeit, Mercant. Sie verfügen über ein einmaliges Talent, feierliche Stimmung in mir zu wekken.«

»Es ist meine Aufgabe als Chef der Abwehr, um die Sicherheit der Führungsspitze bemüht zu sein!«

An dieses Gespräch zwischen Mercant und Bully erinnerte sich der Oberst, dem er seinerzeit als Zuhörer beigewohnt hatte. Jetzt saß er Reginald Bull gegenüber und ging mit ihm die Liste der Personen durch, die zur Hochzeit nach Plophos eingeladen werden sollten.

»Oberst, hat Solarmarschall Mercant eine Kopie davon?« fragte Bully.

»Ja, natürlich, Sir. Hier, sehen Sie. Diese drei Personen sind nach Überprüfung durch die Abwehr auf der Liste gestrichen worden.«

»Wieviel insgesamt, Oberst?«

»Achtundzwanzig Personen. Wenn man bedenkt, daß 3353 Personen geladen werden, dann ist das ein winziger Prozentsatz.«

»Und warum wollen Sie Mister Adams sprechen?«

Der Oberst machte die Geste des Geldzählens. »Nach letzter Berechnung werden die Feierlichkeiten die Summe von vier Milliarden Solar verschlingen. 3,2 Milliarden waren bewilligt. Mit der Summe komme ich nicht aus, oder es müßten große Abstriche gemacht werden.«

Bully sah ihn aufmerksam an. »Ich möchte jetzt einmal Ihre private und offene Ansicht über die Kosten der Hochzeitsfeierlichkeiten hören, Oberst. Halten Sie diese Milliardenausgabe für unnötige Geldverschwendung, und sind Sie nicht auch der Meinung, daß das Fest in kleinerem Rahmen gefeiert werden könnte?«

Mit Nachdruck erwiderte der Oberst: »Sir, privat sehe ich in diesen über Wochen sich hinziehenden Feierlichkeiten eine Demonstration, in der die Einigkeit und innere Sicherheit des Solaren Imperiums zum Ausdruck kommt. Als eine Demonstration der Milchstraße gegenüber betrachte ich es, daß mit Ausnahme der Posbis nur Terraner zu den Feierlichkeiten geladen werden. Auch der einfache Arkonide, Springer oder Akone wird begreifen, daß wir, die Terraner, von jetzt ab unseren Weg allein gehen. Unsere ehemaligen Bundesgenossen sollten es noch bereuen, die Allianz unter fadenscheinigen, eigensüchtigen Gründen verlassen zu haben.«

Bully nickte zu seinen Worten. »Oberst, ich gebe Ihnen einen guten Rat. Wenn Sie gleich Homer G. Adams aufsuchen, um Ihren Etat erhöhen zu lassen, dann weisen Sie darauf hin, daß die Hochzeit des Chefs nur der Anlaß ist, gegen die Intelligenzen in der Milchstraße zu demonstrieren. Tun Sie es, dann wird Adams Ihre Bitte bestimmt erfüllen.«

Der Oberst lächelte geschmeichelt. »Sir, ich werde Ihren Rat befolgen.«

Als Oberst Jac Mail in der gleichen Nacht mit einem Raumer der Städte-Klasse nach Plophos zurückflog, konnte er sich sorgenlos in seiner Kabine zum Schlaf niederlegen.

Homer G. Adams hatte den Etat erhöht.

Der Fall Halman-Kontakt wurde immer mysteriöser. Sie lagerten zu Millionen in acht über Sphinx verstreuten geheimen Depots, aber die Abwehr auf der Regierungswelt der Akonen konnte nicht feststellen, wie viele Millionen gelagert wurden.

Der Exportausweis der Antwerp-Corporation gab an, daß 31.200.100 Kontakte geliefert worden waren. Wenn die Industrie der Galaktischen Händler die Hälfte davon selbst verwendet hatte – aufgrund älterer Exportausweise war man auf etwa 15 Millionen gekommen –, dann mußte gefolgert werden, daß die restlichen 15 Millionen Halman-Kontakte an die Akonen weiterverkauft worden waren.

Was hatten die Akonen damit vor? Man kauft doch nicht ohne Absicht riesige Mengen eines Zubehörteils.

Mercant drängte seine geheime Filiale auf Sphinx, mehr über die Kontakte in Erfahrung zu bringen; auch seine als Springer getarnten Mitarbeiter auf dem Planeten Archetz setzte er auf diesen Fall an. Ein Angehöriger aus der Cafan-Sippe, die die Kontakte ins Blaue System geflogen hatten, mußte doch zum Sprechen zu bringen sein.

Da kam von der Händlerwelt Archetz der Hyperkomspruch: »Flotte des Patriarchen Cafan verschollen. Die Tatsache, daß sich Cafans Raumer auf dringende Anrufe bislang nicht gemeldet haben, hat unter den Springern Unruhe ausgelöst.«

Kaum hatte Mercant diese Meldung gelesen, als sein Verdacht wach wurde, jemand könnte daran interessiert sein, die Cafan-Sippe verschwinden zu lassen – nach dem Motto: Tote reden nicht!

Es kam immer wieder vor, daß Raumschiffe zwischen den Sternen verschwanden, aber daß ein verhältnismäßig großer Pulk nirgendwo Spuren hinterließ, war ungewöhnlich.

Mercant wies seine geheime Dienststelle an, festzustellen, welches Ziel Patriarch Cafan vor seinem letzten Start angegeben hatte.

Bei einer Besprechung mit Rhodan und Atlan gab Mercant zu, im Fall Halman-Kontakte keinen Schritt weitergekommen zu sein. Als er gegangen war, berieten sich Rhodan und Atlan.

Rhodan legte seinen Standpunkt eindeutig fest. »Ich bin gegen jedes Embargo. Man muß der Wirtschaft Freiheit lassen, dann kann sie sich auch entwickeln. Jeder Eingriff löst tiefgehende Störungen aus. Atlan, wir sollten doch inzwischen aus der Vergangenheit gelernt haben.«

Der Arkonide sah Rhodan nachdenklich an und schüttelte den Kopf. »Perry, du denkst immer noch in den Maßstäben des Vereinten Imperiums. Wir alle müssen umdenken, auch die Wirtschaft. Die Handelsbeziehungen, die zur Zeit noch zu den Akonen, M 13, den Aras und Springern bestehen, werden im Zuge der Entwicklung mehr und mehr verschwinden. Je früher sie verschwinden, um so stärker wird das Solare Imperium, mein Lieber. Wenn die Wirtschaftsgüter bei uns verbleiben, dann ist jeder Produktionsvorgang eine Stärkung des Imperiums. Darum rede ich jeder Handelssperre das Wort. Sollen meine Arkoniden doch einmal sehen, was es für sie heißt, mit dem Solaren Imperium keinen Handel mehr treiben zu können!«

»Atlan, du sprichst von deinem Volk ...«

»Ich weiß, was du sagen willst, Perry. Ja, ich werde immer Arkonide bleiben – körperlich, aber ich denke wie ein Terraner. Mein Volk hat mich doch gezwungen, mich von ihm zu trennen. Das heißt nun nicht, daß ich ihm von jetzt ab in den Rücken falle, aber ich werde nichts mehr für die Arkoniden tun. Es ist bitter, so etwas sagen zu müssen.«

»Meine Auffassung wird dir noch bitterer vorkommen: Ich lehne jedes Embargo ab. Ich habe nicht vergessen, daß eine gestörte Wirtschaft eine Schwächung der politischen und militärischen Macht auslöst. Wirtschaftliche Macht strahlt immer nach außen. Was zurückgespiegelt wird, stärkt die politische Macht. Atlan, wir Menschen müssen mit allen anderen Rassen der Milchstraße Kontakt behalten, wenn wir selbst jung bleiben wollen. Denk an dein Volk, das sich selbst zum Untergang verurteilte, als es sich in M 13 isolierte.«

Atlan gab nach. »Gut, wenngleich ich mich noch nicht vollständig zu deiner Auffassung bekehrt habe. Jetzt etwas Privates: Wann fliegst du nach Plophos?«

»In vier Tagen. Zwei Tage später bin ich wieder zurück. Ich möchte nicht, daß du oder Bully mich begleitet. Ihr wäret höchst überflüssig.« Er schmunzelte. »Wenn ich noch daran denke, wie Lord Kositch Abros Tochter uns auf dem Mond Badun empfangen hat und daß ich in vier Tagen nach Plophos fliege, um zusammen mit Mory die Kleider auszusuchen, die sie bei den Feierlichkeiten tragen will, dann weiß ich nicht, wie das eine zu dem anderen paßt.«

Mit ernstem Gesicht sagte Atlan: »Liebe – damit ist alles erklärt. Hast du selbst schon an dir beobachtet, daß du in letzter Zeit ein anderer Mensch geworden bist? Für dich war es langsam Zeit, eine Frau zu finden. Du warst drauf und dran, das Lachen zu verlernen. – Mory Rhodan, wie das klingt! Von Herzen gönne ich dir dieses Glück!«

Rhodan dankte bewegt. Dann unterbrach der Alltag mit seinen Pflichten die kurze private Unterhaltung. John Marshall wollte Rhodan sprechen.

»Wenn Sie im Gebäude sind, dann kommen Sie sofort, John. Für die nächsten zwanzig Minuten bin ich noch frei.«

Kurz danach trat John Marshall ein. Er nahm Platz. »Über Transmitter komme ich gerade vom Mars. Ich wollte bis übermorgen bleiben, aber dann machte ich vor drei Stunden auf Raumhafen 10 bei einem routinemäßigen Eingriff eine Entdeckung. Die ZAN-XI, ein Walzenraumer des Springers Zanal, war gelandet, und ein Teil der Besatzung hatte Stadturlaub. Darunter befand sich auch Zanals ältester Sohn Miaran. Er hatte ein bestimmtes Ziel. In seinen Gedanken beschäftigte er sich intensiv damit.

Zusammen mit zwei Agenten blieb ich auf seiner Spur. Gegenüber der Hutton-Niederlassung in einem Café wartete ich ab. Miaran verhandelte mit dem Leiter der Niederlassung, Mister Evans Elliot. Gegen einen Aufschlag von 25 Prozent erklärte sich Elliot bereit, erstens bei der Antwerp-Corporation fünf Millionen Halman-Kontakte zu kaufen und zweitens Fracht- und Exportpapiere zu fälschen. Miaran gegenüber erwähnte er, zum Planeten Modal im Hafnis-System ausgezeichnete Beziehungen zu haben. Während er davon sprach, dachte er an einen Wil Gould, der im modalischen Handelsministerium tätig ist. Dieser Wil Gould könne bei einer fünfprozentigen Beteiligung bereit sein, der ZAN-XI ein amtliches Dokument auszustellen. Das Dokument solle beinhalten, daß die ZAN-XI auf Modal Ersatzteile für Kleinkonverter an Bord genommen habe. Gould solle zu einem Werk, das bereit sei, diesen Schwindel mitzumachen, beste Beziehungen haben.

Miaran ging auf die Bedingungen ein. Vor etwa einer Stunde ist die Bestellung der Hutton-Niederlassung auf dem Mars zur Antwerp-Corporation abgegangen. Ich habe Mercant direkt von Mars aus über meine Beobachtungen unterrichtet. Er schlug mir vor, zur Erde zurückzukommen und Sie sofort zu informieren.«

»Allmählich wird mir der Fall mit diesen Kontakten unheimlich«, stellte Atlan fest. Sein Gesicht drückte Unzufriedenheit aus. »Ich möchte bald vermuten, daß dahinter eine riesengroße Schweinerei steckt. Planet Modal? Autark, ja, wenn ich mich nicht irre. Hat auf Modal nicht Staatschef Elk Yörgö sein Unwesen getrieben?«

»Ja«, erwiderte Rhodan. »Die Modaler haben ihm nach Rückkehr von der Erde den Prozeß gemacht, als die Abwehr beweisen konnte, daß dieser Staatschef eine der korruptesten Figuren war, die jemals solch eine hohe Stellung innehatte. Aber du hast recht, Atlan; die Sache mit diesen Kontakten ist unheimlich. Ich werde mich um diesen Fall selbst kümmern und unsere Wissenschaftler darauf ansetzen.«

»Welchen Zweck soll das haben?«

»Mein Verdacht kann natürlich in eine falsche Richtung zielen. Wenn ich davon ausgehe, daß diese Kontakte durch einen kleinen Umbau die Steuerung an Zieloptiken übernehmen und durch einen weiteren Umbau zu I-N-Verstärkern an Desintegratorstrahlern werden können, dann ist es doch nicht abwegig zu vermuten, daß diese Halman-Kontakte nach weiteren Änderungen zu Zwecken verwendet werden, von denen wir uns keine Vorstellungen machen. Diese Frage möchte ich durch unsere Wissenschaftler beantwortet haben.«

»Hm«, brummte Atlan. »Selbst wenn dein Verdacht stimmt, dann kann es Monate, ja, Jahre dauern, bis unsere Spezialisten dahinterkommen, was man alles mit den Kontakten anstellen kann. In der Zeit werden die Akonen längst gehandelt haben, wenn sie überhaupt etwas planen. Obwohl ich gerade dem Blauen System jede Schlechtigkeit zutraue.«

Rhodan wandte sich an Marshall. »Was hat Mercant gesagt, als Sie ihm Ihre telepathischen Beobachtungen durchgaben?«

»Nichts, Sir. Sie wissen ja, wie wortkarg er oft ist.«

»Kein gutes Zeichen bei Mercant«, sagte der Arkonide. »Um alles in der Welt, wozu brauchen die Akonen diese Millionen Kontakte? So viele Zieloptiken und Desintegratorgeschütze gibt es kaum.«

»Vielleicht machen wir uns unnütz Sorgen!« warf Marshall ein.

»Viel zuwenig Sorgen, John!« widersprach Atlan. »Ich kenne die Akonen. Niemand hat von ihnen etwas Gutes zu erwarten. Aber alles Reden ist nutzlos, wenn wir nicht erfahren, was mit den Halman-Kontakten geplant ist.«

Bully meldete sich über die Verständigung. Er war erregt. »Perry, die Halman-Kontakte kosten mich noch die letzten Nerven. Gerade hat mich der Inhaber der Antwerp-Werke angerufen. Die Hutton-Handelsgesellschaft hat fünf Millionen Kontakte bestellt. Cole Antwerp ist nach dieser Bestellung nur noch ein Nervenbündel. Der Mann hat aus eigener Initiative recherchieren lassen und seine Großhändler angerufen. Jetzt kommt der Knüller: In den letzten drei Wochen haben die Großhändler über 53 Millionen Halman-Kontakte verkauft! Wer diese Riesenmenge gekauft hat? Kein Händler kann es sagen. Cole Antwerp hat die Hutton-Zentrale in Moskau angerufen und sich vergewissert, ob der Auftrag von der Mars-Filiale seine Richtigkeit hat. Moskau hat bestätigt ...«

»Das wird ja immer interessanter, Bully. Ruf sofort Mercant an, wenn er nicht schon unterrichtet ist.«

»Ist unterrichtet. Hat mitgehört, als Antwerp mit mir sprach. Stimmt denn mit der Fünf-Millionen-Bestellung auch etwas nicht?«

»Aller Wahrscheinlichkeit nach sollen sie ins Blaue System geschafft werden«, erklärte Rhodan ruhig.

»Zum Teufel, wie kommt dann die Hutton-Zentrale in Moskau dazu, den Auftrag vom Mars zu bestätigen, Perry?« brauste Bully auf.

»Das ist eine Frage, die Mercants Agenten in Moskau in der nächsten Stunde stellen werden. Moment, Dicker, bleib in der Verbindung. Auf meinem zweiten Schirm kommt eine ...« Er verstummte.

Das Hauptquartier der Solaren Abwehr teilte Großadministrator Rhodan mit, daß der Solarmarschall sich in dringender Angelegenheit in Moskau befinde.

Bully hatte mitgehört. Rhodan konnte sich jedes weitere Wort ersparen. Aber Bully schwieg nicht. »Dahinter steckt doch bestimmt eine Teufelei! Die Akonen sind eine Plage!«

Rhodan, in seiner Ausdrucksweise viel zurückhaltender als der polternde Reginald Bull, nickte bestätigend.

Obmann Mory Abro hatte zum drittenmal innerhalb einer Stunde versucht, Perry Rhodan über Hyperkom zu erreichen. Immer wieder hatte ihr die Großadministration mit Bedauern mitteilen müssen, sie wisse nicht, wo er sich zur Zeit aufhalte.

Eigenartig, dachte sie. *Perry hatte doch versprochen, mich heute nachmittag anzurufen, und nun ist er nicht einmal in Terrania zu erreichen?*

Lord Kositch Abro wäre stolz auf seine Tochter gewesen, wenn er sie in diesen Minuten hätte beobachten können.

Die junge Frau mit ihrem wunderbaren Rothaar, das ihr weit über die Schulter hing, setzte sich mit der Abwehr in Verbindung.

Oberstleutnant Dulks Gesicht erschien auf dem Bildschirm. Er nahm regelrecht Haltung an, als er Obmann Abro erkannte.

»Obmann, welchen Wunsch darf ich Ihnen erfüllen?« fragte er höflich. Er hatte nicht vergessen, daß ihm Perry Rhodan dringend ans Herz gelegt hatte, Mory Abro als ein Mitglied der Führungsspitze innerhalb der Großadministration zu betrachten.

»Oberstleutnant, was ist auf der Erde los? Welche Nachrichten haben Sie in den letzten Tagen vom Hauptquartier erhalten?«

»Keine beunruhigenden Meldungen, Obmann. Nur eine eigenartige Anfrage ist vor einer Stunde gekommen, aber sie ist wirklich belanglos.«

Mory Abro, die auf dem Mond Badun die rechte Hand ihres Vaters gewesen war, besaß ein gutentwickeltes Gefühl dafür, ob eine Meldung oder Anfrage wichtig war oder nicht. Und in diesem Moment glaubte sie, daß die Anfrage von höchster Bedeutung sei.

Oberstleutnant Dulk gab durch: »Obmann, wir sollen feststellen, ob in letzter Zeit auf Plophos auffallend viele Halman-Kontakte gekauft worden sind. Ich mußte mich auch erst erkundigen, was ein Halman-Kontakt ist – ein kleines Zubehörteil, das in sehr vielen Apparaten des täglichen Gebrauchs zu finden ist.«

Mory Abro glaubte schon, daß ihr Gefühl sie diesmal getäuscht habe. Um nicht abrupt das Gespräch zu beenden, fragte sie aus Höflichkeit: »Und sind viele gekauft worden?«

»In der vergangenen Woche über acht Millionen Stück. Soweit sich bis jetzt übersehen läßt, beträgt der Vorrat auf Plophos knapp zweihunderttausend. Ich habe es schon dem Hauptquartier in Terrania gemeldet. Dort war man gar nicht überrascht, aber äußerst zugeknöpft, als ich mich erkundigte, was mit diesen Kontakten los sei.«

Mory Abro schenkte ihm ihr schönstes Lächeln, bedankte sich für die freundliche Auskunft und sah zu, wie der Bildschirm grau wurde. Sie dachte angestrengt nach.

Die Solare Abwehr in Terrania hatte bestimmt aus einem wichtigen Grund diese Anfrage nach Plophos geschickt, aber wieso konnte ein alltägliches Teil so wichtig werden?

Sie blickte auf die Uhr. Wenn sie jetzt Perry Rhodan anrief, dann störte sie ihn in einer wichtigen Besprechung. Um diese Tageszeit trafen sich regelmäßig seine engsten Mitarbeiter bei ihm, um die jeweilige Lage eingehend zu erörtern.

Aus einer plötzlichen Eingebung heraus ließ sie sich mit der Geheimen Forschungsabteilung verbinden – eine Einrichtung, die noch auf Befehl Iratio Hondros geschaffen worden war.

Kurz darauf wußte sie, daß der Halman-Kontakt kein alltägliches Teil war, sobald man daran gewisse Änderungen vornahm. Es konnte sie auch nicht beruhigen, daß man dies auf allen Planeten der Menschen wußte. Sie hatte sich auch danach erkundigt, wo diese Kontakte hergestellt wurden. Zuvorkommend war ihr gesagt worden, daß es in der Galaxis nur ein einziges Werk gäbe, das in der Lage sei, die Kontakte exakt herzustellen, und das sich mit seiner Präzisionsarbeit ein regelrechtes Monopol geschaffen habe – die Antwerp-Corporation auf der Erde in der Stadt Turin.

Als sie eine Stunde später wieder vergeblich Terrania anrief und man dort immer noch nicht wußte, wo sich Perry Rhodan aufhielt, ahnte sie, daß Unheil aus irgendeiner Richtung nahte. Aber dabei dachte sie nicht an sich, sondern nur an den Mann, dem ihr Herz gehörte.

26.

Perry Rhodan befand sich auf dem Mond. Die wissenschaftliche Auskunftsstelle Terranias hatte ihm gesagt, daß nur Diplom-Ingenieur Rollf Leban befähigt sei, erschöpfende Auskunft über Halman-Kontakte zu geben. Über fünfzehn Jahre habe er zu dem engen Forschungsstab der Antwerp-Corporation gehört.

Rollf Leban, ein sechzigjähriger rüstiger Mann, sah erstaunt auf, als er in dem Besucher Perry Rhodan erkannte.

Langsam zog Rhodan hinter sich die Tür ins Schloß. Er grüßte und sah sich in dem Raum um, den Leban bewohnte. Alles strahlte Gemütlichkeit und Ordnungsliebe aus. Alles schien an seinem richtigen Platz zu stehen, zu liegen oder zu hängen. Nichts deutete darauf hin, daß diese Behausung über viertausend Meter unter der Mondoberfläche lag.

»Behalten Sie bitte Platz, Leban«, sagte Rhodan und setzte sich ihm gegenüber. »Ich hätte meinen Besuch anmelden sollen, aber das hätte für mich nur Zeitverlust bedeutet. Der Anlaß, warum ich Sie aufgesucht habe,

Leban: Sie haben in Turin am Halman-Kontakt gearbeitet und sind maßgeblich daran beteiligt, daß er in der Ausführung, wie er seit Jahren nun produziert wird, störungslos funktioniert. Sie wissen daher sicher auch, daß man daraus eine Steuerung für Zieloptiken machen kann, aber auch einen I-N-Verstärker. Sie sollen mir sagen, ob man noch mehr daraus entwickeln kann. Um das zu erfahren, habe ich Sie aufgesucht.«

Rollf Lebans Kopfschütteln sagte alles. »Sir, ich habe es nie herausgefunden. Roger Antwerp, der Vater des heutigen Firmenbesitzers, hat zusammen mit seinem Freund Halman den Kontakt entwickelt. Halman ist während der Entwicklungsarbeiten gestorben. Roger Antwerp hat die Arbeit weiter und zu Ende geführt. Ich erinnere mich noch gut des Anlasses, als Roger Antwerp mir eines Tages sagte: ›Der Halman-Kontakt ist die wirtschaftliche Grundlage der Corporation!‹ Und als andere entdeckten, daß er nach leicht durchzuführendem Umbau zu einem Steuerungsgerät zu machen war und zu einem I-N-Verstärker, da lachte Roger Antwerp nur und meinte: ›Was sich in dem Kontakt versteckt, ahnt ja keiner!‹ Sir, ich habe versucht, es zu entdecken. Nach drei oder vier Jahren erfolgloser Suche habe ich aufgegeben. Ich darf wohl behaupten, der Mann zu sein, der den Halman-Kontakt am besten kennt, dennoch habe ich sein Geheimnis nicht aufgespürt.« Der grauhaarige Techniker schwieg, dann fuhr er bedauernd fort: »Roger Antwerp ist viel zu früh gestorben. Darum habe ich die Corporation auch verlassen. Sir, es tut mir leid, daß ich Ihnen keine andere Auskunft geben kann.«

»Wären Sie bereit, mit Kollegen noch einmal zu versuchen, das Geheimnis zu entschleiern, Leban?«

Jetzt funkelten Rollf Lebans Augen etwas. Er setzte zum Sprechen an, blieb jedoch stumm. Er schien mit sich zu kämpfen. Das Funkeln seiner Augen verschwand; sie bekamen einen fast hilflosen Ausdruck.

»Sir«, sagte er leise, »ich müßte dann aber eine Bedingung stellen.«

»Bitte, welche?«

»Ich weiß, wir werden es nicht herausfinden. Und eines Tages wird der Suchauftrag abgesetzt. Dann aber möchte ich wieder hier arbeiten können und spazierengehen.«

Der Mond war eine ausgehöhlte Blase, ein gigantisches Rüstungsunternehmen. Mit seiner Kapazität hatte Luna Arkon III längst übertroffen. Und in dieser Riesenfabrik ging Rollf Leban spazieren?

»Sir, ich erkenne an Ihrem Blick, daß Sie mich nicht ganz verstanden haben. Ich gehe oben spazieren; im Raumanzug. Der fußhohe Staub stört mich nicht, der zerrissene Mondboden jagt mir keine Schrecken ein. Manchmal gehe ich stundenlang und sehe weit vor mir, im leichten

Blauschimmer, die Erde. Dann bleibe ich oft stehen, halte den Atem an, solange es geht, damit es unter meinem Klarsichthelm ganz still ist, und lausche und schaue zur Erde hinüber. Wenn ich dann vermeine, ein leises gleichmäßiges Singen zu hören, dann bilde ich Träumer mir ein, gehört zu haben, wie die Erde mit ihrer Stimme ins Weltall ruft. Sir, verzeihen Sie einem alten Mann, der noch nicht verlernt hat zu träumen.«

Rhodan blieb still sitzen. In diesen Augenblicken hatte er verstanden, warum dieser Raum so gemütlich eingerichtet war, trotz der Ordnung, die darin herrschte.

Er saß einem sechzigjährigen Mann gegenüber, der in dieser schnellebigen Zeit spazierenging und dabei träumen konnte. Rollf Leban war nicht nur ein ausgeglichener Mensch, sondern auch ein Mensch, der Ruhe auf andere ausstrahlte.

»Leban, ich habe Ihnen nichts zu verzeihen; ich habe Ihnen zu danken, denn lange ist es schon her, daß mir ein Mensch von seinen Träumen erzählt hat. Natürlich akzeptiere ich Ihre Bedingung. Und jetzt bedauere ich, keine Zeit zu haben, um mit Ihnen da oben spazierenzugehen und auf die Stimme der Erde zu lauschen.«

Lebans Augen funkelten wieder. Er erhob sich. »Sir, ich würde mich freuen, das Geheimnis, das sich im Halman-Kontakt verbirgt, für Sie zu entdecken. Darf ich fragen, warum Sie daran interessiert sind?«

»Irgendein intelligentes Volk hat in der letzten Zeit über eine halbe Milliarde Kontakte auf allen terranischen Welten aufgekauft. Die Pflicht der Großadministration ist es, über die Sicherheit der Menschen zu wachen. Diese Pflicht zwingt uns jetzt herauszufinden, was man mit diesen Kontakten beabsichtigt.«

Erschüttert sagte Rollf Leban: »Dann haben die anderen das Geheimnis entdeckt!«

Evans Elliot, Leiter der Hutton-Niederlassung auf dem Mars, und Wil Gould, Angestellter im modalischen Handelsministerium, waren von Beamten der Solaren Abwehr verhaftet worden. Es bestand keine legale Möglichkeit, in gleicher Weise gegen Miaran Zanal, den ältesten Sohn des Patriarchen, vorzugehen. Der Handel mit Halman-Kontakten unterlag keinem Embargo. Miaran Zanal wegen versuchter Bestechung festzusetzen, hätte wenig Sinn gehabt. Was Bestechung anging, so dachten alle Galaktischen Händler anders darüber, als es die Gesetze des Solaren Imperiums verlangten. Von Terrania aus war diese Art der Springer, Geschäfte zu machen, bisher großzügig übersehen worden. Mit einem guten Anwalt als Verteidiger hätte Miaran Zanal nur eine Geldstrafe zu erwarten.

Mercants Agenten ließen deshalb Miaran Zanal ungeschoren, und die Raumhafenaufsicht hatte auch nichts gegen eine Startfreigabe einzuwenden, als die ZAN-XI darum bat.

In der Zwischenzeit hatten Telepathen aus dem Mutantenkorps ganze Arbeit geleistet. Mercant, der unterdessen wieder aus Moskau zurück war, mußte feststellen, daß Miaran Zanal nicht einmal wußte, wohin er die fünf Millionen Kontakte hätte fliegen sollen. Beim Anflug nach dem Mars hatte ihm sein Vater nur die Anweisung gegeben, auf einen Hyperkomspruch zu warten. Dann würde er wissen, welches Ziel er anzufliegen habe.

Inzwischen war die ZAN-XI mit Kurs auf M 13 gestartet und im Zwischenraum verschwunden.

Die Antwerp-Corporation stand auf Wunsch von Solarmarschall Mercant mit der Zentrale der Solaren Abwehr in ständiger Verbindung. Mercant hatte ein halbes Dutzend Spezialisten nach Turin geschickt, die nichts anderes zu tun hatten, als die Auftragseingänge über die Kontakte zu überwachen und stündlich nach Terrania zu melden.

Cole Antwerp, der durch diese unerwartete Nachfrage das Geschäft seines Lebens hätte machen können, hatte mit Übereinstimmung der Abwehr angeordnet, daß nur der dringendste Nachholbedarf gedeckt werden sollte.

Es stand fest, daß die Akonen über Galaktische Händler 528 Millionen Kontakte aufgekauft und in ihren Besitz gebracht hatten. Diese Menge hatte mehr als eine Milliarde Solar gekostet.

Auf Sphinx war nur ein kleiner Teil dieser Geräte gelagert. Wo befanden sich die übrigen?

Die geheime Agentenzentrale auf Sphinx, die in dieser Angelegenheit waghalsiger denn je vorgegangen war, konnte die letzte Frage nicht beantworten. Immer dringender forderte sie Telepathen an.

»Warum?« hatte Mercant über Umwege zurückgefragt. »Ist bekannt, wer von den Akonen mit dem Fall Kontakte beauftragt ist?«

Seine Agenten im Blauen System mußten seine Frage verneinen. Mercant schickte keinen einzigen Mutanten nach Sphinx.

Perry Rhodan ließ sich seine Sorgen nicht anmerken, die ihm dieser mysteriöse Fall bereitete. Er schwieg, als Atlan als Chef der USO anordnete, daß sich alle Schiffe, die sich nicht im Raum befanden, startbereit zu halten hätten.

Die Solare Flotte dagegen war noch nicht in höchste Bereitschaft versetzt. Rhodan, der glücklich darüber war, daß sich die politischen Verhältnisse im Solsystem wieder weitgehend gefestigt hatten, wollte keinen neuen Unruheherd schaffen, indem er die Flotte alarmierte.

Im Gegensatz dazu befand sich aber die Abwehr in höchster Alarmbereitschaft.

Dann kam aus dem arkonidischen Imperium die Agentenmeldung, daß Springerpatriarch Zanal mit seinen Walzenraumern in M 13 nicht mehr zu finden sei. Auf Rückfrage von Terrania wurde berichtet, daß die ZAN-XI und Miaran Zanals Kommando dort auch nicht angekommen sei.

Der ZAN-Flottenverband war genauso verschwunden wie die Schiffe des Patriarchen Cafan.

Allan D. Mercants böse Ahnungen wurden von Stunde zu Stunde stärker, aber aus welcher Richtung das Unheil drohte und wen es treffen sollte, konnte er auch nicht sagen.

Einer, der nichts von diesen Vorgängen ahnte, war Oberst Jac Mail, der sich wieder auf Plophos aufhielt, um die geplanten Hochzeitsfeierlichkeiten zu organisieren.

Sein Mitarbeiterstab war inzwischen auf hundertachtzig Mann angewachsen. Zum Teil waren es Plophoser, die mit den Verhältnissen ihrer Heimatwelt bestens vertraut waren, zum größten Teil aber terranische Fachleute, die alle schon Großveranstaltungen vorbereitet und geleitet hatten.

Rhodans Wunsch, die Trauung so schlicht wie möglich zu gestalten, war aus politischen Gründen nicht zu erfüllen. Die Heirat zwischen Mory Abro, Obmann des Eugaul-Systems, und Rhodan, dem Großadministrator, sollte der ganzen Milchstraße deutlich machen, daß die beiden stärksten terranischen Systeme nicht nur eine militärische, sondern auch eine politische Einheit geworden waren.

Die vielen Wissenschaftler und Techniker, deren Arbeitskraft frei geworden war, nachdem sich Arkon vom Vereinten Imperium getrennt hatte, waren mit Einverständnis Mory Abros im Eugaul-System eingesetzt worden. Es sollte innerhalb weniger Jahre zum unbesiegbaren Stützpfeiler des Solaren Imperiums werden.

Oberst Jac Mail saß vor der großen Stadtkarte von New Taylor. Soeben war er von der Baustelle zurückgekommen, wo Roboter und gewaltige Maschinen Tag und Nacht arbeiteten, um den neuen Regierungspalast fertigzustellen.

Die Innenausstattung des linken Flügels war in zwei Tagen abgeschlossen. Der Mittelteil und der rechte Flügel standen erst im Rohbau.

Jac Mail nickte zufrieden. Der linke Flügel besaß einen Saal, der viertausend Gäste aufnehmen konnte. Etwas mehr als dreitausend sollten geladen werden. Platzmangel war also nicht zu befürchten. Die Bedingungen, die ihm Solarmarschall Mercant gestellt hatte, waren auch erfüllt worden. Mehr als dreihundert Angehörige der Abwehr konnten von unauffällig eingebauten Verstecken aus den riesigen Saal übersehen und erforderlichenfalls alles für die Sicherheit des Paares tun.

Ebenso abgesichert war der Weg, den Rhodan nach der Trauung mit seiner Frau gehen würde. Die Bevölkerung, die Perry Rhodan und Mory wahrscheinlich Ovationen bringen würde, durfte unter keinen Umständen merken, daß sie von allen Seiten scharf und mißtrauisch beobachtet wurde.

Bei dieser Fülle von Aufgaben hatte Oberst Mail am Anfang geglaubt, das Projekt niemals meistern zu können. Heute aber, wenige Tage vor der Hochzeit, war der größte Teil der Arbeit erledigt.

Er drehte sich um, als er hinter seinem Rücken Schritte vernahm. Er erkannte Mory Abro und wollte sich erheben.

»Bleiben Sie doch sitzen, Oberst«, sagte sie lächelnd.

Sie war jeden Tag gekommen, um sich nach dem Fortschritt seiner Vorarbeiten zu erkundigen. Ihm gegenüber zeigte sie sich nicht als Regierungschef des Eugaul-Systems, sondern als junge, glückliche Frau.

Sie fragte, und Jac Mail gab ihr gern Auskunft. Dabei konnte er sie unbemerkt betrachten.

Noch nie hatte er eine junge Frau gesehen, die soviel Charme ausstrahlte und so reizvoll war wie Mory Abro. Wenn sie lachte, wurde man an den hellen Klang kleiner Glocken erinnert. Und in den letzten Tagen lachte sie so gern.

»Obmann, Perry Rhodan kommt vor der Hochzeit tatsächlich nicht mehr nach Plophos?« Er konnte sich diese Frage erlauben.

»Er mußte seinen Plan, mich zu besuchen, fallenlassen. Ja – ich werde mich wohl noch daran gewöhnen müssen, oft allein zu sein. Aber es wird so schlimm auch nicht werden.«

Oberst Mail bewunderte Mory Abro ob ihrer Natürlichkeit.

»Oberst, Sie wollen mir nicht verraten, wie die Tafel gedeckt wird? Bitte, machen Sie doch einige Andeutungen.« Sie lächelte ihn an, und Jac Mail wäre fast weich geworden. Doch im letzten Moment erinnerte er sich an Rhodans Wunsch: »Geben Sie Obmann Abro keine Einzelheiten bekannt, Oberst. Ich möchte meine Frau überraschen!«

»Obmann, ich darf es nicht. Der Chef will Sie überraschen ...«

»Aber er ist doch nicht mein Chef...« Das brachte sie so impulsiv über ihre Lippen, daß Mail lachend widersprach.

»Doch, Miss Abro. Unser Chef wird bestimmt auch Ihr Chef!«

Sie stimmte in sein Lachen ein, aber etwas funkelte in ihren Augen, als wollte sie damit sagen: Abwarten, mein Lieber! Dann sah er ihr nach, als sie leichtfüßig den Raum verließ.

Bully verließ Mercant und suchte sofort Perry Rhodan auf.

»Unser Solarmarschall tut fast so, als wolle er heiraten und nicht du, Perry! Wenn es nach ihm ginge, würde er den gesamten Mannschaftsbestand der Abwehr nach Plophos schicken, damit uns nichts passiert. Dauernd hängt er mir mit den verdammten Kontakten in den Ohren, spricht von herannahendem Unheil und schiebt alle Agentenberichte zur Seite, in denen gemeldet wird, wie hübsch ruhig es in unserer Milchstraße ist. Wenn er in dieser Form weitermacht, dann wird aus deiner Hochzeit eine traurige Angelegenheit!«

»Dicker, ich habe sogar schon mit dem Gedanken gespielt, die Hochzeit zu verschieben. Ich gebe sehr viel auf Mercants Ahnungen. Ich denke auch nicht daran, ihm in seine Arbeit hineinzureden.«

»Was? Du könntest die Hochzeit verschieben, Perry?«

Perry Rhodan brauchte darauf nicht zu antworten. Der Interkom meldete sich. Die Pressestelle der Großadministration berichtete: »Sir, wir sind fassungslos. In der 11-Uhr-Ausgabe der TERRANIA POST wird in größter Schlagzeile behauptet, daß Sie in vier Tagen Obmann Mory Abro auf Plophos heiraten!«

»Mahlzeit!« sagte Bully und grinste dazu. »Da hat jemand nicht dichtgehalten, und aus ist es, die Hochzeit zu verschieben.«

»Du Ekel!« erwiderte Perry Rhodan, aber das Lachen in seinen grauen Augen erklärte, wie die Bemerkung gemeint war.

»Sir«, sagte der Mann von der Pressestelle, »wir haben verlangt, daß die TERRANIA POST diese Behauptung sofort widerruft, aber die Redaktion hat das abgelehnt.«

»Ja«, antwortete Rhodan, »erlaubt die Pressestelle der Großadministration nicht, daß ich Obmann Abro heirate?«

Über den Interkom kamen Überraschungslaute, dann wurde abgeschaltet. Rhodan schmunzelte.

Bully dachte an Mercant. Er sagte, was er dachte: »Mercant wird toben! Mit der vorzeitigen Bekanntgabe deiner Heirat hat man alle seine Sicherheitsvorkehrungen umgeworfen, Perry.«

»Das begrüße ich, Dicker. Ich hasse es, mich hinter einem Schutz von Abwehrbeamten in der Öffentlichkeit zu bewegen. Man verliert damit den engen Kontakt zu seinen Mitmenschen, und das möchte ich vermeiden. Ich weiß nicht, wer einmal gesagt hat, daß man dem Volk aufs Maul sehen soll – aber jener Mann war ein kluger Mann. Wenn wir erst einmal Halbgötter sind, dann bleiben wir es. Sehen die Menschen aber in uns ihresgleichen, werden sie immer wieder mit ihren Sorgen und Nöten zu uns kommen. Um diese Sorgen zu wissen, das ist oft wichtiger, als die geheimsten Meldungen der Abwehr zu kennen. Ich werde im Laufe des Tages mit Mercant darüber sprechen.«

»Dich interessiert also gar nicht, wer die Indiskretion der TERRANIA POST zugespielt hat?«

Lässig fragte ihn Perry: »Bully, soll ich mich vielleicht selbst anzeigen?«

Reginald Bull blieb die Luft weg.

Zum erstenmal verlor Mercant seine Ruhe, als er erfuhr, wer der größten Zeitung der Erde die Nachricht von Rhodans bevorstehender Heirat mit Mory Abro berichtet hatte.

Er konnte es nicht fassen. Er sagte es Atlan und Marshall unverblümt. »Ich hätte Lust, mich pensionieren zu lassen! Alles hätte ich erwartet, aber daß mir Rhodan in den Rücken fällt, nie!«

Atlan hatte sich gar nicht darüber aufgeregt. »Mercant, strapazieren Sie nicht Ihre Nerven. Ich kann Perry gut verstehen. Gehen Sie mal auf die Straße, und fragen Sie einen Mann, der vier Tage vor der Heirat steht, ob er bereit sei, seine Hochzeit zu verschieben.«

John Marshall schmunzelte vergnügt. »So etwas hätte ich von ihm auch nicht erwartet. Gerade weil er es getan hat, freut es mich unbeschreiblich, Mercant. Endlich einmal denkt Rhodan auch an sich. Und sein Handeln beweist mir, daß er Mory Abro liebt. Keine Macht der Welt hätte es fertiggebracht, ihn so handeln zu lassen – aber die Liebe hat es geschafft. Ist Ihnen bekannt, daß er schon mit dem Gedanken gespielt hat, tatsächlich seine Hochzeit zu verschieben, nur weil es diese verdammten Kontakte gibt?«

»Sie beide sind also auch gegen mich«, meinte Mercant. »Daß ich für Rhodans Sicherheit verantwortlich bin, zählt wohl nicht, wie?«

»Mercant …« Atlan legte ihm die Hand auf die Schulter. »Sind Rhodan, Bully und ich alte Männer, die auf Schritt und Tritt bewacht werden müssen? Seitdem wir in Hondros Hände gefallen waren, glauben Sie, uns in einen Glassarg legen zu können. Der Glassarg paßt uns nicht. Damit müssen Sie sich abfinden.«

»Aber wenn etwas passiert?«

Der Arkonide ließ ihn nicht ausreden. Er wußte, daß Allan D. Mercant nicht aus eigensüchtigen Motiven handelte. Sein ganzes Sorgen galt unermüdlich der Sicherheit der wichtigsten Männer des Imperiums. Um ihr Leben zu retten, hätte er ohne Zögern das eigene hingegeben.

»Mercant, wenn etwas passiert, dann ist es Schicksal, und gegen das Schicksal kommt keiner an. Es ist schon schlimm genug, daß wir Zellaktivatoren tragen. Oder fühlen Sie sich glücklich, wenn Sie Freunde oder gute Bekannte älter werden sehen und eines Tages an ihrem Grab stehen, während man selbst jung geblieben ist?«

Diese Anspielung hatte auch John Marshall gepackt. Alle diejenigen, die Zellaktivatoren trugen, hatten das gleiche schon oft erlebt, worauf der Arkonide angespielt hatte.

Lebensverlängerung durch Zellaktivatoren – aber auch diese Langlebigkeit kostete ihren Preis. Der Tod eines Zellaktivator-Trägers konnte kein normaler Tod sein – nur ein gewaltsames Ende. Aber daran zu denken, daß man nur durch Gewalteinwirkung sterben konnte – löst dieser Gedanke nicht eine weitaus größere kreatürliche Angst vor dem Sterben aus als bei den übrigen Menschen?

»Sprechen wir nicht darüber, Atlan«, sagte Mercant. »Ich stelle mich darauf ein, daß die Hochzeit auf Plophos in aller Öffentlichkeit abläuft. Ich habe auch Ihre Forderung nach größerer Bewegungsfreiheit zu akzeptieren. Ich muß mir für diesen neuen Umstand etwas einfallen lassen.«

»Ihnen wird schon etwas einfallen, Mercant. Aber stimmt es, was ich heute hörte, daß Sie nicht unter den Hochzeitsgästen sind?«

»Atlan, einer muß doch zu Hause bleiben, um das Haus zu hüten.« Es klang bescheiden; es war auch so gemeint. Mercant war ein bescheidener Mensch geblieben, der für sich selbst nie etwas beanspruchte.

Als die plophosische Heimatflotte unter Großadmiral Arnt Kesenby die Hauptstadt anflog, über New Taylor stoppte und dann ganz langsam auseinanderstrebte, schauten Millionen Plophoser in den klaren Himmel.

Der Besuch der Flotte war eine von vielen Überraschungen, die auf die Menschen warteten.

Der Verkehr in New Taylor stockte. In den Straßen ballten sich die Menschen; zu Tausenden standen sie auf den flachen Dächern der Hochhäuser, alle mit dem Blick nach oben.

In zehntausend Metern Höhe bildeten Raumschiffpulks, als dunkle Punkte vom Erdboden erkennbar, zwei Namen: »Rhodan« und »Arbro«. Die beiden Namen wurden von zwei Ringen verbunden.

Millionen Plophoser und die Gäste, die inzwischen schon eingetroffen waren, glaubten, damit sei das grandiose, überraschende Schauspiel zu Ende, als mit einem Schlag all jene Schiffe, die miteinander die zwei Trauringe darstellten, nach außen hin aus sämtlichen Strahlgeschützen feuerten.

Eine Sonne schien über New Taylor zu stehen – eine Sonne aus zwei Ringen, und ihr Schein war so stark, daß die Hüllen der Schiffe, welche die beiden Namen bildeten, wie Diamanten aufblitzten.

»RHODAN – ABRO« rief es aus dem klaren Himmel nach Plophos hinunter, als ein Imperiums-Schiff der Solaren Flotte zur Landung auf New Taylors Hafen ansetzte.

Das Flaggschiff Perry Rhodans war mit dem Großadministrator auf Plophos angekommen. Perry Rhodan stand in der großen Schleuse, während gigantische grelle Strahlen aus den Ringen in den Raum jagten.

»Mory«, sagte er leise, und tief ergriffen über dieses Willkommen ging er über die Rampe der Abordnung des Obmanns entgegen, die ihn erwartete.

Erst als er über zwei Drittel der Rampe hinter sich gebracht hatte, traten Reginald Bull und Atlan aus der Schleuse. Wie Rhodan trugen sie die schlichte Uniform der Solaren Flotte.

In diesem Augenblick donnerten Space-Jets mit heulenden Triebwerken im Tiefflug über den großen Raumhafen. Sie flogen in Formation – und diese Formation bildete den Namen »Perry Rhodan«. Milliarden Menschen des Solaren Imperiums saßen in dieser Minute vor den Holoschirmen und erlebten die Ankunft ihres Großadministrators mit.

Die psychologische Führung in Terrania hatte sich von einem großartigen Empfang ihres Chefs sehr viel versprochen, aber daß diese Minuten und die Stunden, die noch folgten, für alle Zuschauer ein einziger Höhepunkt waren und die Terraner wieder zu einem Volk vereinten, das hatten die Psychologen nicht erwartet.

Das Rund des Raumhafens wurde von Millionen Menschen umsäumt. Man hatte den Eindruck, daß die übrigen Kontinente von Plophos entvölkert seien.

Einer hatte gerufen: »Perry Rhodan!« Hunderttausende waren in den Ruf eingefallen, und jetzt schallte es über den riesigen Hafen in einem wahren Begeisterungstaumel: »Perry Rhodan! Perry Rhodan!«

In einem erdgebundenen Fahrzeug fuhr er in die Stadt. Im Schrittempo nur kamen sein Wagen und die anderen hinter ihm vorwärts.

Wo waren die Männer der Abwehr, die verantwortlich waren für die Sicherheit des Großadministrators?

Von beiden Seiten reckten sich Hände zu Rhodan empor. Immer wieder ergriff er sie und schüttelte sie.

Die breiten Straßen von New Taylor waren zu schmalen Gassen geworden. Zwischen den Hochhäusern brandete der begeisterte Ruf auf. Konfetti regnete herunter, Feuerwerk blitzte. Plophos war in einen Begeisterungstaumel geraten, der unbeschreiblich war.

Oberst Jac Mails ausgearbeiteter Zeitplan war schon auf dem ersten Drittel der Strecke zusammengebrochen.

Teams der Trivid-Gesellschaften fluchten und tobten. Die begeisterten Menschenmassen hinderten sie daran, einwandfreie Übertragungen zu liefern. Der Gebrauch von Schwebeplatten war ausdrücklich verboten worden. Aber zu Tausenden waren sie zu sehen, beladen mit Menschen, und sie versuchten sich dem Tempo des Fahrzeugs anzupassen, in dem Rhodan aufgerichtet stand und nach allen Seiten grüßte.

Mit einstündiger Verspätung trafen sie vor dem Dom ein. Roboter hatten einen unzerreißbaren Kordon gezogen und den großen Platz vor dem sakralen Gebäude abgesperrt.

Langsam fuhr die Kolonne vor. Von rechts, aus der anderen Richtung, näherte sich ein zweiter Wagen. Dicht voreinander blieben beide Fahrzeuge stehen. Rhodan verließ seinen Wagen, ging auf den zweiten zu, der geschlossen war, öffnete die Tür und half Mory Abro beim Aussteigen.

Gemeinsam stiegen sie die mächtige Treppe zum Dom hinauf, langsam, im gleichmäßigen Schritt. Milliarden Menschen sahen sie auf das spitzbogenförmige Portal zugehen, dessen beide Flügel geöffnet waren.

Erst als sie im Halbdunkel des Doms verschwunden waren, folgten die Gäste, die zur Trauung geladen waren.

Der Dom diente allen großen Religionen des Solaren Systems als Gotteshaus. Ihre Prediger grüßten das Brautpaar durch Neigen des Kopfes.

Milliarden Menschen hörten zweimal ein »Ja«; Milliarden Menschen waren Zeuge, als im Stadthaus die Ziviltrauung stattfand. Dann blendeten alle Kameras aus.

Die einzige Stunde war da, in der Perry Rhodan mit seiner Frau allein sein konnte. Mehr Zeit hatte das Protokoll ihnen nicht geben können.

Der Zeiger der Uhr rückte unerbittlich weiter. Von den sechzig Minuten waren noch fünf übriggeblieben. Waren diese auch vorüber, dann verlangte das Protokoll, daß das junge Ehepaar zur Begrüßung der Gäste in den fertiggestellten Flügel des Regierungspalastes flog.

Rhodan erhob sich, trat ans Fenster des Stadthauses und blickte in die Tiefe. Er dachte nicht an die Zimmerflucht, die man für sie hier eingerichtet hatte. Er dachte daran, wie er Mory zum erstenmal auf Badun begegnet war – als Gefangener der Neutralisten.

Mit diesem Gedanken drehte er sich um. »Badun und Plophos, Liebste – zweimal das gleiche, nur mit umgekehrten Vorzeichen. Auf Badun war ich dein Gefangener, auf Plophos bist du meine Gefangene – für immer!«

Er stand vor ihr, griff mit der linken Hand in die Tasche, und als er sie wieder herauszog, hielten seine Finger jenen Zellaktivator, der ihm vom sterbenden Obmann Iratio Hondro überreicht worden war.

Ihre Augen wurden groß, als er das dünne Kettchen, an dem der Aktivator hing, über ihren Kopf streifte. »Perry, Liebster, du ... du willst mich ewig an dich ketten?«

Plophos sah die ersten Posbi-Raumer und nach der Landung der drei gewaltigen Kästen die ersten Posbi-Roboter.

Sie waren die einzigen Fremden. Nur Terraner waren geladen; kein Arkonide, kein Springer oder Ara, kein Akone.

Mit ihrem häßlichen Aussehen hätten die Posbis Erschrecken verbreiten können, aber seit gestern hatten die Sender des Eugaul-Systems die Plophoser auf diesen Besuch aufmerksam gemacht, die Roboter beschrieben und noch einmal darauf hingewiesen, daß das Zentralplasma auf der Hundertsonnenwelt der einzige Bundesgenosse der Terraner sei, dessen Treue man nie anzweifeln dürfe.

Der riesige Saal im linken Flügel des Regierungspalastes war in leichtes Blaulicht getaucht, aber es veränderte sich zum zarten Rosa, als das junge Paar seinen Fuß über die Schwelle setzte.

Hinter der riesig langen Tafel standen Gäste: die Unsterblichen aus Rhodans engster Umgebung, die Administratoren und Staatschefs mit ihren kleinen Delegationen, führende Wissenschaftler und Wirtschaftler – alles, was interstellar Rang und Namen hatte –, und darin fast verschwunden standen die Mausbiber vom Mars. Nicht zu übersehen waren die Riesen von Ertrus und die Angepaßten von Epsal.

Einer von mehr als dreitausend Gästen fiel aus der Rolle, die ihm das Protokoll vorschrieb: Gucky!

Atlan und Bully hatten ihn schon vermißt und vergeblich im riesigen Saal gesucht. Jetzt war er da, durch Teleportation. Aber war das tatsächlich Gucky?

In schneeweißer Kleidung, die an einen Sarong erinnerte, mit drei blitzenden, aber fremdartig aussehenden Orden vor der Brust, stand Gucky hochaufgerichtet vor dem Paar und grüßte durch eine tiefe Verbeugung.

Dreitausend Gäste blickten auf das protokollwidrige Schauspiel.

Als Gucky sich wieder aufrichtete, versuchte er seiner Stimme tiefen Klang zu geben. Es mißlang.

»Im Namen der Menschen aus der Rasse der Mausbiber überreiche ich euch das Amulett der Dendon. Ich hoffe, liebe Mory, daß Perry dir erlaubt, es zu tragen.«

Bully, der etwa dreißig Meter mit Atlan von der kleinen Gruppe entfernt war, flüsterte dem Arkoniden zu: »Der Gartenzwerg gibt mal wieder eine Show. Aber ... aber was ist das denn?«

Gucky ließ seine telekinetischen Kräfte wirksam werden.

Zwischen ihm und Mory schwebte eine Kette. Sie trieb langsam auf die junge Frau zu. Eine Kette, die aus fünf Schnüren bestand, leuchtete aus jedem Stein in einem gleißenden Rot. Wie erstarrtes Feuer wirkten die kleinen geschliffenen Steine. Bis auf drei Meter reichte das Strahlen.

Jetzt hatte die Kette Morys Hals erreicht. Die Schnüre legten sich auf ihre blasse Haut. Im gleichen Moment ging ein einziges »Ah!« durch den riesigen Saal.

Mory erschien an Perry Rhodans Seite wie eine Göttin. Das Leuchten, das von der Kette ausging, verwandelte sie in unbeschreiblicher Weise.

»Perry«, piepste Gucky mahnend »die Kette mußt du schon schließen.«

Rhodan staunte. Steine in diesem Leuchten und in dieser Farbe waren ihm unbekannt, ebenso unbekannt die schneeweiße Kleidung Guckys und die drei Orden an dessen Brust. Den Namen Dendon hatte er auch noch nie gehört.

Er schloß die Kette um Morys Hals. Gucky machte abermals die eigenartige Verbeugung und verschwand.

Die Hochzeitstafel konnte danach für Mory keine Überraschung mehr sein. Niemand als Perry Rhodan verstand sie besser. Immer wieder mußte auch er die fünffache Kette und ihr Leuchten bewundern.

Zwei kurze Reden wurden gehalten, ein Trinkspruch, dann nahmen die Gäste Platz. Nur ein Sessel war leer, der für Gucky bestimmt war. Als die Vorspeise gerade serviert wurde, tauchte er auf.

Er trug blau-gold gestreifte Kleidung und auf dem unteren Teil des rechten Ärmels etwas Funkelndes, das man für einen Orden ansehen konnte.

Rhodan, der ihm schräg gegenüber saß, fragte: »Willst du mir einmal verraten, was das alles zu bedeuten hat, Kleiner?«

Von Guckys Nagezahn war nichts zu sehen. »Perry, wenn ich diese Kleidung trage, dann sprichst du mit dem Erz-Dol von Yalas, und das Zeichen auf meinem rechten Arm weist mich als Träger der Weisheit aus.«

Vier Plätze weiter horchte Atlan auf. Yalas war ein Planet des arkonidischen Imperiums, aber nicht von Arkoniden bewohnt, sondern von einem Volk, dem man am besten weit aus dem Weg ging. Weil das Volk kaum zehntausend Köpfe umfaßte und die Yalas auch nicht die Raumfahrt beherrschten, hatte man ihren Planeten zu den verbotenen Welten erklärt.

»So, du Erz-Dol und Träger der Weisheit, und was stelltest du dar, als du diesen Sarong trugst?« fragte Rhodan gutgelaunt.

»Das war kein Sarong, lieber Perry. Ich trug ein Dhron, und ich überreichte euch als Erster Layi das höchstverehrte Heiligtum der Lasen, das Amulett der Dendon!«

Nur für Atlan waren das alles keine unbekannten Begriffe. Er stand auf, ein wenig erregt und ging zu dem Platz, wo Gucky saß. »Sag mal Gucky, willst du damit sagen, daß du schon einmal auf dem Planeten Lasen gewesen bist?«

»Natürlich, Atlan. Die Lasen sind meine Freunde. Sie haben mich nicht umsonst zum Ersten Layi ernannt und mir den höchsten Titel gegeben, über den sie verfügen. Auch die Yalas sind Freunde von mir. Sie zeichneten mich sogar mit zwei ihrer höchsten Titel aus. Ich kann noch ein Dutzend weitere nachweisen. Orden habe ich rund vierzig. Kannst du verstehen, daß ich es mir leisten kann, immer noch Leutnant unter Perry zu sein?«

Marshall hörte den Kleinen ebenfalls schwadronieren. Atlan betrachtete ihn ungläubig. Rhodan runzelte die Stirn. Nur Mory schenkte Gucky ihr Lachen. Marshall aber versuchte seine Gedanken zu erfassen und hatte Glück.

Erstaunt stellte er fest, daß Gucky keineswegs angab. Seine Behauptungen beruhten auf Wahrheit. Er nickte Perry Rhodan zu.

Rhodan blickte seinen Mutanten überrascht an und wandte sich wieder mit der Frage an Gucky: »Aus welchem Anlaß haben dir die Lasen denn das Amulett der Dendon geschenkt?«

In diesem Moment schirmte der Mausbiber seine Gedanken ab. »Ich möchte darüber nicht sprechen, Perry. Ich hatte den Lasen eine kleine Gefälligkeit erwiesen, und sie schenkten mir neben ihrer Freundschaft das Wertvollste, das sie besaßen. Hätte ich es nicht angenommen, so hätte ich sie beleidigt. Aber jetzt freue ich mich, weil ich das Amulett weitergeben konnte.«

»Du sprichst immer von einem Amulett. Ein Amulett soll doch einen bestimmten Zweck erfüllen. Und welchen Zweck hat die Kette, Gucky?«

Sein Nagezahn war zu sehen. Perry bereitete sich auf eine Überraschung vor, Bully beobachtete den Kleinen scharf, und Atlan hielt den Atem an. Nur Mory lächelte zu dem Mausbiber hinüber.

»Das Amulett der Dendon, Perry – die Frau, die es trägt oder besitzt, wird davor bewahrt, einen bösen Mann zu bekommen!«

Rhodan machte das Beste aus dieser Situation; mit Bully und Atlan stimmte er in das Lachen ein. Zufällig sah er dabei Mory an und sah in ihren Augen Tränen der Rührung.

»Danke, Gucky«, sagte sie zu ihm über den Tisch hinweg. »Das vergesse ich dir nie. Etwas Schöneres konnte mir niemand schenken.«

27.

Allan D. Mercant saß in Terrania und war allein mit seinen Ahnungen.

In den letzten vierundzwanzig Stunden waren beunruhigende Nachrichten nicht mehr eingelaufen. Die Galaxis schien, bis auf Überfälle von Piraten, endlich überall zur Ruhe gekommen zu sein. Die Meldungen von Plophos waren auch zufriedenstellend. Aber wenn er nur daran dachte, wie ungeschützt Rhodan an Millionen Menschen vorbeigefahren war, dann brach ihm jetzt noch der Schweiß aus.

Mercant arbeitete Vorgänge durch, die in der letzten Zeit bei ihm liegengeblieben waren. Er sah nun schon zum drittenmal auf die Uhr und beschloß, in fünf Minuten Feierabend zu machen, als sein Interkom ansprach. Terranias Großstation meldete ein Umweg-Gespräch von Arkon III.

Auf Arkon III und auch auf Arkon II befanden sich die größten geheimen Stützpunkte der Solaren Abwehr.

Umweg-Gespräche bedeuteten im allgemeinen, daß die Nachricht über einen Raumer, der gerade den Planeten verlassen hatte, an eine andere Station weitergegeben worden war. Von dort aus ging dann die Nachricht an drei oder vier weitere Stellen, erst danach lief sie in Terrania ein. Mit dieser etwas umständlichen Methode wurde verhindert, daß die geheimen Stützpunkte auf fremden Welten angepeilt und aufgespürt werden konnten. Jene Zeiten waren vorbei, wo die Flotte des Solaren Imperiums und die Abwehr in M 13 oder anderswo für Ruhe und Sicherheit sorgten. Heute betrachteten die Regierungen jener Welten die Abwehr sogar als ihren Feind.

Mercants Bildscheibe leuchtete auf. Klartext erschien.

»10-445-Z an A 1. Ortungsschwierigkeiten seit 17.43 Uhr Standardzeit. Ursache noch nicht erkennbar. Gleiche Schwierigkeiten haben alle A-Stationen, Mißweisungen bei Materie- und Energieortung um 20.10 Uhr Standardzeit über plus-minus 30 Prozent. Tendenz steigend. Versuchen mit allen Mitteln Ursache zu erforschen.«

Mercant mußte in der Top-secret-Liste nachsehen, wer 10-445-Z war. Er stellte fest: Major Enk, Chef des geheimen Agentenstützpunktes auf Arkon III.

»Hm«, brummte er. »Ortungsschwierigkeiten im Zentrum Arkons, und die Ortungsstationen der Arkoniden haben die gleichen Sorgen damit. Da muß ich doch mal die Meinung unserer Experten hören.«

Er benutzte den Interkom. Ein ihm unbekanntes Gesicht tauchte auf dem Bildschirm auf. Mercant verlangte Professor Unumo zu sprechen. Kurz darauf trug er ihm sein Anliegen vor.

Der konnte auch keine Auskunft geben. Vermutungen hatte er ausreichend. Starke störende Magnetfeldstürme oder Schwankungen in der Emission der Arkon-Sonne. »Sir, aber ich traue den Arkoniden ohne weiteres zu, daß sie diese Fehlerquellen binnen einer Stunde entdeckt haben.«

»Sie trauen ihnen zuviel zu, Professor. Die Arkoniden suchen, wenn die Meldung unserer Agenten stimmt, seit über zwei Stunden nach den Störungsursachen. Die Mißweisungen sollen schon plus-minus dreißig Prozent betragen. Diese Angaben beziehen sich sowohl auf Materie wie auch auf Energieortung. Wie erklären Sie sich diese Erscheinungen?«

Klipp und klar gab der Professor nach angestrengtem Nachdenken zu, daß er sich das nicht erklären könne.

»Danke«, sagte Mercant unzufrieden. »Gehen Sie nicht nach Hause. Es ist möglich, daß im Laufe des Abends noch weitere Nachrichten von Arkon III eintreffen.«

Aber Arkon III schwieg. Dafür meldete sich die geheime Zentrale der Abwehr von Arkon II.

Sie wurde von Oberleutnant Danake geführt. Er berichtete das gleiche wie Major Enk, aber über Arkon II sollten die Mißweisungswerte schon plus-minus 45 Prozent betragen. Der Umweg-Spruch war um 20.57 Uhr Standardzeit abgesandt worden.

Unwillkürlich machte Mercant einen Zeitvergleich. Standardzeit jetzt 21.04 Uhr.

Wieder setzte er sich mit Professor Unumo in Verbindung. Der hatte in der Zwischenzeit versucht, sich bei Kollegen Rat zu holen. Er war bestürzt, als der Solarmarschall ihm die neuen Werte durchgab, aber eine plausible Erklärung für diese Mißweisungen konnte es immer noch nicht geben.

»Bleiben Sie erreichbar, Professor.«

Die Akten, die Mercant aufarbeiten wollte, lagen jetzt unbeachtet am Rand seines Schreibtisches. Die Meldungen von Arkon II und III beunruhigten ihn. Erfahrungen aus über drei Jahrhunderten weckten in ihm die Ahnung, daß die Erscheinungen im Arkon-System nicht von ungefähr kamen. Wenn ihm aber der beste Experte auf dem Gebiet der Materie- und Energieortung dafür keine Erklärung geben konnte, woher sollte er es wissen.

Er verwarf den Gedanken, Rhodan, Bully oder Atlan von den rätselhaften Ereignissen im Zentrum von M 13 zu benachrichtigen. Er wollte den Hochzeitstag Perry Rhodans nicht mit alltäglichem Kleinkram belasten.

»Vielleicht löst sich in Arkon alles von selbst«, versuchte er sich einzureden, war sich aber klar darüber, daß er im tiefsten Innern nicht daran glaubte. Im stillen bedauerte er es, daß sich im arkonidischen Staatsgebiet kein einziges terranisches Raumschiff mehr aufhielt, das er losschicken konnte, um das Phänomen näher zu untersuchen.

Die Menschen im Eugaul-System feierten die Hochzeit des jungen Paares mit. Alle Säle in New Taylor waren überfüllt. Was die Galaxis an lukullischen Genüssen zu bieten hatte, wurde den Hunderttausenden geboten. Die herrlichsten Weine wurden kredenzt. Riesige Panoramaschirme ließen sie miterleben, wie im Flügelsaal des Regierungspalastes die Hochzeit mit den offiziell geladenen Gästen gefeiert wurde. Immer wieder zeigten die Fernsehkameras das junge, glückliche Paar. Aber fast ebensooft erschien auf den Bildschirmen ein Leutnant der Solaren Flotte, Mausbiber Gucky als Erz-Dol von Yalas und als Träger der Weisheit.

Nach Standardzeit war es 22 Uhr, und in einer halben Stunde sollte die offizielle Feier zu Ende gehen. Hunderttausende betrachteten den Bildschirm.

Ein hoher Offizier der Flotte hatte durch Zeichen den Großadministrator gebeten, die Tafel zu verlassen und einige Schritte zur Seite zu gehen. Der Offizier flüsterte mit ihm. Deutlich war zu erkennen, daß Rhodan ihn leicht erstaunt ansah. Dann nickte er, sagte wenige Worte, die niemand verstehen konnte, weil der Kommentator sprach. Der Offizier grüßte, und Rhodan nahm kurz neben John Marshall Platz.

»John, informieren Sie Atlan unauffällig über eine Nachricht, die Mercant übermittelt hat. Im Gebiet von Arkon I, II und III sind alle Energie- und Materieortungen ausgefallen. Raumschiffe in diesem Bereich sind weder in der Lage, einwandfrei zu starten noch zu landen. Ursache bisher unbekannt.«

»Wird erledigt, Sir«, sagte Marshall. Rhodan ging zu seiner Frau zurück.

Der Arkonide unterhielt sich angeregt mit Bully. Beide sprachen dem mundigen Chrisatwein zu, der in dem Ruf stand, der beste in der Galaxis zu sein.

Auf der anderen Seite von Atlan saß John Marshall. Er nahm seinen Römer aus blitzendem Patanyx und prostete dem Arkoniden zu. Auch Atlan hob sein Glas an und sagte ahnungslos: »Zum Wohl.«

Marshall wußte durch kurze telepathische Kontrolle, daß alle, die Rhodan am nächsten saßen, mehr oder weniger versteckt von den anderen beobachtet wurden. Sich gegenseitig zuzuprosten konnte auch bei dem Mißtrauischsten keinen Verdacht wecken.

Mit leiser Stimme teilte John Marshall dem Lordadmiral mit, was im Zentrum von M 13 vor sich ging.

Atlan zuckte mit keiner Wimper. Während er den Römer wieder absetzte, erwiderte er: »Für mich gibt es nur noch das Solare Imperium. Die Arkoniden haben es nicht anders gewollt!«

Er glaubte, sich seelisch von seinem Volk völlig distanziert zu haben. Die zur Zeit herrschenden Verhältnisse in Arkon berührten ihn nicht. Nach seiner Ansicht sollten die Arkoniden, deren Imperator er einmal gewesen war, zusehen, wie sie mit den Ortungsschwierigkeiten fertig wurden.

Er bemerkte, daß Mory ihn ansah. Er, der schon über zehntausend Jahre alt war, mußte anerkennen, daß Mory die schönste Frau war, die er in seinem langen Leben gesehen hatte. Aber das Geschenk, das Gucky ihr überreicht hatte und das wirklich verdiente, als einmalig bezeichnet zu werden, verlieh ihr das Aussehen einer Göttin. Ihre naturblasse Haut wurde zartrot überstrahlt. Ihr Kleid aus blauer Inar-Seide brachte ihre Figur bewundernswert zur Geltung.

»Atlan, wann werden wir Gäste auf Ihrer Hochzeit sein?« fragte sie ihn, und er fühlte, daß diese Frage keine Phrase war. In ihrer Frage lag der Wunsch, ihn bald auch so glücklich zu sehen, wie sie und Perry es waren.

Das Gesicht des Arkoniden überschattete sich. Er sah sie sinnend an:

»Mory, ob es einmal soweit kommen wird?« Und er dachte an die junge Akonin Auris, die er geliebt hatte. Aber ihre Liebe hatte Perry Rhodan gegolten.

Vorbei, dachte er; Auris aus dem Blauen System war schon lange tot.

Major Enk, wie seine Mitarbeiter als Arkonide getarnt, fluchte wie ein alter Trampfahrer.

Sein geheimer Stützpunkt war nach außen hin eine solide, gut florierende Firma, die es sich auf der vollmechanisierten Welt Arkon III zur Aufgabe gemacht hatte, den Raumerbesatzungen, die Landurlaub hatten, das Leben auf Arkon III so angenehm und abwechslungsreich wie möglich zu machen.

Major Enks Agentur vermittelte Künstlern der leichten Muse Engagements in den Unterhaltungsstätten und sorgte gleichzeitig dafür, daß diese Etablissements von Besatzungen eifrig besucht wurden. Er und seine Mitarbeiter beherrschten diese Branche so ausgezeichnet, daß nicht der Schimmer eines Verdachtes erweckt wurde, sie könnten terranische Agenten sein.

Die Vermittlung von Künstlern, Artisten, ganzen Show-Gruppen verlangte, daß sein Betrieb über einen leistungsfähigen Hyperkomsender verfügte.

Die technische Einrichtung seines Unternehmens ging weit über einen starken Sender hinaus. Achtzig Meter unter dem letzten Tiefkeller befand sich eine Halle, in der all die technischen Geräte zu finden waren, auf die ein Stützpunkt der Abwehr heute nicht mehr verzichten konnte.

Dort hielt Enk sich jetzt auf und fluchte. Der Major, mit einem Meter dreiundsechzig außergewöhnlich klein, lief von einem Meßstand zum anderen, knurrte sein »Na?« und erhielt überall die Antwort: »Ursache nicht zu finden, Sir!«

Was nützte alles Fluchen. Seine Mitarbeiter versuchten ihr Bestes, aber sie kamen nicht dahinter, warum im Arkon-Zentrum innerhalb weniger Stunden die wichtigsten Ortungen nicht mehr möglich waren.

Man konnte zwar noch Materie- und Energieortungen vornehmen, aber die Resultate stimmten alle nicht. Bei Mißweisungen von über 75 Prozent konnte von Resultaten gar nicht mehr gesprochen werden. Es war auch kein Trost, daß es der Gruppe von Oberleutnant Danake auf Arkon II nicht anders erging.

»Meine Herren, wollen Sie mir einmal verraten, was ich dem Solarmarschall melden soll?«

Überall blieben die Köpfe gesenkt. Niemand konnte dem Major helfen. Wieder fluchte er. »Ich fahre nach oben. Bei besonderen Vorkommnissen möchte ich sofort benachrichtigt werden.«

»Faule Gesellschaft!« sagte er verärgert, als er auf dem Weg zu seinem Arbeitszimmer nach rechts und links in die Büros blickte und die Arkoniden wie üblich bummeln sah.

Über einen geheimen, gegen ausgehende Strahlung geschützten Antigravschacht ließ er sich zum Tiefkeller hinauftragen. Durch drei raffiniert angelegte Schleusen betrat er ihn, nachdem er eine Reihe von Kontrollen vorgenommen hatte. Diese Vorsichtsmaßnahmen waren lebenswichtig, denn über zweihundert Arkoniden gehörten zu seinem Stab.

Alle Versuche des ehemaligen Imperators Atlan und Perry Rhodans, die lethargischen Arkoniden anzuspornen, waren mißlungen. Dieses Volk, das einstmals die Möglichkeit gehabt hätte, sich das Universum zu erobern, brachte die Energie nicht mehr auf, sein Schicksal zu meistern und die Position in der Galaxis wiederzuerlangen, die es besessen hatte.

Major Enk hörte in seinem Arbeitszimmer Nachrichten. M 13 tat die Heirat Perry Rhodans mit Obmann Mory Abro auf Plophos mit einer einzigen kurzen Meldung ab.

Es war bezeichnend, daß sich kaum ein Arkonide dafür interessierte. Er aber interessierte sich für alle Nachrichten.

»Das wird ja immer toller!« sagte er bestürzt. Gerade berichtete der Nachrichtensprecher und zeigte dabei auf eine 3-D-Karte, daß alle Ortungssysteme der 5000 plattformartigen Raumforts, die den äußeren Festungsring bildeten, auch in zunehmendem Maß gestört würden. Das gleiche meldete er von den äußeren Planeten, die schon seit Jahrtausenden als gigantische Verteidigungsstellung bestanden. Der größte Teil der 27 Umläufer, die das Arkon-System besaß, hatte keine andere Aufgabe zu erfüllen, als Arkon I, II und III zu schützen. Dazu kam dann noch der innere Abwehrring.

Dessen Ortungssysteme waren schon vor Stunden ausgefallen. Dieses Versagen war auch der Grund gewesen, warum seit ebenso langer Zeit kein Schiff mehr landen oder starten konnte.

Mit wenigen Sätzen tat der Nachrichtensprecher diese katastrophalen Vorgänge ab, um das Unterhaltungsprogramm des Abends zu besprechen.

»Die haben Nerven!« polterte Major Enk, stand auf und verließ sein Arbeitszimmer. Er fuhr zum Dach des kleinen, trichterförmigen Hauses, in dem seine Agentur untergebracht war. Auf dem Weg dorthin begegnete er einigen Arkoniden, die er kannte. Die meisten waren zu träge, um zu grüßen. Enk hatte sich daran längst gewöhnt.

Auf dem Dach, unter der flachen Kuppel, machten in einem abgeteilten Raum zwei Agenten Dienst. Enk hatte den Raum kaum betreten, als er zu hören bekam: »Es ist zum Verzweifeln. Die Arkoniden rühren keinen Finger, um hinter die Ursachen der unheimlichen Störungen zu kommen. Sie interessieren sich nicht einmal dafür, was durch die Gegend fliegt. Ein Walzenraumer, der jetzt in hoffnungsloser Lage im System herumkurvt, hat vor einer Stunde davon berichtet.«

»Was fliegt durch die Gegend? Welche Gegend meinen Sie, Barring?« fragte Enk ungehalten.

»Was es ist, weiß keiner. Der Springer hat sich in seinem Funkspruch darüber nicht näher ausgelassen; natürlich habe ich mit Gegend das Arkon-System gemeint.«

Enk stöhnte. Er trat an die Wand, die glasklar war, und blickte über einen Teil von Arkon III hinweg. Knapp einen Kilometer von diesem Trichterbau breitete sich einer der vielen Raumhäfen aus.

Da lagen die Kugelschiffe, gestützt von ihren mächtigen Teleskopbeinen. Keins startete; keins kam und setzte zur Landung an. Das alles wirkte wie ein gigantischer Schiffsfriedhof.

Enk blickte zum Himmel empor. Die große, grellweiße Sonne blendete ihn. Er legte die Hand vor die Augen und blinzelte in die Höhe.

Hier, wo ein ständiges Starten und Landen von Raumern normal war, schien jetzt der Himmel wie leergefegt.

»Was ist hier nur los?« fragte Enk.

Einer seiner Mitarbeiter sagte: »Ich habe das Gefühl, daß wir in einer Falle sitzen, die längst zugeschnappt ist.«

»Arkoniden?« fragte Enk scharf. Er kannte den Agenten als äußerst zuverlässigen Mann, der noch nie ein Schwätzer gewesen war.

»Den Arkoniden traue ich nichts zu. Vielleicht haben die Springer mit Arkon etwas vor. Es ist alles so unheimlich.«

Enk widersprach nicht. »Rufen Sie mal unten an und fragen Sie, ob alle Vorbereitungen getroffen sind, in Sekundenschnelle einen stabilen Schutzschirm um unseren Bau zu errichten. Nun, rufen Sie schon durch!«

Die Antwort aus der Tiefe war beruhigend. Dort hatte man alle Schutzmaßnahmen vorbereitet.

Der Raum unter dem flachen Kuppeldach des Trichterbaues konnte jederzeit von arkonidischen Polizeirobotern durchsucht werden. Die Geräte, die hier benutzt wurden, waren handelsübliche und im Arkon-System überall zugelassene Aggregate. Daß sich darunter drei kleine Hyperkomsender mit vorgeschalteten Raffern und Zerhackern befanden, war auch nicht außergewöhnlich. Jedes Handelsunternehmen, das sich von der Konkurrenz nicht in die Karten sehen lassen wollte, benutzte sie. Und Enks Agentur, die sich innerhalb ihrer Branche einen Namen geschaffen hatte, mußte in der ersten Zeit ihrer offiziellen Vermittlungstätigkeit mehr als einmal erfahren, daß ihnen die Konkurrenz zuvorgekommen war, weil sie Verhandlungsgespräche mit Künstlern oder Show-Gruppen eifrig abgehört hatte.

Daß die Raffer und Zerhacker aber terranischen Ursprungs waren und in ihrem Äußeren das Aussehen von arkonidischen Geräten hatten, konnte nur nach sorgfältigster Demontage festgestellt werden.

»Rufen Sie mal II an und erkundigen Sie sich, ob es dort etwas Neues gibt!« II bedeutete Arkon II, der geheime Stützpunkt unter Oberleutnant Danake. Aber II hatte auch keine Neuigkeiten zu berichten.

Enk hatte es aufgegeben zu fluchen. »Wenn man nur erfahren könnte, was dieser Galaktische Händler durch den Raum hat fliegen sehen. Können wir das Schiff über Umweg nicht anrufen?«

»Zu gefährlich. Die robotische Funküberwachung der Arkoniden ist nicht schlafmützig. Wenn sie dann auch noch unseren Funkspruch auswerten und erkennen, daß die Anfrage etwa von Terranern stammen könnte, lösen sie automatisch Alarm aus.«

Enk grinste seinen Mitarbeiter mitleidig an. »Und wenn? Was hilft den Arkoniden ihr Roboter-Alarm, wenn das gesamte Ortungssystem ausgefallen ist! Los, Umweg-Anfrage, über K-56-K, von da nach 795-D. 795-D soll die Antwort des Springers mit größter Sendekapazität ausstrahlen. Dann werden wir ohne Zeitverlust informiert. Sie kennen den Namen des Walzenraumers?«

»Name bekannt.«

»Raus mit dem Spruch. Verschlüsselung nach 7 c!«

»Ich würde es nicht tun«, gab der Mann den Rat. Er deutete auf seine von innen grün aufleuchtende Scheibe, auf der Amplituden kamen und gingen. »Die robotischen Funkortungen arbeiten mit größter Leistungsstärke. Wenn sie entdecken, daß zwischen uns und der geheimen Station K-56-K eine Verbindung besteht, ist hier der Teufel los.«

Nachdenklich betrachtete Enk die Scheibe. Es fiel ihm nicht leicht, einen Entschluß zu fassen. Die arkonidischen, robotisch gesteuerten Funkortungen arbeiteten, wie er es noch nie beobachtet hatte.

Zum erstenmal mischte sich der zweite Mann in das Gespräch ein. »Im Grunde genommen gehen uns doch diese Vorfälle gar nichts an, solange sie sich nicht gegen die Erde richten. Sollen die Arkoniden doch sehen, wie sie mit dieser Geschichte fertigwerden. Deswegen würde ich kein Risiko eingehen.«

Enk sah nacheinander beide Mitarbeiter an. Dann entschied er sich. »Gut. Anfrage unterbleibt. Warten wir ab.« Er verließ den Raum und fuhr wieder nach unten, kehrte zurück in sein Arbeitszimmer.

34.000 Lichtjahre von Arkon entfernt dachte auch ein Mann an die Stützpunkte K-56-K und 795-D und noch an einige andere.

Allan D. Mercant, der keine Ruhe fand, betrachtete in 3-D-Projektion das erweiterte Zentrum von M 13.

Auf den wichtigsten Welten des arkonidischen Sternenreichs hatte er damals, als alle Terraner sich aus diesem Bezirk zurückzogen und Stellungen aufgaben, die sie über viele Jahre besetzt hatten, geheime Stützpunkte eingerichtet. Als Abwehrchef, verantwortlich für die Sicherheit des Solaren Systems, konnte er es sich nicht leisten, die Arkoniden, Springer, Aras und Akonen unbeaufsichtigt zu lassen.

K-56-K und 795-D befanden sich 16 bzw. 17 Lichtjahre vom Arkon-System entfernt. Etwa dreißig andere kleine Zentralen waren auf arkonidischen Welten eingerichtet, die einen Abstand zum Zentrum bis zu fünfzig Lichtjahren hatten.

Über die Großstation Terranias ging an alle diese Niederlassungen eine gleichlautende Anordnung hinaus. Mercant hätte nicht erklären können, warum er so handelte. In diesem Fall war er nicht durch Ahnungen dazu getrieben worden, sondern ein besonderes Gefühl, das sich durch die jahrhundertlange Tätigkeit als Abwehrmann zu voller Stärke entwickelt hatte, war der Anlaß hierzu gewesen.

Es war klar, daß im Arkon-System etwas Unheimliches vor sich ging. Der Fall mit den Ortungsstörungen war zu eng begrenzt, als daß er auf ein natürliches Phänomen zurückzuführen wäre.

Außerhalb von Arkon I, II und III waren diese ungewohnten Verhältnisse nirgendwo beobachtet worden. Demnach war es also vordringlich, alle außerhalb des Störungsbereiches liegenden geheimen Stützpunkte zu alarmieren, das Arkon-System zu beobachten.

Mercant wunderte sich nicht, daß er auf seine Nachricht an Rhodan auf Plophos keine Antwort erhalten hatte. Perry Rhodan, seine junge Frau und ihre Freunde wollten diesen feierlichen Tag nicht durch alltägliche Mißhelligkeiten stören lassen.

Mercant rief Professor Unomo an. »Machen Sie Feierabend, Professor. Ich tu's auch. Gute Nacht.«

Es war 22.29 Uhr Standardzeit.

Vierundzwanzig Lichtjahre von Arkon entfernt stand die Sonne Mol, die von sieben kleinen Planeten umlaufen wurde. Mol, die einen dreifachen Sonnendurchmesser hatte und ungewöhnlich heiß war, hatte die ihr am nächsten wandernden drei Planeten zu Feuerkugeln werden lassen. Allein der siebte Umläufer befand sich vom Muttergestirn in einer Entfernung, daß sich auf ihm organisches Leben hatte entwickeln können.

Dieser Planet, Gonza, auf dem zwei Milliarden Arkoniden lebten und auf dem es drei große Springerniederlassungen gab, verfügte eigenartigerweise über keine offizielle Hauptstadt. Das Verwaltungszentrum war auf die Städte Ringh, Tano und Sulb verteilt. Alle drei Städte waren in Gebirgen angelegt und befanden sich in 3000 Metern Höhe. Hier herrschte ein ideales Klima, während es in den Niederungen vor Hitze und Luftfeuchtigkeit kaum auszuhalten war.

Mit einer Rotation von 23,9 Stunden und 0,9 Gravos ähnelte Gonza stark irdischen Verhältnissen.

In der Zusammensetzung seiner Bevölkerung unterschied sich Gonza auffallend von den meisten arkonidischen Welten. Hier hatte sich ein großer Teil der Neu-Arkoniden niedergelassen, leider waren sie gegenüber den schlafmützigen Arkoniden in der Minderheit, wenngleich sie auf Gonza alle wichtigen Ämter besetzt hielten. Aber wie viele Verordnungen sie auch erließen, um diesen Planeten nach ihrem Willen zu formen – die degenerierten Arkoniden ignorierten jede fortschrittliche Bestrebung.

In Sulb, am Fuß des Pante-Gebirges, befand sich der geheime Stützpunkt der Solaren Abwehr. In der Top-secret-Liste in Terrania lief er unter der Nummernbezeichnung J-033-S.

Für die Abwehrzentrale in Sulb waren nur besonders ausgewählte und befähigte Männer eingesetzt worden.

Han VanBergen war zweiundzwanzig Jahre alt und der einzige Mann auf der Station, der sich nicht tarnen mußte, weil er von Natur aus wie ein Arkonide aussah.

Er besaß die für Arkoniden typisch hohe Schädelform, wies einen albinoiden Einschlag auf, denn er hatte fast weiße Haare, und seine Augäpfel waren leicht rot gefärbt. Mit einer Größe von genau zwei Metern zählte er sogar zu den großen Arkoniden. Eine ausgezeichnete Schulung bei der Abwehr in Terrania hatte ihm das Rüstzeug mitgegeben, seine Zentrale vor den aufmerksamen und ewig mißtrauischen Neu-Arkoniden versteckt zu halten.

Han VanBergen hatte von Mercants Funkspruch Kenntnis erhalten und betrat gerade den geheimen Raum hinter seiner Großhandlung, als er zufällig sah, wie der kleine Strukturtaster regelrecht auseinanderflog.

Mit einem Satz war er an dem großen Gerät. In Nullstellung war es angeheizt. Er kippte den kleinen Hebel, sah das Blitzen auf der Scheibe und schloß instinktiv die Augen.

Zum erstenmal in seinem Leben stellte er fest, daß er doch Nerven besaß.

»Energieortung!« schrie er. Mit ihm waren vier Mitarbeiter im Raum, der ihnen mit seinen vielen Geräten kaum Platz ließ, sich frei zu bewegen.

Die Energiewerte kamen herein. Das Rechengehirn hatte sie automatisch von der Ortung erhalten. Die Materie-Ortung lief. Der große Strukturtaster war gerade noch in der Lage, die unzähligen, gewaltig starken Gefügeerschütterungen anzunehmen und auszuwerten.

Han VanBergen wurde Zeuge, wie eine Flotte, deren zahlenmäßige Stärke schätzungsweise zwischen 80.000 bis 100.000 Schiffen lag, ins normale Raum-Zeitkontinuum einbrach.

»Ziel?« donnerte seine Stimme erneut.

»Anscheinend Zentrum Arkon!«

»Entfernung?«

»178 Lichtjahre. Geschwindigkeit etwas unter 0,7 Licht. Moment, die Koordinaten kommen ...«

»Stanzstreifen!« sagte VanBergen kurz. »Raus mit euch! Fluchtalarm geben. Großer Himmel, wer überfällt da die Arkoniden! Verdammt noch mal, ich habe raus gesagt!«

Hinter seinem Rücken jagten vier Mann hinaus. Fluchtalarm bedeutete, daß die Neu-Arkoniden gleich mit ihren Robotern auftauchten, um diesen geheimen Stützpunkt der Abwehr auszuheben. Aber alle vier Mann begriffen nicht, woher ihr Kommandant von dieser Aktion wußte.

Der große Strukturtaster vibrierte. Raumverbände, die aus zehntausend Schiffen bestehen mußten, brachen ins Raumgefüge ein und jagten auf das Zentrum von Arkon zu.

Han VanBergen tat einen Schritt zur Seite, stand vor dem Hyperkom. Er drehte den Frequenzschalter. Was er jetzt zu tun bereit war, hatte er sich nie träumen lassen: Freiwillig den Neu-Arkoniden zu verraten, daß sich hinter der Großhandlung für positronische Geräte ein Stützpunkt der Abwehr befand.

Sein Ruf an alle ging über die Hauptwelle der Arkoniden hinaus. Sie wurde sowohl von zivilen wie von militärischen Stellen abgehört.

Er spielte mit offenen Karten. *An alle! An alle!*

An alle – das waren aber auch sämtliche geheimen Stationen der Abwehr. Han VanBergen alarmierte die arkonidische Flotte!

Seitdem die Terraner das Arkon-Imperium geräumt hatten, waren die Schiffe von Neu-Arkoniden als Kommandanten übernommen worden. Die Besatzungen bestanden aus Robotern.

Schnell, aber ruhig sprach er ins Rillenmikrofon. Mit einem Auge schielte er auf die Scheibe des Strukturtasters.

Die wilden Erscheinungen darauf ließen merklich nach. Nur noch Nachzügler der fremden Riesenflotte fielen in den Normalraum.

VanBergen drückte am Hyperkom eine Taste. Damit schaltete er den Sender auf größte Leistungsstärke und auf die Welle der Abwehr ein. Sein Spruch mußte auch in Terrania aufgefangen werden.

Ausführlicher als vorhin wiederholte er seine Angaben. Hinter ihm hatte das Rechengehirn einen zweiten Stanzstreifen ausgestoßen. Ohne hinzusehen ergriff er ihn und las die Schlüsselzeichen ab. Mitten in dieser Tätigkeit verstummte er für eine Sekunde, um dann mit heiserer Stimme zu sagen: »An alle! Blues überfallen Arkon! Blues überfallen Arkon! Das Gros der Blues-Flotte befindet sich im Moment auf ...«

Dreimal hintereinander wiederholte er die Koordinaten, dann schaltete er alles ab.

Die beiden Folien ließ er fallen und ging dann denselben Weg wie seine Mitarbeiter – nur lief er nicht.

Er wußte, daß draußen schon Polizeiroboter standen, um ihn zu verhaften. Für ihn war es sinnlos, einen Fluchtversuch zu unternehmen.

In der Tür, die nach draußen führte, blieb er stehen. In seinen Augen war Erstaunen.

Drei Neu-Arkoniden blickten ihn an – Männer in Zivilkleidung. Hinter ihnen standen einige Polizeiroboter. Die Straße war rechts und links durch große Schweber, die quergestellt worden waren, gesperrt.

Um Han VanBergens Mund spielte ein schwaches Lächeln, als wollte er den Neu-Arkoniden sagen: *Na, bitte, verhaftet mich!*

Da wurde er von ihnen gegrüßt, wie bei der arkonidischen Flotte sonst nur Kommandanten eines Imperiums-Raumers gegrüßt werden. Er ließ sich seine Überraschung nicht anmerken. Langsam ging er auf die Arkoniden zu. »Ich heiße Han VanBergen«, sagte er und fügte hinzu: »Heimatwelt Terra!«

Sie grüßten ihn noch einmal, dann sagte einer: »VanBergen, wir haben nicht den Befehl, Sie zu verhaften, sondern den Auftrag, Sie zur Verwaltung zu bringen, damit Ihnen dort geziemend gedankt werden kann!«

Er wollte etwas darauf erwidern, aber er kam nicht dazu.

Aus der Richtung, in welcher der Raumhafen von Sulb lag, klang das Brüllen von Impulsmotoren auf. Ein kleiner arkonidischer Verband, durch Han VanBergens Funkspruch alarmiert, jagte im Blitzstart in den Raum, der feindlichen Riesenflotte entgegen, die sich dem Zentrum von M 13 immer mehr näherte.

28.

Allan D. Mercant hatte gerade seinen Bungalow betreten, dem Hausroboter seinen Mantel überreicht und wollte es sich bequem machen, bevor er zu Abend aß, als ihn die Nachricht vom Überfall der Blues auf Arkon erreichte.

»Die Blues ...«, sagte er bestürzt. Er nickte grimmig, denn er kannte die Gataser und wußte, wie stark ihre Flotte immer noch war.

Was hatte Arkon dagegen einzusetzen? Raumschiffe mit robotischen Besatzungen!

Mercant begriff auch, daß die Störungen der Materie- und Energieortung durch die Blues vorher inszeniert worden waren. Nur wie sie diese katastrophalen Mißweisungen ausgelöst hatten, blieb ihm auch jetzt noch ein Rätsel.

Die Blues griffen Arkon an, dachte er. *Sie werden M 13 erobern und nach ihrer Eroberung das Blaue System oder uns angreifen. Und dann werden sie ein Volk nach dem anderen unterjochen ...*

Sein Interkom hatte ihn mit dem Großsender verbunden. »Hier Mercant. Blitzverbindung mit Perry Rhodan. Höchste Geheimhaltungsstufe. Ich warte auf die Verbindung.«

Es würde Minuten dauern, bis er mit Perry Rhodan sprechen konnte. Die Zeit nutzte er und setzte sich mit Eignar Troll, einem seiner engsten Mitarbeiter, in Verbindung. »Troll, versuchen Sie, unsere Stützpunkte auf Arkon II und III zu erreichen. Nach dem Gespräch mit Rhodan komme ich zum Hauptquartier zurück. Ich erwarte Sie dort.«

Allan D. Mercants Stimme klang nicht anders als sonst.

Als Major Enk vom Dach des Trichterbaues die Nachricht vom Anflug einer riesigen Blues-Flotte erhielt, wußte er, daß er niemals mehr auf Arkon III Künstler und Show-Gruppen vermitteln würde.

Er hatte sich durch Rückfragen vergewissert, daß er sich nicht verhört hatte. »Hunderttausend Raumer im Anflug?«

»Wenigstens! Wahrscheinlich noch einige tausend mehr. Haben Sie Ihr Testament schon gemacht?«

Nein, das hatte Major Enk noch nicht getan, und er dachte auch jetzt noch nicht ans Sterben.

Er erreichte über den abgeschirmten Antigravschacht in achtzig Metern Tiefe die Zentrale seines Stützpunktes. Seine Mitarbeiter, die hier tätig waren, hatten die Meldung mitgehört.

»Hat hier jemand Cognac versteckt?« fragte er, und die anderen schauten ihn verdutzt an. »Hier muß doch Cognac sein. Her mit der Flasche. Wollen wir nicht darauf trinken, daß wir hier noch einmal heil herauskommen?«

Seine Worte lösten die Spannung. Sogar zwei Flaschen Cognac waren vorhanden, auch Gläser. Sie tranken auf ihr Glück. Die Ruhe des Majors ging auf sie über.

Das Glas in der Hand, sagte Enk: »Einen Notruf abzustrahlen ist im Augenblick unangebracht. Daß wir hier stecken, weiß die Abwehr. Eigene Mittel, um Arkon zu verlassen, haben wir nicht.« Er blickte zur Seite. Die Instrumente des Gerätes, neben dem er stand, jagten dem Rot-Bereich zu. »Ach – die Flotte, die auf Arkon III liegt, startet. Ich bin gespannt, wie sie durch dieses Tohuwabohu der Ortungsmißweisungen kommt. Eins ist mir nun klar: Die Blues haben diese Störungen ausgelöst, aber womit? Haben die Herren sich deswegen schon mal Gedanken gemacht? Prost!«

Er trank allein. Den anderen schmeckte es nicht. Sie besaßen nicht die Veranlagung von Major Enk, der immer ruhiger und besonnener wurde, je gefährlicher die Situation war.

Enk bereute es, daß er diesen Walzenraumer über Umweg-Funk nicht doch angerufen hatte, um von dem Springerkommandanten zu hören, was er im Raum treibend gesehen haben wollte. Jetzt war es dazu zu spät.

Einer der beiden Männer, die unter der Kuppel auf dem Dach Dienst machten, stürzte herein. »Wenn das stimmt! Wenn das stimmt!« Damit drückte er Major Enk eine Folie in die Hand. Der fragte nicht lange, sondern las die Schlüsselzeichen.

War jetzt Enk blaß geworden, oder war es eine Täuschung, hervorgerufen durch die Lichtverhältnisse im Raum?

»Einen Cognac, aber einen doppelten!« sagte er. Seine Stimme zitterte. Jemand schenkte ein. Er stellte das Glas zur Seite. Der Reihe nach sah er seine Mitarbeiter an. »Meine Herren, wir haben nicht mehr viel zu erhoffen. Die Arkoniden haben die ersten Kampfberührungen mit den Blues gehabt. Ich glaube, was in dieser Meldung steht. Die Blues-Raumer verfügen plötzlich über eine Bewaffnung, die beweist, daß die Schiffe im Blauen System ausgerüstet worden sind!«

»Aber zwischen Arkon und dem Blauen System besteht doch der mit großem Stimmaufwand verkündete Freundschafts- und Nichtangriffspakt!« gab einer zu bedenken. »Dieser Vertrag ist doch erst ein paar Monate alt!«

»Greifen denn die Akonen die Arkoniden an, oder sind die Blues die Angreifer?« fragte er sarkastisch. »Daß die Strahlgeschütze akonischer

Fertigung entstammen, werden die Akonen natürlich abstreiten und behaupten, die Blues hätten sie nachgebaut. Ich habe diesem hinterlistigen Volk noch nie getraut.« Enk ging zum Hyperfunk hinüber und blieb neben dem Mann stehen, der als einziger im Raum weiterhin seinen Dienst versah. »Was gibt's Neues?« Der Mann schob ihm einen Stoß Folien zu.

»Was, die Arkoniden funken im offenen Verkehr?« rief Enk sichtlich bestürzt.

»Über die Hälfte aller Sprüche sind Notrufe im Klartext. Die Desintegratorgeschütze der Gataser besitzen eine bisher nie erlebte Durchschlagskraft.«

Jetzt traf Enk seinen Entschluß schnell. »Setzen Sie einen zusammenfassenden Bericht auf, und strahlen Sie ihn dann direkt nach Terrania ab. Ich glaube nicht, daß die arkonidische Funkortung uns entdeckt. Die hat jetzt andere Sorgen.«

Er ging, aber an der Tür blieb er stehen. »Meine Herren, wir alle wissen ja, wie weit es bis zu unserem Sonnensystem ist. Wir brauchen uns also keine falschen Hoffnungen zu machen. Die Blues-Flotte steht dicht vor der Tür, und die Solare Flotte ist 34.000 Lichtjahre entfernt. Darum werde ich jetzt versuchen, Admiral Notgal zu sprechen, um ihm unsere Hilfe anzubieten. Sie bleiben am besten hier unten. Wenn ich mich innerhalb der nächsten Stunde nicht melde oder nicht zurückkomme – naja, dann habe ich Pech gehabt. Hat jemand einen besseren Vorschlag?«

»Major, Sie werden nie bis zu Admiral Notgal vordringen. Der ist doch ein stockkonvervativerArkonide und war schon zur Zeit des Vereinten Imperiums einer der gefährlichsten Quertreiber ...«

Enks zustimmendes Nicken zwang den anderen zu schweigen. »Sie haben völlig recht, aber können Sie auch behaupten, daß Notgal jemals mit den Blues sympathisiert hat? Im Gegenteil, die haßt er noch stärker als uns Terraner. Und auf diese seine törichten Haßgefühle setze ich meine ganze Hoffnung. Agano, Sie übernehmen während meiner Abwesenheit das Kommando.«

Dann ging er. Sein doppelter Cognac stand unberührt auf einem Gerät.

Auf Plophos schlug Mercants Nachricht vom Überfall der Gataser auf Arkon wie eine Bombe ein.

Kaum hatte Rhodan über seinen Minikom die ersten Sätze gehört, als er anordnete, daß Mercants vollständige Mitteilung in Leuchtschrift erscheinen solle. In derselben Minute fanden die Hochzeitsfeierlichkeiten in New Taylor ihr Ende.

Während der Unruhe, die unter den mehr als dreitausend Gästen entstand, verschwanden die Männer aus dem Mutantenkorps unauffällig. Mit wenigen Worten verabschiedete sich Rhodan mit seiner Frau. Seine engsten Mitarbeiter, die man im Volksmund die Unsterblichen nannte, verließen mit ihm den riesigen Saal.

Dann saßen sich in einem gemütlich eingerichteten Raum des linken Flügels vier Menschen gegenüber: Rhodan, seine Frau, Bully und Atlan.

»Das ist das Ende der Arkoniden, Perry.« Auf Atlans Worte konnte keiner etwas erwidern.

Rhodan blickte den Arkoniden fragend an. Vor nicht allzulanger Zeit hatte Atlan ihn beschworen, sich mit seiner Flotte nie mehr in den Streit anderer Völker einzumischen. Rhodan hatte ihm versprochen, die Flotte und die USO nur noch zum Schutz der Menschen einzusetzen.

Aber jetzt bestand die Gefahr, daß das gewaltige Arkonidenreich von nichtmenschlichen Blues erobert wurde. Wuchs damit nicht auch die Gefahr, daß die Menschen das nächste Ziel der Tellerköpfe wurden?

Mory schob ihre Hand in die ihres Mannes. Rhodans Finger umschlossen sie. Er hatte verstanden, was sie ihm mit dieser Geste sagen wollte.

»Atlan«, sagte er leiser als gewöhnlich, »Mercant hat die Flotte in Alarmzustand versetzt. Diese Mitteilung ist vorhin nicht in Leuchtschrift erschienen.«

Die Augen des Arkoniden begannen zu leuchten. »Götter Arkons!« rief er stöhnend. »Perry, ich kann doch nicht hier sitzenbleiben und zusehen, wie mein Volk versklavt wird! Aber darf ich dich bitten? Kannst du verantworten, daß Menschen sterben, damit das arkonidische Volk weiterleben darf?«

»Bist du nicht Chef der USO, Atlan?«

Der Arkonide schwieg. Nur wer ihn so gut kannte wie seine Freunde, konnte ahnen, was in diesem Mann jetzt vor sich ging. Er kämpfte mit sich, ob er die USO einsetzen durfte, um einen Krieg in der Galaxis zu verhindern.

Auf den Raumern der Flotte und der USO verrichteten Menschen den Dienst und keine Roboter!

Ihre Minikoms sprachen an. Nur Mory trug an diesem Tag das Gerät nicht. Mercant sprach von der Erde aus mit ihnen. Er hatte soeben einen Funkspruch aus der Agentenzentrale von Arkon III erhalten und teilte mit: »Major Enk, Kommandant der Gruppe auf Arkon III, ist unterwegs zu Admiral Notgal, um den Arkoniden die Unterstützung der Gruppe anzubieten!«

Einen Kommentar zu Enks Verhalten gab der Solarmarschall nicht.

»Aber was werden auf mehr als achthundert Planeten die Menschen sagen, Perry? Hast du dir überlegt, welche Folgen aus einem Einsatz von Flotte und USO für das Solare Imperium entstehen können?«

Verrieten diese Fragen nicht, wie es in dem Arkoniden aussah – hin- und hergerissen zwischen Hoffnung und Verzweiflung?

»Nun mach mal einen Punkt!« sagte Bully energisch, und es kam ihm nicht darauf an, Atlan zu duzen. »Wenn wir Menschen auch ziemlich viele Fehler haben, aber an Gedächtnisschwäche leidet keiner von uns. Atlan, wem verdanken wir denn diese rasante technische Entwicklung? Wer hat uns den ersten Kugelraumer geliefert, das erste Rechengehirn und all die tausend anderen Dinge, an die nicht einmal phantasiebegabte Autoren zu denken wagten? Das alles haben wir von euch. Und wenn wir auch vieles weiterentwickelten, die Grundlage hat uns dein Volk geschenkt. Daß wir undankbar sind, hat uns noch niemand vorwerfen können. Eine Rede an die Menschen des Solaren Imperiums, und sie würden uns bis in alle Ewigkeit nicht verzeihen, Arkon in dieser Notlage im Stich gelassen zu haben. Atlan, wozu sind alle Menschen deine Freunde? Wenn du immer noch zögerst, das Angebot anzunehmen, dann sage ich dir: Heute ist Arkon an der Reihe, von den Blues verschlungen zu werden, morgen können wir es sein. Unsere Einmischung in den Kampf zwischen den Arkoniden und den Gatasern ist nichts anderes als Notwehr!«

Mory Rhodan-Abro erhob sich unvermittelt. »Entschuldigt mich bitte einen Augenblick.« Mit schnellen Schritten verließ sie den Raum. Keiner der Männer ahnte, was sie vorhatte.

Rhodan sagte ruhig: »Atlan, die Verbände der USO kreuzen mit hoher Fahrt zwischen den Sternen des Solaren Imperiums. Der größte Teil der Schiffe kann innerhalb weniger Minuten in den Zwischenraum gehen und nach Arkon fliegen. Ich bin überzeugt, daß dir die plophosische Regierung das schnellste Schiff zur Verfügung stellt, um damit dein Flaggschiff ohne großen Zeitverlust vor Arkon zu erreichen. Bully und ich werden mit der Flotte nachkommen.«

»Um Arkon in Trümmern liegen zu sehen ...«

Wieder wurde Bully energisch. »Was ist plötzlich in dich gefahren, Atlan? Ist die arkonidische Flotte zahlenmäßig nicht genau so stark wie unsere?«

»Ach, Bully ...« Resigniert winkte der Arkonide ab. »Roboterbesatzungen, die stur nach dem Programm kämpfen. Wir kennen doch die Blues und wissen, wie sie zu kämpfen verstehen. Natürlich möchte ich eure Angebote annehmen.«

Mory Rhodan-Abro kam zurück. Atlan schwieg. Sie nahm wieder Platz.

Dann erklärte sie: »Ich habe die plophosische Flotte alarmiert. Großadmiral Kesenby hat mir versichert, daß die Raumer in einer Stunde nach Arkon unterwegs sind.«

»Aber ohne dich, Mory!« warf Rhodan ein und sah sie prüfend an.

In diesem Augenblick war sie wieder die stolze Tochter des Rebellenlords. »Ich bin Obmann des plophosischen Reiches!«

»Mory, du kennst nicht die Gefahren einer Raumschlacht«, versuchte er seine Frau umzustimmen.

»Ich bin nicht zu alt, um Strategie zu lernen! Ich habe die Regierung von meinem Entschluß bereits in Kenntnis gesetzt. Ich kann meinen Entschluß nicht wieder umstoßen.«

»Mory ...«

Sie schüttelte abwehrend den Kopf. »Perry, es geht nicht um uns. Es geht um ehemalige Freunde, die sich jetzt in höchster Not befinden!«

Über seinen Minikom nahm Rhodan Verbindung mit dem Kommandanten seines Flaggschiffes THORA auf. Er befahl, das Schiff startklar zu machen; gleichzeitig ging über den starken Hypersender der Befehl an die Solare Flotte, nach Arkon zu jagen und in die Kämpfe einzugreifen.

»So habe ich mir meine Hochzeit nicht vorgestellt«, sagte er, nachdem er seinen Minikom wieder abgeschaltet hatte.

Aber da legte Mory ihren Arm um seine Schulter und flüsterte ihm ins Ohr: »Perry, Liebster, wir haben noch ein ganzes Leben vor uns.«

Der arkonidische Admiral Notgal hatte alle Vorbehalte zurückgestellt, als der terranische Major Enk ihm den Vorschlag machte, seine Agentengruppe in den Dienst Arkons zu stellen.

Der mit vielen Orden und Ehrenzeichen ausgezeichnete Admiral sah in dem unerwarteten Auftauchen eines Terraners auf dem Zentralplaneten des arkonidischen Sternenreichs keinen überheblichen terranischen Akt; er hatte sogar seine Antipathie gegen die Terraner unterdrückt.

Enk, immer noch in der Maske eines Arkoniden, legte Admiral Notgal und seinem engsten Stab seinen Plan vor.

»Meine Mitarbeiter sind Allround-Männer, Admiral. Übertragen Sie uns die Hauptkommandostelle, der die planetarischen Abwehrforts unterstehen, oder stellen Sie uns einen Verband schwerster Einheiten zur Verfügung – gleichgültig, ob die Schiffe mit Robotern bemannt sind –, damit Arkon III zusätzlich abgesichert wird. Ich muß leider daran erinnern, daß im Arkon-System die gesamte Materie- und Energie-Ortung brachliegt.«

»Wie wollen Sie dann die Strahlgeschütze einsetzen?« brüllte Notgal in heller Verzweiflung. »Da! Lesen Sie, Enk!« Er schleuderte ihm einen Stoß Stanzfolien zu.

Als Enk die Schlüsselzeichen las, brach ihm der Schweiß aus. Die ersten Kampfberührungen zwischen Blues und Arkoniden hatten schon stattgefunden.

3000 Robot-Raumer der Arkoniden vernichtet; 800 Schlachtschiffe spurlos verschwunden. 16.000 Einheiten mit einem zahlenmäßig übermächtigen Gegner im verzweifelten Kampf. Unaufhaltsames Vordringen der Blues-Flotten. Abstand zum Zentrum nur noch 2,8 Lichtjahre!

Enk richtete sich auf und fragte den Admiral: »Kommandanten Ihrer Flotte haben einwandfrei akonische Raumer zwischen den Verbänden der Blues festgestellt?«

»Woher soll ich mehr wissen, als in diesem Bericht steht, Enk?« Der Admiral war am Ende seiner Kräfte.

Ein arkonidischer Stabsoffizier stürzte herein, in der Hand einen Stoß Stanzfolien. »Geben Sie alles dem Terraner!« rief Admiral Notgal. Seine Mitarbeiter saßen stumm und wirkten mit ihrer Energielosigkeit deprimierend auf Enk.

Er las die Berichte. Die riesige Flotte des großen Arkonidenreiches wurde dicht vor dem Zentrum dezimiert. Die Schiffsverluste hatten die Zahl 20.000 schon weit überschritten. Große Flottenverbände waren vor den Blues geflohen. Die ersten starken Einheiten griffen schon den äußeren Festungsgürtel um Arkon an.

Akonische Kugelraumer mit ihren typischen Abplattungen an den Polen waren an vielen Stellen gesehen worden.

»Die Ortungen versagen! Die Ortungen versagen! Götter Arkons, warum aber versagen nicht die Ortungen der Blues?« Aus diesen drei Sätzen bestand der Funkspruch, den der arkonidische Admiral Galas nach Arkon abgestrahlt hatte.

Enk legte die Folien auf den Tisch. Fast herausfordernd blickte er Notgal an: »Admiral, entscheiden Sie sich. Sie müssen jetzt sofort eine Entscheidung treffen, oder es ist für jede Abwehrmaßnahme zu spät!«

In diesem Augenblick schien die Welt Arkon III unterzugehen. Mehr als 10.000 Strahlgeschütze begannen wild zu schießen. Die ersten Kampfraumer der Blues waren durchgebrochen und standen über der wichtigsten Welt des arkonidischen Imperiums!

»Enk, kommen Sie!«

Notgal konnte wenigstens noch laufen. Enk folgte ihm in den Kommandostand. Hier gab es über drei Dutzend Bildschirme. Alle schienen auf maximale Vergrößerung geschaltet zu sein.

»Da ... acht Blues!« rief Notgal erregt.

Enk beachtete sie kaum. Er interessierte sich für die Ortungen. Materie- und Energie-Ortung zeigten keine Werte an.

»Unsere Schiffe kommen!« schrie ihm ein Arkonide, der hinter ihm stand, ins Ohr.

Viele winzige Punkte hinter den acht Blues-Schiffen wurden schnell größer. Jetzt begannen die Raumer auf den Feind zu schießen. Von Sekunde zu Sekunde wurden sie größer.

Auf Arkon III schlugen die ersten Vernichtungsstrahlen der Tellerköpfe ein. Das Abwehrfeuer von Arkon verstrahlte nutzlos im Raum. Die robotischen Bedienungsmannschaften schienen alle blind zu sein.

Starkes Zittern lief durch den Boden. Enk hielt den Atem an.

Über sechzig schwere arkonidische Einheiten stürzten sich auf den Gegner! Auch ihr Feuer lag viel zu weit.

Mein Gott, fragte sich Enk verzweifelt, *warum schießen sie nicht über Optik? Sie müssen die Blues doch schon sehen können!*

Die Hölle brüllte über Arkon. Das Fauchen schwerster Kampfstrahlen aus den vielen Abwehrforts durchbrach jede Schallisolierung.

Da wurde Enk Augenzeuge eines furchtbaren Geschehens. Aus dem arkonidischen Verband lösten sich mehr als ein Dutzend Schiffe, rasten los, schossen dabei aus allen Türmen – trafen nur nichts –, und dann war klar, was sie planten!

Vier explodierten. Die anderen behielten ihren Kurs bei. Jetzt endlich trafen ihre Strahlen. Das Feuerwerk vom Bildschirm war für menschliche Augen kaum noch zu ertragen.

Und dann geschah das, was Enk erwartet hatte: Zehn oder elf Raumer der stärksten Klasse versuchten die Blues-Schiffe zu rammen!

»Wahnsinn!« hörte sich Enk schreien. »Das ist sinnloser Selbstmord!«

Sieben Schiffe der Gataser standen immer noch über Arkon III; von den zehn oder elf arkonidischen Einheiten existierten nur noch zwei und die flohen.

»Notgal, geben Sie an Ihre Kommandostellen Befehl, daß wir Terraner Handlungsvollmacht haben!« Enk stand drängend vor dem Admiral.

»Ich gebe Ihnen Handlungsvollmacht. Aber es ist doch sinnlos, Enk. Wir haben verloren ...«

»Wir haben dann verloren, wenn wir nicht mehr leben und uns nicht mehr wehren können. Notgal, benachrichtigen Sie Ihre Kommandostellen, aber sofort!«

Enk raste hinaus. Die Chance, zu seinen Leuten zu kommen, war nicht besonders groß. Während er aus dem Tiefbunker im Antigrav zur Oberfläche schwebte, rief er über den Minikom seine Männer an.

»Zum Einsatz fertigmachen! Wir übernehmen als Kommandanten Arkon-Raumer!«

Als er ins Freie stürzte und auf seinen Schweber zulief, glaubte er, Arkons weiße Riesensonne sei explodiert. Der Himmel brannte. Er stand schon an seinem Schweber, als er hochblickte.

Endlich hatten die vielen Strahlen der gigantischen Abwehrforts getroffen. Fünf Glutwolken standen hoch am Himmel, die sich nach allen Seiten ausbreiteten.

Die beiden übriggebliebenen Blues-Raumer verließen fluchtartig die Position über Arkon III.

Während Enk im Schweber seiner Zentrale zujagte, fragte er sich: *Was passiert mit den drei Arkon-Welten, wenn erst Hunderte von Blues angreifen?*

29.

Gerade noch hatten alle Medien des Solaren Imperiums Szenen gezeigt, wie die Bevölkerung Rhodans Hochzeit feierte, als sämtliche Sendungen unterbrochen wurden. Der Hinweis, daß eine äußerst wichtige Rede des Großadministrators in wenigen Minuten zu erwarten sei, hielt jeden vor dem Holoschirm.

Aber dann verrannen die Minuten. Aus vielen Augenblicken war dann schon eine Viertelstunde geworden. Die Sender brachten zur ungewohnten Zeit Nachrichten: »Eine riesige Flotte der Gataser hat das Arkon-Imperium angegriffen! Arkon II und III befinden sich in hoffnungslosem Abwehrkampf. Nähere Einzelheiten können zur Zeit mangels Information nicht bekanntgegeben werden. Es wird vermutet, daß die angekündigte Rede des Großadministrators mit den Ereignissen in M 13 zusammenhängt. Wir bitten um Geduld; wir warten alle auf das Zeichen, daß Perry Rhodan von Plophos aus sprechen wird.«

Rhodan befand sich auf dem Weg zum Sprechraum, um die terranischen Völker über den heimtückischen Überfall der Blues auf Arkon zu unterrichten, als Bully hinter ihm über den Gang rannte und ihm zurief: »Perry, noch keine Rede halten! Komm, wichtige Nachricht von Mercant!«

Beide liefen zurück. Die Tür zur Funkabteilung stand offen. Als sie den Raum betraten, sahen sie auf dem großen Bildschirm Mercants Gesicht.

Atlan und Mory hatten schon davor Platz genommen. Hastig ließen sich Bully und Rhodan nieder.

»Sir, der Überfall der Blues auf M 13 ist eine Inszenierung der Akonen. Leban hat diesen schuftigen Plan aufgedeckt!«

An den Diplom-Ingenieur Rollf Leban, den er selbst vom Mond nach Terrania geholt hatte, erinnerte er sich in diesem Augenblick nicht.

»Rollf Leban, Diplom-Ingenieur, Sir«, gab Mercant Auskunft. »Einer der wenigen Männer, die sich jahrelang mit den Halman-Kontakten befaßt hatten ...«

»Bin informiert, Mercant. Weiter, aber so knapp wie möglich.«

»Wenn Arkon untergeht, verdankt es seinen Untergang diesen Teufelsdingern, Sir! Die Akonen im Blauen System haben vor uns entdeckt, was man mit den Kontakten alles anstellen kann. Diese halbe Milliarde, die über Strohmänner in kurzem Zeitraum aufgekauft wurde, ist von akonischen Technikern mit einem kleinen Zusatzgerät versehen worden – einem Frequenz-Rotor. Ich habe nicht genau begriffen, wie dieser Rotor arbeitet, aber ich habe vor wenigen Minuten ein Experiment miterlebt, das Leban uns vorführte.

Über irgendwelche Mittelsmänner haben die Akonen den größten Teil der aufgekauften Kontakte mit diesen Rotoren in Arkons Zentrum ausgestreut. Enderfolg: Zusammenbruch jeder Materie- und Energieortung! Zu Millionen schwirren diese Dinger jetzt im Arkon-System herum und machen es praktisch wehrlos. Die Blues sind von den Akonen vorgeschoben worden. Das geht aus einer Unmenge von arkonidischen Funksprüchen hervor. Aber noch ein Punkt, Sir – die Akonen müssen den Blues verraten haben, was getan werden muß, damit auf ihren Schiffen die Ortungen einwandfrei arbeiten. Leban vermutet, daß man dazu auch die Halman-Kontakte benutzt!«

Eine Frau und drei Männer schwiegen. Selbst der oft so impulsive Reginald Bull brachte keinen Ton über die Lippen.

Mercant verstand, wie bestürzt die anderen waren. »Sir, der Einsatz der Flotte und der USO ist mit einem ungeheuerlichen Risiko verbunden. Ich glaube Lebans Behauptung, daß auch auf unseren Schiffen die Ortungen aussetzen, wenn sie in den Bereich der ausgestreuten Teufelsdinger kommen.«

»Aber wir müssen doch etwas tun! Wir können doch nicht die Hände in den Schoß legen und zusehen, wie Arkon untergeht. Wie beurteilt Leban die Aussichten, herauszufinden, wie trotz der Störungen auch auf unseren Schiffen die Ortungen einwandfrei arbeiten?«

Mercants Gesicht drückte mehr aus, als man in zehn langen Sätzen sagen kann.

Bully neigte sich zu Rhodan hinüber. »Perry, alle Sender des Solaren Reiches warten darauf, daß du deine angekündigte Rede hältst.«

»Sie müssen warten. Erst haben wir hier wichtige Entscheidungen zu treffen. Wir stürzen uns ja selbst ins Verderben, wenn wir nicht binnen kurzem ein Mittel finden, die Ortungsstörungen auszuschalten.«

Mory blickte ihren Mann an. »Werden wir dann auch die Geräte haben, um unsere Kenntnisse in die Praxis umzusetzen?«

Nebenan sagte der Arkonide: »Die Halman-Kontakte ...«

»Aber was gehört noch dazu?« Morys Bemerkung war Frage und Ausruf zugleich. Sie bewies in diesen Minuten, daß sie ebenso sachlich und logisch denken konnte wie die drei Männer. »Und kann Leban sich nicht auch irren?«

Mercant hörte mit. Der Bildschirm zeigte, daß er zur Seite blickte auf den zweiten Bildschirm neben seinem Arbeitsplatz. Jetzt schaltete er um. Die vier Personen in New Taylor lasen die einlaufenden Meldungen mit.

Die restlose Vernichtung der arkonidischen Raumflotte stand bevor. In allen Sektoren, wo Blues angriffen, befanden sich die Roboter-Einheiten Arkons auf dem Rückzug und wurden dabei dezimiert. Über ein Dutzend Welten brannten schon. Die Gefahr für die Drillingswelt Arkon, das Herz des Imperiums, wurde von Stunde zu Stunde größer. Die Verluste an Kampfschiffen aller Klassen wurden nur noch nach Tausenden angegeben. Fast in allen Meldungen wurde berichtet, daß abgeplattete Kugelraumer der Akonen bemerkt worden seien, die aber nicht in den Kampf eingriffen.

»Leichenfledderer«, schrie der Arkonide in ohnmächtigem Zorn. »Allmählich durchschaue ich das infame Spiel des Blauen Systems! Arkon, Arkon, warum hast du dich vom Solaren Imperium getrennt?«

Seine Frage war berechtigt. Der totale Rückzug der Terraner aus M 13, wenn man von den geheimen Stützpunkten der Abwehr absah, mußte die Akonen geradezu herausgefordert haben, Arkon mit Hilfe der Blues zu überfallen, um das gewaltige Sternenreich in ihre Gewalt zu bekommen.

Niemals hätten sie den Angriff gewagt, wenn Einheiten des Solaren Imperiums zwischen Arkons Sternen gekreuzt hätten. Durch diesen Kampf wurde Rhodans Behauptung bewiesen, daß der Mensch oder ein intelligentes Wesen mit den Fähigkeiten eines Menschen Robotern im Prinzip immer überlegen bleiben würde.

Bully fragte, während über ihren Bildschirm eine Katastrophennachricht nach der anderen einlief: »Wo bleiben die Kampfverbände der Überschweren, wo die schwerbewaffneten Einheiten der Springer?«

In den Meldungen war von beiden nicht die Rede. Arkoniden ließen Arkoniden im Stich!

Plötzlich richteten sich alle vier Menschen auf. Wie gebannt sahen sie auf den Bildschirm und lasen die Nachricht:

»Major Enk, Arkon III, an Solarmarschall. Habe mit meinen 83 Mitarbeitern ebenso viele Arkon-Schlachtschiffe übernommen. Admiral Notgal hat uns 2000 spezialprogrammierte Roboter zur Verfügung gestellt. Versuchen damit Zieleinrichtungen der Geschütztürme auf reine Optik-Basis umzustellen. Versuchen Schutz für Arkon III zu übernehmen. Habe Plan Oberleutnant Danake auf Arkon II mitgeteilt. Einsatz der ersten zehn Schlachtschiffe in einer Stunde.«

Dieser Funkspruch gab den Ausschlag.

Rhodan erhob sich. »Wir greifen mit allen zur Verfügung stehenden Verbänden ein, lassen jedoch das Solare Imperium nicht ohne hinreichenden Schutz. Vor dem Arkon-Zentrum sind die Ortungsverhältnisse unverändert. Also?«

»Und deine Rede an die Menschen, Perry?« fragte Bully.

In Rhodans grauen Augen begann es zu leuchten. »Die Rede werde ich halten, wenn wir zurückgekommen sind. Jetzt ist dafür keine Zeit mehr!«

Mutral, der siebenundzwanzigste und äußerste Planet des Arkon-Systems, eine plutogroße Eiswelt, war ein einziges Abwehrfort.

Kommandant dieses wichtigen Stützpunktes war der Neu-Arkonide Man Olasz, ein vitaler Vierziger, der immer dagegen protestiert hatte, daß die Besatzungen der gigantischen Strahlgeschütze ausnahmslos von Robotern gebildet wurden.

Achtzehn Kilometer tief unter dem Eis der atmosphärelosen Welt, beobachtete Man Olasz die wütenden Angriffe der Blues, die aus allen Richtungen Mutral beschossen und ein Wirkungsfeuer vorlegten, das alle Berichte über schlechte Geschützausstattung der Blues-Raumer Lügen strafte.

Besonders die Desintegratorgeschütze erzeugten Strahlen von einer an Blues-Schiffen nie beobachteten Durchschlagskraft. Die energetischen Schutzschirme um die Abwehrstellungen der arkonidischen Roboter wurden bis an die Kapazitätsgrenze belastet.

Man Olasz stellte es an den Instrumenten fest, die ihm angaben, wieviel Energie die in den Tiefen von Mutral liegenden Kraftstationen nach allen

Teilen der Eiswelt abgeben mußten. Die letzten Reserve-Konvertersätze waren automatisch in Betrieb genommen worden, um den Energieanforderungen nachzukommen. Aber im Verhältnis zu diesen Energiemengen war das Wirkungsfeuer der Forts kläglich.

Schon vor zwei Tagen, nachdem ein Walzenraumer ziemlich nahe an Mutral vorbeigeflogen war, waren die ersten Ortungsstörungen aufgetreten. Der Grund der Störungen blieb auch auf Mutral rätselhaft. Die umgebauten Halman-Kontakte, die auf Mutral herunterfielen, zerschmetterten beim Aufprall.

Man Olasz war erst hellhörig geworden, als von anderen Arkon-Welten die gleichen Störungen gemeldet wurden. Bevor er aber Verdacht schöpfen konnte, daß diese Erscheinungen die letzten Vorbereitungen für einen vernichtenden Angriff aus dem Raum waren, tauchten die ersten großen Verbände der Blues auf. Mehr als dreihundert der riesigen Raumer stürzten sich auf Mutral. Für Man Olasz stand es absolut fest, daß die Blues über den totalen Ausfall von Materie- und Energieortung unterrichtet waren. In zweitausend bis dreitausend Kilometern Höhe umkreisten die feindlichen Schiffe diesen nach Arkon III stärksten Stützpunkt und begannen, eine Abwehrstellung nach der anderen zu vernichten.

Bis zu zwanzig Raumer nahmen eine Strahlgeschützstellung unter Feuer, brachten den energetischen Schutzschirm zum Einsturz, und sie schossen auch dann noch, als die Stellung längst in einer atomaren Explosion vernichtet worden war. Stellenweise brannten sie mit ihren Strahlen Löcher bis zu hundert Kilometer Tiefe in den gefrorenen Boden Mutrals.

Das positronische Gehirn der arkonidischen Roboter an den Geschützen hatte wohl erkannt, daß sie angegriffen wurden, aber durch den Ausfall der wichtigsten Ortungen, die ihnen erst das Zielen erlaubten, gingen ihre turmdicken Strahlen weit an den feindlichen Schiffen vorbei.

Vor Stunden schon hatte Man Olasz verzweifelt ausgerufen: »Wenn wir die Roboter doch wenigstens dazu bewegen könnten, über Optik zu zielen und zu schießen?« Er wußte selbst, daß mit dieser Methode bei einem Abstand von zweitausend bis dreitausend Kilometern nicht viel zu erreichen war, denn die Blues-Schiffe standen ja nicht still – zum Teil veränderte sich ihre Geschwindigkeit und Höhe ständig –, aber bedeutend mehr Treffer als bisher wären erzielt worden.

Der Zeitpunkt kam, da Man Olasz nach Arkon III melden mußte, daß mehr als sechzig Prozent seiner Stellungen ausgefallen oder restlos vernichtet waren. Arkon III gab keine Antwort.

Als um Olasz und seinen Stab die Erde zu beben begann, ahnten sie, daß die Blues den Kommandostand ausgemacht hatten.

»Schutzschirme auf 150 Prozent!« schrie Olasz ins Mikrofon.

Es war zwecklos. Die Strahlen der Blues drangen immer tiefer in den gefrorenen Boden Mutrals und kamen dem Kommandobunker unaufhaltsam näher. Sie erreichten die energetischen Schutzschirme und zerstörten sie.

Die unter dem Bunker liegende Energieversorgung flog in einer atomaren Explosion auseinander. In der gleichen Sekunde stellten alle noch intakten Abwehrforts das Feuer ein.

Mutral zählte von diesem Augenblick an nicht mehr als Eckpfeiler des äußeren Verteidigungsringes, der vor Jahrtausenden errichtet worden war.

Die angreifenden Blues-Raumer nahmen Fahrt auf, um sich auf das nächste Ziel zu stürzen.

Auf Mutral aber erloschen die letzten atomaren Feuer, und Wasser, das durch die Hitze der Kampfstrahlen entstanden war, wurde wieder zu Eis. Die arkonidischen Roboter, die der Vernichtung entgangen waren, standen unbeweglich, weil aus dem Kommandobunker keine Impulse mehr kamen.

Panik auf den Arkon-Welten! Milliarden Arkoniden kannten nur eins: sich zu retten.

Keine Macht der Welt konnte diese Panik noch beherrschen. Mit erschreckender Deutlichkeit erkannten die vitalen Neu-Arkoniden, daß sie zahlenmäßig zu schwach waren, die vor Angst halb Irrsinnigen zum vernünftigen Handeln zurückzuführen, noch einen organisierten Widerstand gegen die angreifenden Blues aufzubauen.

Mit der kleinsten Privatjacht, vollgepfercht, versuchte man zu fliehen. Kein Mensch machte sich ein Bild davon, daß es bis auf einen Abstand von 15 Lichtjahren um das Arkon-System im Raum von Blues-Schiffen wimmelte.

Die Gataser machten keinen Unterschied zwischen Privatjachten und Kampfraumern. Sie schossen auf alles, und überall zwischen den Sternen glühten Gaswolken auf – die letzten Spuren vernichteter Schiffe.

Oberleutnant Danake, Leiter des Abwehrstützpunktes auf Arkon II, beobachtete, wie die Panik immer größer wurde. Überall gab es schon blutige Kämpfe unter den Arkoniden: zwischen den einen, die schon an Bord eines Raumers waren, und den anderen, denen man das Betreten verwehren wollte, weil kein Platz mehr auf dem Schiff war.

Die Lage der Terraner auf Arkon II war aussichtslos, als sich ein Mitarbeiter einer Korvette erinnerte.

»Mensch, das sagen Sie erst jetzt?« rief Danake aufgebracht.

»Gerade erst wieder eingefallen, Sir«, sagte der kleine, schmächtige Pit Changels. »Dreihundert Kilometer von hier, in Aptun, ein kleines Nest, das ziemlich hoch im Gebirge liegt. Es war einmal ein Notstützpunkt für Korvetten und Space-Jets der Solaren Flotte; als wir hier alles räumten, hat man vergessen, das Ding mitzunehmen ...«

»Und Sie glauben, daß die Korvette immer noch da ist?« fragte der Oberleutnant ungläubig.

»Sir, wer sollte durch den Schutzschirm kommen, unter dem sie liegt?« meinte Changels unbekümmert.

»Aber wie kommen wir nach Aptun?«

Innerhalb einer Stunde war diese Frage gelöst. In Gleitern verließ Oberleutnant Danake mit seinen sechzig Männern den Stützpunkt der Abwehr.

Der Flug ins Gebirge vermittelte ihnen ein Bild davon, wie groß die Panik war, die auf Arkon II herrschte. Über ein Dutzend Abstürze sahen sie – Raumer, die beim Startmanöver kollidierten.

Von ihren Gleitern nahm niemand Notiz.

Als sie sich dem Gebirge näherten, übernahm Pit Changels die Führung des kleinen Gleiterpulks. Er war in früheren Jahren mehrfach in Aptun gewesen und kannte sich deshalb in dieser Gegend gut aus. Knapp eine Stunde nach Aufgabe ihres Stützpunktes erreichten sie die kleine Siedlung.

Sie war menschenleer. Alle waren geflohen. Wohin? Ins Verderben?

In der nächsten halben Stunde war Pit Changels der wichtigste Mann. Aber er mußte suchen, wo der Konverter stand, der für den Schutzschirm die Energie lieferte, unter dem die Korvette unangreifbar lag.

Oberleutnant Danake drängte nicht, um ihn nicht nervös zu machen. Männer der Abwehr waren es gewohnt, in prekären Situationen die Nerven nicht zu verlieren. Aber die Tragödien, die sich am Himmel über Arkon II abspielten, kosteten auch sie viel Kraft.

»Gefunden!« brüllte Pit Changels, der aus dem Keller eines Lagerraumes wieder ans Tageslicht gekommen war. »Da! Der Schutzschirm ist abgeschaltet!« Triumphierend wies er nach rechts und deutete auf einen Vogel, der sich gerade auf dem höchsten Punkt der Korvette niedergelassen hatte.

Dann lief der Impulsantrieb an. Oberleutnant Danake kontrollierte die technischen Einrichtungen. »Nicht mehr ganz neu«, meinte er, »aber bis Arkon III müßten wir damit kommen, wenn uns nicht die Blues erwischen ...«

Er schaltete den Empfang des Hyperfunks ein. Sie hörten nur noch den letzten Teil einer Nachricht:

»... antwortet das Solare Imperium nicht. Damit ist Arkon verloren.« Im Hyperfunk krachte es scheußlich. Die Agenten waren verwirrt. Störungen im Hyperfunkbereich gab es so gut wie nie. Oberleutnant Danake traf mit seiner Vermutung die Wahrheit »Möglich, daß der Sender in die Luft geflogen ist.«

Der Sender, den sie gerade gehört hatten, stand auf der anderen Seite von Arkon II. Er war in die Luft geflogen – durch einen Strahlschuß aus dem Geschütz eines Blues-Aufklärers, der die Front der Arkon-Raumer durchbrochen hatte.

Dann sagte Danake, als die Korvette startete: »Jetzt brauchen wir alle Glück wie noch nie in unserem Leben, um heil nach Arkon III zu kommen.«

Arkon hatte das Solare Imperium um Hilfe gerufen. Der Staatssender in Terrania hatte den Hilferuf nicht einmal bestätigt.

Mercant, auf dessen Schultern in diesen Stunden die ganze Last der gewaltigen Verantwortung ruhte, hatte befohlen: »Hilferuf nicht bestätigen! Nicht darauf antworten!«

Was er damit im Solaren Imperium auslöste, ahnte er, aber daß eine Pressekampagne in diesem Umfang entstehen würde, übertraf alle seine Erwartungen.

Es gab keine Zeitung, die nicht das Verhalten der Großadministration schärfstens verurteilte. Der Ruf nach Perry Rhodan wurde immer lauter. Warum hatte er die angekündigte Rede nicht gehalten? Wo war er? Auf Plophos nicht. Die THORA, sein Flaggschiff, hatte den Hafen von New Taylor mit unbekanntem Ziel verlassen.

Wo war Reginald Bull, Rhodans Stellvertreter, wo war der Arkonide Atlan?

»Die Arkoniden sind unsere Lehrmeister gewesen! Danken wir Ihnen damit, daß wir sie jetzt in ihrem Kampf auf Leben und Tod im Stich lassen?«

Schlagzeilen dieses Tenors waren auf allen Welten des Solaren Imperiums zu lesen. Bissige Kommentare verurteilten das Verhalten der Großadministration. Die Terraner fühlten sich mit dem Schicksal der Arkoniden verbunden, obwohl die Arkoniden erst vor kurzem erklärt hatten, ihr Leben ohne Terraner leben zu können.

Eignar Troll, einer von Mercants engsten Mitarbeitern, legte seinem

Chef eine Auswahl von Pressestimmen vor. Der Solarmarschall las sie mit großem Interesse. Schmunzelnd blickte er dann Troll an. »Wir dürfen mit diesem Resultat zufrieden sein. Das, was Rhodan mit seiner Rede, die er dann doch nicht gehalten hat, auslösen wollte – uneingeschränkte Hilfe den bedrohten Arkoniden – verlangt jetzt das Volk von uns.«

In mehr als 80.000 schweren und schwersten Einheiten der Solaren Flotte und der USO arbeiteten die Kalups auf Vollast.

Über 50.000 Raumer unter Rhodans Kommando rasten auf M 13 zu. Auf halbem Weg zwischen Plophos und der Erde war er der Flotte begegnet. Atlan, als Chef der USO, hatte einen Vorsprung von sechs Stunden. Der Gesamtverband zählte 30.000 Schiffe.

Weitere fünftausend Einheiten waren vom Eugaul-System unter dem Kommando des plophosischen Großadmirals Arnt Kesenby nach Arkon unterwegs.

Um die Hyperfunk-Überwachung der Akonen und Blues nicht merken zu lassen, daß das Solsystem Arkon zur Hilfe kam, bestand strengstes Funkverbot. NATHAN, das Riesengehirn auf dem Erdmond, hatte lediglich einen Kurzimpuls ausgestrahlt.

Ausgehend von dem Kardinalfaktor, daß jeder Schiffsverband so schnell ist wie sein langsamster Raumer, hatte NATHAN für alle drei Verbände Zeiten und Werte festgelegt, nach denen es jedem Flottenpulk möglich sein mußte, binnen vierundzwanzig Stunden dicht vor dem Arkon-System zu sein.

Mory Abro befand sich nicht an Bord der THORA. Rhodan hatte ihr Verlangen, beim eigenen Verband zu bleiben, wortlos akzeptiert. Im Augenblick hielt er sich mit Bully in der Zentrale seines Flaggschiffes auf. Sie standen vor dem großen Relieftaster. Der Offizier, der an diesem Gerät Dienst machte, war zur Seite getreten. Auf der Scheibe des Tasters war der Kugelsternhaufen M 13 in seiner ganzen Pracht zu sehen.

Schweigend standen die beiden Männer davor. Ungewollt dachten sie das gleiche. In diesem Augenblick erinnerten sie sich, wie sie zum erstenmal mit Thora, Rhodans erster Frau, Crest und Atlan nach Arkon geflogen waren. Sie hatten mit einem großartigen Empfang gerechnet, und als sie ankamen, bestand der Empfang darin, daß man sie festgesetzt hatte.

Heute, einige Jahrhunderte später, rasten sie nach Arkon, um dieses gewaltige Sternenreich in M 13 vor dem Untergang zu bewahren.

»Perry, machen wir nicht trotzdem etwas falsch?«

Rhodan verstand den Freund. »Daran dürfen wir nicht denken.«

»Aber wir müssen daran denken, Perry. So oder so – der Untergang des arkonidischen Volkes ist auch durch uns nicht mehr aufzuhalten!«

Man konnte Bully viele Schwächen und Fehler nachsagen, aber man konnte ihm nicht den Vorwurf machen, hartherzig oder egoistisch zu sein. Wenn er die Arkoniden in vergangener Zeit auch oft als Schlafmützen bezeichnet hatte, so hatte er ihnen nie Hilfe vorenthalten.

Das, was er jetzt gesagt hatte, war wichtig. Aus ihrer Hilfe für Arkon konnte eine Hilfsaktion werden, die keine Ende mehr fand.

Während Rhodan den schimmernden Kugelsternhaufen auf dem Relieftaster betrachtete, sagte er entschlossen: »Dicker, es ist das letztemal, daß wir einem fremden Volk helfen – in dieser Form helfen. Was sage ich den Frauen, deren Männer oder Söhne fallen? Was werden sie mir in ihrem Schmerz antworten, wenn ich ihnen sagen muß, daß sie für Arkon gestorben sind?«

Bully gab darauf keine Antwort.

Die Funkzentrale rief durch. »Sir, Nachricht von Lordadmiral Atlan. Erste Gefechtsberührung. Die Gataser verfügen über sehr leistungsfähige Desintegratorgeschütze. Der Lordadmiral meldet, daß noch keine Ortungsschwierigkeiten bestehen.«

Das Funkverbot wurde aufgehoben. Jetzt wußten die Tellerköpfe, daß Terra dem Arkon-System zu Hilfe gekommen war. Von der Funkzentrale aus sprach Rhodan mit seiner jungen Frau. Sie trug die Uniform der plophosischen Flotte.

Die farbige Wiedergabe auf Rhodans Bildschirm ließ ihn das faszinierende Leuchten ihrer grünen Augen deutlich erkennen. Er lächelte kurz zurück. Dann verschwand alles Private; der harte Dienst verlangte sein Recht.

Großadmiral Arnt Kesenby trat neben Mory Rhodan-Abro. »Sir, in den nächsten zwei Stunden haben wir zu Ihrem Verband aufgeschlossen. Nach Anschluß stehen unsere Einheiten unter Ihrem Kommando.«

Die Stunden vergingen. Von Atlan und seiner USO kamen nur kurze Meldungen. Die Blues kämpften wild. Sie schienen zu ahnen, daß die Solare Flotte bald an der Front eintreffen würde.

»Blues ziehen ihre Einheiten, die nach Arkon vorgestoßen waren, wieder zurück«, lautete Atlans letzter Funkspruch.

Die Offiziere in der Zentrale der THORA, die alle mitgehört hatten, atmeten erleichtert auf. Niemand hatte mit diesem strategischen Rückzug der Tellerköpfe gerechnet. Die Chancen für das Arkon-System stiegen unerwartet.

Dann reichte die Bildfläche des Relieftasters nicht mehr aus, das gesamte M 13 System zu zeigen. Immer mehr Sonnen erschienen als winzige, grell leuchtende Punkte. Immer näher kam die Solare Flotte dem Kugelsternhaufen.

Das große Gehirn der THORA begann mit metallisch klingender Stimme zu zählen. Die X-Zeit lief; der Augenblick kam, in dem der riesige Verband den Linearraum verließ, ins normale Kontinuum zurückfiel, um darin der Front entgegenzurasen.

Der Übergang trat ein. In der THORA und jedem anderen Schiff liefen die Kalups aus, dafür waren die Impulsmotoren angesprungen. Der gewaltige Panoramaschirm flammte auf. Er zeigte das Sternenmeer M 13.

Und da kam die erste Feindberührung!

Major Enk, durch den Angriff der Blues auf Arkon III zum Kommandanten über 83 Schlachtschiffe avanciert, verstand jetzt, warum es Menschen gab, die Roboter haßten.

Neben drei Neu-Arkoniden war er der einzige Mensch in diesem riesigen Kugelraumer. Wohin er sah, wohin er kam, begegnete er Robotern. Einer sah aus wie der andere, auch die Spezialroboter, die an Bord gekommen waren, um ihre Kollegen umzuprogrammieren.

Major Enk und seine Mitarbeiter auf den anderen Schiffen hatten eine vollendete Schlappe erlebt.

Jeder Strahlschuß, der nach der Umprogrammierung von den Besatzungen seiner Geschütze abgegeben worden war, war eine Fahrkarte geworden.

Enks Plan, auf reiner Optik-Basis zu zielen und zu schießen, zeigte sich als undurchführbar. Zu viele Faktoren waren in jedem Fall zu berücksichtigen, um einen Schuß auch zum Treffer werden zu lassen.

»Das kommt davon, weil wir bislang glaubten, uns auf unsere Technik verlassen zu können. Jetzt sind wir verlassen. He, Sie, meine Herren, fällt Ihnen nichts ein?« Er hatte die drei Neu-Arkoniden angesprochen.

Sie nahmen ihm die Formulierung nicht übel. Neidlos hatten sie vorhin zugegeben, daß sie es nur Enk zu verdanken hatten, wenn ihr Schiff, die SANGAN-4, bei einem Angriff durch drei Blues-Raumer nicht explodiert war.

Durch Enks blitzschnelles Handeln war sogar ein Blues-Schiff abgeschossen worden. Er hatte einfach die Strukturtasterwerte an die Geschütze weitergegeben und den Robotern befohlen, danach zu schießen.

Im Gegensatz zu Materie- und Energieortung gaben die Strukturtaster einwandfreie Werte.

Waren auch durch die Durchsage der Werte Sekunden vergangen, so hatte doch einmal die Breitseite der SANGAN-4 bei einem Schiff der Tellerköpfe eingeschlagen, und unter dem Feuer der schweren Polgeschütze war der Gegner explodiert.

Im Augenblick wimmelte es in der Zentrale von Spezialrobotern. Sie hatten den Befehl, den großen Strukturtaster an die Zieleinrichtungen der Geschütze zu koppeln. Mit den Tasterwerten konnten aber nur Schiffe angegriffen werden, die aus dem Linear- oder Hyperraum ins normale Gefüge zurückkehrten.

Kam der Gegner mit Unterlichtfahrt heran, dann blieb Enk und allen anderen Schiffen seines Kommandos nichts anderes übrig, als die Flucht zu ergreifen.

»Auf jedem Kugelviertel nur eine Transformkanone«, wünschte sich Enk, als schwerste Strahlschüsse auf den auf hundertfünfzig Prozent gebrachten Schutzschirmen seiner SANGAN-4 einschlugen. Ein Feuerwerk an Energiefontänen sprang ihm vom Panoramaschirm entgegen.

Er sah Zeiger im roten Gefahrenbereich stehen. Halb geblendet fand er, daß sein Schiff mit 0,6 Licht flog. Automatisch schaltete er. Im Schiff brüllte der Kalup auf; die Impulsmotoren verstummten, und die SANGAN-4 wurde in den Linearraum geschleudert. Aber die Blues blieben ihnen auf den Fersen.

Und da meldete sich die mit Robotern besetzte Funkzentrale. Enk stiegen die Haare zu Berge.

Oberleutnant Danake befand sich mit einer Korvette im Anflug auf Arkon III und forderte seine Kollegen auf, ihn mit sechzig Mann auf eins ihrer Schiffe zu übernehmen.

»Werde von zwei Blues verfolgt. Lage fast hoffnungslos!« funkte er.

»Wir könnten uns die Hand geben«, knurrte Enk in ohnmächtiger Wut.

Er ließ die SANGAN-4 wieder in den Normalraum fallen und raste auf einen riesengroßen Raumer der Tellerköpfe zu.

Enk traute seinen Augen nicht. Achtzig Prozent der Strahlen, die die Geschütze seines Schiffes abfeuerten, schlugen beim feindlichen Schiff ein.

Das war Zufall; Enk gab sich keiner falschen Hoffnung hin. Er triumphierte auch nicht, als das andere Schiff explodierte. Dazu hatte er auch keinen Grund, denn aus Grün und Gelb krachten Strahlschüsse gegen seine Schutzschirme.

Die energetische Sphäre war über das zulässige Maß verstärkt, aber die Schutzschirme waren wiederum nicht stark genug, das konzentrierte Punktfeuer der Blues auszuhalten.

In der SANGAN-4 gab es schon Schutzfeld-Alarm. Der Schirm drohte zusammenzubrechen, als aus Grün unerwartete Hilfe kam. Drei Schlachtschiffe, die von seinen Männern kommandiert wurden, griffen den Raumer der Gataser an.

»Sie treffen!« schrie ein Neu-Arkonide neben Enk auf. Und Enk ahnte nicht, daß sein Mitarbeiter, der auf dem anderen Schiff kommandieren sollte, im oberen Polturm hinter der Zieloptik saß und mit allen Geschützen, die ihm zur Verfügung standen, auf den Blues-Raumer feuerte.

Schwer getroffen raste das feindliche Schiff davon.

Enk versuchte mit der SANGAN-4 dem Feind in Gelb zu entkommen. Der große Raumer aber blieb ihm auf den Fersen, schien sein Vernichtungsfeuer noch zu verstärken, als sich die drei anderen Arkon-Schiffe dazwischen schoben.

»An Enk!« brüllte Leutnant Rand aus dem Lautsprecher. »Ich sitze im Polturm. Wenn man Glück hat, erwischt man über reine Zieloptik ein Blues-Schiff. Zur Nachahmung empfohlen.«

Im gleichen Moment rief Enk einem Neu-Arkoniden zu: »Schiff übernehmen. Interkom zum Polturm schalten.« Damit raste er aus der Zentrale und fuhr im Hauptantigravschacht zum Polturm hinauf.

Dadurch wurde er nicht Augenzeuge, wie der Blues-Raumer in Koordinatenrichtung Gelb vernichtet wurde.

Als er den Polturm erreichte, mit einem Befehl den Roboter aufforderte, die Zieleinrichtung freizugeben, stellte er fest, daß auch die Funkzentrale zu ihm durchgeschaltet hatte.

Die Korvette von Arkon II war nur noch eine halbe Million Kilometer von der SANGAN-4 entfernt.

»Kurs auf Korvette nehmen!« befahl er über die Verständigung.

Er hörte, wie die gigantischen Impulsmotoren aufbrüllten. Sein Schlachtschiff raste dem kleinen Raumfahrzeug entgegen.

Bei einer Geschwindigkeit von mehr als 0,5 Licht dauerte es nur Sekunden, bis die SANGAN-4 die Korvette erreicht hatte. Im Schlachtschiff schrien die Andruckabsorber, als einer der Neu-Arkoniden das Schiff brutal abbremste. Dann kam der Einschleusungsvorgang. Die Korvette flog in den Hangar ein.

Enk hinter der Zieloptik hörte, wie Oberleutnant Danake durchgab, daß die gesamte Besatzung des geheimen Stützpunktes von Arkon II an Bord sei.

»Wer von Ihren Männern besitzt das Große Raumfahrerpatent der Flotte, Danake?«

»Achtundvierzig Mann«, erwiderte Danake nach kurzer Rundfrage.

»Fertigmachen zur Landung auf Base 70-c!« rief Enk zur Zentrale. Den Funk forderte er auf: »Verbinden Sie mich mit Admiral Notgal.«

Notgal und sein Stab meldete sich nicht mehr. War die Verteidigungszentrale der Arkoniden auf Arkon III durch Blues vernichtet worden?

Hastig teilte Enk dem Oberleutnant seinen Plan mit. Dessen 48 Männer, die das Große Raumfahrerpatent besaßen, sollten ebenso viele arkonidische Schlachtschiffe übernehmen, die neu-arkonidischen Kommandanten aber auf ihren Positionen belassen. »Besser als die können wir ein Schiff auch nicht fliegen. Unser Platz ist auf dem Polturm hinter der Zieleinrichtung. Alles auf reine Optik schalten. Bei ein bißchen Glück ist es die einzige Chance, Treffer auf Blues-Einheiten anzubringen. Vorschlag verstanden, Danake?«

»Verstanden, Sir!«

Die SANGAN-4 raste auf Arkon III hinunter. 48 Mann im Hangar der Korvette machten sich zum Aussteigen fertig und eilten zur Schleuse. Unterwegs hörten sie die Anweisungen, die ihnen Major Enk gab. »Auf nichts einlassen, wenn Neu-Arkoniden meutern wollen. Immer Admiral Notgal vorschieben und auf die Einheiten verweisen, die von meiner Truppe geflogen werden. Es geht um mehr als unser Leben!«

Darüber waren sich die 48 Mann klar. Widerstand fürchteten sie nicht. Aber einige von ihnen dachten: *Ist es das Arkon-Imperium überhaupt noch wert, daß wir unsere Haut dafür zu Markte tragen?*

Fast dreißig Stunden schon dauerte der unbeschreibliche Kampf in M 13.

Von einer arkonidischen Flotte konnte man nicht mehr sprechen. Starke Verbände waren entweder bis auf das letzte Schiff vernichtet worden oder geflohen. Es war eine der unheimlichsten Überraschungen, daß die Desintegratorgeschütze der Blues über eine Durchschlagkraft verfügten, die man nur bei Raumern der Imperiums-Klasse gewohnt war.

Für Rhodan, Bully und Atlan war diese Tatsache kein Rätsel. Wer den Gatasern die Möglichkeit verschafft hatte, ihre Strahlgeschütze auf den modernsten Stand der Waffentechnik zu bringen, war bekannt.

Die hinterlistigen Akonen hatten den gefährlichsten Feind in der Galaxis mit Hilfe umgearbeiteter Halman-Kontakte aufgerüstet und sie dazu mit einigen hundert Millionen von jenen Kontakten versorgt, die im Zentrum von Arkon schwebend, das gesamte Ortungssystem zum Erliegen gebracht hatten.

»Nur das Zentrum ...«, hatte Rhodan vor einer Stunde gesagt, als die Flotte sich in Angriffsposition setzte und dem stärksten Verband der Blues entgegenraste.

Drei Kurzimpulse waren zu Atlan ausgestrahlt worden. Der hatte mit den Verbänden der USO eine Schwenkung von hundertachtzig Grad gemacht und raste augenblicklich aus entgegengesetzter Richtung durch den Linearraum heran.

Auf Befehl von Rhodan waren die plophosischen Einheiten zurückgeblieben. Großadmiral Kesenby hatte den Auftrag erhalten, sich unter keinen Umständen in Kämpfe mit stärkeren Blues-Schiffen einzulassen. Arnt Kesenby ahnte, warum ihm dieser Befehl gegeben worden war. Er hatte mit Mory Rhodan-Abro zu tun, die auf seinem Schiff war.

Am Rand von M 13 waren alle Ortungen noch störungsfrei.

Zufällig stand Mory neben dem Strukturtaster, als das Gerät den Einbruch eines stärkeren Verbandes in den Normalraum anmaß. Drei Schritte weiter befanden sich Materie- und Energieortung. Die Energieamplituden wiesen den unbekannten Verband einwandfrei als Schiffe der Akonen aus. Das Rechengehirn verarbeitete schon die Werte der Materieortung.

Die Stanzfolie wurde ausgestoßen und fiel in den Auffangkorb. Wieder war Mory schneller als jeder andere in der Zentrale.

»Ein Verband von siebenhundert bis achthundert akonischen Schiffen!« rief sie mit heller Stimme ihrem Großadmiral zu. »Ich möchte gern die Anflugkoordinaten wissen!«

Die Angaben kamen. Großadmiral Kesenby sah Mory Rhodan-Abro etwas erschreckt an. Wenn die Akonen den augenblicklichen Kurs beibehielten, dann griffen sie die Solare Flotte von der rechten Flanke her an.

Der plophosische Verband stand zur Zeit so günstig, daß es keine Schwierigkeit war, die Akonen vor Erreichen ihres Zieles zum Kampf zu stellen.

»Kesenby, wir fangen sie ab!« Der Obmann hatte seinem Großadmiral einen Befehl gegeben. Der dachte in diesem Augenblick nicht an Rhodans Anweisungen. Fünftausend moderne Kugelraumer gegen achthundert der Akonen, das konnte für ihren Verband keine Gefahr darstellen.

Kurz darauf raste die plophosische Flotte los, um den akonischen Verband zu stellen. Im Moment, als die plophosischen Schiffe in den Linearraum gingen, fiel ein gewaltiger Blues-Pulk ins normale Kontinuum ein. Es waren Einheiten, die nach M 13 unterwegs waren, um die Eroberung des Kugelsternhaufens zu beschleunigen.

Sofort nahmen sie eine Kursänderung vor. Sie hatten die Flotte bemerkt, die in den Linearraum gegangen war, und ihnen war es aufgrund ihrer zahlenmäßigen Überlegenheit gleichgültig, ob sie auch vom Gegner bemerkt worden waren.

Zu diesem Zeitpunkt prallte das Gros der Solaren Flotte mit 20.000

Einheiten der Gataser zusammen, die sich gerade wieder gesammelt hatten, um nach Arkon vorzustoßen.

Der letzte Kurzimpuls von Atlan hatte bekanntgegeben, daß er mit der USO in zwanzig Minuten den Blues in den Rücken fallen würde.

Schwere und schwerste solare Einheiten zerschlugen beim ersten Anflug die vorderste Linie der Tellerköpfe. Gegen das Feuer aus Tausenden Transformgeschützen hatten sie nichts Gleichwertiges einzusetzen. Die Kugelgiganten des Solaren Imperiums schüttelten sich nicht einmal unter dem Anprall vieler Treffer gegen die Schutzschirme. Mit einem Kursmanöver rasten sie dem Gegner aus der Schußposition, dabei gleichzeitig zwei andere Schiffe angreifend.

Die Verluste der Blues wurden größer und größer. Bis auf acht Millionen Kilometer tief standen schon Rhodans Schiffe in der gegnerischen Front.

Da kam ein Hilferuf von Großadmiral Arnt Kesenby: »Werden von übermächtigen Gegnern – Akonen und Blues – unter Ringfeuer genommen!«

Das hieß: Die plophosische Flotte war von allen Seiten eingeschlossen!

Wie ein Blitz war das Unheil über die Plophoser gekommen. Statt achthundert Akon-Raumer vor sich zu haben, wurden sie plötzlich von 17.000 Blues-Giganten umzingelt und wütend angegriffen.

Aber die Plophoser waren keine Arkoniden, sondern ihre Ahnen waren Terraner gewesen. Es machte sich jetzt bezahlt, daß Iratio Hondro seine Heimatflotte unnachsichtig gedrillt hatte. Bevor Großadmiral Kesenby in dieser gefährlichen Lage Befehle geben konnte, handelte jeder Schiffskommandant so, wie er es gelernt hatte.

Die plophosischen Einheiten igelten sich nicht ein. In kleinen Pulks zu vier oder fünf Schiffen jagten sie dem übermächtigen Feind entgegen; sie hatten die Kaltblütigkeit, erst bei der Entfernung das Feuer zu eröffnen, wo die Strahlen auch die größte Durchschlagskraft besaßen.

Der Raum zwischen den Sternen schien plötzlich einige tausend kleine Sonnen geboren zu haben – feuernde Pulks der Plophoser, die furchtlos den Gegner angriffen.

Der aber schoß auch, und zahlenmäßig fast vierfach überlegen, besaß sein Feuer ebenso vierfache Wirkung.

Die ersten Schüsse schlugen auf den Schutzschirmen der Plophoser ein, aber sie beachten sie nicht zum Einsturz. In der nächsten Sekunde gab es nirgendwo mehr einen einzigen kleinen Plophoserpulk. Die Schiffe waren nach allen Seiten auseinandergestoben und schienen zu fliehen.

Als die ersten Blues-Raumer nachsetzten, tauchten vor ihnen, neben ihnen neue Pulks auf. Plötzlich sahen sie sich von drei Seiten angegriffen. Sie erhielten Dauerfeuer. Ihre Schutzschirme, längst nicht so stark wie die der Gegner, brachen zusammen. Die Strahlen zerschlugen die Panzerung der Außenhülle. Als Trümmer oder als Gaswolken flogen große Teile davon.

Ehe andere Blues-Schiffe sich in Schußposition gebracht hatten, waren die plophosischen Kleinpulks schon wieder im Dunkel des Raums verschwunden.

Arnt Kesenby schaute Mory Rhodan-Abro prüfend an. Sie nickte. Sie gab sich keinen Illusionen hin, diesen überstarken Gegner besiegen zu können. Der Hilferuf an die Solare Flotte und die USO ging hinaus.

In seinem langen Leben war Rhodan nie so sehr Gefahr gelaufen, die Beherrschung zu verlieren wie in diesem Augenblick. Bully, der ihn beobachtete, sah, wie der Freund blaß wurde und blutleere Lippen bekam. Im nächsten Moment stand Rhodan vor dem Mikrofon.

Sein Befehl galt Atlan. Er, Rhodan, konnte die Front nicht verlassen. Er mußte es seinem Freund überlassen, die geliebte Frau zu retten. Die Kalups in den Schiffen der USO wurden alle über zweihundert Prozent überbelastet. Jede Minute kostete jetzt Millionen Solar an Plasmatreibstoff. Den Chefingenieuren in den Maschinenräumen blieb gar keine Zeit zu Überlegungen. Sie mit ihren Roboterkommandos hatten nicht Hände genug, um das zu tun, was unbedingt erforderlich war, damit die Kalups nicht nach einigen Minuten explodierten.

Als die USO-Flotte in den normalen Raum einfiel, hatten die Plophoser schon über dreihundert Schiffe verloren. Auf der Seite der Gegner aber waren mehr als tausend schwer beschädigt oder zerstört worden.

Der Kampf dauerte nicht mehr lange. Die frischen Verbände der Gataser, die nach M 13 und seinem Zentrum unterwegs waren, kamen nicht einmal mehr dazu, Kurs dorthin zu nehmen.

Das Blaue System konnte seine achthundert Raumer auch abschreiben.

Atlan wechselte über Funk nur wenige Worte mit Mory. In der Zwischenzeit sammelten sich seine Einheiten wieder. Sie nahmen Fahrt auf, um erneut in den Linearraum zu gehen.

Der Kampf um M 13 trat in sein entscheidendes Stadium.

30.

Major Enk erkannte, daß Arkon nicht mehr zu halten war. Sämtliche Verteidigungsringe dieses Systems mußten restlos ausgefallen sein. Immer mehr Blues-Schiffe tauchten zwischen den drei Welten auf. Die Strukturtaster meldeten ein ununterbrochenes Kommen und Gehen. Daß Major Enk dieses Hin und Her nicht verstand, war ihm nicht zum Vorwurf zu machen.

Er und seine Männer ahnten nicht, daß sich am Rand von M 13 eine der gigantischsten Raumschlachten abspielte. Die Verluste der Blues wuchsen von Minute zu Minute. Das Ende des Kampfes schien sich schon abzuzeichnen, als die Blues plötzlich überall das Feuer einstellten und in den Kugelsternhaufen flüchteten.

Daß es in Wirklichkeit keine Flucht, sondern ein wohldurchdachtes Manöver war, stellte sich erst später heraus. Aber von alledem ahnten Enk und seine Männer nichts.

Kaum noch in der Lage, sich aufrecht zu halten, flogen sie ohne jede Hoffnung Schutz für Arkons Zentralwelten. Die Männer waren am Ende ihrer Kraft. Durch die Ortungsstörungen von der Zieltechnik im Stich gelassen, war jede Begegnung mit einem feindlichen Raumer beinahe Selbstmord.

Arkon III schoß immer noch aus den unzerstörten Abwehrforts. Dieser wichtigste Planet des Imperiums hatte schwere Verwüstungen hinnehmen müssen. Stellenweise gab es auf dieser Welt Trichter, die über fünfzig Kilometer tief reichten.

Von Admiral Notgal und seinem Stab hatten die Terraner seit einem Arkon-Tag nichts mehr gehört. Die schweren Roboteinheiten, die zu Beginn der Blues-Invasion auf Arkon III gelegen hatten, befanden sich immer noch auf den Häfen.

Warum sie nicht gestartet waren, konnte kein Mensch erklären. Es sah so aus, als ob Arkon sich selbst aufgegeben hätte.

Enk, der hinter der Zieloptik saß, hatte seinen Kopf auf den Arm gelegt. Im letzten Augenblick merkte er, daß er dicht vor dem Einschlafen gewesen war.

»Es geht nicht mehr«, sagte er erschöpft. »Es hat alles keinen Sinn mehr.« Er stellte eine Verbindung zur robotischen Funkzentrale her. Er gab die geheime Frequenz der Galaktischen Abwehr an.

Der Notruf der terranischen Agenten von Arkon II und III wurde vom arkonidischen Schlachtschiff SANGAN-4 über Hyperkom zur Erde gestrahlt.

In der Sekunde, in der der Notruf der Agenten über Arkon III auf der Erde einlief, schrie Mercant den Diplom-Ingenieur Leban an: »Warum sind Sie nicht schon vor einem Tag mit diesen Nachrichten gekommen? Wem soll Ihre Entdeckung jetzt noch nützen? Wie bringen wir diese Kontakte zur Flotte? Transmitterverbindungen nach Arkon gibt's keine mehr. Diese Narren in M 13 haben doch alle Stationen abgeschaltet. Leban – da, sehen Sie sich die Karte an! Die roten Punkte sind starke Verbände der Gataser. Die blauen Punkte stellen unsere Geschwader dar. Vor drei Stunden ist den Tellerköpfen ein Durchbruch gelungen. Schauen Sie mich nicht so entgeistert an. Wir können auch keine Wunder vollbringen. Ja, über 100 schwere Einheiten stehen im Zentrum von Arkon. Sie wissen doch am besten, wie es dort in puncto Ortungsstörungen aussieht!«

Er deutete immer noch auf die 3-D-Projektion, die das M 13-System wiedergab. Auch wer kein Fachmann war, konnte an den roten und blauen Punkten erkennen, daß das Herz Arkons aufs Äußerste bedroht war.

Diplom-Ingenieur Rollf Leban, der, als er zu Allan D. Mercant gekommen war, nicht damit gerechnet hatte, angebrüllt zu werden, sah den Abwehrchef auf sich zukommen.

»Entschuldigen Sie meine Unbeherrschtheit, Leban«, sagte Mercant. »Sie haben mehr erreicht, als wir in der kurzen Zeit erwarten konnten.«

»Ich nicht, Sir«, wehrte Leban bescheiden ab. »Ich habe mit tüchtigen Kollegen an diesem Problem gearbeitet – Kollegen, Sir, die mir weit überlegen sind.« Er betrachtete abermals die Projektion. »Es gibt keine Möglichkeit, die Mix-Kontakte auf eine Welt von M 13 zu schaffen?«

»Keine! Aber wie heißen diese Kontakte jetzt? Mix? Wieso?«

»Mein Kollege Mix hat herausgefunden, wie man mit Hilfe der Kontakte die künstlich ausgelösten Ortungsstörungen unwirksam machen kann. Ich mache mir jetzt Vorwürfe, den Tunnel-Effekt übersehen zu haben. Er wirkt auf die uns bekannten Störungen wie ein Schwamm. Er beseitigt sie nicht vollständig – das wäre zuviel verlangt –, aber er drückt den Unstimmigkeitsfaktor bei Ortungen unter zehn Prozent.«

Mißtrauisch fragte Mercant: »Und das alles, diese vielen Anwendungsmöglichkeiten, stecken in jedem Halman-Kontakt, indem man nur Kleinigkeiten daran verändert?«

»Ja.«

Der Interkom gab den Notruf der Agenten über Arkon III an Mercant durch.

Der Solarmarschall brauchte jetzt nicht lange zu überlegen. Er saß schon vor der Verständigung, hatte sich zum Großsender durchgeschaltet und verlangte die THORA.

»Spruch von der THORA läuft soeben durch den Dechiffrierer«, wurde Mercant entgegnet.

»Ich warte.«

Dann erschien Laufschrift auf der Bildscheibe: »Notruf der Agenten empfangen. Versuchen Besatzungen der Stützpunkte Arkon II und III zu retten. gez. Rhodan.«

Da wußte Mercant, daß das Schicksal seiner Männer im Herzen Arkons in besten Händen lag. Er wandte sich wieder an Rollf Leban. »Ich weiß nicht, was ich machen soll, Leban. Mit Bordmitteln ist, wie Sie mir sagten, an den Halman-Kontakten nicht dieses Ding zu entwickeln, das Sie Tunnel-Effekt nannten. Nach Arkon können wir die Kontakte auch nicht bringen. Tja, da haben wir nun eine Entdeckung, die um einige Tage zu spät kam. Mag der Himmel wissen, was das an Menschenleben kostet? Ihnen kann man keinen Vorwurf machen, Leban. Wir haben Ihnen sehr zu danken. Es ist möglich, daß ich Sie heute oder morgen noch einmal anrufe ...«

Die Gataser wußten ganz genau, welcher der drei Planeten Arkons die wichtigste Welt war. Sie schienen auch über alle astronomischen Daten zu verfügen, denn der Verband, der durchgebrochen war, interessierte sich nicht für den Planeten der Naats. Er flog an dem fünften Planeten vorbei, genau auf Arkon III zu.

Der Raum um die Rüstungswelt des M 13 Imperiums flammte unter den Entladungen der energetischen Waffen auf. Ununterbrochen, wenn auch sinnlos, feuerten die starken Abwehrforts von Arkon III. Die Roboter konnten nicht begreifen, daß ihre Ortungen Werte auswarfen, die nicht stimmten.

Von der THORA aus war der Durchbruch der rund hundert Blues-Schiffe bemerkt worden. Mit 1000 Einheiten jagte Perry Rhodan dem Gegner nach. Den größten Teil seiner Flotte hatte er zurückgelassen. Die einzelnen Geschwaderkommandanten handelten der Lage entsprechend. Wo sie die Blues trafen, schlugen sie zu. Von den Raumern der Akonen war in M 13 nichts mehr festzustellen. Sie schienen nicht erwartet zu haben, daß das Solare Imperium den Arkoniden zur Hilfe kommen würde. Vom Standpunkt der Akonen aus war das Verhalten der Terraner nicht nur unverständlich sondern auch unlogisch.

Hatten sich doch die Arkoniden aus eigenem Entschluß vom Vereinten Imperium getrennt und jede Zusammenarbeit mit den Terranern aufgesagt!

Um so größer mußte ihre Überraschung gewesen sein, als plötzlich Rhodan mit seiner Flotte und Atlan mit der USO auftauchte.

Die Akonen hatten ihr heimtückisches Treiben mit den Arkoniden teuer bezahlen müssen. Die erst in den letzten Jahrzehnten wiederaufgebaute Flotte war zu einem großen Teil am Rand von M 13 vernichtet worden. Der Rest war jetzt unterwegs nach dem Blauen System, um von der Niederlage zu berichten.

Aber man konnte noch nicht behaupten, daß die Blues geschlagen worden waren, wenngleich sie auf vielen Positionen verzweifelt kämpften und dabei immer weiter aus dem Kugelsternhaufen hinausgetrieben wurden.

Dem Herzen Arkons aber drohte der Untergang. Rhodan rechnete nicht mehr damit, daß er den durchgebrochenen Pulk einholen könnte, als ihn die Nachricht erreichte, etwa hundert arkonidische Schlachtschiffe hätten sich den Blues zwischen dem Planeten der Naats und der Drillingswelt entgegengeworfen.

»Blues im Moment zum Stoppen gebracht. Enk.«

Fragend blickten sich Perry Rhodan und Bully an. Jeder wußte, was der andere dachte: Ob es Sinn hatte, daß ihre Männer in Arkon-Raumern ihr Leben aufs Spiel setzen?

Der Abstand zu den Schiffen der Tellerköpfe betrug immer noch über 130 Millionen Kilometer; bei einer Geschwindigkeit von rund 0,5 Licht dauerte es 43 Sekunden, bis sie diese eingeholt hatten. Was aber war in dieser relativ kurzen Zeitspanne mit den arkonidischen Schiffen geschehen?

Rhodan schoß eine Idee durch den Kopf. Er drehte sich um und suchte John Marshall. Der stand mit dem Ortermutanten Fellmer Lloyd zusammen. Weil es um Sekunden gehen konnte, unterbrach Rhodan sofort ihr Gespräch.

Rhodans Plan war verwegen. Noch mehr Mut forderte er den Männern ab, die er einsetzen mußte, um den Plan durchzuführen. Marshall strahlte seine starken paranormalen Impulse an Gucky ab. Der Kontakt mit Gucky kam sofort zustande. Der Zufall wollte es, daß sich die beiden Teleporter Ras Tschubai und Tako Kakuta bei ihm aufhielten.

Okay, John. Wir werden unser Bestes tun. Sag's dem Boß! telepathierte der Kleine zurück. Dann informierte er Ras und Tako über Rhodans Plan.

Sie verloren kein Wort darüber, daß sie alle drei bei diesem Einsatz ihr Leben verlieren konnten. Im nächsten Augenblick war die Kabine, in der sie sich aufgehalten hatten, leer.

Im Bombenarsenal tauchten sie vor Leutnant Topolos auf. Im gleichen

Moment klang die Stimme Rhodans aus der Verständigung. »Den Anordnungen der Mutanten schnellstens nachkommen!«

Die Verständigung von der Zentrale zum Bombenarsenal blieb bestehen. Fortlaufend wurde die Entfernung zu Arkon III angegeben. Immer wieder wurde bei den Durchsagen darauf aufmerksam gemacht, daß diese Angaben Schätzwerte seien.

»Brauchen wir nicht«, sagte Gucky. Er sah zu Tako Kakuta und Ras Tschubai auf. »Können wir?«

Sie nickten. Jeder schloß den Klarsichthelm seines Kampfanzuges. Jeder umfaßte einen Sprengkörper, der vor ihnen in einem Fach lag.

»Weg sind sie ...«, sagte Leutnant Topolos, der zum erstenmal Teleporter in Aktion erlebt hatte.

Er tat gerade den dritten Atemzug nach ihrem Verschwinden, als sie fast gleichzeitig wieder auftauchten. Mit ihren Händen umfaßten sie die kleinen Sprengkörper, die aber trotzdem eine große Sprengkraft besaßen.

Als über die Verständigung die Nachricht kam: »Wir werden von Blues angegriffen!«, kehrten die Teleporter zum sechstenmal zurück. Zum siebten Einsatz kamen sie nicht mehr. Rhodan untersagte es ihnen.

Gucky, der wissen wollte, warum man sie zurückhielt, teleportierte in die Zentrale. Dort konnte er auf dem Bildschirm beobachten, wie drei gigantische Raumer der Blues durch die Bomben explodierten, die sie an Bord dieser Schiffe gebracht hatten.

»Drehen sie ab?« fragte Bully halblaut und ließ den Panoramaschirm nicht aus den Augen.

Der Blues-Verband unter schwerstem, aber ungezieltem Feuer terranischer Einheiten, schien zu fliehen. Einige Schiffe rasten direkt in die energetische Strahlorgie hinein, glühten auf und gingen darin unter.

»Großer Himmel, sie greifen Arkon III ja doch an!« schrie Bully auf.

Vierzig Schiffe der Tellerköpfe stürzten sich auf die Rüstungswelt der Arkoniden, auf der seit Jahrtausenden Kugelraumer aller Klassen auf Bandstraßen gefertigt wurden.

Die Nichthumanoiden regneten Bomben auf die Welt ab. Im tangentialen Kurs überflogen sie den Planeten. Sie fürchteten das Feuer aus den Abwehrstellungen nicht, brachen jetzt in die oberen Luftschichten ein, kümmerten sich nicht darum, ob terranische Einheiten sie verfolgten – sie schienen nur eins zu kennen: Arkon III mit Bomben zu überschütten!

»An alle!« schrie Rhodan über Hyperkom. »Zentrum des Arkon-Systems sofort verlassen!«

Ein ungeheuerlicher Verdacht war in ihm wach geworden.

»Das ist nicht wahr, Perry!« piepste neben ihm Gucky, der seine Gedanken gelesen hatte. »Das darf wohl nicht wahr sein!« Der Kleine war erschüttert.

In der THORA brüllten die Impulsmotoren. Die gewaltige Zelle mit einem Durchmesser von 1500 Meter begann zu schwingen und zu dröhnen. Leichtes Zittern, das von dem gewaltigen Ringwulst ausging, in dem die Impulsmotoren fast durchzugehen schienen, breitete sich über das gesamte Schiff aus. Mit der THORA flohen die Schiffe, mit denen Rhodan gekommen war, um die Arkon-Welten vor dem Untergang zu retten.

Auch die rund hundert Arkon-Raumer, auf denen sich Agenten der Abwehr befanden, machten die Flucht mit.

Eine Hand legte sich um Guckys schmale Schulter. Bully drehte ihn zu sich herum. »Was soll los sein? Was darf nicht wahr sein, Kleiner?«

Gucky schluckte. »Perry meint ... er meint, Arkon III würde auseinanderfliegen.«

»Eine ganze Welt? Arkon III?« fragte Bully entsetzt und sah, wie Rhodan auf den Rundsichtschirm wies.

Quer über die Rüstungswelt, auf die es Bomben regnete, zogen die Schiffe der Nichthumanoiden mit ihren Strahlwaffen eine ungeheuer breite Furche. Wo die Strahlen trafen, gingen Industriewerke unter, explodierten Abwehrforts, gerieten atomare Prozesse aus der Kontrolle und machten das Unheil noch schlimmer. Die Bomben der Gataser rasten noch ihrem Ziel zu.

Die Bildschirm-Vergrößerung der THORA arbeitete automatisch. Obwohl das Flaggschiff davonraste, blieben die furchtbaren Einzelheiten auf Arkon III gut erkennbar.

Jetzt schlugen die ersten Blues-Bomben in die glühende Explosionswolken ausstoßende Furche. Die vierzig Raumer der Tellerköpfe waren hinter dem Horizont verschwunden.

Sie kamen nie mehr zum Heimathafen zurück. Außerhalb des Arkon-Zentrums wurden sie von Einheiten der Flotte gestellt.

In der Zentrale der THORA war nur das Arbeiten der Aggregate zu hören, das Dröhnen der Impulsmotoren aus dem Ringwulst; niemand sprach. Wer Zeit hatte, beobachtete den Panoramaschirm. In den Augen vieler Männer stand das Grauen.

Alle kannten Arkon III; bevor M 13 sich aus dem Vereinten Imperium löste, waren sie oft auf dieser Welt gelandet.

»Da!« Irgendwer hatte den Schrei ausgestoßen.

Die ersten Blues-Bomben hatten gezündet. Grelle Blitze schossen in den Himmel. Sekunden später schien Arkon III zu einem Vulkan geworden zu sein, der glühende Metallteile ausspie und dann diesen Resten zerstörter Industrieanlagen Fels- und Erdmassen folgen ließ.

War es Schicksal, daß sich zu diesem Zeitpunkt Lordadmiral Atlan meldete? Die Verfolgung eines starken Gataser-Verbandes hatte ihn mit einem Geschwader nach Arkon geführt.

Der Arkonide sah mit eigenen Augen den Untergang von Arkon III.

Ein Teil der Bomben hatte sich tief in den Planeten hineingebohrt und war dort erst nach Verzögerung explodiert.

Ein kleines Geschwader der Solaren Flotte, das über der anderen Seite von Arkon III gestanden hatte und sich auch aus dem System fast fluchtartig zurückzog, meldete, daß die Blues dort ebenfalls eine glühende Furche über Arkons Oberfläche gezogen und Bomben darauf abgeworfen hatten.

Arkon III besaß schon keine Lufthülle mehr. Explosionsdrücke hatten die Atmosphäre in den Raum geschleudert. Auf dieser Welt konnte kein Leben mehr bestehen.

Da geschah die Katastrophe, die Perry Rhodan befürchtet hatte. Arkon III brach auseinander!

Zuerst langsam – so, als wollte der Planet sich gegen seinen Untergang mit verzweifelter Kraft wehren. Aber in ununterbrochener Folge explodierten in seinen Tiefen immer noch Bomben, und sie zerstörten den letzten Zusammenhalt.

Jetzt war Arkon III schon in fünf Teile zerbrochen; ein Teil davon löste sich in viele Trümmer auf. Zwei kontinentgroße Brocken krachten zusammen und zerstörten sich restlos.

Arkon III bestand nicht mehr.

Welche Folgen die Zerstörung auf Arkon I und II auslösen würde, war noch nicht abzusehen. Die Sender der THORA strahlten ihre Warnungen an Arkon I und II ab. Darin wurde vor Erdbeben, Orkanen und Springfluten gewarnt. Die Arkoniden sollten die Häuser verlassen und versuchen, im Freien – in Erdlöchern – die nächsten Tage und Wochen zu verbringen.

Rhodan alarmierte alle Welten des Arkonidenreiches, Schiffe nach Arkon I und II zu schicken, um die Bevölkerung zu evakuieren. Er vergaß auch nicht, den Planeten der Naats zu erwähnen. Das gesamte Arkon-System war durch die Vernichtung von Arkon III in einen Zustand der Instabilität geraten. Es war noch nicht abzusehen, wann sich alles wieder eingependelt haben würde.

Von Atlans Flaggschiff war seit einer Stunde keine persönliche Meldung des Lordadmirals mehr gekommen. Als Rhodan den Freund anrufen wollte, meldete sich der Arkonide.

Er war mit seinem Schiff am Rand des Arkon-Systems geblieben. Er hatte es nicht verlassen, als Arkon III vernichtet wurde. Erschüttert hatte er den Untergang jener Welt beobachtet, auf die er über zehntausend Jahre so stolz gewesen war.

Arkon III, jahrtausendelang die größte Waffenschmiede der Galaxis, war nicht mehr.

Arkon III zerstört!

Es traf die Menschen in M 13 wie ein Tiefschlag. Plötzlich fühlten sie sich alle als Arkoniden – die Springer und Pendler, die Aras und Überschweren, die Zaliter und Traversaner und die vielen hundert anderen Völker wie die Andooz oder die Dron.

Die Überschweren mit ihren Kampfverbänden tauchten an den Fronten auf. Die Patriarchen der Springer schickten ihre Einheiten und unterstellten sie der Flotte. Rhodan aber dachte nicht daran, sie gegen die Blues und Akonen einzusetzen. Er wußte, wie die Überschweren und Springer Krieg führten. Er wollte nicht, daß er noch blutiger wurde, als er schon war.

Hinter den Fronten gab es für sie genug zu tun – Schiffe zu bergen, Verwundete zu übernehmen und sie schnellstens zur Erde zu fliegen. Der Kampf gegen die Gataser und Akonen hatten die Flotte und USO auch Verluste gekostet, aber diese Verluste standen in keinem Vergleich zu denen ihrer Gegner. Trotzdem kämpften Blues-Einheiten immer noch am Rand des Kugelsternhaufens.

Als aus allen Richtungen feindliche Einheiten heranrasten und es terranischen Späherkommandos klar wurde, daß die Gataser noch einmal einen großen Angriff starten wollten, alarmierten sie Rhodan und den Arkoniden.

Das Unheil brach über die Restflotte der Nichthumanoiden herein. Mitten in ihren Vorbereitungen schlugen Flotte und USO zu. Verzweifelt wehrte sich der Gegner. Der Einsatz wäre einer besseren Sache wert gewesen. Nach drei Stunden zeichnete sich die Niederlage der Blues immer deutlicher ab. Für ihren letzten Angriff hatten sie nicht mehr als 20.000 Raumer in die Schlacht bringen können. Einige tausend Schiffe waren während dieses dreistündigen Kampfes noch hinzugekommen – aber was bedeutete diese schwache Verstärkung gegenüber der Flotte und USO, die zusammen über 100.000 Einheiten stark waren?

Da brach der Rest der Blues-Geschwader durch und versuchte zu fliehen.

»Nicht verfolgen!« gab Rhodan den Befehl. Er wollte kein einziges Menschenleben mehr aufs Spiel setzen. Für die nächsten Jahrzehnte spielten die Gataser in der Milchstraße keine Rolle mehr. Vier Fünftel ihres Raumerbestandes hatte sie in und um M 13 verloren. Die Partnerschaft mit den hinterlistigen Akonen war den Tellerköpfen teuer zu stehen gekommen.

Bevor die Blues im anderen Raumgefüge verschwinden konnten, trafen sie auf die plophosische Flotte, die mit großen Verbänden der Überschweren den Weltraum nach hilflosen Terraschiffen absuchte.

Großadmiral Arnt Kesenby, der sich kurz vorher in seiner Kabine niedergelegt hatte, weil er vor Erschöpfung zusammenzubrechen drohte, schreckte aus dem ersten Schlaf auf, als er das Fauchen und Zischen der Strahlgeschütze hörte.

Er raste in die Zentrale. Vom Panoramaschirm blendete ihn das Licht von vielen tausend Kampfstrahlen. Er sah Raumer zu winzigen Sonnen werden; er hörte Obmann Mory Rhodan-Abro beherrscht, aber sicher Befehle geben.

Großadmiral Arnt Kesenby war nicht in der Lage, sich von der Stelle zu bewegen. Er begriff nicht, woher der Obmann diese taktischen Kenntnisse hatte. Es gelang ihm auch nicht, Mory Rhodan-Abro bei einer einzigen falschen Entscheidung zu ertappen. Die Ruhe der jungen Frau, die unverwandt die Projektion beobachtete, kam ihm fast unheimlich vor.

Er entdeckte, daß er hier und da von Offizieren angesehen wurde. In ihren Augen lag Bewunderung für Mory Rhodan-Abro.

Jetzt rief sie das Flaggschiff THORA an, um ihrem Mann vom Zusammenstoß mit den Blues-Verbänden zu berichten. Die Überschweren begannen sich zu diesem Zeitraum vom Gegner zu lösen, um das Manöver durchzuführen, zu dem sie vom Obmann eingesetzt worden waren.

Kaum hatte Mory Verbindung mit Perry Rhodan, kaum hatte sie ihm gesagt, daß ihre Flotte von Blues angegriffen worden sei, als er ihr ins Wort fiel und erregt rief: »Sofort den Kampf abbrechen, Mory! Es lohnt sich nicht, wegen dieses Restverbandes ein Menschenleben aufs Spiel zu setzen. Eins begreife ich nicht, warum meine Ortungen diesen Zusammenstoß nicht bemerkt haben. Obmann, ich erwarte Vollzugsmeldung!«

Donnerwetter, dachte Großadmiral Kesenby, *Perry Rhodan erwartet vom Obmann Vollzugsmeldung. Sein Befehl läßt tatsächlich nicht erkennen, daß die beiden verheiratet sind!*

So ruhig, wie Mory die ganze Zeit über ihre Befehle erteilt hatte, entgegnete sie: »Bleib in der Verbindung, Perry, dann hörst du meine Vollzugsmeldung.« Anschließend gab sie ihren Schiffen den Befehl, den Kampf abzubrechen und zur Solaren Flotte aufzuschließen.

Die plophosische Heimatflotte gehorchte, aber die Einheiten der Überschweren dachten nicht daran, dem Gegner, der sie im tiefsten Frieden überfallen hatte, die kleinste Chance zu geben.

»Wir sind Arkoniden!« rief ihr der Überschwere Utze wütend zu. »Wir denken nicht daran, Ihrem Befehl zu folgen. Zieht euch ruhig zurück. Wir werden allein mit den Blues fertig!«

Mory war sich klar darüber, daß sie die Überschweren nicht zwingen konnte, sich Rhodans Befehl zu beugen, aber als sie sich mit ihrer Flotte vom Gegner löste, überfiel sie eine dumpfe Ahnung.

38 Lichtjahre weiter hatte sich die Solare Flotte versammelt. Als Mory die tief gestaffelt stehenden Einheiten vor M 13 erreichte, hörte sie aus verzweifelten Funksprüchen, daß die Blues den Überschweren unwahrscheinlich hohe Verluste zugefügt hatten.

Von der THORA kam die Anweisung an alle Schiffe: »Keine Hilfeleistung!«

Mory glaubte nicht recht gehört zu haben. Sie ließ sich zur THORA übersetzen. Sie fand ihren Mann zusammen mit Atlan und Bully.

»Um dich habe ich mich sehr gesorgt, Mory«, sagte er.

»Mir ging es genauso, Perry. Aber seit einer Viertelstunde verstehe ich dich nicht mehr. Warum dürfen wir den Überschweren nicht helfen?«

»Darf ich darauf antworten, Perry?« fragte Atlan.

»Bitte.«

»Arkon III existiert nicht mehr. Wir haben den Untergang dieses Planeten nicht verhindern können. Wir werden auch nicht verhindern können, daß es über kurz oder lang kein Arkon-Imperium mehr gibt. Es fällt mir nicht leicht, solche Worte zu sprechen, denn ich bin und bleibe Arkonide. Trotzdem sage ich dir noch einmal, Perry, laß Arkon den Weg gehen, der ihm vorgeschrieben ist. Arkons Weg führt in die Auflösung. Soll der Weg der Terraner auch dorthin führen? Wollt ihr immer wieder eure Kräfte verzetteln, oder wollt ihr den Weg ins Universum finden?

Was hat der Arkonide Crest 1971 gesagt? Hat er nicht prophezeit, daß die Terraner das Erbe der nicht mehr lebensfähigen Arkoniden übernehmen werden? Beim Untergang von Arkon III habe ich geschworen, alles zu tun, damit Crests Prophezeiung sich erfüllt. Nie mehr werde ich dich bitten, Perry, M 13 die kleinste Hilfe zu geben. Im Gegenteil, ich werde dir, wenn du helfen möchtest, vorhalten, daß du mit deiner Hilfe dann von deinem Volk mehr verlangst, als du verantworten kannst!

Schau dich in der Natur um: Das Starke behauptet sich; das Schwache geht zugrunde – und darum, liebe Mory Rhodan-Abro«, er blickte sie ernst an, »habe ich vorhin Perry veranlaßt, zu befehlen, den Überschweren nicht zu helfen. Einmal muß jede Hilfeleistung zu Ende sein; und das Ende ist heute gekommen.«

»Damit besiegeln wir Arkons Untergang!« hielt Rhodan ihm vor.

»Willst du deine Terraner in den Strudel des arkonidischen Unterganges mit hineinreißen, Perry? Ich bin so stolz auf mein Volk gewesen. Ich habe die Arkoniden für die klügste, befähigste und vitalste Rasse gehalten, bis ich dazu verurteilt wurde, zehntausend Jahre lang auf der Erde zu leben.

Perry, ich habe miterlebt, wie aus Gruppen Stämme wurden, und aus Stämmen sich Völker entwickelten. Ich sah menschenleere Kontinente, durch Kriege verwüstet, und sah sie hundert Jahre später wieder besiedelt. Ich beobachtete, wie die Erde immer stärker bevölkert wurde. Ich habe nie den unbändigen Lebenswillen der Menschen übersehen. Für euch gibt es keine Hindernisse, die ihr nicht bewältigen könnt. Aber ihr könnt sie nur dann bewältigen, wenn ihr eure Kräfte nicht verzettelt – und an allen Brennpunkten der Galaxis Hilfe zu leisten, heißt, mit seinen Kräften Raubbau treiben.

Wolltest du nicht zu deinen Terranern sprechen, Perry? Tu's bald, und gib in deiner Rede den Menschen ein neues Ziel, um das sie im friedlichen Kampf kämpfen müssen. Betrachte es als deine erste und größte Aufgabe, jenes Sprichwort unglaubwürdig zu machen, daß der gefährlichste Feind des Menschen der Mensch ist!

Wenn das eines Tages nicht mehr wahr ist, dann wird der weite Schritt ins Universum leicht getan werden. Ja, und damit habe ich wohl alles gesagt, was ich dir sagen mußte.«

Deutlicher als Perry Rhodan und Reginald Bull hatte Mory mitempfunden, wie schwer es Atlan geworden war, seinen Freunden diesen Rat zu geben. Impulsiv gab sie ihm die Hand und sagte: »Danke – tausendmal danke!«

Atlan lächelte. »Sprechen wir nicht mehr von Arkon. Ich möchte auch nicht mehr daran denken. Aber eine Frage hätte ich noch zu stellen, Perry: Hast du schon daran gedacht, daß deine Frau sich königlich freuen würde, wenn du mit ihr auf Hochzeitsreise gehen würdest?«

Bully lachte. Er nahm den Arkoniden beim Arm. »Kommen Sie, Atlan. Wir lassen die beiden allein. Vielleicht werden sie sich dann schneller einig, wohin die Reise gehen soll.«

ENDE

Notiz

In diesem Band sind folgende Heftromane eingeflossen: *Der Sturz des Sternendiktators* von Kurt Mahr, *Planet der letzten Hoffnung* von K. H. Scheer, *Höllentanz der Riesen* von William Voltz, *Die letzte Bastion* von H.G. Ewers und *Arkons Ende* von Kurt Brand.